2016 中国散文年选

陈世旭 编选

SPM
南方出版传媒
花城出版社
中国·广州

图书在版编目（CIP）数据

2016中国散文年选 / 陈世旭编选. -- 广州：花城
出版社，2017.1（2020.6重印）
（花城年选系列）
ISBN 978-7-5360-8175-8

Ⅰ.①2… Ⅱ.①陈… Ⅲ.①散文集—中国—当代
Ⅳ.①I267

中国版本图书馆CIP数据核字（2016）第296137号

丛书篆刻：朱　涛
封 面 图：杏花鹦鹉图

出 版 人：肖延兵
责任编辑：李珊珊　欧阳蘅　蔡　安
技术编辑：薛伟民　凌春梅
封面设计：庄海萌

书　　名　2016中国散文年选
　　　　　2016 ZHONGGUO SANWEN NIANXUAN
出版发行　花城出版社
　　　　　（广州市环市东路水荫路11号）
经　　销　全国新华书店
印　　刷　河北远涛彩色印刷有限公司
开　　本　787毫米×1092毫米　16开
印　　张　20.5
字　　数　320,000字
版　　次　2017年1月第1版　2020年6月第2次印刷
定　　价　39.00元

如发现印装质量问题，请直接与印刷厂联系调换。
购书热线：020-37604658　37602954
花城出版社网站：http://www.fcph.com.cn

目录 contents

读 2016 年散文随感

（代序）

陈世旭

　　退休并客居异乡的最大好处是可以最充分地享受清静。家居琐事之外，数册书刊消永日，一窗昏晓送流年。

　　习惯使然，把阅读当作人生快事之一。年初肖建国兄代花城出版社命我选编 2016 年度散文选，却之不恭，也正好借此机会与朋友们分享一下读书心得。

　　花城出版社的散文年选十数年来迄未间断，佳作迭出，在坊间颇有影响。除了选编者的慧眼和精心之外，多年来我国散文写作的繁荣是其最可靠的基础。

　　中国是文章大国。散文写作源远流长，浩浩荡荡。2016 年的散文写作承续着这股源源不竭的潮流。全书 51 篇，作者大都是我仰之弥高的大家名家，有耄耋前辈，更多是青春后生。徜徉其中，如坐春风，如洗灵魂，如蒙启示，真是享受。

　　二十世纪八十年代初期，小说曾经独领风骚。随着社会生活的开放，文化消费的多样，当然也随着物质欲望的膨胀，生存竞争的激烈，视听取代了阅读，读图取代了读字。而在大为萎缩的读字人群中，散文因其表达的明快和直接，拥有相对广泛的读者群。散文写作的参与者因此日渐增多，近年尤甚。其中的佼佼者不由分说地遮蔽了早期出现的散文明星曾经耀眼的光芒。

　　我对关于文学的种种议论少有了解。小说家对散文写作的介入，据说曾经是一个问题。有的散文家认为是"非专业"搅了"专业"的局，弄得散文门户失了纯洁。然而我们看到的事实是，小说家、学者以及其他非散文专业作者的散文风生水起，与"散文专业作者"争芳斗艳。

"散文专业作者"的说法，让我颇感困惑。就写作而言，小说、散文乃至各类文学体裁都不过是一种文字的操练。非要划出圈子，除去想要占山为王，否则毫无实质意义。说写小说的不可以写散文，等于说卖白菜的不可以卖萝卜。因此就要清理门户，这在市场上叫欺行霸市。俄国契诃夫咏叹的《草原》、中国沈从文描绘的湘西，无论看作小说还是看作散文，谁能说不是最佳的范本？"有了小感触，就写些短文……得到较整齐的材料，则还是做小说"，这只是鲁迅使用写作材料的一种做法，很难说是区别散文和小说的界限。至于"小说帮助我们理解世界，散文则帮助我们拓展人生"这样的话，就更让人费解了。试问，举凡文学，哪种样式的优秀作品不可以帮助我们"理解世界""拓展人生"呢？

　　2016年的散文，写作的主力中不乏小说家的身影。作家们凭着独有的感性，沿着独特的通道，进入我们的心灵世界。如王国维所言："大家之作，其言情也必沁人心脾，其写景也必豁人耳目，其辞脱口而出，无矫揉妆束之态，以其所见者真，所知者深也"。

　　中国文坛上，李国文是我最敬重的师长。我八十年代初忝列中国作协文学讲习所学员，私心希望他能当我的指导老师而未得，遗憾至今。缘故有二：一因其人：心地澄明，方正刚直，德高望重。相对于那些人格卑劣、左右逢源、油嘴滑舌以博上位的名流，让人敬仰之外，更乐于亲近。二因其文：小说不必说了，成就卓著。就是那些闲散文字，也是三言两语，切中肯綮，蕴藉隽永。近十余年来，其散文写作已不再是小说写作的余兴，而是倾注了巨大的精力。他在《文学自由谈》的专栏，谈古论今，纵横捭阖，以其深厚的学养和洞察世事的睿智，于混沌的时世激浊扬清。浅近畅晓，切中肯綮。文坛的成败得失、丑态媚骨、波诡云谲尽在其中。令我每读必击节。行文字字妥帖，各得其所，该说的说得充盈饱满，痛快淋漓；不必说的半句废话没有，空白处让你跟着会心一笑。于说古论今、嬉笑怒骂中，对中国文人弊端痛下针砭，揭露真相，剖析劣根，毫不留情。这类文字，很容易读出鲁迅的味道。在物欲横流的今天，这样的文字也许有些寂寞，但正因为此而显得尤为可贵，让人觉得社会良心一息尚存，从而对生活增加一点信心。

　　新时期改革题材小说的开山蒋子龙近年随笔写作极为活跃，泼辣，凌厉，不掖不藏，保持着强劲的批判锋芒。本书选入的一篇，谈的是小说，却让我们记起那些不该遗忘的民族伤痛。

　　韩少功，王安忆，张炜，迟子建，是新时期小说家中我最所仰慕的几位。少功、安忆的小说因其思想和美学的力量，常常激动文坛，并引领着潮流。读他们的散文，同样可以清晰地感到其思想视野的开阔和哲学意识的深刻；张炜，子建的写作思如泉涌，高产优质。其立意的端肃和语言的诗性，以及萦绕在文字中的忧郁与感伤，总是让人赞赏的同时止不住叹息。

邓刚斗嘴，是一种智力和语言的狂欢。能言善辩，张嘴就来，妙语连珠，滔滔不绝，看似嬉戏，人生至理在其中；叶兆言对掌故旧闻的娓娓解读，既有小说家的沉稳老到，更展现出家学渊源的深厚；毕淑敏是医生、心理师、作家，作品多与这些职业角色有关，对生活的诠释渗透着识见和温情；韩石山有文坛刀客之名，收入本集的却是一则婉约文字，让人洞见其内心的柔软；陈祖芬不老的童心、葛水平"爱与坚守都与山河有关"的乡土情结、郭文斌"让人们在最朴素最平常的生活现场找到并体会生命最大的快乐"的热心都那么让人感动。

阎刚曾经以其气势如虹的文学评论在勃兴的新时期文学叱咤风云，而今其面临的困惑，其实是整个知识界的困惑，"是百年来困惑民族的大难题"；本书收入的几位文学评论家的散文，都各见性情：阎晶明谈鲁迅与酒，"并非是小题大做的刻意为文，实在是一扇值得推开的窗户，可以看到一个复杂、微妙的世界"；主编的品格决定着刊物的品格。任芙康在《文学自由谈》当家多年，该刊指点文坛，亦雨亦晴，在逼仄的表达夹缝中游刃有余，多少染上了主编的个人色彩。他那些短小精悍的评语，尖锐而不致刻薄，俏皮而不致油滑，对语言分寸的拿捏和对火候的把握恰到好处；福建有深厚的散文传统，分别以理论家和小说家著名的南帆、林那北夫妇，散文同样成绩斐然，呈现各自的智性与活跃。

专门从事散文写作的作家们自是各见风采。

李舫的文字之前读得不多，偶然接触，立刻就为之震动。其审视和剖析历史人物的高屋建瓴、大气和才情，全无女性散文难免的小情调乃至脂粉气。后来有机会认识，听到她坦率自白的"生就女儿身，心比男子烈"，证实了当初阅读文字的直觉；因为在故宫博物院做研究工作，祝勇有很多机会与真迹相遇。那种跨越时空的相遇，让他感觉特别震撼。他以扎实的艺术与历史功底，用散文笔法引领读者进入恢宏的古典艺术世界。他解读的《清明上河图》远不只是一般人看到的市井气息、繁华景象。而是命运的交叠、时间如水一样的不复还、繁华背后的凶险："担轿的、骑马的、看相的、卖药的、驶船的、拉纤的、饮酒的……他们互不相识，但每个人都担负着自己的身世、自己的心境、自己的命运。这座城就不仅仅是一座物质意义上的城市，而是一座'命运交叉的城堡'。""画中的那条大河，正是对于命运神秘性的生动隐喻。时间和命运，被张择端强化为这幅图画的最大主题"（祝勇）；刘亮程的散文有一种梦幻的、轻盈的、飘逸的、似乎非理性的与乌托邦互生互长的美学特质。他站在返归原始的立场，以一种古老的感官体悟方式回到人类本身，以一种最简单直接的方式不慌不忙地叙述或者说构建着一种人类久违的自然生存状态；周晓枫思维敏锐，识人论事一针见血。其文字的犀利恰如其人，独抒性灵、别出心裁，是考究、绵密和纯粹的书面语言，却率性而深刻；"草原剑客"鲍尔吉·原野曾连续三年被评为"90年代中国十大散文家"。其文字干净而优雅，智慧而俊美，幽默而不失朴实，豪放而不失细腻；多年前，我在上海文艺出版社的《小说界》读到刘小川的《品中国文人》系列，记住了这个名字。刘小川给我最深印象的是他阅读古籍的丰富，以及叙述的活泼而使故纸堆中呆板的亡灵有了趣味。本书选载的《庄子的逍遥游》，较为集中地体现了这一特点。

对散文语言的种种议论，是令我颇感困惑的另一大问题。编辑本书的过程中，有的作家犹疑自己的文字几近口语，似乎过于平白；有的作家又觉得自己的文字趋于华丽，似乎不够成熟，诸如此类。固然表现出一种可贵的自谦，但不无可以讨论的地方。

愚见以为，散文作为一种最自由的文体，给予作家语言驰骋的空间是最大的。散文品质的高下，除了真善美抑或假恶丑可以作为基本的衡量标准，追求理性与耽于感性、精雕细刻与大刀阔斧、冷静叙述与热烈抒发、沉稳练达与灵动率真、简洁明了与扑朔迷离、口语化与书卷气、小女人的顾影自怜与大男人的心雄万夫、浅斟低唱的婉约与铁板铜琶的豪放、精致唯美的歌吟与自然质朴的言说，孔子的辞达而已与庄子的汪洋恣肆、含蓄收敛惜墨如金与激情澎湃语言狂泻，乃至思想抵达的深浅，学养积累的厚薄，事实上都并不能决定散文美学意义上的优劣。作家个人自可有各自的个性，读者诸公自可有各自的喜好，然而，对散文写作的整体面貌而言，却无疑是千姿百态、异彩纷呈的好。并立并存是正常的，扬此抑彼是狭隘的。正因此，我们今天的散文阅读才如入山水胜境，峰回路转，皆有可观，万紫千红，目不暇接。

纵观文学史，一个不可否认的事实是：一个时代有一个时代的作家，一个时代有一个时代的作品，一个时代有一个时代的文学生态。最可让当代散文界振奋的是，一大批中青年作家极大地壮大了散文写作的队伍。他们的文字坚实，真挚，灵气逼人，生气勃勃，以各自的生命体验，各自的视角和心智，各自的特征和实力，对生活和生命现象做出了富于内涵的理解和诠释。正是他们的才华与努力，决定着中国散文的现实与未来。

2016 年，中国文坛痛失两位大家。本书收入的关于杨绛、陈忠实生前情状的文字，如话家常，深情款款，使两位为中国文化做出重要贡献的作家，音容笑貌、道德文章，重现眼前。

某些哲学家所持的现代工业社会"只有物质生活，没有精神生活"的观点，我们也许不能完全同意，但现实生活中"艺术的大众化和商业化导致人和文化的单向度"，某种程度上却是一种事实。强调艺术既是一种美学形式又是一种历史结构，是充满诗情画意的美的世界与渗透价值意义的现实世界的统一，重建文学艺术的"审美之维"，促成完整的人的再生，始终是时代的一个不可或缺的命题。在这个意义上说，本书所选编的 2016 年的散文因其卓然的风格、自成的风韵在林林总总的消费文化群落中呈现出了属于自己的标志。

最后，必须说明的是，古往今来事实上并没有出现过毫无遗憾的选本。本书宥于选编者的视野，遗珠在所难免。在此谨表歉意。

另，本着人格、题材和文风平等之原则，全书篇目顺序交技术处理——由电脑依据文章标题拼音字母排列。相信会得到各位作家的理解。

2016 年中秋夜改定于岭南

爱欲与哀矜

——重读格雷厄姆·格林

张定浩

1

"对小说作者来说，如何开始常常比如何结尾更难把握。"在《刚果日记》的某处注脚中，格雷厄姆·格林说道，他那时正深入黑非洲的中心，试图为一部意念中的小说寻找自己对之尚且还一无所知的人物，"……如果一篇小说开头开错了，也许后来就根本写不下去了。我记得我至少有三部书没有写完，至少其中一部是因为开头开得不好。所以在跳进水里去以前，我总是踌躇再三。"

小说家踌躇于开始，而小说读者则更多踌躇于重读。面对无穷无尽的作品，小说读者有时候会像一个疲于奔命的旅行家，对他们而言，最大的困难在于重返某处，在于何时有机会和勇气第二次踏入同一条河流。我有时怀念那些活在十九世纪和二十世纪初的度假客，他们像候鸟一样，一年一度地来到同一个风景胜地，来到同一座酒店，享受同一位侍者的服务，外面的光阴流转，这里却一如既往，令孩童厌倦，却令成年人感受到一丝微小的幸福。列维·施特劳斯，一位憎恶旅行的人类学家，他在马托格洛索西部的高原上面行走，一连好几个礼拜萦绕在他脑际的，却不是眼前那些一生都不会有机会第二次见到的景物，而是一段肖邦的曲调，钢琴练习曲第三号，一段似乎已被艺术史遗弃的、肖邦最枯燥乏味的次要作品，它已被记忆篡改，却又在此刻的荒野上将他缠绕。他旋即感受到某种创造的冲动。

2

因为现代意义上的艺术创造，很大程度上并非起于旷野，而是起于废墟，起于那些拼命逃避废墟的人在某个时刻不由自主的、回顾式的爱。

格林自然擅长逃避，他的第二本自传就名为《逃避之路》。他从英伦三岛逃至世界各地，从长篇小说逃至短篇小说，又从小说逃至电影剧本和剧评，他从婚姻和爱中逃避，从教会中逃避，某些时刻，他从生活逃向梦，甚至，打算从生逃向死。他在自传前言中引用奥登的诗句，"人类需要逃避，就像他们需要食物和酣睡一样"。但我想，他一定也读过奥登的另外一节诗句：

> 但愿我，　虽然跟他们一样由爱若斯和尘土构成，
> 被同样的消极和绝望围困，　能呈上
> 一柱肯定的火焰。（奥登《1939 年 9 月 1 日》）

因为他又说，"写作是一种治疗方式。有时我在想，所有那些不写作、不作曲或者不绘画的人们是如何能够设法逃避癫狂、忧郁和恐慌的，这些情绪都是人生固有的"。于是，所有种种他企图逃离之物，竟然在写作中不断得以回返，成为离心力的那个深沉的中心。这些越是逃离就越是强有力呈现出来的来自中心处的火焰，才是格林真正令人动容之处。

3

爱若斯，古希腊的爱欲之神，丰盈与贫乏所生的孩子，柏拉图《会饮篇》里的主角，却也是众多杰出的现代作家最为心爱的主题。或者说，写作本身，在其最好的意义上，一直就是一种爱欲的行为，是感受丰盈和贫乏的过程。在写作中，一个人感觉自己身体被掏空，同时又感觉正在被什么新事物所充盈；一个人感觉自己不断地被某种外力引领着向上攀升，同时又似乎随时都在感受坠落般的失重；一个人同时感觉到语言的威力与无力。如同爱欲的感受让地狱、炼狱和天堂同时进入但丁的心灵，作为一种共时性的强力图景，而《神曲》的写作，只是日后一点点将它们辨析并呈现的征程。

格林当然也有类似的共时性经验。他指认《布莱顿棒糖》（1938）是关于一个人如何走向地狱的，《权力与荣耀》（1940）讲述一个人升向天堂，而《问题的核心》（1948）则呈现一个人在炼狱中的道路。这三部小说构成了格

林最具盛名的天主教小说的整体图景，它们关乎爱欲的丧失、获得与挣扎。在一个好的作家心里，这些丧失、获得与挣扎总是同时存在的，不管他此刻身处哪一个阶段，至少，他总会设想它们是同时存在的。

更何况，这种爱欲体验在格林那里，是始终和宗教体验结合在一起的。他笔下的诸多主人公，均怀着对天国的强烈不信任以及对永世惩罚同等程度的恐惧在世间行走，换句话说，也就是在炼狱中行走。《问题的核心》中，那位殖民地副专员斯考比受命去接收一队遭遇海难的旅客，一些人已经救过来，另一些人，包括一个小女孩还活着却即将死去。斯考比走在星光下，又想起之前刚刚自杀的一位年轻同事，他想，"在这个充满苦难的世界上想要得到幸福，这是多么荒谬的想法啊"，"指给我看一个幸福的人，我就会指给你看自私、邪恶，或者是懵然无知"。

> 走到招待所外边，他又停住了脚步。如果一个人不知道底细，室内的灯光会给人一种平和、宁静的印象，正像在这样一个万里无云的夜晚，天上的星辰也给人一种遥远、安全和自由的感觉一样。但是，他不禁自己问自己说：一个人会不会也对这些星球感到悲悯，如果他知道了真相，如果他走到了人们称之为问题的核心的时候？

4

相对于自私和邪恶，格林更憎厌懵然无知。在《一个自行发完病毒的病例》里，那位弃绝一切的奎里面对某种天真的指谓惊叫道："上帝保佑，可千万别叫我们和天真打交道了。老奸巨猾的人起码还知道他自己在干什么。"天真者看似可爱，实则可耻，他们在不知不觉中造成伤害，却既不用受到法律惩罚，也没有所谓良知或地狱审判之煎熬，你甚至都没有借口去恨他们。"天真的人就是天真，你无力苛责天真，天真永远无罪，你只能设法控制它，或者除掉它。天真无知是一种精神失常。"格林只写过一个这样的天真无知者，那就是《文静的美国人》里面的美国人派尔，他被书本蛊惑，怀着美好信念来到越南参与培植所谓"第三势力"，造成大量平民的伤亡却无动于衷。那个颓废自私的英国老记者福勒对此不堪忍受，在目睹又一个无辜婴孩死于派尔提供的炸弹之后，终于下决心设法除掉了他。怀疑的经验暂时消灭了信仰的天真，却也不觉得有什么胜利的喜悦，只觉得惨然。

格林喜欢引用罗伯特·勃朗宁《布娄格拉姆主教》中的诗句：

我们不信上帝所换来的

只是信仰多元化的怀疑生涯

另外还有一段，格林愿意拿来作为其全部创作的题词：

我们的兴趣在事物危险的一端，

诚实的盗贼，软心肠的杀人犯，

迷信、偏执的无神论者……

在事物危险的一端，也就是习见与概念濒临崩溃的地方，蕴藏着现代小说的核心。

5

从亨利·詹姆斯那里，格林理解到限制视点的重要。这种重要，不仅是小说叙事技术上的，更关乎认知的伦理。当小说书写者将叙事有意识地从某一个人物的视点转向另一个人物视点之际，他也将同时意识到自己此刻只是众多人物中的一员；当小说书写者把自己努力藏在固定机位的摄像机背后观看全景，他一定也会意识到，此刻这个场景里的所有人都也在注意着这台摄像机。在这其中，有一种上帝退位之后的平等和随之而来的多中心并存。现代小说诞生于中世纪神学的废墟，现代小说书写者不能忍受上帝的绝对权威，因为在上帝眼里，世人都是面目相似的、注定只得被摆布和被怜悯的虫豸。但凡哪里有企图篡夺上帝之权柄的小说家，哪里就会生产出一群虫豸般的小说人物，他们，不，是它们，和实际存在的人类生活毫无关系。

因为意识到视点的局限，意识到一个人不可能完全掌握有关另外一个人的全部细节，小说人物才得以摆脱生活表象和时代象征的束缚，从小说中自行生长成形。格林曾引用亨利·詹姆斯的一段话："一位有足够才智的年轻女子要写一部有关王室卫队的小说的话，只需从卫队某个军营的食堂窗前走过，向里张望一下就行了。"唯有意识到我们共同经验的那一小块生活交集对于小说并无权威，个人生活的全部可能性才得以在小说中自由释放。

指给我看一个自以为知晓他人生活的小说家，我就会指给你看自私、邪恶，或者是懵然无知。

6

"一个人会不会也对这些星球感到悲悯，如果他知道了真相，如果他走到了人们称之为问题的核心的时候？"

换成中国的文字，那就是："上失其道，民散久矣。如得其情，则哀矜而勿喜。"

格林的主人公，几乎都是早早就"知道了真相"、已"得其情"的人，用唐诺的话说，格林的小说是"没有傻瓜的小说"。很多初写小说的人，会装傻，会把真相和实情作为一部小说的终点，作为一个百般遮掩最后才舍得抛出的旨在博取惊叹和掌声的包袱，格林并不屑于此。他像每一个优异的写作者所做的那样，每每从他人视为终点的地方起步，目睹真相实情之后的悲悯和哀矜并不是他企图在曲终时分要达到的奏雅效果，而只是一个又一个要继续活下去的人试图拖拽前行的重担。

"我曾经以为，小说必得在什么地方结束才成，但现在我开始相信，这么多年来，自己的写实主义一直有毛病，因为现在看来，生活中没有什么东西会结束。"他借《恋情的终结》中的男主人公、小说家莫里斯之口说道。这样的认识，遂使得《恋情的终结》成为一部在小说叙事上极为疯狂以至于抵达某种骇人的严峻高度的小说，而不仅仅是一部所谓的讲述偷情的杰作。在女主人公萨拉患肺炎死去之后，萨拉的丈夫亨利旋即给他的情敌莫里斯打电话告知，并邀请他过去喝一杯，两个本应势同水火的男人，被相似的痛苦所覆盖，从而得以彼此慰藉，这自然会让我们想到《包法利夫人》结尾处，包法利医生在艾玛死后遇见罗道耳弗时的场景。但与《包法利夫人》不同的是，《恋情的终结》的故事从此处又向前滑行了六十余页，相当于全书几乎三分之一的篇幅。在这部分篇幅里，我们看到莫里斯和亨利喝酒谈话，商量是火葬还是按照准天主教徒可以施行的土葬，莫里斯参加葬礼，莫里斯遇见萨拉的母亲，莫里斯应邀来到亨利家中居住，莫里斯翻看萨拉的儿时读物，莫里斯和神父交谈……生活一直在可怕和令人战栗地继续，小说并没有主人公的死亡而如释重负地结束。

"我是睁着眼睛走进这一场恋爱的，我知道它终有一天会结束。"莫里斯对我们说。

"你不用这么害怕。爱不会终结，不会因为我们彼此不见面。"萨拉对莫里斯说。

无论是地狱、天堂还是炼狱，格林小说中的人物都是睁着眼睛清醒地迈入其中的，这是他们唯一自感骄傲的地方。

7

关于爱，格林擅长书写的，是某种隐秘的爱。作为一个对神学教义满腹怀疑的天主教徒，格林觉得自己是和乌纳穆诺描写的这样一些人站在一起的，"在这些人身上，因为他们绝望，所以他们否认；于是上帝在他们心中显现，用他们对上帝的否定来确认上帝的存在"。他笔下的男性主人公，都是胸中深藏冰屑的、悲凉彻骨的怀疑论者，他们常常否定爱，不相信上帝，但在某个时刻，因为他们对自我足够的诚实，爱和上帝却都不可阻挡地在他们心中显现。因此，爱之隐秘，在格林这里，就不单单是男女偷情的隐秘（虽然它常常是以这样世俗的面目示人），而更多指向的，是某种深处的自我发现，某种启示的突然降临。当然，这种启示和发现，转瞬即逝，是凿木取火般的瞬间，而长存的仍是黑暗。

隐秘的爱，让人在感受欢乐的同时又感受不幸和痛苦，让人在体会到被剥夺一空的时刻又体会到安宁。在《恋情的终结》的扉页上，格林引用严峻狂热的法国天主教作家莱昂·布洛依（他也是博尔赫斯深爱的作家）的话作为题词："人的心里有着尚不存在的地方，痛苦会进入这些地方，以使它们能够存在。"

这些因为痛苦而存在的隐秘之地，是属人的深渊，却也是属神的。它诱惑着格林笔下步履仓皇的主人公们纵身其中。老科恩在歌中唱道："万物皆有裂痕，那是光进来的地方。"

8

我还想谈谈充盈在格林长篇小说中的奇妙的均衡感。

很多的长篇小说，就拿与格林同族且同样讲求叙事和戏剧性的麦克尤恩的作品来说吧，每每前半部缓慢而迷人，后半部分却忽然飞流直下，变得匆促急迫，以至于草草收场。似乎，在一阵开场白式的迂回之后，作家迫不及待地要奔向某个设想好的结尾，你能感觉到他要把底牌翻给你看的急切，像一个心不在焉要赶时间去下一个赌场的赌徒。

格林就几乎不会如此。这一方面，或者源于他每天固定字数的写作习惯。"每星期写作五天，每天平均写大约五百个字……一旦完成了定额，哪怕刚刚写到某个场景的一半，我也会停下笔来……晚上上床，无论多么晚，也要把上午写的东西读一遍。"《恋情的终结》中小说家莫里斯自述的写作习惯，格林在两年后接受《巴黎评论》的访谈时，又几乎原封不动地重说了一遍。这些按照定额从他笔下缓缓流出的文字，遂保有了节奏和气息上的匀称一致。再者，格林的长篇小说无论厚薄，基本都会分成多部，每部再分成多章，进而每章中再分小节，这种层层分割，也有效地保证了小说整体的均衡。

但这些依旧还是皮相，我觉得更为要紧之处可能还在于，如果讲小说都需要有内核的话，在格林的长篇小说中，就从来不是只有一个内核，而是有很多个内核，它们自行碰撞，生长，结合，然后像变形金刚合体那样最终构成一个更大的内核。

他的人物，遂在各自的小宇宙里，从容不迫地交谈着，他们就在他们所在的世界里痛苦或欢乐，对一切专职承载主题或意义的面容苍白的文学人物报之以嗤笑。

9

也许我们最后还应该谈谈幸福。

格林并不反对幸福，他反对的是基于无知的幸福以及对幸福的执着。已婚的斯考比感受到幸福顶点的时刻，仅仅是他准备敲开年轻的媚妇海伦门扉的那一刻，"黑暗中，只身一人，既没有爱，也没有怜悯"。

因为爱旋即意味着失控，而怜悯意味着责任。这两者，都是人类所不堪忍受的。上帝或许便是这种不堪忍受之后的人类发明，他帮助人类承担了爱和怜悯，也承担了失控和责任，同时也顺带掌控了幸福的权柄，作为交换，他要求人类给出的，是信。耶稣对多疑的多马说："你因看见了我才信，那没有看见就信的有福了。"格林像多马一样，并没有弃绝信仰，他只是怀疑和嫉妒这种为了幸福而轻率达成交易的、蒙目的信徒，就像《权力与荣耀》里的威士忌神父怀疑和嫉妒那些在告解后迅速自觉已经清白无罪的教徒，但反过来，他同样也难以遏制地爱他们中的每一个人，并怜悯他们。"比较起来，不恨比不爱要容易得多。"

"爱是深植于人内部的，虽然对有些人来说像盲肠一样没有用。"在《一个自行发完病毒的病例》中，无神论者柯林医生对那位自以为无法再爱的奎里说。

在福音书应许的幸福和此世艰难而主动的爱和怜悯之间，格林选择后者，这也会是大多数旨在书写人类生活的好小说家的选择。幸福不该是悬在终点处的奖赏，它只是道路中偶然乍现的光亮。构成一种健全人性的，不是幸福，而是爱欲与哀矜的持久能力。在敲开海伦的门并愉快地闲聊许久之后，斯考比"离开了这里，心里感到非常、非常幸福，但是他却没有把这个夜晚当作幸福记在心里，正像他没有把在黑暗中只身走在雨地里当作幸福留在记忆中一样"。

（原载《人民文学》2016 年第五期）

把常识挺在前面

陈　冲

　　2016 年的春节，总的来说过得不错，祥祥和和，乐乐呵呵。九个指头都是这样吧。另有一个最小的小手指，稍微有点不一样——也不是多么不好，略略有些不安罢了。照说这也是常态，如果用辩证唯物主义哲学来解释，就是绝对的东西是不存在的。当然，具体到每一个人，哪根指头不舒服，是因人而异的，但全社会地去看，也会有某种共通之处。我自己的不安之处，是两个不怎么太好解开的小疙瘩，原以为只是因为我的各色，别人不会为这种事操心的，不料就看到一篇文章——后面我们会讲到它——也说到这两件事。原话是："整个春节人们都在议论一个上海小姑娘"，小姑娘俨然成为继春晚之后的"春节头号炮灰"。

　　对于央视的春晚，由于觉悟低，采用的仍是若干年形成的定势，在那段时间里，客厅里的电视机一直是开着的。当时我们家里共有四个人，其中的三个在客厅一边的餐桌上用扑克牌玩拱猪，我自己在书房里用电脑上网打麻将。如果这时有某个调查机构打进电话来，问你们家是不是正在看春晚，还真是不太好回答。拱猪的那三个，其实还负有一项使命，就是一旦发现有好节目，得及时喊我出去看。今年这种情况也确实发生过一次，可我当时正在连庄，就没有出去，后来才知道，那是一群美国小姑娘跳舞。到晚会快结束时，忽然想起来，问，有崔砚君编的小品吗？说没有。崔砚君在保定时跟我住在同一个工厂生活区，认识，就关心一下。没有就没有吧。然后就开始等着看吐槽了。很多年都这样了，出于某种阴暗心理，对吐槽春晚的兴趣，远大于对春晚本身的兴趣。没想到今年不一样了，劈面而来的不是对春晚的吐槽，而是对春晚的三定：定性——满满的正能量；定量——收视率百分之八十几，满意度百分之九十几；定评——好评如潮。老运动员思维随即启动，立刻意识到是自己的觉悟低了，觉悟的提高落后于形势的发展了。当然也不是一点吐槽都没有，手机上就有一些标题，但内容打不开了。能打开的，只是一些鸡零狗碎，比如假唱。这也反映了吐槽者的觉悟低。若是当节目看，假唱肯定是不可接受的，就好比在另一则春节炮灰中，把人工养殖的鳇鱼当野生鳇鱼卖。但相对于正能量，重点就是让人们把歌词听对听清楚，旋律、声音、唱功等等就不在话下了。这个学习提高的过程虽然还算顺畅，但到最后仍然有一点小小的不安：按我的理解，相当一部分人看春晚，就是为了看完后吐槽。如果不让吐槽了，虽然肯定不会影响到权威调查的收视率，但实际收看的人会不会有所减少？

另一个不安要大一些，而且直到我开始写作本文时仍未缓解。这个"上海女逃饭"的事好像应该、也可以多写一点，尤其是它与文学有关。文学的生命力在于、也仅在于真实，而这个逃饭故事的真实性却备受质疑。据一项统计，相信其真实性的人只占到一半略多，而不相信的和有怀疑的，各占两成以上。但文学的真实又不同于生活的真实，我们现在最难让人相信的就是报告文学和"非虚构"。按网上流传的这个逃饭故事，从各方面看，都是一篇剪裁得很奇巧的短篇小说，虽说生活质感不是很好，但比当下某些好评如潮的作品还是好得多。它把一顿有鱼有肉有炖鸡的年夜饭，弄成了这般模样，堪称是"典型化"手法的样板，收进大学写作课教材当之无愧。它的所指那么集中，而能指又如此宽泛，它的人物、事件、过程、因果都那么单纯明了，却又包含了惊人的张力，让各色人等都有话可说，让若干个学科的专家学者都乐于发表各自专业领域里的精辟见解。而更奇妙的是，当擅长用网络语言进行浅思维的网民将两位男女主人公概括为"凤凰男"和"孔雀女"时，让人觉得还真是一种相当精准的定位！

它又很像钓鱼。不是扑克游戏里"拱猪""钓鱼"那个钓鱼，而是执法者"钓鱼执法"的那个钓鱼。用语录体来表述，亦称"引蛇出洞"。当然，是阳谋。这个"谋"太容易看明白了。从事儿刚一出来，我就估计到了会有这样一种东西被"引"出来。果不其然，中国人向来就是这样的，到时候必定会有"工人说话了"这种事发生。不过这回发声的是一位自称江西女的作者。她的网名叫"尔雅2016"，显然也是专为发这篇文章现注册的。在我看到这篇文章时，它的标题是：《江西女孩致信上海女孩：江西农村有能力滋养年轻人的爱情》。一看标题就知道，肯定是满满的正能量。再看内容，世界观人生观价值观婚恋观各种观都是标准答案。内中让我稍稍有一点点不安的只是，按作者自己的介绍，她才26岁，未婚（刚刚"甜蜜地有了可以结婚的对象"），现在就这样子拿自己当作示范的样板儿好像早了点。按我的理解，一个人得在过完金婚纪念日之后才可以这样说话。说句有点那个的话，万一几年后你跟"可以结婚的对象"离婚了怎么办？又万一离婚的原因跟"江西农村"一毛钱关系都没有怎么办？就简单地比如说吧，另有所爱了，"江西农村"滋养出来的爱情就必定有这个免疫力吗？很明显，这是个低级的逻辑错误。不过我觉得这也不能太责怪江西女孩尔雅2016。她其实是上了当被引蛇出洞的。如果不是有上海女孩逃饭在先，只是在一种很日常的背景下让她讲讲自己的恋爱感受，她多半也会讲得很日常，犯不着故作惊人之语。这倒不失为一个提醒：越是追求满满正能量的时候，越是容易犯低级错误。

比如逃饭事件中那个"受害方"——江西男孩吧。按网上提供的演义，他在女孩与他分手后决定不回上海了，要留在家乡创业，改变家乡面貌。从情绪上讲，也是满满的正能量，还得到很多网友的点赞。这也让我有一点点不安。就要带着一个上海女友回江西农村老家过春节了，居然想不到打个电话嘱咐老家的人几句，把地方和饭菜收拾得清爽一点，就这么个人，也要"创业"？桑桑伊伐！

若让我评价，我觉得上海女孩江西女孩都是好女孩，也都有一个共同的缺点，就是缺少对一种常识的认知。相比之下，上海女孩好一点，那是因为她身临其境，被动地、但也总算认识到了这一点，而江西女孩没遇到这个坎儿，所以仍然认识不到。这个常识是什么呢？坦白交代，直到几天前，我仍然不愿意说出来。闻一多老前辈有言：有句话，说出来就是祸，此之谓也。潘向黎有个得鲁奖的短篇小说叫《清水白菜》，我曾向《文学报》的陆梅许愿要写一篇评论，到现在已经过去十多年了，仍然没有写出来，也是同样道理。它不符合爱情要纯净伟大的标准答案，明显属于负能量，而且政治上不正确，存在着某种歧视。然则为什么到最后我还是决定要写这篇文章，把这个常识公之于众呢？因为我看到了一篇报道，讲的也是类似的"春节炮灰"现象。它援引某地的一个统计，该地在春节前后共有约一万对男女来到民政部门，其中节前是结婚的多于离婚的，节后是离婚的多于结婚的，节前节后两项相加，共有四千多对男女领到了结婚证，五千多对夫妻领到了离婚证。我不信教，但我还是念了一声佛。我决定公开这个常识了。如果此举能有助于让一些人多一点先见之明，少一些无果恋爱中的感情浪费，少一些失败婚姻中的伤心怨恨，不亦善举乎？佛不是政治家，只要是做善事，佛就喜欢，是不是正能量，倒不怎么太在意。

下面就是这个常识：在无果的恋爱和失败的婚姻中，最常见、最致命的大杀器是什么？文化差异。

文化差异不是自古就有的门当户对，也不是现在所说的生活习俗。它含有那个意思，但比那要宽泛得多，也虚得多。网上演义的这个上海女逃饭的故事，恰好是个绝妙的例证。你看那顿"典型化"程度极高的年夜饭，江西女孩视为"无数次魂牵梦绕的美食"，却让上海女孩受不了。它有鱼有肉有炖鸡，唯独缺少的就是那么一点"清爽"。"清爽"就是一种文化，是上海人的一种"观念"，不是卫生不卫生的问题，也不是好看不好看的问题。它"要求"不高，但很难"侍候"，因为它往往不讲道理。一盘白斩鸡就清爽，一碗小鸡炖蘑菇就不清爽，有什么道理吗？没有。当然，"清爽"本身也有档次之分，像潘向黎笔下的"清水白菜"是很高档的，不过普通的上海女孩也没有这类要求。逃饭的这个上海女孩，不是这种要求。江西女孩虽然自称在一线城市读过大学，但显然没弄明白这个。这位上海女孩不仅不可能拥有"豪宅"，就连餐桌上方有一挂"晶莹吊灯"的可能性也微乎其微。说白了，就是通常所说的"小市民"那种。如果搭配一个男性的上海小市民一块过日子，那日子过得真说不上有多讲究。端上来一盘清炒鸡毛菜，也能赢得一声称赞——格只菜蛮清爽个！然而若是另外一种搭配，就没人知道有多难侍候了。

从这个角度说，农村人也同样难侍候。今年的"春节炮灰"里还有一则演义，说的是一个城里的媳妇随夫君回农村过节，到了婆家，就被派去干活，几个小姑子，嗑瓜子的嗑瓜子，玩手机的玩手机，一桌饭菜由她一手做成，摆好以后，却不许她上桌，让她到厨房吃。这就是文化，跟贫穷啊落后啊全都没有一毛钱的关系。

我承认，我这样看待这则演义，与所有的正反两方各种评论相比，眼界上是最狭窄的，着眼点是最琐细的，但我仍然认为，这是我们从这件事里唯一能够得到的真正的、有用的、有效的"教训"。至于那些诸如嫌贫爱富、城乡二元、农村凋敝、阶层固化等宏大叙事，并不是这则演义适合承载的话题。即便演义中的女主角欣然接受了那顿有鱼有肉有炖鸡的年夜饭，当晚就和男主角滚床单，也不证明江西农村全都建成了社会主义新农村。大多数人恋爱结婚还是为了过日子，并不幻想把自己做成一个爱情样板儿。纯粹、伟大的爱情是有的，俄罗斯的十二月党人的妻子们就是一种光辉的典范，但那种样板值得尊敬却不值得羡慕，您本人即使完全具备这种精神境界，最好也别摊上这种事儿。把自己家的日子过得平平常常和和美美，比什么都好。那么，为什么在海量的评论中会出现那么多宏大叙事呢？这也怪不得大家伙儿。大家伙儿都是好意，都想制造正能量嘛。制造正能量当然更没错，问题是辩证唯物主义不提倡绝对化。可以满到百分之九十九，把百分之一留给常识。据说爱因斯坦有言，成功百分之九十九靠勤奋，百分之一靠天才。后来有人发现这个话在翻译时出现过缺斤短两，它后面还有小半句——但这百分之一是至关重要的。

就在本文写到这里的时候，具体说，即 2016 年 2 月 22 日，原有的演义发生了大逆转！2 月 21 日，"中国江西网"发文称，"2 月 20 日，记者从网络部门获悉"，"根据网络部门的信息梳理"，"上海女孩逃离江西农村事件从头到尾均为虚假内容"，"江西无辜躺着中枪"，"自称上海女孩的发帖者不是上海人，而是上海周边某省一位已为人妇的徐某某，春节前夕与丈夫吵架，不愿去丈夫老家过年而独自留守家中，于是发帖宣泄情绪"。"其后自称江西男友做出回应的'风的世界伊不懂'，只是话题的碰瓷者，与徐某某素不相识"。这样的一种"真相"，其实是没多少趣味性的，甚至无妨说相当乏味，但有趣且有意味的是，它虽然和此前的种种质疑一样没有提供多少可信的证据，但却立刻被认为是一种"权威发布"，甚至无须说明一个人妻和丈夫吵了架之后，编这么一段故事能"宣泄"哪门子"情绪"。反正这就是"真相"了。而一旦真相大白，正能量的话就好说了。首先是重要性，从正面说，"互联网环境下的信息多重性，决定了社会主义核心价值体系建设必须高度重视网络舆论的导向作用。唱响中国这个'网络大国'思想文化主旋律，就要积极利用网络传播的快捷、立体性等优势，用富有吸引力的正能量来引领网络文化建设。故而，如何净化网络、发挥网络的正向功能，成为全社会都必须严肃认真对待的一个现实大问题"。从反面说，"近些年来，网络上的假新闻就一直不绝于眼，相当一部分假新闻的一个共同的特征是，炮制者为图一时之快，最终却割裂了社会、分化了族群。的确，我国已是名副其实的'网络大国'，无论是网民数量还是手机用户数量，都位居世界第一。网络是一把双刃剑，它极大地缩短了信息的传播时间，为人们了解、交流信息提供了快捷平台。同时，充斥于网络的垃圾信息也给人们带来了很多的困扰，极大地妨碍了和谐社会的建设"。中国社科院社会政策研究中心秘书长在接受采访时表示，农村和城市的差异一直都存在，而且要改变也非易事，这些属于非常私人的事情，拿出来到网络上给大家讨论无益于事情的解决。南昌大学新闻与传播学院一位教授认为，网络从来不是法外之地，虚假内容的发布，基于虚假内容不加甄别而渲染社会情绪，损害的是社会的公信力，突破的是法律和道德的底线。还有人进行了更深入的反思，"这一个充满漏洞的帖子，在被热议之初就有很多人质疑其是假新闻，但让人百思不得其解的是，人们根本不在意新闻的真假，只不过按照自己内心的偏见来发泄一通情绪而已"，以致"带来了巨大的危害"，"激化了社会矛盾，导致了严重的地域偏见，不仅不利于和谐社会的构建，也严重伤害了社会的核心价值观"。"因此，这一事件本身十分严重，这一谣言带来的危害，恐怕比多数其他网络谣言更严重"。为了防止类似的谣言再次发生，应该认真追究相关部门的责任，比如公安部门，"在这个事件中自始至终都没有主动介入"，比如"上海、江西等方面的文明办、宣传部门"，"当该事件对该地方有着抹黑、歪曲、严重影响当地声誉的情况下，竟然没有一点儿行动，如今事件被爆出，也没有当地有关部门的身影"。矛头直指强力部门，胆子真够大的，估计也是义愤填膺闹的吧。还有一些义愤填膺者，很可能是被自己的义和愤把自己的脑袋弄迷糊了，认为"这一话题，绝对将上海女孩推上风口浪尖的境地，让人们觉得都市女孩嫌贫爱富、娇纵惯养。而发布该网络谣言者，不过是泄一时之怒的愤青者，却让上海女孩背负着沉重的道德十字架，被社会舆论批驳得体无完肤"。原来加害者和受害者是同一个人，自作自受，好像公安、文明办、宣传等部门不管也对。

还是回到常识吧。前面说了，这个一看就是虚构的短篇小说，唯一能够成立的"主题"，就是如何认真对待家庭生活中的文化差异，它仅有的"教育意义"，就是提醒人们注意，如果你想选择一位存在较大文化差异的人恋爱结婚，最好先问一问自己有没有足够的耐心和智慧，以便到时候有能力去解决这些存在于婚姻中的文化差异，而不是去解决那个存在着文化差异的婚姻。它承载不了那么多的宏大叙事。但是，人们那么热衷于借它来挥洒相干不相干的宏大叙事，却也未可深责，因为这只是一种风气使然。正是在这种风气之下，人们才会对文化差异这类事不感兴趣。文化差异虽有很大的能量，但它只是一种存在，不分正负。正如另一则春节炮灰——引力波。至少到目前为止，人类刚刚证明了它的存在，还没来得及去分辨正引力波和负引力波。

好吧，作本文的余兴，我再普及两则常识，一则中等个头的，一则大个头的。

先说中等个头的。徐某某发的这则帖子，就是一个网帖。无论从哪个专业的角度看，或者从哪个主义的"新闻学"看，它都构不成一条"新闻"，所以也无所谓真假，自然也不是谣言。莫说只是网上一个帖子，就是白纸黑字印在平面媒体上的，也不是所有的文字都叫"新闻"。举个例子吧。有位叫贾平凹的著名作家，在接受媒体采访时说，有个村的妇联主任告诉他，"经调查，农村的妇女百分之六十性生活没有快感"，然后记者就依样画葫芦地写在了访谈录里，登了出来。会有这种事吗？如果真有这种事，那就不仅是"国将不国"的问题，直接就是"人将不人"的问题了。可是登出来快俩月了，也没见有公安主动介入，去调查该妇联主任的造谣之罪，或贾平凹、记者的传谣之责。何以故？就因为这些话无非就是那么一说，最多叫个"说法"，不能算"新闻"。即使一追到底，那个"底"无非就是贾先生缺少一点性常识，一不留神把"快感"和"高潮"弄混了。即使只从程序的角度讲，起码得是持有记者证的人，弄出来的才能叫"新闻"——至于他持有的那个记者证是真证还是假证，倒不是很重要。

再说大个头的。这也是没办法，你只有自己也来点宏大叙事，才有可能进入那个宏大叙事的语境。这种帖子，不算新闻，无所谓真假，也够不上谣言，那它们是什么呢？我所了解的常识是：在过去，人们管这种东西叫街谈巷议，再往前，则被尊称为"风"。现在各级作协常组织一些作家、文学活动家去采风，我没去过，不知道所采的都是什么"风"，但在古时候，朝廷派大臣到各地去采风，"采"的就是这个。旧社会的茶馆里，墙壁上柱子上都贴着告示，四个大字，叫"莫谈国事"。茶馆本来就是说话的地，莫谈国事，说什么？就说这些街谈巷议，南大街王秃子家二丫头怀胎十一个月生下一条九斤重的长虫，北关的十岁红那回在东大洼唱戏没见张嘴就能发出声儿来。就这些。但古时候有明白人，知道这些不可小视，虽是出之于引车卖浆者流之口，传之于街头巷尾之间，事无可考，言不及义，却关系到宗庙之存亡，社稷之安危，王朝之更替，天下之兴衰。当然，那是古时候，现在不同了。现在就有人认为这些都不足为虑了，有办法让他们统统闭嘴了。不过，从常识上讲，史书上也有关于这种人的常识，认为这种人虽然不擅长解决问题，但是很擅长解决把问题说出来的人，就像那些过完年就去办离婚的男女，既然没有能力解决婚姻中存在的问题，就只好解决这个存在问题的婚姻了。

（原载《文学自由谈》2016 年第 2 期）

不被打扰的私人生活（外一篇）

李晓君

不被打扰的私人生活

有一天，我突然意识到一个问题——虽不严重，但还是让我暗吃一惊。那就是，十多年来我并没有安装一部家庭电话。

显然，我们家不属于经济上的底层，安装一部电话不足挂齿。出于什么原因，使我一直回避装一部电话这个事实？我坐在房间里，在电脑前凝思起来。这是在写作的停顿中，突出冒出的一个问题。事实上生活中有很多问题，我们都假装没看见，而是任其累积，不去深究。不去正视，并不表明问题得到解决。它迟早会像病毒一样爆发。也许装电话这个事，算不上一个问题——因为我的家人，都对此达成一种缄默的共识。仿佛都小心翼翼地维护着一个不被打扰的私人生活的状态。不装电话并不意味着会被人忘记。在通信这么发达的今天——我们家除了女儿，人人都有一部手机，随时可以被人找到。不装电话改变不了可以隐遁的事实。如果说，一个作家，比常人更希望他的私人生活不被打扰，因为他在人家休息的时候却在构思和写作——因此需要一个安宁的环境的话，那么让家人接受他的习惯是否也是一种专横？然而事实是，我的家人都乐于接受不被打扰的状况，喜欢处在一种"被遗忘的存在中"。

我不愿接听电话，就像不愿看电视一样。电视可以作为一个摆设，沉默着作为一个物件孤单地呈现在那里——甚至打开它，只要不去关注它，把音量调到无声，任画面不断变幻，你的内心依然可以作为一个封闭的状态存在——它对你干扰的程度是非常有限的。而电话不同，一部突然响起的电话，就像一个命令一样，让你情不自禁地走向前去，在一个习惯听命于发号施令的环境中——我们都在这样的环境中长成，从小得到的教育，都是听命，接受外部的训示，从最初的不情愿、反抗，到渐渐接受乃至完全妥协。直到有一天当你忽然醒悟，随时恭候人家的命令、教导，其实是一个大问题。你开始学会反思，想要摆脱这一桎梏，然而就像一个病入膏肓的人，我们早已丧失自我意识的能力。没有命令我们无法前行。

我也许很早就意识到这个问题，是阅读帮人建立起独立意识。可见，去除愚昧和奴性，唯有读书一条路。不装家庭电话，是建立自我的一小步。但并不意味着故步自封，将自己（也将他人）限制在一个不可触摸的空间里——事实上这个空间不存在，哪怕在遥远的火星乃至银河系，人们都有探寻的兴趣和勇气。十多年前，我还不曾拥有手机，但和很多人一样，我有一个BP机，俗称"叩机"，叩是个动词——寻呼者的意图通过媒介传导你，我很喜欢这个词。每次叩机一响，急急地去找电话回过去。可见我与大多数人一样。我记得那时，倒是装有一部家庭电话——我从一个学校调到党政机关上班，为了方便联络，安装家庭电话成为一个不可推辞的义务。那时，我完全没有个人生活，作为一个基层的小公务员，并且是服务于县城最重要的权力机关，我的周末时间通常也是在工作中——这种后来称之为"五加二、白加黑"的状态，不仅不被当作对个人权利的冒犯，还当作是一种美德加以传扬。国家早有法定的节假日，并且明文规定执行公休假制度。就像一个落伍的尾随者，意识还跟不上引领者的节拍，不少如我曾供职的县市，还处在一个相对陈旧的思维模式里。

我很庆幸后来有机会离开那个部门，到了一个相对清闲的单位，从事自己喜爱的工作。我觉得人人能找到自己的兴趣，并且出自内心的诚恳而非一种外在的压力去工作，是一个幸福社会的标志。来到南昌以后，我不仅告别了一种习惯于耳提面命的生活，同时也切断了私人电话这根线——我在这个城市生活了16年，从来没有装过一部家庭电话。我非常珍视这来之不易的私人生活的领地——坦白地讲，的确比过去清静多了。

说到底，我是个对现代生活稍有抵触的人，但并不严重。在大部分人开始使用电脑写作的时候，我还在用手写（我甚至在考虑是否要恢复这一习惯），QQ、微博、微信这些工具，我也是很晚才学会——生活中，还有一些人，至今都不怎么使用它们，我对他们充满敬意。当我开始使用这些工具的时候，我发现我有强烈的依赖症，早上起来蹲坑的时候，要拿出手机来看看微信，每晚入睡之前也要玩一会儿，甚至在候车、坐车的时候，都离不开它。我想我之所以不去看电视，是出于同样的原因，我可能会对它依赖性很强。

这是理性在告知我，必须远离电视的原因。我一边在努力维持个人生活的纯洁性，一边不断地在丧失掉，而沦陷到一种需要不断喂食大量信息的对资讯的恐慌症中。

美国窃听丑闻爆发后，斯诺登所曝光的一切，将人们认识中的暗区显影出来。在我们以为私人生活是片净土的时候，猛然被人扇了一记耳光——不存在这样天真的幻想，它早已被冒犯和侵踏。人们生活在一个巨大的网络里，据说云技术保留了人们在网络上留下的任何痕迹。

不装家庭电话，改变不了我的行踪不被记录。事实上，一个写作者的生活是简单而清苦的，与苦行僧无异。如有可能，他希望日复一日地待在工作室里——待在写字桌前，对着打开的电脑屏幕，发动想象的机器——他更乐于去创造一种可能的生活，对于实际生活的关注，远不是那么强烈。说到底，文学是一种创造的艺术，一个作家从这种劳作中收获艰辛，也收获欢乐。如果有一根线，连着虚拟世界的深处，我愿意做这个虚拟世界的倾听者。拒绝接听电话，显然出于对实际生活的逃离，对介入"现实"的痛恨。聪明的读者不愿意接受一个复制的生活的样本，而愿意看到一个新异的充满可能性的"世界"——这构成他们生活下去、对未来期待的一个重要原因。试想一下吧，《西游记》和一部蹩脚的纪实作品，对人的精神世界影响孰深孰浅，是一望而知的。

说这么多，我一直没有正视一个问题，那就是，我的家人为何都乐于生活在一个没有固定电话的世界？我理解这是性格所致。因为家族基因的原因，我们都属于那种内向的、怯于与人交流的那种。如有可能，都尽量闭紧自己不去与人聊天、打交道。虽然母亲近来与小区的老人们开始互动，并成为麻将桌上的常客。但我的观察，在这16年里，母亲随我在这个城市生活过四五个小区，敢于走出家门，与人交流这还是第一次。

其实我们乐于按照自己的性情生活，仅此而已。我们不是遁世者，逃离——这一蛊惑人心的举动，只在某种潜意识里，打开了一个缺口，我们在想象中，就像做梦一样，回到无知的孩提时代，扮演了一个虚拟中的逃离者。

诗人之死

一个千里之外至今未曾谋面的诗人（准确地说是诗评家）陈超，意外坠楼自杀了。这个沉闷的初冬，死亡成为一个让人伤感的词。

我最初关注陈超先生，还是在赣西一个乡村中学当老师的时候，经常在《诗刊》《诗歌报》《诗神》等杂志上读到他的文章。对于我理解现代诗帮助很大。后来又购得他一些书籍，对西方现代诗阐释性的导读很有见地，更印证了我当初对他的看法。陈超是以哲学入诗、评诗和研究诗歌的，他的"文本细读"理论深合我意。此后十多年来虽不再写诗，但对诗神烙下最初的诗歌印记，总难忘怀。

诗歌是形象的哲学，从这一点来说，陈超先生的理论和诗观，是有代表性的。当时，国内也有一些诗歌理论家，他们对一批俄罗斯和前苏联诗人如帕斯捷尔纳克、阿赫玛托娃、茨维塔耶娃、曼德尔斯塔姆、布罗茨基等，非常推崇，对他们在国内的推介，起到很大作用，其中几个，我一直很喜欢，但总的来说，他们的解读偏向于对"暴政""专制"的反抗和不妥协，以及对"流亡"命运的讴歌。而陈超先生则从哲学的思维上，对现代诗研究和阐释，更令人信服，有一种让人豁然开朗之感。以哲学或者说生命入诗，这是使诗歌走出工具性的必要途径。当时我也正以这样的信念写诗，那时的我二十出头，是个内向而自傲的乡村教师，陈超先生对我的启发，有如黄庭坚"点铁成金"的意味。

自然，诗人自杀，已成为中国文坛一道壮烈而悲怆的景观。上自王国维的颐和园沉湖，下至海子的山海关卧轨，诗人自杀，开启了现代文学一个魔咒般的命题。而王国维和海子的自杀，都仿佛具有一种形而上的文化意味。

中国百年来的社会进程，纷繁复杂，其中知识分子的态度、命运和浮沉，又尤其引人注目。王国维，作为一个文化的卫道士，一个坚定的文化理想主义者，在二十世纪二十年代波诡云涌的社会政治变革中，不惜以一死，来深情拥抱他的精神家园。人们在他内衣口袋里发现遗书："五十之年，只欠一死。经此世变，义无再辱"。短短数言，给人以振聋发聩的决绝和无尽猜想。很容易让人想起南宋遗臣文天祥在元大都就义时，衣袋里的绝笔书"孔曰成仁，孟曰取义，惟其义尽，所以仁至。读圣贤书，所学何事？而今而后，庶几无愧！"而海子作为"最后一个抒情诗人"，他的卧轨自杀似乎也暗合着一个抒情时代的结束。

关于陈超先生自杀的原因，外界有诸多说法。如身患疾病，不堪重负；一边是照顾智障的儿子，一边是繁忙的工作，内心压力过大；甚至有好事者称其自杀是个官场事件，因其兼职河北省作协副主席，此说是极为荒谬和可笑的，其实陈超领工资的单位是河北师大，他是该校教授，作协职务只是挂名，但即便是驻会的职务，这个单位的性质和官场也是风马牛不相及的。

陈超先生作为一个著名的诗歌评论家，对当代中国诗歌卓有贡献；他的诗歌其实也是出色的，只是很少示人。我在唐晓渡先生的一篇文章《读陈超的一首诗》中，读到以下诗句，不说震撼，起码也是被深深打动了：

桃花刚刚整理好衣冠，就面临了死亡。
四月的歌手，血液如此浅淡。
但桃花的骨骸比泥沙高一些，
它死过之后，就不会再死。
…………

仿佛带着对自身结局的预言，一首诗从内部迸发出压抑的激情，蘸着春天的桃花之血，在岩石上书写生命的哀歌……我从网络上看到陈超先生的照片，大多是明朗而欢快的，虽也有一些带有倦容和沉郁表情的，但总的来说，这是一个内心强大、对生活自信、亲和友善的人。如果死亡可以算是一颗榴霰弹的话，就像他的诗句：

她掀起粉红的衣衫，一直暴露到骨骼。/我目光焚烧，震动，像榴霰弹般矜持——/在最后时刻爆炸！裸体的桃花重又升起/挂在树梢。和我年轻的血液融为一体。/但这一切真正的快乐，是我去天国途中的事。

那么一个人的自杀，则是一个事件。当他的死引起大家广泛的关注，或者集体的漠视，都是不正常的。我看到微信群里，人们不断地转发着他"死亡"的消息，这消息夹杂在一些"老虎""苍蝇"落马的消息之间。夹杂在"占领中环"的消息间。也夹杂在其他真与幻的消息间。

诗人的死，总是不出乎人的意料。但同时又让人深深震惊。不让人意外，是因为诗人与死亡之间确立的这样一种关系：亲密、决绝。在这份名单里，已经有太多的诗人将死亡这朵黑花佩戴在胸前。而这个黑色花朵编织的花环，永不会扣上连环。让人震惊，是因为诗人的死，让我们再一次意识到：生活的不堪。诗人是人群中的异数，他们的语言接近于神祇，一个真正的诗人，是一个人群中的痛苦者和孤独者。一个乐呵和"聪明"的诗人是可疑的。不能指望一个诗人，来书写人世的欢乐，哪怕他也曾浸沐在爱情的光辉中而愉悦地吟唱，但那是为他更深沉的痛苦埋下伏笔。一个诗人，是让所谓正常的人不舒服的人，他远远地站在人群之外，睥睨一切，在你嗫嚅和傲慢时，给你冷不丁的一刺。你可能永远理解不了一个诗人的精神世界，那里曾被神灵、哲人，也被死亡之神徜徉过。

陈超从河北的某座高楼上坠下，让千里之外的南昌，让这个夜晚，回荡起巨大的声响。他落下的姿势容易让人想起某种黑鸟。一个不算老的中年男子，戴着眼镜，黝黑狭长的脸，善意的笑容，拒绝与世界合作的眼神，亚麻色毛线衣、赭色皮夹克、蓝色牛仔裤，一个中年男人应有的浑厚沙哑的嗓音，脑子里印着的无数的诗行，穿行于哲学与诗歌之间的那道光芒，仿佛对人世洞彻肺腑的清醒和失望，深沉的爱与眷恋，不舍与迷茫……他在黑夜里，像一片树叶一样无声地落下，落进时间那透明的洞穴，落进夜晚那神秘的召唤，落进冬天那深邃的寒冷，落进宇宙那不可知的轨迹……对于我，陈超是个完完全全的陌生人，从未谋面，不曾相识，但他又是一个亲切的知己，一个伙伴和挚友，一个师长，以及一个隔岸行走的朋友。

在石家庄河北师大，与南昌贤士花园之间，隔着怎样的距离？我从不曾到达那个城市，据说那里空气质量不怎么好，作为首都的邻居，它面临着经济上和其他说不清的压力。这是一个城市的压力，和那个叫陈超的诗评家、诗人，关系轻浅。有人说，因为陈超的存在，一个路过河北的诗人将变得小心翼翼，不敢太放肆。这份尊敬，是否因为陈超的离去，而变得不复存在？陈超的离去是一个谜。他用如此古典、如此传统、如此诗人的方式，和世界告别，因此让那些在精神上和他有过映照的人，感到疼痛。

我坐在南昌贤士花园的住所里，听到一个黑夜的持烛者从楼上坠下，发出沉闷的响声。也在手机的屏幕上，看到许多泪水和惋惜之言在微信里乱飞。那是农历甲午年初冬的一个夜晚，有人说，这一年是从寻找一架飞机开始，到寻找另一架飞机结束。在下落不明的人群中，有一个叫陈超的诗人，和属于诗歌的一段隐痛的秘密。

（原载《散文》2016 年第 6 期）

残　蝈　蝈

高洪波

笼子里的蝈蝈又叫了起来，声音激越高亢，我甚至听出了悲壮的韵律。

秋天已到许久，中秋过后是国庆，秋风对于昆虫而言，等于是死神的吹拂，它们脆弱的小生命，耐不得几度秋风的光顾。

可是我在盛夏时节于北京花鸟市场上买的这只蝈蝈仍在欢叫，它的叫声里有对夏天的怀念，声音虽无颜色，我却听出了绿意盎然的弹奏，甚至还有挑战生命极限的快意。

这是一只残蝈蝈。它的两条粗壮的大腿早已因为主人忘记喂食而自己啃食，它的左侧须爪也失去了一半，在蝈笼里残蝈蝈采取一种侧躺的身态，抖翅叫个不停，这应该是一只典型的昆虫英雄。

蝈蝈这种北方的昆虫，我从小就在草原上捕捉，后来居京小住，每年都要买两只消暑。记得蝈蝈的价格，从二十多年前的五角一只升值到数十元，身价陡增，可蝈声依旧。若干年前我从街头骑自行车的乡间汉子手中买蝈蝈，买回后在电梯里遇到一时髦女士询价，告知"五毛钱"后，该女士一脸不屑，从鼻孔里哼一声："喊，五毛钱买这玩意儿？还不如买二两肉！"（当时肉价的确便宜）我应声答道："二两肉不能唱歌啊！"女士无语，我却为自己当时的机智应对得意至今，算得上早期的"脑筋急转弯"吧。

为蝈蝈这种小昆虫写过不少散文，其中一篇《翠绿色的歌》还被收入到北京小学五年级的语文课本。收入课本时我一点也不知道，十年前就读中央党校一年期限的中青班，将散文集赠给哲学老师，他的儿子正是五年级小学生，当哲学老师把儿子对《翠绿色的歌》作者的发现告诉我之后，才知道这件有趣的事，也知道教材编选具有某种特殊性，至少可以不通知作者，可以修改甚至可以不署名。"教材"编选的"二不"原则由于一只蝈蝈而让我受益匪浅，这真是始料所不及的。

蝈蝈属于北方，因为在南方极为罕见，我常把它们当礼物送给南国的孩子，我把蝈蝈送给过江西和深圳的小朋友，它们大受欢迎。有一次坐飞机时手提包里的蝈蝈于高空欢叫，奇怪的声响透过行李箱让空姐们困惑万分，走了几遍而不明就里，这只蝈蝈的五千里迁徙与万米高空的演唱，无疑具有童话价值，可惜我一直没有写出来。

话题还是回到残蝈蝈身上。一个月前的早上，我看到笼子里的蝈蝈一动不动地侧躺着，以为它走完了一生，遂信手将它扔进垃圾箱里，准备晚上和垃圾一同扔掉。

孰料晚饭后从垃圾箱里传来响亮的叫声，这叫声充满嘲弄和挑衅，也让我后悔不迭，赶紧把残蝈蝈从废品堆里扒拉出来，心中充满愧疚地将残蝈蝈请入笼中，从此再不敢小觑这伤残的小虫，而且专门将胡萝卜煮熟后供它食用。

喂食残蝈蝈的过程几近一种仪式：熟胡萝卜切片后从竹笼的缝隙插定，残蝈蝈此时已经无法正常站立抱食，唯有将笼子中的胡萝卜反复寻找合适的角度，让残蝈蝈的嘴巴能够凑得上够得着，一旦相逢，大快朵颐。

我托着小小的蝈笼，看残蝈蝈开心地啃食着美味的胡萝卜，然后侧身躺在笼底，振翅为秋天与生命高歌，这一刻我感到了一只昆虫的顽强，还有高贵。

当然，残蝈蝈或许对这一切已经漠然淡然，它只为存在而存在，为存活而存活，可它无意中所昭示的生命意义，是够我用这篇短文致敬了。

谢谢你，小小秋虫残蝈蝈，死而复生的昆虫小勇士。

（原载 2015 年 10 月 8 日《新民晚报》）

陈忠实改稿

韩小蕙

陈忠实老师遽然离去，文坛内外一片哀悼之声。有说《白鹿原》乃中国当代文学的扛鼎之作，有赞忠实老师为人品格高尚，有痛哭中国从此失去一位真正的作家……说句也许并不夸张的话，在中国，没有不知道陈忠实的；即或不知道陈忠实，也都知道《白鹿原》。

一个作家活到这份儿上，真让人敬仰——陈忠实老师给"作家"这称号，挣来了多么大的荣誉啊！

我始终忘不了陈忠实老师的一件小事：

2012 年，电影《白鹿原》制作完成，但还未最后"定稿"，我有幸先睹为快，陈忠实老师亦在场。我被其中"老腔"那一段戏震撼得目瞪口呆，乡野艺术家们那种呼天抢地的表达，哪儿是在表演，分明是把自己的性命都押上去了！一连多日，那几位农民艺术家喷血的啸喊，一直在我心头激荡着，让我反复品咂着秦陕农民们深重的内心。与忠实老师言之，他说电影里的那几位艺术家，就是来自乡下的原生态演员，他们的祖祖辈辈，就是那么壮怀激烈地演过来的！

我就求忠实老师了：给我们《光明文荟》专刊写一篇老腔吧？多长、多短都行，您写多少，我们发多少。我绝不催您，何时写来何时发，保证给以最壮美的版面。忠实老师略一沉吟，答应了。

君子一诺。稿子很快就写来了。忠实老师不用电脑，是用钢笔写在 13 页白纸上的。整整齐齐的字里行间，显示出大作家陈忠实对文字的尊崇与珍重——这使我想起了两类截然不同的作家：一类是"敬惜字纸"类，把文学视为神圣，每个字都是神明，如季羡林、吴冠中、张洁、张承志等一大批作家。张洁写长篇小说《无字》用了漫长的 12 年，我亲眼看见她就像写散文那样一字一句地"炼"；还没有电脑的时代，张承志的手稿，每一页都是洁净得如同大理石雕刻出来的一般，连一个划痕都没有，据说只要写错了一个字他都要把整页重抄。而第二类则是"大大咧咧"类，只顾快快写，抢时间，赶进度，就遗下那么多的错字、落字、病句、硬伤，甚至还有抄袭别人而一错毁了终生的……对此，我们编辑都心知肚明，有时见错得实在不像话了，就会愤怒乃至咆哮："哪儿有这么轻慢文字的，还记不记得自己是作家呀？"

忠实老师的这篇文章，题目干脆利落，就叫"我看老腔"。长达5800字，叙述了他从3年前初识华阴老腔、受到震撼后，不断地把这关中珍宝介绍到北京人艺、北京中山音乐堂等大雅之堂，又每演一场都收获到爆炸性欢迎的故事；从此，那些放下锄头上舞台、下了舞台又务农的乡土艺术家，先后登上了央视、北京人民大会堂，又赴上海、成都、深圳、香港、湖北、苏州等地演出，再后又不止一次到香港、台湾演出，最后走出国门，到日本、德国、美国等献演。文章写得非常非常好，不仅下大功夫去一一落实了关中地方戏的有关资料，具有学术的权威性；而且是用优美的散文语言表达出来的，流畅圆润，生动好读，具有强大的感染力量，使我这个职业编辑的阅读过程中，也几度怦怦心跳，思潮起伏。大师就是大师，出手就能平地惊雷，我很兴奋，在骄傲于我职业成就的同时，也很感谢忠实老师能这么认真地对待我的约稿。

然而，在准备刊发的时候，我又有些踟蹰了：说实在的，我很想请忠实老师再增添一部分内容，即在那苍凉的黄土原野、乡间最简陋的舞台下面，他自己作为一个乡党一个普通观众，看着农民艺术家们充满泥土本色的表演，他的现场感受是什么？而且，若能再增加一些字数，我们就可以做成一整版，形成一个更加强大的气场，取得更加壮观的效果！

但我真的很迟疑，不太敢说出口。这真是有点非分的要求了——你想，陈忠实老师何许人也？乃中国文坛巨擘，已然这么呕心沥血地给你写了，你若再提要求，不是冒犯吗？别说人家是那么大的腕儿，就是一般中小作家也会严重不高兴的，甚至会冷下脸来说："那你就别发啦，我给别家去！"这种鼻子不是鼻子脸不是脸的待遇，哪个编辑没遇到过呢？

一连好几天，我纠结！作为一个职业编辑，我也是属于呕心沥血编副刊的那种愚人，虽然在别人眼中，这些不当吃、不当喝、不当升官发财的报纸版面没什么用，简直就是太无足轻重了；可我这种但求百分之百而不放过的完美主义性格，也确实屡屡害苦了我，并让这件事成为我心中过不去的坎儿。记得当时，我还跟年轻编辑赵玙商量此事，玙也认为我这想法是好的，但也在要不要跟忠实老师提出上有所顾忌。

最终，导致我下决心拿起电话的是我想起了一件事：20世纪90年代《白鹿原》出版后，陈忠实老师看到人民文学出版社的工作条件很差，就自掏腰包 2 万元，为改善编辑们的工作条件尽了一点绵薄之力。当时的 2 万元可是一笔极大的数目，相当于今天的十万、二十万啦！后来到了 2012 年 5 月，他又主动与《白鹿原》的三位责编之一、《当代》原主编何启治先生商量设立"文学编辑奖"之事。面对陈忠实个人将要拿出高达几十万元的偌大数目，何启治建议将该奖项命名为"陈忠实当代文学编辑奖"，但忠实老师坚决不同意，执意定为"白鹿当代文学编辑奖"。（笔者代言：后来在 2013 年 3 月 20 日，已经很少参加会议的陈忠实老师，专程亲赴北京出席了颁奖典礼，不但对《白鹿原》的三位责编——何启治、高贤君（已故）、刘会军进行了表彰和奖励，还予编辑出版了其他好书的几十位编辑进行了奖励。）作家自掏腰包为编辑设奖，这在中国文坛尚属首次，不仅对于贫瘠的陕西作家来说是一个感人的壮举，就是对全国其他富庶地区的特别有钱的作家来说也闻所未闻。当时，这件事在全国文坛、特别是在陕西作家圈里引起了大幅度的内心波澜，也许是因为陕西太穷了，一直传说陕西文人"啬皮"（吝啬），只会往家里拿入而绝难往外掏。陈忠实老师真是太大气豪"奢"了，从中，也可看出他对文学编辑们的敬重与尊崇……

与我想象的完全一样，忠实老师在平静地接听完我的电话之后，用他那高尚人格所凝练出来的高贵，一字一句认真地说："好，那我就再给你补充上这么一段。"

我当时鼻子都酸了，一如我现在写下这一段回忆文字，鼻子又发酸、眼睛又潮热了一样。

几天后，和上次一样，我再次收到忠实老师的快件。里面又是那薄薄的白纸，2 页，依然是整整齐齐的字里行间，显示出大作家陈忠实对文字的尊崇与珍重。涉及忠实老师补充他现场感受的那一段是："我在这腔调里沉迷且陷入遐想，这是发自雄浑的关中大地深处的声响，抑或是渭水波浪的涛声，也像是骤雨拍击无边秋禾的啸响，亦不无知时节的好雨润泽秦川初春返青麦苗的细近于无的柔声，甚至让我想到柴烟弥漫的村巷里牛哞马叫的声音……"嘿，多么形象，多么精美，多么棒的文字啊！

我们立即以最尊崇与珍重的态度，做出了有文字、有图片、有色彩、有温度，甚至能传出雄浑苍凉声音的一个整版。我和赵玙商量着把题目改成《白鹿原上奏响一支老腔》，又打电话征得了忠实老师的同意。刊发的时间在2012 年 8 月 3 日，《光明日报》13 版，这是一个彩版，配上了演出图片、油画，还有赵玙找来的一幅彩色关中皮影《马上将军持枪图》，报社最优秀的美编杨震反反复复设计了数遍，直到我们觉得实在改不动了为止。此版乃是我32 年编辑生涯中，所做出的最有光彩、最堪骄傲、最刻骨铭心的几个版面之一，文学编辑当到这份儿上，值了！

由此，我老是愿意把这段佳话讲给年轻编辑们听，也不厌其烦地讲给文坛朋友们。我每每感慨托尔斯泰的那段名言："一个人就好像是一个分数，他的实际才能好比分子，他对自己的估计好比分母，分母越大则分数的值越小"。在文坛、在作家群、在读者的汪洋大海中，为什么陈忠实的名字是一座大山？不朽的《白鹿原》是一方面，更重要的，恐怕就是忠实老师"高者出苍天"的人品：他永远是善良的、谦和的、低调的，认真地对待每一位作家和每一个普通读者。他真诚地体悟每一个个体生命，哪怕是最微不足道的老农和他们的婆姨。他知晓生命的意义，真正领悟了"人"字后面所深蕴的无垠与无限。他的写作，就是要把这"人"字大写出来，写出人内心最深处的悸动，写出人类内心最本质的跳动。

他老老实实地写，先自老老实实地做人。在他身上，集中了秦人、也即中国人最有代表性的优点：对自己，老实、本分、刻苦、舍命、少言多做、克勤克俭，苦一辈子都觉得是理所当然；对别人，忠厚、诚恳、平和、谦逊，永远先为别人着想，能帮一把就绝不推辞，奉献一辈子亦觉得是理所当然——这两个理所当然，架起了"陈忠实"这座巍巍高山！

犹记得当初打电话给忠实老师时，我叫了一声"忠实老师"。他迟疑了一下，用他那浓重的陕西腔反问："小蕙，你叫俄（我）啥？"我以为自己说错什么话了，期期艾艾地说："忠实老师，怎么了？"这回他听清了，马上说："呀，你咋能这样叫，可不敢呢！"大哉陈忠实老师，原来他在自己的心目中，就是这样给自己定位的！

我不知说什么好？想起在 20 世纪 70 年代、80 年代，我自己刚步入文学的攀登之路时，前辈们曾一再地教诲"作文先做人"。现在，却很少有人再提到这句话了，也许是怕被年轻人嘲讽为"过时"？然而，真理就是真理，经典就是经典，楷模就是楷模。人间大美，天地同辉，作家当如陈忠实！做人当如陈忠实！

（原载 2016 年 5 月 13 日《光明日报》）

诚知此恨人人有

叶兆言

1938 年 1 月最后几天，春节临近，对于中国人来说，过去的一年十分糟糕。七七卢沟桥事变，北平沦陷。八一三上海淞沪抗战，首都南京丢了。抗日抗日，口号喊得惊天动地，大家都没料到最后会这样。1 月 26 日，沦陷在北平的周作人写了两首打油诗：

> 廿年惭愧一狐裘，贩卖东西店渐收。
> 早起喝茶看报了，出门赶去吃猪头。
>
> 红日当窗近午时，肚中虚实自家知。
> 人生一饱原难事，况有茵陈酒满卮。

自从进了民国，旧体诗中最有趣的便是打油诗，虽然还罩着古旧长衫，离高贵已经有段距离。譬如胡适先生写给周作人的《再和苦茶先生·聊自嘲也》，"不敢充油默，都缘怕肉麻。能干大碗酒，不品小钟茶"。若没有抗日这样的大背景，没有国难临头，打打油还真是挺好玩。然而中华民族已到最危急时刻，再继续打油就有问题。周作人这两首打油诗，显得很不正经，喝喝茶，看看报，吃点猪头肉，放下闲书倚窗坐，一尊甜酒不须辞，完全是两耳不闻窗外事的样子。查当时记录，周作人这段日子最主要的工作就是翻译《希腊神话考证》。

1 月 30 日是旧历除夕，周作人在日记中恶狠狠地写了这么一句：

> 今晚爆竹声甚多，确信中国民族之堕落，可谓无心肝也。

不妨想想当时情形,文化人不讲起理来,让人哭笑不得。凭什么你老人家打油喝茶看报吃猪头肉,却不让老百姓过年放爆竹。毫无疑问,国家到这一步,大家心头不好过,谁会真甘心亡国灭种呢。国家兴亡匹夫有责,事实上此时此刻,很多文化人也没闲着,留美出身的胡适选择出任美国大使,在异国他乡四处演讲,直接影响了美国人的对日态度。梁漱溟先生专程去延安,与窑洞里的毛泽东彻夜长谈,前后共谈了八次,最长的一次通宵达旦。梁希望毛以国家为重,走改良主义道路,毛自然不可能接受,他希望梁读一读恩格斯的《反杜林论》。梁漱溟是学哲学出身,不得不承认自己不太能读懂。三十年后"文化大革命",《反杜林论》一度非常流行,我祖父我父亲都恭恭敬敬地抄过,我母亲文化程度不高,竟然也抄写过这本书。

1938 年 1 月 29 日,也就是民俗小年夜,毛泽东致电邓发,请他转给远在苏联莫斯科的王稼祥,说红军大学缺战略教本,让王搜集一些这方面书籍,赶快找人翻印。王稼祥是中共驻共产国际代表,留俄出身,属于"二十八个半布尔什维克"之一,1949 年以后的第一任驻前苏联大使。都说留日学生比较容易激动,以比周作人小七岁的郭沫若为例,他们情况类似,都是留日,都娶了日本女人,都生了孩子。结果呢,郭沫若抛妻弃子,毅然回国参加轰轰烈烈的抗战,而留在北平的周作人,只是在日记中发牢骚,骂别人没心肝。当时毅然抛妻别子离家出走的,还有留学英国的老舍先生,这位老北平去了武汉,投身到文化人集体抗日的洪流之中。

图穷匕首见。不到最后关头,人的真面目看不清楚。自从鲁迅逝世,说周作人是文坛领袖并不为过,左翼文坛固然很热闹,很受年轻人喜欢,但是内行看门道,真正懂得文章好坏的,显然更看重周作人的文字。因此沦陷北平的周作人一举一动,便有了完全不同寻常的意义。为什么他不能像郭沫若或者老舍那样离开北平呢,张中行先生晚年回忆,说自己当年曾给周作人写过一封信:

> 那是盛传他将出山的时候,我不信,却敌不过一而再,再而三,为防万一,遵爱人以德的古训,表示一下我的小忧虑和大希望。记得信里说了这样的意思,是别人可,他决不可。何以不可,没有明说,心里想的是,那将是士林的理想的破灭。他没有回信。

不知道周作人有没有收到这封信,即使收到,怕也不会太当回事。不回信意料之中,毕竟那时候的张中行还未满三十岁,是个名不见经传的屌丝和粉丝。不过这确实代表了很多人心愿,在 1938 年的北平,形势非常险恶,日记中的周作人和现实中的周作人，正激烈斗争，往后退一步苏武牧羊，往前走一步李陵投降。读周作人日记，大有要准备认领苏武的意思。这一年的2月9日，日本大阪每日新闻社在北京饭店召开"更生中国文化建设座谈会"，出席人员不是日本人，就是落水的汉奸，周作人居然长袍马褂，也跻身于其中，一副洒然自得之态。

《大阪每日新闻》刊载了消息，并发表了会议参加者照片。好在是战时，虽然有不太清晰的照片为证，大家听到的还都是传闻，有人愤怒谴责，有人将信将疑，也有人为之辩解。周作人心静如水，颇有些出污泥而不染，在10日晚上，也就是参加座谈会的第二天，又毅然至福全馆，赴日本友人山宝之招宴。在旁人眼里，都是不得了的大事，周作人则泰然处之，清者自清浊者自浊，没觉得这些事有什么大不了。热爱周作人的读者，最后只能用"小事精明，大事糊涂"来形容。与周同岁的日本作家武者小路实笃公开发表了一篇文章，说自己很想派人去慰问周作人，可是在这特定时刻，"或者于他反有妨碍吧。不过正如我爱日本一样，周作人之爱支那是当然的事，我的友情不会得使他人对于周作人之爱支那的事引起什么疑惑的"。

瓜田李下，有些嫌疑必须要回避，黄泥巴落在裤裆里，不是屎也是屎，连日本朋友都明白的道理，周作人不会不知道。武者小路实笃还说，"我想听听周作人对于谁也不曾表白过的真心话。也想听支那的人们对于日本第一希望什么。"周作人据此致信武者小路实笃，也是公开发表，作为推心置腹的回应：

> 现今中日两民族正在战斗中。既然别无通路，至于取最后的手段，如再讲什么别的话非但无用，亦实太鄙陋矣。如或得晤面，则或当说废话发牢骚，亦未可知，但现今却是不想了，读尊作后甚想奉书，又恐多言，如或使更感到寂寞则亦甚抱歉，故只此不赘，诸希谅查。

周作人这封信，很智慧地玩了一回不说之说的把戏，好像没说什么，又好像都已经说了。然而有些事并不是周作人觉得怎么样就怎么样，你自己以为是一片冰心在玉壶，有信心同流而不合污，人家那边已经为你坐实汉奸罪名，中华全国文艺界抗敌协会通电全国，严厉声讨，请援鸣鼓而攻之，声明应立即将周作人"驱逐出我文化界之外，藉示精神制裁"。武汉的《新华日报》发表题为《文化界驱逐周作人》的短评，指出"周的晚节不忠实非偶然"，是他"把自己的生活和现社会脱离得远远的"的必然结果，那些文化界中对所谓"硕子鸿儒""盲目崇拜"的人，应以此得到一次教训，"一个人尽管有了'渊博'的学问，并不就能保障他不会干出罪大恶极的叛国行为来，并不能保障他们不做汉奸"。

由老舍倡议，楼适夷起草，经郁达夫修改的十八人署名的《致周作人的一封公开信》发表了，这封信写得很诚恳，其中不乏精彩段落：

> 我们了解先生未能出走的困难，并希望先生做个文坛的苏武，境逆而节贞。可是，由最近敌国报章所载，惊悉先生竟参加敌寇在平召集的更生中国文化建设座谈会：照片分明，言论具在，当非虚构。先生此举，实系背叛民族，屈膝事仇之恨事，凡我文艺界同人无一不为先生惜，亦无一人不以此为耻。先生在中国文艺界曾有相当的建树，身为国立大学教授，复备受国家社会之优遇尊崇，而甘冒此天下之大不韪，贻文化界以叛国媚敌之羞，我们虽欲格外爱护，其如大义之所在，终不能因爱护而即昧却天良。
>
> 我们觉得先生此种行动或非出于偶然，先生年来对中华民族的轻视与悲观，实为弃此就彼、认敌为友的基本原因。埋首图书，与世隔绝之人，每易患此精神异状之病，先生或且自喜态度之超然，深得无动于心之妙谛，但对素来爱读先生文学之青年，遗害正不知将至若何之程度……
>
> 一念之差，忠邪千载，幸明辨之！

周作人最后成为汉奸，确实让人心痛，也就是张中行说的那个"是别人可，他决不可"。偶像就这么被无情地打破了，"一念之差，忠邪千载"。胡适给周作人写了一封信，寄到北平，是一首含蓄的白话诗：

> 藏晖先生昨夜作一个梦，
> 梦见苦雨庵中吃茶的老僧，
> 忽然放下茶钟出门去，
> 飘然一杖天南行。
> 天南万里岂不大辛苦？
> 只为智者识得重与轻。
> 梦醒我自披衣开窗坐，
> 谁知我此时一点相思情。

周作人也写了一首16行的白话诗回答，听说胡适即将赴美，所以寄到华盛顿的中国使馆转交：

老僧假装好吃苦茶，

实在的情形还是苦雨，

近来屋漏地上又浸水，

结果只好改号苦住。

晚间拼好蒲团想睡觉，

忽然接到一封远方的话，

海天万里八行诗，

多谢藏晖居士的问讯。

我谢谢你很厚的情意，

可惜我行脚却不能做到；

并不是出了家特地忙，

因为庵里住的好些老小。

我还只能关门敲木鱼念经，

出门托钵募化些米面，

老僧始终是个老僧，

希望将来见得居士的面。

　　文化人干的事就是有文化，干什么事都是文化。打哑谜，玩太极，走一步算一步，这些都是周作人的强项。他的最终下水，基本上属于温水煮青蛙，一点一点加温，从无到有，从勉强到严重到很严重，最后终于无法回头。似乎游刃有余，很快黔驴技穷，"深得无动于心之妙谛"的周作人，聪明终被聪明耽误，不该参加的会参加了，不该拿的钱拿了，坦然去赴日本人宴会，最后到伪政府里任职，写鼓吹东亚共荣的文章，最让人感到不堪的，他老人家居然沐猴而冠，穿上了日本人的军服，去检阅童子军。

　　一失足，千古恨，文化终于不能再遮羞。关于周作人的下水，有过各种分析各种解释，无论周作人自己，还是那些喜欢他文字的好心人，说来说去，都难免避重就轻，都说服不了别人。譬如编造"地下党"身份，譬如保护了北京大学的校产，玩所谓身在曹营心在汉的把戏，用时髦的网络语言就是千方百计为他"洗地"。然而事实终究事实，墨悲丝染，染于苍则苍，染于黄则黄，再洁白的蚕丝，颜色变了就是变了，饿死事小失节事大，因此"染不可不慎也"。

　　1942 年 12 月，日本偷袭珍珠港，太平洋战争爆发。大汉奸周佛海在日记中哀叹，觉得此战一开，惹怒了强大的美国佬，日本帝国恐怕难逃失败厄运。重庆的国民政府喜出望外，窗户纸捅开了，中美两国终于可以大大方方地联手。中日虽然开打很多年，直到这个时间点，我们的国民政府才正式向日本宣战。作为一名职业军人，黄埔一期生的宋希濂接受记者采访，明确表示他看到了胜利的希望。令人啼笑皆非的是周作人，这位被大家认为充满了智慧的长者，根本不懂什么叫国际政治，看这段时期的日记，不是他请日本人吃茶聊天，便是赴日本人的宴会喝酒，似乎活得非常潇洒。在北平的文化人，遇上日本人找麻烦，第一个本能反应，是赶快去找"周启明"，也就是说赶快找周作人，为什么呢，因为周是可以在日本人那里说上话的。

12月26日，周作人在伪中央电台作广播演讲，讲题为《日美英战争的意义与青年的责任》。一二三四说了很多，每一条都很丢脸，每一句话都可以作为罪证。动不动就是要为东亚民族解放而战，"我们身为东亚民族的人，应当在此时特别紧密联络，团结一致，以对抗英美的侵略，以求本身的解放，这是东亚民族最紧要的时期，我们切切不可以忽略"。责任也好，意义也罢，无论怎么振振有词，都是大东亚共荣圈那一套的胡说八道，出自能写一手锦绣文章的周作人之口，真让人情何以堪。好在当时媒体并不发达，没多少人听广播，讲话稿发表了，也没什么人愿意阅读。人在做天在看，那年头做汉奸也不容易，同样要不停地开会，赶场子发言表态，太平洋战争爆发后的两个月，周作人忙得不亦乐乎，一个会接着一个会开，宴会吃了一顿又一顿。日本人很在乎宣传，而且显然是被暂时的胜利冲昏头脑。

不难想象抗战胜利，周作人应该会有的狼狈，此一时彼一时，早知今日，何必当初。1945年日本人宣布投降，南京和上海开始了对汉奸的大规模检举，紧接着北平也着手清算，周作人曾有过去延安的打算，知道国民政府肯定饶不了他，但是真去投奔共产党，人家也未必会欢迎。结果呢，认赌服输，以汉奸罪被捕，判处十年徒刑，关进了南京的老虎桥监狱。我祖父说起周作人，总是觉得很惋惜，认为他"思想明澈，识见通达，实为少数佳士，即使做奸，情有可原"。现实总是残酷的，大家都不愿意看周作人这样那样，偏偏他就是这样那样了。许广平先生在周作人被抓的那几天，曾在上海对祖父谈起过周作人，说周做汉奸后的"种种表现，皆贪吝卑劣，且为一般文人作奸者之挡箭牌，以为启明先生尚为汉奸，他何责焉"。祖父将这段话记录在了日记上，说自己"闻而怅然"，心里很不痛快。

周作人比祖父大了将近十岁，他弟弟周建人也比祖父大，祖父敬佩周作人的文章，与周建人私交更好，他们在商务印书馆共事多年。"文革"后期，我作为一名中学生，曾经见过周建人，他是人大副委员长，出门可以坐红旗牌轿车，在当时代表着非常高的国家领导人待遇。有一天过来跟祖父聊天，红旗轿车就停在胡同里，不知什么原因，汽车抛锚了，然后又来了一辆，小胡同里一下子停了两辆红旗，很是扎眼，许多孩子远远地在观看。与鲁迅和周作人相比，这位作为三弟的周建人学问如何，我一直弄不太清楚，他当过浙江省省长，还当过共产党的好几届中央委员，后来又是民进的最高领导。

我小时候不止一次听父亲说起周作人，他当然也是无意中听大人说的，意思无非周作人这家伙向来言行不一，说是一套，做又是一套，说他过日子太讲究，什么都很精致，要吃好的，要喝好的，文章虽然写得很漂亮，可文章漂亮又有什么用呢，还不是当了汉奸。抗战八年，正是父亲接受中小学教育的年头，他随着祖父逃难到四川做难民，受周围环境影响，对叛国投敌的汉奸深恶痛绝，有一种天生的仇恨。周作人被判徒刑，完全是情理之中，很显然，对于汉奸，仅仅只有一个道德审判还不够，该法办还是得法办。南京夏天很热，老虎桥监狱通风条件非常差，黄裳先生曾有文章记录当时的情景，看见周作人光着上身，笨拙的身体在席子上爬，完全一副斯文扫地模样，旁边还放着个装花露水的小瓶子，显然是用来驱蚊止痒。

研究中国现代文学的都知道，鲁迅与周作人兄弟绝对不能绕开。可以喜欢或者不喜欢他们，但是你必须要有足够的了解，必须认真地去读他们的作品。否则就会有太多人云亦云，就会有太多误读，而人云亦云和误读的重要原因，可能还是因为周氏兄弟文字太多，真要耐心读完并不容易。好文章要慢慢品，与许多研究现代文学的朋友聊天，都会有一种差不多观感，刚开始，你会觉得鲁迅文章好看，像投枪像匕首，看了觉得过瘾，到后来，便会觉得周作人文章更有味道，更好看更耐读。说起周作人的下水，每一代人看法不一样，出发点不同，结果也就不同。祖父那一代读书人，崇尚他的学问，总体来说是敬重和惋惜。父亲那一代，印象中的周作人，也就是一个落水的大汉奸卖国贼，肯定好不了，他的结局是罪有应得。

我们这代人对周作人的观点，相对复杂一点，既没有祖父他们那代人的敬重和惋惜，也没有父辈那代人的轻蔑。我们小时候，汉奸当然不是什么好东西，是坏人，但是国民党反动派也是坏人，所以他们都差不多，都一丘之貉。还有地富反坏右，很长一段时间，我们所接受的教育，世界上只有两种人，好人和坏人，坏人太多，天下乌鸦一般黑，像周作人这样的便基本上被淹没了。如果不是攻读现代文学专业，不是为了一个硕士学位，我很可能根本不会去接触周作人的作品。问题在于，改革开放以后，右派平反了，地主富家摘帽了，反革命变成一个十分模糊的词，国民党反动派也不是过去那个概念，唯一不太可能更正的是汉奸罪名。

自古汉贼不两立，王业不偏安。老百姓心目中，文章好看不好看不重要，汉奸和男盗女娼一样，永世都不可能翻身。周作人的不幸是遭遇到了北平沦陷这样的乱世，他没有挺身而出，恰恰相反，半推半就地挺身而入，从出世的风流儒雅，变成入世的自甘堕落。周作人之幸运是抗战胜利后，国民党政权很快垮台，改朝换代让他成为真正的隐士，事实上，他只坐了短短三年牢，在解放军还没过江前就被释放。此后的十八年，除了史无前例"文化大革命"，文化人在劫难逃，他的生活也谈不上太糟糕。政治运动一个接一个，三反五反，反胡风反右，他照样写文章，数量很多，质量也不错，真不能写就翻译，用各种各样笔名发表，每个月有四百大洋仍然入不敷出。

　　时来天地皆同力，运去英雄不自由。周作人落水本应成为文化人心中永恒的痛楚，毫无疑问，没有人会原谅他做了汉奸这个事实，然而也未必会有多少人太当真。过去一百年，中国文化人一方面不断地扮演崇高，说不完的大话，另一方面又有着太多无耻，太多让人难堪，因此，周作人的故事让人痛心，也容易让人聊以自慰。它给了我们一个可以鄙视他人的制高点，给了我们一个五十步讥笑一百步的机会，仿佛旧时指责邻人偷盗女子失节，人们与生俱来的道德优越感，往往会在不知不觉中油然而生。崇高感的诞生，并不是因为自己真的有多崇高，而是我们觉得别人还不够崇高。口号越喊越响，节操却一次次落地，正因为如此，也就有了后来历次政治运动中文化人的尴尬，有了上纲上线，有了检举揭发批判，有了互相构陷落井下石。

　　中国文化人的最大不幸，不仅仅是遭遇乱世，生命受到威胁，更多是在不知不觉之中，一步步放弃了抵抗。明末清初的时候，面对清廷威逼和诱惑，顾炎武有一句十分体现文人之雄壮的话，"刀绳俱在，无速我死"，意思是说，你再逼我，我就死给你看。人皆有怕死的一面，真到了生不如死地步，死也就没什么太可怕。侯方域没人逼他，并没有刀架在脖子上，大清只用一个恢复科举，就将他给降伏了。因此《桃花扇》的故事精髓，在于国难当头，是与非的判断上，一个妓女很可能比一个文化人更有骨气，更明白道理。做人应该有底线，然而人生之困惑，往往是我们并不知道底线在哪，经常会书读得越多，越糊涂。

　　事实上，有意无意地，周作人一直在悄悄为自己辩护，他可以认错，可以认罪，是不是真在忏悔，只有他心里才明白。巴金先生说起"文革"，认为最大的悲哀是很多人并没有罪，却真心地觉得自己有罪。认罪不认罪，忏悔不忏悔，是一个不太容易说清楚的话题。抗战胜利后那几个月，各路汉奸仿佛热锅上蚂蚁，1945 年 11 月 16 日，十分平静的周作人写了一篇《两个鬼的文章》，振振有词，痛斥中国士大夫的言行不一致，说他们所做的事，无非是

"做八股、吸鸦片、玩小脚、争权夺利，却是满口的礼教气节，如大花脸说白，不再怕脸红，振古如斯，于今为烈"。

在这篇文章中，周作人说自己很幸运，终于可以不再与虚伪的士大夫为伍，"吾辈真以摆脱士籍，降于堕贫为荣幸矣。我又深自欣幸的是凡所言必由衷，非是自己真实相信以为当然的事理不敢说，而且说了的话也有些努力实行，这个我自己觉得是值得自夸的"。周作人说所有这一切其实"也只是人之常道，有如人不学狗叫或去咬干矢橛，算不得甚么奇事，然而在现今却不得不当作奇事说，这样算来我的自夸也就很是可怜的了"。听其言观其行，真不敢相信此时的他竟然还能这么说，还能有这样的自信。写完文章二十天后，12月6日，周作人便以汉奸罪被逮，送到北平炮局胡同监狱。

周作人说自己文章中向来有两个鬼，一个是流氓，一个是绅士，话说的有些绕，拐弯抹角，不熟悉他文风的人，很可能不明白要表达什么。三言两语也解释不清楚，说白了，就是好文章要包含两种气息，在看似讲道理的文章中要有流氓气，在看似捣蛋骂娘的文章中要有绅士气。一味讲道理难免"头巾气"，一味风花雪月难免轻浮。在写作技巧方面，对于文章之道的精通，周作人绝对是高手和达人，你可以不喜欢他的为人，然而不妨碍欣赏他的文风，学习他的文字。只是欠了账都得还钱，功不唐捐，在现实生活里，在有意无意中，无论是耍流氓，还是装绅士，一定要慎之又慎，认真再认真。

士当以器识为先，一命为文人，无足观矣。读周作人文字，还是那种感慨，总会有一种心痛，惋惜他的落水，更痛心他被人鄙视，让人看轻。那些人格上还不如他，那些远比他更不光彩的行为，在政治正确的旗号下，大话空话言不由衷，溜须拍马随大流，争名夺利，动辄上纲上线，检举揭发批判告密，各种无耻和不堪，都可以肆无忌惮，都可以堂而皇之。龙游浅水也罢，虎落平阳也罢，现实就是现实，事实不容改变，祸因恶积罪有应得，周作人显然不足以成为知识分子的表率，他从神坛上跌落，名誉一落千丈，斯文从此扫地，因为他的存在，因为有他这块挡箭牌，中国文化人的整体道德水平，似乎都被拉低了。

（原载 2016 年 5 月 29 日《澎湃·叶兆言专栏》）

初 洗 如 婴

周晓枫

> 我想知道记忆是你所持之物还是你所失之物。
>
> ——伍迪·艾伦《另一个女人》

边角有些塌陷的黑呢帽，链子银亮的怀表，是爷爷随身不离的两样道具。她记得那只康恩贝怀表的不锈钢硬壳，以及表盘上划分精细的刻度。爷爷早年是私塾先生，后来做过列车长，因为一次酒后误了货物运输引咎辞职……但酒，一直没戒。

她对爷爷的印象，不是全家福上那个稳重老者。她的回忆，是这个尊崇儒教、善良懦弱的好老头儿，被按在床上打——扫床笤帚打在骨头和皮肉上，交替的脆响和闷响。奶奶在那个年代算得身材高大的女性，她彪悍地骑跨在自己丈夫身上，使他无法挣脱，抢下来的笤帚躲过挨打者胡乱抵挡的手臂，准确落下。她记得爷爷含混的求饶和呜呜的哭声，眼泪鼻涕，斯文扫地。

爷爷是否记得住侮辱？也许不，否则这样的侮辱不会一再重复。爷爷不长教训，他还是经常醉到不省人事，醒了以后背着家人借钱，用以借酒买醉。在奶奶看来，一个没有记性的人是不值得尊重的。

沉溺于酒精的麻醉之中，也许谈不上什么灵魂之痛或对于伤害的回避，仅仅出于无聊和怠惰。并非不长记性那么简单，加之脑血栓重复发生，曾经知情达理的爷爷逐渐失去了他的记忆。随后几年，他糊涂，迷路，别人找到他的时候，他已衣衫破落地离家数百公里。爷爷不记得自己是谁，他的余生，将置身陌生人之中。直到死，爷爷不认识这个世界上的任何一个人，像初生婴儿，所有的都还回去。

她和奶奶关系不佳，因为她难以消除隐恨，也许内心的冲突源自奶奶对爷爷的家暴。一个失忆者，将失去全部的经纬，包括亲情温柔的捆绑……她无法安慰爷爷，无法缓解他彻骨的孤独。

爷爷去世以后，她被安排和奶奶一个房间，为了陪伴。奶奶入睡后打呼噜，她摇动椅子，希望终止恼人的噪音。奶奶愤恨的骂声在呼噜声里间歇响起。她不回嘴，沉默，然后持续椅子的反抗。咯吱咯吱。咯吱咯吱。奶奶说她必遭天谴。她们的关系从未真正和好。即使多年以后，奶奶亲手给她做过一个红丝绒背心，她依然不适应这种奇怪的暖意，像喝了一杯不凉不烫、温得无感而近于不舒服的水。

她怀念爷爷。帽子，怀表，他的黑条绒外衣，他的庄重和狼狈。她怀疑，失忆者的骨灰更轻，更虚无。

她从小就粗心大意，丢三落四成了习惯。直到成年，她每天花费大量时间，重复寻找那些无聊、单调又必备的日常用品。钥匙、钱包、手机、身份证、入门证、交通卡。每个人都被那么多琐碎的小事物围绕和干扰，甚至是影响和决定。她的手表经常神秘失踪，有的仅仅佩戴几天，还没有习惯表盘上的指针，就需要重新购买了。无数的耳机，无数的眼镜。她时常认错人，对甲称呼乙的名字，把从丙那里借来的东西还给丁。她不具备精细者的精明，这是性格，是命。

事物繁忙，睡眠不足，她轻易找到许多借口来解释自己的健忘。她以前对文字敏感，年少时曾有过目不忘的阶段，能把自己即兴的高考作文背诵得一字不落；现在她字斟句酌地写完一篇散文，过几天就想不起内容——这是轻量级的，几乎算正常反应，她有时竟连题目也想不起来。口语中错乱更多，张冠李戴，指鹿为马。"三心二用。"她说出的成语，即使隐隐感觉不对劲，也不知哪里错了。别人提醒下后，她才明白，把"三心二意"和"一心两用"混淆了。她原来被夸奖为笔舌玲珑，现在，写错字，说错别话。她感觉自己像个涩住的圆珠笔芯，如果不用力划，就不会呈现字迹。

对人对事，"记错了"的尴尬，往往超过"忘记了"的尴尬，所以，有时即使存在模糊的印象，她干脆说自己忘了。慢慢地，她巩固她的遗忘。

最初她并未慌张。爷爷只是个偶然事件，即使父亲如出一辙地重复家族性的健忘和抑郁，或许是他长期责任感缺乏造成的问题，她并不消沉。她虽然糊涂混乱，但对未来指向精确，像修表匠手下飞快拧动的指针。她不信，或说不愿，自己被套上魔咒。

随后发生的两件事，让她惊恐。

一次笔友聚会。不过是四个人的小场子，其中有个久闻其名、从未谋面的朋友。咖啡香缭绕、弥散，聊了整整一个下午，宾主尽欢。随后大家转场去餐厅吃饭。她去卫生间洗了下手，回到雅室，看到又赶来两位认识的作家。正在研究菜谱、商量点餐的几个人都熟悉，但，那个陌生客是谁呢？看似关系熟络，没有人感觉需要为她介绍。她若无其事，貌似对答如流，其实是在脑子里吃力地寻找线索。直到，陌生客的名字被他人称呼，她内心一凉。这个新朋友，她通过一个下午的了解如遇知己，仅仅数分钟离开视线，她不认识他了……竟然，雁过寒潭，了无痕迹。

另外一次的经历，更让她害怕。把车泊到停车场，她在一家北欧风格的家具店闲逛，买了小鸟造型的铁艺烛台。她在展厅里转着转着，毫无征兆，她想不起自己的家是什么风格的。家在哪个方向，是什么样子呢？她手里攥着一块不知什么时候拿上的织物，毛巾还是枕垫？她尝试辨识里面由红蓝两色编织的雪花图案。瞬间，她丧失了时空的衡量。可能过了三五分钟，或者更长时间，她震惊地发现，她不知道自己是谁，叫什么名字，从哪里来、到哪里去。时间一分一秒地过去，顾客穿梭，无人知晓她脚下的基座已被抽空，整个人沦陷到虚无里。她说不出话，不知怎么自救，每一根落下来的秒针都像压死骆驼的稻草，让她的呼吸有窒息之感。展厅里造型古怪的灯，照耀着那些空旷的沙发和寝具，其中有张黑色的床。她的行为能力降至为零。很久之后，逻辑能力才有所恢复，她打开双肩背包，寻找携带的证据。小偷般的手在黑暗里摸索，尚未触碰到证件包的拉链……突然，她的障碍消失了。家庭关系和社会角色，重新像编织细密的蛛丝，把她捆绑到半空之中。

她专程去医院请教，大夫说这叫"人格解体"，但她心生疑惑。她并未产生扭曲的知觉，没有置身梦魇的失真感，她甚至并不承认渗透已久的焦虑。只是瞬间从皮壳中脱落，成为无所佑护的孤魂——她无法解释，这种短暂的解离性失忆。

想起祖辈和父辈日渐茫然的眼神，她开始怀疑，自己正是下一任的继承者——阿尔茨海默症，将在她身上表现出越来越明显的征兆。

别人以为她八面玲珑，其实她从未克服社交不适，尤其健忘缺陷日益严重的情况下，她辞去了编辑岗位。接触的人越来越减少，与此同时，手机里的通信录里不认识的名字越来越多——她经常像面对外语一样，破译那些陌生的笔画。这让她产生隐秘而强烈的不安。她害怕的方式，同时也是害羞的方式。她尽量隐居，不提供让别人指责自己傲慢的机会。曾以尖牙利嘴著称，现在由于脑细胞的运转速度降低，她乔装宽厚的微笑。

雪崩终会来临吗？固如山峰的冰川倘若融化，她的记忆是否会变成一片冰冷的汪洋？

她陪同学去看望他的父亲，一个资深的电影导演。

老导演曾经指导演员如何通过表情和肢体，传达丰富的信息；现在无能为力，他有一张"面具脸"。如果患上阿尔茨海默症，平常说话不多、表情平淡的人开始不易被察觉，可假如平日性情活泼，对比就会明显。他们少言寡语，表情木讷，常走动的人能够勉强认识，不常走动的人根本想不起名字。

同学最早发现父亲的病症，是在堂弟的婚礼上。父亲代表长辈发言，他事先准备了讲话提纲，可他发现段落之间有许多怪字，不认识，不知道怎么念；父亲放下手里的稿子，说得不知所云。从此，他怕面对难堪的处境，开始沉默寡言。阿尔茨海默症患者常伴有抑郁，这是相辅相成的。

病程一般需要三到六年，但老导演就像他迅速消瘦的体型一样，数月间发展变化很快。他分不出冷暖，记不住家里厕所的位置，他不知道自己生活在哪一年，也说不出带有转折的复句……然后是一句完整话都说不出来，然后只剩下几个词，然后过渡到几个发音。

洗澡时，老导演用手遮挡着自己，不让别人碰触他的身体。最开始他易怒，有攻击性，他感觉烦躁和恶心，渐渐，他从暴脾气变成唯唯诺诺，眼神里全是弱势的哀求。医生越努力改善脑供血的不足，老导演越嗜睡。同学虽然觉得自己的父亲可怜，可宁愿父亲维持在这种状态里。因为治疗过程数次受挫，他服药后有时呓语，神经错乱，偶尔化学反应引起亢奋，见到陌生人会打。老导演向来以自持自律为傲，一生体面，却在一次试药过程中变成新花痴和老流氓，热衷以猥亵的动作调戏护士。等老导演的智力和体能速降，家人反而松了口气。她的同学被迫承认事实，父亲的病程不可逆，没救，没有奇迹。药物的作用并非治疗，而是抑制症状的恶化，让它减缓发展，让它相对停滞。所谓"治疗"，似乎针对的是尊严而不是身体。

每个人的成长都像树一样储藏自己的年轮。老导演彻底忘了，忘了春盛秋枯，忘了循序渐进的时间……那些本来易于分辨的年轮，变得像地图等高线一样弯曲变形，他忘记了它们隐约的数目。

半年后，同学告诉她，老导演彻底失去了打理自己的能力。为父亲洗澡的时候，父亲衰老的肌肤浸泡在热水里变成奇怪的粉红色，令他想起晚餐时的鲑鱼。鲑鱼一如树木，它的身体也纹刻清晰的肌理，像是旋涡状的年轮。当鲑鱼呈现艳异的粉红色，它将溯流而上，靠近它童年的栖居地，靠近它临终的死亡。

她想，遗忘并非是专属老年的问题，它可能是一生的忠诚伴侣。

媒体报道夏天的不幸，被遗忘在汽车里的孩子死亡，他们体表变色、灼伤、溃烂、脱皮，器官自溶——玻璃上印着挣扎的手印，座椅上留着扯下的头发和失控的排泄物，幼小的尸体承受过最后的煎熬。孩子的父母因此遭受强烈的舆论谴责与剧烈的内心折磨。是啊，多么粗心、多么不负责任的人才能制造这样的疏忽。致命的分心，简直是犯罪。

然而，调查结果，令人难过。这些被视同作恶的失职者，在意外发生之前，同样是温暖、耐心、慈爱甚至是近乎完美的父母。各种阶层、种族、年龄、职业的人都可能发生这样的悲剧，一次偶然的遗忘，足以将他们的余生推入内疚的深渊。

心理学家用模型来解释，灾难何以穿越重重防御机制发生，就像数片摞起的奶酪，不幸在于：奶酪上的孔洞巧合地重叠在一起。数小时遗忘，是因为父母以为孩子正安然地待在幼儿园或其他某个地方，就像我们上班时日常处理电话、文档、报表甚至安排娱乐活动那么安心，不知道自己的家门没有锁好，不知道贼会乘虚而入，不知道一生的财宝已被窃取，永不复还。

对健忘症患者来说，也许危险并未增加。比如她很怕拿公章、票据、证件之类的要物，怕那些需要细心或牢记才能做好的事情。由于不自信，她频繁质疑自己的能力，宁愿绕行，希望借此避开祸患。像猫掩盖自己的尿骚一样，她羞惭，试图掩盖自己昭然若揭的糊涂。她得承认自己害怕，因为不知道什么时候，暮色中的钟声突然敲响，伴随而来，是绝望无边的黑暗。

我们之所以选择性地记忆，因为无法逾越我们选择性的感知。人类的眼睛只能看到百分之三十的光线，动物可以看到更丰富的。我们根本不知道冰山之下还有更大的冰山，甚至是想象也不能抵达。几乎是在沉睡状态，我们危险地漂移在生活的表层。

她难以开口谈论隐忧，没有谁会信，她看起来的状态与她所描述的，大相径庭。那么，病症究竟是生理事实还是她的精神臆想？趋势会渐渐严重吗？还是说，她的大脑只有某个区域受损，只要绕过盲区和禁区，一切无碍，她可以安享自己有尊严的晚年？

也许问题并非家庭遗传。她十五岁时误服药物，端起满杯开水准备饮用时晕倒，造成颜面烫伤——醒来时发现她自己坐在冰冷的水泥地面上，不知道发生了什么，不知道短短几分钟的失忆从此影响一生。此后，由于各种各样的原因，她经历数次全麻手术，其中一次，术后呼吸暂停。导致她忘记了许多名词：话梅、暖水瓶、拖鞋，她只能描述它们的功用，却想不起名称。名词，鱼鳞一样的名词细密地覆盖了世界……她看到的却是其中的斑驳。她用了整整八个月，勉强康复。对了，她有情绪抑郁的问题，一直没有根治。还有严重的慢性中耳炎问题，发病时她必须侧躺，头颅里就像一枚倒扣的钟被铜舌持续碰撞，带给她内置的难以消除的震荡。大夫说她需要经常体检，以防颅内生长胆脂瘤。抑或，无他，只是流感、发烧之类的小问题给她带来的大麻烦？人的体温通常保持在 37 度左右，体温过高过低，神智就会错乱。看，我们的脑子必须储藏在恒温的育婴箱室里。温差、撞击、感染，都会使它致命地损毁。

脑部解剖面有着难以计数的生僻术语：枕叶、颞肌、皮质与并骶小体的联结纤维组织，她印象深的，是那个优美而神秘的命名：海马体。海马体主要承担短期记忆的功能，若遭到损坏，就会导致健忘症和学习能力的下降。她想象自己受损后的海马体，蜷起害羞的尾环，由此给她带来种种阻碍。

怎么解决呢？科学家一方面承认它的不可逆转，一方面又给出积极的应对策略：比如注意饮食，加强锻炼，学习外语、绘画或者听音乐。听起来，健康、明亮、大有希望……又那么，隔靴搔痒，画饼充饥。

她坚持每天食用坚果，据说可提升记忆。核桃状如脑部模型，她怀疑这种所谓的食补，近于仿生学意义上的原始信念。不过，宁信其有，如果消除了那些核桃般的褶皱，她的头脑，就会像被磨平图案的硬币一样失去价值吧？她更偏爱杏仁，清凉微苦，就像记忆本身的味道。她不习惯整个地吃掉那个坚硬、象形的心型；她喜欢像嗑瓜子一样，轻轻的咬力作用在杏仁的顶端……让它变成两扇对称打开的袖珍门。

她太懒惰，缺乏耐心，难以获得坚持才能取得的成绩。体育锻炼、掌握外语都需要滴水穿石的功夫，绘画更需要基础训练的漫长铺垫，不在她的耐力之内。她倒是尝试，去接受音乐洗礼，希望旋律的流水能洗去记忆鹅卵石上的沙砾，使它们得以干净的呈现。她对音乐一窍不通，所谓欣赏，不过是文盲见到了繁体字。庞大的交响乐园，或低婉、如泣如诉，或在高亢的混响里达至辉煌。那是个富有天赋的女性指挥，削紧的黑色礼服，双臂修长……她有燕子般自由灵动的翅翼，仿佛可以数年盘旋，甚至睡眠也悬浮在半空。指挥家镰刀般的双臂下，有无限的丰收。而她，不再是一粒包浆充盈的籽实，时间正抽干往昔的积累。她接受了，那种平静的无望。某个美国作曲家说过："即使是最野心勃勃的大师之作，它最核心的任务，依然是将你带回一个脆弱的、仅属于你自己的瞬间。"

她每年花大量时间旅行。异国他乡，永远置身陌生人群，她有时抱有美好而积极的设想：爷爷当年的频繁走失对他自己来说，并非危险，如同旅行，只是好奇之下的冒险，是对个人处境的逃离，是对难堪窘境的解脱——因为，在不熟悉的地方迷路属正常现象，不会被当作病人；异域的语言神秘而复杂，无法沟通、交流，失语者的障碍也是自然的，不会引以为异。一个旅行者，可以任性，可以自由。

在里约热内卢，狂欢的桑巴，到处是炸溅的斑斓色彩，她有若置身于一个放大的望花筒之中。人们脸上的油彩与面具，闪耀的胸乳、蓬勃的大腿和电力充沛的臀部，热烈的情色几乎把人淹没。

在洛杉矶的海岸，巨鲸沉潜，需要从暗色的涡流或浪脊中加以区别。那礁岩般结实宽阔的体魄，就隐现在闪烁的波纹之间，偶尔露出深黑的背脊，或喷出澎湃的水柱。由于鲸鱼伟大的谦逊，她能看到隐约的部分非常有限，但惊心动魄的想象依然令她沉醉。

在加德满都，有巴德岗神庙上瑰丽的木雕与漆彩。那里的人民对宗教怀有汹涌的情感，传说他们用收集的露水修建庙宇。那里的人们皮肤黧黑、眼睛渊深，那里的流浪狗皮毛肮脏，却可以在游客稠密之处安眠，在人群错乱的脚步和泥坯色的阳光中松弛地裸露自己的腹部。独木庙，帕坦皇宫，达拉哈拉塔……那些优美的古迹竟然在她参观不久就毁于一场地震，成为坍塌的废墟。

还有，卡萨布兰卡，一个随着阳光而改变面容的城市：阳光下，通透明亮，风情妖娆；阴影里，满是尘垢的沧桑。路途奔波，她枕着陌生的枕头入眠，黑夜巨大，像遥远的童年那样包裹着她。她严重失眠，好像还是置身于集市上那些叫卖地毯、布匹、琥珀、香料、尖脚拖鞋和金属灯具的阿拉伯商人之中。似乎，鼓点延续，有个敲钟的盲人阻止了梦境。

……街上陆续有喇叭的短促声响，贯穿的人声，像在宣告或祈祷。掺杂着欢快的乐曲，高高低低的音阶。车辆驰过，有的在她的左侧，有的在她的右侧，交响嘹亮。车轮摩擦的声音，是破旧而松弛的交通工具碾过颠簸路面。一声喇叭被另一声喇叭追随、修正，这里响一下，那里响一下……她想象街上的萤火虫之夜。然后是狗叫，昏昏沉沉睡去已久的狗兴奋起来：还是这里一声，那里一声。皮毛松散、身姿曼妙的流浪猫，在汽车底盘的庇护下无声地醒来，伸开柔软的懒腰，埋藏在肉趾之间弦月般的爪勾暴露出来。狗吠不停，穿插在人声和车声里。平底锅上的黎明，像煎蛋一样慢慢热起来。然后是轰鸣，年轻而嚣张的摩托车呼啸而来。她利用窗口的微光，看到表盘反射出的指针：四点二十五分。她以为，城市只有六点半以后才会出现的喧嚣，没想到五点不到，就这么热闹。她感觉疲惫，与这个分贝剧烈的世界格格不入。为什么如此热闹？她隐约想起白天的短信，尽管隔着辽阔的欧亚大陆，她依然屡屡收到祖国传来的商场营销短信，用看似温馨的套语，提醒这是感恩节：一个重要的购物理由。她混沌，想当地穆斯林居多，为什么基督教的节日如此受到重视？是否居留此地的法国后裔，在遥远之地延续着他们的传统。摩洛哥有一些天主教堂，经常聚集虔诚的信徒。她想到教堂，想到悬置高处的钟舌……忽然，周围一切就像个聋哑者那样安静下来。随后的世界又像翻卷的潮汐，重新裹挟着它的声响，涌上她的床边和梦境……不重要，她睡着了。

　　第二天她才从导游那里得知，热闹不是来自宗教节日，只是世俗的欢乐。这只是摩洛哥人的风俗习惯，他们半夜结婚，在纹路好看的特雅木镜框前不断梳妆的新娘要换满七套衣服，欢宴持续到黎明，人们才会散去。想象中是神圣肃穆，其实是新人即将开始缱绻的淫乐。

　　作为游客，她难以对他人抱有哪怕是短暂的正确理解，依据记忆所积累的知识可能带来误导。人生，亦如此。当她坐在火车座位的一侧，从窗口窥望，景色飞驰，掠过她的视线和记忆。她能记住那些影像吗？记得一棵果树因丰收而发光，或者一个发疯少年正沉默执斧，无论带给她怎样的触动，意义也难免薄弱。不论经受着怎样盛大的节日或灾难，对他人来说，只是相当于，一个困倦游客所目睹的、终将遗忘的风景。

　　人生如旅行，终会忘记一切。她想，包括至美的幻境和剧烈的羞耻。

　　荒谬的是，她甚至被朋友和亲人，误解为是一个记忆出色的人。她忘记她的财产，被误解为慷慨；她忘记她的仇恨，被误解为宽容。何况，还是白纸黑字的证据：她写下的文字，具有一些能带来现场还原感的细节。

　　她热爱写作，从未放弃初衷。她最初的职业是编辑，写东西纯属业余。朋友鼓励她说："业余和专业怎么区分？达至水准的就是专业。"然而，这使得她在后来获得了专业作家的身份之后，依然强烈感受到自己的业余。每每听闻作家轶事，她发现他们可以通过放纵或者贞烈的生活方式来保持写作的极端品质，甚至在同一个人身上保持分裂的两极……在对峙的张力中，他们拥有瀑布般席卷的想象力，既美又暴力，没有什么可以将之阻挡。以她的才智和勇气，只够，勉强支撑到平庸。但她心怀感恩和忠诚，执着于童年至今都模糊不明却依然难以放弃的目标。

　　辨别事物，有时靠记忆，有时靠想象，而想象是在记忆力的基础上形成的……她明白她的缺陷。她小心翼翼地敲击一个又一个的词，直到它们的蛋壳上出现细小的裂隙。那些精美因而破裂的纹路，是属于她的创造，属于她的偶然性的奇迹。依靠写作，她才拥有那些时刻，才得以模拟那些瞬间而非凡的记忆。

她记得天上的云，如同无垠的北极冰层，堆云之术如何达至技艺的绝境。她记得夜空满天的霜晶，迁徙的飞鸟日夜兼程。她记得南方小镇，穿睡衣的女子梦游般穿过自己的八月。她记得那些覆满松林的无人山坡，起风时让人嗅到一种冷香。她记得自己在大雨中泡温泉，她无需逃避任何来自天空的击打。尽情的雨在水面砸出小小的凹坑，而打在泡池的水泥台子上是另一番状态：底部是平的，四周溅起小小的棘刺，就像饮下尽情的酒，却把启开的啤酒瓶盖子翻过来摆满平台……感觉自己方生方死、一醉方休，她记得。

即使与奶奶关系不睦，她依然记得关于奶奶的生活细节。蒸馒头时，奶奶总在锅里放一片摔破的碗瓷。那片瓷发出轻微的响声，这样可以避免蒸锅耗尽水位而不被察觉。她不知道自己和记忆什么时候会被蒸干，但只要细节的瓷片一直响着，她的头脑里就弥漫云蒸霞蔚的水汽。出于自救，她不断捕捉那些一闪即逝的细节。

很奇怪，她偶尔记住的内容是如此零乱，几乎难以追踪往昔的线索。她最早忘记的是结构。是逻辑。是关系的骨架。比如，她会忘记和谁、在哪里、什么时间，在一起共享晚餐，但是她会记得铁板烧被厨师浇上醇酒，火焰像只狂怒的马升腾而起。她将进入到一个丧失逻辑关系的世界里。全是碎片，她认不出它们曾经属于怎样的整体。

对她来说，保持记忆唯一的办法，是逐字逐句地记录。甚至照片为证都是失效的，因为她想不起合影者，背景也像是照相馆幕布上的虚设。她的秘密武器，是笔纸。别人以为她随身携带记录本是刻苦，其实是失忆者的防范和弥补，是一种过度掩饰。效果倒是显著，她看起来比常人更缜密、更疏而不漏……可离开记录的本册，她回忆不起具体的地名，复述不了大致的行程。

一方面，写作确实是有效的支撑，她欣赏过的风景、见识过的人以及由此涌起的悲欢，过不了多久她就会忘掉，可只要她写过与此有关的文字，哪怕是应景之作，都能提供刻在树干上的线索，让猎人不致在密林中走失，让沉沦大地重新浮现汪洋中的岛屿。另一方面，她不知自己到最后拿什么抵挡。因为，字词也开始了背叛。她喜欢阅读，那些书籍被她贪婪地捕食，很快成为狼藉的猎物，再后来就像被微生物消灭一样无踪无迹——有时到了一本书的结尾，她才羞愧地发现，这是自己的旧日读物。

有一次，边读边写，她在书桌上睡着了。仿佛，所有的秒针都停滞。凄迷的紫丁香般的梦境，从细碎的花枝间散发出浓烈却易逝的气息。她梦到一个占卜者，说着玄虚的语词；翻开对方的手心，那人竟没有一线掌纹，比婴儿更恐怖的纯洁展现眼前。醒来她立即感觉到冷，并且像做了整夜的梦那样，头昏沉沉的，像玻璃罐里塞满了石头。刚才所见，真实得不像幻觉，她看见自己的掌心布满纷乱的渔网状纹路。这便是树木的纹刻、鲑鱼体内的曲线吗？岁月潜藏，她不知自己将葬身于哪道掌纹之中。

有人说，健忘是好的。就像个魔法雪橇，什么恩怨的沟坎都被掩盖，速滑速降在陡崖，既有恐惧，也有快感。时间抹平沟壑，抹平她核桃般褶皱里所储存的那些词，那些精微的感知……一切，光滑、寒冷，像冰层，像镜面和锋刃，没有什么往事的棘刺能钩住她，摩擦系数变得越来越低，她从万事万物的表层滑过。

没有仇恨，没有积怨。有一次她去讲课，下面有张依稀仿佛的脸，她有印象，可是观察和搜索过后，一无所获。她只好不断微笑，显示出抱歉之下的殷勤。直到交流结束，那人上来问候，自报家门和出处，她才恍然，这是个攀龙附凤的钻营者，写作水准乏善可陈，擅长动用上层关系压制编辑以谋求发表，做人行事为她不齿。她轻蔑且愠怒，曾当着他本人的面直言不讳，并在内心誓不与此人交往。谁知事隔不久，她荒谬到主动示好。

有位哲学家认为："人的行为是由他们的记忆决定的。社会出于对自己的保护，必须使其公民通过希望和恐惧建立起社会秩序和合作的理念。"她羡慕那些受到记忆管教和盘剥的人，她愿意为昨天交纳高额的利息……但命运，要给她一个虽破碎却勉强成型的未来，还有一份因丧失痛感而带来的另类的自由。是啊，"记忆是一种相聚的方式"，如果某天彻底失去记忆，她将失去约束，也失去她用一生时间慢慢累积的亲人和敌人。

遗忘带来打击，也象征安慰。记忆的砂纸打磨，多少铭心刻骨的爱恨都变得粗糙而模糊。从某种意义上说，记忆流失，是上苍给予人类的一份特殊礼物，它作用于摆脱那些易于让人沉陷的苦恼、哀怨、痛楚和仇恨——如果记忆不被磨损，这些不快将如影随形，烙印终生。毕竟，幸福在人生中所占的比例微小，更多时候我们被失意、疾病和灾难主宰。忘记了，能否就此不必偿还往昔的债务，负担瞬间清零？没有储存受挫的经验和教训，忘记了"害怕"，是否谁都勇敢无畏，人人皆英雄，刀山火海如履平地？不过，记忆真的提供了那么确凿的保障吗？不错，它是重要的储藏器，可它同样也是个容易变形的容器。某些时刻，有了记忆，我们反而丧失真相。几个记忆卓越的人回想同一桩事却大相径庭，甚至南辕北辙。每个人都言之凿凿，笃定别人撒谎。记忆天然地带有个人偏见，各自的利益和立场，不动声色地渗透进去，从而导致真相的歪曲和迷失。

小时候，她喜欢挤压塑料包装膜上均匀分布的气泡，指端压力下，破裂的小小气囊噼啪作响。她所存储的记忆将被时间压榨，被磨损或摧毁，她的人生将失去减震般的呵护。不过，无论悲观者还是乐观者，多多少少都有自毁倾向，以期缓解和逐渐适应死亡的冲击。所以人们在过程中不断寻找理由，失落的亲情、受挫的爱情、背叛的友情……受够了这些，就可以释然于最后的劫掠。人人终将陷入遗忘，像服用退烧药之后陷入安详的睡眠，化学分子作用于生物原子，物质、情绪、幻象、梦境以及凝结的种种记忆，都被分解。她想，死神之所以不等于魔鬼，是他比魔鬼严肃、公正，也比魔鬼更日常。无论忘情水还是孟婆汤，抹除前生记忆，死神最后把所有人都变成阿尔茨海默症患者。

忘掉表达，忘掉爱恨达至忘情，她能否获得唯婴孩才能体会的澄澈？无善无恶，无概念的困扰；无喜无悲，无利益的纠缠。无生无死，漂浮在冥河，飘浮在丧失坐标系的虚空之中……她是老胎儿，浑身布满新生的皱褶。往事中的羞耻或荣耀，将葬入马里亚纳海沟那样不可打捞的深处。每个清晨醒来，都是全新世界，像爱情中即将遇到的那个人。

2012 年 9 月，大卫·希尔菲克被确诊为老年痴呆症，这位退休医生和作家开始记录患病后发生的一切。博客题为"看着灯光熄灭"，他以此形容逐渐丧失心智的过程；然而，他希望为数百万处于黑暗中的人们指引方向。乐观得令人惊讶，因为大卫认为自己由此开始了"有生以来最为快乐和幸福的时光"。

在确诊之前，大卫沿着同样路线，重复同样事情，却丝毫不记得。他曾以为这是"离奇的记忆丧失事件"，仅仅因为上了年纪，并未予以重视。直到两年半以后，他知道自己成为了阿尔茨海默症患者。所有事情都在崩塌。他看不懂自己亲手制作的表格，经常遗失钱包，在一次认知测试中没能画出立方体，有一次他在离家只有 100 英尺的地方迷路，靠路牌和询问行人才得以返回。从卧室到厨房贴满蓝色纸条，上面记录着大卫不想忘记的事情。

"我们倾向于对老年痴呆症感到害怕，或是自觉尴尬……我们视其为生命的终点，而非一个阶段，一个给我们机会去成长、学习和去爱人的阶段。"谈吐依然迷人的大卫说，"如果我活在未来，这是痛苦的疾病；但如果我活在当下，却不是。"

大卫失去了"自我"，却开始享受生活。"我可以'出离自己'了，这是一个巨大的礼物。"他说，"跟佛教的'无我'是一样的；我们所认为的自己是不断改变的。坚持自己让人受罪，拥抱变化却开启了光明。"大卫·希尔菲克不知道自己还能活多久，但他试着以全新角度来理解放手，接受频繁犯错的自己，并学会对付可怕的无助感。

……读到这样的励志故事总是令人鼓舞。

她曾经幻想自己的晚年，能够拥有写作者寒意凛冽的笔。如果命运答案出乎意外，如果和大卫一样，她能够因为长期的心理准备而从容吗？因受挫而厌弃自己，还是深怀感恩地接受陌生的成长？她可以更豁达吗，忘记怨恨，就像把雨水葬进河流？她喜欢喝棕色的饮料：浓茶、咖啡、热巧克力；她喜欢口感跨界的食材：笋、蘑菇、茄子；她恐惧蛇的形象：一种全身密布关节的动物；她敬畏烟花，仿佛那是神明放大的彩色瞳孔……随着病程变化，她在丧失学习能力的同时，也会忘记如影随形的习惯吗？至少，未来让她好奇，这已算作对今天的贡献。

一生无论怎样壮烈或优雅，终点，不过是一支烟弹下的骨灰。她看到一个肉体被蚀空的昆虫外壳挂在悬动的蛛丝末端，被风吹拂，像打秋千的小亡灵……一切皆空，它说它看见真理耀目的条纹。

她父亲的视力急剧下降，分不出黄昏之后的台阶，分不出河水中鳞色灰暗的鱼。开始误诊为白内障，其实是青光眼，眼压增高导致的种种问题。他所看到的世界越来越狭窄，如同他所记忆的内容越来越遥远。某天，父亲心情大好，竟然跑到楼下参加象棋比赛，他自信掌握所有的规则和计谋——结果当然尴尬，握着圆润的棋子一味沉吟，他不敌招数简单的初学者。好在，他能够迅速忘记不快，记忆的粗筛，漏下他生命里的宝石和砖砾。

未必是阿尔茨海默症，医学检查只是支持智力和记忆衰减的猜测，父亲的颅内区域出现明显腔梗；或者更悲观地说，不仅是阿尔茨海默症的问题，老年带来了综合的麻烦。鲜衣怒马的少年，能够匹配上驰骋的未来；对一个年迈者来说，世界充满频繁的敌意。

为了掩饰沮丧，父亲的脾气变得急躁、易怒；但他失神的时候越来越多。除了日常服药，新鲜事物的刺激也有助大脑运转，当她发现旅游中父亲的活跃思维，她每隔一段时间，就会安排父母出行。即使衰老掠走体能，记忆逐渐闭合，她希望父母能够克服重重障碍，晚年过得平顺安详。

置身异地，母亲和她最担心的，是父亲万一走失。她们不会让他远离视线。防范之下，有一次父亲也险些迷路，他自己毫无慌张，闲庭信步。如同，当年的爷爷。有一次，她发现父亲的额头撞出硕大、青瘀的肿包，手背尚在流血，他自己并未留意，也不知道是什么时候造成这些伤痕。

她想起自己的童年。蒙住脸，把额头抵在粗糙纵裂的树干上，开始倒数。在她看不见的背后，小伙伴们陆续藏匿，直至，在她回望的时刻全部消失。

寻找的道路，她既兴奋又慌张……她不畏惧，即使暮色正在降临，巨兽正在打开饥饿的肠胃。但愿自己和家人，在降临的暮色中不会失去曾经的勇气。

人间流徙，还有什么可供感慨？情到绝处，不留后路，不留令人唏嘘的归宿。

事实上，她自己也曾在只有一条主街的彼得堡迷路。她不急于寻找归途，随意走进路边一间餐馆。意外的相遇：那是著名之地，诗人普希金在这里喝下生命里最后一杯咖啡，他随后被决斗的子弹击中。室内设计复古，氛围低沉，墙面暗红，有一股暗杀的味道。播放的音乐，是歌剧里高亢的咏叹调。

她暂时想不起酒店的名称，没关系，这使她获得理由，可以不慌不忙品尝餐馆里的鱼子酱。橘黄色，黏着成团状，带有失真的化学色泽和质感。用舌头和上颚压碎，既脆弱又坚韧的鱼卵，爆涌出微甜、微咸、微腥的味道。几乎带来进食中的游戏感，那些颗粒释放一股股细小的暖流。她记得住饱满卵粒在齿间的破裂，却无法得知那条在溪流间闪耀鳞光的鱼。她将被滞留，在精心酝酿的未来被一天天摧毁却由此得到快意的这个瞬间。

她慢慢地喝着一杯含有气泡的饮料。泡沫破碎：明天、梦想、机会、健康……好在，什么也不多，什么也不少。一切，如溯流之鱼，重归亲切又生疏的远方。决斗的枪声尚未响起，命运的刺客还在途中。

（原载 2015 年 10 月《人民文学》）

船上的泸沽湖

王　童

那年去丽江，泸沽湖我未去成甚感遗憾，因要去，人说那还有上千公里环路，便只好作罢了。这样常看着画报上的图片，想象着云雾缭绕的山水，品味着它的万象森罗，似乎总有个心结未打开。这样，当机遇终于挨近时，遂路选终南捷径，二月春风而去。春风似剪刀，春树暮云，安车蒲轮奔行，终见到了这个传说中少年乘神马上天，少女泪流成湖的仙境了。

泪水充溢成湖，婆娑中，山影映壁，树雾遮天。在春寒料峭中绿色尚在孕育中，但枝丫的茧子已抽丝而出。尼赛庄园前有一对称的情侣树，面对着泸沽湖的湾口，举目可见里色岛的轮廓，晨昏剪灯，它的色泽也在叠替变幻着，墨绿色、翠绿色、黛天色。日出日落时，山的曲线也渐显起伏，层次亦远大近小、错落有致。虽是南国年景，从湖面吹来的风依然是冷炙入骨的，但我多感到清爽。清爽的风落在湖面上，吹皱着层层春水，春水上游弋着野鸭，呼应着上来的海鸥白鹤。方圆七八十公里的泸沽湖，乘车半天可绕湖一圈，但尼赛庄园美丽的沧州姑娘杨超竟徒步沿湖边走了一天一夜，玉足磨出了泡。

进入山明水秀之地，我常想若不投入其里或融入其中，只是在边缘走马观花，总有一种涉渡未深之感。这样，湖上泛舟是心驰神往的事了。但我怎么也没想到，此一吴越同舟，竟巡山涉水，浴风游天了四次。一次是从洼夸码头临时起兴上船的，那天风很大，原本是划到可望见的后龙山去的，这后龙山当地人只是约定俗成的叫它为大鸟岛。因逆水行舟，身为摩梭人的船老大称无论如何靠不上去。只好回船转舵在波涌浪旋的湖面上兜了个圈子返回码头。同其他涧水湖泊不同的是，此处没有马力足的机帆船逆流而上，因当地江民的反对，只保留了简陋的舢板，此也就拓印了它古朴的舟摇摇以轻扬的韵致。这便是我第一次零距离触摸到泸沽湖的面庞。泸沽湖的水是青蓝色的，水深处达70米，它的清澈程度是其他内陆湖难以见到的，阳光从云中旋出泻入，水的纹理在波光粼粼中呈弧线起伏，在船的颠簸中，碎金光闪，鱼翔潜底。船上风荡云飞中的海鸥穿梭往返，有单飞、有双飞、有群飞，还有贴着水面，掠着船舷的。所谓海阔凭鱼跃，天高任鸟飞在此景里再贴切不过了。当然，这不是海，尽管另有名称左所海、勒得海，属长江理塘河的支流，高原断层溶蚀陷落成的湖泊。但其色蓝、景深景幽都有海港海湾的对照。湖中摇弋的芦苇随风扶摇，船行其间，让草木的气息扑面而来。在泸沽湖周边，无论是在水面还是在沿岸，什么角度都可见的是海拔3754.7米的格姆女神山，尼赛庄园就坐落在它的山脚下。俯视整泓泸沽湖似也就如侧卧倒映在水中的女神山形状。这女神仰睡在川滇交界处，体态丰满、眉眼依稀，它的延伸处是另一个真实的作家女神杨二车娜姆之家。杨二车娜姆自传体小说《离开母亲湖》一书坦言"女人和男人不必结婚，因为爱就像自然界的季节——它有来有去"。在摩梭人的文化里，男人和女人不必生活在一起，他们奉行的是"走婚"。她自己与瑞典外交官石丹悟也上演一场国际"走婚"。她1997年开始写作出版，著有《走出女儿国》《中国红遇见挪威蓝》《你也可以》等

13本书，翻译超过27种文字。在全世界热销。她用自己的歌喉，用自己独特的野性美丽和天质的聪明告知了泸沽湖以外的世界，让世界对那片神奇的山水睁大了眼睛。2005年她又出版了《七年之痒》《暗香》。据说因她的"国际贡献"，包括将瑞典女王引来，当地政府专门划给了她这么一块临湖的风水宝地，建了这么一处如庙宇的亭台楼阁，让她栖身之地也成了当地地图上的一景。慕名来到她这上下三层的宫殿，一眼便望见具有摩梭人特有风格的墙壁上，挂满了她酥胸玉腿优雅展露的美照，眼神妩媚地看着你，另一面则琳琅满目地镶着她大大小小成长经历的招贴画。等了好久，说是闭门写作的她终于露面了，她穿着彩衣戴着白獭毛帽，衬着她那张杏脸桃腮，踮着轻盈的舞步讲解着她自己。当知她曾参加过乌兰牧骑的演出，我这从内蒙出生的人，自然有了亲切感。

说到摩梭人的"走婚"，所遇到小洛水村村长的宾玛汉子便是一位，他长得魁梧高大，现在女方家"走婚"。走婚是摩梭人的一种婚姻制度。摩梭人是母系社会，在白天，男女很少单独相处，只有在聚会上以唱歌、跳舞的方式对意中人表达心意。男子若是对女子倾心的话，在白天约好女子后，会在半夜时分到女子的"花楼"（摩梭成年女性的房间，独立于祖母屋即"家屋"外），传统上会骑马前往，但不能于正门进入花楼，而要爬窗，再把帽子等具有代表性的物品挂在门外，表示两人正在约会，叫他人不要干扰。然后在天未亮的时候就必须离开，这时可以由正门离开。若于天亮之后或女方家长辈起床之后再离开，则会被视为无礼。颇为传奇的是，这个宾玛竟然同一位探奇搜奥的女游客一度"走婚"到了一起，还生了孩子，并惹出了一段婚姻官司。但宾玛本人又是个善心义举的人，常向他人伸出援手。摩梭人实际上是蒙古军当年攻打大理国遗下的一族，因而至今他们没有文字的语言仍带着尾音拖长的蒙腔。他们的魅力便是他们会唱歌，而这常能俘虏女人的芳心。

从尼赛庄园去近在咫尺的里色岛，船也屡遇风阻浪挡而难成行。如此，撑船的戴蓝色缠头的摩梭女人，对着水面摇着经轮念念有词一番，又将经轮支在船舷逆风划桨前行，望着越来越近的岛，终有登临的感觉了。如此，去岛体浸入水中的里格，乘船绕行一周，湖水从远山的轮廓间曲波流转，船桨击起的星点水珠溅在脸上，回头望去，岛上挂着的彩色经幡随风起舞，恰迎来船头触岸。

泸沽湖平躺在四川盐源县和云南宁蒗县交界处，两地的边民就常穿梭往返，敢闯的四川人沿湖开餐馆建旅舍，明显比云南人多，他们快节奏的川渝口音也此起彼伏在各个景区中。过婚姻桥入草海，就进入了川境内。在草海中行船别有一番烟雨。水草有潜在湖中，有扑倒在桥畔山边，舟从草间探头划过，云影草色盘虬在一处，时而聚拢，时而铺散开，日落云岫出，草房隐树下，光着脚在草甸子上蹦跳两下，一切就融为了一体。孤船，横云，女人的雪胫、耦肢，水色天光令人想起韦应物"春潮晚来意，野渡无人舟自横"的诗句。

离开泸沽湖也就如同从行船上下来一样。诗人、诗意，水、曲径的山路及异域风情的感染。而泸沽湖又称女儿国，尺树寸泓都附着她的似水柔情。风过雨散时，星空璀璨，女人的温暖撒手而去，而泸沽湖映化的女神山则会凝结到一起，慢慢在记忆的长河中流淌。

（原载《滇池》2016 年七期）

春秋时代的春与秋

李 舫

孔子问礼于老子，是一段生趣盎然的历史悬案。这不仅是中国文化史上两个巨人的对话、中国思想史上两位智者的相遇，更是两个流派、两种思想的碰撞和激发。战乱频仍、诸侯割据的春秋年代，老子和孔子的会面别有深意；在两千五百年后的今天来看，亦颇具启示。

——题记

公元前五百余年的某一天，两位衣袂飘飘的智者翩然相遇。时间，不详；地点，不详；观众，不详。但是，他们短暂的对话，却留下一段妙趣横生的传世佳话。

其中的一位，温而厉，恭而安，儒雅敦厚，威而不猛。另一位，年略长，耳垂肩，深藏若虚，含而不露。这也许是他们的第二次会面，但并不重要，重要的是，此后两千五百余年的岁月中，我们将渐渐知晓这场对话对于世界历史、对于人类文明的伟大意义。

一

　　他们，一个是孔子，一个是老子。

　　"孔子适周，将问礼于老子。"司马迁在《史记》中写道。孔子是两千五百年来儒家的始祖，老子是两千五百年来道学的滥觞。司马迁对两人有过明确考证，"孔子生鲁昌平乡陬邑"（《史记·孔子世家》），"老子者，楚苦县厉乡曲仁里人也"（《史记·老子韩非子列传》）。这一天，年幼些的孔子将去向年长的老子求教。

　　贵族世家的孔子生于鲁襄公二十二年，尽管他被后世尊奉为"天纵之圣""天之木铎"，但身世并不光彩，"其先宋人也，曰孔防叔。防叔生伯夏，伯夏生叔梁纥。纥与颜氏女野合而生孔子，祷于尼丘得孔子"。孔子生而七漏，首上圩顶，所以他的母亲为他取名曰丘。与孔子相比，平民出身的老子身世颇为含混，除弥漫坊间的奇闻异趣外，只知道他"姓李氏，名耳，字聃，周守藏室之史也"，某一日，骑青牛西出函谷关，从此一去不复返。

　　两千五百年来，人们对他们的会面颇多好奇，也颇多猜测和演绎。《礼记·曾子问》考据孔子17岁时问礼于老子，即鲁昭公七年（前535年），地点在鲁国的巷党，这是他们的第一次会面，孔子曰："昔者吾从老聃助葬于巷党，及堩，日有食之，'老聃曰：'丘！止柩就道右，止哭以听变。'既明反，而后行，曰'礼也'。"《史记》载，他们的第二次相见是在17年之后的春秋昭公二十四年（前518年），地点在周都洛邑（今洛阳），孔子适周，这一年他已经34岁。第三次，孔子年过半百，即周敬王二十二年（前498年），地点在一个叫沛的地方。《庄子·天运》曰："孔子行年五十有一而不闻道，乃南之沛见老聃。"第四次在鹿邑，具体时间不详，只有《吕氏春秋·当染》简单的记载："孔子学于老聃、孟苏、夔靖叔。"历史不可妄测，但有时间有地点有人物，这样的记载虽然未必逼近真实，却足见后人的善意与期待。

　　孔子对老子一向有着极大的好奇。我们不妨想象这样的场景——两位孤独的智者踽踽独行，他们的神情疲倦而诡谲，赫然卓立，没人理解他们的激奋，更没人理解他们的孤独和愁苦。

　　孔子的弟子曾点有"暮春者，春服既成，冠者五六人，童子六七人，浴乎沂，风乎舞雩，咏而归"的志向，颇得孔子的赞许。这是一幅春秋末期世态人情的风俗画，生命的充实和欢乐盎然风中。阳光明媚，春意欢愉，人们沐浴、歌唱、远眺，无忧无虑，身心自由，我们似乎从中感受到了春的和煦，歌的嘹亮，诗的馥郁。

老子也徘徊在这春末的暖阳中，他看到的却是不同的景象："唯之与阿，相去几何？美之与恶，相去若何？"在他的耳边，是呼喊声、应诺声、斥责声，世事喧嚣纷扰，世人兴高采烈，就像要参加盛大宴席，又如春日登台揽胜，嫣妍良善邪恶美丽狰狞，又有什么分别，谁又能够分辨？

人之所畏，不可不畏。荒兮，其未央哉！众人熙熙，如享太牢，如春登台。我独泊兮，其未兆；沌沌兮，如婴儿之未孩；儽儽兮，若无所归。众人皆有余，而我独若遗。我愚人之心也哉！俗人昭昭，我独昏昏。俗人察察，我独闷闷。澹兮，其若海；飂兮，若无止。众人皆有以，而我独顽且鄙。我独异于人，而贵食母。

如此忧伤而又抒情的语气，在老子散文般的叙事中，并不少见。在茫茫人海中，老子反复抒写自己"独异于人"的孤独与惆怅，在"小我"与"大众"之间种种难以融合的差异中，老子在反思、在犹豫、在踟蹰、在审视众生、在考问自己。这孤独和惆怅曾吸引过年幼的孔子，而这一次，他想问的是，孤独和惆怅背后的机杼。

历史的天空，就在这一刻定格。

一个温良敦厚，其文光明朗照，和煦如春；一个智慧狡黠，其文潇洒峻峭，秋般飘逸。他们是春秋时代的春与秋。两千五百年前的这一刻，他们终于相遇。司马迁以如椽巨笔记录了这历史的一刻：

孔子适周，将问礼于老子。老子曰："子所言者，其人与骨皆已朽矣，独其言在耳。且君子得其时则驾，不得其时则蓬累而行。吾闻之，良贾深藏若虚，君子盛德，容貌若愚。去子之骄气与多欲，态色与淫志，是皆无益于子之身。吾所以告子，若是而已。"

妙趣横生的描画，读来令人浮想联翩。

老子直言不讳。他认为孔子所说的礼，倡导它的人和骨头都已经腐烂了，只有其言论还在。况且君子时运来了就驾着车出去做官，生不逢时，就像蓬草一样随风飘转。老子听说，善于经商的人把货物隐藏起来，好像什么东西也没有，君子具有高尚的品德，他的容貌谦虚得像愚钝的人。他建议孔子，抛弃他的骄气和过多的欲望，抛弃做作的情态神色和过大的志向，这些对于孔子、对于世人，都是没有好处的。

寥寥数语，意味隽永。这不仅是中国文化史上两个巨人的对话、中国思想史上两位智者的相遇，更是两个流派、两种思想的碰撞和激发。战乱频仍、诸侯割据的春秋年代，老子和孔子的会面别有深意。

孔子问礼于老子，是一段生趣盎然的历史悬案。时光远去，短暂的四次会面，诸多细节已不可考，其对话却涉及道家和儒家思想的所有核心内容。毋庸置疑，孔子的思想就是在数次向老子讨教中逐步形成和成熟的，与此同时，孔子的提问也敦促老子的反思。司马迁评价老子之学和孔子之学的异同，历数后世道学与儒学对于他者眼界、胸怀的退缩，怅然若失："世之学老子者则绌儒学，儒学亦绌老子。'道不同不相为谋'，岂谓是邪？"

二

这次问礼对于孔子，是晴天霹雳，更是醍醐灌顶。

孔子辞别老子，沉吟良久，对弟子们感慨："鸟，吾知其能飞；鱼，吾知其能游；兽，吾知其能走。走者可以为罔，游者可以为纶，飞者可以为矰。至于龙，吾不能知，其乘风云而上天。吾今日见老子，其犹龙邪！"

鸟能飞，鱼能游，兽能跑。会跑的可以织网捕获，会游的可制成丝线去钓，会飞的可以用箭去射。而龙，御风飞天，何其迅疾。回味着与老子的对话，孔子说："我今天见到的老子，大概就是龙吧！"

一千六百年后，宋代理学大家朱熹引用诗人唐子西的话来表达他对这位坦荡求真、不惧坎坷的君子的崇敬之情："天不生仲尼，万古如长夜。"

老子与孔子性格迥异。老子致虚守静、知雄守雌，孔子信而好古、直道而行。然而，老子作为周守藏室之史，孔子作为摄相事的鲁国大司寇，两者自然都有辅教天子行政的职责，救亡图存的使命将他们联系在一起。

《春秋左氏传》评价，春秋时代是一个"礼崩乐坏"的时代。翻开春秋时期的社会历史，不难看到其中充斥的血污和战乱。诸侯国君的私欲膨胀引发了各国间的兼并战争，诸侯国内那些权臣之间的争斗攻杀更是异常激烈，"君不君、臣不臣、父不父、子不子"成了那个时代的最大特点。"《春秋》之中，弑君三十六，亡国五十二，诸侯奔走不得保其社稷者不可胜数"（《史记·太史公自序》)，以致"世衰道微，邪说暴行有作。臣弑其君者有之，子弑其父者有之，孔子惧，作《春秋》"（《孟子·滕文公下》)。诸侯割据，礼教崩殂，周天子的权威逐渐坠落，世袭、世卿、世禄的礼乐制度渐次瓦解，各国诸侯假"仁义"之名竞相争霸，卿大夫之间互相倾轧。值此之时，老子的避世、孔子的救世，不可谓不哀不恸也。

老子之高标自持、之高蹈轻扬，确是世俗之人、尘俗之世难以想象，更难以理解的。老子研究道德学问，只求隐匿声迹，不求闻达于世。他傲然地对孔子说，周礼是像朽骨一样过时而无用的东西。老子在否定周礼的同时，其实更是在阐释自己的思想，这种观念与孔子的理念大不相同，所以孔子才会以能"乘风云而上天"的"龙"来比喻老子，他对老子内心的敬仰和钦佩，溢于言表。

当然，同样作为一代宗师，孔子也不会因为一次谈话而轻易改变自己的立场和志向。与其相呴以湿，相濡以沫，不如相忘于江湖吧。孔子依然故我，宵衣旰食，席不暇暖，赶起牛车，带领他的弟子出发了。他们周游列国，宣传自己的主张，纵使困难重重，也要"知其不可而为之"。

及去周，老子送之，曰："吾闻富贵者送人以财，仁者送人以言。吾虽不能富贵，而窃仁者之号，请送子以言乎：凡当今之士，聪明深察而近于死者，好讥议人者也；博辩闳达而危其身者，好发人之恶者也。无以有己为人子者，无以恶己为人臣者。"孔子曰："敬奉教。"自周返鲁，道弥尊矣，远方弟子之进，盖三千焉。

这是春秋时代怎样的一幅画卷？黑格尔说过："一个民族有一群仰望星空的人，他们才有希望。"两千五百年前漆黑的长夜里，两位仰望星空的智者，刚刚结束一场人类历史上的伟大对话，旋即坚定地奔向各自的未来——一个怀抱"至智"的讥诮，"绝圣弃智""绝仁弃义""绝巧弃利"；一个满腹"至善"的温良，惶惶不可终日，"累累若丧家之狗"。在那个风起云涌、命如草芥的时代，他们孜孜矻矻，奔突以求，终于用冷峻包藏了宽柔，从渺小拓展着宏阔，由卑微抵达至伟岸，正是因为有他们的秉烛探幽，才有了中国文化的纵横捭阖、博大精深。

在中国两千多年的思想潮流中，道家思想有效地成为儒家思想的最大反动，儒家思想有效地成为道家思想的重要补充。

中国历史文化在秦汉以前，尽管百家诸陈，但儒、墨、道三家基本涵盖了当时的文化精神。唐、宋之后，释家繁荣，儒、释、道三家相互交锋、相互融合，笼罩了中国历史文化一千余年。南怀瑾说："纵观中国历史每一个朝代，在其鼎盛之时，都有一个共同的秘密，即'内用黄老，外示儒术'，不论汉、唐，还是宋、元、明、清。中国传统文化的核心思想，其实是黄（黄帝）老（老子）之学。"老子哲学和孔子哲学的存世价值可见一斑。

老子与孔子的这一次会面，尽管短暂，却完满地完成了中国文化内部的第一次碰撞、升华。

老子与孔子所处之时代，西周衰微久已，东周亦如强弩之末。有周一朝，由文、武奠基，成、康繁盛，史称刑措不用者四十年，是周朝的黄金时期。昭、穆以后，国势渐衰。后来，厉王被逐，幽王被杀，平王东迁，进入春秋时代。春秋时代王室衰微，诸侯兼并，夷狄交侵，社会处于动荡不安之中。

不难理解，老子的哀民之恸，孔子的仁者爱人，都是对这个时代的悼挽与反拨。

举凡春秋诸子，大凡言人道之时，必亦言天道。其实，老子和孔子学说最重要的一点，是他们处在中国历史最分崩离析的年代，对中国社会现实和未来发展所进行的积极、认真、深刻的思考。他们的努力，让中国社会行至低谷之时，中国文化没有随之衰微。

事实表明，在中国两千多年来的发展中，对中国社会起到最直接推动作用的还是儒家、道家两家学派，他们试图在总结历史经验教训的基础上，找到一条适合国家发展、具有现实意义的治国之道，尽管他们的理论体系、社会影响大不相同，但是两者的相互交流、相互交融、相互交锋，最终推动了中国的进步。

三

假设时间是一条线性轴，我们从今天这个端点回溯，不难发现一个奇怪的现象——公元前 800 年至公元前 200 年这个时间段内，还处于童年时期的人类文明，已经完成了思想的第一次重大突破。

古代希腊、古代中国、古代印度、古代以色列等地域，不约而同地产生了伟大的思想家——在古希腊，有苏格拉底、柏拉图、亚里士多德；在以色列，有犹太教的先知；在古印度，有释迦牟尼；在中国，有老子与孔子。尽管他们处于不同的文明之中，他们提出的思想原则塑造了不同的文化传统，推动着智慧、思想和哲学精神完成了从低谷到高峰的飞跃，这些智慧、思想和哲学精神一直影响着今天的人类生活。

一百余年前，德国海德堡有一位年轻的医生，他对当时流行的研究方法很不满意。终于一天，这位医生抛弃了厌倦已久、陈旧刻板的日常工作，由心理学转向哲学，并且扩展到精神病学，从此成为大名鼎鼎的哲学家——他就是雅斯贝尔斯。

在 1949 年出版的《历史的起源和目标》中，雅斯贝尔斯提出了一个重大的命题："轴心时代"。他将影响了人类文明走向的公元前 800 年至公元前 200 年定义为"轴心时代"，甚至断言，"轴心时代"发生的地区大概是在北纬 30 度上下，亦即北纬 25 度至 35 度区间。

值得重视的是，同在此时段，同在此区间，虽然中国、印度、中东和希腊之间千山万水，重重阻隔，但它们在轴心时代的文化却有很多相通的地方。雅斯贝尔斯称这几个古代文明之间的相通为"终极关怀的觉醒"。

这是一件有趣的事。尽管地域分散、信息隔绝，在四个文明的起源地，人们不约而同地选择了用理智和道德的方式来面对世界。理智和道德的心灵需求催生了宗教，从而实现了对原始文化的超越和突破，最后形成今天西方、印度、中国、伊斯兰不同的文化形态，它们像春笋一样，鲜活，蓬勃，拔节向上，生生不息。

然而，与此同时，那些没有实现突破的古代文明，如巴比伦文化、埃及文化，虽然规模宏大，但最终难以摆脱灭绝的命运，成为文化的化石。

在雅斯贝尔斯提到的古代文明中，有两个中国文化巨人，一个是孔子，一个是老子。孔子专注文化典籍的整理与传承，老子侧重文化体系的创新和发展。一部《论语》，11 705字，一部《道德经》，5284字，两部经典，统共16 989字，按今天的报纸排版，不过三个版面容量。然而，两者所代表的相互交锋又相互融合的价值取向，激荡着中国文化延绵不绝、无限繁茂的多元和多样。

孔子与老子，不仅是春秋时代的春与秋，更是文明形态的生与长、守与藏。

他们的哲学思想对中国文化的巨大影响，与春秋末年自由、开放、包容、丰富的思想氛围不可分割，也与他们之间平等包容的切磋、砥砺不可分割。孔子带领弟子周游列国十四年，晚年修订六经，孔子之后的孟子、荀子、董仲舒、程颐、朱熹、陆九渊、王守仁……继承他的旗帜，将儒学思想发扬光大。老子一生独往独来，在老子之后的韩非子、淮南子进一步阐释了他的思想体系，庄子更是将他的思想推向一个高峰。老子的无为、不言、不始、不有、不恃、不居，不仅是春秋战国纷乱局面的一种暂时的应对，其对后世更有着无穷的影响。在这里，大道是精神，也是生活。

孔子、老子相继卒于春秋之末、战国之初。几乎就在这个时刻，在遥远的恒河岸边，乔达摩·悉达多刚刚涅槃成佛，即将开启佛教的众妙之门；在更加遥远的雅典城邦，苏格拉底将要诞生，即将开启希腊哲学的崭新纪元。几乎就在这个时刻，承续春秋的战国大幕即将拉开，为求生存，各诸侯国继续变法和改革，吴起、商鞅变革图强，张仪、苏秦纵横捭阖，廉颇、李牧沙场争锋，信陵君、平原君各方斡旋、招贤天下……大秦帝国即将訇然而至，中央集权的统一中国萌芽即将形成。

老子哲学和孔子哲学的一个奇特之处在于，他将哲学问题扩大到人类思考和生存的宏大范畴，甚至由人生扩展为整个宇宙。他们开创了一种辩证思维方式，一种哲学研究范式，一种身处喧嚣而凝神静听的能力，一种身处繁杂而自在悠远的智慧，这不仅是个人与自我相处的一种能力，更是人类与社会相处的一种能力。

有意思的是，与东方文化秉持的守礼、中庸、拘谨的儒教情怀不同，老子在西方的传播要盛于孔子。林语堂在《老子的智慧》中写道："西方读者都认为，孔子属于'仁'的典型人物，道家圣者——老子则是'聪慧、渊博、才智'的代表。"老子曾云："上士闻道，勤而行之。中士闻道，若存若亡。下士闻道，大笑之。不笑不足以为道。"林语堂在做这句话的注释时写道："相信大半西方读者第一次研读老子的书时，第一个反应便是大笑吧！我敢这么说，并非对诸位有何不敬之意，因为我本身就是如此。"

大笑，恰是进入老子哲学迷宫的一把密匙，也是进入中国文化的一条暗道。

就在孔子带领弟子们兀兀穷年，在城邦之间奔走宣告、比武论招之时，老子却茕茕孑立，踽踽独行，以心中的胆气与剑气，打通了江湖武林的所有通关秘道。

恰如林语堂所言："那些上智的学者，便由讥笑老子、研究老子，而成为今日的哲学先驱，同时，老子还成了他们终身的朋友。"事实上，"在孔子的名声远播西方之前，西方少数的批评家和学者，早已研究过老子，并对他推崇备至"。在恭谦良善、持节守中的儒教之外，老子以其凝敛、含藏、内收的智慧，完成了高傲的西方对于神秘中国的全部兴趣和完整想象。

近现代西方哲学家、思想家在老子哲学和孔子哲学中受到启发，找到灵感。英国科学家李约瑟一生研究中国，对中国文化情有独钟。在他看来，中国文化就像一棵参天大树，而这棵参天大树的根在道家。联合国教科文组织做过统计，在世界文化名著中，译成外国文字出版发行量最大的是《圣经》，其次是《老子》。之所以有这样令人惊愕的翻译量、印刷量、阅读量，根本原因在于，它包含着对人类精神世界恒常的思辨和警醒。

孔子是国际的，老子是世界的。

夫唯弗居，是以不去。信哉！

（原载 2016 年 1 月 29 日《光明日报》）

大　地　诗

鲍尔吉·原野

穿上夜色出行

夜是树木华贵的礼服。夜的黑金丝绒遮去了杨树身上的疤节和斑痕，夜色把它从头包到脚。每一片树叶的正反面也遮盖了夜色，防止水分流失。杨树，还有椴树、槭树都穿着这样的睡衣进入梦乡。在梦里，它们模仿乌鸦在金黄的麦地里飞翔。无论怎么飞，睡衣都没被风刮走，还紧紧裹在身上。树叶虽然在风里哗哗响，但刮不走夜色。树叶的正反面同样黑，如同乌鸦背上的羽毛。

白桦树每到夜晚要犹豫一下，它问有没有白一些的夜色，或与它树皮颜色一样的睡衣？夜不回答任何问题，它默默包住桦树的树干和树枝。桦树看自己一点点黑下来，先是灰色，后来变成深灰色，跟其他树没什么颜色上的区别。它很怕别人管它叫黑桦树，虽然俄罗斯和呼伦贝尔有这种树，但不是它。白桦树要永远白下去，夜懂不懂这个？不懂当什么夜？夜没时间管这个，它甩一下大氅的左襟，包住一半山河，甩右襟包住另一半山河。万物在夜色里变得矮小，灌木本来矮小，夜里显得更矮，根本看不出是树，倒像草墩子。夜用大襟扇动，搅拌夜色，夜色越来越浓。黑过松树的树干，黑过渍酸菜的石头，黑过大酱，黑过黑莓，煤堆在夜色里失去了轮廓。夜的被褥在大地上铺好了边边角角，"世界是你们的，也是我们的"，归根结底，在夜里世界只属于夜。夜没用水也没有水就把夜灌满了大地和天空，没被夜色淹没的只有星星。

小甲虫披着夜色行走，不仅凉爽，而且隐蔽。甲虫早就厌倦了身上花哨的，带斑点的外壳。这样的外壳，除了轻浮，还有哪样好处呢？夜色多么深沉，它让甲虫像一只黑钻石。不睡的鸟儿也不敢吃一颗黑钻石，那会噎死它。甲虫觉得自己爬行如一颗钻石爬行，其他生物都会让路。它看到同样乌黑的甲虫爬动时，以为见到了梦游的自己。兔子在夜里跑得更快，它庆幸自己每天晚上可以换上一身黑兔的皮草，它比白皮草更光滑，跑起来阻力更小。在夜里，黑兔子无论打滚、拉屎或竖耳朵都不会暴露目标。黑兔子靠在松树边上站立，看上去就是松树的一部分。如果不伸手摸，谁也不知这里有一只兔子。黑夜毫不费力就把兔子变成一块石头、一个树桩或一只狐狸。在夜里，兔子跑起来跟狐狸没什么区别，都是一道黑影，除非狐狸用放屁证明自己是狐狸。大部分鸟儿有夜盲症，夜里不飞，怕撞到树上。我看到夜里也有鸟儿在飞，可能是治好夜盲症的鸟。它们飞起来像乌鸦，听得见翅膀拍打树枝，却见不到踪影。一次有鸟群从夜空飞过，星星和月亮显出了它们的轮廓。它们急促扇动翅膀，如躲藏，飞过的夜空有一些发白。

云在夜空上依然很白，夜色包不住云，云和星月一样，仍在夜里面。夜有夜的不足，虽然白桦树变黑，白兔变黑，但云彩仍然白着，仍然在天上飘。云并没因为黑夜的降落到大地上睡觉。白云变黑无须夜色帮忙，雨来之时，云变灰变蓝甚至变黑，但还没有黑牛那么黑，却比老榆树还要黑一些。白昼的雨云俗称乌云，它乌而低而翻滚。如果下的是雷阵雨，太阳一出来，它立刻变白，比通常的白云还白，如蚕丝一般。我的理解是：它把雨水泄尽就白了，但雨水并不黑呀？它身上的黑去了哪里？我在黑夜里没见过乌云。夜里下大雨时，看不清天上有云，也见不到雨，只听到雨声。清朗的夏夜，天上的白云比白天更悠闲。一般说，夜里白云不多，只有几朵值班的云，它们飘的也不快。月亮钻进云里好长时间才钻出来，证明月亮和云移动的都不快。夜里没什么事，太快没用。月亮边上的白云如一座岛屿，它的大小对月亮刚刚好。你可以想象那片云是月亮的温泉。

风穿上夜色出行。夜色是风最好的衣衫，比丝绸柔软，比风还轻。如果拿一立方米夜色和一立方米风在秤上称，还是夜色更轻。风觉得夜色是天生的翅膀，宽广而适于起伏。身穿夜色的风钻过树林竟无声音，也不担心被树杈刮破衣衫，因为前方的夜色会为风打好补丁。风想象自己的拖地大氅很长，扫过草地，收拢更多的夜色。风跃过山冈，纵身跳入河流，衣衫丝毫无损。在夜里，风摸到堆积在水面上的更多的夜色。水仍然是透明的，但夜色让水面看上去有一点凝固。水有皱纹但夜色无纹，因此河水看上去流淌缓慢。河流慢慢地把夜色推到岸边，让星星回到原来的位置。风把大氅盖在水面上，飞进山里。无论从哪个方向看，山里都藏着最多的夜色，如沉淀的古墨。

虫子澄澈

小青虫有跟菜叶同样的质感，浅绿，更多是水样的绿。真羡慕青菜能派生出这样的小虫。如果菜青虫不是菜叶的子女的话，也是它的亲戚，血缘很近的亲戚。有的人对菜青虫吃菜叶子感到愤怒，我不知道这样的愤怒从何而来。世界上无论有多少样山珍海味，小虫子吃到的只有菜叶。它跟菜叶是共生关系，相当于吃它妈的奶，你生什么气？一只小虫子能吃多少菜叶子？尽其一生，也吃不下一片菜帮子。它的生命那么短，吃着吃着就死了。听不到它鸣叫、哀告，死在一个人们不知道的地方，也可能化为露水。菜青虫不吃法式牛排，也不吃宫保鸡丁，即使你掏钱请它去吃它也吃不下。如果把它放在一盘子宫保鸡丁上，它以为是受刑，熏也熏死了。只有人类吃各种奇里古怪的东西而不会死，什么生蚝、海胆、牛鞭、燕窝。如果拿这些东西强制喂食牛羊，一定会喂死它们。人为自己能吃许许多多的东西并不死而怡然自得，他们把吃东西当成地位的象征之一。

小青虫在菜叶子上爬行，它这辈子不想离开菜叶而去其他地方，最可庆幸的是它没理想，菜和其他虫子也没强加给它什么理想。它只在菜叶子上爬，吃吃菜、喝喝露水。太阳照着暖和时睡睡觉，就这些。它听从老天爷的安排，用流行的话说叫"一切都是最好的安排"。

没在菜叶上爬过其实不知道菜叶并不好爬，菜的绿叶部分如同泡泡纱，在上面匍匐很磨肚子。小虫无脚，只好用肚子走路。大肚子人假若肯于匍匐前进，肚子也会扁平化。虫子知道，世界除了菜叶之外空无一物，它没时间仰望星空与城市的灯光。虫子的大床是一张青玉案，饿就吃这张床。虫子把菜叶咬出斑斑点点的小窟窿，正好透点凉风。它从窟窿眼里往外看，下面的菜叶层层叠叠，不光吃不完，睡也睡不完。菜青虫再一次满意自己是生在菜里的虫子，它不想让别的生物知道它的幸福。如果人也躺在菜叶子上，就太没意思了。人还是去自己的房子里待着吧，他们身上的颜色跟菜叶子对不上。

菜青虫从菜叶上爬过来，像菜叶活了——菜叶卷起一滴清水，然后爬动，这不就是小虫吗？拈过一只青虫看，它通体澄澈，看上去比人干净 20×20 倍。它没有腰椎（也没腰脱）这类东西。是的，它只是一包清水。小虫子吃菜叶长大，身上除了水还能有什么呢？菜叶上的小虫如一小节挤出的牙膏，然而它会爬，与人无害地在菜叶上蠕动。它的意思是从菜叶这一段爬到那一段，其实都一样，它视力不行，可能以为前面有比菜更好吃的东西。什么东西，难道是肉吗？上帝赋予菜青虫的爬行速度是每秒一微米。这个速度怎么能保证它这个种物不灭绝呢？它没被灭绝的原因第一它不好吃；第二它不是蛋白质；第三它不是药材尤其不是中药材；第四有伪装色；第五耐饥渴；第六有剧毒；第七攻击力强。小虫具备了其中四项，可以勉强活着。但免不了被鸟儿吃掉。然而最可怕的不是鸟儿。上帝不会在安排鸟儿吃虫子的同时又安排老虎、狼和狐狸都去吃虫子。那样有多少虫子也不够吃。比虎狼更冷酷的是农药，尽管小青虫只是一滴水，有伪装色又不是药材，但农药仍然会准确无误地杀死它。不是杀个半死，是全死。这就是人办的事，农业大学农药系正在培养这些刽子手。

小虫子没有胃肠肝肾这类复杂器官，也没脑子。其实不是所有生物都需要脑子。本能足以让一条命活下去，该经历的苦难不是有脑子就可以回避的。我看一些人一辈子没活好，是因为脑子没用对。小虫子想长脑子也没地方长，它身体里到处都是来自菜叶里的水。风从它身上吹过，它以为下了雨。雨浇在它身上的时候，它以为自己钻进了湿润的菜帮里。小青虫在菜里生活了一辈子，并不知菜叫"菜"。它以为菜是一颗星球，夜里可以在天空发光。菜叶的大地碧绿无垠，除了小虫，竟没有其他主人。菜叶被风吹动卷起来，小虫认为那是大海掀起的波浪。小虫爬行，失足掉进菜心里，它才知道嫩黄的菜心比菜帮更可口。菜青虫吃到菜心后，套用人类表决心的话说，叫"下辈子还要当小虫"。

没有人在春雨里哭泣

雨点瞄着每株青草落下来，因为风吹的原因，它落在别的草上。别的雨点又落在别的草上。春雨落在什么东西都没生长的、傻傻的土地上，土地开始复苏，想起了去年的事情。雨水排着燕子的队形，以燕子的轻盈钻入大地。这时候，还听不到沙沙的声响，树叶太小，演奏不出沙沙的音乐。春雨是今年第一次下雨，边下边回忆。有些地方下过了，有些地方还干着。春雨扯动风的透明的帆，把雨水洒到它应该去的一切地方。

走进春天里的人是一些旧人。他们带着冬天的表情，穿着老式的衣服在街上走。春天本不想把珍贵的、最新的雨洒在这些旧人身上，他们不开花、不长青草也不会在云顶歌唱，但雨水躲不开他们——雨水洒在他们的肩头、鞋和伞上。人们抱怨雨，其实，这实在是便宜了他们这些不开花不长青草和不结苹果的人。

春雨殷勤，清洗桃花和杏花，花朵们觉得春雨太多情了。花刚从娘肚子钻出来，比任何东西都新鲜，无须清洗。不！这是春雨说的话，它认为在雨水的清洗下，桃花才有这样的娇美。世上的事就是这样，谁想干什么事你只能让它干，拦是拦不住的。春天的雨水下一阵儿，会愣上一会儿神。它们虽然在下雨，但并不知这里是哪里。树木们有的浅绿、有的深绿。树叶有圆芽、也有尖芽。即使地上的青草绿的也不一样。有的绿得已经像韭菜、有的刚刚返青。灌木绿得像一条条毯子，有些高高的树才冒嫩芽。性急的桃花繁密而落，杏花疏落却持久，仿佛要一直开下去。春雨对此景似曾相识，仿佛在哪里见过。它去过的地方太多，记不住哪个地方叫什么省什么县什么乡，根本记不住。省长县长乡长能记住就可以了。春雨继续下起来，无须雷声滚滚，也照样下，春雨不搞这些排场。它下雨便下雨，不来浓云密布那一套，那都是夏天搞的事情。春雨非不能也，而不为也。打雷谁不会？打雷干吗？春雨静静地、细密地、清凉地、疏落地、晶亮地、飘洒地下着，下着。不大也不小，它们趴在玻璃上往屋里看，看屋里需不需要雨水，看到人或坐或卧，过着他们称之为生活的日子。春雨的水珠看到屋子里没有水，也没有花朵和青草。

春雨飘落的时候伴随歌声，合唱，小调式乐曲，6/8 拍子，类似塔吉克音乐。可惜人耳听不到。春雨的歌声低于 20 赫兹。旋律有如《霍夫曼的故事》里的"船歌"，连贯的旋律拆开重新缝在一起，走两步就有一个起始句。开始，发展下去，终结又可以开始。船歌是拿波里船夫唱的情歌小调，荡漾，节奏一直在荡漾。这些船夫上岸后不会走路了，因为大地不荡漾。春雨早就明白这些，这不算啥。春雨时疾时徐、或快或慢地在空气里荡漾。它并不着急落地。那么早落地干吗？不如按 6/8 的节奏荡漾。塔吉克人没见过海，但也懂得在歌声里荡漾。6/8 不是给腿的节奏，节奏在腰上。欲进又退，忽而转身，说的不是腿，而是腰。腰的动作表现在肩上。如果舞者头戴黑羔皮帽子，上唇留着浓黑带尖的胡子就更好了。

春雨忽然下起来，青草和花都不意外，但人意外。他们慌张奔跑，在屋檐和树下避雨。雨持续下着，直到人们从屋檐和树底下走出。雨很想洗刷这些人，让他们像桃花一样绯红，或像杏花一样明亮。雨打在人的衣服上，渗入纺织物变得沉重，脸色却不像桃花那样鲜艳而单薄。他们的脸上爬满了水珠，这与趴在玻璃上往屋里看的水珠是同伙。水珠温柔地俯在人的脸上，想为他们取暖却取到了他们的脸。这些脸啊，比树木更加坚硬。脸上隐藏与泄露着人生的所有消息。雨水摸摸他们的鼻梁，摸摸他们的面颊，他们的眼睛不让摸，眯着。这些人慌乱奔走，像从山顶滚下的石块，奔向四方。春雨中找不到一个流泪的人。人身上有4000 到5000 毫升的血液，大约只有 20 到 30 毫升的泪。泪的正用是清洗眼珠，而为悲伤流出是意外。他们的心灵撕裂了泪水的小小的蓄水池。春雨不许人们流泪，雨水清洗人的额头、鼻梁和面颊，洗去许多年前的泪痕。春雨不知人需要什么，如果需要雨水就给他们雨水，需要清凉给他们清凉，需要温柔给他们温柔。春雨拍打着行人的肩头和后背，他们挥动胳膊时双手抓到了雨。雨最想洗一洗人的眼睛，让他们看一看——桃花开了。一棵接一棵的桃树站立路边，枝丫相接，举起繁密的桃花。桃花在雨水里依然盛开，有一些湿红。有的花瓣落在泥里，如撕碎的信笺。如琴弦一般的青草在桃树下齐齐探出头，像儿童长得很快的头发。你们看到鸟儿多了吗？它们在枝头大叫，让雨大下或立刻停下来。如果行人脚下踩上了泥巴应该高兴，这是春天到来的证据。冻土竟然变得泥泞，就像所有的树都打了骨朵。不开花的杨树也打了骨朵。鸟儿满世界大喊的话语你听到了吗？春天，春天，鸟儿天天说这两句话。

（原载《十月》杂志 2016 年第 1 期）

大 河 之 魂

刘迪生

是不是一个巨大的悖论？正是最黑暗的中世纪，孕育了人类历史上最为璀璨的精神文化：殿堂、陵寝、雕塑、绘图，以及音乐的礼赞诗章——生命的绝唱，让一切世俗的风情或声响在此自惭形秽，那是一种与天堂共享的超尘绝俗的心灵对话。

然而，中世纪是没有文学的，因为那是不需要思想也不允许思想的世纪。教皇一世格里哥利的一句名言，至今没有过时：不学无术是虔诚的信仰之母。

信仰是要崇拜的，科学是要讨论的，法律是要执行的。不崇拜的信仰，不讨论的科学，不执行的法律，不管有多少个理由为此粉饰说项，都是无耻的谎言与彻底的伪化。

是人生的旅程抑或也是受时代所囿吧，我自以为是一个有信仰的信徒，寸楮尺素凝聚着我那可怜的精诚，才对这部命题作文如此上心。冼星海，震撼中外乐坛的音乐家，影响了整整一个时代。华彩的空灵本是艺术巅峰上的天籁之响，可一旦附上世俗的物欲，也就被穿上了"雅""俗"的号衣，即便是东方古之鼻祖师旷、师涓，也不能因之免俗。在那个时尚红色与革命的时代，冼星海就是东方的红色贝多芬、柴可夫斯基，是革命的阿炳，是那个理想与灾难明暗交叠的年代站在历史顶端青年精英的峰值点上的星光，让我们今天也情不能忍地仰止、行止。

我对冼星海如此痴迷、痴情，在这里一个字一个字地结茧成章，如前所述，某种意义上说，仅仅是因为所谓的信仰吧——是我对冼星海那个时代不能去怀的殷殷眷注。啊，延安，"回延安"……我从来没有怀疑过诗人们当时近乎童真般的激情与忠诚，就像我不会怀疑我自己的愚笨和守拙一样……西方人对延安的交口称赞、《新华日报》的文章如雷贯耳，死气沉沉、万马齐暗的东方历史数千年来一个新生命的哇哇啼叫，总让我一想起来就血脉贲张，不能自已。

尽管冼星海的同龄人——胡风、田汉、丁玲、贺绿汀等巨子后来的命运令人唏嘘，但是，他们用自己的生命燃烧的东方灿烂的早霞，她的美丽在今天看来，是另一种耸入云天的恢宏博大的精神建筑，让多少脆弱的神经不敢仰视！不管是篡改、蔑视，或是屏蔽、冷藏乃至格式化那一段不可疏忘的历史，对一个共产党人来说，窃想都是有意无意的背叛。

宝塔山，20世纪人类奇迹的东方的政治地标……

那一段史事，太让人神往了。英国史学家爱德华·吉本说过，所谓历史，不过是对发生过的政治事件的忠实记录而已。没有政治事件真相的历史，无疑是伪史。

"真相"，永远是一种可望而不可即的汲汲追寻，正是对真相无穷的追寻，才让哲学、历史学如此溥博渊深。但我，想做一个芒履蓑笠、孤舟挂帆的远行者，走近星海，不过是为了走近延安，走近那一段我的梦中的岁月。

我在这里重彩"红色"，很可能取魏收之诮，但我绝不是为口腹所累：新中国一路走来，若是冼星海健在，以他那傲骨凛凛的书生气节，窃想比他的同侪们还要不堪。然而，童年乃至青少年的那一段美丽，会是长在心头的一粒瘊子，伴人终生；亦如懵懂初恋的卵石，在岁月河床的打磨下愈加璀璨晶莹。

中国，苦难的中国，积弱、积垢、积朽……的中国，西风东渐，百舸争流。

翻开古世界史，是两张版图：囿于时代的局限，东、西方的古代精英们一样的无知与狂妄。东方自以为河洛乃天下中心：中土、中州、中原、中国……有趣的是，古代日本也曾自称"中国"（苇原中国），以冈山、广岛、山口等地为国家中心。只不过开化太晚，在隋、唐疆域与文化面前相形见绌，不敢自以为"天下中心"罢了，却留下抬眼可及的"中国银行""中国新闻""中国山脉"等汉字，让来自中原的过客们莫名其妙。而欧洲人则以为地中海是天下中心，以为亚历山大、奥斯古都的罗马帝国的疆域，就是整个"世界"。

当西方告别渔猎、农业文明，进入城邦"民主"社会体制，开始了古希腊古罗马的辉煌——其实那是奴隶们创造历史的辉煌，我们却成了东方的僵尸：文化因素的先天残缺，东方体制久久地停留在"鸡犬之声相闻，老死不相往来"的"桃花源"自耕农理想境界。意识形态的儒经教（奴）化，即便是再英明的君主，这片土地上也只能是"外战外行内战内行""一盘散沙"的"东亚病夫"们的自我狂欢与陶醉。

爱尔兰哲学家威廉·勒基在《欧洲伦理史》中指出的，正是奴隶制大田庄取代了自耕农经济、自由民无须支付报酬就能从政府那里得到粮食这种情况，才导致了罗马人的尚武精神……

一个总人口仅仅三十多万、参战军人仅仅数万的"少数民族"，铁蹄所至，摧枯拉朽，如入无人之境，竟然让数以十万计、百万计的明军望风披靡，是很令人深思的。同样，曾经骁勇善战的千万八旗健儿在数百八国联军面前不堪一击，让表象繁华的农业天朝尊严扫地，颜面尽失。

元朝、清朝扫荡和击碎的是勒基笔下的牧歌式的农耕文明——貌似庞大实则精神文化上萎缩封闭而阴柔内敛的小国寡民。

人类史没有温情可言。第二次世界大战改变的不仅仅是世界版图。对我们中华民族来说，福耶祸耶，冼星海和他（我）们的胜出，苏联模式的学步，不管我们犯了多大的错误、怀旧或失落的士子们遗民般如何积怨含愤，她一路走来的国力膨胀，让西方世界触目惊心。人类史的历史阶段不管如何划分，审视东方大宋亡于蒙元、大明亡于满清的史鉴，我们不能不意识到，那是一群自视颇高、顾盼自雄的贵族骑士对"日出而作、日落而息"的农民自耕农社会的残酷剿杀——说是野蛮对文明的颠覆，我真的不敢苟同。

请读者不要误会，我没有政治家们的潇洒襟怀，也不是丛林法则的鼓吹者。塔斯马尼亚人灭绝于一群十恶不赦的罪犯，是上帝瞎了眼？抑或本来就是"主"的意旨？

一个人的愚昧，是基因缺陷的愚昧；一群上人者——顶层精英集团的愚昧，是一个种群、种族、一个文化板块罹惟灾难的愚昧，上帝也无可奈何，无能为力，无言以对。

尽管庶民的命运与庙堂的枯荣无关，国亦是国，家也是家，仅在于朝廷的清明与腐朽罢了，但兵燹的灾难与辱凌，是躲不过去的浩劫。

塔斯马尼亚人如是，古埃及如是，印加帝国也如是……

两千多年了，尽管我们有过秦皇汉武、唐宗宋祖的轰轰烈烈，只不过"城头变幻大王旗"而已，生产力和生产关系没有挪动过跬步。是以，在19世纪德国著名哲学家黑格尔的眼里，中国是没有历史的。

历史没有捷径可言：我们连古希腊的城邦社会——奴隶创造历史的恢宏壮举——都必须重新走过！

面对我们今天的经济成就，不管怎么定位"城邦"之外、没有城市户口的"农民工"，我从内心深处对他们充满了深深的敬意。我们所深为自信的，并不仅仅是西方老祖宗传给我们的无产阶级革命理论和社会主义先进制度，更是我们十三亿人口大国的无限张力——让神经脆弱的西方政客们望而生畏的创造者、劳动者的巨大张力——人民，只有人民，才是创造历史的真正动力：革命的经典理论在这里找到了最为经典的注脚——将自己的人民（选民）之外当成负担和累赘，应该是人类近代史上最无廉耻的政治笑话！

大约到了这个时候，中国才终于结束了让黑格尔扼腕的"没有历史"的历史。

这便是鄙人的"红色"情结吧：也是甘愿如牛负重、努力笔耕的自我选择。

冼星海，这个最应该享受革命盛宴的红色信徒，没有能看到东方的黎明。不管幸与不幸，他决然而去，走得那么匆忙、那么唐突……他的背影在黄河的波峰浪涌与落日的余晖中浩浩远去。但是，他与奔流不息的黄河同在……

于是，我想通过这个可当悲喜剧来写的人物故事，书写中国的那一段非凡的历史，说革命先驱和英雄形象也罢，说民族精神与时代精神也罢。

他的名字镌刻在战祸连绵的历史故事的彩页，也就与那一段血与火的历史一样炽烈与厚重。

我，像撬动玄武岩般艰难地掀动那些熔岩冷却后的碎片，力图与读者分享那段多艰也辉煌到了极致的岁月，却多有惶悚之感！那是因为，我和时下的青年们一样，对宝塔山之高、延河水之清、延安窑洞之瑰丽，知道得太少太少了。

如果说安泰不过是大地之子，非凡的时代则是天才的摇篮。冼星海生长在一个特殊的时代。巨人时代是巨人们的时代。那个时代遗传给后人的，即便是血清里的基因，也有蜕化的可能，有如恐龙、龙之于两栖类爬虫。怀旧情结的可怕，是因为谁都不会以茹毛饮血的古猿为羞。

非凡的人生不过是非凡的故事罢了。乱世的英雄未必是杀人如麻的将军：荷马行吟的歌谣，竟然是血肉横飞、惊天动地的争战——烟消云散之后，只有他，才是伊利亚特那场绝杀中唯一的永远的幸存。

延安。哦，延安！如果说有革命的图腾，窃想就在这里吧。她，在我的心灵里，是我的麦加，我的耶路撒冷，我的布达拉宫……

如果说一言可以兴邦，历史深处的那一部"交响"，可谓震撼华夏的雷鸣，至今余音袅袅，弥于长天。

感谢一场短暂的美丽的相遇。我的目光随着他就要离开延安了，我却并没能看清延安的真正面目：真实的历史的故事，像夜空的星子一样遥远，即便是亲眼所见，也未必真实——看那多少星辰熠熠闪烁，其实它们多是亿万年死亡了的恒星，投过来的余光而已。

一个人的生命体积仅在于他的精神高度抑或给人间留下的文化遗产，与时间的长短没有丝毫的关系。西行的旅次，匆匆行色的一行脚印，是如歌的行板与华彩的壮丽篇章，与莫斯科的红场和黄河的涛声同在……

冼星海1945年10月30日在莫斯科溘然而去。5个多月前，5月9日，莫斯科红场为纪念反法西斯战争的胜利，举行了红色世界最为雄浑壮阔的大阅兵；两个多月前，8月14日，日本军国主义精神领袖裕仁天皇颁布停战诏书，接受《波茨坦公告》；第二天，裕仁天皇通过广播向全日本臣民诏告投降，全面终战；9月2日，在美军"密苏里"号巡洋舰上，日本政府代表签署投降书；9月3日，中国大江南北、长城内外，举国沸腾……这一切的一个接一个惊天动地的故事，只在重病中的冼星海枯黄清瘦的脸上，掠过一丝丝的慰藉的稍纵即逝的笑颜……他，像一位难产中耗尽余力的母亲，在新生儿欢快抑或痛苦的啼叫声中，安然睡去。

交响乐，精神世界的语言，本与山野尘情的世俗无关。然而，那个特殊的岁月、非凡的时代，也是胎教般的东方文化的遗传吧，让冼星海这位音乐巨子，契和着黄河的涛声，将一个民族情怀的悲壮意识，谱写成史诗般的命运长歌——窃以为，也正是那个苦难极致的时代和黄河文化的浪涌，成就了这位音乐天才的巨响吧。

十月革命一声炮响，给我们送来了马克思列宁主义——莫斯科，社会主义的大本营，工农红军中华苏维埃共和国的红色首都，倾倒了那一整代共产党人。刚进不惑、青春正富的冼星海在这里沉沉睡去，有如躺在母亲的怀抱里，窃想他非常惬意，了无憾情。不管健忘的后人们如何狂猜疯想，窃以为都是在管窥蠡测或是矫饰伪化那个钢铁般生冷存在的时代，真正的脑残而已。

黄河没有断流，没有枯渴，涛声依旧；莫斯科的红场依然红色，依然美丽，魅力如前……

冼星海走了。那个时代，那段历史，那些岁月……也随他而去。为了永远的纪念吧，我还是忍不住怀旧与仰慕的情结，捕风捉影般地要将冼星海这位饱学巴黎襟满"西风"、投在东方大地上的影子，乐山大佛般地定格在我自己的臆想王国。

伴随着海水咸湿的气息，冼星海诞生于这个再普通不过的清贫的疍民之家。并没有过多的资料去渲染失去父爱对冼星海有着怎样的影响，或许，对于父亲没有记忆的冼星海，影响只是心底的，外人虽万言不能描状其一二，正如之后冼星海那坎坷的命运和不屈的求艺之路一样，个中艰辛，我们只能猜想，无法从本质上去体会，更无法对感觉进行一种准确的表达。然而，父爱的缺失显然增加了母亲的辛苦。一个女人，在和平的时代中，独自抚养子女都是一件非常不易之事，何况在风雨飘摇的年代，世风并没有如今天这么开放包容的年代。但这些不为人知的辛酸，都被冼星海的母亲，大海的女儿，靠着母爱的天性以及对生存之渴望的坚忍的力量，凭着岭南人特有的勤劳务实的精神，带着尚在襁褓之中的幼儿，在岁月的洗礼中愈发坚强，如墙角寒梅，暗自芬芳。

温润柔软的岭南风土人情，对于冼星海的审美趋势以及创作风格有着潜在的影响。在中国近代史上，岭南地大物博环境之下人民的敦厚贤淳不仅孕育着梁启超、孙中山等思想家、政治家，更为许多艺术家诸如萧友梅、马思聪、青主等提供着源源不断的文化底蕴。岭南文化的多样性与包容性使得这片土地愈发显得多情多思，正是孕育触觉敏感的艺术家的绝佳的温床。在外公家寄居的日子里，虽然没有优渥的物质生存条件，但海边渔民之家，大海般博大、宽容、静谧而又深沉的地理环境，在养育冼星海的同时，也奠定了他性格里的那份坚强与隐忍，对于逆境的抗压能力，这或许是生活对于冼星海坎坷人生际遇在另一方面的馈赠或是补偿。在今天留存不多的照片中，我们看到的冼星海，脸上找不到任何对命运不公而抱怨、愤恨的痕迹，相反，他的脸上始终挂着一种悲悯的浅笑，一脸平和，眼神之中虽藏着淡淡的忧郁却笃定地望着前方。

生命之旅是一种告别，长久和短暂的真实，是美丽的挣扎，花朵的信念，让灵魂的使者，引领我们步入永恒，音乐艺术让他成为永远活在人间。

《黄河大合唱》，一阕血与火的时代乐章。那一声声时代的怒吼，是黄河咆哮的声音，是世界反法西斯的声音，无可阻挡，无坚不摧，不可战胜……

一个音乐家能被加冕为"人民的音乐家"，何其罕见，而冼星海倒是当之无愧。冼星海为音乐而生。冼星海是那个特殊时代的歌者，他的作品反映了那个时代的激荡。

啊，有如《国际歌》里唱的那样，"不要说我们一无所有，我们要做天下的主人"。劳动者永远是伟大的，人类的公平正义是不可战胜的，为穷苦人的呐喊与呼号，永远是历史的最强音，马克思、列宁的无产者解放与耶稣的平民拯救同在，才让马克思列宁主义有幸成为了东方乃至世界上最大的信仰，拥有着人类史上最大群体的信众，堪称人类伦理史的绝笔与奇观，让耶稣、释迦牟尼、穆罕默德也在此望洋堪羞吧。

（原载《黄河文学》2016 年第 11 期）

东风吹来的记忆

赵　雁

东风吹，战鼓擂……是那个年代的歌声，但对我来说则另有一番记忆，因这风刮上长天，带着火箭的呼啸寄托了我最初的理想——航天。

航天对于我的概念最初是模糊的，因为特殊的原因，也因为高精尖的缘故，那些神秘的导弹卫星火箭离我似乎特别遥远。但东风航天城我不陌生，因为我是航天城的孩子。

关于东风，刻入脑海中的是横平竖直单调的线条；是灰黄色的冷清戈壁绿色的军装；是鼻孔里永远充斥焦裂土腥味的干燥；是呼啸的西北风；是阳光暴烈的穿透；是礼堂门前因军容风纪不合格而被罚踢正步的官兵；是任务来临时的紧张神秘，父母的不着家；是熄灯号响起前广播里悠扬如诉的小提琴曲，伴我入梦的是气质有些特别，眉清目秀嗓音甜美的广播员的一颦一笑，那基本上就是对"文艺"的美好想象。

东风似乎与外界毫不搭界，除了广播里的新闻和从外地休假出差归来带来的零碎信息，很难对外面的世界有一个整体的描画。也确实，电视是录播转播，报纸都是几天前的。嘴上的孤单寂寞绝不是矫情的代名词，甚至连欢乐和悲伤都是寂寞的。一说外部，我们首先想到的就是北京，因为那是与基地联系最紧密的地方，所有指令都是从那里发出的。甚至父母的故乡也难以和它比拟。

在东风有很多"不被允许"的规章条文，不能问出处的令行禁止，常常被父母和老师挂在嘴边，像紧箍咒一样限制着我们。

时光的流动似乎也是最慢的。以至于如今我每每叹息时间飞逝，总要狠狠怀念东风带给我的奢侈时光。可那时的我，却觉得厌倦，总喜欢一遍遍看墙上的挂钟，盼着时间能快点过去，自己能快快长大，离开这个封闭得让人透不过气的地方。

所谓少年宫、课外班、小提琴、各种玩具、郊游、画架、音乐会、歌舞晚会、餐厅等词语都像飘在空中的五彩肥皂泡，都只存在电影上画报上的向往罢了。那些从内地转学回到东风的学生，一年甚至更长时间都会是班上年级里的明星，哪怕他们只来自于名不见经传的县城。

见识，见识。它就像软肋，令我一直为此气馁。

好在对外部世界的渴望，让我在书里找到一些平衡。放学后，囊中羞涩的我常去东风那家唯一的新华书店，在店员警惕的眼神下，脸红红地站在心仪的书柜前流连，蹭书看。店员巡视的目光，如芒刺在背，至今难消。

抱怨了无数次的东风，终于变成了我义无反顾的逃离。我一直以为自己挺恨航天这个行业的，因为看惯了父辈这代人非同一般的艰苦，因为它冰冷枯燥。我对那种封闭的憎恨可能谁也想象不到。封闭的环境让我一辈子都和这个世界是疏离的。我像一条离水少氧的鱼儿拼命游向热闹接地气的生活激流中。

我从苍凉的戈壁沙漠来到绿水青山的西南，尽管只是一个川北乡镇，然而满眼的绿色，花色繁多的时令蔬菜瓜果和那些没有被冷冻过的鸡鸭鱼肉，一切都是鲜嫩活泼的。更多的惊喜是一周一次的班车可以拉着我走进时尚的城市，热闹的街市，看到各色人等，见识各样新鲜。我从未如此接近内地的生活。我贪婪地大口呼吸，苍白的脸上涂抹上了红晕。

后来，我的世界不仅远离了东风，还远离了航天。在新的领域，我努力工作，见识了很多原来连想也不敢想的人和事。不再有那么多约束和封闭，只要你愿意，天天都可以感受城市的火热，新鲜甚至匪夷所思。可我却感到不适应，浮躁，甚至凄惶。心里很毛，找不到方向。世界在我面前急剧放大。

此时，东风又不可阻挡地来到我的记忆，曾经它让我抱怨、烦恼，迁怒，想逃离，可现在它又是如此鲜活扎实地刻在心上。我想那便是故乡，我的生长之地，我的根脉，我的父母为之奋斗一生的地方。它带来的不仅有成功的荣耀，也有生命、血泪和汗水。

直到几年后，我来到北京航天城工作，成为一名航天人，我对这个事业和这些人有了更深的理解。远离都市喧嚣，重新与静谧封闭偏远为伍，心头不悔，甚至觉得格外踏实。这时我才发现自己是真的与航天难以割舍。

妈妈是个讲故事极富感染力的人，东风航天城是她绕不过去的话题。尤其在离开东风，进了干休所以后。东风过去的故事里，那些看起来普通甚至有点窝囊的叔叔伯伯阿姨像一个个传奇立在我的面前。还有那些年龄跨度无论多悬殊的东风子弟，虽然遍布大江南北，东风却是一个标志，只要话题和它沾上边，任你熟悉还是不认识，都会立刻亲密起来。他们都令我尊敬和感动。我总在妈妈身边夸海口：总有一天，我要把你们的故事写下来。

然而，妈妈终于没有等到这一天。

也就是因为她的离去，让我开始着手人生第一部长篇小说《第四级火箭》。

之前我已完成了《中国飞天梦》等一系列航天文学等作品，试图用我的书写为中国航天文学留下一丝痕迹，我希望能借助笔端为航天人鼓与呼。《第四级火箭》完成后，我的父亲，一位建设东风基地的开拓者，在基地工作生活了40年的航天人，对子女教育恪守批评为主原则的老人，从来不看我发表的作品，却第一次主动看了我的《第四级火箭》书稿。不顾眼疾困扰，一连数个白天晚上，一字不落读完。这辈子破天荒第一次由衷表扬我：没想到，你还写的挺像回事，引的我很多记忆都回来了！不错啊！

连续几天夜里很晚了，父亲房间的灯还亮着。

然而没过多久，父亲病重。两个多月重症监护室的抢救，命悬一线的父亲终于顽强挺过来。醒来的父亲却失去了近期的记忆，忘记了老伴过世，忘记了身处何地，忘记了今天做了什么。却还清楚记得东风基地，那些经历过的事，那些一起奋斗过的老人，如数家珍。无论斗转星移，在他的脑海中，那些刀刻斧凿的烙印是再也退不去了。

今天，当人们仰望中国航天事业的辉煌成就时，却鲜有人知道，为了那一次次火箭的腾飞，身为"第四级火箭"的群体付出了怎样的代价。他们披荆斩棘、披肝沥胆，在大漠戈壁中创业，献出了毕生的精力。我从小耳闻目睹那些父辈餐风宿露、抛家舍业的艰辛。我们这些被称为"东风子弟"的子女，面对着父辈开创的祖国尖端科技事业，却并未像人们想象的那样，受过良好的教育。因在这荒无人烟的地方由于条件地域所限，教育师资都是处在流动状态中，很难系统化。我们因父辈们全身心投入工作，难以顾及，而被忽视在一边。为此，我们抱怨过、迁怒过，然而面对着那呼啸而去的巨型火箭，我们也会由衷地在心里升起一股自豪感。

父辈们在逢山开路、筚路蓝缕、骨肉离散、政治风云变幻无常的境遇中负重致远，让火箭轰鸣、让卫星上天、让载人飞船划过日月、让探月嫦娥飘上月球。可以说这些成功，有时是在"非人道"的特定状态下完成的。但正如鲁迅先生说的：我们自古以来就有埋头苦干的人，有拼命硬干的人。也正是在这种精神的激励下，面对强敌四伏的局面，我们才建立起了共和国海陆空的防御壁垒，才让人民有挺直腰杆的本钱。书写他们，我有义不容辞的责任。而今端出的这件作品，也成为了这四级火箭的燃烧物，但愿它是优质的。

（原载《解放军报》）

多元的文化之旅

阎　纲

我的文化之旅，像一条吸纳溪水的小河，穿过积淀沉厚的家，流向坎坷人生的终点。

人不能选择自己的家，家不能选择自己的国。家保存在我记忆中的是一大堆芜杂的史料，真正有生命力的，只剩下刻骨铭心的血肉亲情，再就是潜化于灵府的民间文化。

上

只要降临的那方水土，扑面而来的，就是别无选择的民间乡土文化即民间文化的"小传统"。"小传统"将"大传统""雅文化"的经史、子集等思想规范溶化在民众中，沟通古今，形成民众喜闻乐见的"俗文化"形态。它维系着天然尊长，它教你圣君贤相，教你忠恕和孝道，教你修身齐家、"以孝治天下"，教你适应现状，非非勿动，它感化国人的大多数，左右着民间社会的主导力量。

从小听大人说："关中水质硬。"所以，民风彪悍，百姓性格生硬，缺乏变通。

元好问在《送秦中诸人引》里称赞我的家乡："关中风土完厚，人质直而尚义；风声习气，歌谣慷慨，且有秦汉之旧；于山川之胜，游观之富，天下莫与为比：故有四方之志者，多乐居焉。"

醴泉人归属关中地区的人文特征，其性格的典型呈现，我以为是鲁迅称作"古调独弹"的桄桄乱弹、陕西梆子，即秦腔。秦腔，慷慨悲歌，繁音激越，热耳酸心，"秦之声"也。听一听王宝钏，柔肠百转而性情刚烈，"三击掌别了父女情"，爱就爱他个虽九死犹未悔，苦守寒窑，咋说也不进你相府门，十八年，不简单，成了陕西女人的形象使者，陕西人的骄傲和偶像。秦腔的哭音惊天动地，不信你试试，在寥天地里运足气、大吼一段任哲中的《周仁回府》吧，那几声凄厉几声抽泣，对"卖主求荣"的仇恨与控诉，视死如归的决绝而又缠绵不绝如缕，石破天惊，能不教人想起硬骨头的"关中愣娃"？

醴泉人，较之近在咫尺的帝都西京来，生性还要耿直，说话还要硬气。所以，醴泉人唱的秦腔，和中路梆子的气质韵味不尽相同。我们唱的是西路梆子，发音更重，咬字更狠，情绪更激烈、更悲壮，撕心裂肺。醴泉县距离长安县那么近，可是，连"我""水""出""哭""数"这样的常用字音都不能通用，谁听谁的都别扭。再如醴泉的锣鼓家伙，像我们城关的"连三锤"和城东的"一窝风"，敲将起来简直没命了，鼓锤似有千钧重，乱锤锤得震天响，天快要塌下来了。特别是敲到激烈兴奋处，精神抖擞，元气淋漓，光着膀子让两扇筛子一般大的镲钹在空中飞舞起来，一撞一开花，咄咄逼人："你们谁敢来呀……"

醴泉人的这种性格特点，在地属乾县却仅十里之遥的民国著名戏翁、诗人、书画家范紫东的作品里表现得淋漓尽致；在本县政治家、诗人符浩的笔下和作家邹志安、郑彦英以及同样地属乾县却近在咫尺的程海、杨争光的作品里都有突出的呈现。

醴泉人的弱点也很明显，安居乐业的守成意识，长时期的封闭状态，眼界和思维受限，知识结构欠缺，既无殖民文化的污染，亦乏现代文明的融入。地土不肥不瘠，气候不热不冷，人口不多不少。只要肚子不饿着，就不爱动弹，安于现状懒洋洋，连茅盾先生也不客气地说"西北人懒惰"。看人家河南人，一副扁担挑着全家满地跑，冒险，开垦，创业，多大的胸襟和韧劲啊！土地崇拜使陕西的中小城市甚至大城市像个大农村。生殖崇拜把女人看作像出产口粮一样的生产熟饭和生育男娃的土地。男人是"外头"，女人是"屋里"。女人即使有性的觉醒，生命还得依附"外头"。"三十亩地一头牛，老婆娃娃热炕头"成为秦人普遍向往的田园诗、理想国。所以，满足现状惧怕挪盆动罐儿，闯荡江湖舍不得热炕头，现代大活人总难摆脱小农意识的纠缠。尚侠好义，安土重迁，苦撑硬干。"不喊不闹，不叫不到，不给不要"。不惹事，不怕事，万不得已不发作，发作起来天不怕、地不怕。义气与老气、豪气与蛮气、侠气与匪气、节俭与小气、急公好义与拼命硬干相依相伴；传统的美德与家教的守旧、吃苦耐劳与保命哲学、性解放与性麻木难舍难分；对土地的崇拜与对惰性的宽容、对命运的抗争与对神鬼的依附、对小日子的眷恋与对走四方闯天下的冷漠相反相成；正直与保守、厚重与落后相悖存。

"地域文化"上接"传统文化"，下接地气，贴着泥土成长和发展，是影响民间社会的主导力量。

深入开掘陕人的性情资源，有可能梳理出一条从封建专制文化到高士名士文化，从雅文化到俗文化，从精英文化到大众文化，从乡土文化到城镇文化，从封闭到开放，从地域文化到现代文明的生命长链。

中

我的兴趣在大众文艺一边，痴心于大众文学、民间文化，也就是"地域文化"，它规范一方水土，铸造人的灵魂。

少年时期、青年时期，爷爷灌输给我的，戏曲演述给我的，野语村言浸渍我的，大体不过就是这种文化甜食兼文化苦果，它多情如恋人，纠缠如怨鬼，对我的影响几乎是终生的。

我在豆腐爷的"豆腐坊子"泡过几个冬夏。豆腐坊子成了街巷万花筒、阎家族人的夜总会，东家长李家短，神神鬼鬼，男男女女，人情冷暖，世态炎凉，口头语言的艺术表现力让我神往。

及长，读《笠翁曲话》专门论述戏剧语言的章节，说："传奇不比文章，文章做于读书人看，故不怪其深"，"戏文做于读书人与不读书人看，又与不读书之妇人与小儿看，故贵浅不贵深"，其"话则本之街谈巷尾，事则取其直说明言"。也就是说，好的戏本，既是案头作品，又是口头作品，既是视觉艺术，又是听觉艺术，语言运用关乎成败，必须"手则握笔，口却登场"以致"观听咸宜"——我庆幸自己所努力的正是这个方向，之所以较早地倡导评论文体的改革，也本乎戏剧语言的启示。但李渔更强调作为"戏胆"的"机趣"，说："机趣二字，填词家必不可少。机者，传奇之精神；趣者，传奇之风致。少此二物，则为泥人土马，有生形而无生气。"紧要！有无"戏胆"的"机趣"，才是区别戏和非戏的审美标准。

我有心步大戏剧家范紫东的后尘，不但会唱、会打，而且写戏本。在同百姓大众的接触中，我目睹国难当头而官府腐败，农民不堪重负抗税抗捐，又亲闻李敷仁被国民党特务暗杀，解放前夕，忧愤之作《致奸商的一封公开信》以及解放初期几个小剧本《传家宝》等的发表，就是我以文艺对抗专制的一次公开的演习。

小时看戏，稍长参加"自乐班"活动，再参加解放军宣传队的演出，一直到创建文化馆、县文联，戏曲成了我毕生在读的艺术学校。戏曲的唱词就是我心目中最早的诗；戏剧冲突成为我理解艺术的重要特征；戏曲的对白使我十分看重叙事文学的对话描写；戏曲人物的脸谱反使我对艺术人物的性格刻画产生浓厚的兴趣；戏曲语言的大众化使我至今培养不起对洋腔洋调过分欧化语言的喜好；戏曲的深受群众欢迎使我不论做何种文艺宣传都十分注意群众是否易于接受。

我渐渐长大，戏曲在我心目中的审美特征日渐突出。《平贵别窑》里一步三回头的种种动作表情和声声凄厉的叫唱撕心裂肺。《十五贯》里娄阿鼠同算命先生言语周旋、顺着锣鼓点在条凳上跳来跳去，将猜疑和恐惧推向极致。《蝴蝶杯·藏舟》和《秋江》不论是说、是唱都在当夜的江中央。《打渔杀家》里桂英女前台焦急地等待老爹，后台同步传出"一五！一十！十五……"的杖击声声入耳。《四进士》里宋士杰撬门、偷书、拆书、抄书，边动作边唱出的惊恐与激愤惟妙惟肖。特别是秦腔，"八百里秦川黄土飞扬，三千万人民吼唱秦腔"，不是唱而是"吼"！不论大净如包公还是小生如周仁，一概发自肺腑地吼，借用全身力气吼，慷慨激越，热耳酸心。正是这样唱着、吼着，凉州词、塞上曲、黄沙百战穿金甲，万里黄河绕黑山，更催飞将追骄虏，相看白刃血纷纷——呼啸厮杀，何等悲壮啊！

绘画与音乐、造型美与语言美，在抽象或半抽象的写意空间巧妙融合，在象征性的一席之地演绎出一出出人生大戏，那样夸张真切，那样谐和优美，那样淋漓尽致，那样入耳入脑、沁人心脾——啊，伟大的中华文化、神妙的精神艺术！

戏曲的艺术浸润，民间文学和群众艺术善恶忠奸的诱惑和教化，像乳汁一样滋养着一根小草，造就了我全方位的艺术情趣和审美能力。

民间文化、地域文化，盖源于以儒家思想为核心的中华传统文化。儒家思想的精髓是"仁"，关怀民瘼，"爱人"！"己立立人，己达达人"，"己所不欲，勿施于人"，"为天地立心，为生民立命，为往圣继绝学，为万世开太平"，"天地之大德曰生"，"生生之谓易"——一切围绕"人"和"人生"，实乃中华文化的总精神，中华民魂的"不灭之火"！

然而，民间文化既给予我民族文化的人学传统，也带来传统艺术上审美的偏颇，例如灭人欲的忠孝节义，脸谱化的艺术造型，极端化的"事则取其直说明言"，戏剧性的叙事结构，以及"大团圆"虚幻的理想国，成为我日后写作的沉重包袱，既扁且平，笔无藏锋。

另一种文化潮向我袭来。曹禺的《雷雨》刚刚发表，父亲的剧团即刻排练，母亲带我和大哥观看演出。再长，大哥把"新文化"带回家，鲁迅、郭沫若、田汉、巴金的作品新奇炫目。前苏联斯坦尼斯拉夫斯基的导演体系及其现实主义形象性体验的表演理论，于我心有戚戚焉。偶尔还从父亲或大哥那里翻翻新潮的《新闻天地》。

20世纪40年代末期在西安，正赶上美国好莱坞的名片《魂断蓝桥》《卡萨布兰卡》《出水芙蓉》《翠堤春晓》《大独裁者》《乱世佳人》和英国的《雾都孤儿》以及明星卓别林、亨弗莱·鲍嘉、葛丽泰·嘉宝、费雯丽、英格丽·褒曼，还有中国的白杨、周旋和赵丹，风靡一时的电影女侠李丽华我也爱看。《一江春水向东流》《马路天使》《八千里路云和月》《十字街头》唤醒我革故鼎新的强烈欲望。特别是抗日救亡歌曲，使我深受爱国的教育与救亡的鼓动，《松花江上》《大刀进行曲》《义勇军进行曲》《毕业歌》《救亡进行曲》《四季歌》《天涯歌女》唱得滚瓜烂熟，一概注入我的血液。

我在"正俗社"和"易俗社"喝着茶、嗑着瓜子听戏，也在乡下挤死人的草台班子下看戏；在旧戏园子看戏，也舒服地坐在电影院消消停停看电影、看话剧；我热爱"现代汤显祖"范紫东、"秦腔正宗"李正敏，也喜爱电影明星周旋和卓别林；我入迷似的读王金龙和卖油郎，也如饥似渴地读觉慧和鸣凤、四凤和繁漪以及《玩偶之家》的娜拉；我喜欢同亲友们没大没小地讲"古经"（故事）、说闲话、拉家常，也忧国忧民，时时关心国难家愁和世界大战。年轻时候的我，被斑驳的文化所包围，封建的，殖民的，西方的，五四的，民间的，甚至迷信的，只要通过喜闻乐见的形式，都被我像海绵一样贪婪地吸吮着，囫囵下肚。

正由于以上幼年到少年、到青年绚丽的文化之旅，由于新旧道德、新旧文化的相互撞击、感染浸润，以及多文化结构在我身上的融合或混合，所以，醴泉县城一解放，我再也不听家人"当戏子没出息"的劝告，毅然决然，投笔从戎，加入"为工农兵服务"的解放军宣传队，知遇革命文艺，圆了我新文化的艺术梦。

没有从童年到青年将近20年的文化积累，我不可能痴情于文艺，不可能以现实主义的悲悯情怀注视病危的现实，不可能迎着"明朗的天"参加解放军宣传队，不可能熟读赵树理、以列宁的《党的组织与党的文学》为题撰写毕业论文，不可能走上文学路、独尊毛泽东文艺思想到了迷信的程度。

大跃进饿死的鬼魂向天地喊冤，"文革"十年的国家机器快要把一个伟大的民族轧成肉酱，挣脱"两个凡是"，清除现代迷信，活着的中国人叩问民族文化真正的出路。

下

中、西方文化坚挺至今，自有它各自的优势；中、西方文化"优劣"论一直是文化学者永恒的议题。

西方文化尚"信"，崇尚天赋人权，尊重人的个性和信仰，守护人的信用，激发人的创造精神，敢于冒险，敢于怀疑，以至于促使科学技术飞速发展，引领世界潮流；却也容易走向极端个人主义，走向独尊，亲情关系较之淡漠。

我国传统文化尚"仁"，"仁者爱人"，重仁义、重亲情、重然诺，"杀身成仁，舍生取义"。重实证，非常善于总结历史经验用以校正实践活动。外族入侵，看样子要倒了，一番以夷治夷，又活了。传统文化宣称"天人合一"，"天行健，君子以自强不息"，"天下为公"，"先天下之忧而忧，后天下之乐而乐"，"己所不欲，勿施于人"，"三军可以夺帅，匹夫不可夺志"，"威武不能屈，贫贱不能移，富贵不能淫"，先群体而后个人，等等，是一种强大的道德精神。然而，其核心价值是"天地君亲师"，"君权神授"，以国为家，以家为国，"国家兴亡，匹夫有责"，教人忠君爱国、精忠保国，故儒教历来为皇室之所独尊。

五四文化的自觉是请来"德先生""赛先生"，民主兴邦，科学教国；五四文化的精髓是倡导"自由的精神，独立的思想"，对抗不人道的王道、愚忠、孝道和妇道。然而，五四新文化也非一切皆好，"打倒孔家店"，矫枉过正，把孩子也当污水泼掉了。传统家庭中父慈子孝、双向调节的人伦关系遭到破坏。旧家庭固然压抑个性，但也有和睦进取、尊老爱幼的美德；娜拉和觉慧都"走出家庭"，未必就是真正的反叛，"娜拉出走以后怎样？"有的不是又跑回来了吗？

天降大祸于斯人焉，"文化大革命"来了！什么"天大地大不如党的恩情大，爹亲娘亲不如毛主席亲"，三忠于、四无限，朕即国家，绝对领导，我说了算，句句真理，不又回到跪颂"万岁万岁万万岁万寿无疆"的"君君臣臣、忠君爱国""皇恩浩荡、臣罪当诛"的奴性社会吗？什么"评法批儒"？无非是一个领袖、一个主义——无产阶级专政下的继续革命。

所谓文化大革命，就是犁庭扫闾，革一切文化的命，拼命抵御西风东渐，全面消解传统美德，价值失衡，人格沦丧，其结果，在根除"封、资、修"的声浪中山呼"最最忠于"，明目张胆地复辟"翰林文学""颂圣文化"，倒退到"少骂秦始皇"的"焚书坑"，把马克思主义中国秦皇化，重演历史上文字狱的超大闹剧。

现当代，特别是一边高唱"解放区的天是明朗的天"，一边高唱"中华民族到了最危险的时候"，如何看待中西文化，或明或暗的争论你死我活，非常激烈。或曰传统的"儒学有毒"，或曰西方文化"亡我之心不死"；或曰"中国没有哲学"，或曰"西方哲学死了"；或曰"他毕竟是新中国的缔造者，人民的大救星"，或曰"只靠自己救自己，救世主是耶稣基督"；或曰"普世价值是世界进步的潮流"，或曰"三权独立是资本主义，于我水土不服"；或曰"半部论语治天下，新儒教能够救中国"，或曰"打倒孔有店""儒教杀人"！

学界大体上认同费孝通的"文化自觉论"，即"各美其美，美人之美，美美与共，天下大同"。但是，怎么细化、具体如何操作，是否行得通，还有不短的路要走。

我的一生跌跌撞撞，一时明白，一时糊涂。

"娜拉走后怎样？"一直是百年来困惑民族的大难题！

（原载《作家通讯》2016 年第 2 期）

孤 独 之 酒

赵晏彪

> 父亲和酒的故事，因了《父亲的毒酒》一文而被知晓。说到父亲与酒，犹如人体里不能够缺水一样，酒，是父亲生命中的血液，有血则活，无血则亡。我以为这是父亲与酒的故事所在。父亲与祖父祖母一起喝酒是喝的快乐酒，祖父去世时父亲喝的酒是悲伤的酒，祖母离开我们后，父亲往往是一个人喝的是寂寞酒。酒，对于我等是一种交际时的手段；酒，于父亲是他老人家孤独的无奈，亦是一服心灵的修复剂。
>
> ——题记

出差贵州，带回两瓶茅台酒，便直奔母亲家。

母亲家住在北京东直门二环路的路东（就是老北京护城墙外），与俄罗斯大使馆遥遥相对。当我推开家门的刹那间，一股酒香扑鼻，不问便知，是父亲在饮酒。此时父亲坐在桌旁，桌上依旧放着那三只奶白色的酒杯，这三只酒杯于我是太熟悉不过了，那是祖父、祖母生前与父亲喝酒时用的酒杯。一只端在父亲的手里，另外两只则放在桌上两侧，旁边各摆一副碗筷，酒杯里盛满了酒。桌上依旧是三碟小菜，一盘糖拌西红柿，一盘香喷喷的酱肘子，另外一盘是油炸花生米。虽然父亲年过八旬，已是白发苍苍的老翁了，但他老人家竟然没有掉一颗牙，耳不聋眼不花，红光满面，精神状态特别好，整日以食肉喝酒为快。桌上那三样小菜都是当年祖父和祖母每天为父亲备下的酒菜，也是祖父去世后，祖母和父亲在喝酒时永远保留的三种小菜。自从祖母去世后，每天父亲喝酒时都是这样的阵式：三杯酒，三碟小菜。望着父亲一个人自斟自饮，有一丝英雄寂寞、孤独求饮的味道。

"爸，给您带的酒。"父亲非常高兴地回道："呦，茅台，好酒。"我见母亲和弟弟不在家，坐在父亲对面，拿起筷子夹了一块西红柿放进嘴里。

"你妈出去散步去了，你弟去怀柔玩了。"父亲说道。

望着父亲略显孤独的样子，我知道他老人家一个人在喝闷酒。自从祖母去世后，凡是父亲一个人喝酒时，总是闷闷独饮。母亲不饮酒，尽管母亲反对父亲喝酒，但过了一辈子，母亲竟然没有劝说成功，父亲依旧是一天两顿酒。父亲每天如此，只倒三杯酒，喝完手中那杯然后再把另外两杯酒喝了，便不再多倒。

"你也喝点吧。"父亲没等我答话，便将另外一只杯子递给我，然后去打茅台，边斟酒边自言自语道："你奶奶生前最爱喝茅台了。"

父亲的话让我想起了祖母，无论是饭桌上祖母最爱吃酱肘子、糖拌西红柿，还是祖母常用的那只酒杯，都让我的大脑在飞速地转着，回忆着。突然，我意识到今天是祖母的祭日！

"今天是你奶奶的祭日。"父亲说完喝了一大口。

"酱肘子和糖拌西红柿都是你奶奶生前最爱吃的。"父亲说着用筷子夹了一块酱肘子放进嘴里边嚼边念叨着："天福号的酱肘子没有原来的香了。"

望着父亲喝酒的样子，我小心翼翼地问："爸，没有人陪您喝酒是不是有点孤独呀？"

父亲放下酒杯，看了看我，说道："孤独没有什么不好，只是你如何看待。孤独就像一杯水，没有颜色，没有味道，对于渴的人它是甜的，可以维持你的生命，对于不渴的人，它只是一杯白水。你是搞写作的人，你不觉得真正的作家应该是孤独的吗？"父亲吃了一口西红柿接着说道，"想想你奶奶，在你爷爷离开十三年后你奶奶才去世，你奶奶当年不孤独吗？"

父亲的话说时的语气很平静，我听了心里却隐隐作痛，泪水在眼里含着。

"爸，太晚了，您少喝点吧。"我抓起酒瓶想要将酒收起来，父亲却酒兴未尽，将酒瓶又抢了过去。

那晚，不知道父亲是怎样度过的。回到家中，我和妻子坐在客厅里，说到祖母的祭日，谈到父亲在照顾祖母的那段日子，妻感受颇深，她落泪了。

父亲好酒，但不喜众饮豪喝，更不贪杯。从我记事起，每天晚上祖母做好饭菜后，总是让我、弟弟和母亲先吃，而她老人家和祖父便要等着大儿子（父亲在家是长子）回来一起喝两杯。这似乎是一种习惯，一个不成文的规定，也是每天祖母盼望的时刻。

父亲何以好酒，我曾经问过祖母，老人家悻悻地说，还不是自然灾害那年学会的。你爸年轻时在酒厂帮了一年的忙，你们不知道，自然灾害时期缺粮少菜的，家家户户把那点粮票和吃的看得可紧呢。酒是粮食做的，你爸爸喝了酒就不吃饭，他说喝酒就不饿了，我想他是为了给家里省点粮食。当时你爸爸身上的家庭负担特别重，咱们家里就他一个人挣工资，你爷爷挣的那点钱没有一定，你爸一个月挣 78 块钱，在当时是高工资了，就这样家里仍然不是很宽裕。你姑爸（满族人管姑姑叫姑爸）上大学需要钱，你老爹（叔叔）上中专也需要钱，你和勇彪（我只有这么一个弟弟）还小，也正是花钱的时候，所以你爸养活着一大家子人，他工作也很累，喝点酒为的是解解乏，喝酒的习惯就是那时养成的，改不掉了。

对于祖母的话我是将信将疑的，因为祖父祖母的喝酒习惯也是曾祖父惯的，满族人喜欢饮酒习武练字吃鱼吃肉，这一点曾祖父都遗传了，到了祖父、父亲这一代，武术不练了，但仍然练习写字，饮酒和好吃肉的习惯是血液里的基因改不掉。尽管在非常艰苦的年代，父亲陪祖父祖母喝酒依然是常事，不饮酒倒是不正常了。

父亲一生只喝醉过两次酒。一次是在"文化大革命"中，他受到了冲击，挨了批斗，回到家来，祖母为他准备了酒菜。父亲是很有酒量的，但那次父亲竟然喝醉了。边吐边说，我不是走资派。最让父亲伤心的是他手下的一名员工，平时吃父亲的，喝父亲的，但出卖父亲的恰恰是他。父亲百思不得其解，念叨着，重复着："他说喝了我的毒酒呀"……睡了整整一天一夜。然后，他又去了单位继续"享受"挨斗了。

父亲第二次喝醉酒是在爷爷去世后的第三天晚上。祖母一天心情都不好，中午没有吃饭，我和老爹怎么劝老人家也不吃。晚上父亲处理好丧事后回来了，祖母便下厨房为父亲做饭。饭菜做好后，我们都默默地坐在饭桌上，祖母倒了三杯酒，我想祖母一定是习惯成自然了，祖父已经去世了，但老人家的酒杯还在。祖母坐下后突然说："晏彪，用你爷爷的酒杯，23 岁是大人了，咱家没有空杯子的习惯。"

祖母说得很平淡，很镇静，腔调中并没有悲伤，但我一阵阵地心酸，儿时祖父最疼爱我，端起酒杯，便想起祖父，眼泪流个不止。父亲始终没有一句话，只是一杯一杯地喝酒，才喝几杯便醉倒了，吐了一地。祖母边收拾边喃喃地说道："你爸今天是怎么了，才喝几口就醉了。"我流着泪扶父亲进了里屋，灯光下见父亲脸上挂着泪珠，不知道是吐酒吐的还是他伤心所至，这是我生平见过父亲的两次醉酒。

从此以后，每天父亲回来便与祖母一起喝酒，桌上永远是三个酒杯、三副碗筷和三碟小菜。悠悠十余载，便也成了一种习惯。许多年后，每当端起酒杯，脑海里反复出现的，全是当年父亲和祖母快乐地喝酒时的影像。

1991 年秋天，那几日北京的天气有些反常，不是刮风就是下雨。一天我突然接到弟弟打来的电话："哥，你快到协和医院来吧，奶奶让车撞了。"放下电话，头"嗡嗡"的，我自幼是祖父祖母带大的，对二位老人感情很深，祖父已经去世，祖母千万不可再出事了，这种心情非言语所能尽表。当我急匆匆赶到协和医院的急诊室时，祖母正在抢救中。

街坊杨大哥（祖母家住在一个大四合院里，平日街坊四邻的感情都很好，像一家）悄声对我说："中午赵奶奶在门外晒太阳，院里几个孩子也在街上玩。当时一辆车过来了，小勇和小芳正在路上跑，没有看见汽车，赵奶奶一见来了汽车上前去护那两个孩子，没想到汽车把赵奶奶撞倒了。医生刚才说，赵奶奶是头部受了伤，脑子里全是血，要手术，你要有心理准备，病情很危险。"

祖母在昏迷了七天七夜后，终于被抢救过来了，遗憾的是祖母有些失忆，一会儿认识人，一会儿又不认识人的。医生说，如果恢复的好，环境又是老人家熟悉的，恢复起来会很快的。祖母平时是跟着老爹住的，满族人有个习惯，长子长孙尊贵，但却喜欢跟着老儿子一起过。这期间老爹家里也出了大事，老婶的父亲刚刚去世，老婶也突然下岗了，本来很幸福很平静的一家三口，骤然陷入了困境。祖母要出院了，自然要回到她平时住的贤孝牌1号的家，可老爹一家人的状况却让父亲担忧，果不其然老爹终于开口了："哥，现在我那儿乱糟糟的，培培（老婶的名字）下岗后心情一直不好，高血压犯了，天天躺着，我跟您商量一下，妈能不能先住您那，等培培好些了再接过来。"

父亲二话没说就答应了，父亲是家里的长子也是家里的顶梁柱，但父母和弟弟一家5口住一套59平方米的小两居，弟弟三口住一间，父母住一间，客厅只有8平方米大，放一张小餐桌而已。祖母住哪呢？

父亲是个大孝子，他不可能让祖母住客厅，跟母亲商量后，让祖母跟母亲住在一起，父亲住客厅。这样住了几日还是不方便，祖母每天晚上要去卫生间，一家人都不得安宁。

我看出了母亲的为难，也看出来了父亲的无奈，正在此时，老爹家又出事了，老婶突然脑溢血病故了。本来想坚持一个月半年的，现在老爹家这种状况，奶奶是很难回去住了。一日我跟父亲商量道："奶奶总住家这儿不是个办法，现在花家地的房子空着（当时我住北牌坊胡同，后来拆迁给了我一套三居室，但当年的花家地，现在的望京社区还很荒凉，交通也不方便，所以一直没有人去住），我和建平商量过了，我们住过去，您和奶奶住我们的宿舍楼。虽然是筒子楼，12平方米有点小，但做饭用水很方便，平时可以请一位保姆照顾奶奶，我和建平的单位离宿舍楼很近，照顾起来也方便。"父亲听后认为可行，但又不无担心地说："伯仁那么小，你们上班就远了，多不方便呀。"

"没关系，我们克服克服。"就这样，父亲将祖母接到了我那间 12 平方米的大的筒子楼。

"爸，建平给奶奶请了个保姆。是她们单位一位同事的姐姐，河北人，45岁，人很忠厚老实。"父亲看了看我，缓缓地说："医生说了，要熟人多跟你奶奶说话，提一提过去的事，那样的话会恢复得快些。我就跟你奶奶住这儿，平时不用你们照顾。我跟校方说好了，把我课时减少点，尽量放在一早和下午，一天三顿饭没问题。你们上你们的班，有倒不开的时候你们抻把手就行了。"

父亲的孝顺是出了名的，当年祖母得了直肠癌，祖母是 A 型血，当年医院的血库里这种类型的血很少。父亲正值年富力强，他对医生说，我是她儿子，输我的吧。他老人家对祖母的孝心天地可鉴。我们这个家虽然是父亲一直在挣钱撑着，但祖母才是这个家的主心骨，父亲自结婚后并没有跟家里一起住，因为没有房子只好分家。这次父亲一定认为是上天赐给他的一次机会，可以尽尽孝心啦。

祖母与父亲搬进筒子楼后，祖母还处于一会儿清醒，一会儿又糊涂的状态。令所有人惊讶的是，每当我看望祖母时，她老人家总是拉着我的手，看着我说："我大孙子来了，是晏彪呀，快坐着陪陪奶奶，一天一天的没有人跟我说话、不给我吃饭……"

前几句还清楚的，越说就越离谱了。

父亲一周的时间都奔波于东直门外的学校与北三环和平筒子楼之间，他老人家那辆自行车是立了功的。祖母被撞那年 81 岁，父亲 59 岁，一个老人看护着另一个老人。平时父亲上课，母亲看护祖母，我下早班或妻子上中班前都来照顾祖母，周六周日弟弟便替父亲照顾祖母。

见到父亲和祖母最温馨的画面并不是父亲为祖母洗头，陪着祖母在楼下晒太阳，而是父亲和祖母两人对坐在桌前，桌上永远是三副碗筷、三个酒杯、三碟小菜，仿佛永远是祖父、祖母和父亲三人在对饮。有时由于我的到来，祖母特别高兴，她老人家总是让我用祖父生前用的杯子，"晏彪是大人了，用你爷爷的杯子喝吧。"令父亲和我惊讶的是，这句话祖母永远不会讲错。

我很享受陪着祖母和父亲一起吃饭喝酒的时光。祖母和父亲每每是三盘下酒菜：一盘糖拌西红柿，一盘是香喷喷的酱肘子，还有一盘是油炸花生米。祖母和父亲一人一口酒，一人一口肉地喝着吃着，享用着美餐。每逢这个时刻父亲的脸上总洋溢着一种光彩，祖母的脸上也泛着幸福的微笑，虽然已经过去许多年了，一旦想起这画面我心里总会涌出无数的幸福感。父亲是大孝的榜样，父亲的形象永远镌刻在心里。

最令我难受又让我感动却又是那么无颜以对的是，同事对我和妻子说，你们家老爷子真够孝顺的，不但把老太太侍奉得舒舒服服的，还给老太太洗屎裤子。甭说老爷子也是六张的人啦，还是个教授，能做到这份儿，让我们特别佩服。我们大家都说你有个好父亲，老太太上辈子一定是积了大德行善修来的。

记得那年我7岁，祖母五十多岁，她得了直肠癌，手术很成功，从祖母肚子那里开了个肛门。对于一个非常爱干净的人来说，从肚子上解大手，这是一种折磨。所以祖母最怕是吃坏肚子，一旦拉稀闹肚子，就会拉一裤子和一身。祖母平日特别注意饮食和卫生，受伤后祖母神志不清时，或者是肚子受了凉，时常拉肚子。

筒子楼的厨房是公用的，一排水管，对面是一排的炉灶，厕所也是公用的。虽然大家都在厨房洗衣服，但父亲每每为祖母洗屎裤子的时候，却一个人躲到厕所里洗，怕人家嫌弃。父亲的自觉与孝道让我的年轻同事们很感动，更让我和妻子惭愧。一日，妻子对父亲说，以后奶奶再拉肚子你打电话告诉我，我来洗，您别再洗了，不然我们没法做人。

父亲侍奉祖母整整六年的时间，老人家在八十七岁的时候无疾而终。住在筒子楼里的同事们都说，老太太这几年真是享福了，好吃好喝的，有那么一个孝顺的儿子，是前世修来的。

祖母去世后父亲再也没有去过筒子楼，直至2001年我分了房子，在搬家时父亲才又回到那间让他充满快乐又怀有悲伤的筒子楼。屋里的东西一直没有打理过。床，还是那张床，摆设一样都没有动，那张小方桌还支在屋子里的中央。父亲站在屋里，看看这儿，摸摸那儿，久久不说一句话，我是知道的，父亲一定是在想念祖母。

父亲依然是每天两顿酒，但往往是一个人自斟自饮，少有与祖母对饮时的那种快乐和光彩的样子出现，常常是寂寞独饮。我这个年龄对寂寞和孤独似无深刻的理解，直至那次我生病住院时，一个人躺在病房里，望着白色恐怖的墙壁，夜不能寐时，我才体味到了寂寞与孤独的滋味。

父亲是孤独的，是在享受孤独带给他的那种绝美的心境；父亲又不是孤独的，因为父亲的孤独是可驾驭的。

（原载《上海文学》2016年第七期）

记忆里，那一丛丛的绿

韩石山

记忆里，小时候最惊奇的一件事，是上小学的前一年，随爷爷、母亲和哥哥，去大同看望当兵的父亲。营房在城外，去城里游玩，来去都要经过城门洞子。冬天，常有送干草的骆驼进进出出。高大的干草驮子，像小山一样在前面缓缓移动，快到城门洞了，在我看来，驮子的顶部，高出城门洞子顶部许多，怎么也进不去的，然而，在我的注视下，竟平稳地进去了，赶出来时，从侧面还能看到一片窄窄的蓝天，可见驮子的顶部，距城门洞的顶部，还有一截儿。

后来我看到这次塞外之行留下的照片，上面写着：一九五二年塞外。同时也知道了，爷爷领着我们母子三人去大同的原因，让我们见见父亲是次要的，主要的是让父母团聚几天。母亲只有二十六岁，年轻没文化，一个人去不了那么远的地方。

从大同回来的第二年，我就上了小学。然后，一个年级一个年级读下来，读到高中，就去了外地，读到大学，就去了更远的外地。大学毕业后，工作分配到外地，直到现在退休多年，老迈多病，还是在外地。

几十年来，每有情景触发，由不得也会想到自己的家乡。

好多人都说，故乡最早给了他文学的滋养。具体的物象，多半如腾格尔《天堂》里所唱的："蓝蓝的天空，清清的湖水，绿绿的草原，奔驰的骏马，洁白的羊群，还有那姑娘，这是我的家乡哎耶——"

物象不同，达到的境界，是一样的。

然而，在我的记忆里，却没有这些。

这当然是因了我的家乡，在共和国版图上的位置。

黄河从青海流过来，经甘肃、宁夏、内蒙古，到了与山西交界的地方，忽地转了一个硬硬的弯儿，由大体东西的流向，变为几乎是垂直的南北的流向，在整块的黄土高原上，硬是劈出了秦晋两个省份。照这气势，再往南，也该将河南劈成两半，不幸的是遇上了坚硬的伏牛山，撞了个满怀，只能掉头而东，直奔大海去也。

就在这个臂弯里，有一块山西最大的平原，因为汉唐之际，都城均在关内，也就以之作了方位的基准，称这块地方为河东。对于已然掉头东去的黄河来说，则在其北。

这是一片古老的土地，传说中的尧舜禹，据史书记载，都曾建都于此。历代均有伟人产出，如唐代的柳宗元，宋代的司马光，明代抚边的功臣杨博（京剧《二进宫》里讹为杨波）。

然而，近世以来，这儿成了一片没有出息的土地，没有发生过一件有大影响的事件，没有出过一个彪炳史册的伟人。它的平庸，一如它的平坦。从东往西，百余里内，竟无一丝的起伏。南北似乎在些起伏，且名之为冈（鸣条冈），名之为岭（峨嵋岭），不过是个陡坡而已，过去之后，又是一马平川。

我们村子，在这块平川西北，一个叫临晋的县城跟前。跟前，是我们那儿的一个俗语，一个老人领着一个孩子，这孩子就是在老人跟前。一个村子，怎么会在一个县城的跟前呢？确实是的。临晋县城不大，最热闹的地方是东关，关有关门，关门外，跨过一条十步宽的大车路，就是我们村子，叫韩家场。

如果我一直住在这个村子，到了现在这个年纪，冬季天气好，就该蹲在墙根晒日头了。

改变了我命运的，是我这个家庭，和它久远以来的一个传统，就是念书，不管穷富，一定要念书。小时候，家里人，主要是爷爷，常给我说的一句话是，好好念书，念到哪里，家里供到哪里。在我看来，这是一桩不平等的交易，他们那么辛苦，而我念书这样轻松。这么不平等，我能再让他们失望吗？

只两三年，我就将书，从山西念到了山东。

前面说过，我的父亲早年从军，驻防大同，爷爷带了我母子三人曾去塞外看望。等我上小学的时候，父亲的部队已驻防青岛，一年后转业，只能在山东境内安排。他挑了一个离山西最近的城市，山东最西边的德州。其时干部家属的户口，迁移不像后来那么费事，便将母亲与我的户口迁了过去。三四年后，动员干部家属支援农业，父亲响应政府号召，又将我母子，还有在山东出生三弟的户口，一起迁回山西老家。

这次回来，给我的一个最大的感觉是，往日繁华的县城一下子变得冷清了。村南的公路上，不时有载着桌椅、柜子的汽车驶过，人说，临晋县与东边的猗氏县合并，叫临猗县，县政府在猗氏，临晋这边，往后就只是个镇子了。

原是县城的居民，一下子变成了镇子上的居民，我并没有感觉到什么不同，仍是上我的学，吃我的饭，拉我的屎。上完了小学上中学。

此后几年间，让我感受到的，是这块土地上的变化。

一九五九年（我从德州回来），到处都在拆，先是城墙叫拆了。我舅家是地主，住在城南五里的南连村，我曾亲眼见姥爷跟他们村的几个老人，在城墙下刨砖，抬土。过些日子，连我奶奶，也拐着小脚，去城墙下搬砖去了。爷爷是镇上百货商店的负责人，看着自己的老伴去服苦役，也只能默默忍受。我们家成分是富家。

拆了的不光是城墙，还有周边的一些历史建筑，比如教场庄旁边的文笔塔，东关口上的泰山庙，不多久，连文庙也拆得只剩下一座大殿，门前的牌楼，殿前的金水桥，两侧的庑廊，全不见了。

再往后，几年间，几乎年年都要平田整地，先是平了地里零散的坟头，再后来，连树木葱郁的私家坟地，也一个一个地毁掉了。

田地，真是一望无际啊。

庄稼长起时节，直如绿色的海洋，微波起伏，连绵不绝，天气好的时候，能看到浮动的岚气，远远地飘过。

到了冬天，若没下雪，又是一片焦黄。

只有一件事，总是让人失望。平坟时，说是为了农业机械化，播种机、收割机、运输机，操作方便。等了一年又一年，人死了一茬又一茬，只是不见播种机、收割机的影子。生产队能买上个小手扶，就算是富有了。我们生产队，曾托父亲的关系，在山东买过两台小手扶，让别的生产队的人，很是羡慕了一阵子。

后来我去外地上学了。

再后来，"文化大革命"起来了。

此后多少年，几乎年年都要回老家，要说感觉吗，只是觉得，过去的农村，固然有种种的不是，也还值得留恋，现在的农村，新房倒是建起不少，但总掩盖不住的只有两个字，那就是残破。

原先整齐的村墙，早就荡然无存，村子像一摊烂泥，往外溢了一圈，再溢上一圈。土地是公家的，只有成了宅基地，才是自己的，凡是有条件，有关系的，都在想方设法划个院子。生产队长（居民组长）就是本村的乡亲，但凡有个理由，没有不应允的。你也划，我也划，划又只能往村外划，弄到后来，村子中间好些院子，竟成了废墟。报上曾说过河南农村，多有村落

"中空"现象。我看了，只能说所在多有，绝非河南专擅其胜。

早先看过《临晋县志》，知我们韩家，大约是明代成化年间，从城内的钟楼巷，搬到城外自家的"麦场"建起新居的，因此村名便叫韩家场。二十世纪九十年代，写《李健吾传》前，曾去过李先生的老家，运城北相镇西曲马村，见村墙高耸如城墙，墙头豁豁牙牙，墙基朝里凹陷，问村里老人，这村墙何以如此古老，老人言道，这是清朝的村墙啊。我心里默算，三百多年了，这村子并没有扩大啊。

在我们那儿，就是大财主，也谨守着不轻易扩大宅院的古老风俗。

道理明摆着，土地耕种着，就有出产，盖成院子，若不住人，只是摆阔。

唯一能显出富家与贫家差异的，是富家多有园子。

我们村两户富家，一户是前巷盐店韩家，一户是后巷韩聘卿家，就是我家。明清，乃至民国，盐是专卖的，盐店韩家的家财，可想而知。论房子，也不过是一连三座砖院子，地就不知多少了。最为显赫的，是他家有个大园。我记事时，那园子，已很是败落了，但是，走进之后，仍有翁翁郁郁，如同树林的感觉。我家的园子，在后巷东头，背靠胡家院，我记事时，也已老旧了。园子中间，东西一连三棵杏树，中间一棵还不算老，两边两棵，树身中空，虬枝横逸，每当杏熟时节，我和哥哥去了园里，爬在树上，颤颤巍巍，总怕一不小心枝丫折断掉了下来。

忽然有一年，杏子熟了，我和哥哥要去园里，爷爷说，今天去了，往后就甭去了。

我没有问为什么。

平日从家人的谈话里，早已知晓，前两年就场园归公，园外的麦场，麦场旁边的园子，早就不是我家的了。麦场用来打麦子，地收走了，麦场理应归公。园子虽说归了公，却没有专人管理，只能是荒着，杏子不管这些，该熟的时候，还要熟，别人家的孩子可以摘，原主人家的孩子，自然也可以摘。村里人，在这点上，还是很厚道的。爷爷的顾虑，是怕人说闲话。奶奶在园门上挂一把破锁，爷爷都深不以为然。

对这个园子，记忆里最特别的，是墙外麦场边，那棵高大的楸树。多高？没量过，给我的感觉，可说高极了，上面的老鸹窝，不是一个两个，大大小小竟有四五个，且是一层一层，垒了上去。长大后去过多少地方，曾留心过别处的楸树，从没见过比我家园墙外那棵更高的。

我如果还有一点灵性，内里不知道，外形上，最像的还是父亲。

但我跟父亲并没有多少感情。主要是因为，自从那次他将我们母子三人送回老家之后，三十年间，他独自一人在两千里之外的德州，每年只有十几天的探亲假，常是年根上回来，一过十五就走了。要见，须得等到下一年。一个不多见面的父亲，心里不管多么明白，感情上总是隔了一层。

从小到大，最为亲近的，是我的母亲，那个没有文化，缠过的脚又放大了的农村女人。年轻的时候，是小媳妇，中年以后，仍是小媳妇，直到老年，头发花白了，还是小媳妇。没了小媳妇的模样，不变的是小媳妇的心态。一遇上个事儿，总是问跟前的儿子：

"这可咋办？"

纵然明知儿子说错了，也不会反驳，只会怯怯地再问一句：

"是不是这么办？"

儿子一听，还是母亲说得对，往往会不耐烦地反问一句：

"你知道咋又问我？"

每当此事，母亲几乎是惶恐地说：

"问了心里才踏实嘛。"

这样说，一定会有人说，又在瞎编了。你一上高中就离了家，莫非你妈跟上你去了学校？

没有撒谎。全是真的。只是这里的儿子，不一定全是我。我妈有六个孩子，全是男的，也就是说我弟兄有六个。有意思的是，这六个分作三组，我跟我哥是一组，差两岁，老三跟老四是一组，差两岁。老大与老三差十二岁，我（老二）与老四也差十二岁。我跟老五差十几岁，跟老六差二十三岁。这样你就知道，我妈跟前，什么时候，都不缺个儿子问问的。

小时候，记忆最深的，是跟了母亲去姥姥家。

父亲在外，有两三年不通音信，后来通了音信，又很少回家。一个形同守活寡的小妇人，领着两个憨不知事的孩子回娘家，那个凄怆，外人是难以想象的。而我们，又什么都不懂，只晓得到了姥姥家，准有姥姥藏在柜子里的好吃食。二舅在西安工作，时不时的会捎回些点心什么的，姥姥会藏起一部分，等她的这个苦命的大女儿来了，给小外甥解解馋。

从我们家，到姥姥家的南连村，走法有两个，一个是走东关，一个是走后街村外的大车道。不管走哪儿，到了离南门不远的地方，往南一拐，照直走下去，过了北连村，过了中连村，就是南连村了。

夏天和秋天，走这条路，还没有什么，两边都是庄稼地，该绿的时候绿茸茸的，该黄的时候黄澄澄的，不用害怕，也没有什么景致可供观赏。

春天跟冬天，可就不同了。

过了城南的汽车路，拐到朝南的大车路上，四周是旷野，春天是轻轻的春风，冬天是嗖嗖的北风，地里什么都没有，有的只会是枯枝败叶，枝是棉花的残枝，叶是玉蔸的枯叶，再有什么活物，那就是飞起又落下，四处觅食的寒雀了。

人是这样的人，景是这样的景，多少年后回忆，仍让我情难自抑。如果有人拍下这样一张相片，该是怎样的动人心魄。

可惜的是，这样的景象，只能在我到了暮年时，才越来越真切地呈现在脑际。

记忆里，还有一个景象，是一想就呈现出来的，那就是，对一个八九岁的孩子来说，一路上，我最爱看的，不是左侧的村舍，而是右侧的陵园，我们那时候，不会有这样文雅的说辞，就那么直筒筒地说，坟地。

那坟地，不是一个，三个还是四个，现在已记不清了。记得最清楚的，是北连村和中连村中间的那一个。离大车路有百十米吧，坟地里，大大小小的坟头，错落有致，稍大点的坟前，必有碑楼，我们老家，碑楼是很讲究的，青砖做上去，顶部有兽脊，下面有基座，中间嵌着镌字的石碑。这，还不算什么，最让人敬畏的，是园子里的柏树，不多，也就几十棵，只是那个姿势，那个颜色，让人不敢近前。姿势，一律的如苍龙偃卧，又要倏忽腾起的样子。颜色，一律的苍绿到了近似乌黑的样子。

坟地上的草，一蓬一蓬的，难说里面藏着什么野物。有次走过，哥哥一眼就看到一只狐狸，一颠一颠地过去了。

"快看！"哥哥指着。

我怎么使劲睁了眼，还是什么都没有看到，但我相信肯定是有的。

"尾巴是白的，成了精啦。"

哥哥说得更仔细了。

此后去姥姥家，每当路过那片坟地，我都会眯了眼张望，巴望能看到白了尾巴的狐狸。

后来的结果，不说也知道，肯定没有看到。

我不这样认为，我觉得，只要每次都留心，总有一次会看到。

然而，我还是一次也没有看到。

因为，没过几年，平田整地运动一拨又一拨，先是零散的坟头平了，接下来是这些祖祖辈辈谁也不敢动的坟地——陵园，也平了。

我是学历史的，虽说从事了写作，平日仍留心史学上的文章。某年曾看到一篇研究陵寝文化的文章，说古代帝王陵寝的树木为何都永久性的保存下来了，最重要的一个原因，是历代无分朝野，对前朝的陵寝，都有一种敬畏之心。这话真是说对了。古人敬畏的，不光是帝王的陵寝，就是大户人家的陵园，寻常人家的坟地，也让人格外的敬重。在我们老家，盗伐树木的事，时有所闻，然而，在过去的年代，极少听说谁家陵园的柏树叫人盗伐了。

只有盗贼与圣贤，都遵守的道德，才是真正的道德。

圣贤敢破坏的，怎么能责怪盗贼？

绿，是大自然的原色，文思由此萌动，哲思由此迸发。

在我此生，随母亲去姥姥家路上，大车路右侧，那一丛丛的绿，是永远不会忘了。

（原载陕西《艺文志》2015 年十二月号）

祭 父 帖

耿 立

1

20 年前，父亲出殡的当日，我在父亲病榻前写的一段文字恰在当地报纸刊出，里面有一句"乡里小儿"的俗语，使得当地一些无知的不高兴，如眼里横了根芒刺。当在乡镇工作的堂姐告诉我这事时，身穿重孝的我只有无奈地苦笑，但随即便勃然起怒，我说，让他们找我算账好了！那声音大得怕人，四周的亲戚都转头看我。父亲棺木尚未入土，我要维护父亲最后的尊严——思想的尊严。不要让我的父亲再一次受辱。

今天，特意把 20 年前的文章找出，毫无增删，把那段所谓引起人嫉恨的文字原本照录：

望着眼前卧床失语的父亲，我就想起当生活逼迫无奈，曾到机井寻死的那人，那时我才出世三天，他向队里干部讨一点谷子，他向乡里小儿跪倒，喊出最屈辱的一个字。父亲不是韩信，他受的屈辱也远甚于胯下，然而他最终选择的是机井。都过去了，几十年后，当儿子到菏泽工作的时候，父亲每次到城里，怀里揣着的是一个用锡打制的酒壶，那壶乡间唤"咂壶"，需倒旋才能打开盖子，把壶放在近身的衣服里，酒也就有了体温。我常想饮酒是天才的最好下场，想不到一生屈辱、不能明白表达自己意志的父亲，一生平庸无愧的父亲，竟和天才们殊途一归——饮酒，是他们共同的出路。

20 年了，父亲庐墓已拱，而 20 年前的文字还在。今我南下岭南，远离血地，就像是做贼一样，我感到一种对父亲和那片黄壤的亏欠。20 年，我很少在文字中提到我的父亲，虽然我的许多文字曾引起人的关注，但我还在寻找一种有血痂的文字，那是专门与父亲般配的文字，与苦痛相称的文字，不轻慢不懈怠，如土地滞重敦厚的文字。

我知道，父亲是一个被践踏者被侮辱者，他生得瘦小，说话口齿不清，口里呜呜噜噜，他不会说理，好急躁，有时就奶奶娘的骂人。但父亲是一个从小在集市上做面饭生意挣扎生活的手艺人，他到过周围方圆数十里大大小小的集镇，认识很多人，但知心的，我知道就我什集镇西街的姓周的一个大爷，北街姓马的一个大爷。他们两个都年长于我父亲，一个做烧鸡卖，一个做茶炉子（拿手的绝活是酿醋）卖开水。他们的身上一个是常年的油腥味，一个是煤烟味。

父亲是一个失败者，失败者的地位在乡间也是最低下的，各种力量都可以使唤他消耗他剥夺他，人们就取笑，起各种带有侮辱色彩的绰号。其实包括我母亲、哥哥也都看不起父亲，哥哥常和父亲顶嘴。我看到一个没有尊严的父亲在儿子面前的焦虑，父亲急了，也是呜噜呜噜骂人，然后气得走掉。

这是一个卑微的人，卑微到人们的眼睛里好像没有这个人，只是蝼蚁般的生物存在。即使在他的兄弟、堂兄弟甚至子侄那里，也没有尊严和分量。我有时对父亲的生存感到悲哀甚至悲悯，但我知道，父亲是不可替代的。我同情我的父亲，即使人们践踏他如泥土，但他依然那么良善，无有反抗。

母亲常与父亲吵架。两人争吵了一辈子都没有和解，那种怨恨，使我久思不解。憎怨就如不能同槽的牲口，犯忌，会互相踢咬，验之匹夫匹妇，大打出手，骂骂咧咧，也只是野草蒺藜寻常日子。

我出生的时候，应该说是父亲人生的最低点，他原本作为手艺人被公私合营了，成了一位吃供应的人。到了 20 世纪三年大饥荒的时候，被裁员下放了，也就是在我出生的时候，他连底层的等而下之也不如，挣扎到吐血，挣扎到绝望，就有人逼得他差点跳机井自杀。

我没有体会过父亲内心的绝望和黑暗，但我知道"我本可以忍受黑暗，如果我不曾见过日光"。但毕竟父亲是所谓的公家人而最后被剥夺到还乡种地，父亲这一辈子是怎么样在血水里蹚过的？无论何等的命运都能全盘接受？我自认我做不到。如果做到，那就如猪一样无疑，但我这个比喻并不是针对我的父亲，我知道猪没有思想，有思想的猪，是绝望的，有思想的猪不会相信所谓的谎言和承诺。父亲有时太相信宣传相信领导，领导说让他还乡，等形势好转再来。但父亲等了下半生，也没有再接到上班的通知。父亲不知道戈多，但父亲对一个虚幻有期待，被别人规划的人生，注定无法摆脱被强权和强势所支配，那下场注定是悲剧无疑了。

也因为这，我从小对逼父亲自杀的人，一直感到恨意。这人读过书，在乡村里属于常使坏、容不下人的人，对比他低下的人踩毫不吝惜，对比他高的人捧毫无顾忌。乡间的欺诈与手段，也是江湖的暗角，汹涌澎湃。在我出生的时候，偏巧，我们生产队里一个在大队当干部的人的父亲死掉了，此人拿着生产队里仓房的玉米、麦子、大豆成麻袋地送去，让他们待客。而我出生，当时我们家，家徒四壁，盛米面的瓮与陶土的缸里无有粒米，于是就想着借队里一点谷子，脱下皮子弄点小米，为我的母亲温补一下身子。但生活的坚硬和冷漠拒绝了父亲，这个年方四十的男人，无力体恤妻子，无力抚养出生的儿子。那是雨天，深秋的雨天，早已没有了雷声，但他喉咙里像是有轰鸣的雷声从肺腑爆出，人们看到了这雷带来的水，他的脸颊汹涌的泪水，他不愿再在这个世道无尊严地活，他像倒净这苦胆一样的生活的汁液。但生活还没折磨够他，他被拒绝了，被人在井口救下了。

2

当我有记忆的时候，父亲到山西讨生活，是货郎一类的。小时，我特别怕人讲山西狼吃人的故事。我们是平原，从来没有狼，但童年的记忆里，很多狼的传说缠绕我的记忆，狼把人吃掉，手指脚趾就是狼的点心。

那时，我总感到父亲在外面是要饭的，总忘不掉父亲那戴着臃肿的棉帽子的沧桑。

就是这张沧桑的脸，在一个冬日归家，母亲站在低矮的门框前。虽然母亲和父亲的关系一直疙瘩，但作为支撑家的男人，她还是盼着他回来。我也牵着母亲的手，站在门框的边上，一个戴着棉帽子的人，推着一个木轮车近了，母亲一边抓住我，一边用手抹眼泪。待到那人走近，母亲说：你爹。然后就哭起来。

哭声，临近年关的哭声，让我跌入了无边的冰寒里，我也成了一个冰碴子，被生活硌出了血。

他们当时才是中年，但漫长的苦痛与苦熬，皱纹里的尘霜，愈发使他们渺小无助。

父亲先是笑着，后来也哭起来，一个男人在自己的屋檐下，望着冬日里的妻子与儿子，他的感触是什么？那时的景象我烙印在血液里，院子里槐树铸铁般的枝干，如刺一样扎向苍茫。

当父亲把铺盖卷扔到屋里的地上，年关的夜幕，就如一床硕大无朋的印花包袱一下子把我们的平原包裹了。

父亲在土地上苦做，还记得父亲遇到的一次凶险。当时是到地里抗旱，生产队里派父亲去推水车，白天黑夜地推着水车长长的木柄。一天父亲实在太疲累，他的手没抓住，水车木柄的反作用使那木柄如横扫的兵器，一下子击中了父亲的太阳穴，父亲被打昏过去，垂死在机井的壁上。生产队里负责查夜的人看到父亲卧在那里，就用脚踹，说：别偷懒，装死。当时井的四周，父亲的血已经渗进泥土，那土成了硬块，没有一个人站出来说句人道的话。父亲浑噩噩地站起来，又扑通一声栽倒。后来，他跌跌撞撞摇晃着站起，又抱着水车的木柄吃力地推起。

所谓的物伤其类，那是建立在同情与悲悯的基础上，但乡间的冷漠与残忍，把最后一丝乡间温暖的伦理也突破践踏殆尽。还记得，父亲让姐姐用劣质的烧酒，用火柴点着，然后为父亲清理太阳穴附近的创面。但是第二天，父亲还是爬起来到地里出工。到了寒冬腊月，那是农民最难熬的时辰，要到黄河去出河工，挖河或者加固大堤。那河里有冰，人跳进去，深的沟把人头都遮蔽，只有铁锹连着的土块被一次次抛出来。有时，铁锹上沾的土块如胶，无论多大的力气就是抛不下，或是土块太重，父亲举到头顶抛不出，就石块一样砸下来。

日日天不明从河工的帐篷里跌撞着爬出，晚上跟跄着回到帐篷，鞋子里是冰，是血，成了铁鞋。即使是风雪天，父亲说那也得出河工。

每年河工上都有死人的事发生。

父亲说，人就像小鸡，扑拉一下翅膀，说完就完了！

在"文革"后期的日子里，为了一家老小的糊口，父亲偷偷摸摸地弄些小麦面、一些棉籽油蓖麻油，找一个平底锅，在家里炸一种鲁西南平原称为"面泡"的吃食。面泡圆圆的，如陀螺的形状。出锅的面泡焦黄，外焦里嫩，那功夫主要是在和面摔面，这是一个力气活与技术活，小麦面沾水后很黏，要把面从口方三尺的斗盆里扯起，然后吭吭地摔下，重复上百次千次，直到那些面与空气接触完全，有了筋道。然后平底锅里的棉籽油蓖麻油冒起了黑烟，母亲在灶下烧火，父亲就用筷子叼起面续到油锅里，那面团如气泡一样膨胀，在油锅里飘荡。

炸好的面泡有时在夜晚悄悄用秫秸莛子制的筐子端到街上去卖，有时那些饥饿的人会找上门。那些日子，就是靠这些所谓的违禁的小生意来勉强维持家的开销。

但有一次，父亲刚支上锅，锅里刚倒上油，母亲刚生上火，管理集市的被称为杨大篮子的人到了家里，他一脚踢翻了油锅，真佩服他的脚下功夫，竟然毫发无损。父亲被带走了，那一夜，母亲搂着我，在床上坐了一夜。无边的黑夜，四处的荒寒与死寂，我们母子枯坐如木偶，但命运的线牵在哪里？拨弄我们全家，天地不仁，天地不语，生活快要窒息，年少的我，无尽地咳嗽在那黑夜。

第二天父亲被带到离家5里的一个修桥的工地上办学习班，接受劳役改造。

那桥建在满是芦苇的沙河上，我和姐姐就一天三顿为父亲送饭，用瓦罐盛着红薯粥、地瓜窝头、辣椒等，天天如是，周而复始。父亲在那里搬石头，光着脊梁，瘦矮的他愈发渺小。有时蹲在那里用锤子敲石子，一下一下，重复乏味的劳动，作为投机倒把的惩罚。

那是夏天，一天三顿饭，都是姐姐提着瓦罐，我手里提着用土布围巾包着的窝头。姐弟两个走在早晨，走在正午，走在黄昏，好像太阳总是在头顶，照得我眼睛发黑，地下的土烫脚。在小时候的夏季，我曾光脚到八岁，自由生长的脚趾，以致到现在我买鞋子，都很难买到合脚的。

但是，令我铭刻终生的事像崩塌的桥墩一样，把父亲、姐姐、我一下子窒息了。正午的天空白花花的，炽热地燃烧，我的头上、脖颈上的汗像虫子在咬，姐姐在系鞋带，把瓦罐递给我，让我提一会儿。我不知怎的提着提着，觉得瓦罐的绳把我手勒得有点疼，想倒换一下手。谁知，瓦罐跌到地上。

瓦罐碎了，满满的面条子如蚯蚓全趴在地上。

姐姐惊呆了，这是母亲这一个月唯一的一次拿出家里的麦子面掺上一点地瓜面为父亲擀的面条。也是家里仅存的、父亲炸面泡剩下的一点白面，全家人都舍不得沾牙。

我还没从惊愕中醒来，姐姐一个巴掌拍到我的头上，然后就蹲在地上，从土里捡面条。

姐姐用衣裳襟兜着面条走向修桥的工地，我在太阳下啜泣。我觉得头顶的太阳很红，如父亲炸面泡的平底油锅。

修桥的工地上，一片片脊背躬凸在燃烧着的赤日之下。矮小的父亲走过来，拿着一顶草帽，他把姐姐衣襟上的面条倒在草帽的深处，走向一片水，用水淘洗面条里的土。

太阳很白，太阳很红，修桥的队长在喊：歇会儿，吃饭了！一夏天都是地瓜窝头，如橡皮一样涩韧的窝头折磨着父亲的胃，还有那些辣椒也在父亲的胃里围剿翻腾。父亲曾捎信给母亲说：这段时间一直烧心。于是母亲才狠心做了一次擀面条。

在回去的路上，姐姐问我还疼么？她用手抚摩着我的头，姐姐哭了，她的泪顺着她的脸颊流到胳膊上，然后从胳膊流到我的头上。

3

如果给父亲一个职业定位，父亲是一个挣扎在小面饭生意人和种地之间的农民。他一生都是匆匆走在糊口的路上，他担当不起这样的称谓：商业和农业。但他却与这些相近：面食手艺和农作物。这像文章的关键词贯穿他一生，再加上一个关键词：扫大街。父亲一生就如吊在悬崖上，随时都有被生活推下去的危险，为了糊口，他只能忍受。

丸子和凉粉代表父亲的面饭手艺，在好多时候，父亲在夏天的集市卖绿豆凉粉，冬季卖绿豆丸子。我家有个架车子，这种车的样式特殊，类似红车子的造型，改造为上面是木制的平面，后下方有个柜子，木独轮在平面下的前部。人在后面双手驾车，躬身前推。夏天冬天父亲把盛凉粉和丸子的簸箩和遮阳的棉布棚、条凳用绳子缚在上面。炒的酱以及醋、蒜、芥末、香油、碗筷放在柜子里。

地排车、铁锨是父亲匍匐在大地的锁链，把他的命运紧紧地箍在泥土里，不得动弹。即使在苦难的日子里，他曾到山西还有安徽亳州做货郎，还有两年在河南的驻马店、平顶山一带用毛驴车拉货。但他还是大部分时间生活在山东鄄城县一个叫什集的小集市的东街。我们姓石的在这个集市至少生活了500年，父亲曾给我讲从山西老鸹窝移民到这里的经历。父亲对在这个土地上生活过的祖先有一种肃穆的情怀。有一年的旧历年前，父亲请人画了一幅可以悬挂的族谱，上面一个一个格子里，写有名字。父亲告诉我他的爷爷、我的曾祖父叫石松岚，原先只是口头说，这次看到族谱上的这三个字，我大吃一惊，作为一个农民有这样雅致的名字。父亲告诉我，他的曾祖母是识字的，是大户人家从山西逃难到这片地方，嫁给了当时三十多岁还是光棍的高祖。她曾要求后世的子孙要读书向学。

生命确实是很奇特的，家族的密码在神秘地传递，在苦难的年代里，我的爷爷曾上过几年私塾，能在乡间粗略为人记记算算，但为人耿直，好喝酒，不到五十即逝。母亲曾告诉我，爷爷在醉酒时豪气干云，用胳膊当棒槌捶打那些新割下的大豆棵，酒醒后，胳膊鲜血淋漓。

父亲也爱喝酒，晚年唯一温暖他的是酒。

父亲在集头忙得往往没有时间吃饭，往往就是二两酒往嘴里一赶，咕噜一声下肚。

在凉粉摊子上，在丸子摊子上，我有时短暂替父亲照顾摊子。一般的程序是：父亲早早起床，先和镇子北街我称为二哥的马心胜，与父亲年龄仿佛的人到街道上，用扫帚把大街清扫。

这是两个有点乞讨性质的人做的工作。马心胜，人们称为二傻子，有三个女儿外嫁，只有老两口过活。他和父亲就在集头上讨生活，打扫街道，然后人们在集市上摆摊。到中午时分，他们二人挨着摊子讨要卫生费，一般的都是2分或者5分。

父亲先扫完街道，然后开始把自己的凉粉或者丸子摊子支好，开始经营。到了半晌午，就把摊子交给母亲看着，有时是哥哥，有时是姐姐，有时是我。

是酒支撑着父亲？还是生存的压力？我一直想探究这深层的原因。应该说，父亲是终生匍匐在土地上跪着行进的卑微者，除非病在身上，那是承受生理畸变的磨难，当然也是生活磨难的延展。当父亲晚年到我所在的学校，帮助妻子在校园炸面泡维持生计的时候，当时我羞愧得无地自容。我曾是那片土地上别人眼里很争气的儿子，但在刚刚踏上社会的那几年，我住在一个逼仄狭小的筒子楼的末端，白天必须开楼道里的灯才能找到我的门，一间房子，住着我、妻子、儿子。由于妻子的农村户口，在学校里一直分不到房子。当时一个人的工资，难以维持孩子的奶粉和孩子软骨症必需的药品。

父亲在我工作单位邻近的刘庄找到熟人暂住，和我的妻子在学校炸面泡。当时父亲年近七十，如晚风的秋叶。我无法在父亲的晚年让他过体面的生活，这是我一直感到的亏欠。是我不懂低身俯就，还是耿介的性子？为了自己的一点虚名，我跌跌撞撞地走在拖累父亲的路上。父亲劳碌了一辈子，晚年却因我的穷困，再次拖累父亲，离开那片土地的父亲，依然是躬身劳作。

父亲让我亲近书本，亲近文化，最终却难以过上好的体面的生活，越亲近书本，离老家人期待的越远。一个所谓的知识者，他能改变什么？什么又能被他改变？父亲对此思考过么？夜深的时候，我曾听到过他的叹息，是对我的失望，还是对我读的书的疑惑？

父亲还是在帮我，在他的晚年帮我渡过那些难关。

如此说来，我真是不孝。一个儿子在父亲的晚年，还让他不得安宁，不得安度晚年，这不是给孝蒙尘吗？

我很少与父亲交流，在父亲去世前的夏天，我准备到北京大学读骨干教师班。我回到了老家，在夜间，我起来，坐在了父亲在东屋当门的床上。夏天天热，父亲是敞着门睡的，我只是默默地坐在他的床头，我们父子两个没有共同的话题，也许我走得太远，追求的那些虚幻的东西，是父亲不理解的。记得在童年的时候，在灯下，父亲曾给我用手指折叠出兔子的各种形状，如皮影。还有就是他的一个姓彭的老友，在冬夜常到我家来唱小曲。

也许我太专注于自己的所谓的文哲之学，对很多的事漫不经心。回到家，往往就是匆忙来去，这种轻慢，对世事轻慢，也轻慢了父亲母亲。

大多的时候，都是父亲骑着自行车到城里来，然后妻子给父亲简单弄两个菜，拿一瓶酒，让他喝。

如今父亲逝去二十年，一些细节却醒来了，特别是夜深，身体的骨头、浸泡骨头的血液，血液上漂浮的灵魂，这些都醒着。父亲在泥土里睡去了，我的思念彻夜地醒着，书本醒着，电脑醒着，通向家的路也醒着。

4

多年的吃地瓜干，多年的没日没夜的苦做，多年的劣质的酒，损害了父亲，损害了他的内脏他的血管他的头颅。父亲去世十年，母亲走了。是父亲等了母亲十年？还是母亲又在世间苦熬十年？母亲在我城里的家去世，她曾表示不愿回老家安葬，但最后我违背了母亲的意愿。

我知道父母最大的心结，是母亲总觉得父亲外面有相好的女人。早年，我曾隐约听到母亲怀疑父亲的一条裤子裆里的血迹，那是某次交媾留下的印记。

他们吵吵闹闹了几十年，两人在一起精神上是一种煎熬，在一起苦受。母亲敏感而刚烈，在她能活动的时候，也曾在集市上掂着一杆秤，为人称东西，收取少许的佣金。一毛两毛的，有时用来和几个老年的女人玩纸牌。

我现在一直压在心中的石头，是我放弃了对父亲的治疗么？那是1994年元旦，我在北京大学，突然莫名其妙地高烧，当接到"父病危，速归"的电报时，我的高烧退了。当时坐一天一夜的汽车才赶到家，那时父亲中风躺在什集镇北头靠近沙河的乡镇医院里。

这是黄壤深处一家普通得不能再普通的乡镇医院，只是简陋的三排红砖平房，萧萧的白杨，删繁就简地杵在那里。房子后面是无边的尚未割净的芦苇，一刹一垛的芦苇也立在冬天的肃杀与寒霜里，结冰的沙河的呼啸更加让人压抑。

就是这条河，父亲被办学习班罚劳役修桥的地方，那座桥还在，破败如残喘的瘦骨嶙峋的老牛。

在一年的秋季，父亲和我到县城送货，到了很晚，我们从县城放空车回来，躺在车厢里，我渐渐地睡着，忽然，我被一阵此起彼伏的如雨一样的叫声惊醒。毫无来由的、骤然如幕布降落的声音，一下包围了我，堵塞了我。

那是无边的蛙声，在秋天的月夜。那时的我听到了揪心，听到了生命力的嘶喊，也许，从小敏感的我，就关注一些农人不关注的东西。我感觉那些全是哭声，农人的哭，一声一声。在大饥荒的年代，这里有个农场，不知曾死过多少人，我们小时候在农场边玩，一不小心就用脚踢出人的头盖骨。我像听到了乡村瞎子拉弦子的那种哀哭的腔调。

我问父亲：蛙子叫得像人哭。

父亲未置可否，他觉得我这个问题太荒唐。我觉得当时乡间的一切声响都有一种哭腔，即使父亲和我说话。

父亲躺在当年我问他蛙子哭声的地方不远，那是寒冬的腊月，当时的乡间医院没有暖气，在简易的病房里，用煤球炉子取暖，我穿着棉袄还是冷得牙骨打战。我守着我的父亲，看着不能言语的父亲，他的双眼含着泪。我用手抓着父亲失去知觉的手，一遍一遍揉着。外面寒风呼啸，我看着在暑假一别才半年的父亲，他已经躺在了床上，苍老了许多，干枯了许多，瘦矮的身子，越发像要萎缩的一株玉米或者一把干草，失去了水分，失去了露珠。

我这样枯坐着，守着父亲，守着父亲的吊瓶，守着无能为力，守着命运的一片狼藉与攒击。我想到夏夜的父亲，我坐在他的床头，那夜间，父子也沉默得如同两方未雕琢的石头，还记得最后父亲嘟哝一声：时候不早了，睡去吧。

已经失语的父亲，丧失了语言交流的父亲，但我知道，父亲的嗓子极亮，他在集市上吆喝"凉粉"或者"丸子"，在我所在不远的沙河都能听到，那声音达到的距离足有五里。

有时在土地里干活，曾听父亲唱起曹濮平原里的那些戏。我们这里的戏种多，特别是高调和梆子，那种悲越高亢，透着苍凉，最是男人的喜爱，我还记得一些戏词。

记得有一次，我和父亲到一个打面机坊去，头天母亲把麦子用湿布清洗，让麦子还原成麦粒那种浅褐如土的质朴和圆满。

那是早晨，我和父亲把装麦子的麻袋搬上借来的毛驴和排子车，然后就坐在车上，驴子开步出村。那时候时光尚早，驴子踢踏踢踏在地上的声音很是忧伤。路上没收拾干净的一茎草叶或一穗麦子会沾在车辆上，草叶或麦穗轻轻地拨弄着车轮，发出很响的"刺楞刺楞"的声音。旷野里很寂静。父亲开始用苍悲的梆子腔调唱起来：

> 往前望白茫茫是沧州道。
> 往后看不见我的家门。

这是乡土版的《林冲发配》，那拖腔长得让人窒息，就如一根线从喉头撤出，无远弗届，无始无终。梆子腔的哭腔悲壮苍凉，悲壮压抑在坦荡的旷野上缓慢地爬行着，空气因哭调而浮漾，那雾也在啜泣浮荡。

> 雪纷纷酒酿难消解心头怨愤。
> 泪涟涟我再打望一下行路的人。

从父亲出村唱第一句的词时，我就吃惊地把头扭向父亲。父亲的脸的褶皱如泥土，很木，没有表情，连眼睛也如井口里的黑绿那样的茫然。就在这井口茫然中竟能有两个很亮的光点，那是早晨的太阳在父亲的两只眼中沉落，我紧盯着这两个光点，似乎感到某种安慰。父亲是一个在现实生活中没有话语权的人，我想在他唱梆子的哭腔的时候，他大概把我、把驴车以及驴车驶进的原野也忘却了吧？那驴子的踏踏声，那麦子，那哭腔的回响声都与他无关。

有一年，麦收过后，父亲的生日，我看到父亲请木匠，为他打制棺材（未死的时候，早早准备，称为寿材）。

还是朴素的柴门，父亲坐在一个竹椅子上，敞着怀，他的对面就是一个光着脊梁的木匠，他们正在喝茶。

那个木匠站起来，眯着眼朝我笑，感觉很瘆人的样子。他朝我走过来，站住，耳朵上有根画线的铅笔。我也感到了面熟，尴尬地笑着。他站在离我很近的地方，竟伸着脖子弯下腰凑到脸前来看我，而且，笑出声来！咦，这是谁？

我父亲也站起来，说，你同学，周庄的。想不起来啦？

这同学就定格在离我一尺的地方，他的旁边是父亲，父亲的旁边是白茬子的棺材。父亲的暮年，白发，同学的青年却是中年的沧桑，皱纹，他们都是土地的刨食苦力，他和父亲幻化，农民的青年和老年。我却像一个农民的叛徒，离开土地，是他们的梦，还是他们的失落？多年的分离，小学的同学，在一白棺前见面，风尘风雪。

周广虎。我叫了一声。

白棺材，这是父亲最后的屋与床。还记得当年我和父亲坐在驴车上，向打面机坊驶去的时候，父亲说在一天的夜里，他梦见了他的父亲在和他说话。父亲说这话很平静，但他听出了来自土地和地下的召唤，老家有这样的说法，梦到死去的亲人不可怕，怕的是死去的亲人与你说话，你应答。

这最后的屋与床，是父亲最后的栖息地，是给他心灵温暖的地方。父亲早早地为自己置办一个家，这是他安居的地方。

5

父亲是一个命运的承受者，父亲最后中风躺在临近沙河的乡镇医院。无词无言，有几次他用尚能动的一只手去拔输液器。那个时候我第一次发现父亲的脸颊有泪坠落。那泪是浑浊的、悲凉的，它缓慢地从父亲深陷的眼窝里努力地渗出来，慢慢积聚在眼角，然后再被土地的引力拉下，然后无声。

那些夜里，天天风的呼啸从沙河的河道扑来，每次都似乎觉得父亲焦躁，他想起来么？想走到窗前看看外面风中的河道，他曾被罚劳役的地方？那风，我听出了哭声。

看着眼前这个躺在病床上的人，曾在冬天天不明的时候，早起在风中出门捡拾枯枝，用来取暖做饭的人。现在病痛让他如一盘石磨一动不动，父亲他失语五天，我才赶往故乡的。

当父亲病倒了，母亲告诉我，父亲准备好了一身新衣服，说到春节见客人用。我仔细地审视着病床上的父亲，一张完整陌生的面孔撞击着我，他的假牙拿掉了，他的鼻梁和嘴巴由于中风都有些变形……胡须很长，眼仁浑浊，才数月的分离，生活和命运已改变了他的模样。

这是一所乡间的医院，几排房屋，荒草没径，房子的这头住着父亲，房子的那头住着一个产妇。在夜里，我看见产妇房间里透出的微红的光和哭声，觉出生死竟是这般近，只有 10 米抑或 5 米了。

父亲的气息一天微弱一天，在一个夜里，二舅来了，来陪父亲。二舅年少时曾在我家寄住读书，和父亲很亲。晚年的时候，他们常聚在一起喝酒。到了夜深，二舅出去了，一会儿他带来一瓶酒和一包花生米，在寒冷的医院，我陪二舅喝酒，最后两人都醉了，二舅才说出：傻孩子，你爹的病看不好，别往里扔钱了，那是无底洞。

我满眼是泪，按着老家的规矩，在大舅二舅的主持下，曾当着父母的面，确定母亲的晚年主要由哥哥负担，而父亲则由我负担。父亲病倒医院，哥哥姐姐不出一分钱，只是伺候。当时我的工资每月不到百元，而每天的医疗费用都是数百。连续多日的用药，父亲的病情未见好转。

二舅说：把你父亲弄到家里，我们不断药。慢慢调养，那样人都不受罪。

二舅是读书人，他的道理我懂，一辈一辈人，如新陈代谢，四季循环，概莫能外。

听到二舅的言语，我们甥舅二人抱头痛哭。我们心里明白，父亲从医院走出的那天，就离死亡又近了一步。

在寒冬无望的更深的夜幕中，二舅的哭声使人心碎，我的哭，二舅的哭，父亲无声的哭，在夜里飘散，在沙河的河道飘散。

但我的心此时却变得如石头般坚硬，生活让我滋生了反抗，我们都必得承受生活给予的打击？那些好的医疗，那些好的服务，我的父亲享受不到。他被所谓的公私合营的允诺所套住，在青壮的时代，把力气手艺和财产奉献出去。后来又被裁下，没有说法，没有补偿。我看到和我父亲一起公私合营的未被裁下的那些人，享受着退休，享受着公费医疗和儿女顶替。对这个世界的冷酷，有一种让我报复的冲动。父亲没有思想，没有主见，别人规定他，他只有接受和适应，但他的儿女却不，他们心里都有很盛的火，可以把一些冷漠和无耻，烧个稀烂，愤怒滋生，那是力量。我不信，被奴役的基因不会突变和消亡，世界，你瞧着办。

父亲是在临近年关的腊月二十五走的，那是午后，那天是我们什集的大集，他是等我们在集市上置办了他后事的所有东西才走的。

在家里偷偷放了两天，在夜里，我们偷偷把父亲下葬。当棺材将要扣上的时候，我给父亲在棺材里放了两瓶酒。

后来，父亲的那件羊皮袄姐姐要了，我只要了父亲喝酒的咂壶，作为一个念想。

埋父亲的时候，我走在冰冻的泥路上，感到像有光牵引着，父亲贴着爷爷和我大爷，前面还有很多的空地，是留给我们的。

我知道，父亲的晚年好像在准备着一场死，但如何死，却不是他能预料的，他没有留下一句话，如土地一样沉默，沉默如土地。

没有了父亲，在亲情上，我将孤独前行。那年我二十九，过年即为三十，三十的骨骼开始强壮，脊骨开始挺立，钙质大于流质，血中的盐分大于水分，内在的坚韧大于冲动。我将适应没有父亲的日子。我也会慢慢靠近父亲，就如那酒，我也模仿父亲，曾一直喝到胃大出血抢救方止。

父亲死掉 20 年，他的哥哥死掉 32 年，也许他们弟兄两个会在土地下叙话喝酒，一堆白骨在劝另一堆白骨，"你小，你少喝点！"然后是土地的沉默，土地已平静地接受了死亡，这片土地见过太多的死，死于饥寒，死于天花，死于奸杀，死于溺毙，死于血崩，死于断路，死于殇亡。父亲一辈子被奴役，被压榨，他的权利就是承受，他以懦弱安身，对普通的百姓来说，懦弱也是一种权利，他们谈不上有尊严的生，也谈不上有尊严的死。

父亲毕竟年过了七十，但我想年长就好么？他又多受了那么多的煎熬，有时我觉得他活得长了。我还记得，埋葬父亲的时候，是用地排车拉着他的棺木，在硬邦邦的路上，我和哥哥跪拜那些要抬棺下葬的人："大家轻点轻点，慢一点，他很少睡觉，让他睡吧……"

（原载《北京文学》2016 年第七期）

家 乡 茶

吴小攀

我的家乡是"乌龙茶之乡"，以出产铁观音闻名，但我不敢说自己懂茶；尤其是在那些"满面尘灰烟火色，两鬓苍苍十指黑"的种茶、制茶人面前，更是如此。从漫山遍野的草野之物，经历采青、晒青、摇青、晾青、炒青、揉捻……整个艰辛复杂而微妙的过程，在天、地、人的作用下，青枝绿叶时的灵性才得以凝聚在紧索的条形上。只有陪伴始终，用心始终，方能懂得。所以，当有人知道我来自茶乡，要我说一说茶之道或者品评某一泡茶的好坏时，我都会有一种"吾又何知"的惶惑。一泡茶有一泡茶独特的个性、品性、灵性，不同的人冲泡会呈现出不同的韵味，即便是同一泡茶，在不同的时空也会有不同的表现，更何况每个人的味觉千差万别，从何说起？

对于家乡人来说，喝茶是一种自然而然的存在，也许，这就是他们生性不喜多言的原因。日常生活中，家乡人不可须臾无茶，早起洗漱后第一件事就是清洗茶具泡茶，饭后继续喝茶，睡前仍在饮茶；或一家人围坐聊天以茶助兴，或两人对坐谈饮，或一人独饮；但凡客来，必洗杯煮水冲泡，一杯新茶端上，热气腾腾，饮者啧啧有声，齿颊含香，无言胜有言。袅袅茶香中，情义自殷殷。即使在工作的环境里，也常见茶具必备，忙碌的中间停下来呷一口茶，"唯觉两腋习习清风生"，此乐盖极！

家乡茶或许因其日常性而更近于禅宗。在闽南语系中，"喝"与"吃"经常是通用的，喝茶也可称为吃茶。有一禅宗偈语"吃茶去"，可见自古茶禅确实一味。如日本人那种仪式繁复的茶道，反是得筌忘鱼买椟还珠了。家乡人喝茶没有那么多讲究，热水洗杯，第一道用来洗茶——我更愿意把它看作是唤醒沉睡中的茶，第一道之后便可饮用，先敬尊长，从左到右，依次递茶。茶具十分家常实用，底盘够大能容，泡上半天也不用倒茶水，瓷质茶杯则比潮州工夫茶杯要略大，但又不像如今市面上许多千奇百怪大得过分的茶杯，这保证了一杯茶的分量适宜，在品饮时既不至于分量太少而不得要领，又不至于分量太大让人有牛饮之感。

连母亲这样的外来人也爱上了喝茶。她是在印尼出生长大的广东人（但从未回过广东老家），能吃辣椒，爱吃咖喱饭，喜饮咖啡，20世纪60年代归国后被分配到福建，最终落户茶乡，连饮食习惯也入乡随俗了，口味渐渐变得清淡，开始嗜茶。午睡后喝上一杯茶方觉神清气爽，忙完家务喝上一杯茶才能解乏，大鱼大肉后喝上一杯茶才可解腻。一家人团聚，冲上一道，沉默的父母，寡言的弟兄，难得一聚的姑姊婆姨，一递一接之间，情感随茶香氤氲流淌开来……

记得童年时和伯父一家住在一起，夜晚，在仍未完成的四合院的露天晒场上，月光洒落下来，大人坐在高脚凳上，一边泡茶一边聊天。茶香絮语中，四五个小孩仰躺在铺晒得满地都是的茅草上望星空。深蓝色的天幕里，繁星点点，连月亮都调皮地一眨一眨……父亲给还在襁褓中的弟弟喝茶，他竟然每喝一口就"啊"一声，似乎已经能很惬意地品出茶味了。也许正是这种深植于血脉中的饮茶之风的潜移默化，即便是如今远离家乡，我也不可一日无茶，而且几乎所有的茶叶都来自于仍在家乡的父亲的寄送。以至于在相当长的时间里，我对于茶叶的选择仅限于乌龙茶，甚至是非铁观音不喝。所谓"观音韵"，应该是乌龙茶的最高境界，不仅有形，有色，有味，有香，还要有韵——温润回甘，余韵悠长。比起这种"观音韵"来，绿茶太腥了，红茶太平了，普洱太怪了；同样是乌龙茶类，单枞太呛了，岩茶太素了……这其中可能不无偏见，由爱而生的偏见。

当然，这种个人偏爱大部分来自于习惯性依赖，而这种习惯是天生的

——天生我于乌龙茶之乡，触目所及都是茶。母亲工作过的镇医院在一个小山坡上，顺道往下走，不远处就是茶站——专门收购茶叶的地方。有一次，在收茶的季节，看到茶站大厅里堆起了小山一样高的茶叶，有工人赤脚站在茶山上，挥动竹耙子奋力梳扒。因此，觉得那才是最本真的家乡茶。后来听到有人大讲茶道，从点兵、巡城发展到闻香、观汤，等等，有许多拗口的仪式和称呼，或者潮流兴起喝这种茶那种茶，甚至于开发出系列所谓"茶配"……忍不住微笑。道可道，非常道也。

难得回了一趟老家，看到几乎家家户户都在做茶，整个镇子笼罩在一片不知今夕何夕的茶香中。但是，这里很快就要兴建一个巨大的水库，整个镇将被淹没在深深的水底。公社、医院、茶站、银行、派出所、粮站、车站……有的已拆建，有的则早成了废墟。终有一日，只能在茶香里寻找梦中的家乡了。

（原载《香港文学》2016 年 6 月号）

远　亲

田　瑛

梅岭无疑因梅而名，时光流经这里，渐渐沉淀为一座关的历史了。如果追溯时光的源头，那便是越人首领梅绢率众南迁。梅氏家族的出走，并非一次简单的逃难，而是肩负上天的使命，去遥远的南方另辟家园。他们先是乘船从江南出发，直至水路尽头再弃船登岸，然后历尽艰辛到达岭南。他们带来了犁铧和种子，从此这片亘古蛮荒之地有了耕种，种子一旦撒下，就等于撒下了遍地人烟。作为这里最早的主人，以梅姓命名为梅岭是天经地义的事情，至于后来广植梅树，也再自然不过，只有梅树成林的地方，才能够名副其实堪称为梅岭。

因为地处关隘，梅岭注定是要成为一道关口的。秦始皇向北用兵向南通商之策，成就了梅关。这一步棋奠定了历史的走向，被后来历朝的当政者沿用。其间，值得大书一笔的是唐朝贤相张九龄，是他组织人力，打开了长江和珠江两大水系之间的屏障，将险峻的山路变为通衢。迄今，人们朝圣般慕名而来，就是来祭奠这条功禀千秋的梅关古道的。我们可以想像当年经此南下的人流，除了商旅，更多的是躲避战乱的迁徙者和逃荒者，他们不约而同在梅关落脚，于是，一个接纳众生的珠玑巷相伴而生了。久而久之，珠玑巷成了姓氏百家共同的故乡。

若干年后，一个偶然或许必然的机会，作为田氏家族的后裔，我来到珠玑古巷，伫立在南迁姓氏名录牌坊前久久沉思。中华百家姓氏各自来龙去脉赫然在目，其中就有田氏家族一栏，上面清楚地写着：田姓，贫骄堂，出自河北满城。我的心情不免沉重起来。如果我没有理解错的话，我的祖上出身寒门，比起其他族人，来路远又势单力薄，走完同样的逃荒之路肯定更加艰难，能够到达这里立足已属不易。好一阵，我将目光投向远方，试图搜寻透迤在远方天空下的梅关古道和络绎不绝赶路的人群。田氏的先人就应该混杂其间，我仿佛看见了他们疲惫的身影，同时想起了家族的传说。仅仅是传说，没有任何文字记载，上辈人把他们的记忆通过口口相传直到如今。它好像缺头少尾很不完整，我只记住它的核心部分，那是一个关于九节牛角的故事。

七百多年前，年关将至，田家因触犯官府，险遭灭门。为逃避官兵追杀，田家人情急之下提前两天匆匆过年，并将一支水牛角锯成九节，田氏九弟兄依大小顺序各持一节，继而于腥风血雨中慌忙启程各奔东西。从此，牛角再也没有合拢过，兄弟一旦失散永远无从相认。腊月二十八，这个日子对于田家人具有划时代的意义，是结束也是开始，它彻底改变了家族的命运。后来，之所以田家人把这一天作为大年，正是缘起这次变故。历史上的那个年三十，喜庆只属于别的人家，唯独田家人在逃亡的路上。他们拖儿带女蹒跚而行，沿途全靠人家的施舍或者寄人篱下，才勉强度过那个险恶的年关。

我所在的一族是兄弟中的老四，四祖爷带领全家幸得逃进了湘西北的深山老林，以后人丁兴旺，渐渐形成气候，也曾一度啸聚山林，匪人辈出。再后来改朝换代，其中一个后人应征入伍吃上了皇粮，这就是我。国家以这种方式算是完成了对田家的招安。有一部名叫《乌龙山剿匪记》的电视剧，据说就是取材我的老家，皆因那个匪首姓田，人们就非要认定我出身土匪世家，真让我跳进黄河也洗不清了。我并非以匪为耻，过去的湘西，真正的男儿若是没有从匪的经历，是不能够称其为男人的。田家的历史也许就是一部占山为王的历史。但是与纯粹的匪帮不同，田家人从来没有干过杀人越货的勾当。"义"字可以说是田家唯一的祖训。祖训的出处分明和祖上的那次逃亡有关，因为得到过义道人家的收留或搭救，所以才看重义，一个义字当头的家族严格说来算不上匪，但只要你置身无人不匪的匪区，任何人都难脱干系。

家族传说似乎并没有到此结束，我的珠玑巷之行使它平添变数，要么是分岔多年的两条河流重新汇聚，要么就是节外生枝。这个来自遥远北方的家门是九弟兄中的一脉吗？若是，又如何解释我家族史上的那次寻亲？记得小时候，父辈们作了精心策划，他们好像准备了一万年，倾尽全寨的财力做盘缠，各人穿一双草鞋，又背上几十双草鞋和一应行装，天刚亮就结伴出发，走向了无止境的远方。那情景无异出征，激昂而悲壮。竹制背篓是那个年代通用的载物工具，相当于现在的背囊。我们都知道，其中的一只背篓里一定装着那节祖传下来的牛角。牛角平时由寨上年纪最大的长者保管着，每到腊月二十八开年饭的时刻，才拿出来轮流祭拜。牛角被族人视若神器，后人有责任让它复原，所以才组织了这次空前的寻亲之旅。三个多月后，兄弟们都快快地回来了，失望写在每个人的脸上。原来，他们按图索骥找了很多地方，足迹遍及几个省，问人无数，也没有打听到另外八节牛角的下落。倒是有好心人帮助他们作了分析，那些失散的兄弟有的也许最终未能够躲过被追杀的噩运，有的早已经隐姓埋名或者改作了他姓。算是我们这一脉有幸，一粒飞籽落地生根，独苗也成林。

我是怀着敬畏之心走进珠玑古巷的。历经千年风雨，古巷依然保留着它的原貌，却已经褪去昔日的繁华。当初设立梅关，意味着岭南门户的开放，无数流离失所的家庭一旦踏上梅关古道，就等于有了归宿，只要你是中华大家庭的一员，路的尽头自然安排了你的位置，珠玑巷正以家园的名义敞开着胸怀，迎接你的到来。到了珠玑巷，我才知道中国姓氏远不止百家，仅这里准确记载的就有171家。在巷子深处，我找到了属于田家的门牌，与别姓的深宅大院比起来，它狭小得简直和旧时的长工屋没有区别。我期待主人的出现，他最好是一个与我年龄相仿的男子，这样我们就会有一个兄弟式的拥抱。不料却是一个中年女子。我自报家门并且说明来意，以为会受到亲人般的礼遇，无论怎么说我也是一脉远方的同宗，起码的请坐应该有吧。事实上我想错了，在女主人看来，我不外乎也只是个普通游客，她对什么九节牛角根本不感兴趣，只关心我在神龛前的表现。那儿摆放着一个众人皆知的功德箱。功德箱的出现不是偶然的，它与古巷的姓氏等量齐观，使每一个平常人家都具有了庙堂性质。珠玑巷作为人类生存的栖息地已不复存在，取而代之的是商业旅游。历史的脚步到此已成必然，来自天南地北的人们，一览古巷的昔日容颜才是他们真正目的。而我则是个例外，祖上的遭遇给了家族太深的创伤，烙印像胎记一样遗传给了后人。这些年来，我无论走到哪里，都时刻不忘寻根访祖，这一次也不例外，但最终证明是徒劳的。

不久以后，我回了一趟老家。至寨口，正巧碰到两个隔房兄弟在大打出手。他们的地界相邻，不过是寸土之争，就跟挖了祖坟一样不共戴天。我的出现，好比包青天现场断案来了，都要我替他们各自主持公道。那一刻，我除了心寒，真的无话可说。我想这次回乡就是来断案的，要彻底了断一桩无头大案。多年来氏族成员之间形同水火，甚至亲兄弟结仇也不乏其人。山寨的名字叫干朝，地方不大，名声却不小，打官司有名，在县里都挂了号的。通往县城的山路上，人们经常会碰到告状的干朝人，县法院的人很是熟悉他们的面孔，只要是穿着草鞋，腰间扎以草绳，一身衣衫褴褛的人一出现，就知道难缠的官司来了。所谓难缠，并不是什么大不了的人命官司，而是一些根本不值得立案取证的芝麻绿豆纠纷，有时甚至仅仅为了争一口气，就彼此无休止的告来告去。他们相互恶蛇抵杠般说着狠话。有钱的说：我舍两头牛跟你打这场官司。儿子多的便说：我舍个儿陪你。这样的狠话除了加深仇恨别无益处。对付干朝人，法院自有一套办法，将案子束之高阁，最后自然就不了了之了。让我不能理喻的是，一个长期不和的家族，却在寻访远亲的事情上表现出了惊人的热情和齐心。在我看来，这样的远门即使能够找到，不外乎又是多了一个冤家而已。

我有备而来。梅关之行给了我启示，我想做一回特殊的说客或判官的时机到了。老屋场上，聚集了全体族人。我把他们请来，是要履行一道家族史上从未有过的神圣仪式，一头肥猪和若干鸡鸭成了这场仪式的祭品。十几张饭桌上，摆满了大大小小的土钵碗，它们看似简陋至极，今天却要扮演重要角色贯穿仪式始终。在我的吩咐下，每只碗里分别都倒满了当地酿制的土酒，接着听见一声吆喝，一个同门兄弟从天而降，他当众一口咬断了一只雄鸡的脖子，一路奔跑将鸡血滴洒在酒碗里。这一过程仿佛在瞬间完成。待人们回过神来，才明白是要吃血酒。是的，吃血酒。这是我个人向整个家族发起的突然袭击，到现在还没有走漏风声，就说明我已经赢得了这场战争。我说，先吃酒，于是端起了酒碗。正值太阳落土时分，圆滚滚的夕阳映在碗里，捧起它如同捧起一盆炭火。除了妇孺，每个男子的面前都有同样一盆炭火，这炭火燃烧起来，是足以让一个家族热血沸腾的。我头一仰把酒干了，碗底朝天了。我想此时不会有人敢拆我的台，这一点我心里有数。我和任何人都无过节，而且都待他们不薄，只有我的到来，大家才能坐在一起。如我所愿，众人都学我样子干了碗，各自嘴角上还挂着血珠，眼睁睁望着我，等待我赶紧说出他们急于想晓得的大事来。山湾里一下子安静了，静得只剩下我的声音。我说我到了南方一个叫梅关的地方，那里有一姓田家人，就是田家祖上九弟兄中的一脉。几十代人过去了，几十家人亲和得就像一家人。我们这一族和他们根本不能比，想起干朝，我都没有脸见他们。我们只有相处得和人家一样和睦，才有资格去那里认亲。今天吃血酒，就是要大家对天发誓，以前所有的恩怨一笔勾销。我知道自己扯了一个天大的谎，但是我更知道我的家族太需要这样一个谎言，它是医治家族顽疾的良药。

归期到了，太阳从老地方出来，我迎着它走去，身后是送行的族人。几乎全寨人都出动了，这是从来没有过的事情。什么话都不要多说，他们的眼神告诉我，我是可以放心回去的。

我一路在想，我真的可以放心了吗？

（2016 年 3 月 6 日凌晨完稿于御景湾）

我最怜君中宵舞

——在金华想起辛弃疾与陈亮

潘向黎

去金华的路上，发现我对金华所知甚少。金华最有名的自然是金华火腿，除此之外呢？不知道为什么，辛弃疾这个名字几次隐约地出现。辛弃疾？他不是金华人啊，他是山东济南人，也不曾在金华为官，即使先后退隐的带湖和铅山，也是在江西。那么，是我记错了。

到了金华，这次不住宾馆，住进村民家中，这是他们刚兴起的"民宿"形式的住宿模式，虽然就是寻常乡野人家的房舍，谈不上星级与服务规范，但给人一种到当地人家里做客的感觉，倒也质朴亲切。晚饭后散步，看着绿意满目的田野和野花摇曳的小道，"携竹杖，更芒鞋，朱朱白白野蒿开"，道的正是眼前风光。这也是辛弃疾的词句。怎么又是"辛弃疾"撞上心头？是因为辛弃疾很喜欢乡村景色吗？

辛弃疾确实喜欢乡村田园生活，名作不少，比如——

《清平乐·村居》：茅檐低小，溪上青青草。醉里吴音相媚好，白发谁家翁媪？大儿锄豆溪东，中儿正织鸡笼。最喜小儿亡赖，溪头卧剥莲蓬。

又如——《西江月·夜行黄沙道中》：明月别枝惊鹊，清风半夜鸣蝉。稻花香里说丰年，听取蛙声一片。七八个星天外，两三点雨山前。旧时茅店社林边，路转溪桥忽见。

还有许多精妙的描写像珠玑一般，在他的词里面到处闪烁晶光——"啼鸟有时能劝客，小桃无赖已撩人"，"城中桃李愁风雨，春在溪头荠菜花"……节候风物，描摹细腻之中满是喜悦珍惜之情。

但是，这都与金华没有关系。为什么我到金华会无端想起辛弃疾？

临睡前，自己在心里默念辛弃疾词。念到"醉里挑灯看剑"，突然想起这首的题目是《破阵子·为陈同甫赋壮词以寄》。心里一道闪电，陈同甫（同父），就是陈亮，陈亮是金华人！

如果明白陈亮对辛弃疾意味着什么，则养育了陈亮的金华，可以说是对辛弃疾有恩的一片土地了。如此说来，在金华想起辛弃疾并非无因无由。

辛弃疾当然是宋代伟大的词人，他的词与苏东坡并称"苏辛"是理所当然的，而且作为一个生命个体的这个人，他也是文学家中少有的、真正的人杰。长久以来，说到人中龙凤，我就会想到辛弃疾。而金华人陈亮，是和他同时的一位爱国志士，也是一位才识超群、命运坎坷、颇富传奇色彩的奇士。

明代李卓吾为他写的《陈亮传》是这样记录他的：

陈亮，字同甫，永康人。生而目光有芒。为人才气超迈，喜谈兵，论议风生，下笔数千言立就。尝著《酌古论》，郡守周葵得之，曰："他日国士也。"及葵执政，朝士白事，必指令揖亮，因得交一时豪俊。

隆兴初，与金人约和，天下忻然幸得苏息，独亮持不可，因上《中兴五论》。奏入，不报。帝圜视钱塘，喟然叹曰："城可灌尔！"盖以地下于西湖也。淳熙五年，孝宗即位，又十七年矣。亮更名同，复诣阙上书。书奏，孝宗赫然震动，欲榜朝堂，用种放故事，召令上殿，将擢用之。左右大臣恶其直言，遂有都堂审察之命。亮待命十日，再诣阙上书，帝欲官之，亮笑曰："吾欲为社稷开数百年之基，宁用以博一官乎！"遂渡江而归，日与邑之狂士饮。醉中戏为大言，有欲中亮者，以其事首刑部侍郎何澹。澹尝为考试官，黜亮，亮不平，语数侵澹，澹闻而嗛之，即缴状以闻。事下大理，笞掠亮无完肤。孝宗知为亮，及奏入取旨，帝曰："秀才醉后妄言，何罪之有！"划其牍于地。亮遂得免。

居无何，亮家僮杀人。适被杀者尝辱亮父，其家疑事繇亮，闻于官。乃囚亮父于州狱，而属台官论亮，情重，下大理。时丞相王淮知帝欲生亮，而辛弃疾、罗点素高亮才，援之尤力，复得不死。

亮自以屡遭大狱，归家读书，所学益博。……（中略）

于时乡人宴会多末胡椒置羹胾中以为敬。同坐者归而暴死，曰："陈上舍使杀我。"县令王恬实其事，台官谕监司选酷吏讯问，无所得，取入大理。众意必死，少卿郑汝谐阅其单辞，大异曰："此天下奇才也。"力言于光宗，遂得免。

未几，光宗策进士，问以礼乐政刑之要，亮以君道师道对。时光宗不朝重华宫，群臣更进迭谏，皆不听。得亮策，乃大喜，以为善处父子之间。奏名第三，御笔擢第一。既知为亮，则大喜。孝宗在南内，宁宗在东宫，闻之皆喜。授金书建康军判官厅公事。未至官，一夕卒。年五十五。

亮志存经济，重许可，人人见其肺肝。虽为布衣，荐士恐弗及。家仅中产，畸人寒士，衣食之，久不衰。卒之后，叶适请于朝，命补一子官，非故典也。

如此不凡的一个人，如此坎坷的生涯，竟是一曲沉郁顿挫的悲歌。读到"人人见其肺肝"，觉得心区刺痛而眼角酸热。

真正的朋友，必定是价值观一致的。陈亮一生坚持抗金主张，是辛弃疾政治上、学术上的同道和挚友。他们的命运也大致相同，都被南宋统治集团排斥、打击，在壮志难酬的抑郁愤懑中度过一生。也难怪，南宋朝廷那么无能阴暗猥琐，怎么会容得下这样肝胆似火、光风霁月的人中龙凤？如果一个人的存在，像镜子一样照出另外一批人的虚伪卑劣怯懦，而这后者恰恰掌握权柄，那么这个"人镜"的处境可想而知，更可痛恨的是，这样的处境往往伴随半生甚至一生。

"自古好物不坚牢"，坚牢又能如何？一生有多长，压抑和磨折就有多长。

而在这样的处境下，如果有真正的知己，那便是荒漠中的甘泉，暗夜中的月光。他们的相见，才会催生这样不朽的诗篇——

贺新郎（辛弃疾）

陈同父自东阳来过余，留十日。与之同游鹅湖，且会朱晦庵于紫溪，不至，飘然东归。既别之明日，余意中殊恋恋，复欲追路。至鹭鸶林，则雪深泥滑，不得前矣。独饮方村，怅然久之，颇恨挽留之不遂也。夜半投宿吴氏泉湖四望楼，闻邻笛悲甚，为赋《乳燕飞》以见意。又五日，同父书来索词，心所同然者如此，可发千里一笑。

> 把酒长亭说。看渊明、风流酷似，卧龙诸葛。何处飞来林间鹊，蹙踏松梢微雪。要破帽多添华发。剩水残山无态度，被疏梅、料理成风月。两三雁，也萧瑟。
>
> 佳人重约还轻别。怅清江、天寒不渡，水深冰合。路断车轮生四角，此地行人销骨。问谁使、君来愁绝？铸就而今相思错，料当初、费尽人间铁。长夜笛，莫吹裂。

小序里的东阳，就在金华，如今是金华的一个区，正如陈亮的家乡永康，今天也是金华的一个区。而他们的"鹅湖之会"，不但切磋学问文学，更谈论天下形势，谋划抗金大计，因此"鹅湖之会"是南宋政治史和文学史上的一段佳话。

朱晦庵就是朱熹，和他们曾是朋友，此时之所以没有按约和他们相见，可能是临时有事不能赴约，也可能是不愿意前来，因为这时候的朱熹已经倾向于"主和"了，不愿意和主张抗金、而且性情刚烈的辛、陈当面争执或者话不投机而独自隐忍，这是不难料想的。之所以辛、陈等了十天都没有等来朱熹，我推测后一种可能性更大。

这也更衬托出辛、陈友情的弥足珍贵：在逆境中、在孤独中，始终心心相印、强烈共鸣、互相支持、彼此鼓舞。

这样的友谊，像寒夜的篝火，像沙漠的清泉，即使是精神上最强大的人，也需要它的温暖，甚至支撑。

陈亮收到辛弃疾的《贺新郎》，心绪澎湃，和了一首——

贺新郎·寄辛幼安和见怀韵

> 老去凭谁说？看几番，神奇臭腐，夏裘冬葛！父老长安今余几？后死无仇可雪。犹未燥，当时生发！二十五弦多少恨，算世间，那有平分月！胡妇弄，汉宫瑟。
>
> 树犹如此堪重别！只使君，从来与我，话头多合。行矣置之无足问，谁换妍皮痴骨？但莫使伯牙弦绝！九转丹砂牢拾取，管精金，只是寻常

铁。龙共虎，应声裂。

这阕词硬语盘空，铁骨铮铮。首句"老去凭谁说"，写年已老大，不唯壮志未酬，甚至连找一个可以畅谈天下大事的人都不容易。借此一句，陈亮引出以下的感慨：世事颠倒，复土无望，令人扼腕；下片则说二人从来都是志同道合的，而且不论何种处境都不会改变自己的铁血主张，今后还要互相鼓励，一起奋斗到底，争取抗金救国的胜利。

最后借龙虎丹炼成、裂鼎而出之状，以"龙共虎，应声裂"这铿锵有力的六个字，表明对爱国意志"精诚所至、金石为开"以及胜利到来之不可阻止的信念。至此，全词戛然而止。这六个字是陈亮与辛弃疾的共勉之辞，也是这两位人杰的毕生心愿——这是关乎天下苍生的大愿。

辛弃疾非常感动，再写了一首来回答好友的肺腑之言——

贺新郎·同父见和再用韵答之

老大那堪说？似而今、元龙臭味，孟公瓜葛。我病君来高歌饮，惊散楼头飞雪。笑富贵千钧如发。硬语盘空谁来听？记当时、只有西窗月。重进酒，换鸣瑟。

事无两样人心别。问渠侬：神州毕竟，几番离合？汗血盐车无人顾，千里空收骏骨。正目断关河路绝。我最怜君中宵舞，道男儿、到死心如铁。看试手，补天裂。

他们的身手与才华，确实是可以"补天"的。然而，他们没有这样的机会，相聚之前没有，相聚之时没有，相聚之后也没有。这次相聚之后，仅仅过了六年，陈亮就去世了。要理解什么叫"赍志以没"，看陈亮就会深切地明白。这不是他一个人的悲剧，更是整个时代的。

这样的人，他们一生没有流出来的泪水，至死禁锢在身体里，埋进土中，最后是否会化作光彩瑰奇的琥珀？

意外的，这次在金华，好好地怀想了一番陈亮。

今后如果再有人问我：金华出什么？我会回答：金华出了陈亮。如果人家再问：陈亮是谁？陈亮是南宋时人，辛弃疾的好朋友，一位心怀天下、肝胆照人、至死不改的奇士。和辛弃疾一样，他们有个共同的名字：人杰。

这样的人是一个民族骨中的钙，水里的盐。他们活得闪闪发光，那种光芒照彻史书、灼人心魄。时代彻底辜负了他们，但他们却照亮了苟且晦暗的时代。让人八百年之后，还惊叹于那种光芒。

（原载 2016 年 5 月 26 日《腾讯·大家》）

九　点　钟

　　九点钟，一个胖男人走了过来，别斯兰惊跳起来，立即跟了上去。胖男人戴一顶圆顶帽，走起路来左右摇晃着，颈项上的红色皱纹像开口微笑但又苦涩的嘴。突然胖男人转过身来……"盖泰街在哪儿？""盖泰街在哪儿？"鬼才知道盖泰街在哪儿。然后别斯兰向胖男人开了三枪。胖男人与他的圆顶帽子白痴似的倒在地上，脑袋垂在了左肩上……"就这么回事？""就这么回事。"许多年后韩麦尔医生睁大了好奇的眼睛这么兴致勃勃地问我。

　　九点钟，韩麦尔医生开始谦卑地与病人们打着招呼。"还习惯吧？""还习惯。""还行吧？""还行。"瞧，他就是这么好。好像我们的病老不见好全是他的错似的。然后开始为我量血压，测体温，我总能听见他的心跳。"盖泰街在哪儿？""盖泰街在哪儿？"鬼才知道盖泰街在哪儿。然后别斯兰向胖男人开了三枪。胖男人与他的圆顶帽子白痴似的倒在地上，脑袋垂在了左肩上……"就这么回事？""就这么回事。"如果病人不多，韩麦尔医生会一直这么不紧不慢地问下去。最后在我的病历上写上血压、体温，等等。有时候也问问鸽子好看还是飞鱼好看，我说鸽子好看，飞鱼也好看。他说要是选一种呢，我说那就鸽子呗。有一天，他从包里拿出一样东西来，是一双漂亮的女式拖鞋，图案是一只白色的鸽子。我说别人送的吧？他说不是不是。老婆的手艺？他说不是不是。最后才知道那是他的手艺。我说真看不出你是个好丈夫，他只是谦卑地笑笑说，算不得好丈夫，算不得好丈夫。

　　此后好长一段时间没有再见到韩麦尔医生。顶替韩医生的是一个姓杜的医生。杜医生量完血压测完体温，就要我们一个个地张大了嘴巴。一直建议我去看牙医，说我的牙里总有一天会长出虫子。常常把他的不戴手套的一个指头或者五个指头伸进我的嘴里，开始我还有点恶心，慢慢地就习惯了。有一次吐出一截肠子，杜医生说是虫子虫子，我说是肠子，化验来化验去，还是肠子。为避免更多的肠子被恶心出来，他建议我张开嘴巴的同时伸出舌头。伸出舌头与张开嘴巴简直没有任何关系嘛，他很不高兴地说，叫你伸出舌头肯定有科学道理的。慢慢的我发现，还真有科学道理耶。只要舌头伸着，任你怎么怎么的恶心，也不会吐出肠子什么的。老发现不了虫子，杜医生沮丧极了，我也沮丧极了。我真心希望我的嘴巴里早点出现虫子，以便减轻对韩医生的怀念。我甚至吃了许多带虫子的苹果或者水果什么的，为杜医生也为韩医生。杜医生好像并不领我的情，只是一个劲让我张大嘴巴伸出舌头，然后在对面的一把黑色椅子里耐心地等待。我曾提醒他说"人类的面孔除了做出表情，其他什么用处都没有"，他一直未予理睬。还好，有一天韩麦尔医生又悄无声息地回来了。老习惯一点未改，九点整，谦卑地与每位病人打着招呼。"还习惯吧？""还习惯。""还行吧？""还行。"然后开始为我们量血压测体温，我总能听见他的心跳。我悄悄地问他，还好吧？还好，还好。应答还是那么谦卑。"鸽子"呢？她（韩医生老婆）不喜欢鸽子。她喜欢飞鱼？她这人既不喜欢鸽子，也不喜欢飞鱼。那就换个小熊、小狗、小猪吧。后来我才知道，他老婆压根就不喜欢他编织的那种鞋子。有一天量完血压测完体温韩医生从口袋里掏出一大叠散见于大街小巷的那种牛皮癣广告单来。什么美容师培训班招生启事，按摩师培训班招生启事，去除鸡眼培训班招生启事，去除狐臭培训班招生启事，驾驶员培训班招生启事，健身俱乐部招生启事，厨师培训班招生启事，少儿书法培训班招生启事等等吧。我与他开玩笑说，做广告啊！他说他想上这些班呢。这么多啊？他说不多不多，只是没有想清楚先上哪一个。我说这好办啊，随便选一个不就得了。他说不行的，必须是他老婆喜欢的。我说干吗不上个自己喜欢的班呢。他说他小时候的梦想就是上一个少儿书法培训班。我说那就上这个少儿书法培训班呗，他嘀咕说人家要八岁以下的少年儿童。我说现在的培训班哪个不是为了赚钱？后来他一口气上了美容师培训班、按摩师培训班、去除鸡眼培训班、去除狐臭培训班、驾驶员培训班、厨师培训班，唯独没有上那个他梦寐以求的少儿书法培训班。

韩麦尔医生说不见就不见了，病人们心里都空落落的。我也一样，希望他早点学成归来。后来听杜医生说，学成功来个屁呀！韩医生病了，他老婆跟一个身强力壮的三级厨师跑了。病人们都很感激杜医生，总算有了韩医生的权威消息。量完血压测完体温，我们就自觉地张大了自己的嘴巴，伸出了自己的舌头，然后等待杜医生把他不戴手套的一个指头或者五个指头伸进我们的嘴里。我们都真心希望我们的嘴巴里早点出现虫子，以减轻杜医生对虫子的莫名沮丧。我们都吃了许多带虫子的苹果或者水果。杜医生并不着急，只是坐在对面一把黑色椅子里耐心地等待，等待，等待，等待。电视里说最难对付的就是可爱的女人与可恶的机器，卡夫卡笔下的机器。要我说最难对付的就是这种有十足耐心的人，坐你对面永远一声不吭，永远没完没了。我以前有个同事，整天坐我对面捂着手盯着我看，我找来许多书，在我与他之间垒起一道书墙来，免得他老盯着我看。有一次我在外地的女同学来访，他时不时地假装吸烟什么的站起来向我这边看看，时不时地假装伸伸懒腰什么的站起来向我这边看看，害得我一个劲向老同学鞠躬致谦呢。最难对付的就是这种有十足耐心的人，比如杜医生。最先受不了的不是我，是那些女病人。她们向医院举报了杜医生。院长找杜医生谈了话。杜医生一个劲地对院长发誓，一定有虫子一定有虫子，要有耐心要有耐心。还告诉院长，他在大街上看见了韩麦尔医生，韩医生嘴里不停念叨着——别斯兰向那人开了三枪。是的，三枪。那胖男人与他的圆顶帽子白痴似的倒在地上，脑袋垂在了左肩上，左肩……韩医生还告诉每个路过的人他为了他老婆历经千辛万苦上过繁哈尔最好的美容师培训班，最好的按摩师培训班，最好的去除鸡眼培训班，最好的去除狐臭培训班，最好的驾驶员培训班，最好的健身俱乐部，最好的厨师培训班。

我一直为杜医生感到遗憾，人类医学发展到今天，就应该让杜医生从一个小小的嘴巴里找到虫子。有一本杂志上说，科学家已能轻而易举地分离出活细胞，确定维持细胞活动的分子动力。他们研究了细胞如何储藏信息并传给下一代；细胞何时生长和死亡；它们怎样经过特殊演化形成人类。他们也知道了细胞是如何恶变，生成病原菌或无限繁殖而导致癌症的。可是至今没有一种方法让杜医生从一个小小的嘴巴里找到虫子。多年后我走在繁哈尔一条街上，依然为人类医学发展感到遗憾，为杜医生感到遗憾，为那只一直没有出现的虫子感到遗憾。刚刚下过一场雪，空气清新而凛冽。有雪真好，活着真好，健康真好。一辆红色的汽车与一辆灰色汽车追尾，排气管正冒着白白的热气。冒着热气真好，这世界缺的就是冒着热气的东西。是的是的是的，这世界缺的就是冒着热气的东西。开始的时候，别斯兰身上出了一身冷汗，把它放进裤兜里，走在大街总感到那东西像一只螃蟹紧紧地贴在他的腿上他的裤子上。他僵硬地走着，不时的把手伸进裤兜，慢慢的头上就开始冒热气了。有一天胖子还这么问过我一个类似的问题。那一晚我与胖子在五七大街吃了好多好多西瓜，我坐在台阶上，胖子坐在一把破旧的椅子里，椅子一直咯吱咯吱地响个不停。胖子吃了好多好多西瓜，离开的时候怎么也从他的红色电动车上上不去了，醉了似的。我费了好大的劲才把那家伙扶上车。红色电动车一转眼就不见了。红色真好，醉了真好。许多年前繁哈尔出现了一群诗人。一个醉了，纷纷都醉了。一个人哭泣，纷纷都哭泣。醉了真好，哭泣真好，纷纷真好，大家真好。前几天参加一个所谓的文学活动，到处都有人在喊王局长、李局长、张处长，到处都是点头哈腰的人。这世界缺的就是一次真诚的醉与一次真诚哭泣。这世界缺的就是一群天真烂漫时不时会醉、会哭泣的诗人。还有孩子。是的是的是的，还需要一群天真烂漫的孩子。

多年来我一直喜欢停下来观看那些戴着红领巾列队行走的孩子。九点钟，那些小红领巾们会列队走进校门。我常常混迹于那些送孩子的家长们中间，在他们中间待得很久很久。到处都是鲜艳，到处都是笑脸。我一直为他们身上的一些东西着迷。是的是的是的，我一直为他们身上的一些东西着迷，就如同韩麦尔医生为那些我叫得上我叫不上名字的培训班着迷一样。这世界不会因韩麦尔医生而变得更好或者更坏，但韩麦尔医生身上确实有许多这世界没有的东西，参加过韩麦尔医生追悼会的人都这么说。杜医生也这么说。韩麦尔医生的追悼会简朴而得体，去了好多好多医生，去了好多好多孩子。韩麦尔医生躺在一口小小的松木棺材里，十分安静。远远的可以望见他略显抑郁与清癯的脸。悼词有力而温馨。韩麦尔医生原毕业于某某大学临床医学专业，著名的神经外科专家，多年来从事颈椎、腰椎间盘突出的治疗与研究。曾经发表学术论文多篇，在治疗颈、腰椎病方面获得广泛认可。婚后幸福美满。曾历经千辛万苦上过繁哈尔最好的美容师培训班，最好的按摩师培训班，最好的去除鸡眼培训班，最好的去除狐臭培训班，最好的驾驶员培训班，最好的健身俱乐部，最好的厨师培训班……

再也不会有人每天靠近我的耳边低声地问我，别斯兰就向那人开了三枪么？是的，三枪。左肩么？是的，左肩。再也不会有人兴致勃勃地问我飞鱼好还是鸽子好。再也不会有人兴致勃勃地问我美容师培训班、按摩师培训班、去除鸡眼培训班、去除狐臭培训班、驾驶员培训、厨师培训班、少儿书法培训班哪个好。可是，可是，可是，有一个人还在沿基奈大街拼命奔跑。是的是的是的有一个人还在沿基奈大街拼命奔跑，一些蠢货们正在他身后高喊抓杀人犯杀人犯。于是又传来两声枪响。人们立即叫嚷起来，如鸟兽般地散开，散开散开散开……九点钟，出现第一批人质与第一批受害者，接着是第二批第三第四批……基奈大街第一次显得拥挤。九点钟，全世界的人都被绑架。两个穿黑大衣的男子正拼命追赶一辆已经离开车站的公共汽车，车门刚刚关上。有几个缩着脖子的人在路边修一台油漆斑斑驳驳的抽水机。一个男人正在希思罗机场的一辆婴儿车里酣睡，远远地可以看到他伸在婴儿车外面一只很大很大的脚。九点钟，一个胖男人走了过来，别斯兰惊跳起来，立即跟随其后。那胖男人戴一顶圆顶帽，走起路来左右摇晃，颈项上的红色皱纹像开口微笑但又苦涩的嘴。突然那家伙转过身来……"盖泰街在哪儿？"是的是的是的，"盖泰街在哪儿？"鬼才知道盖泰街在哪儿。然后别斯兰就向那人开了三枪。那胖男人与他的圆顶帽子白痴似的倒在地上，脑袋垂在了左肩上……"就这么回事？""就这么回事。"九点钟，别斯兰穿过一家咖啡馆，来到洗手间的尽头，然后用手中的枪对准了自己的前额……九点钟，事物第一次如其所曾是，事物第一次如其所是，事物第一次如其不久以后所将是，草第一次变绿又变灰。肯定有一支超越我们的曲子，肯定有一把蓝色的吉他，肯定有虫子在我们的嘴巴里。他们说你有一把蓝色吉他，你弹奏事物并不如其所是。事物如其所是，随着蓝色吉他而改变。但是要弹奏，你必须，一支超越我们的曲子……九点钟真好。

九点钟，我在梅伦车站打开一份很旧很旧的报纸。有人在我背后兴致勃勃地喊了一声。

（原载《野草》2016 年第 3 期）

旷远得幽深

葛水平

四月，桃花在温润的地气推助下开了花，春天最有风韵的那个部分由桃花的绿意释放出来，我是无比陶醉。

我看这样的景致时是在傍晚，脚在一座寺庙厢房的地上站着，透过一扇老窗的花格，天地间一片花红柳绿。那个安静，那个衰落，那些个桃花孤独得烂漫。任何时代都需要殉道者，殉道本身就具有意义。那么谁是一个时代的殉道者？破败下去的旧时的戏台么？还是就应该是历史。

中国的乡村，除了那些藏在沟里的山庄窝铺，"村"或"庄"，几乎都修有戏台。因为"娱神"的缘故，民间一直把"神"看得很高贵，爱着，敬着，怕着，哄着。神不过是无数人的一个不言语，却被惯得喜怒无常。神住在村庄的寺庙里，戏台大多建于寺庙神祠之内，多坐南面北，对正殿而建，戏台下一般有高低不等的基座，以方便神平视瞻赏。神啊，离谁家都很远，离谁家都很近，与富贵有着深刻的血缘关系，神的精神世界永远是人性化的。

旧去了，走在灰秃秃的现在，辨不清蛛网密布的老庙内是否还有戏台在演戏，我们站在现代文明的中央，四围尽是塌落的旧砖瓦，风物已是比不得昨日，上下八方，那一声老腔亮着，突然的在一个什么地方响起，如同放逐的囚徒——咿呀！丝丝寒凉悄没声息带着那一声唱，余音袅袅拖拽得很长，很长。

在没有自然的人烟再没有共生的观众，尽管有许多记忆不死，载沉载浮连老窗的花格都糟烂了，可那规格还在。一阵风刮过，花蕊的香袭来，花瓣如发情的蜜蜂婀娜而飞。神还在吗？神在。神在，似乎有或者无都不是很重要了，人只需要自己的存在。

翠鸟在远处鸣叫，如一个女子的洞房花烛时。

我害怕一丝声息都会惊吓那些雕梁画栋上糟烂的木纹和色彩。戏台上，青砖地面，几代艺人走过的脚印重重叠叠，大大小小，生命存活于瞬间真实，有多少眼睛望着台上的扮相笑容烂漫过？

与天空，与风，与雨雪，与台下的日子，有一种深邃的味道。

我还记得去年秋天去乡下看迎神赛戏。人的当下意念有时完全受偶然性左右，一个念头生出便管不住自己的心了。

乡下飘着粮食成熟的味道。我总是在乡下才会认清自己，在乡下，我的反省与幻想绝佳，舞台上生动的时光加深了我对生活的热爱和对亲人的眷恋。

秋日的上午，迎神赛戏，也叫迎神赛社开始了。这一民间自发形成的迎神祭祀活动，是农耕文明的产物。它可以追溯到商周时期，是农人在春季向神灵祈求丰收而举行的祭祀活动。宋人刘克庄《喜雨二首柬张使君又和》中的"林深隐隐闻箫鼓，知是田家赛社还"即指此俗。古时，赛社风盛行，漳河两岸有宋代碑记赛庙"创起舞楼"，说明当时已盛行以歌舞杂剧迎神、酬神。

乡下的好，明清建筑高门大院是一个好，日头高过屋脊，叽吵打逗呼儿唤女，也是一个好。有迎神赛社必然是过会，街道两旁搭满了棚子演出中，我看到了如下场面：

关公手举大刀追杀华雄，从戏台上踩着锣鼓点一鼓作气追到台下，两人在观看的人群中穿梭，那时节，一个胸前挂着鼓，一个臂弯上挂着锣的乐队跟着他们，有一下没有一下地敲打着，他们绕村子边打边跑。村外沿途庄稼熟了，鸡们狗们家畜们，老者站在村边的路沿上，下巴颏一翘一翘的，嘴张着笑不出声来，笑在肚子里乱窜。一群大小娃娃跟在后头，走进村街，关公和华雄沿途随意抓取摊贩的瓜果梨桃，边吃边打，觉得秋风并不都是千姿百态，亦有刀光剑影。打一阵子，摊主笑逐颜开地再一次扔给他们吃食，舍得，是福报是大吉大利。

一群娃娃横晃着膀子钻到他们前面，两张挂了油彩的脸齐齐对着娃娃们，吓唬他们，说是要杀人啦！娃娃们呼呼四散，敞亮的空地上，把历史演得玩儿似的轻松。

敲锣的敲鼓的，不时吼一声，此时打斗到了戏台下。演出快要结束时，跑得满头冒汗的关公和华雄重新登上戏台，关公大刀挥舞，斩下华雄首级。

《斩华雄》是赛社最有特色的队戏演出。场面宏大，参演人数众多，整个迎神赛社的过程，就像一个走街穿巷，流动的表演群体。演员与观众融为一体，演出气氛高潮迭起。表演者和观看者相互追逐，村子有多大，戏台就有多大。

通看《三国志》（包括裴注），提及"华雄"这个名字的只有一处，出现在《三国志·吴书·孙破虏讨逆传第一》里，确切地说是在孙坚（破虏将军）的传里，只一句话："坚复相收兵，合战於阳人，大破卓军，枭其都督华雄等。"说的是（梁东一战后）孙坚重整旗鼓，在阳人大败董卓军队，杀了董卓的都督华雄等人。显然，华雄是因为被孙坚的军队打败而被杀的，虽然具体是谁下的手不得而知，但绝对不可能是并不在孙坚军中的关羽，甚至极有可能真正的华雄终其一生也与关羽毫无瓜葛。

历史给戏剧最重要的一点是戏说。民间奔田地，奔日月，奔前程的普通人，能知道多少历史中的事情是真的，若能知道了真相，那一定是彻底改变了农人命运的朝野之人。

农民的肩上担了生活的苦重，一年中苦度光阴，看戏看热闹，热闹中那些非想、闭眼、睁眼、醒着、梦着，黄尘覆盖的村口大道上，一出戏明晃晃亮过来，历史中的真真假假对后来人有啥意思呢。

就算关羽是立下了军令状。就算曹操觉得他是英雄，就算关羽道："酒且斟下，某去便来。"关羽瞬间拿了华雄的首级回营，此时酒尚未冷。这些对于民间来说有戏剧效果么！

谁见过这样的演出。无论过去还是现在，走至村口的人都要愣愣站站，步子里显出几分怀念，盼一场戏开始，不光是人，鸡了狗了的，都盼。

神秘与古朴的迎神赛社历经千年，赛社活动附带了各种传统礼仪、表演，显示了它特有的文化神韵。它承载着古老的文化信息，为生长于斯的民众带来了无限乐趣，成为他们保持文化命脉、张扬地方个性的重要表征，呈现着真实的民众狂欢和世俗娱乐。

赛社是为了迎神。民间迎神赛社大体分为三类：一是"官赛"，就是由官府筹资组织的赛社；二是"乡赛"，由周边几个村子联合或轮流组织的"赛社"；三是"村赛"。这三种类型的赛社在二十世纪三十年代前，年年见热闹。

乡村的戏台经历了完整的嬗变过程，它是热闹的中心，于平淡平常之中系着撕心裂胆，揪肠挂肚的乡情。要说乡村的味道，戏台是最为浓烈最为饱满的。天涯海角走远了，回乡看戏去，啥时候念着了，心吊在腔子里都会咣咣响。

戏台的演变史就是一部戏曲的演变史，从中可以解读出戏曲变化的时代特征。农人举着神的牌位，修着供神的庙宇，发展起了属于自己的戏曲演唱，并建造出了形式各异的古老戏台。看看戏台的模样就知道农人有多么爱戴自己的生活。

《三字经》里说："匏土革，木石金，丝与竹，乃八音"。即以金（钟、镈类）、石（磬）、丝（琴、瑟）、竹（箫、管）、匏（笙、竽）、土（埙）、革（鼓）、木（柷）八种材料，制成不同种类的乐器。

当我听不懂那些音乐时，我只看到那些手在抚摸乐器，乐器发出声响，是八种乐器的响声，一股活力，四处洒落，纷纷扬扬地落在农人身上，无比温暖。

《孟子·离娄》云："师旷之聪，不以六律不能正五音。"说是即使有大音乐家师旷那样好的审音能力，如果不用六律，也不能校正五音。

所谓五音，又称五声。最古的音阶，仅用五音，即宫、商、角、徵、羽五个音阶；所谓六律，是指定乐器的标准，即指古代音律。后也泛指音乐。这就牵涉到了古代音律的开创之初。民间的舞台上"五音和六律"，只有这两样东西，它们便带出了精神与念想，以及生活中依赖宗教所规定的坏毛病。神什么也主宰不了，连普通人的未来也无法主宰。反倒是人，面对家常的日子，他们愿意接受舞台去生动历史，去活泛历史。

民间有"无庙不成村"之说。有庙又必有戏台，又有"无（戏）台不成庙"之说。从小生活在村镇的那一代人，回忆起在大庙院里看大戏的情景，仍然记忆犹新。台下人头攒动，是一张张凝神上望的脸。戏台上，生旦净末丑，正演绎着一场场沧桑岁月的人生大戏，让人们感受着人生的喜怒哀乐，生死荣枯。历史上可真有这样的事啊，那些千真万确的不同寻常，留得住生，留不住死，看戏的人开始为生欢呼雀跃，开始为死悲从中来。一段哭腔唱得入心入骨疼，唱得好呀，戏到此时不是演了，是唱，是说演员的唱功，五音六律揪扯得人心战栗。

古代戏台有着多种称谓。

宋代时的称呼是舞亭、舞楼；金代则谓之舞庭；元代又出现了乐亭、舞厅、舞榭等，名谓甚多。同时反映出不同历史时期人们对戏曲表演形式、戏台功能和建筑形制的理解。舞楼及至戏台，作为戏曲的重要载体，是千百年来民间舞台艺术的主要活动场所，更是传播和见证华夏文化演绎发展的平台。戏曲在祭祀文化中由娱神到娱人的演变过程，我们可以看到舞台大社会中活着的历史不可告人的秘密。

就一般棚布戏台而言的，把这种戏台的艺术技巧推向高峰、发挥到极致的，那就是装檐台。这种装檐台，规制宏伟，奇巧华丽，在古称潞安府的长治城曾兴盛一时。

装檐台，是由简陋的棚布戏台发展而来的，它大约出现在 19 世纪中期。当时，随着洋货印染色布涌入中国市场，为装檐台美化提供了装饰材料。进入民国后，装檐台的搭造更加成熟。

搭建装檐台的艺人叫棚匠，装檐台的艺术技巧是靠棚匠们一辈辈相传下来的。搭设一座装檐台，往往要花费半个月时间。在节庆和庙会出场的装檐台，早在半个月前就要动手了。

装檐台按规制来区分，有平台和楼台两种。平台像一座雕梁画栋、飞檐彩拱的宫殿，占地面积 100 多平方米，高约 13 米，面阔和台深不少于 12 米。立体骨架用 16 根台柱。台座高 2 米，台板至檐头约 8 米。台顶造型取重檐庑殿式。重檐以双重挑角表示。坡面以红蓝白三色条布纵横交错为棋盘格，屋脊装彩绘兽头，插 3 支大型鸡毛掸。每个挑角下悬吊一串红绸绾结的彩球。檐下通过艺术手法表现出来的宫殿特有的各种木构部件，横披、抹额、梁枋、垂柱、花牙、斗拱等，层次分明，形态逼真。加之以丹书琉璃牌匾烘托的阑额，小圆镜渲染的斗拱，太阳和月亮打在上面，不经意间晃得观戏人眼睛很兴奋。

装檐台的台面呈 7 间大开间。四根明柱挂着大幅楹联，两侧山墙有红绿彩带扎成的格子花墙，中间月形窗口悬挂着朱红纱灯。台内悬挂着铣金字的纱罩红缎面作为中堂。前台装有黑绒绳边绣球花的掩尘，后台装有走水棚。楼台似琼楼玉宇，高约有 19 米，二层立面呈牌楼式，下面有黄式彩带结成的栏杆。其他构搭装饰与平台相同。装檐台的结构牢固严实，下雨不漏水，刮风吹不散。装檐台搭设代价较高，所以，旧时只有在商家联合举办的庙会才可看到。

所有的感觉中视觉定然是使人最快乐的，这让我想到每一块参与建筑的砖木石，几百年之后依然无言地向你叙述着这些建筑的奇绝和透视的温暖。从人心深处到大千世界，一路看过去，古戏台曾经是村庄生命的活水流动。古戏台已经放不下一台戏了，剧团越来越讲究排场，被遗弃的古戏台早已破败无着，台下的生活依然日新月异。

戏在舞台上演绎历史，演绎帝王将相，只有在舞台上帝王将相才可以低下它高贵的头，在民间，舞台轻而易举消解、软化了帝王将相对手无寸铁的百姓生硬的伤害。我们娱乐历史，娱乐帝王将相，我们让历史中的帝王将相堕落、羞耻！哈，多好的舞台，被灯光照亮的那一瞬间，我确实感觉到了"人民"才是伟大的终结者。

我们常用"黄钟大吕"来形容音乐或言辞里的庄严、高妙及和谐，这"黄钟大吕"即我国古代音韵十二律的代称。十二律又分为阴阳两类，凡属奇数的六种律称"阳律"，简称为"律"；属偶数的六种律称"阴律"，简称为"吕"。故十二律可分为"六律"和"六吕"。"黄钟"为六律中的第一律；"大吕"为六吕中的第四吕。律、吕之音高低，是由不同长度的竹管决定的，竹管不同长度的制作，又是依十二律制中第一律黄钟的长度计算出来的。

《汉书·律历志》载："以子谷秬黍中者，一黍之广，度之九十分，黄钟之长也。"黑色黍子的中等颗粒，横排90粒，其长度为9寸。9寸长的竹管（孔径3分）吹出来的声音就是黄钟之音。即相当于现今简谱的"1"（dao），黄钟的低音调相当于现今的C调。这样依黄钟9寸的长度，按照古人的"三分损益法"，可计算出六律和六吕的分别长度。

现在的粮食都转变了原有的基因，传统向着社会的反方向撤退，传统消逝着，永远在消逝，但也永远存在着，消逝就是那传统的本身。黑色黍子的中等颗粒使我感觉到了智慧的力量，在我的故乡黑色黍子越来越少，时光的轮子似乎还是过去的速度，我们遗失了什么？世界被欲望照亮，欲望同时也照亮了我，多少事物都被毁灭了，当我看到舞台上的演出时，我突然明白了，美好的事物都是从黑暗中升起来。

我极端喜欢看野台子的戏，排除了神的干扰，既可以进入荒凉而凄苦的民间，又可以找到民间跳跃的欢喜。一个小村，村外是广袤的田野，暮色下的村庄就像春天成长的庄稼。搭一个台子唱戏，是旧时戏台的一种形制。演出前，选一方宽敞的空地，即可搭建，演出后则拆卸掉，不留一点痕迹，非常灵活机动。一场热闹，平地而起，又骤然而歇。这是一种流动的舞台，随性的艺术。正如一首山西民歌所唱：

　　　　姐儿哪门前一棵槐，槐树底下搭戏台，前响唱的梁山伯，后响又唱祝英台。门槛高，金莲小，三跷两跷闪坏奴的腰，活活跌一跤……

　　一台戏就是一个季节的驿站。我反复回忆那些夜晚，晚饭时分地里的壮汉收起农具匆匆往家里赶。他们从大地的深处缓过身子，那样的不约而同，盛热的空气里有虫子擦着草尖飞翔，暮色斑驳迷幻，一轮明月升到孩子们仰望的高度，远山肃穆，它凝聚着山外的声色犬马。不等饭毕，大人和孩子们齐齐聚在了村口，一条土路拽着所有人的心。所有人的心澄明如镜，有一种洗礼后的神秘感。一行人前前后后挨着，小孩挽着大人的臂膀，一勾弯月在山尖上，黄土小路有微风的暖痕，迫切的脚步声代替了心跳。

　　远远地看到了那一方戏台，一个腰肢纤细，头戴花冠，袭一件镶边水红绣花长裙，在戏台当中走台的女子吸引了山里人的眼眸。星光与夜鸟的鸣唱在彼此胸腔汹涌。那时间，我们觉得大地上的声音开始乱了，人影晃动，苍蝇拍翅、蚂蚱蹬腿，都显得激动异常。村口的老槐树黑黑地站在夜幕里，横权上落着一层来看戏的乌鸦。

　　戏就要开始了。孩子在台前乱跑大叫，不时掀起幕布看台子上有人搬布景，都是穿好戏装的龙套生，没见有主演搬布景。刚才的那个穿水红长裙的女子在侧幕旁吊嗓子，咿咿呀呀，兰花指翘着不时指出去收回来，在自己包好的头上揾揾鬓花，开戏前的几分钟里她就那么精心地装饰着自己。台子下的山里人要孩子们讲讲看到了台子上什么，有调皮一些的娃娃就扭捏着模仿幕布后的表演。妇女用尖利的噪音呵斥自己的娃娃，咳嗽声和互相打趣声弥漫着台下的人群。

　　突然地炸起一阵锣鼓家伙响，台子下的热闹和混乱被震得鸦雀无声。大幕徐徐拉开，演员踩着台步上场。台上的台下的距离一点也不遥远。台上的唱念做打，算不得炉火纯青，却也生动活泼。瞬息万变的浪漫爱情，还来不及留恋追怀，徒生变故。无论是家国情怀还是儿女情长，都能让台子下的观众洒一把悲痛的泪水。

　　历史被放在演员和观众之间，真假都不重要了，观众早已熟悉了演员的表演，多了什么少了什么，演员胆敢偷懒作假，台下的嘘声起了，口哨声起了，鼓倒掌是高级待遇，石头蛋子飞上台，给你起一个外号，立马叫响，看你敢不敢日哄观众。

　　戏班子，沿用了类似于古老的吉卜赛人的生活方式，四处不停地游走，定期地从一个地方迁到另一个地方。他们带着本事走乡串村，当一个村庄在空地上搭起戏台子时，村庄里的普通农妇走起路来如同踩在棉花上一般，来人待客扭来扭去，腰肢如柳叶般，优美地在村子里走动。"唱戏了，来我村看戏来啊！"

夜戏结束了，心中沉睡的梦已经醒来，瞌睡虫被赶到了九霄云外。山里人挤到戏台后看演员卸妆，凡士林和油彩味儿扑面而来，看不清的影子下大家对照台上和台下辨认演员核对角色。

走吧，杀戏了。脚踩着地时，心往上飞。将来谁家能出一个唱戏把式就好了。谁家有那福分呢？挨着家户数过去找不着苗头。笼罩在无奈的气氛之下，大家转移了话题，议论演员的扮相，走着走着没话了，话断在了半路上。大片的荒野中只有脚步声响起，一些瞌睡虫上来的娃娃被大人肩在背上，快要睡过去了，大人打着屁股不让睡，怕小孩子魂灵不全睡着了丢魂在路上。大人把孩子们丢在路上，叫他们照着路走，不好好走路会撞着鬼。

裤脚甩着路两边的草叶，头皮发麻，鬼跟着呢，千万别朝后看。

一条小路直达村庄，月亮钻进云层，山野像巨大幕布，把一切罩在其中。远望村庄有灯光亮着，路在七弯八拐中，像村庄扯开生长的身子，又像时光的投影。村庄最老的老人在村口上站着，黑树桩一样，如果不是树上挂着的灯笼，夜色中他已不是人形。他多么想听听看戏回来的人说说都唱了啥戏，没有人支应他，他孤单的影子加深了夜的浓度。

有人吼他，"快回睡！"

夜收尽了人声和呼吸。

他嘟囔了一句：

"老了，活生生叫你看不动戏了。"

谁在忍受时光的驱赶？道路的驱赶？戏还活着，明天照样不敢耽搁了看戏去。时光开始的一天正在看不见的地方形成一台戏，信不信已经不由我们，只要在人间，有路的地方就可能通往戏台。

真喜欢过去的岁月，是那样的具象、有力！精神上独自出游，那么谁会与荣华富贵结怨呢？

台上事千般景致，万种风情，成就一方百姓难以泯灭的情怀。晚霞在我的肩膀上渐渐黯淡，收尽老屋的人声和呼吸，我走进春天，青草散发出弥久的清香，花瓣一地，今晚留宿何处？我身后的村庄变得幽深，时光的一半是恩赐，一半是降服，突然明白，备受现代文明熏染的我，竟还有自觉的"痛苦"，这一个词两个字可能已经伤及了我的骨头。动我心颜，撩我潜然。

（选自《幕后的私语》，海峡出版社，2015 年版）

老 街 深 深

皮佳佳

在这座岭南的城市，沿着东江向一条大路告别，便能拐进老街，隐入一帘嫣紫银黄葱绿中。

正是杂花生树的阳春时节，洋紫荆在阳光下恣意烂漫着花火，敷蕊忽闪着卷翘的浓睫，似有上扇飞云、翘首朗空之意。紧密依着一株芒果树，芸黄色如烟纱盈笼着枝丫，细看来，密密匝匝竟全是粉嫩小花，绿蒂红柯，簇簇描点春情。大樟树唯恐逊了颜色，争嚣在赭枝间舒展出新叶，鲜亮如雏荷春茶。挺翠的白兰树最是矜持，重叶合沓中，隐隐星点几许牙白小苞，暗自芬熏，浮香乱举着素玉。

树皆枕水而生，一湾河涌从密叶阴翳中微漾而来，池水浓腻绿酽，因裹挟了岁月的尘垢，散发着尴尬的腐臭味道，但也不让人皱眉——它也襟怀了凡世的烟火，容与了生活的悲喜，温润了云容树影。最是杨柳风起时，紫荆花瓣安然飘曳水面，落红纷覆，绣蕚堆绮，何惧置身污淖沟渠呢？离开前绽放最后的绝美，不着痕迹，已尽得风流。于是这窗口看风景的人，领悟了一场生命的祭奠。

生命是什么呢？也许我们从一瓣落花的离开看到自我的无奈。生命是鲜活的，却总在最灿烂的乐章戛然而止。它让我们追寻、彷徨、思索、无奈，却不愿露出它的真容。

想起元代倪瓒的《容膝斋图》，荒寒寂寥的天地间，淡山、枯树，伶俜凄清的草亭。看不到人，却满眼是人的无助和悲凉。如同那孤单的小亭，无所依靠，也在幽冷的生命之河上，与生命周旋着，想要解脱却无法释放的生命本质。

然而生命就是这样，在悲叹之后，生命还在继续，如眼前流淌的河涌。我刚从姑苏返回，果然人家尽枕河，水是那座城市的魂，有了水巷的灵韵，白墙黑瓦才能写就江南诗篇，小桥舟楫得以奏响人们心中千古的咏叹。此时，我望着"洲面坊"的牌子，追寻那一段逝去的阳光，此地也曾是水网纵横、桨橹迁萦的水乡沙洲，疍家小艇扬漪往来，渔歌互答。我伫立之所就是东莞通往广州的水运埠头了，这水涌原是叫珊洲河，是莞城运河贯穿东江的黄金水道，在水运最为兴盛的时候，满载着香蕉、米粉、烟花等本地物产的舟楫就这里出发，把小城摇向广阔的世界。沧桑化迁，珊洲河只剩了泛着绿藻和渣滓的小河涌，但记忆还在，比之江南水乡虽是两样风情，却是同样销魂滋味。

浓荫遮蔽了视线的探索，不得不走下楼梯，想要一窥老街的真容。走近它，更能寻找老旧的趣味。喜欢那几处红瓦老屋，舛错着高低各异的屋薨，娴静在斑驳的灰墙残砖间。在一处老房子前我停了脚步，应是民国时期建筑，高门大户昭示了曾经的不平凡，顶部还有本地骑楼常用的拱形山花，殊为别致的是二楼竟有一处露台，栏杆纹饰让人顿生了凭栏的浪漫来。当然它已破旧不堪，后来的沧桑又给它填补了不合宜的外墙，如家道中落的闺秀，被胡乱涂抹了脂粉，披着褐衣在街边乞讨，叫人心酸，但它还是这样孤傲地站着，带着天然的雅致与体式的优美。墙面剥落了白灰，露出锈红的砖色，浓荫密遮中又布满厚厚的青苔，苔上横生一株小榕，以根须紧抓墙面，扬颌曲动着拐向天空。

我踯躅在这残棂颓墙间，也许这残破和落伍都是一种难以追求的状态。因为我们寓居的这个时代，物欲的浸淫早已将心灵抹上了沦丧的毒药，前进的亡命催促让我们疲惫在功利的车轮下，不觉间，我们已磬折了铮骨，萎靡了灵魂，在空虚焦虑中横生休戚，谁又能免"游于羿之彀中"？遥想古人厌倦了俗世酬酢，倒可以高唱着归去来兮而隐逸于田园，而如今，小巷撑作体量巨大的马路，山林夷为喧聒熙攘的都市，连古庙都变身为求财进阶的道场。时常笑谑，如果五柳先生在今世，怕是三亩躬耕之地也寻不见的，那些的荷柴屠狗的大隐们，在耸立的高楼中间恐也无处隐遁了。

而我们在彷徨中找不到内心的支撑，西方人批判我们这个民族没有信仰，既可怕又可悲。可我认为，我们无须以他们的标准作为答案的判断，我们仅仅是遗失了自我，这自我需要从自身的文化骨髓里去寻找、重拾和体认。我与这个世界并不是对立的，对于超现世的宗教赎难，我们的骨血里并没有坚定的诉求，因为我们的祖先早已洞悉了人世的苦难和人性的孱弱，教我们以最坚韧的意志、最高尚的道德，树立强大的内心支撑，把价值的取向归于心灵的丰沛、境界的澹宁和精神的纯真，达到情与志的完满境界，再满怀对天下的责任，以己推人的关怀，推至天地自然的同一。而这一切，在尘外而非世外，而最动人之处就在于一丝微笑，一丝淡淡的微笑。

在我们传统的文化和审美里，一切都以这一丝平淡冲和为最高境界，甚至一切生活和艺术形式都是这种带着微笑的高尚情志的外化。处世须人淡如菊，手把芙蓉而自得。书画艺术以涵气韵格调的素墨为圭臬，作诗词以清空为无上妙境，器乐以淡雅疏落的古琴为至静之极。因为这一切不为悦人，仅为悦己，不为悦耳悦目悦神，更重要的是悦情悦德悦志。

也许是骨血里的那种亲近，这老旧的宅子正应了我心里那份清淡，心想如能玩味其间，可静思，可偃息，可吟哦，可抚琴，游于书囿文林，独与清风明月，算也得人间真意了。早前秋浦居士就说要在老街寻一处画室，染翰操觚，挥洒风骚之意。我也愿附庸风雅借此地为书房，不名为斋、堂、楼、阁了，仅唤作"清风兰雪"吧，取太白"独立天地间，清风洒兰雪"之意旨！虽拙政园里已有了兰雪堂，我在岭南亦可随清风品兰雪。可巧近旁有一株无名小树，满枝皎白，状如素心白兰，香若丹萼馥桂。心怀清遐，则境生妙有，何况有水香送茜，林兰若雪，虬根曳褐，苍苔布绿，此境既是我心境，何须繁华，丘壑自是在胸中描画。

浮想间我已绻缱在窗前了，偶尔响起的鞋履轮毂声，权作萧管清钟了，桌前燃一缕莞香，在键盘上敲打，也如铺开一纸粉红的薛涛笺，染情思翰墨切切于其间。待到疏阔清廖的雨夜，檐雨如线，积潦成潭，就倚阁闲听这岭南雨声。雨滴在榕树叶脉上碎乱了玉骨，旋又滑落于老藤垂须，纠缠嬉闹几许，又在嘟嗒滴嘟的娇憨声里复归绿波，丝弦上的节拍在滑翔，同一的旋律，却在重重叠叠、深深浅浅、起起伏伏中，演绎着无穷美妙的滴答回响。更有浅酌低唱的韵脚，语笑迷蒙，在曳动的烛火里将心漂流于深碧的梦间。

（原载 2016 年 6 月 30 日《南方日报》）

鲁 迅 与 酒

阎晶明

这已经是大约四五年前的事了，我写完了一篇关于鲁迅与吸烟的文章，就一直想着写一篇关于鲁迅与喝酒的。迟迟没有动笔绝不单单是因为琐事缠身，更因为害怕引起朋友们的误会，以为我专要为了自己写文章的"独辟蹊径"而刻意选取"低端"题材。虽未写却仍然留心，愈发觉得这其实是"研究"上的一个"空白"。终于忍不住想把资料整理并用文字梳理一下。

鲁迅与酒，其实也是一个流溢着清香、充满着复杂与微妙的世界。

一 "说我怎样爱喝酒，也是'文学家'造的谣"

鲁迅是嗜烟的，直到生命的最后一天前，明知肺病威胁着生命，即使呼叫医生前来，他的手里也离不开一支烟卷。问题是，鲁迅嗜酒吗？我已不止一次读到"鲁迅专家"的文字，认为鲁迅是嗜酒并且经常要喝醉的。但我以为，这其实是大家都以为这属于生活里的细枝末节，所以常常"烟""酒"一起连带而过，并不认真对待的结论。

鲁迅并不自认好酒，而且多次反复强调过这一点。一九二五年，他就公开在文章中讲道，"我向来是不喝酒的，数年之前，带些自暴自弃的气味地喝起酒来了，当时倒也觉得有点舒服。先是小喝，继而大喝，可是酒量愈增，食量就减下去了，我知道酒精已经害了肠胃。现在有时戒除，有时也还喝，正如还要翻翻中国书一样。但是和青年谈起饮食来，我总说：你不要喝酒。听的人虽然知道我曾经纵酒，而都明白我的意思。"（《集外集拾遗·这是这么一个意思》）一九二六年十月十五日，身居厦门的鲁迅向许广平坦承，"酒是自己不想喝，我在北京，太高兴和太愤懑时就喝酒，这里虽然仍不免有小刺戟，然而不至于'太'，所以可以无须喝了，况且我本来没有瘾。"直到多年后的一九三四年，他在给萧军、萧红的信中也说道："我其实是不喝酒的，在疲劳和愤慨的时候，有时喝一点。现在是绝对不喝了，不过会客的时候，是例外。说我怎样爱喝酒，也是'文学家'造的谣。"（《鲁迅书信·致萧军、萧红 1934.12.06》）早在一九二六年六月一日，鲁迅就表达过，"在上海，创造社中人一面宣传我怎样有钱，喝酒，一面又用《东京通信》诬栽我有杀戮青年的主张，这简直是要谋害我的生命，住不得了。"既厌烦又无奈。

很显然，鲁迅对喝酒始终持有辩解的态度。这种辩解，一是本来确实并不嗜酒，却引来不少人特别是一些同道的"文人学者"借以夸张、讽刺的说辞；二是因为周围的亲友多有劝其少饮者，尤其是许广平，而鲁迅对此通常是以"听劝"且表明自己本来不怎么喝。

烟和酒本来就是一个人基本生存需要之外的"奢侈品"。不过二者象征、暗示的指向却是大不相同。我们常见的鲁迅烟不离手的形象似乎是其思考、思索的象征，而抱着一个酒坛子的鲁迅，这是鲁迅自己绝不能够接受的。一九二八年五月，创造社出身的文学家叶灵凤曾在上海《戈壁》杂志第一卷第二期上发表过一幅题材为"鲁迅与酒"的漫画，以为讽刺。据《鲁迅全集》注释，这是"一幅模仿西欧立体派的讽刺鲁迅的漫画，并附有说明：鲁迅先生，阴阳脸的老人，挂着他已往的战绩，躲在酒缸的后面，挥着他'艺术的武器'，在抵御着纷然而来的外侮"。鲁迅曾在当年八月十日的杂文《革命咖啡店》里回应道："叶灵凤革命艺术家曾经画过我的像，说是躲在酒坛的后面。这事的然否我不谈。现在我所要声明的，只是这乐园中我没有去，也不想去，并非躲在咖啡杯后面在骗人。"在同一日的《文坛的掌故》一文中，鲁迅又说："要有革命者的名声，却不肯吃一点革命者往往难免的辛苦，于是不但笑啼俱伪，并且左右不同，连叶灵凤所抄袭来的'阴阳脸'，也还不足以淋漓尽致地为他们自己写照，我以为这是很可惜，也觉得颇寂寞的。"可见这样的"掌故"鲁迅是很难用雅事、逸闻轻易对待的。

现在就得来谈谈鲁迅究竟有多能喝酒了。综合鲁迅自况及各色亲友的回忆，我们可以确定，鲁迅是喝酒的，而且不止只喝绍兴酒，白酒、红酒、啤酒、洋酒，都喝过。但说鲁迅嗜酒如嗜烟，那的确是错谬与误会之说。

许广平是最了解鲁迅生活的人了，她多年后回忆道："人们对于他的饮酒，因为绍兴人，有些论敌甚至画出很大的酒坛旁边就是他。其实他并不至于像刘伶一样，如果有职务要做，他第一个守时刻，绝不多饮。他的尊人很爱吃酒，吃后时常会发酒脾气，这个印象给他很深刻，所以饮到差不多的时候，他自己就紧缩起来，无论如何劝进是无效的。但是在不高兴的时候，也会放任多饮些。"（《鲁迅先生的日常生活》）

同样是创造社的郁达夫却是鲁迅的好友，而且还常有机会与鲁迅一起饮酒，所以了解得也格外详细，"他对于烟酒等刺激品，一向是不十分讲究的；对于酒，也是同烟一样。他的量虽则并不大，但却老爱喝一点。在北平的时候，我曾和他在东安市场的一家小羊肉铺里喝过白干；到了上海之后，所喝的，大抵是黄酒了。但五加皮、白玫瑰，他也喝，啤酒、白兰地，他也喝，不过总喝得不多。"萧红在名篇《回忆鲁迅先生》中说："鲁迅先生喜欢吃一点酒，但是不多吃，吃半小碗或一碗。"许寿裳在回忆文章中也说，鲁迅不敢多喝酒。

看来，总喝但不是很多，是鲁迅喝酒的基本情形。

鲁迅日记里所记酒事从一九一二年进入北京即见。鲁迅到京后住在绍兴会馆，五月五日晚入住，七日即"夜饮于广和居"。三十一日"夕谷清招饮于广和居"。这一年，鲁迅除了常被"招饮"于会馆附近的广和居等饭店，还时常在许寿裳等乡友家里聚会饮酒。鲁迅到底每次喝了多少酒不可知，却可通过"少许"甚至"不赴"等自述知道，他其实并不那么嗜酒。鲁迅的醉酒经历也可以从他自己和别人的文字中找出印迹。据萧振鸣《鲁迅与他的北京》一书中统计，鲁迅日记里仅广和居就有六十四条宴饮记录，其中不乏"甚醉""颇醉""小醉"等表述，但醉酒占"招饮"中的比例很小。鲁迅饮酒，基本上都是与朋友在一起，独自喝酒的时候很少。唯见一九二五年二月六日的日记里"夜失眠，尽酒一瓶"，应是一次独饮经历。

鲁迅过量饮酒甚至醉酒的原因，大多与心情有关，基本上被描述为因时人时事引发心情不好所致。许广平在《欣慰的纪念》谈道，因为在"官场"上和"文人"间的遭遇，"真使先生痛愤成疾了。不眠不食之外，长时期在纵酒。"这从一个侧面证实北京时期的鲁迅的确是常常借酒来消解心中苦闷的。鲁迅在厦门大学的一次醉酒经历可能是最著名的。许广平说："看到办教育的当局对资本家捧场，甚至认出钱办教育的人好像是父亲，教职员就像儿子的怪论，真使他气愤难平，当场给予打击。同时也豪饮起来，大约有些醉了，回到寝室，靠在躺椅上，抽着烟睡熟了，醒转来觉得热烘烘的，一看眼前一团火，身上腹部的棉袍被香烟头引着了，救熄之后，烧了七八直径的一大块。后来我晓得了，就作为一个根据，不放心他一个人独自跑到别的地方。"（《鲁迅先生的日常生活》）同样的事，川岛也有类似记录，确证其真。

其实，鲁迅喝酒是否因为"重大事件"才过量，就像鲁迅经常醉酒一样，都有"过度阐释"之嫌。而每有不悦或者心中郁结，即更容易借酒去浇心中块垒，这应该是确实的。一九一二年七月二十二日，那一天北京大雨，鲁迅没有去上班，当晚却与朋友喝酒去了。"大雨，遂不赴部。晚饮于陈公猛家，为蔡子民饯别也，此外为蔡谷青、俞英崖、王叔眉、季市及余。肴膳皆素。"那一晚酒后，鲁迅回到公馆，想起了十二天前在家乡溺水而死的朋友范爱农，这个爱喝酒且每喝必醉的落魄者、落伍者、落寞者，他提笔写下诗数首以为纪念，这是鲁迅并不多见的诗情喷发。及至一九二六年十一月十八日写成的散文《范爱农》里，鲁迅仍然记得这一晚酒后的感受，"夜间独坐在会馆里，十分悲凉，又疑心这消息并不确，但无端又觉得这是极其可靠的，虽然并无证据。一点法子都没有，只作了四首诗，后来曾在一种日报上发表，现在是将要忘记完了。只记得一首里的六句，起首四句是：'把酒论当世，先生小酒人，大圜犹酩酊，微醉合沉沦。'中间忘掉两句，末了是'旧朋云散尽，余亦等轻尘。'"那样的时代、雨夜、心情、消息，鲁迅尽管与众多好友同饮，心中默念的却一定是已经不知是自杀还是溺水的"酒友"范爱农。按理说，喝酒未必都需要理由，但鲁迅的醉酒显然都是有原因可寻的。

二　作为虚拟说辞与诗意化的酒

通观鲁迅与酒之关系会发现，在特定情形下，酒在鲁迅那里是一种虚拟的说辞，一种"醉翁之意不在酒"的言辞借用。这一点特别体现在鲁迅与许广平的书信交往中。初期交往，许广平经常以劝鲁迅少饮酒、不醉酒婉转表达对鲁迅的关心。鲁迅则以谈酒为名，传递自己愿意"听劝"的态度。与嗜烟不可能放弃相比，鲁迅谈酒更显随意，态度也是忽而表示不喝，忽而又我行我素。《两地书》的"酒"字含义颇值得玩味。一九二五年五月二十七日，许广平初致信鲁迅即说："如其计及之，则治本之法，我以为当照医生所说：1. 戒多饮酒；2. 请少吸烟。"六月一日又言："废物利用又何尝不是'消磨生命'之术，但也许比'纵酒'稍胜一筹罢。"鲁迅的回信中立刻回应道："其实我并不很喝酒，饮酒之害，我是知道的。现在也还是不喝的时候多，只要没有人劝喝。"但其实，鲁迅并非全是因为"劝喝"才喝酒。许广平对此是心知肚明的，所以她才又说："'劝喝'酒的人是随时都有的，下酒物也随处皆是的。要求在我，外缘可以置之不闻不问罢。"（1925.6.5）"酒"字因此在两人的书信往来中成了一个故意不去实指、不去捅破的虚拟之辞、游戏之说。许广平说"今夕'微醉'（？），草草握笔，做了一篇短文，即景命题，名曰《酒瘾》。"（1925.6.12）而鲁迅又回应说："人到无聊，便比什么都可怕，因为这是从自己发生的，不大有药可救。喝酒是好的，但也很不好。"（1925.6.13）既"好"又"很不好"，这样的矛盾之说，其实不过是两人找到了一个可以用来保持传递关心、关注以及积极回应的姿态，双方宁愿就此

虚拟地讨论下去。鲁迅有时也来"质问"许广平:"前信反对喝酒,何以这回自己'微醉'(?)了?"(1925.6.13)

因为要"听劝",鲁迅在喝酒上尽量克制。他在一九二六年六月十七日给李秉中的信中说:"酒也想喝的,可是不能。"这里的"不能",多半就是尊重许广平劝说的暗示。当然,虽是虚拟的语言游戏,刻意设置的话题"辩论",鲁迅也会忍不住谈一下自己对喝酒这件有伤身体一事理性的、真实的看法。比如,在六月二十九日的信中就突然发表"酒论"道:"第一,酒精中毒是能有的,但我并不中毒。即使中毒,也是自己的行为,与别人无干。且夫不佞年届半百,位居讲师,难道还会连喝酒多少的主见也没有,至于被小娃儿所激么?! 这是决不会的。第二,我并不受有何种'戒条'。我的母亲也并不禁止我喝酒。我到现在为止,真的醉止有一回半,决不会如此平和。"鲁迅甚至搬出自己的母亲表达愤慨,反对别人干涉自己喝酒的权利,这话当然不是说给许广平的,而是对耳边不时听到的背后嘀咕表示厌烦。

一九二六年八月,鲁迅因"政治"和"文化"的原因,不得不离开北京,南下到厦门大学教书。同时离京回粤的许广平又开始与鲁迅书信往来。这时候,两人的关系已经确定,谈话不再绕那么多弯子了。不过,"喝酒"仍然是常常要探讨的问题,这时候则更多了切实的关心和真实的承诺。

"我已不喝酒了,饭是每餐一大碗。"(鲁迅 1926.9.14)

"祝快乐,不敢劝戒酒,但祈自爱节饮。"(许广平 1926.9.18)

"是日,不断地忆起去年今日,我远远地提着四盒月饼,跑来喝酒,此情此景,如在目前,有什么法子呢!"(许广平 1926.9.23)

"我身体是好的,不喝酒,胃口亦佳,心绪比先前较安贴。"(鲁迅 1926.10.28)

"这几天全是赴会和饯行,说话和喝酒,大概这样的还有两三天。这种无聊的应酬,真是和生命有仇,即如这封信,就是偏私里三点钟写的,因为赴席后回来是十点钟,睡了一觉起来,已是三点了。"(鲁迅 1927.1.6)

"他今天还要办酒给我饯行,你想这酒是多么难喝下去。"(鲁迅 1927.1.6)

不管用什么人和事作背景交代与铺垫,鲁迅传递的都是不再过量饮酒的信息和承诺。"我是好的,很能睡,饭量和在上海时一样,酒喝得极少,不过一杯葡萄酒而已。家里有一瓶别人送的汾酒,连瓶也没有开。"这瓶酒应该是在北京时高长虹送鲁迅的,一九二五年九月二十六日的鲁迅日记里有记,"夜长虹来,并赠《闪光》五本,汾酒一瓶,还其酒。"我印象中许寿裳曾经考证过,鲁迅所"还"(回赠之意)的,是一瓶绍兴黄酒。

鲁迅对酒的理解，他对酒的描写，抛开自己喝与不喝，是充满诗意色彩的。他时常会流露出对酒在增加诗意甚至意志力时作用的肯定。"中山生日的情形，我以为和他本身是无关的，只是给大家看热闹；要是我，实在是'身后名，不如即时一杯酒'，恐怕连盛大的提灯会也激不起来的了。"（1926.11.18 致许广平信）这种"即时一杯酒"的酒脱表达在鲁迅算是少有的。"日日斟出一杯微甘的苦酒，不太少，不太多，以能微醉为度，递给人间，使饮者可以哭，可以歌，也如醒，也如醉，若有知，若无知，也欲死，也欲生。"（《野草·淡淡的血痕中》）这是鲁迅自己饮酒感受的诗意化。"我沉静下去了。寂静浓到如酒，令人微醺。"（《三闲集·怎么写》）"微醺"或"微醉"，"也如醒，也如醉"，正是鲁迅对喝酒的最佳感受。"我靠了石栏远眺，听得自己的心音，四远还仿佛有无量悲哀，苦恼，零落，死灭，都杂入这寂静中，使它变成药酒，加色，加味，加香。"（《三闲集·怎么写》）酒的色香味和心境的五味杂陈混合为一体。一九二六年八月，离开北京、离开许广平独自南下的鲁迅，心情应该并不能算好。路途中的文字却少有哀怨，反而时有自寻快乐之时，比如他就在途中喝了一回高粱酒。虽是偶遇，却是快事。"喝了二两高粱酒，也比北京的好。这当然只是'我以为'；但也并非毫无理由：就因为它有一点生的高粱气味，喝后合上眼，就如身在雨后的田野里一般。"（《华盖集续编·上海通信》）这是鲁迅少有的品酒、赞酒语句。读来清新感人。

　　鲁迅为自己喝酒辩护，但并不把酒妖魔化也是事实。除了偶尔的"高粱气味"的感受和遐想，鲁迅还会从文化的角度去理解和解释酒。

　　由于对中国国民性的深切关注，即使俗物如酒者，在鲁迅笔下也一样具有考察国民性的价值。"中国的自己能酿酒，比自己来种鸦片早，但我们现在只听说许多人躺着吞云吐雾，却很少见有人像外国水兵似的满街发酒疯。唐宋的踢球，久已失传，一般的娱乐是躲在家里彻夜叉'麻雀'。从这两点看起来，我们在从露天下渐渐的躲进家里去，是无疑的。"（《南腔北调集·家庭为中国之基本》）也就是说，中国人在自家的屋檐下寻求平和、安稳、妥帖、麻醉，比起外国水兵的"满街发酒疯"，与其说是对酒文化消失的遗憾，不如说是他对国民性格弱化、阳刚之气渐失的悲哀。极而言之，"家是我们的生处，也是我们的死所。"由此也可见出鲁迅心目中的酒，不是酿造的技术，不是奢侈的炫耀，不是纸醉金迷，不是利益交易，甚至也不是"小富即酒"的满足，而是一种人生中的诗意，一点心间的美感，一种情绪发泄的催化剂，一种精神力量的强推与发挥。在鲁迅心目中，中国人的在家温一壶烧酒，来几碟冷热兼有的菜飘飘欲仙，比之外国士兵的烂醉街头，正是自我麻醉与刚烈之气的差异暗示。这正如鲁迅在《〈如此广州〉读后》里讲迷信时所论的那样，广州有"店家做起玄坛和李逵的大像来，眼睛里嵌上电灯，以镇压对面的老虎招牌"，当然是一种迷信。但在鲁迅看来，都是迷信，江浙人用的是求平安、暗诅咒等"精神胜利法"，广州人的公开叫板"迷信得认真，有魄力"，所以鲁迅认为，"广州人的迷信，是不足为法的，但那认真，是可以取法，值得佩服的"。鲁迅绝不会主张人们喝醉后上街闹事，他看到的是国民性的软弱和自我麻醉的可悲。

三 鲁迅文章中的"酒"

鲁迅的生活里，嗜烟远胜过好酒。鲁迅的文章里，却是谈酒多于说烟。《呐喊》《彷徨》《故事新编》《野草》《朝花夕拾》以及他各个时期的杂文，他的演讲、书信、日记里，"酒"都是一个常见的意象和描述对象。

鲁迅最著名的演讲文章《魏晋风度及文章与药及酒之关系》，是一篇谈论文人性情与酒、文章与酒的绝妙之论。其中所论却绝非只是酒与文章，它涉及了一个特定时期的政治影响、文化思潮、美学趣味及文学趋向，它论述的是这种文人性情背后的自由与束缚，激情与无奈。他最后的结论，其实仍然是"且夫天下之人，其实真发酒疯者，有几何哉，十之八九是装出来的"。进而认为天下也没有纯粹的田园诗人、山林文学，文学说到底与时代有着密切联系。

在鲁迅小说中，酒是一种穿缀物，可以为人物故事提供新的走向，酒是一种催化剂，可以让庸常人物的灰色人生突然产生戏剧性的、夸张的转变。鲁迅的小说里，因酒而影响一生命运的人物当是孔乙己。孔乙己的故事都发生在"咸亨酒店"里。只要孔乙己"喝过半碗酒"，他的面色与表情就会发生种种变化，"涨红的脸色渐渐复了原"，"显出不屑置辩的神气"，"颓唐不安模样，脸上笼上了一层灰色"，等等，而有了点酒意的孔乙己，也会给现场带来变化，"众人也都哄笑起来：店内外充满了快活的空气"，酒钱的有无是影响孔乙己命运的重要故事核。可以说，这是一篇关于酒的故事。

《阿Q正传》里的阿Q算不上也不配称之为"酒鬼"，但小说中却近十次写到与酒有关的情节。每当写到酒，必是阿Q精神胜利法用得最足、性格最张扬的时刻，"酒壮尿人胆"，阿Q典型不过。"那是赵太爷的儿子进了秀才的时候，锣声锵锵的报到村里来，阿Q正喝了两碗黄酒，便手舞足蹈地说，这于他也很光彩，因为他和赵太爷原来是本家，细细的排起来他还比秀才长三辈呢。其时几个旁听人倒也肃然的有些起敬了。"喝了酒便敢吹牛。"阿Q

近来用度窘，大约略略有些不平；加以午间喝了两碗空肚酒，愈加醉得快，一面想一面走，便又飘飘然起来。不知怎么一来，忽而似乎革命党便是自己，未庄人却都是他的俘虏了。"喝了酒就感觉身处并非人间。

鲁迅笔下的小知识分子，都是借酒浇愁的主儿。前有孔乙己，后有《孤独者》里的魏连殳、《在酒楼上》里的吕纬甫。鲁迅特别擅长描写他们酒后的表情，看出他们酒后的心情。比如魏连殳，"一瓶烧酒，两包花生米，两个熏鱼头"，一场表现一个人命运无常的对话因此展开。"其时是在我的寓里的酒后，他似乎微露悲哀模样"，"我即刻很后悔我的话。但他却似乎并不介意，只竭力地喝酒，其间又竭力地吸烟"。"他照例只是一意喝烧酒，并且依然发些关于社会和历史的议论。不知怎的我此时看见空空的书架，也记起汲古阁初印本的《史记索隐》，忽而感到一种淡漠的孤寂和悲哀"。

又比如吕纬甫，"我"与他喝了一场大酒，应该是至少有五斤黄酒。并因此读到了一颗落寞的心，看到了一个失败的人生。"我忽而看见他眼圈微红了，但立即知道是有了酒意。他总不很吃菜，单是把酒不停地喝，早喝了一斤多，神情和举动都活泼起来，渐近于先前所见的吕纬甫了"。

在鲁迅小说里，酒是刺激一个人敢说话、敢冒险、突然爆发的情节因素，除了孔乙己、魏连殳、吕纬甫因酒而袒露内心，除了阿Q因酒而乖张变形之外，许多涉及酒的情节，也都是起着类似的点化情绪、"尿人壮胆"的作用。《阿Q正传》里，阿Q的"对头"剪了辫子，"他的母亲大哭了十几场，他的老婆跳了三回井。后来，他的母亲到处说，'这辫子是被坏人灌醉了酒剪去了。本来可以做大官，现在只好等留长再说了'"。《端午节》里的方玄绰，"他喝了两杯，青白色的脸上泛了红，吃完饭，又颇有些高兴了，他点上一支大号哈德门香烟，从桌上抓起一本《尝试集》来，躺在床上就要看"。《风波》的开头，"河里驶过文人的酒船，文豪见了，大发诗兴，说，'无思无虑，这真是田家乐呵！'"其中的人物"七斤嫂记得，两年前七斤喝醉了酒，曾经骂过赵七爷是'贱胎'，所以这时便立刻直觉到七斤的危险，心坎里突突地发起跳来"。《离婚》里的爱姑，既然已经接受了命运，屈服了意志，也就断然不敢再喝慰老爷的新年喜酒，赶紧"恭恭敬敬地退出去"。学过医、喝过酒的小说家鲁迅，是如此精确地掌握着各色人物酒后的"风采"与可能的危险。

在散文《范爱农》里，鲁迅记述了早年与这位"酒友"一起喝酒的经历，"他又告诉我现在爱喝酒，于是我们便喝酒。从此他每一进城，必定来访我，非常相熟了。我们醉后常谈些愚不可及的疯话，连母亲偶然听到了也发笑"。这也印证了鲁迅所说的"我的母亲也不反对我喝酒"。

至此，我们可以说，出生在"大多数男人兼会做酒"的绍兴，"他的父亲心境也不快。他常饮酒，有时亦发脾气"的家庭里（周建人《略讲关于鲁迅的事情》语），长期的一个人独自漂泊的经历，常与各类乡友、文友、同事聚会的爱好，每遇不悦、愤怒即奋笔疾书，曾被论敌或朋友描述为"醉眼朦胧"的鲁迅，其一生与酒有着不解之缘。他曾遥想千年之前魏晋文人的酒后风度，也曾与眼前的许广平借"酒"字传情；他曾因病而弃酒，又因性情而举杯；他曾透过酒事看到孔乙己的失败，也曾因共饮而穿透魏连殳、吕纬甫的内心；他深知阿Q的那点精神胜利，不过是一杯酒后的忘乎所以，也看出七斤嫂为七斤酒后疯话而产生的致命担忧；慰老爷、鲁四老爷家的酒或是"做稳了奴隶"的得意，爱姑、祥林嫂不敢也无法接近酒桌的遭遇，不过是"做奴隶而不得"的悲哀；他曾经为数不多地"颇醉"，更喜欢临界状态下的"微醺"；他喝过各种酒，而独赞喝过后如"身在雨后的田野里一般"的无名的高粱酒；他即使饮酒也得声明是母亲也不限制的权利，他并不嗜酒却还得为"酒坛子"辩护；他可怜范爱农式的酒友，提笔写下《哀范君三章》。在他的心目中，在他的文章里，举凡命运失败者、人生落寞者、时代落伍者，大都在愤世嫉俗的同时，有着借酒消愁而且通常是借别人的酒消愁的悲伤经历。

就此而言，谈谈鲁迅与酒，并非是小题大做的刻意为文，实在是一扇值得推开的窗户，可以看到一个复杂、微妙的世界。就让我借"创造社"阵营里的作家，鲁迅的乡友、文友郁达夫赠鲁迅的诗为这篇文章作结吧，我以为这首诗写尽了鲁迅的性情与酒、鲁迅的文章与酒的既紧张又不可剥离的玄妙关系。"醉眼朦胧上酒楼，彷徨呐喊两悠悠。群盲竭尽蚍蜉力，不废江河万古流"。

（原载《人民文学》2016年第三期）

路上的味道

邱振刚

　　旅行家常言：美景在路上。此句意为在奔赴景点的路上，往往能欣赏到比目的地更多更美的景色。其实，在路上的何止美景，美食亦如此。当年读《射雕英雄传》，最偏爱的便是郭靖在由大漠赶赴中原途中，与黄蓉在张家口邂逅的情节。这段文字，固然写尽了小儿女情窦初开的缠绵情致，金庸先生对两人那顿既有"四干果、四鲜果、两咸酸、四蜜饯"，又有鸡舌羹、鹿肚酿江瑶、鸳鸯煎牛筋等八个下酒菜的美餐，描写得也是生动至极，令人百读不厌。试想，如果这顿饭不是出现在行旅途中，只是大户人家的一顿筵席，哪怕菜式一模一样，也难以让读者读出这种惊艳感觉。道理很简单，人在路上与美食相遇，往往可以从日常的饮食习惯中逸出，让味蕾撞击到完全陌生的感觉，这种美妙，实在不啻于一场艳遇。我如今人到中年，对与美女艳遇早已不抱期望，对于美食的邂逅，却兴趣日浓了。这里择这几年中几次印象最深刻的记之。

　　某年，北京摄影爱好者圈子里风传密云水库要开闸放水，我和若干影友闻讯匆匆赶去。一行人踏着晨曦上路，早早地在水库大坝的泄洪口旁架好了长枪短炮，可苦等了半天都不见放水，甚至中午都是用面包果腹，生怕一旦走开，水闸即开，届时与白浪排空的壮观景象失之交臂，岂不是天大遗憾？直到天色渐晚，夕阳欲坠，终于确信所谓放水乃是谣传。我们几个人饥肠辘辘，有位影友说早就听说水库鱼是京郊有名美食，何不去大啖一番，以慰身心？余者当然赞同，当下就把车开进一处水库边的"农家乐"。

　　密云水库不同别处，是北京市两千万市民用水的水源地，为了保护水质，水库有武警值守，每年仅在秋后有短暂的捕捞期。水库旁的农田，皆不施农药化肥。水质有了保证，鱼肉品质自然不俗。水库鱼名气日大，当地渐渐形成美食一条街。这户"农家乐"即位于此街上。我们运气不错，这天正值捕捞期内。

经店家推荐，我一行四人，要了一条将近二十斤重的花鲢，鱼头约重八九斤。要说当地烹制水库鱼，全靠原料新鲜，唯一的做法就是侉炖，唯一的调料就是农家自制的干黄酱。这种做法简单至极，鱼头要稍挂薄芡，再用少量油把鱼头煎到五成熟后，取出鱼头，放入酱块，煸出香味儿后加半锅清水，水开后把鱼头放回，小火焖炖一小时后即可出锅。上桌前还要再撒上一把后院自家种的芫荽。这道菜芫荽青翠，鱼头金黄，汤汁酱赤，看起来就养眼得很。

我们点的鱼头送到后，同伴中自有高手，以一双竹筷凝神拨弄一番，鱼头犹如莲花分瓣般散开，里面的内容随之显露出来，只见脑髓通透如水晶，鱼肉温润如白玉，好不勾人食欲。四人各有分工，有的偏爱鱼唇的柔韧口感，有的钟情眼窝周围那几块蒜瓣肉，其余两位则不嫌腻，小心翼翼地吃着脑髓。鱼头吃得差不多了，这才发现还有店家奉送的烙饼一碟。店家体贴，烙饼早切成菱形，供顾客撒入盘中泡食。如果盘中所剩汤汁不多，还可自行去厨房重重添上几勺。

吃完鱼头、烙饼，店家送上茶水，外加干炸花椒芽一碟。这种农家茶，叶片肥厚粗大，论品质当然和龙井、毛尖之类没法比，但放在那种颇有上世纪八十年代感觉的印花玻璃杯里，用院中井水冲泡了，别有一番山野气息，更把口中咸重味道一扫而光。这时湖面上晚风徐来，把身旁的大叶杨树吹得哗哗作响，真让人身心舒泰，一天来的遗憾、劳累随风而散。结账时，我问店家为何只有侉炖一种口味，既然鱼这么新鲜，为何不清炖？不但肉质更细嫩鲜美，还有汤可喝。伙计摇摇头，说清炖一只鱼头砂锅，足工足料的话要两三个小时，费时过长，同样几张桌子，这一天下来，比起清炖，侉炖可以多接待好几拨客人。

还有一次与鱼头在路上相遇，印象也是至今不灭。那年在贵州，我们一行人参观完茅台酒厂，继续向赤水市行进。这一路上，赤水河始终在车窗外盘旋迂回，和我们不离不弃。为了确保酒厂用水，赤水河沿岸无一处污染源。又因河水在山间流淌，落差不断，这就形成了著名的四洞沟瀑布。车行到了第二洞附近，路边美景实在撩人，我们请司机停车，拿了相机到瀑布旁拍照观赏，其余穿高跟鞋的女士则在路边茶摊喝茶等待。此地小气候可谓三里不同天，我们正拍得兴起，顷刻间却下起雨来，只得匆匆赶回茶摊的塑料布天棚下。雨越下越大，路面湿滑，车不能行，眼见已到中午饭点，我们索性在此处打尖，等雨后再赶路。计议已决，便问茶摊女主人有没有饭菜。女主人点点头，递过一张塑封起来的A4纸。我们头碰头地一看，这里虽然偏僻，菜肴竟然有十多道之多，大喜之余赶紧点菜。可连点几道蒸腊肠、豆豉炒腊肉、铁锅炖柴鸡，女主人都摇头，说这些菜存货告罄，供应不出。我们放下菜单问究竟有什么，女主人指着菜单最后一行"干炸小河鱼"，说这个菜有，自家男人刚才就下河捞鱼去了，此地每逢雨天，河中鱼儿都到水面透气，极易捕捞，他马上就能返回。

我们只好再等，越等越是心焦，越等越是肚饿。等了不知多久，终于看到一个黑脸的精瘦汉子，腿上满是滋泥，笑容满面地拎着水桶，从河岸边攀扯着草丛出现。我们朝桶里望去，里面虽然都是野生小鱼，但大小竟然相当齐整，都是七八厘米长。反正没有别的菜，我们索性把这半水桶小鱼都要了。女主人起了油锅，那汉子则抄起刀剪，把鱼开膛破肚起来。看他胳膊抡得呼呼生风，真有些担心被他这么一收拾，鱼肉更所剩无几了。稍等河鱼炸好上桌，把一只九寸大盘装得满满登登。我们举筷一尝，只觉得鱼肉紧致弹牙，口感不俗，想来是因为河中水流湍急，鱼儿常年坚持锻炼之故。更让人惊喜的是鱼头。这些指头大小的鱼头，被炸得酥脆异常，竟如天津大麻花一般，上下牙轻轻一磕，未待用力便齐齐粉碎，鲜香溢满口腔。我们又惊又喜，片刻间就把一大盘炸鱼抢着吃了个精光。

吃完炸河鱼，天色已经放晴，我们重新上路。路边风景依旧旖旎，只是我们仍然回味着刚才的绝妙口感，再也无心观看风景了。

几年前，我在台北艺术大学参观完新成立的新媒体艺术学院，天色已晚，当地距离台北市区路途不近，就和几个大陆媒体同行进了校内一家餐厅。侍者送上菜单，大致看看，菜式亦中亦西，和这家餐厅装修风格高度一致。我们正要点菜，侍者却说厨师大半下班，目前只有一位当值，所以主菜一概无法提供，只有菜单最后（又是菜单最后！）所列出的各种主食可供选择。我们依言翻到菜单最后，正七嘴八舌地讨论，侍者又说，同样是因为厨师仅余一位，建议我们点同样的食物，否则厨师一一做来，最后那位一定要等上很长时间。我们万分无奈，只得每人都点了一道海鲜燉饭。

约莫半小时后，每人面前都给送来一只直径二十厘米左右的瓷盆，里面燉饭齐口装满。港台一带，这类中西合璧的燉饭、意面之类，多爱放奶酪屑，这道饭也是如此，更妙的是，瓷盆中间还放着黄澄澄一小团新鲜海胆。我拨开奶酪屑，未待下箸，发现饭粒颗颗修长饱满，所夹杂的海鲜中，形状清晰可辨的就不下五六种，虾片、蛏子、蛤肉、鲜鱿须、海鱼肉丁，等等，可谓一应俱全，应有尽有。

我们每人吃了几口，抬头相视而笑，低声交流说这道燉饭米粒的清香和海味的鲜美融为一体，味道不同凡响，但看起来应该也是家常做法，何不向厨师请教一二？于是唤来侍者，问那位当值厨师如果尚未离去，可否传授一下做法。片刻后侍者匆匆返回，说厨师已经踩上机车赶赴台北市内的月下之约了，但临走前还是把做法透露了一下。首先是把海鲜略煎一下，一来锁住水分、鲜味，二来煎成金黄色，更能增人食欲。米饭煮到八成熟时取出，混入海鲜，在只涂了薄薄一层油的炒锅中稍稍翻炒，再重重加上几大勺高汤，小火慢煎细燉至高汤被米粒完全吸收即成。

去年十一长假，我与几位友人相约赴呼伦贝尔大草原旅游观光，两千公里的行程一路走下来，车子要么在大兴安岭山林中飞驰，要么沿着中俄边境的额尔古纳河行进，沿途的风景固然绝佳，一路上还不停地品尝各种各样的草原美食。

那天，看完根河湿地后，天气骤变，风雨交加，路面情况本来就不太好，这下更是泥泞不堪。当时司机已经备好了若干块带骨羊肉，本打算找一处视野开阔的地方野餐。如今计划泡汤，而且此处距离各处村镇都颇远，司机索性把车开出主路，就近找了一处牧民家，一进门，径直就说借锅灶一用。对方慨然应允，男主人更是手脚利落，先是用几把干草引火，接着就用木片助燃，最后则是把大捆柴木塞进灶中，不出片刻已是灶火熊熊。待到水面气泡蜂起，司机二话不说，十多斤一块的羊肉直接扔进去两三块。

这里的木柴油性大，颇耐烧，过了十多分钟，司机一看火候已足，沉吟道，行了。我们正纳闷如何断火，只见男主人伸出蒲扇般大手，伸进炉膛就把几根还到处冒着火焰的木柴拖出来扔在一边，女主人则眼疾手快，手中大铁壶浇将过去，火焰顿消。两人默契配合的当儿，司机已经把肉块捞出，我们几个赶紧围坐在桌边等着。须臾，肉至。此时有女客唯恐羊肉膻气，不敢动手，司机苦劝，说此地羊肉有一特点，如趁热食用，绝无膻气。一吃果然如此，羊肉香软脱骨，满满一盆肉很快被抢光，只剩下几只光秃秃的大骨头。等到上了车，司机看到我们个个满嘴流油，这才哈哈大笑，说各地羊肉不可能绝无膻味，只是这里羊肉膻味的确较轻，再加上刚出锅就蘸上牧民自用的辣椒酱食用，热气香气就把膻味完全掩住了。

行文至此，有些饿了，且去厨房做些宵夜来吃吃。顺便说一下，当年从台北艺术大学学到了海鲜燉饭的做法后，回北京后我曾经多次效仿，皆以失败告终。每次面对一盘不但样子丑陋，味道更是古里古怪的海鲜米饭混合物，我不得不摇头感叹：美食，果然在路上！

（原载 2015 年 10 月《散文》）

时空中的一个坐标

陈启文

一

北京东城，府学胡同 63 号，听起来有某种阴森的神秘感，像一座深藏着无数秘密的王府。当我问路时，哪怕是老北京，一下也反应不过来。一个坐在小板凳上的北京大爷朝我翻了翻眼皮，以一种近乎警惕的神情问，您说的那是啥地儿？

但顺天府学很多人都知道，不知道府学的也知道孔庙。去那儿，先要穿过一条苍老而瘦小的胡同，这条胡同只因有一座顺天府学而得名。岁月中有太多的阴差阳错，而偶然又往往变成必然。顺天府学的前身据说是元末的一座报恩寺，寺庙刚刚盖好，连佛像还来不及安放，明军便一举攻入元大都。报恩寺僧人在兵荒马乱中生恐寺院被明军强占。而和尚出身的朱元璋对佛庙之类满不在乎，却特别在乎孔孟等圣贤的庙堂，严令明军不得擅自闯入。众僧在惶急之中便将一尊孔子像置于庙堂，一座佛庙由此而变成了孔庙，再也改不回来了。永乐元年，在燕王朱棣以其"圣武神功"夺得天下后，升北平为顺天府，孔庙又成为顺天府学，而一条府学胡同，穿越 600 年岁月，从明朝一直贯穿至今。

我来这里，不是来拜谒一座孔庙或府学，而是来拜谒一座比府学还早一百多年的前身，一座几乎处于遗忘状态的土牢。在宫殿、王府和大夫第此起彼伏的老北京，眼前出现的是一座看上去很不起眼的建筑，一座寂静的门楼连接着一座坐北朝南的老宅院，土灰色的墙，土灰色的瓦，连北京深秋的阳光看上去也是土灰色的，愣愣地照着这土灰色的一切。它的表情是安详的、自在的，仿佛天生就是这个样子。

我瞅了瞅那个门牌号码，如同历史的指证，就是这里了。

没有丝毫震惊，也没必要仰望。走进大门，一目了然，远没有我想象的那样阴森神秘、深邃复杂，在一棵枣树向南倾斜的稀稀疏疏的树影下，大门、前殿、后殿，以安稳的节奏不紧不慢地展开。穿过一道狭长的过厅，如同穿过一个人的一生一世。这是一种设计，人类真是充满了智慧，他们可能连想也没想就这样决定了，用这样一道过厅来展示一个人的平生，这让一个人和一段历史有了一条不再拐弯抹角的捷径，也让一个人走进历史的途径变得直接而简单。然而，走过这段历史的过程还是比我预料的要漫长得多。

除了我，这院子里几乎没有别的人。这其实很适合一个历史旁观者在这里旁若无人地游走与遐思。回忆中的岁月如同倒流，与其说是回忆又不如说是想象。但无论如何想，还是难以想象，这里曾经是一座一半在地下一半在地上的土牢，这土牢隶属于元朝兵马司，又称兵马司土牢。一个王朝的开国皇帝，就是用这样一座土牢来囚禁另一个王朝的末代丞相，这让一座土牢成为时空中的一个坐标，既是历史的开端，也是历史的结局。但要找到那座兵马司土牢已经不可能了，连一座当年的元大都如今也只剩残余的土城遗址。不说元代建筑，哪怕要寻找一座能完整地保存下来的明代古建筑也是一件奢侈的事。但我还是情愿相信，一个王朝最后的守望者，他生命的最后岁月，就是在这里度过的。

二

文天祥被押解到元大都的确凿时间，是元世祖至元十六年（1279）十月。当他从广州上路时还是春夏之交，抵达大都时已是深秋，秋风拂过枯败的黄叶，连同那薄如叶片的时光，从一个俘虏身上纷纷掠过，犹在我走过来的这条胡同里无声地飘飞。一个王朝灭亡了，这个秋天多么寂静，但还有一些前尘往事并未尘埃落定。

接下来的历史，只能按元朝的纪元来进行。这样意味着，又一个由北方少数民族入主中原的王朝，已被中华民族奉为了一个正统的王朝。对文天祥而言，这无疑是一件非常尴尬的事，而他接下来的存在，事实上已是时空中的一个悖论。从胜利者来看，在征服了一个王朝之后，接下来要征服的是人心，而要征服南人之心，最好的方式就是从一个人心所向、众望所归的代表性人物开始。这其实就是文天祥最后剩下的利用价值，而眼下，他们俘虏的还只是文天祥的躯体，若要利用这个俘虏，还必须俘获他的心灵。

换一种视角，从文天祥来看，一个王朝已经灭亡，一个忠贞不渝的忠臣事实上已丧失了忠诚的对象。这样一个事实，在文天祥被押到广州时，那位俘获他的元将张弘范就及时点醒过他："南宋灭亡，忠孝之事已尽，即使杀身成仁，又有谁把这事写进国史？文丞相如愿转而效力大元，一定会受到重用。"但文天祥却执迷不悟："国亡不能救，作为臣子，死有余罪，怎能再怀二心？"张弘范微微一笑，不复再言。按张弘范的想法，他是不想带着这样一个累赘上路的，从他与文天祥打交道的过程中，他也知道这个人的愚忠已到了无可救药的程度。既然留着这没用的东西，那就不如干脆杀掉，兴许还能让南宋那些依然心存幻想的人们，在绝望中死心塌地归顺大元帝国。但张弘范还没有权力擅自杀掉一个亡国的丞相，决定文天祥生死的是元世祖忽必烈。忽必烈在灭宋之后突然变得仁慈了，慨然道："谁家无忠臣？"他命张弘范对文天祥以礼相待——这实际上又反映了统治者的另一种心机，善待另一个王朝的忠臣，说穿了也是对本王朝忠臣的一种激励。

有了元世祖殷切的关照，一个走在穷途末路上的亡国丞相一路上都受到了优待。抵达大都，他仿佛不是一个俘虏，而是上宾，他被安置在朝廷专门接待宾客的会同馆里。当然，接下来便有人来劝降招安了。第一个来劝降的是留梦炎。此公和文天祥一样，也是状元出身的南宋丞相，他于宋端宗景炎元年（1276）降元后，命也保住了，官也保住了，从礼部尚书迁为翰林承旨，后又拜相。从南宋丞相到元朝丞相，可见这个人是何等的识时务，识时务者方为俊杰。而他也的确为元朝立下了汗马功劳，在宋元交战之际，他为元朝招降了一大批"弃暗投明"的宋臣宋将，让蒙元大军兵不血刃就占领了大片大宋江山。现在，他以自己的现身说法来规劝文天祥，很谦恭，很真诚，很有说服力。但文天祥一见留梦炎就没有好脸色，搞得留梦炎只好"悻悻而去"。紧接着吕师孟又来了，此人原为南宋兵部尚书，德祐二年（1275年）正月，文天祥奉命与元军谈判，双方在谈判桌上正相持不下，吕师孟竟提前向元军献上降表。这让文天祥还怎么谈呢？回朝之后，文天祥立马上书请斩吕师孟，而吕师孟却干脆投降了元军。此时，作为降将吕师孟穿着一身元朝的官服，大摇大摆地走到了文天祥的面前。他就没有留梦炎那样谦恭了，一开口就挖苦文天祥："丞相请斩叛逆遗孽吕师孟，现在我来了，丞相为何不杀了我呢？"文天祥厉声呵斥："你叔侄都做了降将，没有杀死你们，是本朝失刑。你无耻苟活，有什么面目见人？"吕师孟讪讪地说了声"丞相骂得痛快"，便转身走了。

眼看着一个个降臣降将的现身说法都未奏效，忽必烈又把一个投降的皇帝请出来了。文天祥不是南宋的忠臣吗，宋朝灭掉了，但皇帝还在。应该说，在对待南宋君臣上，元世祖忽必烈还真是表现出了一个胜利者足够的仁慈，只要投降，一律予以善待。文天祥尊敬的谢太后在归降之后被封为寿春郡夫人，文天祥所效命的天子宋恭宗（或称宋恭帝）赵㬎也被封为瀛国公。在宋元交战的最后几年里，这老太后与小皇帝也被屡屡恭请出来，以规劝他们的臣民放弃抵抗，让天下归心，而天下自然是元朝的天下。这样的劝降很有效果，与其说是来自一个老太后、一个小皇帝的号召力，弗如说是让那些在降与不降中挣扎的臣子们有了一种伦理上的解脱。既然太后和皇上都归降了，他们的归降就不能说是叛国投降，而是对太后和皇上的忠诚追随。从后世对谢太后是非功过的评价看，也并未把谢太后简单地看成投降派卖国贼，并且对她最后下诏降元抱有情有可原的体谅。从历史的实际出发，对于南宋末年那样一个孤儿寡母式的残破危局，这位太皇太后选择降元实在有太多的无奈，后世也实在不能苛求她抗战到底。又从历史大势看，汉民族可以接受异族的统治，却不能接受分裂，谢太后能舍半壁江山，求一统天下，与其说是投降，不如说是主动接受国家的统一。这就不是什么投降卖国了，这是一种政治智慧，有着更深远的历史眼光。谢太后在灭国之后又活了7年，享年74岁，也算是寿终正寝了。

宋恭宗5岁随太后降元，元世祖让他来劝降文天祥时，还是一个七八岁的孩子，又知道什么呢？他甚至连自己当过皇帝都懵懂无知。但在文天祥眼里，这孩子却依然是天子、圣上，一见赵㬎，他便北跪于地，痛哭失声，又深深地叹了一口气，对赵㬎说："圣驾请回！"——关于赵㬎，还有一段后话：他18岁那年，忽必烈忽然赏给他许多钱财，叫他去西藏萨迦寺当喇嘛，法号合尊。他很有悟性，也很有佛性，在萨迦寺学会了藏文，还曾将《百法明门论》《因明入正理论》这两部汉传佛教经典翻译为藏文，在藏传佛教中影响很大，他也成了藏传佛教的高僧。据说，直到元英宗至治三年（1323），他年过天命时，才知晓自己从前的皇帝身份，在悲哀与惆怅中赋诗一首："寄语林和靖，梅花几度开？黄金台下客，应是不归来。"然而，一个人知道了自己天命中的秘密，也就天命将尽了。他这首对自己的命运颇有些不甘心的绝句，很快就成了生命的绝唱。其时已是元英宗当政，英宗读了他的诗，遂下令赐死。赵㬎死时53岁。关于这位亡国之君的结局，在正史中没有记载，但在汉文《佛祖历代通载》有这样一句："至治三年（1323）四月赐瀛国公合尊死于河西，诏僧儒金书藏经。"

从南宋的灭亡到宋恭帝最终的命运，说穿了也是一种难违的天命。换句话说，这是历史大势之下的一种必然宿命。从长远的历史眼光看，当忽必烈从一个入侵的强寇，成为君临天下、为天下人所尊奉的大元帝国开国皇帝，当蒙古人建立的大元帝国被汉民族视为一个正统的王朝，当中华民族甚至以这样一个在开疆拓土上表现出巨大能量的王朝而备感荣耀和自豪时，文天祥的忠诚和坚守是否还有意义？他忠诚的对象又到底是什么？对文天祥的忠诚是非常有必要解读的，这其实也是解读中国历史上那些爱国英雄、民族英雄的一个难解的症结，又正是这样一个难解的症结，一直支持着文天祥。我等后世，也只能基于历史事实来揣测他当时的心理。从士大夫的伦理看，摆在第一位的是忠君，宋恭帝投降前，他起兵勤王，可以说是忠君的具体表现。而宋恭帝投降后，他没有跟着投降，坚持"君降臣不降"，又追随一个南宋小朝廷而赴汤蹈火，这就不是忠君而是效忠于朝廷了。而当南宋小朝廷在大海里沉没，他所有的忠诚对象都已丧失，他忠的又到底是什么呢？按照孟子"民为贵，社稷次之，君为轻"的正统儒家信仰，此时他效忠的应该是社稷了。一个王朝灭亡了，但国破山河在，社稷还在，只是改朝换代了，如果他效忠于元朝，并没有改变他对社稷的忠诚。经过这样一番推理，他所忠诚的对象，就只剩下民族与人民了。而当宋朝的臣民一变而为元朝的臣民，也不会改变他对人民的忠诚。而最后剩下的就是对民族的忠诚了，这也正是他最后忠诚的对象——汉民族。他忠贞不渝的唯一意义，就是对汉民族的绝对忠诚。这就是他的历史意义和历史形象，他是一位民族英雄，一位汉民族的坚贞不屈的英雄。而当中华民族成为一个包括了蒙古族等众多少数民族组成的伟大民族，一个汉民族英雄也就失去了伟大的意义，而文天祥也就完全沦为一个狭义的汉民族英雄。

　　历史逻辑严谨而残酷，但我不想作模糊处理。基于这一历史逻辑，重新审视这一历史形象，我不得不问，他对历史大势是否出现了误判？文天祥被俘时才40出头，若能归顺元朝，还大有出头之日。而以元世祖对他的敬重和器重，甚至三番五次要拜他为丞相，而以元朝的天下之大，作为一国之宰相，也有足够的空间让他来施展自己的政治抱负。若按他为南宋设计的政治思路，他非常有可能成为一个利在当代、功在千秋的政治家，而这样的选择，是否比成为一个狭义的民族英雄更有政治家的远见卓识，对天下百姓更有实用价值？他的历史意义乃至接下来的整个历史是否可以重新改写？但在文天祥的坚守之下，历史注定已经无法改写。

　　由于多次派人劝降不成，元世祖终于忍无可忍，对文天祥"遂用酷刑"。文天祥从会同馆原本还算优待的软禁状态，带着一身受刑后的伤口与血痕被关进兵马司监狱。从此便被囚禁在这一半在地上一半在地下的土牢里，而他生命的最后一段岁月，也就处于这种半活埋的状态。对七百多年前的那个现场，我只能根据历史的残片来拼凑还原。那是一间如同墓穴般的土牢，冬天冷得像一个冰窖，春夏又潮湿闷热，由于不通风，空气恶浊，臭秽不堪。一个囚徒，戴着沉重的枷锁和脚镣手铐被狱卒呼来喝去，还要经受住一次又一次酷刑的折磨，哪怕一个铁打的汉子，也经受不住这炼狱般的痛苦。这样你就理解了，为什么他要一心求死，实在是生不如死。他在狱中绝食过，自杀过，然而，当一个曾经主宰天下的宰相一旦沦为囚徒，连死也不能自作主宰了。

只要文天祥一天不死，元朝统治者就不会放过他。在经历了一段时间的折磨后，文天祥又被押到枢密院大堂，这一次是大元帝国丞相孛罗亲自审讯他。此时他已经一身是病、形销骨立，却依然昂然而立。进门时，他只对孛罗抱了抱拳，就算打过招呼了。孛罗这次是来硬的，他喝令左右强迫文天祥跪下，他拼命挣扎着，哪怕被按倒在地，他也没有跪下。而经历了这样一番折腾，被折腾的好像不是文天祥，而是孛罗，那故作高深的一张脸，此时连青筋都暴出来了，他用低沉而疲倦的语气问：“你现在还有什么话可说？”

文天祥平静地说：“天下事有兴有衰。国亡受戮，历代皆有。我为宋尽忠，只愿早死！”

孛罗立马露出一副强盗般的凶相，咬牙切齿道：“你想死，我偏不让你死！”

对这样一个认死理的人，无论是丞相孛罗，还是元世祖忽必烈，还真是无计可施了。一个看上去那么文弱的书生，他的骨头、他的脑袋，竟然比岩石还硬。你越来硬的，他越是坚硬无比。忽必烈只得下令解除了他的脚镣手铐，过了半个多月，才给他卸去枷锁。又一轮优待开始了，狱卒奉命给他端来了香气扑鼻的饭食，文天祥已有很长时间没有吃过一顿饱饭了，一个饥饿的囚徒，痴痴地望着那精心烹制的鱼肉，拿起筷子忽然又放下了，“我不吃官饭数年了”。这下，轮到那狱卒痴痴地望着他了。在一个狱卒眼里，这是一个他永远也难以理喻的囚徒。

文天祥在这间土牢里被关押了四个年头，从劝降、逼降到诱降，元朝君臣备感让一个囚徒俯首称臣，要比让一个王朝俯首称臣难得多。他们为此而绞尽脑汁，几乎把各种软的、硬的，能够想出来的手段使尽了，无论是参与劝降者之多、威逼和施暴的手段之狠，还是许诺的条件之慷慨优越，都远远超过了其他被俘或投降的宋臣，如此无所不用其极，达到了一种令人惊叹的地步。从囚禁的时间来看，还没有哪个王朝有这样长久的耐性，居然把一个誓死不降的人关押了三四年之久。时间也是一种逼人就范的力量，很多一开始誓死不屈的宋臣，后来纷纷被时间打败。这其实也是最狠的绝招，很多人可以在某个瞬间壮烈献身，却难以忍受这长时间的、缓慢的、如同凌迟的身心折磨，而一个人在长时间的孤独中感受着自己时，又会蹿出多少各种各样的念头？而人生也好，命运也好，往往就在一念之间决定了。

三

此时，我依然在一条狭长的过厅里踟蹰，窗外依然是北京灰霾密布的天空，我的脑子里也有各种念头频频闪现。在历史的背后，还有多少我们看不见的存在。当暗淡的阳光在土灰色的墙壁上照出我恍惚的身影，我的眼光下意识地瞟向了那个看不见的深渊，不止一次蹿出一个疑问：文天祥是否动摇过？又是否对自己的信念产生过怀疑？

我相信有过。这让我充满了道德的焦虑感。我一直在寻觅，又一直在排除这种发现的可能，而一个载于《宋史·文天祥传》的证据又是难以排除的，其中记载了文天祥的一段自问："国亡，吾分一死矣。傥缘宽假，得以黄冠归故乡，他日以方外备顾问，可也。"所谓"以黄冠归故乡"，也就是回故乡当道人。当时，一些降元宋臣也曾奏请忽必烈，在生死两端之间给文天祥第三种选择，恩准他回庐陵当道士。又有史载，在文天祥被囚期间，曾有一个叫灵阳子的道人来狱中跟他论道，这也勾起了他对三十多岁时那段隐逸生活的忆念。"谁知真患难，忽悟大光明，日出云俱静，风消水自平。功名几灭性，忠孝大劳生。天下惟豪杰，神仙立地成。"——这是文天祥写给灵阳子的一首赠诗，让我们看到了时空中还真有两个文天祥的存在，一个是以一曲《正气歌》抒发其舍生取义、正气凛然的文天祥，一个是在佛道中徘徊的文天祥。设想一下，如果忽必烈能放文天祥归山做道士，让他重返隐逸林泉的生活，从此一生不问政治，他也是能够接受的，也是情有可原的。这是一种寻求解脱的囚徒心态，也是中国士人"邦有道则仕，邦无道则隐"的传统，而佛道就是最好的隐逸之境。然而，在文天祥对道士表示"可也"的同时，紧接着还有一句"他日以方外备顾问"，这个意思很明显，也很危险，他若答应将来以"方外之人"来充当元朝顾问，对他忠贞不屈的形象无疑是一次重创，这虽不是投降，但至少有变节之嫌，一个完美的英雄形象，至少有了瑕疵。当然，这一切都是假设，忽必烈最终也没有给文天祥第三种选择，那个第一个来劝降的留梦炎及时点醒了他："文祥出，复号召江南，置吾十人于何地！"就是这句话，彻底了断了文天祥在生死两端之间的另一线可能的生机，把文天祥的命运推向了生死抉择，一端是投降归顺以求生，一端是坚贞不屈而就死。而无论有多少种选择，我深信文天祥只有一个前提，那就是无损一个士人的大义与名节。

从文天祥留下的诗文看，他在内心里挣扎过，也在选择上彷徨过，但他从未动摇自己的底线，那就是他恪守的大义与名节，他看得比生命还要重。这也正是他超越了一切的信仰或信念，"人生自古谁无死，留取丹心照汗青"，就是他给历史留下的证词。但对此，他也同样有过疑虑。当他被押到大都后，就在另一首诗中发出了对自己的疑问："亡国大夫谁为传，只饶野史与人看。"他以自问自答的方式，表达了自己选择舍生取义却未必就能"留取丹心照汗青"，这种担心其实是他在理智上表现出来的另一种清醒。所有历史都是胜利者写的，成者英雄败者寇，而作为胜利者的元朝又会公正书写一个誓死抗元的志士吗？他们很可能会篡改和歪曲事实，是故，文天祥断定自己身后"只饶野史与人看"。而劝降者对他这种"留取丹心照汗青"的信念也一再予以打击："国亡矣，忠孝之事尽矣。正使杀身为忠孝，谁复书之？"他们以为，这是文天祥唯一的信念，只有把这一信念打消之后，文天祥自然就豁然顿悟了。那个熟谙"良禽择木"之术的宋降臣王积翁，还苦口婆心地写信劝解文天祥。但文天祥的回信却未给他留下任何余地："管仲不死，功名显于天下；天祥不死，遗臭于万年。"从"留取丹心照汗青"到"只饶野史与人看"，再到"天祥不死，遗臭于万年"，一步一步地让后世看出，文天祥在一步一步地设想之后，对所谓青史留名已做了最坏的打算。这既表明了他誓死不降、时刻准备殉命的意志，也表明他已清醒地意识到了历史的另一种评价，如此坚守，不一定是青史留名的结局，也有遗臭万年的可能。这也澄清了后世对他的误解与偏见，以为他最后的坚持只为身后名。好在文天祥以异常坚定的方式提前回答了："殷之亡也，夷齐不食周粟，亦自尽其义耳，未闻以存亡易心也。"他是为信仰和信念而殉命，而绝非为了博得一个名垂青史的身后名。

当一座土牢将一位孤臣置于与世隔绝的绝境，在漫长而孤寂的囚禁生涯中，最考验一个人的还是骨肉亲情。文天祥膝下有二子六女，原本是一个洋溢着天伦之乐的大家庭，后在"毁家纾难"中家破人亡，只剩下了夫人欧阳氏和柳娘、环娘两个女儿。当文天祥率勤王之师奔赴临安时，两个女儿还只有十来岁，一别之后，从此永别。三年里，他给两个女儿写了很多诗，不只是悲切的思念，还有不尽愧疚。如《二女第一百四十八》："床前两小女，各在天一涯。所愧为人父，风物长年悲。"就在他思念着妻子女儿时，他竟在狱中收到女儿柳娘的来信，得知妻子和两个女儿也被元军掳至大都，如今都在宫中为奴。而柳娘的信能到他手上，自然也是元朝统治者使出的又一招数。

他知道，只要他一句话，哪怕点一下头，一家人就可以重新团聚，然后过上一个士大夫之家应有的生活。但肝肠寸断的文天祥却又心如铁石，他在写给妹妹的一封信中倾诉："收柳女信，痛割肠胃。人谁无妻儿骨肉之情？但今日事到这里，于义当死，乃是命也。奈何？奈何！……可令柳女、环女做好人，爹爹管不得。泪下哽咽哽咽。"当一个人连骨肉亲情都能割舍，除了等待死神降临，他已没有了任何牵挂。他只是从容地等待着死神，却没有主动扑向死神。他没有自杀，而是一直安顺守命地在这土牢里读书、写字、吟诗，或透过一线微弱的天光辨认着南方的季节……

春去秋来，季节深处已经历了七百多载轮回，当年的土牢之上，如今已是一座隔世的祠堂，当往事化为虚空，便有了一种禅意——空和静。这让我谛听到了来自另一个世界的声音，那是一个囚徒在纸和笔之间发出的声音，如同那时间深处发出的隐秘的回声。当一抹斜阳或一盏青灯勾勒出他的侧影，他又在伏案疾书。在这元朝的土牢、明朝的祠堂里，还保留着文天祥的一些遗物和手迹，他的《指南后录》第三卷、《正气歌》等，据说都是他在这土牢中写的。不看别的，只看这些文字，这些墨迹，就能理解，为什么忽必烈那样敬重他的人品与才学。我深信这样的敬重是真实的，也是真诚的。

历史没有遗忘这样一个细节：某日，忽必烈忽然问左右大臣："南方和北方的丞相，谁最贤能？"他这样问，其实是明知故问，而群臣心中似乎也早有答案："北人无如耶律楚材，南人无如文天祥。"这个答案，似乎也是一生杀人如麻的忽必烈，一直对文天祥迟迟下不了杀手的原因之一。在文天祥就义的前一天，忽必烈决定再做一次努力，他要亲自劝降。他知道，这是最后一次了。文天祥也知道，这是最后一次了。文天祥依然是彬彬有礼，对元世祖长揖而不跪。元世祖倒也没有强迫他下跪，只是说："你在这里的日子久了，如能改心易虑，用效忠宋朝的忠心对朕，朕可以在中书省给你一个位置。"这已不是转述，而是元世祖对一个俘虏的当面许诺，所谓中书省的位置，不是丞相就是枢密使。但文天祥又是淡然一笑："我是大宋宰相，国家灭亡了，我不当久生，但愿一死足矣！"元世祖摇了摇头，又挥了挥手，随即下了处决令。一个不可一世的帝王，可以战胜一个王朝，甚至可以征服大半个世界，但他最终却无法战胜一个手无寸铁的南宋士人，这让忽必烈多少有些悲哀。在经历了三四年的较量之后，那即将喷溅的鲜血，最终将见证一个帝王的失败。在忽必烈叱咤风云、纵横捭阖的一生中，还很少有这样的挫败感。

四

北京东城，府学胡同 63 号，那被土灰色的背景衬托着的两扇厚重的朱漆大门，关不住一棵苍老而遒劲的枣树，传说此树为文天祥手植。所有树木都会朝着天空生长，但这棵树的枝干却向南倾斜，一根根硬得像黑铁一样。我小心翼翼地看着它，谛听着，这北国的枣树仿佛听见了来自遥远南方的召唤。然而，哪怕真的还能听见700年前的马嘶、3000里外的潮汐，那也是非常渺茫而又极其可虑的消息。又想，当一个王朝的丞相，被另一个王朝的皇帝囚禁在这里，他用了多少年时间才能栽活了这样一棵树，又是否看到了一棵枣树开花、结果？我情愿相信，他曾亲口品尝过自己亲手种出来的枣子，这该是一个生命最后品咂到的滋味儿。然后，就在忽必烈劝降的第二天，他以一个士人的优雅姿态擦擦嘴，穿上一身宋臣的官服，迈开一个宋臣的脚步，一步一步地走出这囚禁了他多少年的院落，沿着这枣树的枝干指引的方向，在元朝的天空下去完成一个大宋国士的献祭。

那是一个必将载入史册的日子，至元十九年十二月初九日，公元1283年1月9日，一个王朝最后的丞相，被押到府学胡同西口的柴市，那里将成为他的祭坛。那一天，兵马司监狱内外，布满了戒备森严、如临大敌的元兵。数以万计的市民听到文天祥就义的消息，早早就伫立在胡同两侧。从监狱到刑场，文天祥走得神态自若，如同最后一次上朝。行刑前，文天祥再次辨认了一下南方的方向，随即向着空茫的南方拜了几拜。

监斩官问："丞相有什么话要说？回奏尚可免死。"

文天祥淡然一笑说："吾事已毕，心无怍矣。"

这个人一直到死都文质彬彬，他没有像岳飞那样发出怒发冲冠的呐喊，也不像辛弃疾那样血脉贲张地仗剑疾呼。作为一介书生，他似乎一直缺少这样的英雄气概，只有永远的微笑和一身的书卷气。他以一个读书人的形象，完成了一个民族英雄的另一种造型，一个引颈就戮的过程，对于他，仿佛是一次深呼吸。当一颗头颅坠地，一腔热血飞溅，瞬间让你觉得，这个人的生命能量是在最后一刻爆发的。又一次验明正身，刽子手在身首分离的血腥中翻检着一个士人的身躯，在他被鲜血浸透了的衣服中，有一片如同偈语的《衣带赞》："孔曰成仁，孟曰取义。唯其义尽，所以仁至。读圣贤书，所学何事？而今而后，庶几无愧。"这是一个大宋国士以47年人生书写的一段生命偈语。

三年前，当文天祥被押往大都途经故乡吉州庐陵时，有个曾追随他起兵勤王的庐陵人王炎午，且深受他器重，本拟留军重用，但此人以父死未葬、母又病危辞谢而归，既当了逃兵，还博得了一个至孝的好名声。当他听说文天祥被俘后将押往大都，便在他的必经之路上张贴了数十张《生祭文丞相文》，这是历史上少有的活祭，每一张祭文都在催命，催促文天祥舍生取义。

文天祥何尝不想死，死是他铁了心的念头，"惟可死，不可生"。他一路上服毒，绝食，却又怎么也死不了。在一种求死而不得、欲逃又不能逃的状态下，他只能一步一步走向自己最后的归宿。如今，文天祥终于死了，那个像催命鬼一般的王炎午终于如愿以偿了，又从活祭变成了死祭，而一篇《生祭文丞相文》也变成了《望祭文丞相文》。他赞颂文天祥之死使"山河顿即改色，日月为之韬光"，此举又让他博得了一个"忠肝义胆，凛然如秋霜烈日"的英名。而王炎午自己却在大元帝国的天空下一直活到了 73 岁才寿终正寝，并于明嘉靖年间，受祀大忠祠，至今仍与文天祥一样作为庐陵先贤享受着后世的祭祀。若这样的人也可以作为爱国志士、民族英雄，文天祥也死得太不值了。

在文天祥死后四十年，他终于魂归少年时代瞻仰过的吉州学宫的先贤堂里，在"庐陵五忠"之列又多了一座肃然端坐的国士，他与欧阳修、杨邦乂、胡铨、周必大、杨万里合称为"五忠一节"，一个少年见贤思齐的意念，从此化作永世的祭祀、永恒的存在。在他死去一百多年后，明洪武九年（1376年），一个隔代的王朝，又为一个隔代的丞相，在当年的土牢上建起了一座文丞相祠。而后世对他的评价，一种是比较低调但也比较公正的，"事业虽无所成，大节亦已无愧"。他一生的意义，其实不是作为一位名相，而是以名相而成为烈士。对此，还有一种更崇高的评价，"名相烈士，合为一传，三千年间，人不两见"。

在一个囚徒远逝七百余年后，我突然想来这里看看，来了之后我才发现，这是一个由来已久的念头。那个一半在地上一半在地下的土牢，我已无从进入，我能走进来的，是一座模棱两可的老宅院，既像是一座宅院，又像是一座祠堂。而一个被捆绑住了双手、戴着枷锁和镣铐的囚徒，已经冠冕堂皇地端坐于庙堂之上。看着他，像他，又不像他。

天下有太多的文丞相祠，但我觉得北京这一座最有纪念意义。毕竟，这是他最后的归宿。而每一个王朝的最后，都会有这样一个绝望而忠诚的守望者来为之送葬。这个人，既是一个王朝的最后守望者，其实也是一个王朝真正的尾声。一个王朝虽已灭亡，一个亡国之臣最终血祭的方式化作一座永生的大都之魂。从大都到北京，无论改朝换代风水流转，在一座京都的骨骼与经络之间都不能缺少这样一个灵魂，而时空中的一个坐标，也从此成为一个灵魂的坐标。在这里，北京东城，府学胡同 63 号，一个日渐丧失自身、越来越看不清自己的游走者或旁观者，在这里寻寻觅觅，又能寻觅到什么呢？

秋风骤然猛烈起来，我突然感到了自己的多余。

（原载《北京文学》2016 年第一期）

守住秘密的舞蹈

韩少功

总统的尴尬

飞行三个半小时，转机等候四小时；

再飞行十四小时，转机等候五小时；

再飞行九小时……差不多昏天黑地两昼夜后，飞机前面才是遥遥在望的安第斯山脉西麓，被人称为"世界尽头"的远方。

随着一次次转机，乘客里中国人的面孔渐少，然后日本人和韩国人也消失了，甚至连说英语的男女也不多见，耳边全是叽叽喳喳的异声，大概是西班牙语或印第安土语，一种深不见底的陌生。但旅行大体还算顺利。只是不再有机场提供行李车，行李传送带也少得可怜以致旅客们拥挤不堪热汗大冒，一位机场人员还把我和妻子的护照翻来翻去，顿时换上严厉目光："签证？"

我有点奇怪，把美国签证翻给他看，告诉他数月前贵国早已开始对这种签证予以免签认可。

他似乎听不懂英语，又把护照翻了翻，将我们带到另一房间，在电脑上噼哩啪啦查找了一阵，没查出下文；翻阅一堆文件，还是没找出下文，最后打了一个电话，这才犹犹豫豫地摆摆头，让我们过了。

这哥们对业务也太生疏了吧？

这几个月里他就没带脑子来上过班？

接待我们的 S 先生听说这事哈哈一笑，说智利的空港管理已属上乘，拉美式的乱劲儿应该最少。想想不久前吧，中国总理前来正式访问，女总统亲自主持的迎宾大典上也大出状况，音响设备播放不出国歌。有关人员急得钻地缝的心都有。中国总理久等无奈，只好建议，不要紧，我们来唱吧。女总统于是事后向歌唱者们一再道歉和感谢：你们今天真是帮了我一个大忙呵。

这一类事见多了也就没脾气。临到开会了会议室还大门紧锁，钥匙也不知何处。好不容易办妥了留学签证和入学手续，上课一天后却不知去向。约会迟到不超过半小时的，已是这里最好的客户。领工资后第二天还能在酩酊大醉中醒来上班的，已是这里最好的员工。你能怎么样？一位在墨西哥打拼多年的广东 B 老板还说，有一次，几个有头有脸的墨方商业伙伴很想同中国做生意，他把他们带到广交会，特地设一豪宴，替他们联系了局长、副市长什么的，但等到最后也没等来求见者。更气人的是，事后问他们为何失约，为何关手机，他们在夜总会玩得正爽，笑一笑，就算是解释了。

B 老板说，笑笑还是好的呢，不然他们会搬出九十九个理由来证明自己根本没错，比如中国人为什么要做金钱的奴隶。

其实拉美人不都是这样粗枝大叶、吊儿郎当、寻欢作乐甚至好吃懒做，不都是"信天游"、"神逻辑"的主儿。但放眼全世界，连智利这样高度欧化的国家也有盛典上的离奇尴尬，其他地方掉链子的还会少？

军人政权频现大概也就事出有因了。在过往的百年动荡里，大凡后发展国家都挣扎于农业文明溃烂过程中的贫穷和愚昧，面对社会"一盘散沙"的难题。要聚沙成塔，要化沙为石，要获得一种起码的组织化和执行力，如果不依重政党（如俄国、中国）和宗教（如伊朗），大概就不能不想到军人了。当混乱与高压的两害相权，总得挑一个轻。当自由与温饱无法两全，光在理论上把它们捏拢了搓圆了，又管什么用？军队是一道整齐而凌厉的色彩，具有统一建制、严格纪律以及强制手段，配以先进通信工具，还有大多数领军人的较高学历。一旦遭遇社会危机，这道色彩便最容易在各种力量的竞争中脱颖而出，成为碎片化社会最后的应急手段。于是，城头变幻大王旗，炮声是最有效的发言，右翼的布兰科（巴西）、翁加尼亚（阿根廷）、阿马斯（危地马拉）、阿尔瓦雷斯（乌拉圭）、德弗朗西亚（巴拉圭）等，左翼或偏左翼的贝拉斯科（秘鲁）、卡斯特罗（古巴）、阿本斯（危地马拉）、贝隆（阿根廷）等，都是穿一身戎装走向国家政治权力巅峰。

中国人所熟悉的切·格瓦拉，记忆中定格为头戴贝雷帽的那位现代派耶稣，日后被流行文化不断炒卖的那位正义男神，献身于玻利维亚山地战场，其实也是这众多故事中未完成的一个。

与格瓦拉不同，智利前陆军总司令皮诺切特得到了美国中情局的支持。他用坦克攻下了国防部，然后下令两架英国造的"猎鹰"战斗机升空，至少向总统府所在的莫内达宫发射了十八枚导弹，一举剿灭了民选总统阿连德

——这件事曾在中国广为人知。这一幕狂轰滥炸，我在四十多年后聂鲁达博物馆的小电影上才得以目睹。播映厅里突然浓烟四起。观众面前的飞机俯冲尖啸。当时头戴钢盔的总统拒绝投降，操一把 AK－47，率几十个官兵正在做最后抵抗，再一次留下现代骑士的悲壮身影。作为他的密友，获得诺贝尔文学奖的社会主义者，聂鲁达却帮不上什么忙。他所能做的，就是坐在我眼下抵达的这个海滨别墅，这个著名的船形爱巢，在政变的十二天后郁郁而终。他留下了第三任漂亮的妻子和桌上大堆的革命诗和爱情诗。

有意思的是，皮诺切特以密捕和暗杀著称，欠下了三千多（另一说是近两万多）条人命的血债，日后受到国际社会几乎一致的谴责。但他的经济政策在智利一直陷入争议。至少很多人认为，正是他治下十七年的强制改革，使自由化行之有效，赢得了经济提速，奠定了日后繁荣的基础——这样说，是不是不够"政治正确"？是不是涉嫌给恶名昭昭的军人独裁洗地？其实危地马拉人评价他们的前总统阿本斯也是如此。尽管很多人厌恶那位左翼军头的土地改革、没收买办资产、反殖反美的外交政策，恨不能将其批倒斗臭，但大多数还是承认，至少是私下承认，他左右政局的十年（1944－1954）算得上该国历史上最为光辉的十年——这事又能不能说？

眼下，无论左翼右翼，将军、校尉们的背影都逐渐远去，太多往事成了一笔糊涂账。很多当事人已不愿向后人讲述当年。何况流行的这主义那主义，已把往事越说越乱，越说越说不清了。

"谁是皮诺切特？"一对智利青年男女面面相觑，没法回答我的问题，只能在酒吧里继续玩手机。

"甲级联赛里没一个这样的球星呵。"另一位睁大眼睛。

我没法往下问。

莫内达宫在窗外那边一片清冷，早已消除了墙垣上的弹痕累累，只有一群鸽子腾空而起悠悠地绕飞。

群楼的天际线那边

飞机降落哥伦比亚首都波哥大，夜幕缓缓落下了。时间还早，但这个 700 万居民的大都市已静如死水，连中央闹市区的街面也空荡荡，除了昏昏路灯下三两黑影闪现，大概是流浪汉或吸毒者。商家们都已关门闭户，到处一片黑灯瞎火，连吃个三明治的地方也没法找。我们没备随身食品，看来今天得苦苦地饿上一夜了。

一个特别漫长和寂静的夜晚。

受饿的原因不难猜想。第二天一早，发现宾馆大门以紧锁为常态，保安大汉须逐一验明客人身份才放行出入。几乎每个小店都布下了粗大的钢铁栅栏，用来隔离买卖双方，以致走入店铺都有一种探监的味道。陪同我们的 S 女士感叹，哥伦比亚诞生了文学巨匠加西亚·马尔克斯，却以毒品和犯罪率闻名于世。不要说街头偷抢，就是入室打劫，我的妈，她刚来两个月就有幸领教过一回。

在她的指导下，我们绷紧神经，全面加强戒护，但百密难免一疏，躲过了初一没躲过十五。到麦德林的第三天，时时紧捂的挎包还在，单反相机等也一五一十安然无恙，但就在挤上轻轨车的瞬间，导游的手机还是不翼而飞。

他是热心前来带我们观光的一位前外交官。

我们觉得很对不起他。

我们由轻轨转乘缆车，很快就腾空而起，越过屋顶和街市，进入了麦德林楼群天际线的那一边。恍若天塌地陷，轰的一声，浩如烟海的棚户区突然在眼前炸开，顺着山坡呼啦啦狂泻而下，放大成脚底下清晰可见的贫民窟，一窝又一窝，一堆又一堆，一片又一片，似乎永无尽头永无尽头。砖头压住的铁皮棚盖，偏偏欲倒的杂货店，戏耍街头的泥娃子，扭成乱麻的墙头电线，三五成群的无业者，还有随处可见的污水和垃圾……梅斯蒂索（混血群体）的妖娆脸型和挺拔身姿，就是高鼻、卷发、翘臀、长腿的那种，出入这一片垃圾场，注解了欧洲血脉的另一种命运，足以让很多中国人恍惚莫名，也惊讶不已。

据联合国机构估计，超过 1/4 的拉美城市居民住在这种建筑的"矮丛林"①，构成了包围一座座城市的贫困海洋，其中以里约热内卢和墨西哥城的巨大规模最为壮观。照理说，巴西和墨西哥，两个地区强国被很多拉美人一直视为"次等帝国主义"，二鬼子似的角色，够风光的，够牛气的，它们尚且如此，麦德林这一角又算得了什么？连阿根廷这个二战结束时的世界经济 10 强之一，拉美的白富美和高大帅，也野蛮地逆生长，从一个发达国家一路打拼成发展中国家，一度下探年人均产值两千多美元（2002），麦德林又能怎么样？

显而易见的是，失败的农业政策抛出了失地农民大潮，虚弱的工业体系又无法将其吸纳，只能把他们冷冷地阻挡在此。各种相关的改革半途而废。说好的"涓滴效应"并未显灵，利润并未自动得到扩散和分享，至少未能越

---

① 引自《拉丁美洲：被切开的血管》，[乌拉圭] 加莱亚诺著，王玖等译，人民文学出版社，2001 年。

过城市群楼的天际线。都市资产阶级这匹小马，"还未发育就已经衰老"（加莱亚诺语），怎么也拉不动贫民窟郊区这辆大车。

一座摩登建筑光鲜亮丽，鹤立鸡群，冲着我们放大而来。导游说，这并非本地贩毒集团的善举（这样的善举有过一些），而是欧洲某国援建的一个图书馆。这事当然值得鼓掌和献花——教育扶贫不失为国际会议上的高尚话题。但图书馆情怀可感，一尊高冷的知识女神却有点高不可攀，与四周棚户区的生硬拼贴让人困惑。想想吧，当西方强国数百年来强立各种城下之盟，把拉美脆弱的国家主权像钟表零件一个个拆卸，靠一种低价购买资源、高价倾销商品的简单模式，包括用炮舰和奴隶制开启这种模式，用银行家、技术专利、跨国公司、国际货币基金组织延续这种模式，从这里吸走了海量的土地、黄金、白银、矿石、蔗糖、石油、木材、咖啡之后，再戳几个孤零零的情怀亮点，是否更像富人的道德形象工程，不过是捐赠者玩一把风度自拍？

几个图书馆真是法力尤边，能释放神奇的爱和知识，一举化解掉这遍地黑压压脏兮兮的经济发展废料？

即使它们能哺育出来一些大学生，谁能保证他们不会再一次迅速流失，不过是为强国及时供应的小秘或"码奴（程序员）"？

"中等收入陷阱"，就是最先用来描述拉美的流行概念。这种含糊的说法常把板子打在穷国自己身上，只说其一不说其二，似乎并未揭破事情的最大真相。很多拉美人不会忘记，获过诺贝尔和平奖的美国前总统西奥多·罗斯福曾自豪地宣告"我拿到了运河！"引来美国听众们的如潮欢呼。这话的意思是，他成功地肢解了大哥伦比亚，实现了巴拿马的分离，获得了一条连接两大洋的战略性通道。作为对受害国的补偿，美国只是支付了 2500 万美元。

差不多也就是一个图书馆的价格。

西蒙·玻利瓦尔（1783－1830）被誉为南方的"华盛顿"，以一生见证了拉美的旧痛新伤，一次次资本盛宴留下的满目苍凉。这位被委内瑞拉、秘鲁、哥伦比亚、厄瓜多尔、玻利维亚、巴拿马六国所共尊的民族之父，眼下已化为广场上神色忧郁的雕像。他曾目睹油田和矿井积尘弥漫，街道满是泥泞，商店已成瓦砾，旧楼房千疮百孔。一些失业者携带钢丝锯潜入臭水潭，把废弃的油管或井架一节节锯下来，当废铁变卖以聊补生计。一座座掏空的矿区陆续坍塌，把美丽山峰塌得面目全非，只剩一个空架子。据说每到风雨之夜，人们就能在这里听到往日机器的震天轰鸣，听到当年神父为死亡奴工们做弥撒的呼号，看到天空闪电中一张张布满血污的脸。

孤独的雕像当年还看见了复活节前，原住民在游行队伍中演示一种奇怪仪式，一种恐怖的集体受虐狂热。他们背负沉重的十字架艰难前行，用鞭子猛烈抽打自己，抽得自己全身皮开肉绽，似乎在渴求死神早一点降临。"太好了！我感到天越降越低，末日要降临了！我信仰虔诚！我盼望接受审判！"一个印第安后裔喜极而泣地这样呼喊。

民族之父闭上了眼睛，临终前对一位叫乌达内塔的将军说：

"我们永远不会幸福。"

"永远不会！"

似乎是印证雕像的那一预言，很多拉美人日后不幸沦为罪犯。有人说，法律在拉美"得到尊重但不必执行"。在正义和罪恶之间，一些游击队形象模糊，出没于山地或丛林，用血与火发泄深仇大恨，偶尔或经常靠毒品交易支撑财务（有些政府也如此）。共产主义，自由主义，民族主义……他们旗号各别，但似乎并未把旗号真当回事，没怎么过脑子，无法将其落实为有效的社会建设。"大猩猩中尉""讨厌鬼""秃鹰""红皮人""吸血鬼""黑鸟""平川让人恐惧"……他们的首领绰号也大多这样，更像是出自于神话、梦幻以及醉酒，有怪力乱神之风。不用说，随着全球思潮的转向，随着政府军逐渐增添了震爆弹、直升机、卫星制导技术，流寇们不大容易成气候，有关故事正越来越少。

如果"共产主义""自由主义""民族主义"这些外来词不好使，多少有点水土不服，总是用着用着就串味，那么天主教当然是更便捷的思想资源。天主教在拉美树大根深。1968年第二届拉美主教会议正是在麦德林召开，其文件中首次出现"解放"一词，涉及和平、公义、贫困、发展主义等尖锐话题，形成了"解放神学"的起点，亦为三年后古铁雷斯神父《解放神学》煌煌大著的先声。这种神学强调穷人立场和社会行动，无疑是一种贫民窟的神学，宗教中最有现实关怀的一脉，最接近当代人文社会科学的一脉，其影响波及非洲和亚洲。梵蒂冈教廷后来也对其给予部分包容。"可怜的人，亲爱的兄弟姐妹，你们不要害怕自己经受那么多痛苦。贫穷只是伤害了你们身体，你们的灵魂却永远是自由的。"一位麦德林的神父曾如此善诱循循，"有那么一天，相信吧，你们也能飞往幸福的天堂。"

显然，他的"解放"仍在天堂而不在人间。

政教分离的传统毕竟在那里。神父们披挂长袍，能抗议，能济贫，能抚慰众生，但他们能分身无数天地通吃，具体处理好金融危机、铁矿贸易、IT技术、英阿两国争夺马岛之战这样的俗事？或者，能助产一种强大的社会思潮和社会运动，像当年新教伦理那样，助产"资本主义精神"（马克斯·韦伯语），进而翻开整个世界历史新的一页？像当年写下《太阳城》的康帕内拉修士和写下《乌托邦》的莫尔修士那样，助产一种共产主义理想，再现苏维埃运动的世纪赤潮？

我很好奇。

我只知道，贫民窟的神学，最终得用贫民窟的事实来检验和亲证。

南北渐行渐远

尤卡坦半岛的平原天高地阔，墨绿色热带丛林一望无际。常常是数百公里之内渺无人烟，也没有公路服务区和加油站。长途大巴不但要备足燃油，还需自备厕所，因为乘客一旦离开车厢，哪怕只走出七八步，也会立刻遭遇毒蚊的包围和攻击——看似宁静的风景里其实杀机四伏。

如果中途抛锚，唯一的脱险办法就是打电话，等待警方的拖拽车。

玛雅文化遗址奇琴·伊察就坐落在这片丛林。这里有金字塔、天文台以及环形足球场。如果说医学曾领跑古老的印加文化，那么玛雅文化的强项无疑是天文学、建筑学以及艺术了。足球场的声学结构至今成谜。也就是面对石砌的四方看台，不知得助于何种巧妙的建筑设计，裁判位置上发出的人声，竟能清晰地传达给远远的球员，丝毫不输北京天坛的回音壁，相当于原始的扩音器。玛雅先民们的赛制也惊世骇俗：经过多番苦战后，当球队队长将球踢进高高的石圈，胜负决出，全场欢呼，这位明星队长得到的最终奖赏，竟是戴上花环后旋即被砍头——众多砍下的头颅已雕刻于石碑，组成了漫长碑廊，至今仍在昭示荣耀和幸福。

那一种幸福观，那一种逻辑和文明，只能让大多现代人惊疑。

玛雅有过巨大而繁荣的城市，但与印加文明、阿兹特克文明的命运相似，这一切长期被湮灭，直到很久后才得以部分发现。这也许是因为有关典籍和文物流散，也许是掩盖历史更有利于反衬外来殖民者的救世功德。确实，殖民者来了，从海平面那边来，带来了奇异和高效的犁、玻璃、火药、轮子、滑膛枪、大帆船，同时也带来了无情的战争屠杀，还有意外的生物灾难——据巴西人类学家达西·里贝罗在《印第安人与文明》中估计，由于对新的疾病没有任何抵抗力，近半数印第安人在接触白人后就苍蝇般的一堆堆死去。

不过，五千万（另一说为六千万）印第安人的消失主要发生在北美——否则，南边就不可能留下这么多混血的后代，不会流淌着这么多褐色面孔。一位读过《马桥词典》的读者说，这里有关混血的命名特别多。描述白男配褐女有一个词，描述白女配褐男又有一个词。描述混血二代配一褐另有其词，描述混血二代配一白也另有其词。还不够烦琐是吧？他们描述混血三代配一白或一褐，居然还是各有其词……他说，这与你那书中提到的海南岛渔民涉鱼词汇量特别大，可谓异曲同工。

据《全球通史》指认：殖民者在拉美杀人，比北美那边杀人相对要少。这一点值得重提。相对于培根、孟德斯鸠、休谟等新派精英一脸的冷傲，拒绝承认自己与新大陆"卑贱的人"同类，坚持三六九等人种分类的"科学"，倒是保守的梵蒂冈有点看不下去。教皇保罗三世于 1537 年发布圣谕，称印第安人为"真正的人"，建议以归化代理杀戮——这似乎对天主教所覆盖的拉美影响甚大，也戳痛了启蒙新派的一根软肋：几乎给殖民暴力铺垫过理论依据。不出所料，后来有人怀疑这一圣谕的真实性，甚至怀疑相关说法不过是出于天主教对新教的嫌隙与成见，一如所有批评资本主义的言论，只要是出自梵蒂冈，都可能被疑为别有居心。怀疑者以此维护"启蒙 VS 保守"的标准化现代史观。但无论如何，档案馆里天主教传教士们（如卡萨斯等）的信件，载有对新教人士暴行的明确痛斥[①]，却是事实。上述有关混血的词汇遗存，也不失为相关证据。

在这种情况下，一个混血的拉美，一个浅褐色加深褐色（为主）的拉美，与地图上那个白色（为主）的北美，逐渐形成了令人惊心的明显色差。哪一方杀人更多，眼下往摩肩接踵的大街上随便一看便知。

好吧，多杀和少杀都是杀，两大教派的道德总账也许不必细算。有意思的是，还是依《全球通史》的说法，有其利必有其弊，正因为南方殖民者杀人相对少，获得了大量廉价的劳动力，于是更容易远离劳动，更容易生活腐败。这真是又一次历史之手的戏弄。当北美十三个殖民地里热火朝天胼手胝足大生产之际，拉美的富人们在这里却有太多的黄金和白银，太多热带的肥田沃土，而且身处印第安人稠密区，有太多仆役可充当"白人的手和脚"……承蒙主恩，这样的好日子，当然只剩下闲逸、玩乐、艺术了。对于他们来说，改革和开拓不是什么急需，"技术女神不讲西班牙语"也没什么了不起。他们在深宅大院里花天酒地，看日升日落秋去春来，浑然不觉南北人口的明显色差，正一步步转换为南北经济的落差。

两个美洲从此分道扬镳，渐行渐远。

哥伦比亚安第斯大学 P 教授对我愤愤地说："技术？这里有什么技术？统统没有！"我以为自己听错了，后来才知并无大错。对方的意思是，拉美看上去越来越像"西方"的一大块郊区。在这一片文盲充斥的广阔地域，几十个国家捆在一起，其科研投入总量也仅及美国的 1/200。地区经济巨头阿根廷，研发支出占国内生产总值的比重也不及韩国的 1/6。就大部分国家而言，工业

---

① 见《全球通史》，[美] 斯塔里夫阿诺斯著，吴象婴等译，北京大学出版社，2006 年。

还处于初级加工的低端，大学里的理工系科很不像样，或干脆就没有，怎么也办不起来。巴西的钢铁、汽车、飞机一直领跑拉美经济，但也挡不住来自美国、德国、日本、韩国的进口品大规模覆盖，从天上到地下，眼看就要占领消费者们的全部视野。

但这并不妨碍人们穷且快活着，散漫且浪漫着。事情也许是这样，浪漫的另一面本就是散漫？闲得无聊、远离俗务、意乱情迷从来就是艺术的小秘密？好了，不管怎么说，拉美算得上五光十色的激情高产地。这是一个吉他的拉美，伦巴舞和桑巴舞的拉美，诗人帕斯的拉美，秘鲁领巾和巴拿马大草帽的拉美，麦当娜①和嘻哈音乐的拉美，盛装狂欢节的拉美，魔幻现实主义小说人才辈出的拉美……墨西哥在多次民调中，还显示出全球最高的国民幸福感指数。没错，在这里走错路都能撞上美女，见识她们各种动人的线条，包括前汹涌而后昂扬的妖艳 S，以至于世界性的历届选美活动中，来自委内瑞拉和波多黎各的冠军频现。在绿茵场上，贝利、罗纳尔多、梅西等巨星所带来的拉美旋风，一再让全场球迷们热血沸腾，鼓号齐鸣，声震如雷，天崩地裂，似乎不把球场折腾出东倒西歪之感，那就不叫看球；看球后不去鼻青脸肿口吐血沫地打一架，那也不是真正的球迷。干，干，干，往死里干，干那个猪屁股，你大爷来了就得这样干……他们所拥戴所欢呼的光辉雄性们，那些肌肉奔腾的豹子，因此屡屡得手，至少拿下国际足坛半壁江山（还未算上同有拉丁文化背景的西班牙、意大利、法国那些球星）。

涂鸦也是一种典型的散漫行为。它源于美国纽约的布朗克斯区，不过那个破街区恰好属于拉丁裔居民，就文化版图而言，相当于拉美的延伸——出于历史的原因，拉美有不少大大小小的文化、血缘飞地，遗落在美国那边。出入那里的臭小子们，简直如同原始人，随处涂画已成恶习，居然把象牙塔艺术从高贵的画院和博物馆里一把揪出来，放归草根大众，变成即兴的、不要钱的、狂放不羁甚至暴力的色彩。他们操着油彩喷枪探头探脑，喷出各种猥亵的、欢乐的、神秘的、天真的、愤怒的、恐怖的、绝望的、淫荡的、忧伤的匿名墙绘。巨鳄与精子齐飞，骷髅与鲜花共舞，骂娘与圣谕对飚。奇怪的是，这种放大版的"厕所艺术"，近乎艺术黑社会帮派的勾当，竟很快风行全美洲，传染到全球各地，几乎改变了所有都市的景观。一些惯犯还暗中联络，划定战区，分头出击，速战速决，一夜之间把某个城市的主要墙面全部重新涂鸦一遍——此之谓 All City Bomb，他们得意扬扬的"炸街"！

---

① 麦当娜出生于美国，但作为意、法移民后裔，全家信奉天主教，有更多拉丁传统的背景和元素。

看这些墙绘，不免想起墨西哥的马科斯——其实也是一个"炸街"高手。这位哲学教授曾醉心于毛泽东和葛兰西的理论，出任萨帕塔解放军"副司令"，却从不说司令是谁，留下一个空白的符号。接下来，他蒙面、戴墨镜、挂耳麦，披挂子弹袋、操几种流利的外语，擅长使用儿童画和民谣，自称同性恋者和后冷战时代的共产党，又留下一个迷彩的符号。他领导了墨西哥恰帕斯州的原住民起义，于2001年3月12日那天一度攻入首都，引来十多万民众欢呼，狠狠地"炸"了一次街，"炸"了一次世界。连总统也不能不对他客气三分。但他的子弹袋里全是假弹，战士们手里也全是些木头刀枪，简直是一场起义秀的道具。用观察家们的话来说，用国际文化界最流行的概念来说，那不过是冲着万恶的资本主义世界，打了一场后现代主义的"符号战争"①。

在纪录片《有一个地方叫恰帕斯》中，他回忆自己的一天：

> 就像降落在另一颗行星。语言，环境是新的。你好像是外部世界的局外人。每一件事情都告诉你：离开。这是一个错误。你不属于这里。而且是以一种外语说的。但是他们让你知道，这里的人民，他们的行为方式；这里的天气；它下雨的方式；这里的阳光；这里的土地；它变泥泞的方式；这里的疾病；这里的昆虫；思乡病。你被告知，你不属于这里。如果那不是噩梦，那是什么？
>
> 这就是我们的日子，死者的日子。

几乎是魔幻现实主义作家们的语言。

事实上，他就是一个作家，出版过小说《不宁的死者》和诗歌散文集《我们的词语是我们的武器》。也许很多人不习惯这种语言，听不大明白，不易进入艺术化的政治，即那种博尔赫斯化或马尔克斯化的政治。但从墨西哥城万人空巷的盛况来看，从国内外媒体和艺术家们血脉贲张的激动来看，很多当地人倒是特别能听懂这种语言，与他灵犀相通。

虽然这种语言与政治家缜密和冷冽的思考相去甚远，与严密的组织、周密的谋略、可持续的政治运动相去甚远。

最终也未能争回多少原住民的土地。

---

① 见戴锦华、刘健芝主编《蒙面骑士》，上海人民出版社，2006年。

故事从拉丁欧洲开始

德国学者韦伯曾把欧洲一分为二，在《新教伦理与资本主义精神》这本书里，称"几乎没有什么例外地可以发现这样一种状况：工商界领导人、资本占有者、近代企业中的高级技工，尤其是受到高等技术教育和商业培训的管理人员，绝大多数都是新教徒"，与此同时，"天主教徒很少有人从事资本主义的企业活动"①。

他的前一句，指向北方的英国、德国、瑞士以及北欧地区；后一句则指向南方的意大利、西班牙、葡萄牙、大部分法国等地。毫无疑问，在他的眼里，一条线画过去，前一个是"新教欧洲"，其优势是"理性化""理性化""理性化"（重要的事情说三遍），多见"集中精神""律己耐劳""责任感""严格计算""讲究信用""精明强干""冷酷无情的节俭"等人格特点，因此成为了现代资本主义的伟大源头。至于后一个"天主教欧洲"，怎么说呢，完全是另外一回事了。

考虑到他的"天主教欧洲"与拉丁语族和拉丁文化的覆盖区大面积重合（爱尔兰等地除外），这一地域大概也可称为"拉丁欧洲"。

不妨暂且这样约定。

很多东方人习惯于把欧洲打包处理，不注意韦伯的这一划分，就像很多西方人分不清中国的儒家和道教，分不清京剧和越剧，分不清山东人和广东人的脸型。这样的"西粉"或"中国通"都委实太多。韦伯大概最恼火这种混淆。事实上，从总体来说，新教欧洲一开始就压根儿瞧不起拉丁欧洲，甚至敌视这些无纪律、缺乏自觉性、只知寻欢作乐的懒汉，一些既不懂洛克（政治学）也不懂斯密（经济学）更不懂康德（哲学）的家伙。看看那些夸夸其谈情绪不定的破落骑士吧，多血质，好冲动，异想天开，只会"信天游"和"神逻辑"，充其量只配泡在剧场或酒店里玩一把激进艺术。那真是艺术吗？西班牙的《堂吉诃德》和意大利的《十日谈》，早已透出了这种没落社会的气息。美酒、狂欢、奢侈品、巴洛克风格等，不过是这种精神衰亡的回光返照。在英、美输出的知识谱系里（见诸百度百科所列"字典上的解释"），弗拉明戈不仅仅被定义为西班牙歌舞，还被贬为一种可疑的人生态度："追求享乐，不事生产，放荡不羁"，"生活在法律边缘"——新教人士的嫌

---

① 引自《新教伦理与资本主义精神》，［德］马克斯·韦伯著，于晓、陈维纲等译，三联书店，1987年。

恶感已呼之欲出。可以想象，如果不是发现了新大陆，突然有了一大块缓冲空间，北方那些勤奋而冷峻的工业家，总有一天忍无可忍，肯定要把这些拉丁佬逐出欧洲——就像双方曾在共同的十字架下，横扫环地中海地区，联手把伊斯兰教成功地挤压出去。

历史没有出现那一幕，也许纯属偶然。

1588 年，英国大败西班牙。1815 年，英国大败法国。法国代办事后还在酒会上被英国外交大臣当面羞辱："好了，胜利的荣耀属于你们，不过随之而来的灾难和毁灭似乎毫无荣耀可言。恰恰相反，工业、贸易以及与日俱增的繁荣肯定属于我们！"

法国代办吞下了整个拉丁欧洲的羞辱。

此时欧洲人正在一窝蜂不断涌向新大陆。新教人群主要向北，拉丁人群主要向南，两个欧洲搞了一次分头对口输出。大体情况就是这样。新教人群胸怀上帝优等子民的使命感，还有实现理想的满满自信，在北方杀出了一片空荡荡的天地。即使买来一船船的非洲黑奴，人手还是明显不够。人工价格随之一直居高不下。依某些史家的说法，没有比美国人更爱发明机器的了，没有比美国人更爱劳动的了，其重要原因之一就在这里①。"劳动是最好的祈祷。"新英格兰人确实是这样说的。无耻的乞讨必须禁止，富人再有钱也必须自己动手干活，《英国济贫法》和《基督教指南》（巴克斯特②著）就是这样分别规定的。在这种情况下，新移民的生活图景逐渐别具一格。牛仔裤——打工仔的工装裤，后来几乎成为全民流行服，大败旧贵族的口味，却洋溢着劳动的自得和光荣。总统穿上它去盖房子，议员或教授穿上它来割草，都特别方便合适。高脚凳——适应一种半站半坐的姿势，一种没打算全身放松和持久放松的匆匆状态。喝一杯廉价啤酒或杜松子酒然后就要去干活的大忙人，最习惯这种屌丝支架，使之很快流行于各地酒吧，然后进入美国的大学、电台以及政府机构。还有快餐，特别是汉堡包——网上曾有一个段子如此调侃，"舌尖上的美国"无非就是大汉堡、小汉堡、圆汉堡、长汉堡、厚汉堡、薄汉堡……这说得很损。不过美国人的口味确实不能恭维。法国、意大利人眼中的这种"狗食"（笔者一位法国朋友语），居然一吃两百年，吃得一年四季一个样，吃得全国到处一个样，居然还吃得兴高采烈。哪怕身家万亿的大亨，比尔·盖茨和扎克伯格的那种，一口气裸捐了万贯家财，富得同钱结了仇似

---

① 引自《全球通史》，[美]斯塔里夫阿诺斯著，吴象婴等译，北京大学出版社，2006年。

② R. 巴克斯特（1615－1691），著名清教神学家。

的，也能把这单调得不能再单调的干粮吃得津津有味。唯一的解释：他们在这里不仅是吃汉堡，而且是吃习惯，吃性格，吃文化，吃人生信仰，吃"天职"情怀，吃先民们"冷酷无情的节俭"（韦伯语）传统，吃新教伦理和资本主义精神的生理遗传——还能有别的解释？

韦伯并不否认新教欧洲与天主教欧洲之间文化的相互渗透，逐渐变得北中有南，南中有北，你中有我，我中有你。他也不否认资本主义正在被骄奢纵欲所败坏，一步步打了折扣。但"理性化"加上"劳动狂"，显然是他眼中新教伦理的价值核心，圣徒式资本主义的最大奥秘。

在这个意义上，美国发生于19世纪的南北战争，不过是两个欧洲的故事上演2.0版，是双方披上新马甲，在新大陆换一个场地再度交手。此时的美洲南北已分化为两个截然不同的世界。虽然李将军手下军官们的素质明显胜出，但骑士时代已经过去，代之而起的是经济学家们深思熟虑的历史新篇。新英格兰地区以强大的工具理性和经济产能，最终击溃了南方各州的冒险家、投机商、封建庄园主。战争的结果，是工业资本主义以关税法、宅地法以及幸运搭车的废奴法案，完全主导了美国的历史进程。不仅如此，这还无异于从墨西哥那里夺得加利福尼亚、内华达、犹他、科罗拉多、亚利桑那、新墨西哥以后，新教美国以制度和文化的胜利，确证了对拉丁佬们的全面优势，迅速巩固了南方的新边界。

墨西哥大幅度南移边界，得到的补偿只不过是1500万美元，外加325万美元的债务减免，差不多又是一个图书馆的价格。

再度交手的结果早有定数。

眼下，站在美国的南方海岸，一步跨到茫茫大海那边似乎也很容易，就像电子信号和喷气飞机去哪里都容易。墨西哥的坎昆，就是一个美国人常去的地方。一个以前的小渔村，转眼已变身为灿烂的国际旅游城市，宾馆区高楼竞立，差不多上千家一望无际，顶级品牌的酒店五光十色应有尽有。更有一些会员制的休闲庄园禁制森严，深不可测，豪车出入，一般的奔驰和宝马在那里都有点拿不出手。作为美国的"后花园"，美式英语是那里的通用语，白人们搭载着邮轮或私人飞机蜂拥而去，塞满了海滩、餐馆、大街、高尔夫球场。褐色的本地人当然有，但几乎都是小心翼翼的侍者，迅速闪避的保安员、清洁工、行李员、服务员、司机、船工，一旦碰到你的目光，便会友好地摇手和微笑。

生意这样火，旅游经济形势大好，他们为什么不笑？

比起很多失业者，他们得到小费后为什么不笑？

不过那种笑的规格统一，来得太密集和太迅速，不像是出于好客的天然，倒是出自某种训练和规定，不能不让人略有迟疑。也许，笑不应是单向的，不能是职业化的，得有些具体理由才对。在一般情况下，他们最好也把自己当成VIP，从邮轮或私人飞机上走下来的世界公民，轻松一些就好，平和沉静一些就够。遇到冒犯时大睁圆眼，用印第安土语大发一顿脾气，可能更给人亲切之感。

那样的南方其实更让人开心。

我心里这样说。

不要为我哭泣

"谁是皮诺切特？"

谁是洛克、斯密、康德……以及那个马克斯·韦伯？说那些老帮菜烦不烦？——很抱歉，女士们先生们，提到这些名字不合时宜，令人扫兴。很多人不会对这些感兴趣，不觉得这与他们所热爱的西方有一毛关系。

恰恰相反，在他们看来，事情很简单，太简单，"西方"就是不累人的好事，就是好事呀好事呀好事。西方就是摩天楼，就是豪华别墅，就是夜总会，就是D罩杯性感妞，就是动作大片，就是戴上墨镜去旅游，就是时尚消费杂志，就是最新款的平板电脑和智能手机，就是戴一顶华丽帽子的巴黎女郎感觉，束一条名牌领带的伦敦绅士感觉，喷几个顶级乐团的赫赫大名然后有登上世界文明顶峰的感觉。网上已有女大学生贴出广告，她愿意应召援交，价格可以面谈，服务一定超值，原因是她要买一台iPhone6。

我无话可说。

拉美人一定觉得这种小广告似曾相识。我知道，在很多欠发达地区，或前殖民地区，或文化低理性地区，更不要说这三种状况叠加的地区，都有西方阴影下的众多梦游者。有些小资、文青、学渣一旦想"开"了，走出这一步并不难。越穷就越想消费，越消费就越觉得自己穷。西方那个广告中的五彩天堂都快把他们逼疯了。非洲曾有一个词Been To（到过），戏指那些最爱同西方攀点关系的小新派，因为他们嘴里最多出现I have been to……这样的句子，炫一下自己在欧美的游历。我也特别想发明一个词，一个缩合词，像英语中的China与America合成为Chimerica（中美国），来描述某种半土半洋、又土又洋、内土外洋、土穷酸洋时尚的夹生状态，一种对西方气喘吁吁两眼红红的爱恨交加。

这话的意思是，一部西方史很大程度上已被他们误解，被他们鸡零狗碎地捣糨糊。西方最好的东西，或者说现代西方文明的价值核心，即韦伯眼里的"理性化"和"劳动狂",正被他们齐心合力地扼杀——且不说这两条是否留下了重大盲点,即便照韦伯说的办,小新派们也最像一伙反西方分子,"到过"们、"看过"们、"听过"们是隐藏最深的西方文明掘墓人。

因为他们恰恰是不理性,不劳动,厌恶理性,厌恶劳动。

他们甘冒学业荒废的风险,性病和艾滋病的风险,也要一台 iPhone6。这个账怎么算也万分离奇。

接下来的事不难想象。不需要太久,当他们发现自己挤不上现代化快车,失败者最方便的心理出路,就是去神秘兮兮的雨林、天象、传说、术士、荣耀祖先、哈里发神学那里寻求抚慰,然后揪出一个不可或缺的魔头,对眼下糟糕的一切负责。作为一种韦伯眼中失去灵魂的资本主义,消费迷狂已如美妙的吸毒、华丽的自杀、声威赫赫的虚无,不仅制造出太多失败者,不仅放大了他们的失败感,而且正大批量培育他们的冷漠、无知、浮躁、偏执、绝望……为事态的另一个前景做好准备。英国作家奈保尔早就注意到,很多伊斯兰极端分子其实够摩登的,至少是曾经够摩登的,满脑子时尚资讯不少,对新潮电器熟门熟路,刚去宾馆开房以便偷窥泳池洋妹,流出世俗化的哈喇子,一转眼却可能变成虔诚教徒和蒙面杀手①。这样的瞬间变脸耐人寻味。据媒体报道,前不久巴黎的 11·13 恐袭案中,主凶之一哈斯娜"对伊斯兰教义其实毫无兴趣",倒是喜欢牛仔帽,喜欢好烟好酒,经常挎上新男友在夜店里瞎混。另一主凶阿巴乌德接受过私立教育,可见不怎么差钱,也是经常出手阔绰,是个在酒吧和夜总会生了根似的"花花公子"。

中国成语:学坏三天,学好三年。很明显,夜店消费主义离夜店恐怖主义只有一步之遥,都是三天之内可以轻易上手的业务。换句话说,金钱并非有效的防暴装置,更非极端思潮的解药。事情倒像是这样:消费主义的虚火有多旺,恐怖主义的势能其实就有多大。在瞬息万变的生存竞争中,极端贪欲最容易变为极端空虚,狂热谄媚最容易变为狂热怨恨,西方的铁粉最容易成为西方的仇寇——区别可能仅仅在于:

前者还混得下去,后者混不下去了。

前者对弱者冷漠,后者开始把冷漠范围覆盖强者——并且碰巧(也是必须)为冷漠找到了一个神圣的名义,比如宗教或民族的名义。

就宗教和民族而言,拉美与西方多少有些亲缘关系,打脱骨头连着筋,因此再闹翻也像个穷亲戚,属于某种内部人的分裂,离血腥的"圣战"稍远——正如他们在历史上一次次远离了世界大战。这当然是幸运。但对于某些

---

① 见《信徒的国度》,V. S. 奈保尔著,秦於理译,南海出版公司,2014 年。

梦游者来说，这也是痛醒的一再延迟。在我抵达拉美的半年前，爱德华·多·加莱亚诺先生去世了。他的一本《拉丁美洲：被切开的血管》，喷涌出对现实炽热的反思和批判，对"拉美化"这种全球最严重贫富分化的痛切剖示。这本书曾在波哥大长途汽车上被一个姑娘诵读，先是给女友读，然后给全体乘客大声读。作为一本禁书，在军政府大屠杀的日子里，它还曾被一个圣地亚哥的母亲偷偷珍藏于婴儿尿布之下，以便带给更多的读者。在布宜诺斯艾利斯，一个没钱买书的大学生竟在一周之内跑遍附近所有书店，寻找尚未卖出的这本书，一段段接力式地读完它，直到自己缩在墙角读得泪流满面……这也是拉美，让人屏住呼吸的一个褐色板块，一种逼近的梦醒。当 A 女士对我说她最自豪于哥伦比亚人的"精神"时，我想到了这一切。

回头看去，他们所传承的拉丁语族，一种源远流长的文化巨流，至少曾孕育过 1789 年的法国大革命，1936 年西班牙共和保卫战，还有几个世纪来拉美此起彼伏的民族解放斗争，没有任何理由低估这种文化的血性和能量。

没有任何理由低估这一切对人类的启迪。

Don't cry for me——Argentina！

飞机越过安第斯山脉，其时耳机里正传来麦当娜的歌唱，电影《贝隆夫人》的主题曲，曾在电影拍摄现场让四千多名围观民众泪光闪闪的一缕音流：

> 阿根廷，不要为我哭泣，
> 事实上我从未离开过你。
> 在那段狂野岁月中，
> 我一直疯狂拼争。
> 我信守我自己的诺言，
> 不要将我拒之千里。
> ……

贝隆夫人出身卑微，小时候绰号"小瘦子"，是一个穷裁缝的私生女，十五岁那年当上舞女，成为社交场所知名的交际花，直到遇上贝隆将军，后来的改革总统。贝隆推动了国家工业化，抗拒英、美强权，为下层民众力争社会福利，得到她的全心支持。即便丈夫后来下台蹲进监狱，她也决不言弃，仍奔波于全国各地，为平等和民主呐喊，为妇女争取投票权，为失业者、单亲家庭、未婚母亲、孤寡老人、无家可归者维权抗争，被誉为"穷人的旗手"。但正是这一切触怒了上流社会，"婊子贝隆""艾薇塔婊子"等词曾经充斥大小媒体。"婊子!""婊子!""臭婊子!"……贵族男女和无知市民们一次次投来香蕉皮和鞋子，要把她轰下台去。

直到 33 岁她永远倒下的那一天。

阿根廷，不要为我哭泣。她擅长舞蹈，熟悉华尔兹和狐步，也是弗拉明戈的"阿根廷玫瑰"。源于西班牙安达卢西亚地区的这种舞蹈，眼下经常跳成了一种俗艳的商业表演，一种单薄的欢乐或色情诱惑。其实，这种舞是复杂的、纠结的、撕裂的、尖锐的，热情又痛苦，敞开又隐秘，倾诉又沉默，目光中交织了鼓励和禁止。舞者们并无芭蕾的清纯，也无华尔兹的高贵，倒是有一种孤冷和顽强的风格，往往是耸肩，昂首，眼神落寞甚至严厉，与舞伴忽远忽近，若即若离，手中响板追随靴跟踏出的铿锵顿挫，用令人眼花缭乱的眉梢、指尖以及腰身回望内心沧桑。按一位中国作家①的说法，真正的弗拉明戈很难看到，从不会出现在剧场，只有经朋友私下联络，人们才可能进入夜幕下某处不起眼的小巷小门，在一个不太大的房间里，坐在少许"内部人"中，听直击人心的吉他声怦然迸发，地下宗教仪式般的肢体暗语已扑面而来。

舞者通常是中年妇人。黑裙子突然绽放遮天之际，他们的命运就开始了。她们假定你读懂了暗语。

（原载 2016 年《十月》第二期）

谁说春色不忧伤

迟子建

在我的故乡，十月便入冬了。雪花是冬季的徽标，它一旦镶嵌在大地上，意味其强悍的统治开始了。虽说年分四季，但由于南北不同和季节差异，四

---

① 见《鲜花的废墟》，张承志著，新世界出版社，2005 年。

季的长度是不相等的，有的春短，有的秋长。而我们那儿，最长的季节是冬天。它裹挟着寒风，一吹就是半年，把人吹得脸颊通红，口唇干裂，人们在呼号的风中得大声说话，不然对方听不清。东北人的大嗓门，就是寒风吹打的吧。你走在户外，男人的髭须和女人的刘海，都被它染白了，所以北国人在冬天，更接近童话世界的人，他们中谁没扮过白须神翁和白毛仙姑呢。

被寒流折磨久了、被炉火烤得力气弱了、被冬日单一蔬菜弄得食欲寡淡的人，谁不盼着春天呢？春天的到来是最铺张的，它的前奏和序幕拉得很长。三月中旬吧，就有它隐约的气息了。连续几个晴天后，正午时屋檐会传来滴答滴答的水声，那是春天的第一声呼吸，屋顶的积雪开始融化了。人们看见活生生的水滴，眼里泛着喜悦的光影。但别高兴得太早，春天伸了一下舌头，扮个鬼脸，就不见了。寒流的长鞭子又甩了出来，鞭打得人还不能脱下冬衣。人们眼巴巴地看着屋檐滴水时凝结的冰溜儿，就像望着脆弱的琴弦，不敢把动人的旋律弹奏。到了四月初，屋顶的积雪全然融化了，家家的白屋顶露出了本色，红瓦的现出热烈的红色，青瓦的现出深沉的钢青色，这时春天的脚步真的近了。雪花隐遁，天空由灰白变成淡蓝，太阳苍白的面庞有了暖色，河岸柳树泛红，林中向阳山坡的达子香花，羞答答地打骨朵了，人们饲养的家禽，开始在冬窝里频频伸展翅膀，想啄春天的第一口湿泥，做自己的口红。这时的春天怎么说呢，是到了婚日的盛装的新娘，呼之欲出了！

春天就是一个宝石库，那里绿翡翠最多。地上的草，林中的树，园田的菜圃，呈现着一派娇嫩的绿；山间原野的花儿，姹紫嫣红，争奇斗艳，蓝的如宝石，红的如玛瑙，白的如珍珠，金黄的如琥珀。这时窗缝的封条撕下来了，门上用于抵御寒风的棉毡也取下来了，人们换下棉衣棉裤，家禽们又可以寻觅园田肥美的虫子，作为它们的小点心了！到了五月，春天波涛汹涌地来了，所有的生命都荡漾在它明媚的波涛里！

但这样的春色，也许过于寻常，并没有烙印在我心灵深处。我对最美春色的记忆，居然与伤痛联系在一起。也就是说，有两个年份的春光，分别因身体和心灵的伤痛，而化为了化石，嵌在我骨头缝里，无法忘怀。

我在大兴安岭师专读二年级时，也就是三十四年前，春末时分，我突患牙痛。先是一颗牙起义，疼了起来，跟着它周边的牙呼应它。半口牙痛起来的感觉，你甚至想当自己的刽子手，砍下头颅。我还记得童年时一个杀猪的因为牙痛，要喝农药，他老婆喊邻人阻止丈夫愚蠢行为的情景。有过牙痛经历的人都知道，那种痛锥心刺骨，尤其是夜深它扰得你不能安眠时。记得我被牙痛连续折磨了两昼夜，一天凌晨，天还没亮，我实在忍耐不住，一个人悄悄穿衣起来，出了集体宿舍，走向校园西侧的原野。那天有雾，我张开嘴，希望雾气能像止痛散，发挥点作用。当我步出宿舍区，接近原野的时候，发现了一团黑乎乎的东西。走近一看，是台用于耕地的拖拉机！我想起白天时，曾望见它在原野上工作。拖拉机驾驶舱的门，居然一拉就开了。我像发现了一个古堡，兴奋地跳上驾驶室。完全不懂驾驶技术的我，试图开动它。好像拖拉机的履带一转，我的病痛就会被碾碎似的。我不知哪里是油门刹车，双脚乱踏，手抚在方向盘上，振振有词地喊着前进前进，可拖拉机纹丝不动。但这丝毫没有减淡我的热情，我像对付一匹野马似的，执意要驯服它，一直和它战斗，直到雾气野鬼似的在日出中魂飞魄散，我才大汗淋漓地休战。太阳从背后升起来，照亮了我面前的原野。它的绿是那么的鲜润，就像一块刚压好的豆腐，只不过这是块巨大的翡翠豆腐！这片触目惊心的绿震撼了我，我跳下拖拉机。牙痛就在我奔向原野的时刻，突然止息了。病牙撤兵，整个身心都获得了解放。我感恩地看着春天的原野，想着它蛰伏一冬，冲出牢笼后出落得如此动人，可我从未细心打量过它，辜负如此春色，实在不该。

另一片记忆中的至美春色，是与2002年联系在一起的。那年5月3日，爱人在归乡途中车祸罹难，我赶回故乡奔丧。料理完丧事，回到塔河，正是新绿满枝的时候。姐姐见我很少出门，有一天领着孩子，拉着我去堤坝走走。太阳已经很暖了，可走在土路上，我却觉得脊背发凉。堤坝是我和爱人常去的地方，我们曾在河边打水漂，采野花，看两岸的山影、庄稼和牛羊。我走下堤坝，看到几棵嫩绿的柳蒿芽，随手采了，那是我和爱人喜欢吃的野菜，把它用开水焯了，蘸酱吃鲜美无比。我采了柳蒿芽，又看见了野花，白的，粉红的，淡蓝的，星星似的眨眼。我没有采花，因为以往采回的野花，会放到床头桌上，照亮两个人的梦境。想着爱人与这样的春色永别了，想着再无人为我采撷这大好春色，伴我入梦，我忍不住落泪了。"万木皆春色，惟我枝头泪"，这是我为《白雪乌鸦》里丧夫的女主人公写的一句内心独白，它其实也是我的内心独白。那天我怕姐姐看见我的泪，便朝茂密的柳树丛走去。泪眼中的春色飞旋起来，像一朵一朵的云，在人间与天堂之间绽放，那么迷离，那么凄美！四野寂静，我听见了自己的心跳声。我想一颗依然能感受春光的心，无论怎样悲伤，都不会使她的躯壳成为朽掉的木。爱情的春光抽身离去，让我成为无人点燃的残烛，可生命的春光，依然闪烁！

我最爱的词人辛弃疾，曾写过"春风不染白髭须"的名句。是啊，春风染绿了山，染红了花，染蓝了天，染白了云，可它不能把我们的白须白发染黑，不能让岁月之河倒流。但春风能染红唇，能让它像一朵永不凋零的花，吐露心语，在夜深时隔着时空，轻唤你曾爱过的人，问一声你还好吧？

（原载2016年4月3日《文汇报》）

邓刚斗嘴：酸甜苦辣悟人生

邓　　刚

问：你这个堂堂的作家也有尴尬的事吗？

答：当你被人以作家的身份介绍给一群人，而这群人没一个看过你写的东西，但这群人却又对你热烈鼓掌表示敬意时，是最尴尬的了。

问：你愿听赞扬还是愿听批评？

答：我当然愿听赞扬了，所有赞扬我的话我都愿听。如果赞扬错了更好，这给我提供了一个谦虚的机会。当然，愿听赞扬不愿听批评是错误的。但历史的经验告诉我，没有一个说赞扬话的人被判有罪，但说批评话的人却有不少被杀头。

问：你最大的缺点是什么？

答：我能从一个是非颠倒的年代，安安全全地活到今天，这是何等的能耐，怎么会有缺点呢！所以我最大的缺点是没有缺点。

问：你也盼望梦想成真吗？

答：梦想成真四个字，在我这样年龄人的眼里，属小儿科语言。但我经常企求：噩梦别成真。

问：你经常害羞吗？

答：我过去经常害羞，但后来渐渐地发现，比我缺点多的人有的是，不但不害羞，反而还觉得自己正确得要命，所以我从此也决不害羞了。

问：在场很多人崇拜作家，你的妻子和女儿也崇拜你吗？

答：崇拜的第一个条件是需要距离。妻子儿女整天和你在一起，看到你咳嗽吐痰伸懒腰，看到你也和一般人一样提着裤子上厕所，怎么会崇拜呢？

问：你相不相信鬼神？

答：在当今这个世界上，有没有鬼神和相不相信鬼神是两回事儿。对鬼神信得要命的人，百分之百地没有真正地看见鬼神什么模样；不信鬼神的人即使是被命运捉弄得死去活来，也挺着个脑袋决不信鬼神。

问：我们的邻居就是到庙里烧香求神，他的儿子最终就考进了名牌大学！

答：我们中国人行贿的能力真是了不得，连鬼神也不放过。假如鬼神真的受贿才办事，那我们的腐败真是没救了！

问：现在的治安状况越来越糟，抢劫的，杀人的，贪污百万千万甚至亿万的，我怀念过去贫穷却朴实的年代，那时连小偷都很少。难道你不承认吗？

答：你这是在说极其愚蠢的昏话。那时穷得小偷都没有什么东西偷，那时穷得你都没有条件腐败。不客气地说，戒备森严的监狱里最安全，你到那里生活去吧！

问：报纸上报道，有一个歹徒持刀在公共汽车上对女售票员行凶，当时汽车上有几十个乘客，竟然没有一个敢站出来，如果你当时就在那辆车上，能不能站出来？

答：假如当时我腰里插着一支手枪，或是手里有一件能迅速打倒歹徒的武器；假如那个售票员是我的女儿和亲人，我想，我会冲上前去的。否则，坦白地说，我站不出来。

问：我最恨拍马溜须的人，可是听说你曾在一篇文章中同情拍马溜须的，我十分不理解，你能不能给我解释一下，你怎么会同情这些哈巴狗！

答：其实，在道德层面上，我也憎恨拍马溜须的哈巴狗。但从生存的角度上看，我还是有一些极个人的想法。假如一个人什么能力也没有，不会写不会算不会讲也不会任何技能，他只有逆来顺受委曲求全地讨领导喜欢，才会讨来一碗羹。那么，你还不让这样的人活了吗？

问：我们的领导绝对没有水平，甚至开会讲话还念大白字，常把破绽念成破腚。而我比他的水平高好几倍。但他却能恬不知耻地批评我，压制我，并领导我，你能解释这种不公平吗？

答：要是有水平才当上了领导，那就很普通和正常；而你的领导绝对没有水平，却能当上领导，你不认为这是最了不得的水平吗？

问：现在人们普遍批评我们年轻人越来越缺乏爱国的热心了，你也这样认为吗？

答：我认为爱是双方的，无论什么样的爱。我们从来都是居高临下地指责青年人爱不爱国，但从来没有客观地问问国家爱没爱过青年。半个世纪以来，我们对青年学生不是批判就是改造，不是要他们成为驯服工具，就是要他们上山下乡接受再教育。即使是改革开放后的今天，还总是对青年板着教育甚至教训的面孔，却又要我们的青年有爱国的热心，这种要求也许是理直气壮，但我认为很难使青年焕发出爱心来。

问：有的人在国内好吃懒做，纯粹是个懒汉笨蛋，但到了外国却拼命工作，这不值得批评吗？

答：如果一个中国人在本国是个懒汉和笨蛋，但到了外国却能拼命地工作，这只能是我们自己的耻辱，说明我们的环境太差了，能把一个本来会拼命工作的人变成懒汉和笨蛋；而国外的环境太优秀了，能把一个懒汉和笨蛋变成勤劳的人。

问：有一句令人沮丧的名言：人一生下来就与死亡作斗争，直至被死亡所战胜。说起来人活着真没意思！

答：恰恰人类因为活着没什么意思，才充满激情地去寻找活着有意思。而且还派生出五彩缤纷的文化：佛学家讲轮回，给你再一次生命的希望；道学家讲规律，让你视死如归；上帝讲天堂，使你不但活得有意思，死后升天还更有意思。只有文学家长叹人生的本质是悲观主义，却又莫名其妙地充满创作激情。

问：你对死亡持什么态度？也就是你怕死吗？

答：我当然怕死了。问题是无论你怕不怕，最终也得死，所以我就不太怕了，反而我还有点勇敢，人不是非得要死吗？那就抓紧时间拼命地活呗！

问：我不认为人非得要死，说不定将来有一天，科学发展到人可以不死。

答：死亡是可怕的，但人要是不死，那就更可怕了！秦始皇、希特勒、墨索里尼、慈禧太后、罗斯福、杜鲁门、斯大林、戴高乐、赫鲁晓夫、蒋介石等都健壮地活着，这个世界会多么得疯狂和可怕。如果真有那么一天，谁要是能死，那就是最大的幸福。

问：你乘飞机时，有没有怕飞机失事的恐惧？你是怎样安慰或是平衡这种恐惧心理的？

答：大概所有的人乘坐飞机时都会不由自主地想到危险，更要命的是飞机起飞之前，空姐要做安全示范，要告诉你一旦飞机发生了紧急情况应该怎么办。这时你就是不想恐惧也得恐惧。每当这时，我就想，反正出事大家都得完蛋，但有这么多的人做伴，特别是有漂亮的空姐做伴，完蛋就完蛋吧！

问：假如你不是出生在城市，而是出生在穷山沟里，你会不会感到这个世界不公平？

答：从目前的情况看，出生在农村这就像长在阴沟里的树，与向阳坡上的树相比，当然是不公平了。

问：你怎样面对这种不公平？

答：如果你用乐观主义的目光来看，就会发现，凡是见不到阳光的树，都比向阳坡上的树长得高。因为艰苦和不公平才使它努力向上。不信你看所有城市的官儿，不管是大官和小官，出身农村的比出身城市的多好几倍。

问：你被人羞辱过吗？

答：我十五岁时曾因为是狗崽子而被拖到台上批判，我想这算不上羞辱，因为当时狗崽子成千上万；二十岁时在民兵大会会场里被驱逐出去，当时在场的民兵有五六十岁的老头和老太太，我想这也算不上羞辱，谁让你是狗崽子了；二十六岁时，一个女孩子对我好，正当我激动得不行时，就听到人们说，也不看看你那个狗崽子模样，真是癞蛤蟆想吃天鹅肉！应该说这不是羞辱是羞愧，因为我确实不知天高地厚；三十三岁时，苍老的父亲走到我的跟前，说法院已经承认他坐的十二年大牢是错判，看来上级还是英明的。我突然感到，这是对我和我整个家庭的最大羞辱。

问：知识分子、工人、农民，你认为哪个最聪明？为什么？

答：在中国，我认为农民最聪明。倘若上级说一句：给你们一块糖吃！知识分子立即就欢喜若狂，大喊幸福万岁，激动得还没看见糖什么样子，就能写出吃完糖的滋味和感想；工人就不会这样轻浮，他们先是瞪大眼睛看着，当看到糖的时候，才开始露出笑容；农民更稳沉，他们即使是看到糖也不动声色，而是谨慎地把糖放进嘴里，用舌头舔一下，确实觉得是糖，这才点头。

问：你认为精神重要还是思想重要？

答：如果这两种东西能分得开的话，我认为思想比精神重要。思想会使你有一种坚定的立场，有对事物优劣的判断力。然而精神却不然了，倘若你要是在希特勒的领导下，越是有勇敢和勇往直前的精神，就越是侵略和杀害和平的人民；当年搞大跃进，大炼钢，"文化大革命"，要是没有那么多的精神，今天改革也不会这么艰难了。

问：你怎样看神童现象？

答：我个人认为，所谓的神童是发育程序的乱码。换句话说，就是一个人在少年时期，提前表现出成年时期的智力而已。但等到成年后，他还是成年。

问：你有科学根据吗？

答：这用不着什么科学根据，全世界所有伟大的科学家、艺术家、企业家和有名的人物，基本上没有从小是神童的。具有讽刺意义的是，很多伟大的人物在小时候竟然还是受人嘲笑的笨蛋。

问：问你一个奇特的问题，如果贾宝玉和林黛玉活在我们这个时代，他俩能终成眷属吗？

答：不能。贾宝玉和林黛玉不仅在今天，恐怕在一百年乃至一千年以后也恩恩怨怨地结不成婚。性格即命运。把林黛玉这样的人物放到二十世纪三十年代，她会成为争取解放的革命女性，放到五十年代，她八成会打成右派，六十年代能戴着红袖标造反，八十年代在经济大潮面前也会横眉孤傲，视金钱如粪土；贾宝玉压根就没有点男子汉的气质，混得好一点是小资产阶级知识分子，混不好干脆就扣上流氓习气坏分子的帽子。在改革开放的今天，他绝对考不上大学本科，勉强弄个大专文凭也得靠贾母走后门。林黛玉假如真的同贾宝玉结婚，过不上三天半绝对会离婚。

问：你对你女儿最忠告的一句话是什么？

答：父亲对孩子的忠告一般是无效的。所以，我一般不对女儿有什么忠告。但女儿却经常对我忠告，我当然更不听了。

问：你经常对女儿进行思想教育吗？

答：我认为最愚蠢的家长才喋喋不休地对孩子讲思想，最聪明的家长应该对孩子讲知识。后来我到公安局挂职主管刑侦，发现犯罪分子更多的不是缺乏思想教育，而是缺乏知识。

问：你赞成"虎妈教子"的方式吗？

答：中国有句老话"惯子如杀子"，把孩子当小皇帝就是"惯"；但还有句老话"打死不成材"，像老虎那样凶狠地管制孩子，也不会真正成材的。

问：你错了，那个虎妈最终成功了，孩子最后考进世界级高等学府。

答：用极端严厉的教育方式，容易培养出优秀的"机器"，但很难培养出有情感的人。"虎式"教育下的孩子要是当音乐家，可能只会敲战鼓；当企业家可能将公司管制成员工的监狱。最终他爸妈死了，他大概也不会掉一滴眼泪。

问：什么是幸福？

答：这个问题简单得都无法回答。好像有一篇文章说过，人和幸福的关系就是鱼和水的关系，等到鱼被钓到岸上憋得发疯地蹦跳时，它才知道在水里是多么幸福了。

问：经常听到有文化的人讲"难得糊涂"，我真有点想不通，现在人们都拼命地学习知识，让自己变得聪明智慧，可有文化的人却追求糊涂，这不可笑吗？

答：这是郑板桥的名句。我个人理解是当一个人太聪明太智慧，什么事都能看得一清二楚，就能看到凶险，看到肮脏，看到阴谋诡计，于是就感到太沉重，所以就想最好糊涂些，才会轻松吧。

问：你也信奉"难得糊涂"吗？

答：我比郑板桥厉害多了，因为他没经过"文革"，还没练就出真正的道号来。难得糊涂说穿了其实是难得明白，也就是还没真正看透人生的本质。其实无论吉凶祸福，该来的就得来，该走的就得走，撞不上也躲不过，你就往前走吧。

问：在一些严肃的会议场合，我看到一些作家不按照规定穿西装，而像个自由散漫的浪子。有一个作家竟然还穿着休闲的对襟小褂，真让我感到可笑！

答：在堂堂中国的国土上开会，穿中国服装不行，必须西服革履，否则不准与会。我觉得你只感到可笑恐怕不够，你还应该感到可悲。

问：我觉得人们的素质越来越低了，个个都见钱眼红！

答：我认为见钱眼红是正常现象，一个人要是见钱不眼红，还能见废纸眼红吗？这就像狮子和老虎见了肉兴奋若狂一样，如果哪个动物见了肉毫无感觉，连闻都不闻一下，若不是胃口刚刚撑得发胀，那绝对就是病了。

（原载作者新著《舌战群儒》）

李国文谈古论今

李国文

鲍照之流

在南北朝文学史上，鲍照是位相当重量级，绝对不可怠慢的大诗人，没有他，后来盛唐诗坛的李白，可能要减色一半。所以，对鲍的文学成就，对其文学史上的贡献，无论怎样的高看，都不为过。可惜，现在基本上没有什么读者关注他，甚至不知道他，这真是无可奈何的事情。虽然，他曾经与谢灵运、颜延之齐名，并称为"元嘉三大家"，也许由于一直敬叨末座，很容易被忽略掉。话说回来，即使刘宋时期闹得沸沸扬扬，风头最劲的谢灵运，又如何？当下，在古典文学研究者的心目中，谢灵运也是一条冷板凳，不怎么热衷挤进去排排坐了，何况鲍照？

在中国文学史上，这种由热而冷，由红而黑的现象，正好说明一个道理，没有永久，是颠扑不破的辩证法。文学犹如流动着的长河，文人不过是河面上漂浮着的浪花飞沫，不管你曾经多么光辉灿烂，也不管你曾经怎么名倾海内，这条河不会为你驻足停下，让你总那么风光。长江后浪推前浪，各领风骚若干年，白云苍狗，浮光掠影，过去了也就过去了。有些前辈和同辈，常常悟不透这一点，你热闹过了，你就退场，让他人继续热闹，再正常不过，不要总觉得自己是开不败的花朵，更不要总是不停地跌打滚爬，仰卧起坐，好让人不致将你忘却。说到底，所有折腾，皆属徒劳，等到阁下眼睛一闭，全是无用功。所以，提笔写这位南北朝时很落寞，而且很痛苦的前人，心中不免忐忑。鲍照是谁？谁是鲍照？肯定问号连连，于是，也就只能以"呵呵"来支吾了。

鲍照（公元412？-466年），字明远，东海郯（今山东郯城县）人。文采出众的他，不幸出身寒门，这是他一辈子的致命伤，他的所有落寞，所有苦难，均由此而来。

魏晋南北朝之际，门第和品流决定人的一生，族望高显者视寒士如无物，自负清流者远尘俗若避秽，人群区隔，壁垒分明，好恶亲疏，全在脸上，成为鲍照之流的痛苦之源。这种以家世分类站队，以出身决定优劣的政治歧视，倒也不是鲍照一个人的遭遇，历朝历代，都出现过不同变种的压迫措施。钟嵘很同情他，在《诗品》中为他叹息，"嗟其才秀人微，固取湮当代"，道出鲍照之不得意，不得志的根本，就在这个"微"字上。而他又非常地想得意，想得志，想出人头地，偏偏这个"微"，硬是让他不得志，不得意，抬不起头，直不起腰。所以，作为文学史上一个特别优秀的诗人来说，相当的不自在，相当的不快活，真有痛不欲生之意。

倘若鲍照极一般，极普通，有他不多，无他不少，也许就不必那么折腾了，做一个市井百姓，日出而作，日入而息，一盏老酒，半壶粗茶，滋润自得，未尝不能乐在其中？干吗你不能听人的，而要别人听你，干吗你不能低人一等，而一定要高人一头？但鲍照的那人皆称羡的一流文采，烧得他心急难忍，烧得他五脊六兽，让他不甘雌伏，难以人下，让他渴望高就，引导潮流，我能理解他的雄心；上下跳踉，四处奔走，待价而沽，推销自己，我也能同情他的折腾。可命运给他傲人才气的资本，却给他处处碰壁的遭遇，这样的玩笑，一而再，再而三，鲍照仍不清醒，就有点不那么让人尊敬了。最奇怪的，这个极聪明的文人，极明白，明白他之屡战屡败，非战之罪也，而是"才之多少，不如势之多少远矣"，这是他《瓜步山楬文》中的名言，经常被引用。所谓才，特别是文才，只能对知才、识才、懂才、用才者，起到作用；势，就不同了，气势盛时，运势好时，声势大时，优势多时，便无往不利，无攻不克。阁下既然明白，势不在你，有才等于无才，你还闹腾个啥？反过来说，势之所至，搭上了顺风车，无才也可以有才。君不见文坛聚会，坐在主席台上的衮衮诸公，其中不乏金玉其外，败絮其中者，不也腆着脸照样领受众人礼拜么？

越明白，越痛苦，越痛苦，越不放弃，也太可悲了！一个能清醒地认识到世道诡诈，运势乖戾的人，却跳不出来，偏要在自设和人设的樊笼里玩到死，这岂是鲍照一个人的悲剧吗？

人们选择自己的生存方式，别人是没有资格置喙的，鲍照愿意一辈子打翻身仗，至死不渝，那是他的自由。不过，在予取予求的谋生过程中，过分的自负自洁，失度的自卑自贱，都是不足为训的。而鲍照之不被人待见，不受人尊重，正因为这位大诗人，精神上才高傲人，清寂自许，现实中则又行事污浊，罔顾人格。所以，奔走权贵，阿附豪门，朝拜显要，攀结势柄，忙得不可开交。那时，要想进入仕途，就是干谒。所谓干谒，就是要得到王公贵族的认可、支持，高门显宦的奥援、推介，方可捞到一官半职。因此，他四处磕头拜客，逢人鞠躬作揖，最可恶者，像鲁迅笔下的祥林嫂，喋喋不休自身的苦寒，以乞求同情，最为人诟病。

"臣孤门贱生"（《解褐谢侍郎表》）

"臣北州衰沦，身地孤贱"（《拜侍郎上疏》）

"我以筚门士，负学谢前基"（《答客》）

"臣自惟孤贱"（《谢解禁止表》）

诸如此类，说个没完没了。无非不甘下沉，另求生天，以出众的才华，求得更多的东西。在《侍郎报满辞阁疏》中，一方面表示自己"本应守业，垦畛剿荟，牧鸡圈豕，以给征赋"，谨守本分；一方面又强调自己"幼性狷狂，因顽慕勇；释担受书，废耕学文"，堪当大任。可是，在那个比门第，查宗阀，讲根柢，翻族谱的社会里，无论鲍照怎么努力，只能落得一个"画虎既败，学步无成""志逐运离，事与衰合"的结果。

人的欲望有多高，野心随之也有多大。入了魔的鲍照，不肯罢手，也不能罢手，继续向朝廷最高统治阶层，展开攻势，也就是《南史》本传所说"照始尝谒义庆，未见知"。碰壁而归。鲍照哪肯袖手，继续"贡诗言志，人止之曰：郎位尚卑，不可轻忤大王。照勃然曰：'千载上有英才异士，沉没而不闻者，安可数哉！大丈夫岂可遂蕴智能，使兰艾不辨，终日碌碌，与燕雀相随乎？'于是奏诗，义庆奇之，赐帛二十匹。寻迁为国侍郎，甚见知赏"。刘义庆，即著《世说新语》的临川王，只是欣赏他的文采，并不打算倚为股肱。未获所望的鲍照，更转向当朝的孝武帝刘骏，献诗明志，他知道这位帝王能文善赋，风雅自矜，便自降身价，不惜下作，"为文多鄙言累句"，借此抬高对方，求得近幸，遂留下了历史话把，让人鄙夷之，唾弃之。明人张溥在《鲍参军集题辞》中批他："临川好文，明远自耻燕雀，贡诗言志；文帝惊才，又自贬下就之。相时投主，善周其长，非祢正平杨德祖流也。"

一个溺水的人，面临灭顶之灾，即使一束稻草，他也会抓住不放，以图活命的。东林领袖张溥，一言则天下动，一行则天下从，是一位连朝廷都不敢轻易冒犯的人物，怎么可能理解可怜巴巴的鲍照，如此想改变自己命运的努力呢？因此，我在想，既然鲍先生你根本挤不进这张餐桌，而你又没有力气和勇气掀翻这张餐桌，那你就只有面对这道难堪的选择题了：一、立马转头，义无反顾地离开；二、弯腰低头，钻到餐桌底下与狗抢肉骨头。恰巧，鲍照写过一首诗，相当对景。

题曰《拟行路难》，诗云：

> 对案不能食，拔剑击柱长叹息，
> 丈夫生世会几时？安能蹀躞垂羽翼。
> 弃檄罢官去，还家自休息。
> 朝出与亲辞，暮还在亲侧，弄儿床前戏，看妇机中织。
> 自古圣贤尽贫贱，何况我辈孤且直。

诗归诗，生活归生活，尽管天地如此之大，"孤且直"的大诗人，说来悲哀，却不敢放手自任，远走高飞，还是钻到餐桌底下，仰人鼻息。

我是不大赞成苛求前人的，每个人的存在，都有他合理的内在逻辑，好与坏，自己知道天知道，别人知不知道，那是无所谓的。不过，这个鲍照，对三百年后唐诗的兴旺，打下的良好基础，对李白成为唐诗第一人，人梯作用，功不可没，所以，尽管鲍照行事猥琐，从文学史角度来看，却是不可忽视的角色。

关于鲍对唐诗的影响所及，得先从杜甫的一首诗，《春日忆李白》说起。诗的前四句为："白也诗无敌，飘然思不群。清新庾开府，俊逸鲍参军。"这个"鲍参军"，就是此文的鲍照了。参军，是他生前担任实职的最高官阶，当时，刘宋朝的临海王刘子顼出镇荆州时，作为幕僚的他，自然随之而去，安排为前军参军，估计是个不上不下的闲差。若他手中果真握有军权的话，当不至于最后死于乱兵之手。历来统治者对于这类有名气的文人，照例要安抚的，一是怀柔，二是门面，通常都给予没多大油水，也没什么权力，听起来还蛮说得过去的官位。后人编他的诗文集，为体面起见，还尊之曰《鲍参军集》，看来，授以鲍照这个前军参军，也还算够意思。

杜甫认为，这个鲍参军，对于他朋友老李的文学成就，所起作用匪浅。老李的诗作，之所以天下无敌，之所以卓尔不群，就因为他的诗中，既有庾信的清新，更有鲍照的俊逸。清新加之俊逸，这可是很高的褒奖了。写过字的人都有这样的体会，作诗也好，为文也好，清新，何其难得，俊逸，更是难求。清新不成，犹可以小清新，而俊逸不成，则必是假俊逸。俊逸一假，就要让人起鸡皮疙瘩了。所以，三百年后，老李在攀登唐代诗歌史上王者的奋斗过程中，这个鲍照，不仅是他乐府诗创作上的前行者，起开路先锋作用，还是他一生诗歌创作中的压舱石，敢于升起风帆，破浪直前。鲍照给他的这种创作底气，成为他汲之不尽的灵感源泉，也是他挥笔泼墨的精神支柱。

李白能登上盛唐诗歌第一人的宝座，绝非偶然。这是中国文化发展和传承，积累到一定程度，水到渠成的结果。因此，孙大圣，可以从石头缝中蹦出来，但文人，绝对是前因后果的产物。所有文人，包括你我，成为文人之前的摸索，成为文人之后的探求，都不是无师自通，不教自会的，总是有他心仪的文学引路人，在启发着他，在示范着他，在导引着他，在标榜着他，因而你我之辈，也包括比你我之辈名气更大，成就更高的同辈和前辈，才可能有所依傍，有所皈从，有所师法，有所颖悟地走出自己的路。鲍照对于李白，毫无疑义就是这样一个师承关系。杜甫《春日忆李白》中的"俊逸鲍参军"，就是这层意思。

宋人朱熹说得更为直率："鲍明远才健，其诗乃《选》之变体，李太白专学之。"清人沈德潜则告诉我们，诸位，开山辟路者为鲍照，李白只是坐享其成，"明远乐府如五丁凿山，开人世所未有，后太白往往效之。"但朱熹、沈德潜所言，李白当然听不到，听到了，也肯定不会认账。冲他对杜甫的"俊逸鲍参军"那没有反应的反应，便知道视鲍照为其乐府诗的引路人，老李是不大以为然的。这种在个人文学道路上扮演先行者角色，所起到的或直接，或间接的启悟作用，所起到的或大或小，或轻或重点拨作用，常常为成名以后的这个作家所抛弃，所讳言，所回避，这种近乎"弑父"情结的撇清现象，也是中国文学史上耐人寻味的话题。所以，每当福克纳笔下的白痴形象，每当马尔克斯笔下的"许多年以后，面对行刑队的时候，奥雷良诺·布恩迪亚上校一定会想起父亲带他去看冰块的那个遥远的下午"的句法，每当略萨、博尔赫斯等人笔下的颠覆性文学观念，不期然地相遇在某些同行的主打作品中，我就不禁莞尔了。

难道他们当真不明白师法和剽袭、借鉴和照搬，虽然只是隔着一层薄薄的窗户纸，却有付出劳动和不劳而获的原则区别，也太把读者当傻子看了。幸亏大多数经过长期封建统治的国人，一个个被训练得乖巧懦弱，害怕惹事，对于身边突然冒出来的庞然大物，由于其体量，由于其气场，更由于自觉的或不自觉的"贱"，便油然萌生敬畏之心，从而产生慎口效应，不大敢问个究竟。于是，也就给了这帮浪得大名的文学大牌，肆无忌惮，夸夸其谈的自由。原来，古人也是这个样子的，杜甫在唐代，也算很大牌，但他不想轻易惹恼更大牌，即使觉得自己跟老李非常之铁，也只能试探性地在《春日忆李白》中，触及到老李的创作成因，以及因袭前人之渊源。至于老李对杜甫这个"俊逸鲍参军"的评价，到底认可或者不认可，我们无从得知。但我们都懂的，没有态度，其实就是不明确说出 No 的 No。

打开中国文学史，时有一些令人惶惑的不解之谜，横亘在眼前，杜甫与李白的关系，即其一。杜甫写了好多首追捧李白的诗，作粉丝状，我以为一首两首，足够足够，大可不必接二连三，而拿大的李白，不免过分，却鲜有写杜甫的诗，这架子端的，着实讨厌，做人不应该是这个样子的。所以，李白的落拓不羁，矜持狂狷，侠义仗胆，率性浪漫，也许只是他的表象；而这位谪仙人的内里，有一颗相当骄傲，相当戒备，也相当脆弱，自视甚高，防猜甚高，敌意也甚高的玻璃心，大概也是事实。早年，我写过一篇《李白与王维》的文章，很讶异这两位等量级的诗人，一起同在长安城里厮混若干年，还有一个共同的朋友孟浩然；长安虽大，可文坛并不大，然而，这个喜欢吟诗啸歌，仗剑漫游，及时行乐，醉卧花丛的李白，在他的全部诗文中，王维的零状态存在，也是文学史上的一个盲区。我在猜想，他很介意与他势均力敌的对手，他更忌讳实力能量非他能及的前人。王维，杜甫，属于前者，相距将近300年前的鲍照，则是后者。作为毫无疑义的鲍参军衣钵传人，对其师从关系，却讳莫如深。充分说明这位伟大诗人，其内心，被一条拒绝，警惕，区分，隔绝的红线，死死界定。所以，杜甫说，老李你的诗中，我看到了鲍参军的俊逸，这句话，有哪壶不开提那壶的意思，老李未必受用。

《春日忆李白》的后四句，这样写的："渭北春天树，江东日暮云。何时一尊酒，重与细论文。"如果，诗圣与诗仙有机会坐下来"重与细论文"的话，杜甫肯定要解释一下，写出"俊逸鲍参军"诗句的缘由。老李啊，就冲您诗中那么多"君不见"，便知一二。杜甫话多，嘴碎，但不傻，知道老李不爱听，估计也就把话咽进肚里，不再理论，然而，在此公诗中，杜甫说到的"君不见"，还真是不少，试抄如下：

"君不见黄河之水天上来，奔流到海不复回。君不见高堂明镜悲白发，朝如青丝暮成雪。"（《将进酒》）

"君不见朝歌屠叟辞棘津，八十西来钓渭滨。君不见高阳酒徒起草中，长揖山东隆准公。"（《梁甫吟》）

"君不见淮南少年游侠客，白日球猎夜拥掷。"（《少年行》）

"君不见昔时燕家重郭隗，拥篲折腰无嫌猜。"（《行路难》）

"君不见李北海，英风豪气今何在。君不见裴尚书，土坟三尺蒿棘居。"（《答王十二》）

……

李白爱用"君不见"三字，作为诗句的开头方式，振聋发聩，似乎成为他的艺术品牌。读诗较少的我，一直误会为李白的创造。在中国几乎无人不知"君不见黄河之水天上来"，谁不为之拍案叫绝？但很少有人知道，"君不见"三字，是李白从鲍照那儿"趸"来的。算借鉴呢，还是传承，一句话两句话，还说不清楚。不过能将二手货化为人们眼中属于自己的产品，你不能不承认老李的厉害。但知识产权属于鲍照，千真万确。因为在鲍以前，在鲍当时，没有人使用过"君不见"这神来之笔。鲍在十八首《拟行路难》这组乐府诗中，首先，也是最早，一口气连用了十个"君不见"引领全篇，"开人世所未有"。诸如：

"君不见河边草，冬时枯死春满道。"

"君不见亡灵蒙享祀，何时倾杯竭壶罂。"

"君不见少壮从军去，白首流离不得还。"

"君不见柏梁台，今日丘墟生草莱。"

"君不见阿房宫，寒云泽雉栖其中。"

"君不见春鸟初至时，百草含青俱作花"

……

这个天才独创的"君不见"，其出语惊人，其别出心裁，其当头棒喝，其在读者心理上产生不可名状的强烈反响，聪明如李白者，能不驾轻就熟，原封不动地移植到自己的作品中来吗？

来自民间的乐府诗，始于汉魏，兴于南朝，至唐辉煌。南朝之兴，兴在鲍照，唐之辉煌，首推李白。鲍照有乐府诗一百三十六首，李白有乐府诗约一百五十首，中国乐府诗上两大家，诗题相同者计有十八首，这不是偶然的巧合，而是李白师法鲍照，已到心领神会，惟妙惟肖的地步。再如李诗的"人生达命岂暇愁，且饮美酒登高楼"，与鲍诗"人生亦有命，安能行叹复坐愁，酌酒以自宽，举杯断绝歌路难"的相近；李诗的"人生在世不称意"，与鲍诗"人生不得恒称意"的相似；李诗的"停杯投箸不能食，拔剑四顾心茫然"，与鲍诗"对案不能食，拔剑击柱长叹息"的相类，等等等等，可见李对鲍诗的蹈袭之深，鲍对李诗的影响之大，这种文学发展史上梯队式的传承，本来是再正常不过的事情，但李白"天子呼来不上船"以后，自我膨胀，身价倍增，便企图掩饰他对鲍照的全面师承，需要洗白他对鲍照的直接仿效，所以，在他的千百篇诗文中，仅有四首诗，涉及鲍照，轻描淡写，一笔带过，似有似无，浑不当回事。在其《赠僧行融》中，稍有两句对鲍照的评价。尤其言不由衷。

> 梁有汤惠休，常从鲍照游。
> 峨眉史怀一，独映陈公出。
> 卓绝二道人，结交凤与麒。
> 行融亦俊发，吾知有英骨。
> ……

接下来的诗句，既看不到谪仙人对前行者的敬意，也看不到楚狂人对始创者的礼赞。全是虚头巴脑，应付差使之词，恕我不再抄呈了。

诗中的"陈公"，即唐初诗人陈子昂，与鲍照除了都有宗教界朋友的共同点外，可谓风马牛不相及。李白将他们并列"凤与麒"，大有鸡同鸭讲，不伦不类之感。但是，老李忘了，中国人有几个是真正的傻子呢，鲍照的"君不见"在前，阁下的"君不见"在后，如果说鲍照的"君不见"是天才的爆发，那么阁下的"君不见"，则有大摘别人树上的桃子，装饰自己果园之嫌，这是诗仙的隐病所在。所以，他对灵魂皈依过的鲍照，所表现出来的淡漠和疏离，正如福克纳的白痴，多次出现在国人作品中被讳谈一样，大家装着看不见，或者，不将它特别当回事，这就是中国读者难得的宽容了。

看来，大文人，大，可能有不足处，小文人，小，也许有闪光点。所以，两分法看人，是则赞之，非则弹之，这样的判断，庶几乎能够接近正确。

（原载 2016 年第 4 期《文学自由谈》）

茅　奖

从二十世纪八十年代初，准确地说，是 1981 年 3 月 24 日，茅盾先生致书作家协会书记处的信开始，直到二十一世纪的今天，若要谈起三十多年来的中国文学，必然涉及长篇小说，必然绕不开自 1982 年首届起，至今九届的近 50 部茅奖作品，这些长篇小说（包括那些遗珠之憾的未能获奖作品），实际上可以看作新时期文学 30 年的缩影。她（指晋瑜——编者注）的这部研究茅奖的专著，等于打开当代中国文学之门，使我们得以登堂入室，品评赏鉴，起到尝鼎一脔，窥斑知豹的作用，所以，值得期待。

平心而论，这些获奖作品，并非统统都是实至名归，足以传世的上品佳构，用平庸之作与精粹之作并存，泛泛之作和优秀之作同在来概括的话，大概接近于准确。因此，对参差不齐，难以尽美的现象，也不必求全责备。中外古今、历朝历代，凡文学作者的结群，凡文学作品的组合，薰莸同器，良莠不齐，是可以忽略不计的常规现象，一点也用不着奇怪。我的获奖作品《冬天里的春天》，自然属于平庸和泛泛之作中的一部，而且可以预料，随着时代的发展，文学的演化，作家和评论家的成熟，特别是读者的长进，估计对我这部作品，无论公开评价，还是背后议论，当会每况愈下，也是情理中事，可我并不因此恧颜。任何时代，任何社会，大作家写大作品，不大的作家写不大的作品，各得其所，各展所长，并行不悖地瓜分文学市场，只不过大作品存活的时间，要比不大的作品存活的时间长久一些，但茅奖作品中的"长久"，距离真正的不朽，恐怕还有相当遥远的路程。

　　我写作，从不追求长久，这点自知之明，我还是有的。写作，尤其写长篇小说，是个力气活，犹如举重，超过自身能力极限，1公斤，或0.5公斤的突破，也往往是徒劳无功的挑战。所以，我知道我吃几碗干饭，我也深知自己的文字，不过尔尔，因此，我写作更在意当时效果，作品问世，三头两月，一年半载，有人赞，有人弹，有人高兴，有人跳脚，我就足够足够了。晋瑜向我提了一个问题："您会回头去看自己的旧作吗？"第一我不那么自恋，第二除了编书和校对的必须外，我认为有读旧作的工夫，还不如写新作。所以，《冬天里的春天》出版以后，偶尔翻翻，有；从头到尾地再读一遍，没有。三十年过去，这部作品中人物、故事、情节，已经逐渐淡化，记忆模糊，也只好无可奈何了。我记得有一年和意大利作家莫拉维亚对话，问起他笔下曾经写过的几篇有关中国风物的作品，因何而来？他的回答干净利落，一、我老了；二、我写得太多太多；三、我忘了。那时的莫拉维亚也就七十出头，八十不到的样子，现在的我比那时的他，年纪要更大些，但他最后"我忘了"的答复很精辟，被人遗忘，或者，被自己遗忘，也是绝大多数作家和绝大多数作品的最好下场。因此，对于某些前辈，某些同辈，也许太过自恋的缘故，忙不迭盖个文学小庙把自己供起来，也只有掩口葫芦而笑了。

　　不过，关于我得茅奖的这部《冬天里的春天》，旧话重提，还真是五味杂陈，颇多衷曲。这多年来，偶尔在文章中像祥林嫂唠叨几句"没想到秋天的狼"之类的话，为人诟病，遂尽量少谈自己。其实，狼除了不吃死孩子之外，无论春夏秋冬，都张着吃人的嘴，说又何益？这次，晋瑜要写这部关于茅奖的书，找到我，要我为她的这部著作，提供一点现场感，当然是责无旁贷的了。因为一，我得过奖，属于在劫难逃；因为二，我得的还是首届奖，更是难以推脱；因为三，这是最重要的，与我同届获奖的其他五位同人，死的死，亡的亡，她能找得到的当事人，也就只有我。既然无法拒绝，也就只好扯下脸皮，不谈秋天的狼，而谈秋天的收获。大言不惭，幸勿见笑。

我从网上查到，首届茅盾文学奖的颁奖，为 1982 年 12 月 5 日。仪式是在人民大会堂的小礼堂举行的，那天天气不错，晴朗无霾，但遗憾的是，那时我所属单位为中国铁路文工团，与首都文学界少有来往，偶尔碰到一起，寒暄几句，姓氏、名声、面孔、职务，常常吻合不到一起。所以，那天坐在主席台上的衮衮诸公，究竟有几位，又是哪几位，失敬得很，真是记不起来。而主持者谁，讲话者谁，授奖者谁，我是从哪一位前辈手中接受这项荣誉，实在有点对不起晋瑜，三十年后的我，对于这次盛会，在记忆中已成空白。因为要写这篇文章，我也努力在网上搜索，能够找到的，仅有一张照片，站在最左边的那个高个子，就是本人。我很诧异那时的我，一副木然的表情。后来才悟出来，大抵旱得太久的庄稼，即使等到迟来的风调雨顺，成活也许不是问题，但精气神的振作，肯定是要大打折扣的了。命也运也，夫复何言？

命运的转折，应该更早一点，那是 1957 年的夏天，我突然心血来潮地写了一篇题名《改选》的短篇小说，投给了《人民文学》，很快就发表在 7、8 两期的合刊上。因此罹祸，逐出北京，碧落黄泉，命运颠覆，一蹶不振二十多年。20 世纪的 50 年代，《人民文学》杂志，为文学期刊之翘楚，人所共知。我的处女作，能在那里发表，还放在头条位置，自然是难得的"殊荣"。随着这部小说的问世，显然是受当时苏联文学的影响，而在国内形成风气的"干预生活"文学潮流，也就从此中止，研究当代文学史的论著，都把《改选》列入此次文学潮流的代表作之一。老天的作弄，有时是很残酷的，成功与失败，只是须臾间事。随后，我被发配到太行山深处修新线铁路，开山劈石，实施高强度的劳动改造，以及一言难尽的屈辱和折磨。初初，我以为我活不下去，或者，即使活，大概也活不多久，后来，我不但活了下来，似乎还活得可以。

《改选》七八千字，获罪二十多年，所以没趴下，所以没死掉，正是《改选》能够在《人民文学》头题发表，给我带来的创作自信，成了我必须活下去的动力。相信有一天，当我重新执笔，会写出一些东西，而且还是说得过去，成个样子的东西，是绝对可能的。因此，我特别相信那句名言，"人，是需要一点精神的"。物质变精神，精神变物质，因我深有体会，也是笃信不疑的。1999 年，我应已故的丁聪先生约，为他画我的漫画，打油一首："学画吟诗两不成，运交华盖皆为空，碰壁撞墙家常事，几度疑死恶狗村。'朋友'尚存我仍活，杏花白了桃花红，幸好留得骂人嘴，管他南北与西东。"其实正是这种内心反抗的写照。

《改选》一出，舆情大哗，最滑稽者，莫过于一位获得斯大林文学奖的前辈，带头发难，在《文艺报》著文批判《改选》，他认为我的文笔老辣，应该是一位成熟作家的化名之作，那也太抬举我了。紧跟着，那时还是一个鸦鸦乌的小角色，后来鼎鼎大名的姚文元，也在《中国青年报》长篇累牍对我口诛笔伐，对此，我一一笑纳，并以阿Q精神，借此证明我的写作能力，大概属于"出类拔萃"的一拨，否则，干吗那样咬牙切齿，恨不能食肉寝皮呢？诸如此类的批判，不但屁用不顶，反而增大我的文学信念，巩固我的创作信心，而且支撑着我，无论怎样艰难困苦，无论怎样拿你不当人，也要坚忍不拔地活下来。中国人习惯三十年为一代，而每一世代的更迭，都会随之发生一些或大或小的变化，这在我读过的那些史籍中是有据可查的。算一算账，试以二十加三十，难道我会熬不到五十多岁吗？

　　于是，到了70年代，中国进入了只有一个作家唱独角戏的年代，斯其时也，一方面是《诗经·小旻》里的那句"我视谋犹，伊于胡底"，弄到如此不堪收拾的地步；一方面是晏殊《浣溪沙·一曲新词酒一杯》中的那句"无可奈何花落去，似曾相识燕归来"，隐隐约约的异动，势必要来的转机，正在形成当中。那时，我已年过半百，开始构思在"大地，人民，母亲"这样一个母题下，来写《冬天里的春天》这部长篇小说。

　　依我之见，文学作品在作家还存世的那些岁月里，大家关注的重点，是其艺术成就的高低，美学品味的优劣，词语文字的精糙，趣味风格的雅俗上。但是，印刷物的寿命通常要比写书的作者长些，经过日月的淘汰，时光的销蚀，后人们拿起这部长篇小说阅读，除了上述文学属性的考量外，恐怕更在意这部作品所反映的那个时代的真实程度。文史文史，文和史从来是不分家的。所以，我在想，若干若干年以后，读我们现在这些获奖作品的读者，犹如我们曾经读过的二十世纪三十年代、四十年代的长篇小说，收获应该是相同的。除了美学享受外，或多或少得以了解抗战以前的上海、北平，以及抗战以后解放区、国统区，大概是个什么样子，特别诸如那些年里，国人的生存状态、精神面貌、思想感情、政治动向……乃至于生老病死、婚丧嫁娶、柴米油盐、吃喝拉撒等等感性认识，在历史教科书上，是绝对读不到的。我是这样想的，也是这样做的。我相信，百年以后，也许不到百年，大部分茅奖作品，在图书馆的书架上，应当是处于尘封状态。即便如此，这些作品中，所写出的20世纪后半叶，至21世纪前半叶的中国社会，哪怕只是一个粗陋的画面，一个模糊的背影，对于那时的读者，也是具有文学以外的认识价值。

　　正如晋瑜所说："《冬天里的春天》的创作运用大量意识流、蒙太奇、象征等艺术手法，打乱了叙述节奏，穿插写作今昔之事，充满新意。""新意"

二字，也是我萌发重新执笔，回到文学以来的始终追求。在这个世界上，所有的手工劳动，都是永不停歇的或简单或复杂的无数次重复，独有文学创作，对同为手工业者的作家而言，最忌重复，重复别人不行，重复自己更不行。所以，我在写作《冬天里的春天》时，抱定主意，尝试变换长篇小说的传统写法，不是按照人物成长，故事进展的 A、B、C、D 时序，逐年逐月，一路写来，而是打乱顺序，时空交错，以 C、B、A、D，或 B、D、C、A 的架构，通过主人公两天三夜的故乡之行，来叙述这个延续将近四十年的爱恨情仇，生离死别的故事。这种写法，至少那时的中国，在长篇小说领域里，还没有别的同行在做类似的实验。因此我想，这部并无多少过人之处的作品，若不是写法上的这点"新意"，会入评委的法眼吗？

小说，在英语里，本是故事之意，现在很多"洋范"小说，不大讲究故事，故尔成为小众文学。小众文学当然也没有什么不好，萝卜青菜，各有所爱。但中国读者的欣赏口味，与西方人到底是有些不同，可能是文化传承的关系，阅读习惯还是属意于以故事见长，以情节取胜的大众文学。因此，对我这种时空错置，前后颠倒，故事打散，多端叙述，第一人称和第三人称交替使用，东打一枪，西打一炮的碎片化写法，能不能得到读者认可？一直心存忐忑。直到审稿的秦兆阳先生，给我写了一封很长很长的信（很遗憾后来不知被谁借走，遂不知下落），约有十几页，密密麻麻，语重心长，表示认可的同时，提出不少有益的改动意见；并腾出自己的办公室，让我住进人民文学出版社，集中精力修改，我这才释然于怀。现在看起来，读者的智商，常常为我们作家所低估，其实，一句话可以说清楚的事情，用不着啰唆再三，喋喋不休，一个词汇足以表达的意思，用不着卖一赠二，重床叠屋。如同中国画的留白一样，留下足够的想象空间，用不着怕读者不能够心领神会。此书问世以后，在这种写法的改变上，始终得到读者的大度宽容。

晋瑜问道："您知道有哪些评委吧？和他们有交流吗？"按照中国作协后来的评奖办法，好像要经历初评、复评两道程序，首届茅奖是否如此，不得而知，只有当时主持此事的人员可以回答了。至于我的作品如何入围，如何中奖，真抱歉，恕我一无所知。直到有一天，接到一纸通知，某月某日，到王大人胡同华侨饭店报到，是不是携全国粮票若干，我也记不起来了，不过，就在那里，我们六位获奖者，分别拿到了各自的奖金3000元。3000元，对当时月入八九十元的我来讲，也相当一个天文数字了。相比与在此以前，我在1980年3月份的《人民文学》上发表的《月食》，次年获得了第三届全国优秀短篇小说奖，其数百元奖金额度，真有小巫大巫之别了。

实际上，《冬天里的春天》完成在先，出版在后，《月食》写作在后，发表在先。所以，二十世纪80年代初期，《月食》的影响比较大些。我也不知《人民文学》的涂光群先生，从哪里打探到李国文还活着，跑来约稿，那时，我一家三代人挤住一间半屋子里，他一来，屋子便满了。盛情难却，唯有应命。那时，我的《冬天里的春天》已经脱稿，循着"大地、人民、母亲"这样一个母题，驾轻就熟，写出来《月食》。尽管人物、故事、情节、内容，两者大相径庭，但《月食》实际上等于是《冬天里的春天》的缩微版，因此，很受在解放区生活过的老同志赏识，甚至被问过"你是晋察冀几分区的"。在我印象最深刻的，莫过于北影导演水华先生，有意要将《月食》搬上银幕时，约我与当时还健在的钟惦棐先生对谈。他用车先来拉上我，然后再去接钟先生。他一上车，水华先生为之介绍，这就是写《月食》的李国文，我和他都坐在后座，他侧过身子打量我一番，然后，第一句话就说："你的这篇小说，可让我流了不少眼泪啊！"

至此，沉寂二十二年以后初试身手的这部作品，能得到那时的读者青睐，那时的文坛认可，时年五十出头六十不到的我，也就相当知足了。尤其是只有一面之缘的钟先生的那句话，对我来讲，意义非同一般。尽管经历漫长时间的沦落，写作能力尚存，文学禀赋未泯，就冲这一点，敝帚自珍，狂飙两句，也就不在乎方家笑话了。

晋瑜说："80年代末，对于知识分子来说是一个分水岭。"其实，作家也许是春天飞来的第一只燕子，"伤痕文学"和"反思文学"，70年代末已现端倪，随后，新时期文学便开始出现旺盛的势头，一发而不可收拾。那时文学书籍的印数，动辄以数十万计，与当下寒酸到不好意思在版权页标出印数，有天壤之别。这其中既有"文革"十年的空窗期后，读者对于文学的渴求强烈的因素，也有复出作家的努力回归，以及知青作家的来势汹涌而产生的影响，于是，那几年里，佳作问世，口碑载道，名家名篇，洛阳纸贵。现在回过头去看，大有看自己孩提时的照片那样，对于那时写作的幼稚、粗糙、浅显、笨拙，甚至不堪卒读，也只好哑然失笑，撇在一边。当然，学步时的蹒跚，那是行走的最初阶段，谁也回避不掉，所以也无须自卑。那时的作品，完成了那时读者的需求，也就算完成任务。但如果看不到文学在日日新，又日新的前进过程中，如果看不到中国人习惯以三十年为一代，过去完成时，硬要掺和到现在进行时中裹乱，那就难免要贻笑大方了。

对此，我尚能保持最起码的清醒，因为晋瑜要出一本专谈茅奖的书，又犯规倒出了这些陈谷子烂芝麻，实在不好意思。

（原载2016年1月22日《光明日报》）

田野从不哀恸

范晓波

我打算通过哀伤的气氛定位一个小村。

朋友的父亲从县检察院退休后，回到神山乡的老家过种菜栽花的生活，最终以 84 岁的高寿正寝于故园。

二十年前曾随朋友到过那里。二十年后的一个早晨，我从南昌到县城，由县城而洪门口，然后跟随通往神山的小路去给朋友的父亲送行。小路上没路牌，起初向路过的摩托车夫和弯腰插秧的农妇问路。快到目的地时，向空气和鸟鸣问路，没有哪个村子的空气是慌乱的，没有哪个地段的鸟鸣是悲伤的。一路上都有野花绽放，到处是披红挂绿的入夏景象。

邂逅一只未成年雄鸡，尾羽都没长齐，就兴冲冲地从灌木丛溜出来看世界，模样滑稽如没化妆就匆忙上台的演员。我停车观望它，它非但不躲还扭过头来看稀奇，我下车走过去问好，它才慌忙掉头连跑带飞，扑棱棱跃入三四米外的草丛。

一辆堆着豆泡、大蒜的卖菜三轮电瓶车停在路边交易，向司机求教，说村子就在前面，表情家常，也不揣度我的来意。

凝重的情绪就此松弛下来。

朋友的父亲是这个村出过的最大干部，也是这一带口碑极好的一位老者。我一直担心一路都是悲情的观感。

好几年了，我不愿参加追悼会告别会。受不了那种生离死别的哀恸，也受不了人们在生死问题上的执迷。那种歧视死亡恐惧死亡的气氛常让我陷入绝望和孤独。

朋友的父亲是我很熟悉的长辈，二十年前我浑身都是文艺青年的毛病，自大散漫，以忤逆为荣，和朋友在一起不是弹琴唱歌就是思谋背井离乡，这让他父亲的眼睛和心脏都很难受，他父亲其实也是一般人都不放在眼里的牛人，并因心性骄傲影响了仕途。但他认定我有才，一直宽容着，每次去他家，还好吃好喝好招待，咂了二两酒后才委婉地提示我工作和生活还是要认真点踏实点。

他住在县城时，我常去朋友家看他，回到乡下后，他常向朋友打听我的近况。

朋友说，每次去乡下看父亲，老人家都会提到我，去世前不久都是如此。

朋友电话告知我老父亲去世时，叮嘱我不必专程跑一趟送行，下次回县时按风俗去探望他母亲即可。

我纠结很久，确实不愿走近悲恸的中心，又抑制不住在头脑里放电影。

镜头之一是老人家和老伴一起搭长途班车送朋友去外地读大学，我也坐在那趟车上，那年我和朋友刚十八岁，他父亲五十多，说话有金属般的回音。秋天的暖阳随风从窗外一波波地扑到脸上，他咧嘴微笑着凝望车外的柏油路，那表情给我人生无限久远和美好的感觉。

其他的镜头大多和他在单位办公楼的房间有关，那时每个单位的住房都紧张，办公楼里也住人。那时他常和朋友发生言语冲突，每次看见我，就像老虎那样挤出艰难的笑。等场景切换到朋友的新家，他父亲已是头发花白、天气一冷就戴着皮耳套的老年人，虽然还有点愤世嫉俗，但开始注重养生，每天劳动锻炼，还教导我每天定量喝点酒活血，并强调，乡下酿的谷酒最好，每天一两，不多不少。

我答应了朋友说这次不去，第二天醒来，还是早早地收捡出发了。

我不想陷入情绪化的悲伤，又很想给老人家磕三个头送别。

村子就在前面，时间也还早，情绪松软下来后人就有点困倦。毕竟昨晚没有睡好，还一口气开了三个多小时车。

车停在两排年轻的白杨树的绿荫中，敞开窗户、放平座椅合眼眯了几分钟。

本想多眯一会儿，一位扛锄头戴草帽的农民凑到窗户边来探视，突然出现的黝黑脸孔和诧异表情把我从蒙眬中惊醒。

想起网上常有的新闻，某某农人在野外发现一辆车门敞开的小车，走近便发现了一起谋杀或自杀案的现场。

是啊，谁会没事把车停在路上午休呢？

我把座椅打直假装玩手机，再有人路过时，果然就不凑近来看了。

头顶的杨树五六米高，不算高大，但间距小，枝叶也繁茂，那些新长出的翠绿叶片相互簇拥，争相把身子挤出群体呼吸阳光和空气。每一阵微风经过，它们就像一群听到某个无聊笑话的小学一年级男生，激动得哗啦哗啦地喧嚷，久久不能平复，无数圆形的小身子像垂挂在盔甲上的鳞片耀眼地快闪。

这貌似单调的热闹我可以一直看下去，我小时候包括读高中时总爱望着窗外的杨树叶发呆，它们的舞蹈越欢快，我心里就越安静。五月初的杨树叶尤其迷人，有一种凉爽的生机勃勃的初夏气息。

前段日子雨水密集，路旁水沟和稻田水汪汪一片，还有着在城郊很少见到的清澈，也闻不到农药的刺鼻味道，秧苗绿莹莹的身子袅娜地站着，倒影清晰可见。

每块水田中都有几只身材高挑的白鹭，往前伸着僵直的白脖子站着，一动不动地静如剪纸，不知是在伏击水里的鱼虾，还是那种僵直的姿态就是它们自以为最美的 POSE。

它们以文静为美，从不发出声响。

爱卖弄喉咙的是住在杉树林里的斑鸠，咕咕咕，咕咕咕，音色空灵而富有曲调，还不断变换场地和角度，形成立体环绕声的效果。江南一带的写作者常把它误认为布谷鸟。其实布谷鸟的歌声哪有这么好听呢？斑鸠一年四季都在为我们免费演出，布谷鸟哪有这么殷勤呢？

斑鸠饿了才落到马路上觅食，脖子一耸一耸跑着小碎步，对人类保持着适度的警觉，有脚步迫近就飞走。八哥可不是这样，一年四季成群结队地在马路边上寻找食物残渣，人走得很近才懒洋洋地盘旋着挪位，吃饱了就飞到电线杆上啸叫。八哥的嗓子清脆嘹亮，和斑鸠的中低音形成对照，像一个合唱队的两个重要的声部。

半个多小时里，我细细品鉴五月田野上的合唱，除了斑鸠和八哥这样的明星，还有许多叫不出名字的小配角，它们是一些和麻雀一般大的小鸟，声音也短促清脆，不时地穿插进来叽咕几声。

远处山脚的绿影后住着人家，不时传来一两声鸡啼，洪亮悠远，和斑鸠、八哥的声音叠加在一起，有很强的交响效果。

我把心跳继续调慢，也听到了水田边土蛙和一些昆虫的吟唱。

这些大多是求偶时的献歌，极少和悲伤有关。

其实田野上哪天没有丧葬呢？

即便在诞生远多于死亡的五月，我一路上都能看见刺花堆落在土崖边的白色碎瓣，一路上都能看见樟树的枯叶被新芽挤下树冠滚落尘土。树林里、水田边，每天都有成千上万的昆虫正常（同上帝有关）和非正常死亡（同白鹭、八哥和斑鸠们有关）。

田野从不哀恸，每天成千上万的诞生都是从田野出发，每天成千上万的死亡也不过是回归田野的怀抱，田野从不损失什么。

它自然不会因一个老人的回归改变声色，田野和田野上居住的人，比那些常在网络上夸张情绪的半吊子文化人更客观更懂得土地的法则。

我调整好状态准备继续出发时，听见一个老妇人哼着自编的小曲慢慢走近。她用土话哼：爸爸妈妈，快买车车，买了车车，快回家家……一个口齿不清的稚嫩嗓音跟着学唱：爸爸妈妈，快买车车，买了车车，快回家家……

我直起身透过挡风玻璃看去，老妇五六十岁，戴着金耳环，穿着干净的碎花衬衣，手里牵的小娃眼大皮白满脸楚楚动人的可爱。

她们缓慢平和地行走在离丧事不远的乡间土路上，让我不断地扭头回望，她们消失的地方，我逝去的母亲和外婆出现。

四十年前，在外婆的老家，肯定有人目睹过类似的场景。那老妇是我外婆，牵在手里的小娃是曾像年画一样鲜嫩喜庆的我。

见到朋友时我基本保持了镇静，只在跪拜磕头时被朋友老母的哭声惹出两行热泪。

返回的行程中，脑子里反复想象外婆牵着我在树荫下走路的画面。

真实的场景无人能复原，但田野一定记得。

田野上每天都有老人走失踪影，田野上每天都有小娃长大成人。

（原载 2015 年第 12 期《啄木鸟》）

童年是哪一天结束的

陈祖芬

向童话借一点爱和快乐

有人说，现代社会男人承担头条新闻，女人承担五彩缤纷；男人可爱，因为了不起加孩子气，女人美丽，因为爱加快乐。

其实不论男女——一个可爱的人，大家才爱你；一个爱别人的人，才可爱。无论社会如何快速发展，一个人的可爱或一个国的可爱，都比生产总值重要。我们或许可以设一门"可爱学"？提升我们这个世界的可爱指数，也许是人类发展的第一要务，这可以让所有的生命在关爱中活得快乐而有尊严。

有时会想，那么多人苦苦跋涉、追寻，却未必知道他们等待、期盼的究竟是什么，我想告诉他们，他们期待的其实是进入一个纯真的充满爱的世界。我还会想，社会的发展究竟是为了什么？是为了丢掉人的根本，还是为了以人为本？还是让人回归人的本真？"现代"这个词的真正意义，难道不应该是让更多的人打开心灵的大门，去感受户外那每一叶新芽的娇嫩？我希望，纯真是现代社会永远的时尚；我相信，爱和快乐是现代社会的重要标签。

我总对那些童话的结尾念念不忘：从此他们幸福地生活在一起。我对这个结尾的解读是：从此大家爱并快乐着。爱和快乐是一对孪生姐妹；如果你笑脸灿烂，你的心里一定充满了爱；如果你付出了爱，你的心里就充盈着快乐。这些听来都纯真得仿若童话，然而，童话未必不能成为现实。

拧紧每个人背上天真的发条

小孩最接近人的本质。老子说："含德之厚，比于赤子。"意思是道德厚重的人，比得上初生的婴儿。婴儿筋骨柔弱拳头却握得很牢固。老子讲婴儿"和之至也"，和，即淳和，与天地之和合而为一（见中华书局出版的《老子注释及评解》）。佛五行中，更有婴儿行，修行的状态仅次于圣行、梵行、天行。

记得法国童话《小王子》的献词，"所有的大人都曾经是孩子"，期望"所有的大人都应该是孩子"。创造米老鼠的沃尔特·迪士尼说："我要唤起的是这个世界正在泯灭的孩子气的天真。"喜欢米老鼠喜欢孙悟空，是人类的天性，是世界需要天真的证明。我真希望拧紧每个人背上的天真的发条。

一双天真好奇的眼睛，和一颗童心，是成长的前因，是发展的定金。拥有它们，才能去发现，去探索，去求知，去开拓，我们的所得必将无止无境，无穷无尽。我们总说，知识是财富，智慧是财富，快乐是财富，别忘了，天真也是财富。

人总要长大的，但眼睛不要长大；人总要变老的，但心不要变老。从这个意义上讲，我们每个人都要如同小学生那样，带着一颗童心，"好好学习，天天向上"。

令人担忧的是，现代人一路行走，一路丢失珍贵的东西——丢失了单纯，丢失了天真，丢失了快乐，于是也丢失了爱。衡量一个社会的发展，有诸多指数，我想应该再加上一个指数：孩子气指数——就是简单的快乐和飞扬的心灵，就是无限的想象和不尽的创新。

我相信，现代化会释放缤纷的个性和美丽的童心，使想象扩充，梦幻延伸，创意纷呈，使儿童更智慧，使成人更天真。我当然希望我们的时代数字化，我也希望我们的心灵少儿化——让更多的人找到自我，更多的人帮助他人；让社会更多理性，人间更多真情。

想象力有多大，天地就有多大

沃尔特·迪士尼的成功秘诀是：童心＋想象力。我想，梦想就是：做梦＋想象力。有天真就有创造力，从这个意义上来说，想象力比知识更重要——没有三分天真往往难成大才，即使成为大才也不一定可爱。

想象力的基本特征，是不按常规思考。曾经在一本财经杂志上看到这样一句话：你牵一头牛并不代表你富有，但是你如果把一头牛变成一根皮尔·卡丹的皮带系在身上，那你当然是很牛的。

最单纯的心境最有原创力，最能创造令人目眩的奇迹，正如我最喜欢的那句李宁的广告语：一切皆有可能。人人都在说财富，我想，先于财富觉醒的，应该是想象力、创造力的觉醒。有了丰富的想象和创意，就获得了财富的基因。想象力有多大，天地就有多大，想象力，也是第一生产力。

如今，价格指数、股市指数等指数种类繁多，我想，学校教育中是不是应该增加一个"想象力指数"？

童年，不要结束

今日世界，机会多多，诱惑多多，得到的多多，失去的也多多。物质时代有的人说话很物质，有的人长得很物质，有的人走起来很物质，有的人笑起来很物质。很少有人不在乎丢失财富，但是很少有人在乎丢失天真。

有报纸曾经提出一个令人心惊的问题：童年是哪一天结束的？我想，童年是在失去天真、失去想象力的时候结束的。没有童话的地方，就鲜有活泼的生命，鲜有生机勃勃的前进，就鲜有想象力开创力。反思我们的生活，其中很多乐趣是自己摒弃自己丢失的，难道这是成年的代价？

我想，不妨成立一个"拒绝长大俱乐部"，再成立一个"爱与快乐研究所"，其实这是另一种关于财富的研究所。童心给我们带来的，是想象力、爱和欢笑。它们都是免费的，又是无价的，我们为什么不要？

曾经在报纸上看到一幅温馨的法国漫画：斑马线上，一对可能是初恋的小年轻在热吻，不知天高地厚，一派天真。他们身边堵上了好多汽车，前边的司机拼命按喇叭，后边的车里有一位老人伸出头来对司机喊："嘿，你没年轻过吗！"当然，在马路中间接吻妨碍公共交通，不可效仿，不过那位老人这样体谅热恋中的年轻人，这样保护天真，实在动人！

明末大思想家李卓吾有一篇《童心说》，他说："夫童心者，真心也。""绝假纯真，最初一念之本心也。若失却童心，便失却真心；失却真心，便失却真人。人而非真，全不复有初矣。童子者，人之初也；童心者，心之初也。""天下之至文，未有不出于童心焉者也。"不管是学校教育，还是社会建设，纵然有很多重量级的理念，但我想，和它们同样重要的是童心说，是婴儿行，是真善美。

今天，就让我们重新启动——童心。让我们一起慢慢变小，愿所有的男人女人还原成男孩子女孩子。

（原载 2016 年 5 月 27 日《光明日报》）

菜籽沟：土地上的睡着和醒来

刘亮程

1. 菜籽沟早晨

我要在一山沟的鸡鸣声里，再睡一觉。布谷鸟、雀子、邻家往小河对岸的大声喊叫，都吵不醒。满坡喳喳疯长的花豆草、野油菜、麦苗和葵花吵不醒。山梁呼噜噜长个子。在我傍着她的均匀鼾声里，有一匹马和小半群绵羊，打枕边走过，行到半坡拐弯处，一只羊突然回头，对着我半开的窗户，咩咩咩叫，仿佛叫她前年走失的羔子。我就在那时睁开眼睛，看见在我被一只羊叫醒的另一世里，我跟着她翻过了山坡。

2. 乌鸦

我认识乌鸦中的老者。他们一伙在杨树梢呱呱叫时，我听出他苍哑的嗓音，像一个八十岁老人在喊叫。我不知道他喊谁。我听见了，他就是在喊我。我朝树下走几步，想从一树黑乌鸦中认出老了的那只。可是，乌鸦再老羽毛也是乌黑的，他们不会像人，活到头发花白。

我住的菜籽沟村最多是白发老人，那些沿路零散地排开的老宅子里，有的住一个老人，顶多住两个。住两个的过一阵剩下一个。村委会上班的也是老人，村长支书都老了，天天到村办公室开会，讨论菜籽沟未来发展的事。

乌鸦在讨论什么呢。他们在树上开会，听上去每只都在呱呱叫。只有我在树底下听。我听了半辈子乌鸦叫，还是不知道他们在叫什么。但我终于听出一只老乌鸦的叫声。在一树黑压压往天上飘的叫喊中，有一个粗哑的喊声往地下落，好像尘土里有什么被他喊出来。只是我仍然辨不出哪只是他。我头仰得脖子都酸了，满耳朵是他们的嘈杂喊叫。

我一冲动，扯嗓子对着树上"呱呱呱"大叫几声。他们全惊飞起来。

他们飞过书院菜地时，我认出那只老乌鸦了，飞在最后面，迟缓地动着翅膀，脖子伸得长长，像人老了一样，身体走不快了，头慢不下来，使劲往前伸。他明显跟不上疾飞的鸦群。他们飞过河沟和马路，飞到那片长满藏红花的山坡后，不见了。

那只老乌鸦留下来，落在水溪边的榆树上，他没叫，头朝这边看我。可能他听出我的声音比他还老。也可能他被一只在地上大叫的乌鸦吸引。他在天上飞累了，也想到地上来。他一直盯着我看。他的眼睛也许早花了，辨不出我是一个人还是一只乌鸦。也许在他眼里我就是一只老乌鸦，弓着腰，背着膀子，匍匐在地上。他看了我好一阵，呱呱，叫了两声。我知道他是叫我的。我没好意思再学乌鸦叫。多少年我跟着乌鸦学他们叫，早学得太像一只乌鸦了。我担心他从树上叫下来。万一他真飞下来，落我身旁，跟着我走，我会把他领哪去呢。

3．鸽子

一只灰白鸽子，站在屋檐上看我们在院子里做饭，大案板上摆满青菜、肉和醒好准备下锅的拉面，她大概看得嘴馋，咕咕叫。我抓一把包谷撒上去，她跳开几步，眼睛依然盯我们锅里的饭。

我们坐在锅头边的案子上吃饭时，她落下来，小心地朝饭桌旁走来，走两步，偏着头望一阵，又走几步，那感觉仿佛她认识我们中的谁，前来打招呼。又仿佛她是我们丢失很久的一个孩子，回家来吃饭了，我们忘了给她摆筷子，忘了给她留位子，忘了做她的那份饭。突然的，我们全停住筷子，看着她一步一步走过来，快到跟前她停下来，依然偏着头望，像一个一个认她久别的家人。

我妈说，给她撒点米饭，鸽子爱吃米。

方圆起身拿米饭时她飞了。

她朝屋后的麦田飞去时，连头都没回一下。仿佛她真的跟我们没有一点关系。

4．挖坑

我蹲在坑沿，看他们俩往外扔土。头一天，他们挖到半人深回去了。第二天挖到中午，老八找到方如泉，说坑两天挖不完，原来说的 600 块太少了，让方如泉加点钱。方如泉说先干，干完再说。第三天下午，他们终于把自己挖进了坑里，只见一锨一锨扔出来的土，我没再去坑沿上看。我一去，老八就跟我说干亏了，让加点钱。

老八和老五算天工的时候，可能都忘掉自己的年纪，他们都五六十岁的人了。年轻时挖一个菜窖，也就一两天工夫。后来，菜籽沟就没人家挖菜窖了。老八老五也有十年时间没挖过菜窖。这十年他们挖的最多是管沟，自来水通到村里，光缆拉进村里，都得挖沟往地下埋。他们早已忘了挖菜窖的这回事了。可是，我们书院要挖一个大菜窖。我们地里的洋芋丰收了，黄萝卜也丰收了。得有一个大菜窖来冬藏。方如泉找来老八，老八在地上踏了尺寸，一口价要了 600 块。老八回去又拉上老五。他们俩计划两天干完，一人挣 300。可是，他们干了整整 3 天。最后一天，干到星星出来了，菜窖的深度还差半尺。第四天上午，两人又过来补挖，等于干了三天半。

多干的这一天半，成了老八给自己挖的一个坑。菜窖挖完了，院子的其他活还在继续，老八每天一早骑摩托来，干到中午回家吃饭，下午又来干到天黑。只要碰到方如泉，老八就说加钱的事。他说自己多干一天半不要紧，关键是老五不愿意，老五60多岁的人了，被自己叫来干活，还干赔。说自己挖坑累得胳膊疼，现在都没缓过来。还说自己夜夜做梦，梦见自己在一个越挖越深的坑里，出不来。方如泉只是笑着装糊涂。老八一嘟囔他就走开。

方如泉到最后也没给老八他们加钱。这期间我去湖北"长江讲坛"讲了一场课，题目是"从家乡到故乡"。讲得非常好。我用自己富有感召力的散文语言，带着在场的五六百人，从家乡出发，往永恒的故乡走。那么多的人，跟着我回家，一个童年的家，路窄窄的，天低低，光线时暗时明。我讲的是我一个人的家乡，但是，那条语言之路通向所有人的故乡，仿佛人人都回到自己的故乡，我带他们去，喊他们回。他们仿佛忘记了回。

演讲结束后，突然觉得我给他们挖了一个叫故乡的大坑，五六百人被我带进这个大坑里。离开武汉后的好多天里，一些人还在我挖的那个坑里，我从微博信息中看见他们留言，有一个读者说，刘亮程老师都回新疆了，我还在他讲述的那个村庄里。

我回到菜籽沟时菜窖已经修好，里面躺了一堆洋芋。这个温暖的盖了顶棚的大坑，成了一堆洋芋的家。在接下来的漫长冬天，我们会一次次地下到这个坑里，拿洋芋出来，炒土豆丝，做土豆烧牛肉。到那时，老八梦里的这个坑或许还没挖完，这个活他得在梦里干一个冬天，我们帮不了他，或许他会叫上老五，老五比老八聪明，但老五不知道，每个夜里老八都拉着他挖坑，一边挖一边听老八嘟囔活干亏了。老五就这样被老八白白地在一场场的长梦里使唤，他以为自己睡觉休息了，他干完白天的活，回家洗漱，吃妻子做的汤面条，有时还自己喝两口酒，然后上床睡觉。可是，他睡着后被老八喊走了，他不知道自己夜夜在老八的梦里跟着他挖坑，那个坑越挖越深，永远挖不完了。因为老八认为挖亏了，所以在每个梦里，老八都扭亏为盈，他在一些梦里轻松挖好坑拿了钱，分给老五一半，有时不分，自己独吞。可是，那些梦里挣的钱他带不到梦外。醒来他依然是亏的。这个梦没完没了。老五每天睡不醒，白天干活老没劲，他不知道劲去哪了，只能承认自己老了吧，有些人就是这样老的，当然，也有另一种老法，像老八，掉进一个坑里，再也出不来。

我们的菜窖呢，只装了小半窖洋芋。他们说洋芋丰收了要挖一个大菜窖的时候，没有谁怀疑。可是，我们在菜籽沟书院的第一季洋芋没有丰收，但也足够吃到来年的洋芋成熟。其间大菜窖会逐渐空荡地等候新一年的收成。只是我没下去看过，下菜窖都是方如泉和方圆的事，我只是偶尔经过时探头朝里看看。有时晚上经过，突然想起老八，不由得站住。菜窖上面星星密布，在多少个有月光的夜里，这个菜窖被一次次重新开挖，我看不见老八和老五，他们或许能看见我。在老八完全封闭的梦里，我的脚步声传不进去，太阳月亮的吠叫传不进去，厨房煮肉炒菜的香味飘不进去，金子提茶壶倒的一碗水递不过去，在他们挖菜窖的那几天，金子每天做完饭洗好碗给他们烧一壶茶放在坑边，老八老五都夸金子热心，在老八不着边际的梦里，金子是否也一次次地给他烧茶，我不知道进入老八梦境的门在哪。但我一定夜夜在他梦里，他光梦见挖坑不行，得有一个梦中给他付钱的人，那个人肯定不是方如泉，因为方如泉不会给他加工资，他有一次找到我，说坑挖亏的事，我答应给他加一点。可是，我去湖北讲课了，回来再没见到他。他在梦里每重挖一次坑，我就给他加付一次工钱，我不知道给他付了多少钱，一个小小的菜窖会让我没完没了地给一个梦中人付钱，也许我早把所有的钱付完，变成一个穷光蛋了。接下来，老八会不会在梦中翻身，我们书院和所有房子，都归了他的。他背个手，站在坑沿，看我给他挖菜窖，一天天把自己陷到一个深坑里。他低头跟我说话，我在坑里仰脸看他。说这个坑挖亏了，让他加点钱。他说加钱？没门的事。一扭屁股走了。

5. 木匠

赵木匠家弟兄5个，以前都是木匠，现在剩下他一个干木匠活。菜籽沟村的老木匠活只剩下一件：做棺材。这个活一个木匠就够做了。做多少都有数，只少不多。村里70岁以上的，一人一个。60岁以上的也一人一个。算好的。也有人一直活到八九十岁，木匠先走了，干不上他的活。这个不知道赵木匠想过没有。也有人被儿女接到城里住，但人没了都会接回来。

赵木匠的工棚里，堆了够做几十个寿房的厚松木板，一个寿房五块板，所谓三长两短，我在里面看了好一阵，想选几块做书院的板桌，又觉得不合适，那些板子在赵木匠心里早有了下家，哪五块给哪个人，都定了。做一个寿房多少钱，也都定了。不会有多大出入的。

村里的老人或许不知道赵木匠心里定的事。有时哪家儿子看着老父亲气不够可能活不过冬天，就早早地给赵木匠搁下些定金，让把寿房的料备好，到时候很快能装出来。更多时候是赵木匠自己做主，把他想到的那些老人的寿房都定制了。早晚都是他的活，人家不急他急，他得趁自己有气力时把活先做了，万一几个人凑一起走了，他又没个打下手的，那就麻烦了。

赵木匠心里定了的事，旁人不知道，鬼会知道。鬼半夜里忙活着抬板子，三长两短盖房子，给每人盖一间，盖到天亮前拆了板子抬到原处。我不能买老木匠和鬼都动过心思的板子。看几眼，倒退着出来，临出门弯个腰。算请罪了。

我们的大书架和板桌、木桥，原打算请赵木匠做的，问了下工钱，也不贵。但最后请了英格堡乡打工的外地木匠。也是想着赵木匠二十年来只做寿房，他把菜籽沟的门窗、立柜、橱柜、八仙桌还有木车都做完了，一个老木匠时代的活，都叫他干完，我不忍再往他手里递活。另一个就是考虑他脑子里下料、掏卯、刨可能都想的是打寿房的事，我不能让他把这个活干成那个活。

赵木匠到我们书院串过几次门，他跟我们说着话，眼睛盯着院子里成堆的木头木板，他一定看出这摊木活的工程量。

他没问我们要干啥。我也没给他说我们要干啥。赵木匠耳朵背，我怕跟他说不清，我说这个，他听成那个。所以啥都不说。赵木匠是个明白人，他心里一定也清楚，一个木匠一旦干了那个活，也就不合适干别的活了。对木匠来说，干到可以干那个活，就简单了，所有以前学的花样都不用了，心里只有三长两短的尺寸，和选板的厚道。赵木匠是厚道人，我看他备的松木板，一大拃厚，看了踏实。

我们来菜籽沟的头一年，村里走了3个人，外面来的小车一下摆满村道，仿佛走掉的人都回来了。

冬天的时候我不在村里，方如泉说菜籽沟办了两个葬礼和十几家婚礼，礼钱送了好几千。我交代过，只有村里有宴席，不管婚丧嫁娶，知道了就去随个份子。

村委会姚书记说他一年下来随礼要上万。哪家有事情都请他。他都得去。姚书记一点不心疼随了这么多礼。他的儿子这两年就结婚，送出去再多，一把子全捞回来。

村里出去的孩子，在城里安了家，结婚也都回村里操办，老人在村里，养肥的羊喂胖的猪在村里，会做流水席的大厨子在村里。再有，家人大半辈子里给人家随的礼账子也在村里，要不回村里操办酒席，送出去的礼就永远收不回来了。

也是我们到菜籽沟的这一年，英格堡乡出生了两个孩子，我听到这个数字心里一片荒凉，几千人的乡，一年才生了两个孩子，明年也许是一个，后年也许一个孩子都不出生，到那时候，整个英格堡、菜籽沟，只有去的人，没有来的。

6. 麦收

昨天午后，拉了高高一垛苞谷秆的拖拉机，突突突打书院门外驶过时，突然觉得我们院子少了一车什么。书院菜地的苞谷秆稀拉地站了几行，没来及吃一口青玉米棒他们就老了。刮风的夜晚，苞谷叶子干燥的响声传人梦中。我们忙乎半年，好似只种了一地干喳喳的风声。

从麦收开始，先是拉麦捆子的拖拉机，一座山一座山地，从书院门口驶过，接着是拉豆秧和苞谷秆的车。

菜籽沟的秋收漫长到下雪，那些坡地上的麦子，都要一镰一镰地割，从路上望去，人像小虫儿爬坡上，一点点的蠕动，动一天，坡地凹下去一块。扎捆的麦子成行竖摆在麦茬地，远看像一块粗针角补丁。

从七月到八月，沟里都在收麦子，这个季节找个干活的都困难，前面雇的7个甘肃民工，6月初回家割麦子了，他们把盖了一半的房子扔下，把我们预计8月完工的计划扔下，说要回老家割麦子。

不回行吗？

说不行。

为啥不行？这边挣钱，在老家雇人割麦子，不一样吗？

说雇不上人，家家的麦子都熟了，谁有空给你干活。

盖一半的房子扔了半个月，他们一起回来了。回来的时候是黄昏，从拖拉机上下来，个个脸色像饱满麦子。第二天，他们的身影又晃动在墙头上，还是那些人，接着半个月前那个茬往上垒墙，只有我知道，那个茬再也接不上了，首先砖缝难完全对上，即使后来勾了砖缝，我也一眼能看出他们停顿又续接的缝隙。更重要的是活搁了十几天，房子主人的想法变了，原先定的木头架房顶被钢板替代，木工活被铁活替代，事实上盖出来的房子变成另一栋。半个月前他们因为回家割麦子而耽搁的那个砖混木框架的房子，永远都不会再盖出来。

甘肃的麦子割完了，新疆菜籽沟的麦子才开始黄。坡地陡收割机上不去，全人工镰刀割。一人一天顶多割一亩地，一家种几十亩，就得一个劳力起早贪黑累一个多月。这一个多月书院的其他活耽搁下来，哪都找不到给我们干活的人。这个季节，哪有比割麦子更重要的事情呢，我们只有眼巴巴看他们快快收割，我们院子里的活停下来。多好的太阳啊，多好的白云，多好的月亮和星星，我们干等着。看他们收获。我们挖管沟、盖房子收拾院子的活，放一年也没事。房子不盖也没事。哪有比割麦子更大的事呢。

地上收麦子的季节，天上星星月亮都闲着。地上的麦香往星空里飘，那里有一层人，每年这个季节让麦香熏醒，他们眼睛朝下看，跟我们朝上望的目光相遇，仿佛黑夜里面对面走来的亲人。

我在这样的夜晚清闲下来，躺在靠椅上看星星。夜空像茫茫戈壁一样，那些朝黑暗里走远的人们，夜夜回头，我在书院的松树下，等候他们回望的目光。迟早我也加入其中，在奔赴无尽黑暗的路上，我夜夜回头，那时坐在夜空下看星星的人是谁呢，谁能从茫茫星空里辨认出我微弱而深情的目光。谁的思念会让我醒来呢。

在书院的松树和杨树上面，在稍远的山坡上面，星空荒芜着。它底下的山坡沟底，年年种麦子土豆，年年丰收。

7. 叮叮当当的狗

太阳把铃铛丢了，他从坡上凶猛地跑下来时，像另一条狗。

我妈去英格堡赶集，见有铃铛卖，老式黄铜的，顺手摇一下，有她早年听熟的声音，就买两个，太阳月亮脖子上各拴一个。月亮的没几天丢了，她不喜欢这个乱响的东西，自己甩掉了。我妈拾回来再给她戴上，第二天，她又脱掉。她当我妈的面脱掉的，她把一个前爪蹬住脖圈，头往后缩，脖圈就掉了。然后，她衔起带铃铛的脖圈，一路响着跑到屋后面，在我妈看不见听不见的地方转了好一阵，无声地跑回来。她把那个讨厌的铃铛藏掉了。

太阳的铃铛一直戴着。他喜欢那个声音。他个头比月亮小，但他觉得自己比月亮多一个声音，他经常晃着头在月亮面前摆弄自己的响声。

他成了一条叮叮当当响个不停的狗。他跑到哪我们都能听见。

夜里他的叮当声成了院子里最清晰的声音。我们从来不知道夜晚的院子里发生了什么，半夜被狗叫醒，侧耳朵听听，是月亮在南边大叫，或许进来人了，或许是一只野猫或獾猪。有时开灯照一下，若是小偷，看见窗户亮，也就跑了。我们并不出去看究竟。上百亩地的大院子，交给两条1岁多的狗。或者交给1条半狗。太阳只是条小宠物犬。秋天抱来时浑身精光，担心过不了冬。果然天稍一凉他就往屋子里钻。每次我都毫不客气赶他出去。我要让他习惯日渐寒冷的天气。菜籽沟已经是冰雪世界了，他的毛还没有完全长出来。天亮前那阵子外面最冷，听见他在门口叫，拿头顶门，门缝露出的一丝温暖会被他的身体接住。金子一起来就开门放他进房子，让他暖和一下。我坚决赶他出去。我不能让他依赖了屋里的暖和，他得在漫长冬天的寒冷中长出自己的暖。

他的铜铃铛声在冬夜里听起来尤其寒冷，我们抱火炉取暖，他戴着冰冷的铃铛在寒风里来回跑。他不跑会冻死。月亮不怕冻，她是藏獒和哈萨克牧羊犬的后代，身上有厚厚绒毛。天冷前给他们俩挨着修了狗窝，里面垫了厚厚麦草。太阳不敢自己在窝里，放进去就跑出来。他往月亮窝里凑，一进去就被月亮咬出来。月亮真是条守原则的狗，白天跟太阳怎么打闹都可以，晚上就是不让太阳进自己的窝。

后来不知为什么月亮也不在窝里待了，可能狗窝在院墙边，太阴冷。我在门口用纸箱给太阳做了一个小窝，纸箱侧面掏一个洞，上面砖压住，里面和洞口处铺上麦草，太阳晚上住里面，这次月亮随了太阳，卧在洞口的麦草上，那个纸箱做的窝盛不下月亮，她只好给太阳守窝。

经过一个冬天。我们在菜籽沟的第一个冬天，太阳终于从一条宠物犬，变成了狗，他在漫长寒冷的冬天里长出一身细绒毛，接下来的冬天，他将不再寒冷，不会在冬夜里不停地响着铃铛跑，我们也不再寒冷，书院在建锅炉房，到时候每个房间都暖暖的。

月亮大叫的时候，听见太阳的叮当声跟在后面，太阳很少叫，他知道自己的叫声太小，吓不住入侵者，他让响亮的铃铛声跟在月亮后面助威。

多少次深夜醒来，我听见太阳的铃铛声绕着房子转，他不睡觉，也可能他闻见我醒来，我醒来和睡着时气味不一样。他把铃铛声摇遍书院的每个角落。月亮只有自己的汪汪声。有时她在北边杏园叫，那里有一只大白猫，夜夜惦记我们伙房的肉，有一个夜晚后窗户没关，大白猫进来，把案板上一块骨头偷走。月亮闻着那块骨头的味道追咬到后院墙边，白猫越墙跑了。月亮在院墙边狂叫。

我隔着菜地看见过一次大白猫，她修长的身子在杏园来回走动，还停下来看我。我从没见过这么大而纯白的猫，打问是谁家的，都不知道。

丢掉铃铛的太阳没有声音了，他一路跑，一路往后看，好像那个叮当响的自己在山坡上没有下来，跑到坡下的又是谁呢。他跑一阵，回头朝坡上汪汪几声。那个刚刚还有叮当响的自己，在山坡草地上转一圈突然不见。往山下跑的是一条没有响声的狗。

月亮也觉出太阳不对劲，对着他咬。好像要把他咬回去，把那个叮当声找回来。

第二天一早，我扫院子，突然听见铃铛声，太阳嘴里叼着系了绳子的铃铛，从山坡杏园里狂跑下来，一直跑到我身边。

他自己把丢了的铃铛找回来。

从那以后，他又成了一只叮当响的狗。

深夜醒来，又听见他的铃铛声绕着房子转。他真的闻见我醒来的气味吗，像一棵树从冬天的沉梦里醒来的味道，像一戈壁的草在雨后返青的味道。我从未站在屋外的黑暗里，闻见我自屋里醒来。

我只闻见我的睡眠的气味，像一堆被梦之手倒腾开的陈年麦秆，像一间老房子的门沉沉推开，全是过去的旧味道，那个在梦里游走的我，带着一缕不散的旧气息，此刻他回来，站在窗外，他要在我醒来前回到我的睡眠里。是他的睡眠。我并不认识梦里出现的那个我。我不知道他在下一个梦里会干什么。我没有一只可以醒着伸到梦里的手，去安排黑暗睡眠里的生活。我活了50年，至少有20多年，活在不能自已的睡眠里。

睡眠是我生命的另一场醒来。

我曾在这个黑暗世界一遍遍地醒来。

我醒来和睡着的气味，被一只叫太阳的小狗闻见。

8. 洪水

我们熄灯睡了，太阳在外面大叫，我掀开窗帘，下午停在水塘边的大铲车发动着了，细雨中车灯直照到深入星空的白杨树梢，接着铲车开始掉头，大杨树被转动的车灯挨个照亮又送入黑暗。当它转过身往书院外行驶时，车灯穿透前排房子的前窗后窗，整栋房子像突然张开眼睛。

我没细想黑夜里开走的大铲车去干什么，连下了三晚上大雨，听说县上已经动员所有力量防洪。我对菜籽沟的多雨天气已经习以为常，在干旱新疆这样一个有雨季的特殊小山沟里，我们渐渐适应了阴雨和潮湿。

听到旁边东城镇发大水淹死人的事已经是第二天中午了。

说是四个警察，接到养蜂人被洪水围困的消息，便冒雨出警了。

翻滚的山洪沿路旁往下泄，警车费力地往山里爬。警察都是大胆人，以为自己管区的路，本乡本土的雨水，有啥呢。

养蜂人是外来的，每年花开时汽车运载蜂箱到沟里，给村委会交一点花粉钱，也许不用交，给村长两罐子蜜，就住下来。一坡一坡的花——从最早的野山花，到田里的油菜花、红豆草花、葵花、家家户户菜园里的蔬菜花，采到秋天，罐子装满蜜，在一个早晨悄悄走掉。

养蜂人报警地在沟里头，他的蜂箱在大水中漂走，他的蜜蜂下雨前都回到蜂箱，他喊叫着往山坡上跑，边跑边打110。他的蜜蜂喊叫着飞出蜂箱。

在离他几公里远的地方，洪水漫上马路，一辆警车被卷走，车里四个警察，一个逃出来，一个淹死，另两个失踪。

我在微信群里看见东城发洪水视频，一个村庄淹没水中，村民站在高处看自己泡在水中的房子，新闻说木垒的两个乡被淹。传到菜籽沟的小道消息说，除了失踪的警察，还有两个学生失踪。

到现在我都不清楚失踪的人都找回来没有。我只知道从我们书院开走的大铲车，行到半路坏掉了。那是我们雇来清理院子的铲车，半夜被征去抗洪。听说什么轴断了。我想也许是司机胆小，把车扔路上回去了。我了解那个司机，是个年轻的生手，开着巨大的铲车，在我们院子高高低低地乱铲了一通，叫方如泉撵走了。夜里他来开走铲车时我没有出去。那样的夜晚，山里黑咕隆咚，到处是洪水的声音，他一个半吊子驾驶员，敢往河道里开吗。

这是我猜测的。或许真是车坏了。他到现在还没有来给我们接着干活。我们也在一夜的沉睡中躲过一场洪水。洪水确实在夜里经过菜籽沟，我没看见它涨满河道的样子，没听见它的声音，我只在早晨看见书院门外的河道半腰被水冲刷，河湾处出的一块高岸塌落。

刚刚得到的消息是，人们在同一个地方找到冲走的警车和几个蜂箱。汽车里空空的。蜂箱上头有蜜蜂飞旋。可能蜂箱漂入水中时，蜜蜂都飞出来，她们在汹涌的洪水上面追着自己的蜂箱飞，一直飞到一辆汽车把蜂箱挡住的地方。

至于那个养蜂人，据说他在听到营救他的警察被淹死后，第二天一早拉着蜂箱跑了。

9. 黑暗

老八拖着黑黑的影子从坡上下来。他的摩托车停在大路边，我以为他会骑摩托回家。如果他骑上摩托，黑影会被他甩掉，老八骑摩托野得狠，"鬼都追不上"，这是老五说的。老五的意思是鬼追不上飞跑的摩托。我有点不信。年前我看见有人在路边烧纸汽车纸摩托，可能鬼早已经骑上了摩托。也可能鬼不骑摩托，他们有更快更便捷的工具——影子。

鬼在黄昏时躺在那些疲惫的人影里被带回家。人地里干活，鬼蹲地头看。也不看，冥冥地待着，等人干完活。也不等，等和看这些事情，对鬼来说也早不存在。鬼只是冥冥到日头倒西，人的影子伸长过去，把鬼接上。

在能看见鬼的小孩眼睛里，鬼仰脸躺在人影子里，头脚对齐，很舒坦的样子。有时鬼坐起来，驾牛车一样吆喝人的影子前行。藏了鬼的影子拖累人，但人认为是自己本来累，干了半天活，能不累吗，再累也得走回家，鬼就舒舒坦坦躺影子里跟人回家。

也早不是那个家。原先墙上的照片都撤了，留有痕迹的旧家具也不在，房子的主人换了几代，但还是熟悉的相貌气味，熟悉的姓氏。

鬼是能记得自己的姓的。也隐约记得在世上有过一个家，亲人时不时地念想常常让鬼从冥冥里睁开眼，朝着人世间里望。望着就想回来一趟。跟着黄昏时母亲喊孩子的叫声回来，跟着吱呀的开门声回来，跟着炊烟和地上长长的影子回来。

路拐个弯，影子颠簸一番，就到家了。墙根玩耍的邻家小孩对着影子大叫，自家的狗也对影子叫。人烦了，喝住小孩，撵走狗，小孩和狗都惊愕地看着一个躺着的鬼笑冥冥进了院子。

菜籽沟能看见鬼的小孩都长大走了，到外面上学谋生活，逢年过节回来一下。也都再看不见鬼。

剩下半村子老人，都避讳言鬼。看见鬼也不说。装没看见。就真的好多年没人看见鬼了。好像这世上真的没有鬼了。

老八没骑摩托回家，他直直进了我们院子。月亮猛扑过来，对着老八的影子狂咬，她看见这个人拖来的黑影里有不好的东西。我也看出了，他的影子比黑狗月亮的还黑。一个累坏的人，拖着比别人更黑的影子来到我们院子。我故意朝老八走近几步，两个影子并一起时我吓了一跳。我闲了半天，影子淡淡的。老八的影子比我黑一层。

我赶紧问老八啥事，我害怕他把影子丢我们家院子。

有些人知道自己影子里藏了不好东西，回家前想法把影子丢掉。丢的方法多。比如，把影子拖进树荫里，自己溜掉。还有，骑驴背马背上，人和牲口影子叠一起。再就是天黑前找个借口进谁家，太阳落山了出门，影子就丢给这家了。

再就是骑摩托，油门一轰，呜地一溜子土，人瞬间不见。啥东西都甩掉了。

老八不像是要有意害我们的人。他割了一天麦子，腰还没全直起来。他的影子也弓着腰，看上去比老八委屈。

我问：今年麦子收成咋样。

老八说：没球相，顶多打一袋子多。

老八说的是一亩地的收成，一袋子多，也就一百公斤的样子。每公斤麦子卖两块多，一亩地收二百多块钱，加上政府每亩地一百多的补贴，合三百多四百多块，机耕费种子费一除，落二三百块，还不算自己的工钱，要给别人割一亩地麦子，少说也挣 150 块。

老八种了 30 亩地麦子，纯收入六千多。"白球卡。"老八说完咧嘴笑了笑，骑摩托走了。

我突然觉得心里闷闷的，好像他把 30 亩地的负担全卸给了我，把白忙乎的一年丢给了我。

菜籽沟的坡地旱田只一种一收，坡太陡，机耕没法作业，只有马拉犁地，手撒种，镰刀收割，全是人工活。种多了收不掉，种少了不够生活。

老八一夏天在我们书院打零工，每天 130 元，他 60 多了，比我大几岁，没有啥手艺，只能干小工的粗活，拿小工的低工资。

老八干的最多是挖管沟，他一点点地把自己挖进沟里，然后，只见一团一团扔出来的土。每次从自己挖的深沟里出来时，都拖出黑黑的一截影子。月亮见他从管沟里爬出来就咬。我们家月亮见人进院子就叫，见院子里拿东西的人就咬，见从土里钻出来的老八更加狂咬。狗能看见我看不见的东西，我只看见老八的影子比其他人的重。

就像这个黄昏，他拖着从自己家麦地里弓腰一天的劳累，来到我们院子，他把那片麦地里的黑拖到我们院子，就像他一次次地从自己挖的管沟里爬出来时，把土里的黑拖到地上。

月亮跟着他的屁股咬，想把他撵走，可是他不走，跟方如泉说账的事，他挖管沟的活少算了一天，把一天丢了。按日期算天数又没丢。他进院子挖了 7 天管沟，按 7 天付工钱。但他硬说是 8 天。他干了 8 天活。这 7 天里他从沟里上来下去多过出来一天。谁知道这一天该咋算。

老八出院门时月亮依旧对着老八的影子咬。她可能闻见影子的不明气味，看见影子里藏着的黑东西。老八不理识月亮。在月亮一嘴紧迫一嘴的吠叫里，老八的影子渐渐拉长，月亮的叫声也渐渐拉长。最后，老八的影子伸到院门外，跟门口小河边榆树的影子并成一体，跟门外坡地上麦田的影子合为一体，一个更大的阴影从天上地上盖过来，天突然就黑了，我一低头看见整个夜晚，跟在老八拖进来的黑影子后面，悄悄地进了院子。

我们没有在天黑前关住院门。

我们的院门一直敞开到月亮出来。那时我在半醒半睡间，听见书院的皮卡车从外面回来，车灯直直照亮院子，照到台阶上的孔子像。然后，我听见铁门和锁链相碰的声音，高高的，仿佛在月亮和星星之上。

10. 醒来

在我不曾醒来的早晨，你们挖开渠口，往我半月前浇过的菜地放水，你们低声呵斥月亮别叫，把渠边那根大木头抬到后墙边，又担心我醒来看见木头不见，四处找。你们把地边的草割了，晾干码成垛，在我让老王架起的草垛木棚上，你们又往高垛了半个夏天的干草，你们中的谁爬到垛顶，低声喊月亮太阳，他们俩欢蹦着朝上吠叫，又更低声地似乎正在心里喊我的名字。在连狗都听不见的那声呼喊里，我早年的醒又醒来一次，我看见那时的我，好多个我，从菜地、从果园的浓密绿荫下、从门外的大路、从我一次次睡着的西北间的屋子、从山坡、从和谁的匆忙握别里，朝那个声音处走，步子轻快，眼睛朝上，耳朵侧着，那些走来的身影里有30岁的我、20岁、15岁的我，亦有50岁、80岁的我，他们在谁的一声喊唤里来了，他们一步步往草垛聚拢，在渠边，15岁的我好奇地看着50岁的我，80岁的我像一个孩童，蹦蹦跳跳超过10岁的我，然后，他们到了草垛下面，似乎草垛又摞了好多个夏天的干草，我看见它高入云端，他们也仰头看，又好奇地相互看，那个呼唤声再没有了，草垛上只一个梯子，高晃晃竖立，我认出那是我后父家的梯子，他们也都认出来，在我们早年的记忆里，那个上房的梯子总是短一截子，下房时一只脚探下来，找梯子，身体害怕地趴在房檐，这个记忆延伸到无数的梦里，他们围着梯子，谁先上去呢，已经站在高高草堆上的又是谁呢，他朝下看，看见我各个年岁里朝上仰望的眼睛，那是他们中间的一双，早早地到了高处，星星一样静静回望。

在我不愿醒来的那个早晨，你们收住渠口，地里的菜都已长熟，我最喜欢吃的茄子、西红柿、芹菜长得尤其好，它们从来没有长得这么好过。在一个又一个早晨的无边长睡里，你们起来摘菜做早饭，喊干活的人吃饭，大声地喊，我寂静地听着，突然的，谁的一声喊到了我，又突然停住，她意识到自己喊错了，声音已放出去，收不回来，所有人都听见了，都停住，走路的停住脚步，吃饭的停住筷子，太阳月亮也愣住，我欣喜地听着，用我长长一生里所有的耳朵，去追那个散远的声音，我等着谁喊第二声，等她声音再大点喊我一声，等她没有声音地在心里唤我一声，喊第三声，像她习惯喊我的那样，她早已习惯了连喊我三声，我早已习惯了在她的第三声里起身，我等她的第三声，她喊了我就起来，出门左拐，到餐厅，到她喊我去的任何地方。

可是没有，她只喊了一声，突然就没声音了，所有人都没声音了，月亮太阳都不叫了。我就在那时，装糊涂地没有起来，没去吃那个早晨的洋芋面条，没去走那个上午的路，没去晒那个下午的太阳。然后，我听见刮风了，满天空的落叶声，一层一层树叶，给大地盖上被子，我暖和地闭住眼睛，想着一百个一千个秋天的金黄落叶会是多么的温暖。

（原载《人民文学》2016 年 4 期）

我和乞丐（外一篇）

阿　成

我和乞丐

秋雨滂沱。已是晚上八点，我匆匆往回赶。那是一条僻静的街道，两旁的楼多为西式旧楼。有的人家熄着灯，有的灯开着，透过急促而降的雨幕可以看到有人站在窗前往外看着，有男人站在黑暗的窗户前，吸着烟，是一张半红半白的脸。与本文无关的行人有的打着伞，有的穿着雨衣，像我一样行色匆匆。整个的城市像一只夜间行驶在海涛中的船。

我终于遇到一个可以避雨的老式门洞。我穿着一件过时了的玄色风衣，戴一顶烟色的礼帽。俨然一个外国人，一个辛苦的侦探。这座曾经是半殖民地的城市，城里的建筑、人，都很洋气。雨下得很大，门洞前的路已经变成了一条河，正湍急地向前流着。很显然，下水道已经被雨水灌满了——我站在"河岸"上，也像站在船舱口。我想起了在威尼斯上船时的情景，那天的雨也不小，浪很大，汹涌扑岸。港口泊着的船正在颠簸……

裹着霹雳的闪电是紫色和钢蓝色的，极刺眼。此之情景下面，人很渺小，城市也很可怜。大雨像一个愤怒的悍妇，疯狂地清洗着这城的污垢和庸俗。门洞里还有一个乞丐。他已不再年轻。正坐在他的行李卷上，长长的头发扮着一张憔悴的脸，眼睛有点漏神，像一个落魄的摇滚歌手。他也在看门洞外的大雨和奔涌而去的"河"。

"河面"上偶尔会有车辆驶过，溅起的水帘如同车之两翼，像快艇一样驶过去了。我感觉有点冷，掏出烟卷儿，掐出一支，点燃后吸了起来。纤细轻曼的烟雾飘出门洞，在雨中挣扎着。我在想，如果有来生我会选择一个什么样的职业呢？还是写作吗？我心的回答是否定的。我想，那样的生活真是糟透了。雨中的我想当一名巴士司机。我曾经做过这样的工作。至今还令我怀念：将乘客送到他们要下车地方，然后各走各的。作为一名巴士司机，即便是雨天也不会歇工，反而觉得在雨天里开车更有趣。我想，或者，去车间去当一名工人，过到我曾经干过，和工友们在一起上下班，中午围在一起吃盒饭，冲着路过的女工吹口哨。我不想当什么车间主任，哪怕是小组长也不想干。我父亲在旧时代就是一个小官儿，那时候他还很年轻，踌躇满志，解放后干过科长、副厂长。他哆哆嗦嗦的一生让我清醒地意识到，必须远离这样的职业，离当官的人越远越好。那个圈子里没有友谊，没有情分，只有利益。你受不了他或她用计谋的眼神打量着你的样子。我只想当一名普通的、自由的工人。工人才能体会到什么是纯粹的生活。可很多人像我一样已经背叛生活多年了。

瞬间，一道锋利的闪电将我和那个乞丐变成了两尊雕像。一个站着，一个坐着。是啊，我并不想当作家。不少作家在一起谈论的不是生活，不是爱好。即便有"爱好"，那也不过是一种脆弱的自我救赎。而工人们聊的却是有滋有味的生活。也许，我更想当一名地质勘察队员，背着行囊，去寻找什么矿我完全不知道，但只要是走，只要和同伴们住在荒山野岭的帐篷里，那种感觉让我沉醉。

雨帘已经将门洞口封住了。隔着这层厚厚的雨帘，我在凝视着面前的那条湍急的"河"，以及"河对岸"一幢幢在闪电下战栗着的楼房。

乞丐说，先生，给我一支烟吧。我掏出烟递给他一支，并哈腰用打火机替他点着。他说，谢谢。

门洞外的雨丝毫没有减弱的迹象。雨水流到门洞里来了。我在余光中看到，那个叼着烟卷儿的乞丐正在用一根小木棍把流进门洞的雨水疏通开。他一边"工作"还一边哼着小曲儿。是啊，每个人的选择是不同的。或者这正是他想要的生活。或许是青少年时代的生活太梦幻了，才有了他的今天。我想，未来是诱人的，但更多的人把握不了未来，如同门洞前的这条"河"，裹挟着你一直朝前走。当你明白过来的时候，已经太晚了。

是啊，我们在另一条路上已经走得太远了。

雨水已经流到我的脚下了，这雨还要下到什么时候啊？

（原载《山花》2016 年 5 期）

紫色昌邑

客行昌邑，逢天织丝雨，迷濛如画。提伞过虹桥，霏霏飒飒，沐雨以为乐也。倏忽间不觉步入林中。林霏烟翠，漠然四合。恰紫气东来，深而浮色，定而荡光，簇簇拥拥，悬浮流弋于茂茂林中，荡然于雨林深处。宛然如雾也。甘霖之下，徜徉之中，春风忽至，一时间雨声如乐，竟与众仙女邂逅，惊异万分中，趋前蔼然垂询，方知是玉帝的心情，仙姝的娇嗔，方准众女下凡尘至昌邑，赏人间春色。

紫兮兰兮，名为蔓菁。蔓者漫也，簇拥着昌邑小城。菁者盛也，亦青亦兰，萦绕着古之都昌，今之昌邑，美其名曰"二月兰"。虽名兰而色却似嫩藕，放怀观之，如淡紫色的雾，如绛紫色的云，如柔曼的轻纱，如缎似的织锦，天织银线，彩云铺路，迎众仙姝的莅临。林中的绅士们也悉数出场，挺拔的青杨，倜傥的柏树，矜持的法桐，连同谦谦垂柳，英发槐树，互相缀发，于百鸟啁啾之中，沐雨而立，迎候天上美人。而我不过是一草芥之人，何德何能，竟同获此幸也？

众仙女聚至潍河林园，雅兴所致，赏景吟诗，且有春风春雨互为琴瑟，与吟者和也。斯情斯景，当是人间天上，亦是天上人间。

有道是匪冬而雪，匪夜而月的五品梨花，盈盈款颔正弄色于细雨微烟之中，恍玉人之初沐矣。不怪人称"晴雪"，雅号"淡客"。然而，淡者坦也，首先出来，她吟诵的唐人杜甫的《阙题》，"三月雪连夜，未应伤物华。只缘春欲尽，留著伴梨花"。细雨如烟，亦如琴瑟。在历代文人眼里，其实梨花是最宜雨中欣赏的。六品海棠说，姐妹们，我更喜欢的是曹雪芹在《红楼梦》中咏白海棠的诗："斜阳寒草带重门，苔翠盈铺雨后盆。玉是精神难比洁，雪为肌骨易销魂。芳心一点娇无力，倩影三更月有痕。莫谓缟仙能羽化，多情伴我咏黄昏。"那个穿着鹅黄色衣裙，且满枝金黄的女孩儿，传说是五千年前岐伯仙师的孙女儿，人称"一串金"。她说："《尔雅》有云，妾为异翘者也。早春连翘最先开花，是为报春仙女也。"连着便是一片伴雨的笑声了。素有"花中神仙"、"花贵妃"之称的海棠，吟诵的是宋代王淇的《春暮游小园》："一从梅粉褪残妆，开到荼縻花事了。丝丝夭棘出莓墙。"众仙女道，"好一个涂抹新红上海棠。"樱桃、梅花和杏花同为四品。有"国艳"之誉的樱花首先吟道："一字新声一颗珠，转喉疑是击珊瑚。听时坐部音中有，唱后樱花叶里无。"桃花吟诵的是白居易的《大林寺桃花》："人间四月芳菲尽，山寺桃花始盛开。长恨春归无觅处，不知转入此中来。"我闻之后竟顿升感慨，在下祖籍山东，更喜欢崔护先生的《题城南庄》诗，于是随口吟道："去年今日此门中，人面桃花相映红。人面不知何处去，桃花依旧笑春风。"众仙女赞曰：难怪了，连凡世之人都喜欢妹妹的好身材。真叫人羡慕。桃花说：《千金药方》中说"桃花三株，空腹饮用，细腰身"也。众姐妹不妨一试。杏花说，别说笑了，该我的了。杏花吟诵的是宋代诗人杨万里的《咏杏五绝》："道白非真白，言红不若红，请君红白外，别眼看天工。"随后丁香摇枝而上，她吟诵的唐代诗人陆龟蒙诗："江上悠悠人不问，十年云外醉中身。殷勤解却丁香结，纵放繁枝散诞春。"继而，人称"玉梅"的李花，如霞似火的杜鹃，"金腰带"之迎春、"爱的使者"玫瑰，也争相吟诵起来。最后，则是素有"花中之王"、"国色天香"之美誉的牡丹，她吟诵的王国维的《题御笔牡丹》："摩罗西域竟时妆，东海樱花侈国香。阅尽大千春世界，牡丹终古是花王。"

众妹吟罢，便开始互争今日诗会的霸主，雨中的花魁。终于相持不下，竟征询于我。我知道花语即人心，说道：三月桃花，四月牡丹，何必以此争兰梅？单是这紫色的二月兰哟，像似一群天真美丽的女孩儿，她虽有莲花的藕色，却可以在旱地生长。她有牡丹的高贵，却甘做小家碧玉，她有悬壶的妙方，却心在寻常百姓家，她从天上来，从神州过，处处无家，处处家。终以昌邑为伴，将天庭的锦绣铺满潍河两岸，赐美景于斯，滋润于一方黎民。各位仙妹，难道诗家的本质，词人的操守，不正是如此的么？

随后，这紫色的雾，祥瑞的云，伴着富贵的牡丹，纯洁的梨花，艳美的海棠，袭人的丁香，雍容的月季，如火的杜鹃，娇羞的连翘，百花牵连，众芳蔟移，走过潍河的河边，走过洁净舒展的马路，一路上嘉树美竹，夹道桐柳，勾连婉绕，参差有序。然后走进画样的篱笆院，进入诗般的百姓家，清清爽爽，一同享受人间的温馨，小邑的风情。在古画也似的饮马小镇，一块儿品尝梨花馅儿的饺子，桃花馅儿的饼，槐花的点心，牡丹花的糕；无论是一盅茉莉茶，还是一羹挑花水，样样精巧，款款迷人。果然是宫阙未有，天上难寻耳。恍惚之间，众仙女已不知今夕是何夕也。

……

雨下得越来越大，已经整整下了三个多时辰了。这雨哟，无疑是下透了。那几近干涸的潍河哟，正迎接着天上的万点雨丝。倏忽间，在这漫天水响之中，发生了神奇的一幕：盈盈凌凌的碧水正自天际逶迤而来，重重叠叠，舒舒展展，瞬间将这瘦的河妆成了一个丰腴润泽且风情万种的少妇，也让整个齐鲁大地恢复了勃勃生机。我在想呵，这天泽的恩惠，仙妹的惠临，一定是对昌邑人造林而居，移花做伴的奖赏罢。一时按捺不住，遂改古之七绝："观鼎昌邑三月晨，潍河笔会恰逢春。二月兰来如潮涌，惊煞神川赶花人。"

（原载《人民日报·海外版》，2016 年 5 月 19 日）

惜缘是一道升级题

缘分是不可再来的时空点。一对男女成为夫妻，这该是一种怎样的缘分。如果他生在唐朝，她生在宋朝，那就走不到一块；即便生在同一个朝代，他长她二十岁，可能也走不到一块；即便年龄差不多，他生在美国，她生在中国，有可能一辈子也不会遇见，也就不会走到一块。现在想一想，即便都生在同一个地方，相识、相知、相爱的可能性有多大？地球上六十亿人，两个人能够结合在一块儿，概率实在太小了。

你寻寻觅觅，在茫茫人海中终于找寻到了那个人。可是回想一下，如果当时在人群中看到她的那一刻，有人咳嗽了一声，自己转眼一看咳嗽的人，就跟她错过了。那一刻为什么没有人咳嗽，你就看到她了呢？谁安排的？不是你的本事，也不是她的本事，这是老天的一个赏赐。婚礼上讲的"天作之合"，就是这个意思。

可见缘分是多么难得，又多么值得人珍惜。许多人不懂，轻易地离婚，如果不是万不得已，就是没有惜缘。

怎么度过这一辈子呢？无论是按照古人人生酬业的说法，还是按照现代能量梯次理论，都应该把夫妻做到极致。当把夫妻做到极致，除过它是回到故乡的一个重要资本，更重要的是，你本身会从中享受到凑合夫妻无法想象的幸福。当能量提高一个自由度，幸福指数就会提高很多倍。二维空间是一个平面，好比一张纸，在上面可以画一位人物，挂在屋子里欣赏，但不能动，也没有活力。变成三维的话，就是一个真正的人了。相对于纸上的那个人来讲，现实中的人有温度、有活力、可爱可近。据此来想，更高维度的生命所拥有的幸福只会更多。这种境界的差别，就如《庄子》中所说："井蛙不可以语于海者……夏虫不可以语于冰者。"与井底的蛙谈论大海的广阔，它根本不相信世上还有比井水更广阔的水源；与夏天的虫子谈论冬天的冰雪，它也不会相信世上还有冬天。高维度生命的幸福，低维度生命甚至都没有办法理解。

所以，要目光远大，生命的意义在于不断地提高能量。这一辈子夫妻如果做得非常圆满，对于人生的体验也就提高了一个等级。世界变了，美的程度、美的感觉变了，幸福指数也就变了。用一个凹镜把阳光聚焦，就能点燃东西，一定意义上讲，做夫妻就是一次感情的聚焦，这就需要二人永结同心。一分心，生命就无法同频，不能同频就无法共振，不能共振生命就无法超越。所有的超越都是一次回家的进度，生命的根本意义是回到故乡。夫妻恩爱，是上苍让游子回家的重要编程。假如在这次夫妻旅程中没有体会到恩爱，我们肯定辜负了上苍的良苦用心。我们还要留级，还要补课。要回到真正的故乡，无法绕过这座独木桥。

从更深层面上讲，离婚的人缺乏一种向内寻找幸福的能力，这和他们受的教育有关，关于这一点，本书后面还要论述。夫妻的缘分是最大的缘分，家庭和睦了，子女也能潜移默化地从中受到影响，也能与人进行良性的相处，这个家就传下去了。如果夫妻双方整天爆发"战争"，子女也会受到负能量的影响，很可能最后家就不像家了。一个从"战争家庭"中走出来的人，性格也是残缺的扭曲的；一个从没有温度的家庭中走出来的人，不可能给他人温暖；一个从婚姻的低频家庭中走出来的人，很难有积极向上的人生态度。

缘分事实上是天地的一个心意和恩情，珍惜缘分，自然会对天地生出感恩之心。六十亿分之二的恩情实在太大了。回到家再看坐在对面的妻子时，也会觉得跟以前看到的不一样了。她从唐朝的时候就出发了，直到现在才找到你。如此，伤人的话、伤人的事就不会做了。有句很流行的诗"君生我未生，我生君已老"，说的就是没有缘分的两个人做不成夫妻的遗憾。可见夫妻之间的缘分之深，是老天宝贵的恩赐。"前世的五百次回眸，才换来今生的擦肩而过"，这句话也深刻道出了缘分的难得，由不得人不珍惜。

惜缘，惜的更是对上苍的一份感恩。轻言分手、随意处理婚姻关系的人，上苍恐怕很难再给他这样的好机会。不仅对于婚姻关系如此，对于工作也一样。世界上有那么多工作，为什么自己偏偏选择了这一份？客观的原因很多，也正是这些原因，表明了一切都是缘分。既然选择和被选择，就应该把这个工作干到极致。干不到极致，下一个生命片段就需要把欠缺的补回来。

惜缘要从激发一个人的惜心做起。一个人能爱惜粮食，爱惜水，自然就会爱惜初心。爱情之所以会变质，会出问题，是因为人们往往忘了初心。世界上，有多少人曾经双膝跪地，给另一个说，他会爱人家一辈子，但是，一结婚往往就忘了。究其原因，还是惜心不够。

我有一次送一位老师的父亲回家，老师的父亲已经八十多岁。在路上时，我突然发现他穿的毛衣袖子的毛边都露在了外边。我问他："怎么这样的毛衣您还穿着？"我知道，老人有不低的退休工资，老师的父亲告诉我："我就是舍不得让它退役。"其实这个心，就是一颗舍不得的心。

舍不得的心是一颗知冷知热的心，说穿了是一颗爱心。一件旧毛衣他都不愿意抛弃，当然就会和老伴和和睦睦过一辈子。一个人轻意地换、轻意地离，说明他的爱心热度不够，纯度也不够，这样的人没有恒常之心。喜新绝对不能厌旧。一个人有爱惜之心，肯定舍不得把一粒大米扔掉，把半个馒头扔掉，肯定舍不得把妻子轻易换掉……

一个有惜缘姿态的人，做任何一件事情都能做到极致，包括夫妻相处。日本茶道用语"一期一会"说的就是这个道理。两个人坐在一起喝茶的机会，或许一生只有一次，所以喝每一杯茶时都要抱着感激的心，格外珍惜。因为下一次与你面对面喝茶的，有可能就不再是原来的那个人了，而你所喝到的茶，也不会再是原来那一杯。这就叫惜缘，理解了这一点，对生命的理解就不一样了。缘分是不可再来的时空点，错过了这一刻可能就永远错过。理解了这个道理，再思考问题时，就会更大限度地想到如何提高利他的可能性，一切都会想着利他。2013年8月，石家庄教育系统培训三千六百名教育工作者，有位爱心人士要给每一位听课人赠送一本《寻找安详》，跟出版社联络，库存只有三千册，还缺六百本，怎么办？我就打电话给"寻找安详小课堂"的一位同学，看能否在银川凑齐六百册。不想凑够了，就让立即寄，用特快。同学不解地说，平寄不行吗？如果用特快，估计要几千元邮费。我说，几千就几千，寄吧。听着同学十分心疼的口气，我安慰她说，换到以前，我也舍不得，但现在，我更看重缘分。六百册书就赶在论坛结束前寄到了石家庄。这就是惜缘。因为将来再想找个机会把这六百册书送到从各地抽调来的三千六百名教育工作者手上，几乎没有可能了。几千块钱少穿几件少吃几顿就省出来了，但这个缘分一旦错过就成为永远的遗憾。

当我们真的懂得了缘分，甚至都不敢轻易做事。2014年5月，有一位志愿者非常热切地邀请我去他们省给某行业讲课。看了议程后，我忙给她说，行业培训要以讲为主，不能以演为主，何况只有一天的培训，开幕式闭幕式一定要去掉。她当时表示接受，不想第二天还是照旧进行了。结果可想而知。

送我到机场时，我给她说，知道你这次犯了多大的错误吗？她说不知道。我说你这一次等于把一万多人学习传统文化的缘分葬送了。这个系统大概有一万多名员工，今后相当长的时间内，他们不会安排同样内容的培训了，因为你让他们对传统文化产生了误会。因此，你做这件事比不做更糟糕，尽管你的动机是善良的。就好像馒头蒸夹生了，想再回到面粉的状态，没可能了。那一碗面你不做它，它还在那里放着，做成半成品，就再没办法还原了。缘分也同样。断送了一万多人学习传统文化的可能性，这个责任，你负得起吗？

负不起啊。所以，在正己功夫不到时，千万别急着从事化人的工作。只有正己才能化人。这时，我看到她的眼泪哗地流了下来。

当时她一天给我一个电话，一天一个电话。本来那一月我的课都安排满了，见她如此迫切，就想办法挪了两天时间，不想是这个状态。事实证明我的感觉是对的。当初，老总给我表示，如果这次高层培训大家接受，他们将对全系统进行轮训，但那以后再也没有了下文，说明他们是不认可的，而我，又不能给他们解释传统文化远不是这些形式，这些形式也不是我讲课内容的有机部分。

往细里讲，每一个念头都是一个缘分。如果这一刻，该动认同的念，却动了一个反对的念，该动赞美的念，却动了一个嫉妒的念，该动谦虚的念，却动了一个傲慢的念，都是不惜缘。

稻盛和夫"六项精进"的第一项即讲"要付出不亚于任何人的努力"。为什么呢？只要有一个人比我努力，说明我还没有做到惜缘。而要做到"付出不亚于任何人的努力"，需要其他五项精进做保证。谦虚、感恩、利他、乐观、反省。如果缺了一项，都不能保证做到"付出不亚于任何人的努力"。傲慢的人做不到，没有感恩心的人做不到，没有利他精神的人做不到，没有反省精神的人做不到，没有乐观精神的人做不到。

那位志愿者不听我的劝告，说明她傲慢，尽管她看上去很谦虚，甚至把自己的财产拿出来弘扬传统文化，但傲慢有时恰恰以奉献和谦虚的状态表现出来。在傲慢没有消灭之前，一个人很难做到真正的惜缘，因为惜缘需要和气，而傲慢生戾气。

从稻盛和夫的《活法》中，可以看到他如何惜缘。为了把每件事做完美，他总是问自己还有没有更好的方案。为了发明一项新技术，他能够做到常年累月都想着这件事情，并且时常在现场，做调查研究的功夫。如此，不但灵感常常惠顾他，而且能够做到妥善决策。有人问他，你失败过吗？他说，没有。一个人一生居然没失败过，为什么？因为他做到了"六项精进"。永远在"付出不亚于任何人的努力"，永远在谦虚、感恩、利他、乐观、反省的生命频道上。凡事都是百分之百的准备，百分之百的投入，又有百分之百的谦虚和利他精神保驾护航，怎么会有失败呢？

只有惜缘，天地才给我们更好的缘分。一个人如果越活越精彩，并且能够保持精彩，他一定是个惜缘的人。据说李嘉诚在机场接机时，会给每人一张名片，上面连晚宴的座位号都排好了，可见他想事细微。成功不是因为奋斗，而是因为信任。领导提拔你，一定是首先信任你。为什么会信任你呢？因为你能担当，能惜缘。"信任"的"任"单人旁一个"壬"字，就是担当的意思，挑着担子啊。因为你能担当，所以他信任你。因为信任你，所以给你更大的平台。这就是成功的原理。

（原载《北京文学》2015 年第十一期）

仙缘与尘缘

王安忆

　　一九八○年，在中国作家协会第五期文学讲习所进修，吴组湘先生与我们上课，讲《红楼梦》，记忆犹深。讲到宝黛悲剧的当口，先生问我们，倘若真能够有情人终成眷属，二位日后生活会不会幸福？紧接回答道：否！然后建议读一本书，《浮生六记》，其中所写一对夫妇，可为宝黛故事后续，结果如何？以欢愉始，哀戚终，依旧不脱生离死别，究竟缘故，不外是贫和病，两项又归一因，家道中落。吴组湘先生的意思是，这一对精致的小儿女，哪里经得起人世的磨折，早晚一个"散"字。

　　过后，有数度翻开《浮生六记》，又数度合上，如不是有先生的比照《红楼梦》的话在先，大约是不能读到底的，亦是有先生比照《红楼梦》的话，才被逼退，因为比出了俗。这俗并不以人物家世而论，那就势利了，更在于文品，仿佛前八十回与后四十回，曹雪芹与高鹗之间。极难想象大观园里的人事在"浮生"中演绎，很是不忍似的。张爱玲《红楼梦魇》"五详红楼梦"中，说到有一个早本内，元妃临终命宝玉定亲，举丧期间不能婚娶，直至黛玉将死时方才行聘，揣测是因为已婚的宝玉与黛玉相处有种种难堪，无法下笔，说到此处，张爱玲写："他们俩的关系有一种出尘之感，相形之下，有一方面已婚，就有泥土气了。"我们错过早本，无从目睹曹雪芹笔下宝黛二人的婚姻相，婚姻生活总在人世间，而那两人则注册仙籍。仿佛事先就有安排，曹雪芹负责仙缘，尘缘归高鹗，《浮生六记》且又将这一段再接下去。

　　《浮生六记》中，编者郑逸梅先生考据，前四记确凿出自作者笔下，吴组湘先生所指的应是自述姻缘的前三记。作者沈复，字三白，生于清乾隆二十八年，卒年不详，但因第四记写于嘉庆十三年，延寿即至此之后无疑。《红楼梦》前八十回在曹雪芹去世前十年已经传抄问世，那就是乾隆十七年上下，续书的日子比较确定，乾隆五十六年排印。《浮生六记》中的沈复与芸娘从初识，到定亲，再成婚，生儿育女，直至芸娘辞世，总二十七年，跨越乾嘉两朝，大致与高鹗续"红楼"的时间重叠，因是纪实，所谓"非虚构"，就可一比一对应文章。《红楼梦》里的年代是虚拟的，或者说计算单位广大，以"世"和"劫"划分，"世"还在视野里，"劫"则大大超出，千万年为一周期，人和事在此浩瀚无际之中，所以只得考查著书人的生平。如此看来，将沈复与芸娘的今生当宝黛后事的演绎，现实背景上还是说得通的。

沈复与芸娘同籍苏州，《红楼梦》开篇起因的甄士隐，也是苏州人氏，书中写他"家中虽不甚富贵，然本地便也推他为望族了"，与沈复自谓"衣冠之家"，竟不谋而合。贾雨村寄居于甄士隐紧邻的葫芦庙内，后来得帮助进京科考，从此浮沉宦海，苏州可称发源地。而沈复与芸娘落魄时，乔寓扬州，芸娘即此终年，真是黛玉的原籍，多少扯得上渊源。林黛玉进贾府，后又奔父亲林如海丧，应是从大运河水路行舟。沈复芸娘所赁房屋，位置于邗江先春门外，"临河两椽"。邗江为运河通贯之地，凭流望去，千帆渡过，或就有黛玉船的遗影。

《浮生六记》卷一"闺房记乐"写，沈复十三岁跟母亲去外婆家，初次遇芸娘，宝玉见黛玉，也是十三岁。而且，二人都是姑舅亲表，只不过反过来，沈复是姑家，芸娘是舅家，而宝玉在舅家，黛玉在姑家。还有略不同处在年龄差，宝玉长黛玉一岁，为表兄妹，沈复少芸娘十个月，就算作表姐弟了。所以，吴组湘先生将这二对男女作比，并非事出无因。

沈复与芸娘，注定要做夫妻，遇见第一回，便对母亲发誓："若为儿择妇，非淑姐不娶。"芸娘字淑珍，所以称"淑姐"。于是，立时三刻订婚。宝玉和黛玉见面，彼此觉得熟悉，仿佛久别重逢，再无他想。闹砸玉一出，是因为这玉隔阂了二人。这一出为后来的相处开创了模式，那就是吵闹频频，所争吵又全是求近反疏远。倘不是"金玉良缘"的提示，二人恐怕想都不会去想媒妁之事。

芸娘的生相，与黛玉同是纤细宛约。后者的描画只在情态，方到荣国府时，众人眼里看出去："身体面庞虽怯弱不胜，却有一股自然的风流态度，便知他有不足之症。"芸娘的形貌相当写实，尤其写道："唯两齿微露似非佳相。"这一笔几可看见真人，略有些吊唇，要看具体的人，倘是五官协调，不会难看，还妩媚娇俏，但依中国人的成见，人中短总归是福分浅薄。黛玉也属红颜薄命之流，却很难想象面部有明显的不匀称。事实上，《红楼梦》通篇都未写及黛玉外貌的细节，最具体的大约就是眉毛，"似蹙未蹙"，宝玉当即给一个字："颦"。汉字"蹙"也是个含蓄的概念，不像"皱"的肯定，倾向修辞的性质，且又"似蹙未蹙"，有无之间，就更变得微妙不可言，哪有芸娘"微露两齿"的生动，跃然眼前，就是熙攘人世，你我他中间的一个。

再论穿着，芸娘的风格是"通体素淡"，这倒近似宝钗，依母亲薛姨妈的话："他从来不爱这些花儿粉儿的。"黛玉则属华丽一族，下雪天里，她穿一双"掐金挖云红香羊皮小靴，罩了一件大红羽纱面白狐狸里的鹤氅，束一条青金闪绿双环四合如意绦，罩了雪帽"。何等美艳！薛宝钗只是"穿一件莲青斗纹锦上添花洋线番巴丝的鹤氅"，虽然简朴，品质可是不一般，按人民文学出版社 1982 年版注，"莲青：指蓝紫色。斗文：指交叉的图案。锦上添花：指在图案上又重叠自然花卉。洋线番巴丝：指丝线毛线混合的织物"。所以不爱"花儿粉儿"，除去性格的成分，还有教育的缘故。尊儒家的道统，不涉奢靡，温蕴含蓄。芸娘没有宝钗的教养，习字读书都靠自己，"满室鲜衣，芸独通体素淡"，更让人想起邢岫烟，大雪天里，姑娘们都着皮毛，又多是大红，唯她一件旧单斗篷，显得"拱肩缩背"。探春给一个碧玉珮，宝钗一眼看出不是她自己的东西，对未来的弟媳发出一番教导，提醒莫受贾府里富贵风气的濡染，"总要一色从实守分为主"，邢岫烟要摘了去，宝钗却又阻拦，说不能辜负探春的好意，真是左右为难。芸娘贫寒归贫寒，倒没有什么顾虑，坦坦然脚下着一双自绣的新鞋，精巧可爱。要让贾政看见，就要不受用，"虚耗人工，作践绫罗"。

芸娘学诗的经历，像的是香菱，都是自学成才。香菱身世飘零，举目无亲。芸娘虽少年失怙，但有母亲兄弟。略成年些，便以女工养活一家三口，还供兄弟读书，总是有调教，才得一技之长。所聘沈家，资财身份在中等以上，又是亲上加亲，说明有人做主，这一点甚至胜过黛玉。记中写，芸娘刚开口说话，就背诵《琵琶行》，想是由父亲口对口授，就有父爱在其中，俗话说：家贫养娇子，倘不是过早亡故，大约是会供几年塾学的。某日，当是父亲去世以后，在盛书的藤箱里翻出《琵琶行》，对照读音，学会文字。后来，娶进夫家，与沈复讨论学问，以为《琵琶行》的著者白居易即李太白，因名字里都有"白"，被丈夫取笑一番；再谈赋，芸娘郑重道，最崇拜司马相如，丈夫又笑：原来当年卓文君跟上长卿，"或不在琴而在此乎"！笑的是众所周知事却当独家新闻。就知道芸娘的知识系统是不完整的，自开一路，但能够英雄所见略同，殊途同归，证明学习的方略相当有效。于他们夫妇之间，有趣也有趣在此，既可为友，又可为师。

旧时中国，男人谈诗论文，向是与外面人，青楼勾栏，歌女舞姬，史上留名的才女，也多是在这类人群里。人妇当以传宗接代，侍奉公婆为主业，怡情怡性则在偏侧。流传于世的儿女佳话，柳如是与钱谦益，始于烟花与恩客；卓文君与司马相如，私奔他乡；董小宛是冒辟疆的妾；李香君为侯方域红粉知己；这张名单可延续到民国的小凤仙与蔡锷。这些女性，出身都不怎么样，才情却十分了得，不仅能以诗书相对，还有道义支持。是因处于道统之外，反倒能够自由交际，进入公共领域，和男性共享社会生活。

脍炙人口的《孔雀东南飞》，焦仲卿和刘兰芝的故事，凄婉之余，令人百思不得其解的，焦母为何容不下刘兰芝，究竟哪一点违背妇德，非休了不可。想来想去，大约为了他们夫妻情义太过厚密，不合纲常。相比较知己型的男女描写，赞誉夫妇相处的辞藻总是严肃的，比如"相敬如宾"，再具体些，"举案齐眉"——此一句里的人物故事梁鸿孟光在记中也有议论，说的是："家庭之内，或暗室相逢，窄途邂逅，必握手问曰：'何处去？'私心忒忒，如恐旁人见之者。"显然夫妇亲昵是要背人耳目的。而沈复和芸娘，"初犹避人，久则不以为意"。大约焦仲卿和刘兰芝也是如此，所以招婆母不待见，硬生生棒打鸳鸯。

《诗经》中有不少描写夫妻间相思缠绵，最著名的句子有"死生契阔，与子成说；执子之手，与子偕老"，但那是柴门家室，男人不是出征就是戍边，所谓"贫贱夫妻"，倾诉不外加衣添饭。张爱玲的《倾城之恋》，范柳原与白流苏在香港浅水湾的月夜，隔空吟哦，是暗示即将来临的离乱，将婚姻的剩余价值降到最低，低到原始阶段，浮浪退去，露出质朴之心。《红楼梦》里，凤姐与贾琏，大概是正室相处的唯有展现，又只在床笫，虽然在钟鼎世家，这一对却是饮食男女。《浮生六记》的"闺房记乐"则是精神生活，文字游戏。七夕夜沧浪亭爱莲居我取轩中拜月，极似洪升《长生殿》中的一幕，我更倾向《长生殿》像它。宫廷里的理想天地大约就是民间，自由和有趣。沈复自谓本地望族，实际是中等光景，门户不那么严谨，活动半径无论比"长生殿"还是"荣国府"都大许多。"记乐"写道有一年夏季，居乡间避暑，仿佛大观园，李纨住的稻香村，那屋主村妇，则是刘姥姥，就又仿佛落难的巧姐儿，归宿到屯里面，得了平安。文人向来追崇陶渊明的境界，勿管根源如何，采菊东篱已成文化符号，"稻香村"就是一个仿作。贾政携宝玉看园子，众儒生都喝好，唯宝玉说不怎么地，缘故是不自然。沈复芸娘所居，可是真实的"稻香村"。

洞庭君祠，神诞日的庆贺，如今失传，再看不到了，看文中写，就觉得当时人有眼福。百姓人户，各领一落，悬玻璃灯，放置瓶花，花间再插蜡烛，想一想，何等的胜景，"花光灯影，宝鼎香浮"。芸娘心向往之，到底受规矩限制，女流之辈不可到大庭广众，于是生出一计，那就是着男装，效男子形状。看起来，梁山伯与祝英台，还有女驸马的戏曲并非传说，真有其人其事。《红楼梦》里，也有一个，湘云！本性活泼佻跶，喜欢扮作"小子的样儿"，学野蛮人，也就是黛玉说的"小骚达子"，雪地里生火架柴烤鹿肉吃。湘云的放纵只在大观园里，芸娘可是走出闺闱，到社会上去了。沈复受父亲嘱咐去吴江吊唁，芸娘悄然跟随，往太湖看水天一色，慨然道："今得见天地之宽，不虚此生矣。"虽是小家碧玉，胸襟却广大豪迈。红楼中人，眼界最宽阔应数薛宝琴，巨商父亲生意遍布海内外，宝琴小小年纪，"天下十停走了有五六停"，写下十首"怀古绝句"，供姐妹们赏析。因此天地宽不宽不仅在游历，还需有学养，才能开拓视野。宝钗从南边上来，路途所经也够漫长，黛玉南北走过一个单程加一个双程，二位都没有发表观感，不知道她们对大观园以外的世界是如何想的。探春远嫁，不久后有一次归宁，是在高鹗笔下，大约不是曹雪芹本意。前第五回太虚幻境金陵十二钗册子里，探春的那页，画面上有两人放风筝，海波上一片扁舟，舟上女子虽是饮泣，但依探春的心气，还是会抬头眺望"天地之宽"。

芸娘的洒脱不拘格，敢与男子平头齐肩，不止在表面，更有实质性的，她可与丈夫的红颜同结知己。因是出自沈复之笔，我们实难判断芸娘心中真切所想，从形容看，却有一种诡黠的美艳。二女一男的配置不算特别，亦可称常态，奇丽是在两位女性间的无隙。丈夫和船家女——以文中记叙，更可能是陪酒女，二人调情狎昵，妻子作壁上观不说，还助兴喝彩，单从慷慨论似还不足，更可能是赏心悦目。芸娘仿佛鉴赏家，对情色才艺的品质颇有见地，听说丈夫的朋友纳进美妾，便欣然前往看一看，评价是"美则美矣，韵犹未也"，意思是回味不够。某名妓的四律"咏柳絮"遍传里坊，文人墨客纷纷和韵续连，芸娘皆不以为然，独赞沈复的几句，"触我春愁偏婉转，撩他离绪更缠绵"，青楼游戏，非但不介意，还热心仲裁，且又私心自己人，真是一无芥蒂。继续往下走，到憨园出场，事情大离谱，灾祸临头，那且是后话了。

芸娘和沈复的好，大约是旧时代里夫妻欢娱的极致想象，天真烂漫，风雅有趣，所以吴组湘先生要拿来为宝黛作假设的摹本。荣国府里有哪一对可作借鉴呢？从上一辈往下排，贾赦与邢夫人，贾政与王夫人，都是乏味的；贾珠与李纨，从李纨的性格看，倘贾珠不早夭，纵不过又一个王夫人；凤姐和贾琏，倒是热腾腾，但方才说过了，止限于肉体，或者还有阴谋和阳谋。出来荣国府，往街东头宁国府看，贾珍和尤氏，意趣不怎样，品行和智商还有问题；秦可卿是个出众的人，但贾蓉的才情远不能与其相当，一方不得满足，一方不得消受，可惜了。越剧《红楼梦》，洞房花烛，宝玉对调包计浑然不觉，对着红盖头底下的新人，有一番咏唱，其中对富贵夫妇生活的憧憬出自于坊间的想象，应该更具体，实际上却是笼统的，"与你春日早起摘花戴，寒夜挑灯把谜猜，添香并立观书画，步月随影踏苍苔"，如此而已。到史上找，千古绝唱的唐明皇与杨贵妃，在洪升的《长生殿》里倒是生动起来，怄气、吃醋、堵被窝、回娘家，按张爱玲话，类似晚报上的"本埠新闻"。可那是皇上与嫔妃，降格以论，就是夫与姜，前边说过，两情相悦多是在此之间，就又落入窠臼。寻来寻去，沈复的"记乐"大约真可算作中产人家恩爱的范本。当然，从具体人物出发，黛玉不比芸娘有平常心，外面社会上的男人，统被叫作"臭男人"，大不可与宝玉的同性朋友交往，更不谈红粉知己了。因此，就有一部分生活不能分享，就也不会有以后的憨园之虞。

　　憨园一笔，于当日于今天，大约都在常情之外。妻子替丈夫纳妾订约，最终竟为对方辜负大恸而伤身，该当如何理解呢？倘若出于传宗接代的大局观念，容纳侧室，亦是必守的妇德，但芸娘分明已有一子，再说，她本也不是道统中的人，不该受此约束。所以，为沈复物色小妾，是有另一番缘故。从文章描写看，她更像寻自己的玩伴，又像壮丈夫行色。先前看见朋友新妾，评价"美而无韵"，便下决心，必美而韵，才可做郎妾，只是苦于手头拮据，无法实施，显然，美而韵者大多是昂贵的。直至遇到憨园，希望才又燃起。憨园出身娼门，母亲是名妓，这样的女儿天生就是给人做侧室的，索价自然不菲，芸娘从感情着手，实在是异想天开。憨园小小年纪，但耳濡目染，母亲亲授，应答十分世故，她对芸娘说："蒙夫人抬举，真蓬蒿倚玉树也。但吾母望我奢，恐难自主耳，愿彼此缓图之。"话说得很明白，但芸娘仍一味追求，强人所难，最后的结果也怪不得憨园了。

　　在贾府这样的大族里，纳妾的事多不需本人操心，早就有准备。彼此房中的贴身大丫头，往往就是人选。比如袭人，王夫人提前做主，定了名分，叫作"跟前人"。虽在暗中私下，实已经多方认可，是公开的秘密，史湘云不就约了林黛玉一同去怡红院向袭人道贺！鸳鸯曾向平儿数了她俩及袭人、琥珀、紫鹃等十来人，"从小儿什么话儿不说？什么事儿不作"，因此平儿也是从贾府长大的丫头，后来做了贾琏的"跟前人"。再如紫鹃，是贾母给黛玉的丫头，将来多半是随嫁的人。她与黛玉说，希望老太太趁明白硬朗作定大事儿，听薛姨妈玩笑将黛玉说给宝玉做媳妇，忙忙过来插嘴："姨太太既有这主意，为什么不和老太太说去？"结果被奚落一番。除去为黛玉的未来，大约也有为自身着想的意思，她说的那一句"一动不如一静"，还有"公子王孙虽多，那一个不是三夜五夕，也丢在脖子后头了"，只要看看贾琏就知道包括了自己的命运。倘是紫鹃做宝玉的"跟前人"，一定和平儿的行为作风差不离，黛玉不像凤姐的凶悍，但在爱情问题上，却比凤姐更严苛，是完美主义者，宝玉稍与宝钗、湘云走近些，就要生气。袭人想来也是惧她，后四十回里，一旦听说上面做主将宝钗聘给宝玉，心中方才落定，想的是"我也造化"。连贾母都知道，"他和宝丫头合得来"——高鹗续笔的憾处是直露，好处也是，前八十回的欲言又止统统道出来，板上凿钉，再无歧义。贾府族中，也发生过大太太为丈夫谋妾的事，就是邢夫人代贾赦向贾母索讨鸳鸯。她先是向凤姐发出通告，凤姐是她儿媳妇，这路数就不大靠谱，让晚辈笑话，还尴尬，不好发表意见。文中写："凤姐知道邢夫人禀性愚蠢，只知承顺贾赦以自保。"一句话道出原委。芸娘显然不是这一路人，也不是这一路想，她为丈夫觅憨园，究竟出于怎样的心理？

妻妾称是称姐妹，实际却水火难容，若非完全放弃情爱，退而求其安定团结，大概少有真心与好的。憨园要是如芸娘所愿娶进门来，未必会有预期的"我自爱之，子姑待之"。现代人中有做过尝试的，异国的西蒙·波瓦的小说《女客》，写的那个三人行，或有亲历的原型，存在主义者都有写行为艺术的爱好；近距离的有顾城的《英儿》——芸娘堪为先锋，可惜计划中途夭折，就无从检验可行性了。纳妾的事不成，给芸娘留下的却是世态炎凉的阴影，同时预示了将入苦状的命运。按吴组缃先生的假设，宝黛成婚再往后走一截，就将遭遇抄家灭族，资财尽散，这一对玉人将何以为继？在芸娘则见出对抗挑战的能量。《浮生六记》第二卷"闲情记趣"，对照第三卷"坎坷记愁"，便知其实是在最窘迫的处境里，每被家中逐出，受陌路容留，但仍有闲情逸致。住扬州邗江，临河两椽，平房以椽为间，就是两间，只够睡卧起坐，厨炊待客就谈不上了，如此局促，二人却还制作盆景，捡来碎石按纹路叠起，再种萍草藤蔓，待绿萝垂挂，红花绽放，"神游其中，如登蓬岛"；再又将螳螂蝴蝶蝉绒线悬于盆花间，做成各种形态；或是纱囊包裹茶叶，放在荷花心里，隔夜取出，便有莲香；制作花屏亦别出心裁，将木条钉成框，框内置小盆种扁豆，扁豆发枝茂盛，绿影婆娑。同是女儿绣心，从美学上看，黛玉的身份格局都要大得多，葬花，从土里来，回土里去，纳入时间河流，宇宙循环，这花就不止是花，而是万物之有，生生息息。这和来源有关，黛玉的前生是三生石畔绛珠草，芸娘则为凡世俗胎，邻家女儿中的一个，心思又非黛玉能及。锦衣玉食的她，黍麦不辨，哪里知道瓜豆里的生机。

单就"闲情记趣"这一卷看，芸娘比前卷"闺房记乐"里更焕发，闺房里的和悦还在想得到中，连词对句是读书人家的常情。走出内闱，来到户外，天地骤然敞开，芸娘的个性便更解放。她和在沈复的兄弟淘里，说起来总归背离纲纪，难免逾矩，可这时候，谁管得了她呢？尤其借住萧爽楼时，那场合近似贾宝玉同薛蟠、冯紫英一伙人玩乐，前者纨绔，后者清士，就有一番格外的清趣。比如模拟科考，抓阄决出主考、誊录，其余人统做举子，试题为五、七言对子，排名第一第二担任下一轮的主考和誊录，两轮不取中罚出酒钱。芸娘是其中唯一女性，所以享受"官生"特权，即官后代应试的额外待遇，在此体现"准坐而构思"。又比如看花的一幕，看的不是菊梅，花里的君子，而是菜花，就有稼穑气了。油菜田在郊外，不庙不市，所以没有饭店酒肆，饮食就是个问题，芸娘自有办法。这办法若在贾府，只有茗烟一般小厮想得出。她雇下一挑柴爿馄饨随行，有炉灶汤水，外加司厨，于是，"茶酒两便"。最后，馄饨挑主与雇主们一同醉卧花畦之间，堪称魏晋风范，是宝黛们远不可及的快乐，实是以艰困做代价。

到第三卷"坎坷记愁"，那窘境露出水面，方才知道闲情背后的人世间。确切说，沈复和芸娘潦倒的缘由，并非出于《红楼梦》中的宿命，运势的周期，如大荒山无稽崖青埂峰下，僧道二人的箴言，"究竟是到头一梦，万境归空"，亦非沈复先前列举的种种不祥之征兆，芸娘"两齿微露"，诗稿又多为完成，鬼节夜湖畔惊魂等等前定，而是具体的人事。听起来，倒像是电视"甲方乙方"一类调解栏目的纠葛，不大上得了台面。芸娘招公婆嫌恶，继而受叔婶排斥，由沈复总结，归于一句"女子无才便是德"，多少是袒护之词。起先，在外供差的公公见媳妇识文断字，就命她从此代写家书，婆婆以为传达有误，生出龃龉，不得已停笔，公公认为媳妇抗命，大不孝。倘若事情就此打住，还不算太糟，也与"才"涉及，但接下去的发展似乎就有背德的嫌疑了。父亲嘱咐沈复在家乡纳妾，可随身服侍，沈复又托付芸娘，这处境有些近似邢夫人为贾赦通凤姐的款曲，芸娘却没有凤姐的老辣，她竟真着手物色到一名。事情做下就做下了，且又顾忌婆母的心情，半途将人招回，公公自然勃然大怒。本心两头取悦，结果两头不落好，与贤良越行越远，称得上荒唐。这些动作都留下白纸黑字，所谓书证，赖也赖不脱，倒合得上"才"之说，常言道：人生烦恼识字始，在此就是案例。于是，就有了第一次被逐，友人收留萧爽楼的日子。以此卷记叙，憨园背信正发生于同时段，再加上芸娘娘家两桩大事：兄弟出走，母亲辞世，可谓内外夹击，人生一大劫。前卷里萧爽楼的作乐，便蒙上一层戚容。如此世事，相距"富贵场""温柔乡"何止十万八千里。红楼中能与这等庶务夹缠的，大概只有一人，那就是薛蟠的媳妇夏金桂。

夏家女儿，背景与芸娘略相似，有姿色，通文字，父亲早逝，但没有兄弟，虽然有资财，绝户头总是气馁，所以骄矜跋扈更可能是虚张声势。芸娘品行自然大相径庭，不可同日而语，沈复亦不是薛蟠一路的人，但是，倘若夏金桂在芸娘的际遇中，或许抵挡得过来，同出于市井，人和事都是知己知彼。对黛玉之流，莫说黛玉，连晴雯，回到兄嫂家，也是一死了之。

第二次被逐，在芸娘则是永不回头，事由说是冤枉，也可归咎交友不慎，为他人作保借贷于外国人——以此可见清嘉庆间，就有下等的西洋人住苏州，放高利贷为生，好比莎士比亚戏剧中的"威尼斯商人"。结果，借贷人席卷而走，西洋人便向保人逼债，"咆哮于门"，接连着，芸娘的契友又被误作青楼。于是，按"结盟娼妓""滥伍小人"罪名，限时限刻离开家门。这一回离家凄凉得很，惶醸中，安排一儿一女，女儿托出去做童养媳，儿子也托出去，店铺里做伙计。如此决绝，从记中片言只语看，极可能还迫于兄弟的压力。弟妇出自苏州名门，书家王虚舟的孙女，如沈家这样，世代幕僚为业，可说是读书人的下层，无疑是高攀，势必处处留意小心。前一卷里曾写兄弟成婚，他们让沧浪亭边住所，迁至仓米巷内，从地名看，就是里坊杂院，拥簇许多。二次逐出家门，唯女儿青君私下通消息，老父病故，方才能灵前一哭，看母亲"目余弟妇，遂嘿然"，略略几字，大有意味。显见得隔离长子源出此儿媳，家中大人又都惧她，屈抑不得伸展。举丧过后，房屋产业兄弟夫妇一并占据，母亲迁往女儿家，临别嘱咐："汝弟不足恃。汝行须努力，重振家声，全望汝也。"

"乔寓扬州"，熏香插朵的"闲情记趣"，背景正是在"坎坷记愁"中的最惨淡。住是有的住了，可开门七件事，油盐柴米酱醋茶呢？夫妇二人筹划来筹划去，终于记起多年前靖江的姐夫曾借去一笔钱，本不打算他归还的，现如今就有当无地索讨试试吧。于是留下卧病的芸娘，沈复动身前往。凄风苦雨，有一夜宿在土地祠里，不由想到《红楼梦》里的宝玉。《乾隆甲戌脂砚斋重评石头记》第二十六回，"蜂腰桥设言传蜜意，潇湘馆春困发幽情"，写到红玉处，有一条批文，"红玉一腔委曲怨愤系身在怡红不能遂志看官勿错认为芸儿害相思也"，道出红玉对宝玉的心情，接下去再批："狱神庙红玉茜雪一大回文字惜迷失无稿"；到二十七回"滴翠亭杨妃戏彩蝶，埋香塚飞燕泣残红"写到红玉时又提"且系本心本意狱神庙回内"，本回末总批道："凤姐用小红可知晴雯等埋没其人久矣无怪有私心私情且红玉后有宝玉大得力处此于千里外伏线也！"就知道曹雪芹初衷里是有家破人亡后宝玉寄身狱神庙的情节。张爱玲在《红楼梦魇》中每每提及其时小红和茜雪探望旧主，她写道："茜雪虽然是不被逐，是宝玉亏待过的唯一的一个丫头，红玉是被排挤出去的。偏偏是她俩在患难中安慰他，帮助他，这种美人恩实在难以消受，使人酸甜苦辣百感交集，满不是味。这一章的命意好到极点。"红玉、茜雪都是二三等的丫头，前者笔墨多一些，后者几乎被人遗忘，张爱玲说的"亏待"指的是沏好的枫露茶让奶妈吃了，宝玉向茜雪发怒，砸碎杯子，泼了人家一裙子，跳起来指着大骂，事后也没有任何道歉与安慰，在宝玉确是极少的行为，所以说是"唯一"。这一回目的遗失让张爱玲痛惜而又向往，大概是因为想起自己的经历。日本投降，胡兰成南北逃亡，颠沛流离，她往温州探亲，满满去，空空回，给胡兰成信中写："那天船将开时，你回岸上去了，我一人雨中撑伞在船舷边，对着滔滔黄浪，伫立涕泣久之。"被"亏待"的"美人恩"，多么苍凉凄楚！假设《红楼梦》佚稿全部找回，宝玉落脚狱神庙，黛玉已死，不得探他，宝钗呢？以宝钗贤德，应是从一而终，陪伴身旁，问题是她能否熬得过磨折。虽不是黛玉天生有弱症，体态还丰腴，可并非结实硬朗，亦有痼疾，需服冷香丸。贾琏的小厮曾向尤氏姐妹形容林薛二人，看见都不敢出气，生怕吹倒一个，又吹化另一个。袭人婚嫁，紫鹃出家，晴雯早已灰化，于是轮到小红、茜雪，如此微贱的爱意。张爱玲本是高冷的人，爱胡兰成却低到尘埃里，从尘埃开出花来！

　　但凡寄住庵庙，就是窘到不能再窘，好歹不虚此行，索得数钱，返回扬州的"临河两椽"，不料家中又出事故，锡山盟姐赐给的小女佣卷逃，贫贱不止为难，还是辱人的，唯有一死才可保存些微尊严。经过长久的压抑，芸娘离世终于爆发：回顾过往，相约来生，数种种恩爱，叹个个冤屈，不尽之志，难圆之梦，等等，等等。比较黛玉只"宝玉你好"几个字留言，响亮痛快，酣畅淋漓。从事实说，宝黛之间，确也没有太多的资料可供诉说，就算是市民戏越剧《红楼梦》，给了黛玉咏叹的唱段，说得出的不过是作诗读书，有内句写得好，"我一生与诗书作了闺中伴，和笔墨结成骨肉亲"，应从葬花词"质本洁来还洁去"过来，但回到曹雪芹原著，林黛玉断不会写下这样的句子，因为是三生石上的身世，"诗书"和"笔墨"且为人间俗物。

　　芸娘亡故，头七日，常以为逝者回家探望。吴地规矩，是将居处原样布置，再设酒菜，亲人邻里皆避出。沈复却执意留下，面晤亡灵。这就有些像黛玉亡后，宝玉要求独居一室，等待梦中来见。这一节出自高鹗笔端，倘是曹雪芹，大约不会有此安排，因两人都是梦中人，难道还有梦中梦？还好，高鹗到底没有促成邂逅，宝玉一觉睡去，直到天亮。我以为仙界其实是无神论的，倒并非唯物主义，而是形而上。宝玉和黛玉本是神瑛侍者和绛珠草，因受侍者灌溉，受天地精华，脱却草胎木质，幻化人形，再修成女体，然后为还甘露恩泽，随之下凡，进入大观园。待夙愿了尽，归纳永恒，复又无形，从此与宝玉天人两隔，即便再到三生石上，且又不是你我。倘是柴米夫妇，抑或就有回顾之意。芸娘的头七夜，沈复独卧旧室，只见烛光缩小如豆，又腾空升起，直向天棚，然后渐渐平静。坊间总以为风为无形之形，《搜神记》中神仙是乘风而下；《聊斋》中"王六郎"从鬼籍入仙籍，化为清风盘旋，送别旧友，真是款款情深。黛玉和宝玉大约是仙界中的最高层，世间无有事物可借形于他们，遂绝尘而去，无风无痕。也因此，落尘在"昌明隆盛之邦，诗礼簪缨之族，花柳繁华地，温柔富贵乡"的荣国府，尚不足以，再砌个大观园，孤立于世，就多一种自由清净，无烟火侵扰。里面的人都没见过当票，听过解释，湘云和黛玉都笑起来，"人也太会想钱了"。倒是宝钗，认得出来，因就是她家典当行里出具的。大观园里，唯宝钗与世事有涉及，因在大观园外另有居家，梨香院，哥哥薛蟠厮混在社会闲杂中，再娶进个夏金桂，宝钗的世界就大了。黛玉无父母亲故，只外婆家一系，即便事前没有失宠于贾母，老祖宗一旦百年，依然是无依无靠的人，赤条条来去无牵挂，可谓化外之物。

民间俗语道：恩爱夫妻不到头。《浮生六记》中描绘与芸娘亲厚无间，仿佛略感不安，写道："独怪老年夫妇相视如仇者，不知何意？或曰：'非如是，焉得白头偕老哉！'"又有哲人言：月满则亏，水满则溢。顺此看来，沈复与芸娘的姻缘，只得这点寿数。宝玉和黛玉，实是前生的知己，今世仿佛一个人一般，连夫妻也做不成了。按张爱玲的话，"他们俩的关系有一种出尘之感"，万不能坠入尘世的男女窠臼，如是那样，反而扫兴。因此，宝黛二人就不会遭遇沈复和芸娘般窘迫的人与事。三十五年前，吴组湘先生交代的功课，实在交得太迟了，不知道先生满意不满意。无论先生给几分，甚或不能及格，总是促进读完《浮生六记》，从而见识彼时婚姻生活的日常状态，其实并非概念中，受封建礼教压抑的无趣。道统之下，仙境之外，民间亦是有着生动活泼的男欢女爱。俗话说，一棵草顶一颗露，大约就是指的这个。

（原载 2015 年 12 期《上海文学》）

闲言碎语话文坛

任芙康

> 《文学自由谈》三十载，自己二十八年不曾挪窝。这既可看出任某一棵树上吊死的忠贞，亦可窥见我别无他枝可栖的低能。二十八度春夏秋冬，说长不长，说短不短，回想往事种种，令人百感交集，一时竟无言以叙。翻检出一些说过的话，辑成一堆闲言碎语。虽不成体统，倘若博人会意一笑，知晓并原谅我唯恐文坛寂寞的心性，廿八岁月实未虚度矣。
>
> ——题记

这个世上，可以有人坦言自己不太勇敢、不太聪明、不太富有、不太漂亮，但极不容易有人承认自己不太——真诚。可见，人们的谦虚是有选择和限度的……不少读书人都有爱好，如若遭逢危难，事后摇笔记叙，往往或曰虎口余生，或曰狼爪脱险。与实情相去甚远的渲染不在少数，惊慌失措改造为镇静自若，呼救的哀鸣伪饰成冲锋的呐喊。面对这类生花妙笔，还有什么理由，对我们文坛的道德环境过于乐观呢？

浏览时下报刊版面，"商榷"二字实已少见，应大力倡导商榷才是。自然，商榷也有变味的时候，尤其熟人之间。越是了然对方的底细，商榷者越能好整以暇，独具只眼商榷出惊人水准。比方，闹哄哄的文场上，有这么甲乙两人，甲为写手，乙系评家。甲每诗每文，乙无不悉心研读，亦步亦趋，跟踪挖掘出甲的深邃、忠诚、激情、智慧，并推崇至空前绝后的云端。此乃文坛常态，自不足为奇也。然突遇风向有变，乙于转舵中弃研读改商榷，将甲的深邃商榷成浅薄，忠诚商榷成反骨，激情商榷成狂热，智慧商榷成奸猾。此亦文场常态，仍不足为奇矣。

不少读者赐函相问：现时而今眼目下，三十六行行行面对市场，纯文学刊物纷纷转向，尔刊是否也会临阵脱逃？转向与否，实系价值判断产物，本无雅俗高下区别。办刊颇像做人，不怕雅，只怕装雅；不畏俗，只怕伪俗。犹如甲为深山之清流，乙乃大洋之洪波，或曰这一方晨晖落日，那边厢花香鸟语，只要见真性真情，遂各有喜人景致。凡可读期刊，级别无论高低，规模不分大小，自会占得一席之地。即如本刊，有那喜言善谈之士，在文学上寻些大大小小题目，七嘴八舌，说三道四。小刊与之相互引为知音，已久至八年。而今办刊经费窘迫，仍挡不住情谊深深。故而，在盈耳的"转向"声中，焉能心猿意马，说走就走呢？

本刊所栖办公楼内，忽在几个月里，气象接连更新：房间出租，拱手引郎入室（货郎也）；公司挂牌，效法精卫填海（商海也）。新邻居绚丽猩红的地毯，衬出早先的灰暗；白日里奏鸣的铿锵交响，来自楼中的歌厅……编辑部几位同人，虽须臾难离人间烟火，实因伎俩寥寥，别无所长，遂互勉互诫，勿患红眼病症。不浮不躁之中，又探讨众多读者偏爱小刊，似乎不仅仅出于雅兴。寻得如此宽慰，我等组稿读稿，心理平衡；编稿校稿，头脑安静。可见环境氛围，于人并无大碍。酒肉穿肠过，佛祖心中留。自得其乐，妙哉妙哉。

有人说，时下最热的是炒股，最冷的是文学。其实也不尽然。若干年前，一个短篇小说，就可以搅起洪波巨浪，这固然算得文学繁荣的象征；而眼下文坛，已久违往日这般风光，却绝不是文学败落的佐证。因彼时此时，背景不同矣。如今人们的热情，有了多渠道的释放，孤立地说热道冷，都易片面。一度全民热衷文学，并非热于文学本身，算不得文学的幸运。看今天的实际情形，不要说古典和现代名著，就是当代作家作品，出版即告罄的景观，并不鲜见。何须为文学悲观？

　　古往今来，文人多怪（当然，不怪的也多）。此期《文人的怪》一文，所涉怪相，也算出神入化弘扬了某类怪文人。怪文人言行举止，异乎常情、常理，虽无章法可窥，但有规律可循——其怪里怪气、怪模怪样，不论多么走火入魔，无非两种表现形式：自恋与自虐。期望喝彩，期望风光，于是他们自恋；风光无缘，喝彩无缘，于是他们自虐。文人之怪，素有真假之别。真怪者，连他自己都糊涂，所以怪得认真又执着；假怪者，数他自己最清醒，所以怪得费力而做作。说起来，世上最难的是做人，做怪文人就尤其不易。他得超凡脱俗，怪出水准，令看客见怪生怪，怪而大惊，这是易如反掌的事么？而文坛的前进与成熟，离了形形色色怪文人的贡献，还真无别的指望呢。

　　李国文的文章，学识渊博，但绝不做高深莫测状；沧桑老到，但绝不做德高望重状；奖掖后进，但绝不做迁就逢迎状；率真犀利，但绝不做勇士猛士状。

　　在《文学自由谈》做事多年，酿成的职业毛病是，对那些不计轻重，忽略尊卑，对作家作品"妄加评判"的文章，总是心存偏爱。一旦在稿堆里搜寻出一份"杀人放火"的稿子，心里便会升腾起浅薄的快意。在如此氛围中浸淫日久，于颂扬之道已加倍陌生。

　　本刊从不强调文稿的独家刊发。即是说，我们毫不反感同一稿件由作者另行他投。一稿多投，命中愈多，愈能"坐实"作者的劳动价值。拿歌星来说，多属简单劳动，词是别人的，曲是别人的，嘴唇上下一碰，一歌多唱，大把进账，却无人挑剔，岂非咄咄怪事。

　　我们本打算不再刊发牵涉余氏的文稿，因各方彼此的论点、论据，均已翻不出新的花样。但纯因这篇"分析"风采独异而不忍割舍。一位女性写手，又是关乎如此刚性的论辩话题，竟然将文字调配到这般举重若轻的状态。窃以为，一些呆头呆脑，言语枯涩的须眉文评家学有范文了。

　　一般情况下，跋涉于仕途的人，辛苦难与人道。他们往往如履薄冰、神情专注而无暇他顾。偶或舞文弄墨，要么是踌躇满志，追随整齐划一的应景之辞；要么是心灰意冷，咀嚼失意落寞的幽怨之音；要么是附庸风雅，寄托闲情逸致的散淡之语；要么是循规蹈矩，舒缓谨言慎行的放松之术。官员之写作，应以跳离上列四种状态为最低追求。

　　刊物好比沙龙，来客众多，如过江之鲫。但有意思的客人总嫌太少（并且是再多不嫌多）。我们寻觅撰稿人，常怀单相思，不论他是剥皮抽筋，还是隔靴搔痒；不论他是抱团策应，还是互不买账；不论他是图穷匕首见，还是温良恭俭让；不论他是正经在说话，还是故意来打岔……只要发现谁出语奇绝，就恨不得那人成为常来常往的回头客。李美皆的文章，并非篇篇俱佳；

就是好的篇章，也并非通篇都好。但数篇连着读下来，就彰显出了她高蹈鲜活的技能，我行我素的自信，远离人云亦云的个性，无知（对文坛是非）者无畏的勇敢。

而今文学艺术繁荣昌盛，几乎每镇每县每市每省皆成风水宝地，春笋般长出装神弄鬼的泰斗、大师。稍稍繁华点的码头，甚至"百科全书"式的人物也已挂果。一次电话聊天，世事洞明的何满子老人笑言：老实跟你讲，文化大师不论型号，都是"大师"本人策划、利益团伙吹打出来的。古往今来，概莫能外。他还故作忧虑：大师满天飞，我只担心未来文艺史的坟场，装不下这么多大块头。

这些年，就我目力所及，文本细读的评论越来越少，甚至濒于绝迹，导致生态失衡，忘乎所以的作家因此越来越多。我翻开一部长篇，在紧挨着的千把字里，遇到九个"笨蛋"；我翻开另一部长篇，在头两页之内，撞见七个"历史"。前者是为了体现作家的性格，后者是为了展示作品的深度。这两部捉襟见肘的小说，都受到了热捧。热捧者正是那些惯用宏大叙事的评论家。小说区别于说书，不仅仅要故事，更要强调语言。评论家的文本细读，往往应是对文学语言的评估。如果这种评估也能蔚然成风，上述成群结伙的"笨蛋"和"历史"，早就不知躲到哪里去了。

说到自由写作，不由自主，想起我的中学语文老师。老师是位诗人，在40多年前的巴蜀诗坛，无可争议地占有一席之地。老师写山山无狰狞，写水水无凶险，写人人无邪气。在他的诗歌园子里，种着一点点老街古巷的幽暗，种着一点点山川原野的寂寥，种着一点点为人处世的良善，甚至种着一点点花前月下的缠绵。总而言之，老师的诗，离叫卖声远，离开山放炮远，离心计远，离床远；既不像大跃进中的民歌那样催人豪迈，也不像流沙河的《草木篇》那样招人可疑。"文革"中的老师，如惊弓之鸟，受尽凌辱。在一场冬日的批斗会上，脖领子里被人灌进一盆凉水，但他面对辱骂和耳光，却平静地说："我写不来赤色文章，只好做一个粉红色的诗人。"

新时期以来，言路广开，催生出文坛无数"对话录"。只是泥沙俱下，多数讨人厌烦。有的一味偏激，只顾凸显个性；有的插科打诨，止于相互调情。而对话之应有货色，诸如问题探讨、理念交锋、志趣对决，等等，则几近于无。有此前因，"二王"对话出笼之际，众人并不看好，即便闪耀出"王干干王蒙、王蒙蒙王干"的亮点，仍被疑为二人彼此心领神会的噱头。及至读过对话，学问一点点水落石出，价值一点点雾去山明，人们方明白何谓铜与金，何谓瑕与玉，何谓骡子与马不一般。幸运的小王，出名早，得益于自己的早慧；扬名快，离不开前辈的帮忙。小王属个案，自然也含着通理，旁人如果仅知羡慕或嫉妒，只会不得要领，徒添烦恼耳。

纯粹文学意义的写作，理应绝缘于锦衣玉食与呼朋引类，理应伴随清苦与寂寞，但冉隆中刻意寻觅的访谈对象，大都过于清苦、过于寂寞了，直至处于赤贫如洗、无人理睬的境地。所以他要鸣不平，他要鼓与呼。他最终拿出的每份调查，无论素材，还是见识，皆区别于众多名流伪善的"平民意识"，全是文学情怀，全是民族歌吟，全是底层故事，全是民间声音。惆怅、压抑与感伤，虽是弥漫冉文的基调，但结识知音的快活，山川原野的诗意，文学不灭的古训，浸润着他，在其步步艰辛的调查中，自有一腔飞扬的向往。

我同冉隆中，稿件交往，前后五年。时而有事，电话联络，始终未曾谋面。《文学自由谈》封面上，登过他一颗头像。一张寻常的脸，四分之一侧仰着，鼻孔朝天。鼻孔朝天的人，通常都是很骄傲的人。而骄傲的人，又多数都是有名堂的人。我们的刊物，所倚重的就是那些骄傲的作者。写手骄傲，才往往不同凡响，才可能人前说鬼话，鬼前说人话，叫人与鬼都惊诧莫名地吓一跳，因为他们听到了各自不喜欢的声音。

胖子的叙述可靠，区别于"放洋三日，成书一册"的浅薄之徒；他的观照真切，迥异于久居域外，思维狭隘的偏激之辈。胖子啊胖子，我的好兄弟，早早结识，是咱的缘分；相见恨晚，是你的文章。你的文章是面镜，映出半生苦乐。你的文章是杆秤，称出做人质量。你的文章是把尺，量出为文气象。"你说美食，我想饺子。你说女人，我想贤惠。你说喝酒，我想高粱。你说吃肉，我想红烧。你说中国穷，我想流泪。你说中国坏，我想抽你"。如此句子，就是久居海外的胖子，自身人生的自白，细腻至极，同时又粗犷至极；深情至极，同时又简洁至极。于你而言，大到魂牵梦绕的故国，细到其风物、掌故、轶闻，只要住过、去过，无不入眼入心，经久不忘。倘若忽略境界、情怀，用轻飘飘的"记忆超群"来夸你，无异混淆智者与凡夫，以为龙蛇之差别，只在长短和粗细。

眼下一些文坛名角，被延揽到高校做"教授"。此等人中，其实良莠不齐，有的压根儿就不知大学为何物。没有经年累月走过教室、阅览室、寝室的三点一线，就等于缺乏最起码的修炼。别看上得讲台，口若悬河，无非东拉西扯，言不及义。突兀的模样，与释疑解惑的身份相去甚远。这样对比着，更容易显出严英秀的价值。她是学校自己栽种的一棵苗，经微风轻雨的沐浴，又服水土，大有根深叶茂的前程。一边有学术研究的底蕴，一边有形象思维的天资，于是做文学批评见犀利和准确，搞文学创作则书卷气十足。学校自己投资、培养出如此学者型的作家，或可称为作家型的学者，与引进的人才比较，多有差异，不光是神情的不同，更有神韵的不同。消费时代的大学，需要安分守己的学生，亦需要气定神闲的教师。这样才不会辜负占地越来越大的校园，在青春摇荡的阳光世界中，营造出一片教学相长的气象。

谈及澳门人的读书，已成一种习惯，不动声色，融汇于日常，令人心向往之。想想内地许多城市，将"文化"之牌，打到翻云覆雨，甚而设定专事读书的节日，每到某月某天，便聚拢一群不读书的人，吹吹打打，神情激昂，喊些读书的口号。如此"读书"，早与读书无关，只是一种表态，一种景致，一种行为艺术。可悲在于，大家习以为常，已然见怪不怪。

十多年前，我曾在《光明日报》上写过几句话，说的是，积多年体验，在身临其境的这个文坛，高风亮节的人，虚怀若谷的人，对批评喜闻乐见的人，很少很少，乃至凤毛麟角。多年过去，整个文坛不仅未见长进，反有每况愈下之势。一个个像煞有介事的文坛头目、文坛宿将、文坛新宠、博导硕导，一沾批评，便窘态毕露，无一不用小肚鸡肠，无一不用狭隘偏执，无一不用自大自恋，来验证我对文坛的认识。

文学批评不等同于珠宝鉴定。重点不负责核对生活中的事实，而主要着眼于核对文学中的道理。所以，锋芒毕露与疏漏简单的共处并存，就往往在所难免。拿《文学报》"新批评"来说，其瑕疵似乎是，在不该留余地的时候迟疑了，在应该留余地的时候吝啬了。某些文章，分析不够，显露出企望一剑封喉的急躁；某些文章，口气过大，显露出妄加评判而不自知的浮浅；某些文章，欲言又止，显露出想吃羊肉又怕惹上膻气的胆怯。所以，尽管我把"新批评"当作芳邻家的掌上明珠，喜爱至极，但如果有对"新批评"的批评，又愿意赐予《文学自由谈》，我当促其第一时间出笼。

创作与评论的关系，实际就是写家与评家的关系。但看今日文坛，二者眉来眼去，早已过从甚密。可见，互动不难，难在对性质的判断。其实判断也很简单，只要不缠绕理论，正面标准一目了然，无非就是遇风作浪，有理取闹，鸡蛋里挑骨头，化玉帛为干戈，生怕文坛不乱；无非就是哪壶不开提哪壶，既不看僧面也不看佛面，锦上不添花，雪上偏加霜，讨人厌又逗人嫌。总而言之，无非就是互相觊火，彼此找碴儿，不让"百家争鸣"这句老话，仅仅成为一条体现宽容的口号。

正是文坛长期病态的互动，将为数不少的写手出息成贻笑大方的怪胎。常有新人一朝露头闪光，便飘来多方宠爱，张嘴讲话，被赞颂为口吐珠玑；提笔写字，被推崇为锦绣文章。其自信、自尊，伴随互相抚摸，扶摇疯长。男性迅速成了老子，是无人敢摸的老虎屁股；女性迅速成了老娘，是无人敢碰的金枝玉叶。但如果哪天出门未看皇历，迎面撞上不信邪的愣头青，十个老子有十个心律失常，十个老娘有十个花容失色。顺风顺水的写手，虚名越响，越脆弱。风闻质疑，如当头一记闷棍，或者被敲昏，或者被敲傻，或者被敲疯，之后三年五年，活在咬牙切齿中。文坛风水奇异，容易露脸，也容易现眼。你自觉身价不凡，俯视群雄之时，实际上开始走下坡路了；你自觉不可冒犯，闻过则怒之时，曾经的精明往往与智障殊途同归，划上等号；你自觉与你般配的名号只有大师、文豪、巨匠之时，其实你根本就入错了行，混迹文坛只是一种人生的误会。

悬念对文学不消说了，亦是诸般艺术的支撑。上来就辟出一条岔路，让人坠入兴趣，往下的进展，难以推知，终局的模样，更无迹可寻，这就叫引人入胜。单说众多耳熟能详的舞剧，从皮到瓤，尽管了然于心，人们仍常看不厌，并自欺欺人地"不晓得"尾声。除了着迷其音乐、布景，着迷其仅靠身体，便能无声叙说世间的喜怒哀乐，发烧友们享受的（或曰缅怀的），一定还有经典行进过程中，那份非凡的悬念。敞开了说，琢磨艺术的人，轻忽悬念，便近似职业的误会。无论编舞、编歌、编相声、编杂技、编戏剧、编影视，甚至包括照相、画画、写毛笔字，如果置悬念于不顾，便会以咫尺天涯的距离，表明阁下，可能入错行了。

眼下文坛，兴旺与堕落，交相辉映。区别只是，前者拥有一唱百和的歌手，后者匮乏说三道四的杀手。杀手称谓，听来硌耳，但在文学批评竞相炫示学术、炫示客观、炫示仁慈的对比下，好恶分明的杀手，个个真诚百倍。我因职业浸染，多年如一日，打心眼儿里喜爱杀手，常将与他们呼朋引类，引为人生快活。

本刊纠缠李国文写稿，他躲不脱，便索性不躲，信誉又好，逐期供货，不曾爽约。如此合作，单论历时之久，古今中外，迄无先例。李老蛰居京城一隅，却对文事了如指掌，下笔如勤勉的园丁，醉心于除草、松土、浇水、施肥、捉虫、剪枝。诸如"中国文人，不用招呼，很容易地就蚁附于权力周围；不用张罗，很迅速地就麇集于长官身边"这类句子，套用郭德纲式的询问，你是喜欢呢，还是喜欢呢，还是喜欢呢？

深功内藏的韩石山，被一些人不屑，称作"文坛恶棍"。他自己并不在意，反而很享受。这可不叫脸皮厚，恰恰表明心眼儿宽。阅读此文，又感觉老韩像某类归案的疑犯，良知未泯，无须竹签子、辣椒水伺候，供认桩桩劣迹，颇有一五一十、直筒倒豆子的服罪之心。

通常的评家，臧否人与事，是将瞧不上的破罐子破摔。陈冲的法子相反，破罐子好摔。仿佛晓得自己逻辑性强，遂常有炫技表演，行文像织网，兜来绕去地拴扣。看似与君不相干，其实网中早有你。掌上之物经由不动声色地把玩，末了，平伸出去，手一松，吧嗒一声，破罐成碎片，不复有形矣。

李更于作家协会院里长大，记性不错，知道不少文坛的花花草草。十几岁即有稿费进账，算得年轻的老江湖。小伙子论人说事，白刀子进，红刀子出，不喜欢一边打一边揉。人家痛处既被揭破，对曲意搔痒并不领情。好比驾车肇事，将人撞成摇钱树，与直接送进告别室，在人心叵测的情形下，哪种更省事？不消说，明白人都得不出糊涂的结论。

一段时日，韩石山动笔少了。后来知道，他去鬼门关出差一趟，有些耽搁。但凡有此奇遇，人多会变化。可这位韩某，江山易改，本性难移，变了什么，竟看不出来。读罢此篇《三流作家也可反证为大作家》，令人恍悟，"恶棍"之率性自然，更为变本加厉。

《终会升华到思想的层面》一文，内容"敏感"，关乎上流与下流，正经人是不屑言说的。韩石山从人类文化史下笔，有了理论色彩，有了学术味道，但依然难以证明作者是一个正经人，顶多表明他是一个正常人。

《盖棺论定亦不迟》这类劝人向善的文章，乃老生常谈，本刊其实不愿多用。十之八九，大师等同于骗子。凡欺世盗名得逞于一时者，途径有三，自己吹出来，机构宠出来，众生惯出来。大师都命硬，野火烧不尽，邪风吹又生；大师都命薄，夜来风雨声，泡沫破多少？

美籍作家陈九的《不曾失恋懂女难》，"随笔"写纽约，出神且入化。久居之故，此君不光爱纽约，而且恨纽约。所以他说，失过恋的男人，才可能懂得女人。孙犁曾痛惜写手的浮浅，讽为仅放洋数日，便如何如何。这亦旁证陈九的比喻，并非戏谑，至理良言矣。

编发《谢冕的名气还能透支多久？》，本刊很犹豫，其缘由写出来，至少千字文。又因为，"透支"的指摘，对谢先生未见得对症，反而更像别的张三或李四。但透支学识，透支人品，透支虚名，在眼下文化圈，确已蔚然成风。站出几个质疑皇帝新衣的傻小子，不是什么坏事情。

狄青的文章叫人想起冯牧。《高山下的花环》一发表，冯牧叫个好，李存葆就火了；《燕儿窝之夜》一问世，冯牧点个头，魏继新就红了。如此一言九鼎，莫说前无古人，至少后无来者。这些年来，颇有几号儿评论家，锲而不舍地装冯牧，眼瞅着无一成功。天时、地利、学识、品性，甚而相貌、风度，缺一不灵，先贤已无法复制也。

中文系教授授课，高谈阔论之际，恍觉满堂茫然，遂不耻下问：知晓某文豪、某名著否？话音未落，响起韵律青春的和声：不…知…道！讲台上的你，难免一时语塞，但也不必失落。学子知与不知，均不碍寒假过罢暑假来，校园年年出俊才。

报纸副刊命蹇时乖，常叫人心下戚戚。如今副刊文章的写家、编辑、看客，表面自得其乐，实际是与时宜较劲儿。打开一份报纸，时政要闻、经典言论自是庄重无比，而能借别一种轻松，传递一点点社会良知的，玩味一点点大众情趣的，往往是副刊。善待副刊的报章，苦心经营的编者，都理应受到致敬。

中国文学欲挤入国际市场，急功近利的手法都不管用。东方西方、亚洲非洲，各有各的生存习惯，各有各的思维逻辑，各有各的宗教境界，风马牛本不相及的彼此，有时接纳一下，远非融合，顶多因为猎奇。当然，泱泱华夏，文学走出去，最终会是必然的。但我们应有不设定时间表的耐性，应有佛家随缘的心态，应有润物细无声的从容，甚至，应有一点点阿Q式的淡定。

（原载《百坡》2016 年第二期）

乡土·乡亲·乡贤

赵丽宏

乡贤是什么？以前对这个的词的认识，就是乡村中的贤达之士，他们有仁有义，有才有德，是为家乡的民生和文化做出奉献的人。这些看法，仍有道理。而当下的乡贤文化，又出现了多少新的意涵，这是值得探讨的一个话题。

乡土和乡亲，和乡贤有什么关系。我认为，这是一个基础，是一个源头，如果没有乡土和乡亲，乡贤就是无本之木，就是空中楼阁。一个人，如果不爱自己的故乡，便和乡贤毫无关系。故乡是什么，故乡就是乡土和乡亲。

人类最深沉的感情，是对土地的感情。这种感情绝不是虚无缥缈的，它们很具体，每个人，对土地的感情都会有不同的体验和表达方式。很多年前，当日寇的铁蹄践踏我们的大好河山时，诗人艾青写过这样两句诗："为什么我的眼里常含泪水？因为我对这土地爱得深沉……"当时读这样的诗句，曾使很多心怀忧戚的中国人泪珠盈眶，热血沸腾。大半个世纪过去，时过境迁，今天我们读这两句诗，依然让人怦然心动。为什么？因为，人们对土地的感情依旧。尽管土地的色彩已经有了很多变化，但是中国人对历史、对民族、对祖国、对自己故乡的感情并没有变。说到土地，就使人很自然地联想起与之关联的这一切。古人说"血土难离"，这是发自肺腑的心声。三十年前，我第一次出国访问，去了美国。在旧金山，我访问过一位老华侨，在他家客厅的最显眼处，摆着一个中国青花瓷坛，每天，他都要摸一摸这个瓷坛，他说：

"摸一摸它,我的心里就踏实。"我感到奇怪。老华侨打开瓷坛的盖子,只见里面装着一捧黄色的泥土。"这是我家乡的泥土,五十年前,漂洋过海,我怀揣着它一起来到美国。看到它,我就想起故乡,想起乡的田野,家乡的河流,家乡的人,想起我是一个中国人。夜里做梦时,我就会回到家乡去,看到我熟悉的房子和树,听鸡飞狗咬,喜鹊在屋顶上不停地叫……"老人说这些话时,双手轻轻地抚摸着这个装着故乡泥土的瓷坛,眼里含着晶莹的泪水。那情景,使我感动,我理解老人的那份恋土情结。怀揣着故乡的泥土,即便浪迹天涯,故乡也不会在记忆中变得暗淡失色。看着这位动情的老华侨,我又想起了艾青的诗句:"为什么我的眼里常含着泪水?因为我对这土地爱得深沉……"

艾青是金华人,在他的故乡,他当然就是让家乡人引为骄傲的乡贤。我在美国见到的那位华侨,后来倾其所有,投资家乡的建设。他当然也是乡人心目中的乡贤。他们对家乡的贡献,源于对土地的感情。我想,天下所有被称之为"乡贤"的人,都是源于这样的感情。

最近,我在读俄罗斯女诗人茨维塔耶娃的诗,她流亡在法国时,对俄罗斯的土地日思夜想,她曾用这样的诗句来表达她的思念:"你啊!我就是断了这只手臂,哪怕一双!我也要用嘴唇着墨,写在断头台上:令我肝肠寸断的土地——我的骄傲啊,我的祖国!"这样震撼人心的诗句,饱含着对乡土,对祖国何等深挚的情感。

对土地的感情,其实就是对故乡的感情,也是对祖国的感情。这种感情,每个人大概都会有不同的经历和体会。我的祖籍是崇明,但我出生在上海市区,在城市里度过了童年和少年。如果没有后来下乡的经历,故乡在我的记忆中也许是模糊的。很多年前,作为一个下乡"知青",我曾经在崇明岛上种过田。那时,天天和泥土打交道,劳动繁重,生活艰苦,然而没有什么能封锁我憧憬和想象的思绪。面对着脚下的土地,我经常沉思默想,任想象的翅膀自由翱翔。崇明岛在长江入海口,面东海之浩瀚辽阔,率大江之曲折悠长。崇明岛的形成,来源于长江沿岸的千山万壑,来源于神州大地上的五色泥土,虽是一片沙洲,却是神州的一个缩影。就凭这一点,便为我的遐想提供了奇妙的基础。看着脚下的这些黄褐色的泥土,闻着这泥土清新湿润的气息,我的眼前便会出现长江曲折蜿蜒、波涛汹涌的形象,我的心里便会凸现出一幅起伏绵延的中国地图,长江在这幅地图上左冲右突、急浪滚滚地奔流着,它滋润着两岸的土地,哺育着土地上众多的生命。它也把沿途带来的泥沙,留在了长江口,堆积成了我脚下的这个岛。可以说,崇明岛是长江的儿子,崇明岛上的土地,集聚了我们祖国辽阔大地上各种各样的泥土。我在田野里干活时,凝视着脚下的土壤,情不自禁地会想:这一撮泥土,是从哪里来的呢?

是来自唐古拉山，还是来自昆仑山？是来自天府之国的奇峰峻岭，还是来自神农架的深山老林？抑或是来自险峻的三峡，雄奇的赤壁，秀丽的采石矶，苍凉的金陵古都……

有时，和农民一起用锄头和铁锹翻弄着泥土时，我会忽发奇想：在千千万万年前，我们的祖先会不会用这些泥土砌过房子，制作过壶罐？会不会用这些泥土种植过五谷杂粮，栽培过兰草花树？有时，我的幻想甚至更具体也更荒诞。我想：我正在耕耘的这些泥土，会不会被行吟泽畔的屈原踩过？会不会被隐居山林被陶渊明种过菊花？这些泥土，曾被流水冲下山岭，又被风吹到空中，在它们循环游历的过程中，会不会曾落到云游天下的李白的肩头？会不会曾飘在颠沛流离的杜甫的脚边？会不会曾拂过把酒问天的苏东坡的须髯？……

荒诞的幻想，却不无可能。因为，我脚下的这片土地，集合了长江沿岸无数高山和平原上的土和沙，这是经过千年万代的积累和沉淀而形成的土地，这是历史。历史中的所有辉煌和暗淡，都积淀在这片土地中，历史中所有人物的音容足迹，都融化在这片土地中——他们的悲欢和喜怒，他们的歌唱，他们的叹息，他们的追寻和跋涉，他们对未来的憧憬……

土地，乡土，这是蕴含着多少色彩和诗意的形象。崇明岛的土地，在我的人生和情感的记忆中，和无数美好的事物联系在一起，在这片土地上生长的，都是美好。春天金黄的油菜花，红色的紫云英，夏天的滚滚麦浪，秋天的无边稻海，连田边地头那些无名野花，也美得让人心颤。这片土地上的植物，最让我感觉亲切的，是芦苇。崇明岛上，到处可以看到芦苇的情影，在每一条河道沟渠边上，在辽阔的江畔滩涂，在逶迤的长堤上，芦苇蓬蓬勃勃地生长着。春天，芦芽冲破冰雪的封锁，展现着生命的顽强，夏天，芦叶摇曳着一片悦目的翠绿，秋天芦花开放时，天地间一片银白，那是生命辉煌而悲壮的色彩。芦苇曾经为崇明人的生活做出很多奉献，芦叶可以包粽子，芦花可以扎扫帚，芦苇秆可以编芦席，编各种生活器皿，可以盖房子，甚至可以用来做引出地下沼气的管道。我曾经用自己的文字赞美过芦苇，写过诗，也写过散文。我当年写的《芦苇的咏叹》，曾以芦苇为寄托，写出了我对故乡，对人生的深沉情感。我的朋友焦晃先生，曾在全国各地的各种场合朗诵过这首诗，在焦晃声情并茂的朗诵中，人们可以感受到一个崇明人对乡土的深情。

一棵小小的芦苇，可以凝聚所有故乡的信息和情思。无论走到什么地方，哪怕天涯海角，异国他乡，只要看到芦苇的身影，我都会情不自禁地想起家乡的土地，想起故乡的亲人。这是很神奇的事情，也是很自然的事情。俄罗斯诗人茨维塔耶娃对家乡的花楸果树情有独钟，流亡在国外时，她曾经万念俱灰，她在诗中这样写："一切家园我都感到陌生，一切神殿对我都无足轻重，一切我都无所谓，一切我都不在乎。然而在路上如果出现树丛，特别是那花楸果树……"一棵花楸果树，可以把相隔万里的故乡一下子拽到她的面前。她的花楸果树，正如同我的芦苇。

从乡土中生长出来的，还有乡音。崇明人的祖先，来自四面八方，东西南北的方言，在这里融合交汇，酝酿繁衍，形成了别具一格的交响。崇明岛的语言，有着极为独特的风格。崇明话中，有苏浙沪乃至华东及中国南北方言中的各种声韵和语法，还保留了很多在别处已消失的古语和古音。很多戏曲演员在舞台上模仿崇明话，但我没有听到一个演员能把崇明话真正说得惟妙惟肖，说一两句可以，多说几句，便露出了马脚。能把崇明话说得字正腔圆的，似乎只有在这片土地上成长生活的崇明人。我的父亲年轻时就离开故乡到上海创业，但一口乡音至死不改。我在崇明"插队落户"时，乡音对我有了更为温暖深刻的熏陶和浸润。对崇明话叙事状物抒情的生动活泼，我一直为之感慨甚至惊叹。尤其是那些乡间谚语，凝集着故乡人的智慧和幽默。譬如对那些不可能发生的稀罕事，崇明人说"千年碰着海瞎春"；描绘冬天的寒冷，崇明人说"四九腊中心，冻断鼻梁筋"。而那些歇后语，更是表现了崇明人的机智和幽默，譬如"驼子跌在埂岸上——两头落空"，"毛豆子烧豆腐——一路货"。

乡音衍生于乡土，对故乡的情感记忆，离不开乡音。游子远走他乡时，如果耳畔突然响起熟悉的乡音，那种亲切和激动，语言难以描述。这种感觉，和我在他乡异国看到芦苇时的感觉差不多。前一阵社会上曾起过争论：是不是要保护方言？其实这是无需争论的，方言，就是乡音，如果消灭了方言，消灭了乡音，那么，中国人的乡情，乡思，乡愁，便无以存身，无以寄托。

现在来说说乡亲。乡亲，就是故乡的亲人，他们未必是你的亲戚，只是在同一片土地上生活，说着同样的乡音，吃着同样的粮食，面对着同样的山水和天空，心怀着同样的悲欢和忧愁。此刻在这里聚会的，大多是我的乡亲。我们在这里谈乡贤文化，必须谈谈对乡亲的认识。如果没有对乡亲的情感，乡贤便是一句空话，或者是假话。

当年，我从上海市区到崇明岛"插队落户"，在崇明岛工作生活的时间先后长达八年。故乡在我的记忆中，印象最深刻的，是我的乡亲。我写过一本记录下乡岁月的散文《在岁月的荒滩上》，在书的序言中，我是这样开头的："如果有人问我，到了弥留之际，你的脑海中必须出现几张让你难以忘怀的脸，他们会是谁？我将毫不犹豫地回答：我会想起年轻时代，想起我'插队落户'时遇到的那些乡亲。在我写这些文字的时候，他们的脸一张一张地出现在我的面前，那些被阳光晒得又红又黑的脸膛，那些仿佛刀刻出来的皱纹，那些充满善意的目光……在我失落迷惘的时候，他们注视着我，向我伸出仁慈的手，使我摆脱孤独，使我明白，即便是在泥泞狭窄的道路上，你可以走向辽阔，走向遥远。"

这些话，是我的肺腑之言。今天站在这里，我的面前又出现了那些善良的面孔，出现了那些仁慈的目光，我的耳畔，又响起了他们的声音，那是人间最温暖的声音。45年前，我十八岁，背着简单行囊到故乡"插队落户"。当时情绪低落，觉得自己前途灰暗，所有的理想和憧憬都变成了遥不可及的虚幻梦想。甚至连梦想都不再有。那时，住的是草房，点的是油灯，吃的是杂粮，生活的艰苦，我能忍受，难以忍受的，是精神上的孤独。我每天只是埋头干活，在旁人眼里，我是一个沉默寡言的人，一天到晚说不了几句话。乡亲们在默默地注视我。我觉得和他们没有什么话可以谈，我认为他们不了解我，不理解我。我能感受到他们对我的同情，出工时，他们让我干轻松的活，收工后，他们会送一点吃的给我。但是我想，我最需要的东西，他们不可能给我。我想读书，我想上大学，他们不可能帮我。然而时隔不久，我就发现自己的看法是错的，那些看起来木讷甚至愚钝的乡亲，是天底下最聪明最善解人意的人。他们虽然不怎么和我交谈，但他们发现了我最喜欢什么，最需要什么。后来有乡亲告诉我，他们发现，这个从城里来的知青，虽然看上去忧郁，也不说话，但只要拿到一本书，甚至只是一片有文字的纸，他的眼睛就会发亮，他就会沉迷其中。知道我渴望读书之后，没有人号召，我所在的那个生产队里的所有农民，只要家里有书，全都翻箱倒柜地找出来，送给我。我记得他们给了我几十本书，其中有《红楼梦》《儒林外史》《初刻拍案惊奇》《二刻拍案惊奇》《孽海花》《千家诗》《福尔摩斯探案集》《官场现形记》，等等。农民认为只要是书，只要是印刷品，都给那个城里来的学生。我是来者不拒，照单全收。这些书，有的价值不菲，比如一个退休的小学校长送给我一套《昭明文选》，乾隆年的刻本，装在一个非常精致的箱子里，现在十万块钱也买不来。有的虽然没什么用，但却让我看到了乡亲们金子一般的善心。一个秋天的月夜，一个连自己的名字都不会写的八十岁的老太太，走很远的路，给我送来一本1936年的老皇历，让我感动得落泪。那个月夜，那个老太太，我永远不会忘记。

那时，我经常在收工后一个人坐在高高的江堤上看风景，看芦苇荡，看长江的浩瀚流水，看缤纷绚烂的日落。我的这种举动，在乡亲们的眼里有点奇怪，有点不正常。在这个村子里，不会有人一个人在江堤上一动不动坐一两个小时。他们认为只有两种人会这样，一种是精神病人，一种是万念俱灰、想自杀的人。一个在江堤上看守灯塔的老人，一直在暗中观察我，他盯我的梢，想保护我，拯救我。他是个驼子，满面皱纹嵌着一对小眼睛，形象极其丑陋,我发现他老是在我身边转悠,有点讨厌他,甚至想驱赶他。一天下午,一场雷雨即将降临,乡亲们都奔回家抢收晾晒的粮食,我一个人跑到江堤上看风景,我想看看大雷雨降临之前天地间的景象。就在我沿着高高的堤岸往下走时,从芦苇丛中冲出一个人,把我紧紧地抱住……我曾经在散文《永远的守灯人》中写过这位善良的老人。

是那些善良智慧的乡亲,用他们的关心和爱,帮助了我,教育了我,让我懂得,人间的美好感情,是任何力量也无法消灭的。

我离开插队的村庄时,村里的男女老少都出来送我,在村口,他们拉着我的手,喊着我的小名,让我无法举步。这样的情景,我永远也不会忘记。我想,无论我走到哪里,哪怕身在天涯海角,我的心和故乡亲人之间,会有一根无形的线,永远连系着,没有人能把它割断。这种感情,就像儿女和父母的感情。在中国人的传统中,父母在哪里,故乡就在哪里,父母的形象,就是故乡的形象。游子对故乡的思念,犹如儿女对母亲的思念。

在崇明岛上,乡亲之间,虽然没有血缘关系,却对年长者称寄爷,称寄娘,称伯伯,称妈妈,这样的称呼,把人与人之间的关系,拉得很近,很亲密。乡亲之间,亲如家人。我相信,这样的称呼,将天长日久地延续下去,因为,人间需要这样的感情。

对土地的感情,对乡亲的感情,对故乡的感情,是人间最深挚的感情。如果要用一个词来描绘这种感情,我想用"永恒"这个词。人间的这种美好的感情,是永恒的,她决不会因时过境迁而改变,而失色。我想,所谓乡贤,必定心存着这样的感情。不管时代如何发展,世事如何变迁,我们的生活需要这样的乡贤之情。在当代,我们要弘扬先贤的精神,其实就是要弘扬对家乡的爱,人人都应该热爱自己的家乡,并且把这种爱落实为具体的行动,为家乡的成长和建设,为乡亲的幸福和安康,奉献自己的才智。使我深感欣慰的是,每次回到故乡,我都会听到一些好消息,家乡的年青一代在成长,他们在各种领域展现才华,创造奇迹,为家乡带来荣誉,也为家乡的建设和发展出谋划策、添砖加瓦。他们中间,有的一直生活在家乡,有的在全国乃至世界各地闯荡,不管身处何方,他们没有忘记乡土和乡亲,尽自己所能反哺桑梓,回报故乡,这就是新时代的乡贤。我相信,这种新时代的乡贤,会越来越壮大,这种乡贤的精神,会一代一代地延续下去。

(原载《中国散文》2016年1月创刊号)

玄奘来了走了

林那北

看上去玄奘瘦了，大唐的繁华、长安的安逸都没留住他，他还是执意向西出发，几年间顶着厉风、暴雨或者烈日，每天不断重复同一个动作：走——走过兰州，走过瓜州，走过玉门关，走过伊吾，走过高昌国，再走，就经过屈支、凌山、碎叶城、迦毕试国、赤建国、飒秣建国……然后他抵达了蓝毗尼。

那一年是公元635年，他刚过而立之年不久，生命正饱满丰盛，目光如炬，内心如洗，健步如飞。

大概是夏季吧，天空像一口大锅当头扣下，非常热，而且闷，风深居简出轻易不肯刮起，但万物葱茏，每一片叶子都肥硕而壮大，绿统治了一切，无边无际，恣肆汪洋。

他站到那棵娑罗树下，他就是为这棵树而来。

在他之前的很多年又很多年，一个美丽的女人在回娘家途中曾经过这里，她是迦毗罗卫国国王的妻子，她名叫玛雅·黛维，她有孕在身。那时这里还是一座丰饶的花园，金婆罗花、木立大丽花、狼毒大戟、紫罗兰、黄帽月季、硫华菊、杜鹃花以及孔雀草、彩叶草、红萼龙吐珠……它们在那个春天以前所未有的心力挤挤挨挨竞相绽放，开出绝世的妖娆与明亮，月光下娇媚，烈日中绚丽，让所有路过的人久久驻足，凝神注目，惊讶与疑惑次第涌起。

后来，当尼历正月十五，黛维王后在花园里的娑罗树旁诞下她心爱的儿子乔达摩·悉达多时，人们才猛然醍醐灌顶回过神，原来冥冥之中偏心的造物主早已将一个惊天讯息暗暗传递给花草，于是它们心领神会，拼尽全力怒放，轰隆隆迎向前，以最璀璨的姿色涌向新生的佛祖。

是的，被后世尊称为佛祖、佛陀的就是王子乔达摩·悉达多，黛维王后把他降生在娑罗树下。非常顺利，王后纤纤玉手抚着树身，痛苦还未真正抵达，儿子就已呱呱坠地，沐着月亮的银辉，粉嫩的周身闪出金光。

尼历正月十五，是中国的农历四月初八，而玄奘则是在农历三月初九降生。在年份上他们差了近千年，而月份与日期却如此接近，一个月不到，在同一个美好的季节，这便是缘吧。想象着那个已经逝去的非常久远的春天，属于乔达摩·悉达多的春天，玄奘脸款款镀上一层神往的熠熠光亮。他眼前的娑罗树已经枯悴，但枝干仍坚硬地挺立，像一道让人永远参悟不透的禅语。

玄奘对着树身双掌合十，颔首默诵，又沿着它缓缓绕行三圈。这个年轻的中国僧侣此时内心明净清爽，俊朗的脸庞被蓝毗尼的夕阳拂照得愈发显出惊人的柔美。

然后他去了迦毗罗卫国，不太远，大半天的行程而已。

国早已散，城也已经破，连城前的那条丰沛大江都已干涸，但城的根基还在，残砖碎石都依稀挽留着曾经的气韵。玄奘长吁一口气，他听到自己内心的呢呢喃喃：我来了，我来了，我来了。

城邦面积比他想象得还要大，屋宇连残迹都如此磅礴壮阔荡人心魄。可是作为王子的乔达摩·悉达多却执意抛下了，不要，都不要。两手空空牵一匹白马从城的东门决然离去时，妻儿万般留恋的目光追在身后，还有泪水，还有挽留与嘱咐。他回头了吗？玄奘相信没有，不会有。那一年王子二十九岁，与玄奘离开长安城的年纪恰好一样。

仅仅为了修道，就非得一意孤行离家苦行吗？世俗的眼光打死也看不明白，而玄奘却心有戚戚，他懂。他也生于富足之家，曾祖父任过太守，祖父是国子博士，而身高体壮、眉清目秀的父亲虽只做过县官，却因潜心学问、博览经书而为众人所景仰。他是父亲第四个儿子，也是最小的一个，幺子总是格外得宠，以他过人的聪颖本可以凭借科举走上仕途，可他十一岁就随二哥入洛阳的净土寺受学经书，十三岁就在净土寺正式出家，然后隋武德六年，在他二十三岁时，受了具足戒。

一切都是命定的，他愿意像乔达摩·悉达多王子一样隔绝俗事，将自己一生都献出去，黄卷青灯中竭力求索人生苦痛本源，断除生苦、老苦、病苦、死苦、怨憎会苦、爱别离苦、求不得苦、五蕴炽盛苦。

东城门已不复存在，剩两坨潦草隆起的土堆相对而立，中间两丈宽的路也已杂草丛生。因为没风，草们不摇曳，不喧哗，不骚动，都直愣愣地挺着小身子，不绝如缕地散发着某种积蓄已久的寂寥。

玄奘卸下背上沉甸甸的行囊，坐到左边土堆上。他低头看路，看路上的草，再抬起头看外面空旷的田野和远处连绵而去的喜马拉雅山脉。听到了，他听到王子铿锵的脚步声，很快眼前也人影晃动——是玉树临风的王子啊，简衣陋衫，却气宇轩昂，正从城的深处而来，然后穿过城门，走了，每一脚抬起落下都毅然决然，地似乎都在慌乱抖动。

玄奘不由得肃然站起，眨眼间，他整个身体又一下子匍匐到地上了。阿弥陀佛！

很久，过了很久，重新站起来时，他两眼光泽四溢，这电光石闪的一瞬就是对自己一路艰难西行的最高奖赏吧？够了，接下去再苦的日子再难的路又何足挂齿？

天真蓝啊，像一枚剔透的大宝石。他深深吸一口气，仰头再看一眼，这一眼是深深的道别。蓝毗尼不是他的终点，他来了，又走了。路那么漫长，他得继续瞻礼学法，直至取得真经，然后重返大唐，惠及苍生。

坚持！他对自己说。

（原载《中国作家》2016 年第九期）

雪 山 在 上

江 子

一

与同样名闻遐迩的江西婺源、浙江乌镇、湖南凤凰等等这些古老城镇不一样的是，丽江是一个可以终年看到雪的地方。只要一踏上丽江的土地，抬头北望，即使是炎热夏日，也可以看到蓝天下白云间堆着厚厚的积雪。那是离丽江古城不远的玉龙雪山的雪。那么多的积雪匍匐在玉龙雪山的山顶，在蓝天白云的衬托下无比炫目，仿佛玉龙雪山是一个闪闪发光的白色晶体，一块三角形的巨型宝石。——玉龙雪山有着完美的锐度和野性的气质，在外形上，它既不像狼牙豹齿那样凶猛尖利让人不祥，也与南方村庄后的小山坡的样子相去甚远。它不羁，彪悍，棱角分明，凹凸有致。给这样一座山加上几万吨常年不化的雪，简直就是给五官俊美目光桀骜不驯的男子披上一件白色的礼服。毫无疑问，有了这样一座雪山的装点，丽江就平添了几分性感与妩媚。

雪山是非凡的人间景致。可是在人们的印象里，雪山从来不在人群之中，而是海拔很高的人迹罕至的山脉高处。只要百度搜索"必去的中国十大最美雪山"，我们就会发现那些雪山除了少部分耳熟能详，大多数都无比陌生，滇藏交界处的梅里雪山，西藏阿里地区的冈底斯山主峰冈仁波齐，青海省东南部的阿尼玛卿，青海省玉树的尕朵觉悟，新疆的托木尔峰，世界第一高的珠穆朗玛，西藏东南林芝地区的南迦巴瓦，位于四川省甘孜藏族自治州境内的贡嘎雪山，喀喇昆仑山脉的主峰乔戈里，这十大雪山，我们大多无缘际会，只是隔着屏幕在电脑里一睹它们的雄姿。从图片来看，它们相貌奇特高古，性情孤僻苦寒，与天相接。它们都是雪山中不食人间烟火的圣贤。而与它们相比，海拔低的玉龙雪山就要显得温和一些。它在中国雪山家族里毫不显赫。可是它友善，亲和。它与人类声息相通，俯仰相顾。它毫不忸怩作态，装腔作势，掩面躲藏。只要你抵达了丽江，它就在那里。

人们仰慕着丽江的名声、风韵，从四面八方来到了丽江。他们会发现湛蓝的天，牵手翱翔的白云，以及一座亮得耀眼的雪山。当人们在丽江参观，泡吧，购物，品茗，喝酒，自拍，回过头来，发现一座雪山在凝视着自己。在宽阔的木府院墙边，空阔的庭院中心，在人影憧憧的四方街，在凹凸不平的茶马古道上，人们都能看到天空中悬挂的那幅让人惊艳的雪拥苍山图。许多客栈的窗台外面会有它的身姿。许多醉酒者的酒杯里会有它的倒影。许多马的瞳孔里会有它的容颜。在无声的午夜，会不会有人将它梦见？也许人们会在纳西民乐的演奏中感受到它的律动——有没有可能，那些古老的音乐里徘徊着一座雪山的影子？也许人们从街头某棵植物盛开的花朵的清香中感知到它的存在。人们相信，被雪山的汁液滋养的花朵，会有一种别样的香艳。

在丽江，雪山无所不在。丽江的电视台会用它的图片或视频做节目片头，丽江的官方或民间的网站的主页会用它做标志。当地的摄影家们会把它当作重要主题进行拍摄，写作者也会写出不少有关它的诗文。有关丽江的食品包装袋、纸盒也会把它的雄姿印上。旅游大巴的车厢喷绘也会是它。就是酒店房间里摆放的旅游宣传册也会有它的肖像。许多会议或晚会也会用它来布置主题墙。甚至丽江的房地产商也会通过文字和画面拼接的方式让自己的楼盘跟它攀上关系。

雪山无所不在——它是丽江文明的重要源头，也是这块土地的地标。它是外来旅者关于丽江最强烈的视觉符号，更是丽江生活的人们的亲人。几乎所有人都愿意认为，自己是雪山的后裔，雪山是自己的先祖。

二

毋庸讳言，抛开玉龙雪山这一元素，丽江一样会美得肆意和嚣张。丽江的美，其实取决于两千四百多米的海拔高度，云南西北部的地理位置，多民族聚居的文化生态，以及八百多年的建城历史。这些元素构成了丽江的气候、风情、筋骨、体态，性格、思想，构成了丽江的色彩、声音、线条，使丽江变得丰富、饱满而深邃。在丽江的美学体系里，一盏千年飘香的普洱茶，一条通往西藏和缅甸的茶马古道，一个叫纳西的民族都会比玉龙雪山更有历史厚重感，更值得深究与玩味。雪山融化形成了流水，让古城充满韵律之感与生命精气，这是丽江美的一个重要表征，但雪山并非不可缺少，浙江的南浔，广西的阳朔，上海的周庄，山西的平遥，加上前面提到过的江西婺源，湖南凤凰，它们都没有雪山。可是它们一样名闻天下。

是的，如果没有玉龙雪山，丽江上空的天会一样湛蓝，云朵会一样妖冶，丽江木府里的植物会照样长得茂盛。阳光透过树枝照在单孔拱桥上的光影一样绚烂多姿。那些材质古朴漆色斑驳的酒吧、客栈同样会让无数旅者流连忘返。街道两边的垂柳在水中的倒影一样婀娜。街头踱步的纳西人心中的歌一样随时会飞出来。——丽江的美是多向度的，玉龙雪山不过是其中的一面。如果没有玉龙雪山的存在，丽江的美并不会受到致命的影响。

可是我们依然有理由认为，如果没有了玉龙雪山，丽江就不可能是现在的丽江。没有了玉龙雪山，束河古镇上的马也许就不会那么镇定乖顺。街头此起彼伏的手鼓声听起来就会嘈杂纷乱。那些酒吧里的歌者歌声里的忧伤就会有很多虚假的成分。纳西古乐听起来就会显得缓慢沉闷了些。没有了玉龙雪山，相传当地男女殉情后奔赴的理想国玉龙第三国将在哪里安放？张艺谋导演的实景演出作品《印象丽江》将以什么为背景？

雪山改变了丽江的气质、节奏乃至精神。因为雪山的存在，几百年前木府的主人也就是丽江的统治者也许会比其他地方的统治者仁慈得多，在某一张手令里，原本是斩立决的判决，在他与雪山对视之后也许会改为斩监候（暂时收监，来年再判）。雪山容易让我们产生如此的想象：今天的街头上穿着纳西服饰一脸沉思的老人可能有一个木府王爷的前世。一个隐迹的犯人在丽江金盆洗手，浪子回头。一个脾气急躁粗野的屠户来到丽江变成了一个舞文弄墨举止文雅的读书人。传说中的艳遇也会有瞬间的真情，而相互仇恨的人们会冰释前嫌，握手言和，挈阔交谈……

三

追本溯源，人们对丽江和雪山趋之若鹜，乃是源于人类对雪的热爱。无须怀疑，雪，是我们公认的人世间最美好的事物之一。——雪与雷电、雨雾、冰雹一样，都是上苍派向人间的使臣。可是闪电、雷声让我们心怀畏惧，雨水、浓雾、冰雹让我们躲避不已。只有好脾气的雪，让我们信赖甚至倾心。比起其他，雪显得从容，慈悲，圣洁。它在空中飘扬让我们怀疑它有一双芭蕾舞者的脚尖。它表面轻如棉絮可是它有一颗六角形的结晶的心。雪是善良的，不然，它怎么可能如此轻盈？恶会让任何人的灵魂变得沉重。在人们眼里，雪是祥瑞之物，我们习惯把雪称之为瑞雪，下雪预示了明年的好年成（瑞雪兆丰年）。

我们会用雪来命名和记录这个世界的许多美好：把美丽善良的女孩叫作白雪公主。夸一个女子聪慧可人为"冰雪聪明"。用"独钓寒江雪"形容一个人的洁身自好。用一个雪天访友临家门不入的故事来说明魏晋时期的风度与气质。我们喜欢明代文人张岱，因为他曾拥毳衣炉火，独往湖心亭看雪。我们在冬日劝好友对饮最好的理由是"晚来天欲雪"。中国历史上最好的尊师故事是"程门立雪"。我们把给需要的人提供帮助，叫作"雪中送炭"；把为麻痹对手藏起来的行为，称作"雪藏"。中国最著名的小说《红楼梦》，主人公贾宝玉最后的结局就是雪夜出走……

雪是上天投寄给大地的亲密信件，或是介于诗歌与偈语之间的秘密言辞。

雪是写在大地上供人参悟的古老箴言，或是令人醍醐灌顶的无字经文。

可是雪是挽留不住的。它就像月光、流水和梦境。它铺天盖地，然而转瞬不见。满地的残雪消融，是人世间最让人伤感的事情。

然而雪山紧紧抱住了雪。雪山不让雪融化和消逝。如果说雪是上苍印制供人类阅读的经文，那雪山就是收藏了浩迭经卷的藏经楼，或是一座诵经声不断的天然教堂。

然而雪山头顶着雪冠，仿佛人群中沉默的有德行的长者和智者。如果把雪山来隐喻一种人格，那人格就包含着圣人具有的高迈、深沉、隐忍、睿智、沁凉、慈悲及圣洁。在中国历史上，孔子是一座雪山，老子是一座雪山，诸葛亮是一座雪山，朱熹是一座雪山，沈从文是一座雪山……

是雪成就了雪山。是雪山挽留了雪。是丽江成为了人人拥戴的雪的故乡。我们喜欢丽江，不仅因为那是一个花团锦簇的千年古邑，更因为是在尘世间可以终年看到雪的地方。他们来到丽江，是为了和雪山在一起，就像信徒，要和教堂在一起。就像读书人，要与圣人在一起。——如此揣度丽江为天下人传颂的原因，是否接近了真相？

四

我就是到访丽江的人群中的一个。我就是这雪山的信徒与向往着白发圣人的书生。我就是渴望通过雪洗涤内心的罪人。

我想在雪山面前我是污秽的。我已人到中年。我撒过无数的谎，对自己爱的和尊敬的人，当然也有恨的厌恶的人。我也起过无数龌龊的念头，为了内心的私欲乃至身体的欢愉。我醉酒后会胡言乱语，以致令人不堪。我偶尔会对年老的父母以色难。我一定还做过不少不齿的事情，尚无得到审判与清算。——不仅是因为时候未到，不仅是没有人发现我的恶念和恶行，更因为我的许多隐疾乃是人们共同的病，比如冷漠，麻木，自私，猥琐，短视，甘于堕落，乃是这个时代共同的痼疾。

然后我站在了雪山面前。在丽江，我一次次回过头来，与雪山静静对视。我听到它对我的询问，似乎在引导我说出我的龌龊。在他面前，我在反省自己：从何时起，我没有拒绝这个时代恶的诱引，并与之同流合污？何时开始，我放弃了少年时的信念？我的血是什么时候开始起慢慢变凉的？有哪些美好的，已经死去，有哪些丑陋的，正在生成？

在丽江古街街头，在丽江纳西族文化博物馆，在蓝月谷（水干净得多适合洗身！），我一次次地回过头来，与雪山对视，仿佛聆听一个长者的教诲，或者一座教堂的诵经。它在洗刷我心上的尘。它在引导我找到回头的路。

在丽江，我就住在可以看到雪山的地方。在一个早晨，天还没亮。因高原反应睡不着的我随手拉开了窗帘。我看到晨风中的雪山——

它静静地矗立在那里。既不悲伤，也看不出欢愉。然而你可以感到它的雪冠之下的眸子的深深注视，仿佛在安慰着我这个因初临这海拔高的城市多少有些惶恐、负罪的男子的心。它是美的，它有着完美的锐角、光影和色泽，那白雪皑皑的山顶仿佛蓝天下一个白色锃亮的三角晶体。有一朵浮动的云簇拥着它，似乎是要给它的颈项裹上一条松软的围巾。

当天空开始变得微明，天边的第一缕朝霞准确地投射到了它的身上，仿佛是一个古老的仪式开始上演。那白色的山顶开始变暖，并且慢慢变红。雪山山顶仿佛一个巨大的烛台，而朝霞成了这风中摇曳的烛焰。

丽江此刻依然在沉睡。四周依然寂静和昏暗。唯有雪山像一只天地之间的火炉，火焰飘摇，魅影重重。

这是丽江天与地的对话？这是雪山在借助霞光为自己净身？这是古老的丽江，以这样的方式，一次次地脱胎换骨，一次次死去又活转？

面对雪山，我仿佛减轻了罪名的囚徒，或者是沐浴之中的婴儿。

（原载《散文》2016 年第三期）

杨绛回家了

陶　然（香港）

　　前些天，网上突然传来消息，说杨绛病危，吓了一跳。平时电话都由保姆吴晓梅接听，我立刻打小吴手机，她一听是我，就说，是不是看到网上消息？没有的事，是在入院调理，并非病危。当时小吴还说，奶奶问是谁打来的？我告诉她是陶然，奶奶还点了点头。小吴说，七月是奶奶生日，贺寿的人一定很多。我还说，简单一点好，别让她太累了。我以为一切安好，也就不以为意。今天突然得知，奶奶走了，叫我一时之间无法接受冰冷现实。所幸小吴告诉我，奶奶走得很安详，她回家了。

　　去年 10 月，我专程上北京去探望杨绛，一次是刚抵达北京的次日上午，第二次是离京前的下午。记得那天临离开北京的下午，我去三里河杨宅告别，她正穿着夹袄读一本书，见我进来，她除下老花眼镜，笑着对我说，你来了。我挨着她坐下，握着她温暖的手，问是读什么书，她说，是一个已经搬走的楼上邻居的书。我翻了翻作者和书名，并非什么大家的书，却让我肃然起敬。普通作者的作品，她竟然读得津津有味，她的好学，她的不专崇名人，她的平易近人，都让我深受教益。

　　记得那年 9 月去看她，她看北师大校园"敬师松"碑文，看得很仔细，看到我在读时的名字涂乃贤下面，用括号写上"陶然"，她笑着说，涂乃贤没人知道，陶然就知道了！说起这碑文，是前几年，我们知道花园的松树底下，埋着钱瑗的部分骨灰，那是部分师生为悼念钱瑗，偷偷地行动，大部分人都不知道其中深意。我们觉得应该给钱瑗一点名分，那时趁北师大书记要我们陪她去看望杨绛（因为杨绛早已闭门谢客，一般人她不会接纳，我和仁强应该是例外。早在 2005 年 4 月，她给仁强和我的信中就写道："应仁强盛情，我将是你们的杨绛妈妈。"我们也就自认是"两个儿子"了),说起应该有个碑文,书记指着我说,由你起草吧。我应名写下:"钱瑗(1937 – 1997),女,江苏无锡人,生于英国,1938 年随父母钱钟书、杨绛回国。北京师范大学外语系教授。教学认真,关爱学生,深受爱戴。2004 年,其学生张仁强捐资建立'钱瑗教育基金',每年给十位优秀教师颁发奖金,以资鼓励尊师敬业之风。特立此'敬师松'为记。"

我请杨绛过目,她笑眯眯地拿起笔,画了三个圈,说:"我批准了。"后来,敬师松纪念碑立起来了,从他们拍回的照片中发现,敬立的名字把张仁强、涂乃贤、陶然并列,我即致电北师大校友总会负责人,到去年 10 月我再去母校,已见把陶然用括号括起来了。

那时,杨绛手抄钱钟书的旧诗词,有时抄到下半夜两点才休息。小吴把手抄本拿给我看,那是杨绛一笔一画抄写的,有些注释要用小字,又要整齐,像印刷体似的,稍微计算不准确,便须重新用涂改液涂去再来过。因为北京一家出版社准备将钱钟书手抄本制版印刷成书公开发售。杨绛的认真,是有名的。

2011 年 9 月,我们去北京探望她,出版社送来几本再版的书,我拿了一套,请杨绛题签,她笑着指其中的《文论 戏剧二种》,这还要啊?但她都一一签上:"陶然贤友存览 杨绛 二〇一一年九月二十八日。"仁强本来怕杨绛累,只要她签名就算,此时一见,也开口要她补上,杨绛依旧笑眯眯,打趣说:"你这是见财起意呀!"我们全都大笑,在笑声中,她把仁强写成仁贤了,是我与仁强的合璧吧?小吴说,不用涂改液了,但她坚持重写,充分体现她的认真精神。

2008 年 12 月 24 日她给我和仁强写信,她说:"接到《香港文学》,特厚,打开一看,里面多了一本《城市文艺》,我老记着钱瑗的话,'以后要留心陶然的文章',所以两本刊物上的大文,都一一看了,真是上苍默佑,陶然当《香港文学》总编,支持下来了,文章篇篇好,《城市文艺》的一篇(按:指我在该刊写的记仁强的《岁月悠悠,也匆匆》,文内有提及我们的老师钱瑗),尤令我神往。你真是善人,瑗瑗最可怜的时候,得到你们的同情,帮她抵御了所有凌辱她的人。我在王德一(按:钱瑗的丈夫)去世 10 天之后,就要下放干校,钱先生早已下干校,家里剩了她一人。她知道妈妈心痛她,不放心,反来安慰我说:'妈妈,你放心,有人同情我。'你们的同情,她终身不忘。你们两个善人有善缘,也结成了终身的好友;我也由你们一念之仁,和你们都成了好友。所以我把《岁月悠悠,也匆匆》细细读了两遍,不胜感动。"

2004 年 12 月,我应邀去印度尼西亚开会,正碰上海啸,杨绛即写信给我："前从仁强来信得知你到印度尼西亚开会，不知已平安归否？甚念甚念。盼给我一短信。"后来她又给我和仁强一信："我听仁强说，乃贤到印度尼西亚开会，报见印度尼西亚海啸，担心了几天后得乃贤电话才放下心。"关切之情，表露无遗。我心里特别感动。其实印度尼西亚号称千岛之国，幅员辽阔，海啸地段不靠近爪哇岛，所以无事。

2011 年 9 月，我们抵达北京次日上午，就去三里河探望杨绛。7 月她刚过百岁大寿，她留我们午饭，大家围坐着吃小吴做的河南卤面，虽然没有明说，但我们心里都清楚，大约是补庆的意思吧？! 记得那天杨绛特别开心，吃着吃着，她开口提议，我给你们唱儿歌吧！当然轰然叫好。杨绛唱起来了，应该是久远的歌了，唱得很动情，好像回到了童年时代，虽然以前没有听过，但我们都听得痴了。

但怎么可能？去年 10 月我特意飞北京看她时，她明明还起身送我到门边，我拥抱她，我握着她的手，温暖。小吴在一旁说："奶奶一百零五岁了。"杨绛接口说："一百零六岁！"我和小吴笑着接口，是一百零六岁！哪里料到，言犹在耳，笑声依旧，杨绛妈妈就这样"回家了"。想必她是回去找钱钟书和钱瑗，"我们仨"又重聚在温暖的地方了。

（原载 2016 年 5 月 28 日《羊城晚报》）

一个王朝的挽幛

吴光辉

一

一笔长横是风。一笔斜点是雨。一笔卧钩是泪。

1898 年 7 月 8 日这一天，整个江南山景就如同一幅黑白相间的书法作品，被开除公职、遣送回乡后去祭祖的翁同龢，就一路悲伤地向着这幅作品深处跌跌撞撞而去。一片墨黑的天正下着细雨，刮着阴风。69 岁的翁同龢早已脱下一品朝服，穿上一件玄色长袍，全身被阴风吹得瑟瑟发抖，雨水早已淋湿了他花白的头发。

风黑。雾白。雨清。常熟虞山西麓祖坟四处的垂柳飘拂着无奈，祖坟前新插的白幡飘展着悲苦，白色纸钱在四处飘飞着惆怅，焚香的青烟从土坟前升腾起忧伤。白发玄衣的翁同龢还没走到父母的坟前就痛哭流涕起来："父母大人呀，儿子不孝，对不起你们呀！"他是一路喊着哭着，踉踉跄跄地奔到坟前的。他流着泪在坟前祭桌上供上祭品，点烛烧纸，吹手们也吹起了唢呐。一曲凄凄惨惨的苏南民间悲调便从坟间传出，呜呜啦啦，凄惨动人。

翁同龢跪倒在黑白相间的水墨山景里，跪倒在撕心裂肺的绝望中。

一夜的漫天阴雨随风扫过留下了点点愁苦，一夜的孤雁在林间盘旋留下了沙哑的长鸣，一夜的寒霜无声地洒落留下了一片揪心的惨痛，一夜的无边悲愁使翁同龢白了一尺胡须。悲苦。惆怅。绝望。这便是翁同龢挥毫写下的《祭祖》手札的情感由来了。这恐怕也是我翻开翁同龢的《松禅老人遗墨》，就感到从那一幅幅白纸墨迹的字里行间，流泻出无限的愤懑与忧伤的原因吧！

我觉得那本他去世后出版、现已发黄、陈旧斑驳的书法作品集，早已不仅仅是翁同龢削职为民、归隐山林时的艺术陶冶，而是一种封建知识分子理想破灭时的情感发泄，又是一种封建王朝从兴盛走向没落时的历史笔录，更是一种 1894 年甲午战争失败后的时代挽幛。渗透纸背的不仅仅是翁同龢晚年的墨迹，而更多的是翁同龢报国无门、忧国忧民的无限惆怅。

我不知道翁同龢是不是色盲，但他肯定将他的归隐地江苏常熟虞山那原本五颜六色的景物，全都精简成黑白照片似的图像，然后用他的书法思维，将这座远离县城的寂山静水，勾勒成黑白相间的泼墨，从而写下了《黄昏犹作》《虞乡续记》《山居闭门》《春江渌涨》等一幅又一幅书法佳作。他让眼前的世界全都变作笔下的黑白与线条，又让线条的墨色在白纸上化作一种无奈与叹息；同时，他还让世间的刁乖钻滑全都变作笔下的朴拙敦厚，又让人世间的忠奸是非化作一种黑白强烈对比的独特形态。翁同龢就这样将自己在这书法的黑白世界里化作永恒。

我敢断言，翁同龢选择书法是他人生的一个必然，因为在书法的黑白世界里，他内心深处的这种非白即黑思维方式，才能得以充分地表达，而他的人生又一步一步地迫使他选择了这种表达。然而，正是这种非白即黑的思维方式，成为大清王朝的国家悲剧和翁同龢的个人悲剧产生的一个重要思想根源。

翁同龢在甲午战败后积极参与戊戌变法，想通过变法来挽救国家的危亡。

他私访康有为，随后又在光绪帝面前举荐"康有为之才过臣百倍，请皇上举国以听"，从而揭开了中国近代史上"百日维新"的序幕。然而，结果却是在"百日维新"的第四天，他就被以"言语狂悖，渐露跋扈"的罪名"开缺回籍"了。这恐怕便是这种非白即黑思维方式造成的结果了。正是这种非白即黑，非忠即奸，非好即坏的思维模式，认定了翁同龢这位两代帝师能一下子由忠变奸，他也就逃脱不了削职为民"交地方官严加管束"的下场，后来一大批维新人物也惨遭血腥镇压。

就是在这样的背景下，翁同龢黯然神伤地回到家乡常熟后的第二天，去翁氏墓园上坟祭祖。那里安葬着他的祖母、父母和兄嫂等亲人。翁同龢经历了开缺回籍，满怀着落魄伤感。这时，他长长地叹了一口气，朝祖坟深深地叩下头去，两行老泪不禁潸然而下。

墨黑。纸白。泪浊。他当日挥毫写下手札一幅："伏哭毕，默省获保首领从先人于地下幸矣，又省所以靖献吾君者皆尧舜之道，无佻傚之辞，尚不致贻羞先人也。"这就是我们后来看到的那幅《祭祖》墨迹了，他在字里行间给我们哭诉着一代精英忠心报国却被黜回乡的无限悲伤。

一笔长横是风。一笔斜点是雨。一笔卧钩是泪。

二

孤寂。黯然。神伤。翁同龢踟蹰在残阳西斜、枯叶乱舞、哀鸿长鸣的山景中，沉思在一百多年前晚清王朝的那个悲伤季节里。良久，满怀怨恨的翁同龢，缓缓地提起那支饱蘸悲愤的狼毫，渐写渐快，渐写渐浓。我在想他笔下的这幅墨迹《一笔虎》岂止是书法作品？分明就是一代文化精英在经历甲午、戊戌打击后的最后企望，分明就是一个王朝在甲午战败后垂死挣扎的时代梦想。

我觉得翁同龢一生的分水岭就是甲午战争。翁同龢从"春风得意马蹄疾，一夜看尽长安花"，一下子变成了"此去闭门空山里，只须读易更言诗"。由此，翁同龢的人生也"从白而黑，从忠而奸，从好而坏"了。

如果按这种非白即黑的思维模式来判断，翁同龢的大半生全都是白的、忠的、好的，一直活到了69岁，突然就变成了黑的、奸的、坏的。翁同龢（1830—1904），字声甫，号叔平、均斋、瓶平，晚号松禅老人、瓶庐居士。他20岁选为拔贡，22岁中举人，26岁中状元，从此官运亨通，一路高升，成为同治、光绪两代帝师，被皇上和太后誉为"讲授有方，入值甚勤"。与光绪皇帝的感情达到了难舍难分的地步，成为光绪皇帝最亲近的股肱大臣，"帝唯师傅翁公之言听计从"。他曾积极赞同开设为国家培养人才的同文馆，他曾奏请停止圆明园工程建设，他曾平反杨乃武与小白菜的冤假错案，他曾在中法战争中积极主张抗战。在甲午战争中，他又声斥李鸿章的求和软弱，力主"以战求和"。在甲午战败后，他又积极组织和参与了戊戌变法，想通过变法来探求中国富强之道，改变中国落后挨打的局势。也就在这时，他一下子变成了"言语狂悖"的奸党，被革职返乡，原本"难舍难分"的光绪皇帝，这时居然一下子变得"上回顾无言"了。

我觉得国人就是因为有了这种非白即黑思维模式，才选择了京剧、国画、书法等形式作为外在的表达方式。国人就是运用这种思维模式，去解读京剧里的脸谱人物、国画里的水墨对比、书法里的白纸墨迹。而翁同龢本人也肯定认为在这样黑白相间的世界里，他面前的所有政敌全都是黑到心肺的奸臣，而视为白色光亮的肯定是他自己。

可怕的是这种思维模式表现在官场上形成的忠奸之辩。在朝野里将大臣们划分为忠臣奸臣，在甲午战争中划分为主战派主和派，在戊戌变法中又划分为帝党后党，翁同龢的人生就是因为这种思维模式而兴衰起伏。当他被认定是个奸佞之臣时，翁同龢原本几十年的政绩也就一笔勾销，结果也只有被"开缺"免职了。

因此，甲午战争不仅仅是一个国家与另一个国家之间的武装拼搏，而且是一种体制与另一种体制之间的政治PK，更是一种思维模式与另一种思维模式之间的文化较量。慈禧、光绪就是运用这种思维，翁同龢、李鸿章就是运用这种思维，国人同样运用这种思维。这样甲午战败也就成了一种必然，翁同龢被开缺罢官也就成了一种必然。正因如此，翁同龢选择书法作为他人生的最后寄托，也就是情理之中的事情了。因为在书法的黑白世界里，他内心深处的这种思维模式，才能得到充分的表达与展示。

正因为如此，苏轼的"黄昏犹作雨纤纤，夜静无风势转严。但觉衾裯如泼水，不知庭院已堆盐"，在翁同龢的毛笔之下，完全化成为他自己的一种独特感受，"纤纤之雨""泼水""堆盐"等所有的白色意象，全都被安排在"静夜"的无边黑暗之中了。白与黑在翁同龢的书法世界里，变成了真善美与假丑恶的代言。

从此，翁同龢"此去闭门空山里，只须读易更言诗"；从此，大清国少了一位权臣贵胄，却多了一位书法大家；从此，他日临汉碑，勤摹图画，从而使他的书法日渐老辣，臻达化境，成为《清史稿·翁同龢传》所言"自成一家，尤为世所宗"，成为《清稗类钞》谓之"叔平相国书法不拘一格，为乾嘉以后一人"之书法宗师。

苦雨。草堂。枯灯。孤居山野，了此残生，唯有书法相随。

三

一捺侧锋是风。一横中锋是雨。一点回锋是泪。

1904 年 7 月 4 日夜，江南山林，溽热烦闷，一片墨黑，唯有一盏枯灯随风摇曳，形似翁同龢即将飘逝的生命。

弥留之际的翁同龢已经不能提笔，枯槁瘦弱，满脸愁苦，只剩下一口游丝。他自知大限已到，便断断续续地口占《绝别诗》："六十年中事……伤心到盖棺……不将两行泪……轻与汝曹弹……"他气喘吁吁地说完最后一句，就再也克制不住，两行老泪奔流而下。经历一阵痛苦痉挛之后，他又以《论语》集句给自己撰了一副挽联："朝闻道夕死可矣，今而后予知免夫。"他睁着泪眼看着自己给自己撰的挽幛，让人代笔高悬于堂前，白纸黑字，黑白分明，这才仰天长叹了一声，闭上了双眼，饮恨长逝。就这样，一代爱国老臣抱着无尽的幽怨和孤愤，从此长眠于江南虞山尚湖之间，长眠在大清国岌岌可危的命运里。

庚子国变，八国侵犯，两宫出逃，割地赔款，丧权辱国……所有这一切，对于一心想要安邦定国的翁同龢而言，该是何等的忧心如焚！窗外风雨潇潇，蛰居江南山林，恰逢北方烽烟四起。风烛残年的翁同龢"回瞻北斗，不胜依依"，"胸中梗塞，竟夕不寐"，"登临北望，慨然而涕"。他多少次翘首北望，庭院徘徊；多少次孤灯难寐，中夜更衣；又有多少次听雨枯坐，遣愁不能，消愁不去。

而此时，陪伴自己四十多年的妾陆氏又病逝了，让老迈病弱的翁同龢"中肠为之碎裂"，一下子觉得自己更加孤独苦寂了。

翁同龢之妻汤氏早已离世，就是这位陆氏伴随自己风风雨雨地走过了 44 年。被贬回乡后，是陆氏一直照顾自己的日常生活，可此时她也离己而去。他悲痛至极，悬挂起陆氏的遗像，焚香祭拜，又提毫书写《悼亡妾》一幅斗方："恻恻空房举奠樽，搴帷尚觉药炉温。一生所识无多字，九死方知不二门。只辨真诚持内外，更无苦语恋儿孙。墓图一角留残墨，地下犹寻陆氏昆。"整个书作里充满了对亡妾的无限怀念。这一年的除夕，他还在亡妾遗箱里检出一幅旧画，并题诗曰："叹息无家老逐臣，祇余两膝拄孤身。"墨迹里饱含着他饮泣之痛。从此，孤苦伶仃的翁同龢"似如枯禅，形同偶人，时常剪灯孤坐"。

从此，无妻无妾、无儿无女的翁同龢一病不起，他的心与身体一起走向死亡。1904 年 6 月 25 日，"发热、遍身疼，胸痞常卧，晚益甚，得汗不解，呻吟彻晓"。6 月 26 日乘舟入城，延医来诊，"云尽是湿热，用芳香泄浊，然于肝疾似未及也"。6月27日，"先公诞日，设坐叩头，竟不能起"。重病缠身的翁同龢生命即将走到尽头，持续四十多年的日记就此绝笔。

翁同龢就这样带着他一生太多的怨恨，带着他一生太多的遗憾，去见他的祖上去了。弥留之际，翁同龢不止一次地说自己看到了身穿灰白长衫的祖先，站立在漆黑的天幕上向自己招着手，他高兴地喊道："我来了，我的父亲……"他还推想到自己寒碜的葬礼和父亲葬礼的盛大排场完全的不一样，自己的灵堂里只焚着两炷香，自己面色如生，万分沮丧地躺在灵柩里。他还看到了自己的遗体边祭放的不是鲜花，而是一棵从山间采摘的野草。

就这样，翁同龢在晚清王朝的黑幕下，没有等到自己的平反通知，两只眼睛放射出最后的绝望之光，口中呼吸着生命最后的游丝，最终默诵着这句"朝闻道夕死可矣，今而后予知免夫"的挽联后，悄然闭上了他那绝望的双眼。

其实，他是在为甲午战争、戊戌变法殉情。他岂止是死在了非白即黑的思维模式里，他还死在了顺我者昌、逆我者亡的皇权思想里，死在了垂死挣扎的封建专制体制里。

一笔长横写清苦。一笔斜点书悲伤。一笔卧钩划凄凉。

翁同龢就这样带着满腹怨恨离开了人世，也给后人留下了是非成败、功过忠奸的无数话题。他那绝笔的挽幛高悬在山间草堂里，也高悬在晚清王朝的天幕上。

然而，他给后人留下了《松禅老人遗墨》，也给中国书法史上留下了一座艺术高峰，更给晚清王朝走向最后灭亡写下了一个时代的挽幛。

一路纸钱飘飞，就是遣散他飘逸超脱的艺术灵魂。一路唢呐长鸣，就是高扬他质朴拙涩的书家境界。一路挽幛翻舞，就是高悬他悲怆厚重的爱国思想。

——作于甲午战败120周年、定于欢庆抗日战争胜利70周年之后

（原载《北京文学》2016年第三期）

一念 3000 里

毕淑敏

写下个"念"字，盯着细细看一会儿。

念，由"心"和"今"组成。顾名思义是"心中当下的想法"。

我们常说"生出一个念头"，可见这个"念"是个活物，像个婴儿，有头有脑。既然有首，接下来就会有身子和腿。而且这一切既然能诞生，想来有个母体。有生便有死，念头可以发芽也可以灭失。

那么人的一天，会有多少个念头生出呢？要回答这个问题，先要搞清念头的周期。换句话说，就是大致算出一个念头能存活多长时间？

"念"，在佛教典籍中，可谓身世不凡大名鼎鼎。

"念"来自法显和尚从印度带回国的《摩诃僧律》。第 17 卷中说："一刹那者为一念，二十念为一瞬，二十瞬为一弹指，二十弹指为一罗预，二十罗预为一须臾，一日一夜有三十须臾。"

恕我把话头拉开，先说说《摩诃僧律》。

佛陀说了一辈子的法，到了入灭时分，众弟子推阿难向佛陀请教四个问题。其中之一是"佛灭度后，以何为师?"翻成大白话就是——"您死了以后，我们听谁的呢?"佛的弟子真够直言不讳的。

佛陀答："以戒为师。"意思就是"那就按戒律说的办"。

这说明戒律非常重要。导师人不在了，戒律就成了师父。戒律是什么？是佛在世时，针对弟子所犯的过失，逐渐定出来的规矩。"随犯随制"，刚开始有点边设计边施工的意思，最后不断完善，终成包罗万象的庞大体系。

佛教戒律传入中国，始于三国时期。之前的汉僧，虽剃须除发，身着缦衣，但并不曾受大戒。到了东晋时期，戒本残缺不全，僧人们便无法度可依。法显老和尚看在眼里急在心里，拖着快 60 岁的身躯，跋山涉水前往印度求取梵本律典。

公元 399 年，老人家从长安出发，经河西走廊翻越葱岭，在印度参学了 8

年，记录下包括《摩诃僧律》的四部典籍。他再接再厉，又到斯里兰卡继续寻典。拢共历经 15 年，途经 31 国。回国后，与人合译出宝卷。

《摩诃僧律》中说一念等同于一刹那，但它究竟是多长时间？要倒着推算。一日一夜有 30 个须臾。一天 24 小时，合 1440 分钟，折算下来，1"须臾"为 48 分钟。

一直以为"须臾"非常短暂，但它比小学生一节课时还多 3 分钟，令人意外。

为谅解自己的孤陋寡闻，我问周围的人，烦请您说说，1"须臾"有多久？

人们看出我的不怀好意，拒不回答。再三恳求下，才说——1 须臾，合 1 秒？10 秒？眼睛眨一下，好多个须臾就过去了。

我说，再往长里猜猜。

他们敷衍道，最多也不过一两分钟吧。

佛会把这答案，判作不及格。

刚说的是舶来的"须臾"论，咱也有土产的解释。

成书于西汉的《礼记·中庸》中说："道也者，不可须臾离也，可离非道也。"它的年代，肯定比法显和尚古老，不过似乎不甚严谨，没有精确明示"须臾"的长短。

每个须臾合 20 个罗预，48 分钟除以 20，1 个罗预就是 2.4 分钟。20 个弹指为一个罗预，1 个弹指就是 7.2 秒。这 7.2 秒又可再细分为 20 个瞬间，1 个瞬间就是 0.36 秒。这 0.36 秒又可再细分为 20 个刹那，每一个刹那就是 0.018 秒……

有点乱是不是？那直接记住结论吧——1 个念头的具体时间长度为 0.018 秒。

念头比闪电还快！它起于精微，源自无明。产生之后见风就长，跨越天地时空，纵横驰骋风驰电掣。念头可分好坏。它一动，就有倾向发生。要么是善，要么是恶，要么善恶夹杂。你纵有亿万千念头，也逃不脱这窠臼。

既然念头一动，只用 0.018 秒。一天之内，除去睡觉的 8 小时（白领们看到这里估计要苦笑抗议，因为每日难以保证 8 小时睡眠。姑且按照好吃懒做的我来计算吧），还有 16 个小时，合 960 分钟。换算为 57 600 秒。除以 0.018，得出的念头数……吓死人！是 3 200 000。也就是说，我的脑海中每天有 300 多万个念头闪过，泡沫般无常。

念头组成了命运。所有人的生活，无不源自这经纬复杂繁多变幻的念头。念头生生不息，我们奔波不已。念头衍生出五光十色的世界，一旦念头止息，生命也就终结。从这个意义上说，念头是组成我们生命质量的金色颗粒。

念头交织，故"一念三千"。

此典出于佛教的天台宗。隋朝智者大师号称"东土小释迦"，他认为人的当前一念心，就具有三千种法的内容，从而也就显现出宇宙的全体。苦乐升沉，光明黑暗，都从一念而起，故要从一念深处净化自心。

因喜欢这说法，有时会向友人结结巴巴学说一番。某朋友听后若有所思道，哦哦，一念三千里。

我说，没有"里"，一念三千。

他说，佛理深奥，我也不大搞得明白。加上一个"里"字，便成了俗语。念头和念头之间的差异，只怕是3000里之遥，也打不住的。

他自攒出来的这个话，离开了庄严佛经，潜入了诡谲江湖。

念头如果有颜色，可不得了。有吉祥的红色，有土豪的金色。有杀戮的猩黑，有春意的绿蓝……每个人的内心如同最斑斓的调色盘。念头如果有重量，有重达千钧的，有轻如鸿毛的。有不轻不重但黏腻难缠的，有随生随灭云淡风轻的……每个人的内心，如同翻滚着一锅关东煮。

念头如果有年龄，有从一而终贯穿几十年甚至整整一生的，有速生速灭秋水无痕的，有历久弥坚的，有余音袅袅的，有稍纵即逝永无再现的，有忠贞不渝化成木乃伊也坚守初衷的。

念头如光。0.018 秒之间，纵横 3000 里，这是什么速度？一秒钟跑165 000里，合 8 万多公里，可绕地球 2 圈多。如果以北京为圆心，3000 里到哪儿了？按照直线距离，以北京为中心，南可至广州，北可抵哈尔滨。西快抵乌鲁木齐，向东就出国游了太平洋。

心的容量如此之大，运转如此迅捷，名目如此繁多，善恶如此纷杂，到了令人惊悚的地步。

我热衷于看电视中的法制节目，尤其爱看抓住罪犯后的审讯过程，屏气凝神。先生纳闷，说你是在研究他们的长相吗？

我说，虽说相由心生，但罪犯常常十分年轻，年轮之刀尚未完成对面貌的雕凿。有些颜面，未脱天真混沌之相。

先生说，那你看的是什么？

我答，我在听他们供述犯罪时的想法。

某些供述，难以置信的简单。为什么要杀人？回答，并没有想把他打死，只想教训一下，谁知，人就死了。

谈到投毒，会说，只是开个玩笑。

肇事逃逸，致使原本可以救助的伤者命丧黄泉，司机解释，因为害怕。

将相识多年的恋人杀死，凶手抽噎，太爱了……

凡此种种，我以前多半认为罪犯避重就轻，借故推托，搪塞说谎……这情形当然是有的，不过，当我懂得些心理学知识并加以仔细观察之后，却发现很多竟是真话。更有当初穷凶极恶的魔鬼，会一脸错愕哆哆嗦嗦地说，脑海中一片空白，完全不知怎么想的。

一念 3000 里。

一个念头所导致的结果，或许并不是在那个念头萌生之初，就可以准确预判完整的。念头念头，只顾"头"，不顾尾，锋利无比。这世界上的事情，本不应太快。太快了，就有灾难尾随其后的可能。

念头是如何产生的，并不十分清楚，它具有我们所不知晓的某些黑暗性质。陌生的力量所产生的念头，可以指挥我们的行动，这的确是不可掉以轻心的危险问题。

也有很多念头充满善良和光亮。有人会说，善念涌起，我是不是应该马上按照好念头去行事呢？晚了会不会后悔？

这世界上有些好事情，或许需要 0.018 秒的时间去决定和完成。但绝大多数的好事情，不会毫无征兆。冷不防显身，之后泥牛入海永不复见，有点妖术的味道。尽管如此，也不能铁口断言好事就不会在 0.018 秒中埋藏。只是，这概率有多少呢？作为普通人，遇到这般机遇的可能性又有多少呢？我觉得极小概率的事情，和普通人相距遥远。总爱极端化的人，骨子里多是高度自恋叠加目空一切。

一个念头和一个念头之间，可能一在天堂一在地狱，好骑手应能驾驭选择。让念头刹车转弯，让念头褪色重染，让念头从容消遁，让念头春风又生。好的念头，如一个浮力优等的筏，在脑海中辗转腾挪无惧风浪。它的生命力当千万亿倍于 0.018 秒，直到我们按照它的指引，做出后续美好的行动。把好念头变成好行动，让好念头层出不穷落地开花，乃是人生要务。

（选自散文集《一年三千里》）

与 棋 相 交

储福金

在我的写作中，围棋是一个常见的题材。有关这类小说的介绍与评价，总会提到我在作家里围棋最佳，弈者内小说第一。同行本夫曾说：储福金最终选择了写小说，中国也就多了一个作家，少了一个国手。

确实我下棋先于创作，时间上相差有十多年。我从小下棋，开始大概是五岁吧。那时我父亲患高血压休长病假在家，他喜欢下象棋，搏杀型的。这种棋风我继承了。这和我现在平和的人生态度是相悖的。

小学毕业的那个暑假，二哥在区里报名参加象棋比赛，回来说了。父亲鼓动我也去参赛。当时报名除了户口簿还要成绩报告单，体育馆教练看了我的成绩报告单说：都是3分4分的学生还会下棋？我说，我现在就和你下一盘。他笑起来说：好，好，你还是比赛时下吧。

那一次我获得了象棋少儿组冠军。然而不久"文革"开始，象棋训练班停止了。于是我又转下围棋。当时我所在的居委会朱主任常到我家和我父亲下棋，有时也和我下。象棋他自然不是我的对手，输后推枰叹道：象棋没有围棋有意思。我正懂得了一点围棋的死活知识，便说围棋我也会呀。找来围棋和他下起来，才在一个角上放了十几个子，就全军覆没。主任老头是个真正的围棋迷，以后来我家，居然不想和能称对手的我父亲下象棋，宁可让我摆下九子来，和我下围棋，并认真地下到收盘数子。开初他曾向我预言：一年退一子，我九年才能赶上他。然而，我半年不到就杀败了他。

并非我有什么特殊的棋才，因为棋是相通的，我具有了象棋的算路自然下围棋要容易些。只是下了围棋后，我便很少再下象棋了，因为围棋的盘面开阔，因为围棋的计算复杂，也因为围棋之中蕴含着多重的变化。

与棋之缘久矣，已有数十年。棋与创作是我人生的两大兴趣所在。创作占据了我主要的工作时间，围棋占据了我主要的业余时间。我有时会想到，我的一生是有幸的，大部分时间都在自己的兴趣爱好之中。

在我的创作之初，我就想到要以棋为题材写一部作品。这个想法一直延续在我创作的构思中，从定下"黑白"题名来写围棋与棋人，断断续续的构思也有十数年了，我一直没有动手。是一直没敢动手。这正是缘于对棋之所爱。我怕写成了只是一般能发的作品。而凭着多少年的创作经验，写出一部一般能发的作品，是不成问题的。

《黑白》主线是棋人陶羊子的人生，从辛亥革命开始到抗日战争结束这段时期的社会变化。好些看过《黑白》的朋友问我，陶羊子后来怎么样？你是不是会写第二部？

其实我原本就准备写棋人陶羊子的一生，重新准备了六年以后，我写了《黑白·白之篇》，写的是当代生活，用了现代手法，我写了四代棋手，从棋与文化，棋与生存，棋与情感，棋与金钱来反映时代的变化，棋的发展与社会发展的相通。

在写棋手的人生之时，其实也就是我的人生与棋相交，主人公行棋天涯，也仿佛是我在一个个人生阶段，一盘盘下着棋。

第二部黑白题名为"黑白·白之篇"，那么上一部黑白应该叫"黑白·黑之篇"了。两部组合起来，就是"黑·白"。

我一旦投入创作，一两个月也想不到要下棋；一旦下棋，便极有胜负心。如此，常会想到最早的围棋师傅姓朱的主任老头，他是不管对手棋好棋孬，也不管终盘棋胜棋输，只要有人对弈。他是真正的棋手，深深地迷在棋中，又超脱于棋局之上的。

我当然不是一个真正的棋手，然而，我就是一个真正的作家么？

人生常怀悲，万言度空立。我心似旧识，梦幻亦欢喜。

完成了两部《黑白》，我心中有着莫名的悲喜，能确定的是：我觉得不枉几十年中下棋的人生，不枉几十年中创作的人生。

（原载 2015 年 12 月 20 日《扬子晚报》）

众神的黄昏

宋晓杰

1

像我们出生时的潦草、匆忙一样，我们所受的家庭教育，也如夏季的一阵太阳雨，意思意思就过去了。

那时，我们不知道维生素、蛋白质、矿物质，更不知道除了五台子村之外的二三里以远，还有什么别样的河川、树林、稻草垛、猫和狗。我们的EQ、IQ还没有羽翼丰满而定性，更不会扯着妈妈的衣角追问："我是捡来的吗？"我们皲裂的小手，能扯到妈妈衣角的时候太少了，她不是在田里种高粱，点豆子；就是打猪草、烧窑；再不就是双膀较力摇着辘轳汲水，做一家十几口人的饭，喂此伏彼起的鸡、鸭……我们像土豆一样满地乱滚，疙疙瘩瘩，磕磕绊绊，不招人待见，但又谁家也不缺少。

真的，我们是在疏忽中长大的——我们那一代人，几乎都是……

2

如果不是重修家谱，真的说不出自己的出处。日常生活的纷纭与匆促，早已不习惯再用疑问句难为自己。再者说，纵向三四代之内，足以满足我们对亲情与家族的认知所需了。

但一条河流，源头缘于何处？那年，因为婶婶去世，宋家的老少族亲聚在一起——往往，在类似婚丧嫁娶的极端时刻，散在八方的族人，才得以围拢在同一个屋檐下，欢笑或悲戚……日子如流沙，怎么努力攥也攥不牢。像盛大的烟花，原来还好好地盛在精美的盒子里，一星点燃，烟火四散……又如滔滔江河，细枝末节的河汉如血脉，七扭八拐，就不知去向。

翻开《宋氏家谱》，沿着食指滑行的方向，我找到这样的字眼儿：山东登州府宁海州七甲八社宋家庄。哦，这就是我的"老巢"。如今已换了另外的行头：山东省烟台市乳山市午极镇宋家庄。像幻灯的窗口、被放大的瞳孔，好奇而焦急——如童年时，惊喜而胆怯地发现玻璃糖罐，被奶奶锁在深深的老板柜里，我发现了属于自己的甜蜜身事。

3

"五大包"，是一个人的名字。家族里行五，可能。因为他的脑后、脖颈之间，长个大瘤，大到仿若女人卷起来的紧致发髻。颜色、位置都像。我记不起他的装束，他的脸、胳膊、腿，只记住他的"大包"。

他的家很少人去，也不记得他们家还有什么人。但记得牢的，是他家的森严之气。暗、阴，像暗适应，一脚踏进去，短暂的眩晕，有恍惚感。空气中，有一种饭的味道没有散去，怪怪的，类似酱还是咖喱——那个年代，村里是否有人吃过咖喱，我不知道。

屋子里有许多各异的瓷瓶，摆在几案上、箱子上。它们像警示，不用贴"小心轻放"的字条，就会令我等小孩子心生胆怯——那瓶身，细碎地裂着纹呢，谁敢碰，岂不是找打?!——现在我知道了，它们叫青花瓷。

"小心脏"，也是人名，住在"五大包"家的前条街。"小心脏"是一个四五岁的小男孩，大眼睛。脸白得过分，他妈说是因为供血不足。他从不与我们一起疯跑，大声喊叫、说话、爆笑也不能。"小地主"他姐是赤脚医生，"小心脏"家的药和"小地主"他姐药箱里的药几乎一样多。我一直以为他活不长——他妈、他奶也这么说，吓得她们整夜整夜不睡觉，看着他。可是，他却活了很长很长——长至到现在为止，我也没有收到关于他的意外音讯。"破罐儿熬好罐儿。"老人们经常这么说，"看起来病病歪歪的人啊，没事儿！长寿着呢。"

倒是那些忽然患病的人，像干枯落叶，随风飘零……得了肺结核的"痨病鬼儿"，日夜咳咳咳，真怕他把心肺咳出来；在小伙伴的欢声笑语中，"二嘎子"用纵身一跃和七岁的小命儿，激起村东头池塘里一小片浑浊的浪花儿；天天跑到姥姥坟前痛哭，因阴冷、伤戚而腿部生痛，继而因破伤风死去的大姨，那时，如花似玉的大姨已订下婚约……

纳博科夫在第一部小说的第一页说："我认为，每个名字都有它的责任。"是的，他们各自用不同的加密的年轮，雕刻了同质而各异的莽莽丛林。

二爷，算是我亲见的最长者，他94岁去世，活成家族现有资料记载的亚军。爸说二爷会写打油诗，知道爸也喜欢诗，每次爸去看他时，二爷都会绘声绘色地朗诵他的诗。我去看过二爷两次，那么个矮个子小老头儿，干干净净。我用手摩挲他的头，像抚着小孩子——他已经不知道我是谁了——他尚能记得我时，我是七岁还是八岁，在他窗前跑得比风还快，混在一群男孩子当中。说不定还有他的孙女——已去了天国的晓丽妹妹——那个叫着本该属于我名字的可爱女孩。

晓丽出生时，二娘说："宋晓丽，这名字好听，我们叫了！"奶奶拗不过她。于是，这名字就随了妹妹。晓丽来我新居的时候，已经病着了。说话有气无力的样子全不像才四十岁的青春。说起不听话的女儿，她只是流泪——她是在托孤吗？晓丽得了比一声叹息还无奈的那个字，我气恼得不愿意写出它，似乎更因为一份心虚——是妹妹代替我，提前离开吗？这个花花世界……

4

如果不是看家谱，我心中的爷爷只是那个怪脾气的破老头儿，像冷凝剂，他一出现，周遭的空气立即凝固。我们小孩子怕他，像老鼠见猫。

"是不是你们顽皮淘气啊？"

不是的！不仅对小孩子，对所有人一视同仁。

学龄前，有一段时间我是在爷爷家度过的。我几乎见不到他的笑脸，更别提祖辈对孙辈的娇宠、溺爱。他抢着铁锹满院子追打一只眼疾的叔叔时，人们都在追问：他的愤怒从何而来？

那时，辽沈战役胜利结束，东北全境解放，土地改革，土匪及地主武装企图颠覆红色政权，村农会干部被土匪枪杀……血雨腥风的动荡年代，民众噤若寒蝉，但是，有一个青年却义无反顾地投身革命——那个青年，就是我爷爷——宋维善。

爷爷家境贫寒，学过徒，逃过荒，被国民党抓过劳工，饱受欺压和剥削之苦。所以，他首批加入了中国共产党，并担任了五台子村五个自然屯的首任党支部书记。爷爷带着全村人镇压反革命；抗美援朝征兵、支前；1951年辽河决口时，抗洪救灾、生产自救，全村无一人冻饿而死。他在任期间，积极争取并建成了能容纳几百名学生的五台子小学。

但在爷爷任职的第三年，村中有一名因贪污问题被他撤职的原村干部诬告他——以他与坏分子串换小麦种没找差价等莫须有的罪名。因当时某些法律法规尚不完善，在没有召开村党支部会和党员大会，也没找本人核实情况、没签字的情况下，以所谓阶级路线不清，撤职并开除了他的党籍，使他精神上受到了极大的打击……

爷爷去世的那年，天气奇冷，吐口唾沫，马上冻僵在地上。他那么一小堆地躺在屋子的过道里。听不到他的骂声，反而不习惯了，我为他拨亮长明灯，忽然想起小时候他还为我编过一只捡马粪的土篮子，眼泪不禁簌簌落下。

5

妈妈六岁就死了娘，给队部赶马车（我们叫"拉脚"）的姥爷常年不怎么在家，妈妈只能跟着她奶奶过。妈妈已经几岁了，玩着玩着就睡在稻草垛上，睁眼一看，满天星斗，再往家走……妈说，那时没有"坏人"，不然她死几回都说不定……上小学时，每学期一块五的学杂费总也缴不上。每年开学时，她都要站在全校同学的面前。虽然年年成绩第一，但妈妈只勉强读了四年书就辍学了。到十八岁，棉衣、棉裤里面还没有衬衣、衬裤。

有一年妈妈过生日，我们总觉得应该换个有点意思的办法过一下。于是，我们去了在辽滨苇场时住过的小屋。那是爸爸当年工作过的苇场。

那时，我们刚从古城子搬过去，弟弟满嘴火泡天天嚷着"回家，回家"。奔忙和对新环境的不适应，使我和弟弟一起出水痘。我还得了肠梗阻，之后又是黄疸性肝炎。因为我们住在河北小街（属于辽滨），去医院要坐摆渡船，到辽河对岸的营口医院，妈妈在披星戴月地忙她机台上的"小山"——它们是我们的饭碗。没办法！是爸爸的一个医生朋友每天用棉袄裹回来一支针剂，坚持了一个多月，才保住了我的小命儿……

屋子那么小吗？我清楚记得，木头箱柜上放着养鱼缸，大肚敞口那种，爸爸用红蜡烛的滴泪捏了好几条金鱼，配上塑料的水草，那是我和弟弟童年时唯一可喜的玩伴。可是，那屋子低矮、狭窄，已不能同时容纳我们，我们只好像参观一样分批轮流进出。

墙上，挂着用奖状改成的相框，里面还放着我们小时候的合影——这么多年，他们还过着有"我们"参与的生活——我们依然被深爱着，却一无所知……

窗外不远处便是辽河，童年的记忆顽固，不容置疑。那高高的白杨很轻易就隔绝了我的视线，但我知道它在，我听到了河水的潮声……辽河水从我家门前流，仅仅是一支歌吗？每天都唱在我的耳边，代替妈妈的摇曲。但那时，我听到的只有恐惧，我四岁的眼睛望向漆黑的窗外，只想快点儿看到妈妈疲惫的身影，听到她轻唤"丑儿啊——"

关于来龙去脉、前世今生，记取与遗忘都有可能。但是，改变不了的血脉如奔涌的河流，从一而终。在一篇小说中我写过一个人，她说："如果能换了全身的血，我宁愿不叫他爸爸……"可即使换了血，也改变不了顽固、歹毒的 DNA。这实在是没办法的事情。

儿子在澳大利亚读书，去年年前，我办好了去看儿子的签证。心里想着，应该去给爷爷、奶奶扫个墓。这样的习惯从他们合葬以来一直保持着。想想两个吵了一辈子的人，死后还要住在同一个屋檐下，后辈晚生历来依自己的意愿行事，但愿他们能够体会。

我买了菊花和祭品匆匆赶往鹤栖园公墓。由于心急，我并未留意正常行驶的主道旁还有一条毛毛小道，更没发现小道上窜出一辆轿车。当我发现它狮吼般冲上主道时，为时已晚……我把方向盘向左打到死，并越过了黄线，还是没能躲开他！或者说是他没有放过我……

醉酒驾车，保险过期，一车黝黑的七嘴八舌的老爷们儿，"快过年了，去置办家具。"这时我才发现，小道下面有一个小家具厂……

我知道自己属于正常行驶，我气得跳脚，但有什么用……开了三年多的车，第一次打不开右侧两个车门……我哭了，因生气，因委屈，因心疼，也因未能心遂所愿。去北京的车票就是明天，那一年，没能扫成墓……

他们在保佑我吗？待事情处理完毕，我定睛一看，出事地点距离火葬场，只有几十米……

（原载《红岩》2016年3期，有删节）

1976：《机电局长的一天》

蒋子龙

提起1976年，我脑子里的反应首先不是时间概念，而是各种奇怪的意象：疯牛、惊马、搅拌机、过山车、山崩地裂……还有就是一些经典作家的著名思想，譬如："一个人的智慧只能是他那个时代的智慧，无知也只能是他那个时代的无知。请注意，最伟大的头脑也不得不在某种程度上屈服于他所处的时代的迷信。"……总之，1976年真是一言难尽！

凡事都有因，有因才有果，谈我的1976年，先得对上一年说上几句。经过十年折腾，工业生产已近崩溃，1975年秋天全国工业战线以"工业学大庆"为由，掀起了一股抓生产的潮流——几个月后被称作"资本主义复辟和右倾翻案风"，沾这股潮流的光我的日子开始好过一点了，在一吨蒸汽锤上被"监督劳动"近十年，虽然没有明确宣布"监督"结束，却让我代理工段长，负责甲班整个车间的生产。车间共有三个工段，分早（甲）、中（乙）、夜（丙）三个班，其实当初把我由厂部送到车间生产第一线"监督劳动"，也不是"组织下文"，不过是造反头头的一句话，现在当个小工头也是他们一句话的事。由于"天津工业学大庆会议"上涉及到大型发电机转子，将由我们车间锻造，便让我列席这个大会。

鬼使神差从北京来了个温和的老大姐，在会场上找到我，自报家门是原《人民文学》的老编辑部主任许以，说毛泽东亲自下令，停刊多年的《人民文学》要在1976年初复刊，许以约我为复刊第一期写篇小说。不知是大气候有转暖的趋向，敏感的文学先复苏，还是势将大变，由文学发端？抑或是一种什么预兆、藏有什么玄机？当年的《人民文学》是"国刊"，是业余作者梦寐以求想登上去的文学圣殿，可我当时没有受宠若惊，甚至不敢太过兴奋，心里没底，只是谨慎地答应试试看。

当时住在宾馆里的条件太好了，两人一个房间，有写字台、台灯，那时候开会要不断地写材料，发言必先写好稿子，我就以写材料和写发言稿为名，没黑带白地干起来了，夜里干个通宿都没人管。就这样鼓捣出了短篇小说《机电局长的一天》，发在1976年复刊第一期《人民文学》的头条。那时候流行出简报，编辑部寄给我的第一期简报上，选编了读者对我这篇小说的反映，几乎是一片赞扬声，其中还有叶圣陶、张光年等文学大家的肯定。但几乎同时国家又发生了另外一件大事，周恩来总理去世，一种被称为"中国风度"的"男人的优雅"一下子都没有了！"文革"把人搞得疑神疑鬼，由此想到《人民文学》生不逢时，很可能会再次停刊，连同我的小说一齐被"国丧"淹没。

但《人民文学》继续出刊，连简报也照出不误，《一天》的影响也随之继续发酵。不知是不是受这篇小说的影响，天津市"宣教组"奉市委文教书记指示，让工厂给我一周的假期，到天津人民艺术剧院"掺沙子"，帮助写个话剧，成立"三结合创作组"，组长是《歌唱祖国》的作曲家王辛，还有人艺的导演方沉等名家。我报到后立即随创作组到全国著名的农村先进典型小靳庄深入生活，正值深冬，第二天清晨我被冻得难受就到村外的河堤上跑步，跑热了把棉袄脱下来挂在河堤的小柴火垛上，等我跑了一圈再回到柴火垛跟前，棉袄不见了。呀？这哪是先进典型，简直就是贼窝嘛！

我报告了王辛，在屋里裹着棉被等消息。村里可能也觉得这事不光彩，大喇叭一遍又一遍的广播，村干部挨家挨户地去问，如果找不到这个棉袄那就是给全国的先进村抹黑，是"阶级斗争新动向"。到傍晚，村头才把棉袄送来，说有个农民早晨去赶集，看见柴火垛上有件棉袄，四周又没有人，怕丢失就先给收起来了。我觉得奇怪，去赶集的大道在河堤下面，真有赶集的人一定能看得到河堤上有人只穿着绒衣跑步，不用问就知道那棉袄是谁的，再说我跑步的时候并没有看到一个赶集的人……王辛毕竟是老同志，不让我多说反而感谢村头和那位拿了我棉袄的人。因为出了这个"棉袄事件"，加上我的心思根本没在这儿，在村里没待几天就回厂了。

到了3月，编辑部寄给我的简报上，读者来信有一半认为《机电局长的一天》有严重错误。当月文化部要召开一个文艺座谈会，编辑部想保我，试探"上面"对我的态度，便把我的名字也报了上去。文化部居然没有把我的名字砍去，看来事情还有救。我心情不无紧张地随《人民文学》常务副主编施燕平走进会场，在第一天文化部长于会泳的报告中就给了我当头一棒，他说："有人写了坏小说，影响很大，倾向危险。一些老家伙们看了这篇小说激动得掉泪，难道还不足以引起我们深思、说明这件事情的严重性吗？当然，如果作者勇于承认错误，站到正确路线上来，我们还是欢迎的。"我注意到他给《一天》定性是"坏小说"，心里愈加忐忑，"坏小说"等于"毒草"，还是比"毒草"略好一点？在这个会上做出决定，让我在《人民文学》上公开作检查。

那个年月虽然明知一公开检查，就等同于政治上被枪毙，无奈编辑部多次派副主编一级的人物到天津劝说，苦口婆心，我感觉到他们是为了我好，并许诺我在发表检查的同时，再配发一篇我的小说，以示我虽然写了"坏小说"，却并没有"倒"。于是我很认真地写了检查，自以为已经狠狠地触及了灵魂，给自己上纲上线也够高的了，寄给编辑部后却不能令他们满意。我不知是编辑部这一关就过不去，还是编辑部的上边不满意？检查一改再改，老是过不了关，后来从来津帮助我"提高认识"的另一副主编刘剑青口中知道了"上边"要求我上纲上线到什么程度。那等于让我自杀，我不干了，索性等着被枪毙算了，且一时压不住火当场说了句以后在京津文化圈流传甚广、并被批判我的人反复引用的粗话："真是哑巴叫狗X了有苦说不出来，我一不再写检查，二从此不写小说，顶大还回生产一线被监督劳动，还能不让我干活！"这句话一传开，从编辑部到天津宣教组都知道了我态度不好。5月初我接到了最后一期简报，上面清一色地批判我炮制了大毒草，并为其定性是"宣扬阶级斗争熄灭论和唯生产力论""替走资派翻案"……编辑部不再找我，而是由天津市"宣教组"的头向我传达市委文教书记王曼恬的指示："你必须公开作检查，你写不好由编辑部替你写，如果不作检查你以为还能在车间干活吗?"我心里一激灵,反问他:"你什么意思?还要抓我?"那位姓孙的头不吭声,旁边站着个跟他一起来的人插话:"这个不好说,你自己琢磨吧。"

　　1976年5月9日晚上,妻子有临盆的感觉,我将7岁的儿子反锁在家里,骑自行车把妻子驮到医院,顺利产下女儿,随即返回家熬好小米粥,灌在暖水瓶里,让儿子睡下,继续锁好门,将暖水瓶挂在车把上急忙往医院赶。赶到医院门口被一人拦下,让我立刻去市委,王书记在等我,《人民文学》的副主编带着替我写好的检查等我签字,还说他的一个同事到产房做我妻子的工作,叫她帮着劝说我同意这个检查……我一阵怒火攻心,骂他不是东西,我妻子刚生产,经得住你们这么吓唬吗?今晚除非你带警察来抓我……越说越气竟抢起那一暖瓶小米粥向他砸去,那小子早有提防,躲闪及时只伤到了一点腿脚。我跑到产房,妻子已经吓坏了,旁边一个面目可憎的女人还在跟她絮絮叨叨……产妇最怕惊吓,一受惊吓奶水就下不来了,那个年月物质极度匮乏,没有奶水孩子大人都遭罪了。我当时的表情大概相当恐怖,只喊了一声"滚",她就哧溜一下出了产房。我劝慰了几句妻子,她则让我别跟上边闹得太僵,得考虑她们娘仨……我冷静下来直心疼那个暖水瓶和一瓶小米粥,在那时侍候月子这就是好东西了!妻子产后还滴水未进,只好回家又重熬了一瓶。

　　以后的状况确如我所担心的一样,能想到的办法全试了,妻子的奶水就是下不来。我每天耳朵都支棱着,听到哪儿卖牛奶或来青菜了,骑车就奔过去。幸好我在工厂还是三班倒,当时也确实觉得天津市很小,全市几个主要的副食店,我几乎每天都能骑着自行车转一圈,但十有八九都会空手而归,真苦了我的女儿。尽管如此,我仍然给她取名叫"一巍",寓意《机电局长的一天》岿然不动。其实怎么可能岿然不动?第二天市里派来一辆吉普车,把我拉到一个门口没有悬挂任何牌子的地方,宣教组的头和北京来的两个人在等我,经介绍其中一个竟是《人民文学》副主编、因挑战大人物批评俞平伯而受到毛泽东表扬的李希凡,是他代我写了检查,并亲自读给我听,听得我一阵阵后脊梁发冷!读后宣教组的头问我同意不同意?我说同意不同意不都得签字吗?我签上自己的名字后,二话不说就离开了。

　　很快《人民文学》发表了这个检查,同时还有我的一个短篇小说《铁锨传》。我和编辑部都认为这件事到此就该画句号了,殊料大麻烦才刚开始,且不断升级。首先是"上边"对我和我的小说的态度变了,从天津市宣教组传出的风声是"要在全国范围内批倒批臭!"一开始我以为是被李希凡和编辑部骗了,后来才觉得连编辑部也被于会泳或更大的头骗了,曾两肋插刀替我上纲上线起草检讨书的李希凡冲着主编袁水拍拍了桌子:"人家写了检查还要批，你们说话不算话，叫我怎么向天津市委交代？怎么向蒋子龙解释?"袁主编大概从文化部得到了什么指示，口气更硬："现在形势变了，蒋子龙是毒草小说的作者，对他也要跟对俞平伯一样，该批就得批!"

当时国内的文化类刊物不是很多，凡我在报刊门市部能见到的，都展开了对《一天》的围剿，甚至连离我很远的广西一家社会学类的刊物和一个大学的校刊，都发表了批判《一天》的长文。新华社1976年6月25日的《国内动态清样》上转载了辽宁分社的电稿："辽宁文艺界就批判《一天》的事请示省委，省委一领导说中央有布置，你们不要抢在中央的前边，蒋子龙是反革命分子，《一天》作为大毒草批判，编辑部敌我不分……"这一切都说明"上边"的确下了指令，乃至有过统一的部署。我仍在车间里三班倒地抓生产，也不敢去主动打听消息，只在歇班的日子到处趸摸牛奶和青菜时路过报刊门市部，进去匆匆翻翻各地报刊，获得一些各地批我的信息。

最令我想不到的竟然还有人打上门来，他们穿着绿军装，胳膊上戴着红袖章，拿着内蒙建设兵团的介绍信，自称是一个排长带着两个战士。声言："天津阶级斗争的盖子没有揭开，要彻底查清蒋子龙的背景，不把他彻底揪出来我们不走!"那个时候天津市主管文艺的宣教组下面，有个具体管事的部门叫"创评室"，此室的人如临大敌，年轻人赶紧找出当年的红袖章戴在胳膊上，以示自己也是造反派，好与对方在政治上显得是平等的。奇怪的是那三个内蒙的造反勇士，只在市里闹腾，明知我在天津重型机器厂，却不到厂里来揪我。后来市宣教组一个劲将他们往工厂推，他们也就真的找到了我的工厂，被大门口的工人造反派一拦，没说几句话就拨头向后转了。工厂的掌权派理由很简单，我们厂的人我们自己会解决，用不着外人来多管闲事。这实际是在我最困难的时候保了我，我若被那三个内蒙造反派带走，就生死难料了。所以我对工厂一直有很深的感情，至今感念不忘。我还曾被关过十几天牛棚，因我只是"黑笔杆子"，犯的是路线错误，跟造反派没有私人恩怨，可以坐在耐火砖上写检查，耐火砖上面还可以垫稻草袋子。而一个犯流氓罪的"坏分子"，让有些戴了绿帽子的人总想置他于死地，牛棚的看守又对他的犯罪细节感兴趣，就让他坐在冰块上写检查和接受造反派没完没了的审讯。这个人后来大小便失禁，下半身瘫痪。

那三个内蒙造反派后来又进京找到《人民文学》编辑部，声色俱厉地宣布："不彻底揭开文艺界阶级斗争的盖子、不揪出蒋子龙批倒批臭就不撤离编辑部!"我是在《文艺战线动态》第31期上见到了这个消息，当时《人民文学》主编袁水拍写的"交代材料"上还有这样一段话："1976年3月18日，于会泳在西苑旅社召开创作会，于说，蒋子龙的错误主要责任在邓小平，作品受邓的流毒影响，胡说什么在天津开工业学大庆会，刮风就是这个会……

小说配合了右倾翻案风，把走资派当一号人物来写，影射美化邓小平，把主人公霍大道写成平头，个儿不高，老战友姓刘，老婆叫庄林，还有小万的名字也影射，霍大道就是豁出去不怕被打倒……"我真佩服那个年代的政治想象力，而且让你有口难辩，越描越黑。我为什么让一号人物姓霍记不清了，八成是姓这个姓的人少一些，显得新鲜。"大道"则根据我当兵时副大队长的名字演化来的，他自小给地主放牛，有小名无大号，丢了牛为避祸就拦住部队当了兵。当了兵就得有个名字，接收他的营长当场说：你在大路上参军，就叫王大路吧。如果非要找一个霍大道的模特出来，应该是我们厂的第一任厂长冯文斌，他原是团中央书记，曾是胡耀邦的上级，偏巧也是"个儿不高"。我给他当过秘书，冯头讲话极富鼓动性，每逢他作报告，大礼堂里比看电影人还多。我有个非常尊敬的老大姐叫庄欣，就改个字搬来做了他的妻子。至于为什么要把"走资派当一号人物"，非常好理解，那个时候的文艺作品几乎无一例外的都是用"小将""年轻的造反派"做主角，我只是想出点新。还有什么老刘就是影射刘伯承，小万就是万里等，简直匪夷所思，现在说起来像闹着玩儿，那个时候却可以借此毁掉一个人。

先在天津最堂皇的剧院——"中国大戏院"召开对我的全市批判大会，过去梅兰芳、马连良等名角来津，只在这个戏院演出。我不知是该感到荣幸，还是该觉得亵渎了那个舞台，对不起前辈艺术大师？据工厂派去参加批判大会的代表回来传达说，会上呼喊"打倒蒋子龙""踏上一只脚，永世不得翻身"等口号一百多次，其中"发言最有水平"的是曾经跟我一起参加"三结合创作组"的话剧团专业编剧。随后是工厂的批判会，召集上早班和正常班的人参加，七八千人。听起来声势很大，真正在会场坐到底的我看连一半都没有，许多人到会场打个晃就回家了，等于放半天假，说起来还是沾了我的光。工厂对这一套似乎有些疲沓，谁还对批判一个"烂秀才"有多大兴趣？顶多是其他车间的工人对我的臭名有所耳闻，却未见过我这个人，借着这个批判会想看看我长得什么样。刚开场时他们从大礼堂两边的过道排着队从台前绕一圈，为了让大家看得清楚我只好向看我的人行注目礼。大会主持人不管不问，也没有对我动手动脚。

祸不单行，几天后唐山大地震。我被震醒后下意识地将两个孩子从床上抓起来掖到床底下，见震动越来越强烈，已感到我住的老楼咔吧咔吧的摇摇欲倒，又从床下夹起两个孩子向楼下跑，慌不择路将右脚的大拇指指甲踢掉，竟全然不知。随后在黄河道路边胡乱搭起一个抗震棚，一家人总算有了遮风避雨的栖身之处，由于饥饿刚出生两个月的女儿彻夜啼哭，我抱着她整夜在马路边上溜达。地震后别人都可以不上班了，我自知身份脆弱不能不去，第二天到工厂一看，全面瘫痪，厂里看不到几个人，交换台的电话员却正在找我，总机接到军队的紧急电话，让我寻找一位老首长的女儿甄影颖。影颖在唐山当兵，本来休假到七月底，因为刚提干非要提前归队，27 号下午我刚送走她，28 号凌晨地震，父母就联系不上她了。幸好我们厂里就有火车，我通过火车司机的关系，搭乘往地震灾区送食品的火车，在震后的第四天好歹到了名义上的唐山，眼前一片废墟，原来的唐山已不复存在。没有了建筑便失去坐标，好不容易找到影颖所在的部队，我心中的一线希望也彻底破灭，找到埋葬她的地点，在坟前立了一块木板做记号，匆匆搭车回津，向她的父母报信。

谁料一周后，我自己也死了一回。工厂要恢复生产先得检修被震坏的设备，回家不得休息，上班还得带头苦干，在检修 24 米热处理炉时一脚踩空从上面摔了下来，瞬间只觉得暖风擦过我的脸，火光在身边一闪而过，跟着就失去了知觉。如果就那样死了，也很惬意，无痛苦也没有什么可怕的。醒来时发觉自己躺在正往医院急驰的救护车上，守在旁边的厂医说我福大命大，正好掉在几个装炉件的稻草袋子上，若稍偏一点摔在铸钢的炉件上，很难想象是什么后果。医生的话让我一腔苦涩，"福大命大"是不敢指望了，若能扛过《一天》这一关，或许能算得上"命硬"。不久，毛泽东主席去世，有那么一个短暂的时间我甚至忘记了自己的处境，有种天塌地陷的感觉，不知这个国家没有了"伟大领袖"今后将怎么办？但很快我就惊醒过来，我这种被打入另册的人根本就没资格为国家担心。

各单位每天上班第一件事，就是集体站在四边加了黑纱的毛泽东遗像前默哀，放哀乐。哀乐一响就会有人落泪、哽咽，甚至哭出声，我内心惊悚不安，怎么也挤不出眼泪，只好低头静默。全厂的追悼大会就更隆重，明确宣布全厂停产，生产第一线的三个班的工人全部参加，但牛鬼蛇神除外。我眼下虽然实际上干的是工段长的活，却还不敢说自己就不是牛鬼蛇神了，因为刚对我开完了全厂的批判大会，那些"地富反坏右"以及"走资派"等反而好长时间没有挨批判了，"牛棚"也早就拆了。车间的头头对我不错，不能让他们为难，在召开追悼会的时候车间要留值班的，我便主动要求留下值班，头头们痛快地答应了。事后《人民文学》的编辑来信告诉我，追悼会那天，编辑部先开批判会，承认《机电局长的一天》是大毒草、并作了批判发言的，才可以去参加毛泽东主席的追悼会。

国家向来被叫作"国家机器"，当"机器"失控时极容易酿成大事故，在国家出大事故的时候像我这样的人最容易先被碾碎。因我是惊弓之鸟，遇事先往坏里想，忽略了另一句经典："物极必反"。国家大势竟急转直下，随着"四人帮"的覆灭，工厂恢复党委领导，老干部落实政策，重回领导岗位，全厂各车间开始起用老的生产骨干。各级造反组织一夜之间土崩瓦解，大大小小的造反头头该抓的抓、该管的管，其他的作鸟兽散，不等人下令便纷纷离开各个"总部"，从哪儿来的又回到哪儿去，原来干什么还干什么，迅速隐身于群众之中。

我却没有重回厂部，而是被任命为煅压车间主任。记得刚上任没几天就险些出事，一次是柬埔寨的西哈努克亲王来车间参观，赶上那天刮大风，车间顶部的天窗被打碎，一块大玻璃斜楞着从高空劈下，只差一点儿就把亲王的随从的脑袋给开了。我吓出了一身冷汗，事后爬上30多米高的车间顶部，一块一块地亲手检查玻璃。另一次是国务院一位副总理来，六千吨水压机正在锻造一个170吨的钢锭，干得正紧张的时候锻造天车的兜链断了，通红的大钢锭就晾在砧子上。幸好当班的工人技术不错，只用了几分钟就换上了新链子，正围着看热闹的头头们都没有看出有什么不妥，想不到当过洛阳矿山机械厂厂长的那位副总理倒很内行，当场问了一句让厂部头头下不来台的话："你们的设备有定期检修制度吗?"厂部领导满脸怒气地看着我，我知道这是转嫁责任，索性实话实说："检修制度是有，三年一大修，一年一中修，有故障随时修，但有许多年被当作修正主义的东西丢掉了。"副总理摇了摇头："这么大的厂子，这么好的设备，管理制度一定要跟上，该建立的建立，该恢复的恢复。"

制度可以恢复，人却回不去了。无论工人还是干部，人还是那些人，却不是原来的样子了，也包括我自己。原有的洁净、信仰、忠实都变味了，即使没有全部丢失，也大打折扣。因此我常常心生晦暗，瞧不起自己。就像精神和感情都被强奸过一样，此生再也硬朗不起来，干净不了啦。无论是跟自己相处，还是跟社会的关系，都跟原来不一样了。其实，社会又何尝没有被伤及五内?若想痊愈恐怕难了。即使还有那一天，也不知要等到什么时候。

（原载《同舟共进》2016 年 5 期）

一个业余围棋手的足球观感

南　帆

我忍不住想说几句。我，一个三段棋手，业余的。一个业余三段突然心血来潮想说几句。我猜不少人体验过这种状况：某些时候，一吐为快的冲动说来就来，如同一场猝不及防的倾盆大雨浇得人浑身湿透。

我得首先表示，"业余三段"是一个令人满意的头衔。我喜欢围棋，可是从不考虑当一个职业棋手，哪怕可以晋升到九段。一辈子只能在纵横十九道的棋盘之上旅行，这种世界是不是太狭窄了？所以，我仅仅愿意把晚上的业余时间交出来。离开了那一间嘈杂的办公室后可以转身与围棋幽会，这是充满乐趣的夜生活。

我的大部分晚上都在安静地打棋谱，有吴清源的，也有古力的或者李世石的。可是，这一段时间我突然觉得，身边充满了吵闹的杂音。看了看电视我才明白，那个顽劣的足球又出笼了。骨碌碌的足球滚过欧洲杯的草坪，世界又一次进入周期性的震颤。欧洲杯多少年举行一次？总之，这时的世界仿佛只剩下这么一件事。电视主持人的播音用上了前所未有的高亢音调。无数白领一把扯掉了胸口的领带，放肆地敲打桌子。他们一面往喉咙里猛灌啤酒，一面大声地爆出久违的粗口。有趣的是，那些涂口红、画眼影的姐儿们也开始癫狂。一批赶到欧洲杯现场的姐儿在脸颊上喷一面小旗子，然后站在座位上跳摇摆舞；更多女球迷在微信里发表无数的感叹号，追捧这个球星或者崇拜那个球星。她们真的弄懂了 433 阵型或者越位吗？也许，让人激动的不过是，涂满汗水的肌肉在阳光之下闪闪发亮。几个帅气的小伙子豹子般地奔窜在草坪上，那些久久地趴在键盘和屏幕之前的宅男宅女伸长脖子发出声嘶力竭的尖叫，这种情景有些怪异。

我猜许多人是去赶热闹的。无论如何，必须对足球发表评论，显示出一个球迷的必要姿态。决不能吝啬赞美的词句，所有颂歌的修辞都不会觉得刺耳。他们夸张地说，足球是一种伟大的图腾，不信仰足球就 out 了。整个世界都在充满激情地燃烧，唯独你一个人 out，向隅而泣，多么可怕的事情。尽管如此，我还是没有亢奋起来。

回想这一段时间，只有李世石与阿法狗的世纪对决让我心潮澎湃。历史将会证明，那是一件意义深远的事情。足球为什么没有及时地打动我？——好像得提到智商吧。一个黑白相间的足球滚动在草坪上，两个队加起来的 22 个人都没看管住；一副围棋的黑白棋子 360 个，对弈的棋手只有两个。这当然只是个玩笑，别当真。可是，听到一个电视主持人满脸正经地说足球很复杂，我一下子就笑了。知道围棋有多少种变化吗？计算机演算的结果是——10 的 172 次方。记住这个事实就够了：围棋变化的数目比宇宙之中已知的粒子数目还要多。这才是复杂。只有最好的大脑才能与如此之多的变化周旋。所以我提到智商。一个围棋教练告诉我，他训练的许多小围棋手，智商测试都超过了 150。所以，这个围棋教练表示大惑不解：怎么能把围棋队划拨给体育机构管理？难道我们与那些四肢发达的运动员一样吗？

围棋教练没有说出“四肢发达”后面通常跟随的那四个字。这当然不符合事实。同时，我们都很谨慎。随便诽谤足球，很可能在街头被人掐死。我的猜测是，竞技与胜负构成了围棋与排球、足球或者游泳、短跑相提并论的原因。然而，那些体育机构从未认真地考察，围棋与足球的胜负观念差别多大呀。

围棋极其讲究风度，如同贵族的决斗。高手对弈时常让人觉得在执行某种仪式。棋手之间流传的一个无形的规则是，要懂得适时地认输。大势已去，就要及时地投子表示放弃。无聊地死缠烂打只能收获一个嘲笑：你真的还看不明白棋局吗？等待对手的走神、疏忽或者低级错误，显然胜之不武。对于棋手说来，骄傲和名誉远比胜负重要，鬼鬼祟祟的伎俩令人羞耻。现在有些年轻的棋手不那么讲究规矩了，赢了就好，不名誉的奖金也是钱呵。好在这种人没有几个。

我猜许多棋手读过川端康成的小说名篇《名人》。小说情节脱胎于一个真实的历史事件：日本的最后一代名人秀哉与新锐大竹七段举行一场告别赛。秀哉威严地正襟危坐，他希望下出无可挑剔的一局之后慨然谢幕。然而，秀哉的梦想被 121 手的“封棋”残酷地毁坏了。告别赛为时长达半年，中途屡屡打挂暂停。为了避免对手利用暂停的时间思考，暂停之前的一招棋通常密封于一个信封之中，下一个回合开赛之际才在棋盘上公开。大竹七段的 121 手出其不意地下在一个无关紧要的所在，秀哉暂停期间的一切揣测与对策完全失效。这并未违规，而是利用规则扰乱对手。然而，秀哉对于这种谋略极为不屑。没有出息的晚辈让他怒火中烧。愤怒影响了秀哉的行棋节奏，以至于这一局五目落败。然而，他并不惋惜。棋道破碎，一局的胜负又何必介怀？

棋盘如同一个角斗场，一招一式必须光明磊落，赢得问心无愧。

一些棋手坚定地演示独门刀法，即使棋盘上的失利也不能动摇他们的风格。武宫正树的"宇宙流"天马行空，气势宏大，他决不会因为战绩、名次不佳而收敛浪漫主义的想象；大竹英雄号称"美学棋士"，他对于棋形的美学形状近于苛求。如果哪一块棋不得不丑陋地委曲求全，他宁可放弃成活的希望。不优美，毋宁死，呵呵。然而，我不知道，这些独特的气度会不会被一些势利的球迷当作了可笑的迂腐姿态？

足球场的草坪肯定不像棋盘那么纯粹。踢球之余，那些球员热衷于在拼抢之中施展种种阴险的小动作，他们可没有觉得丢人。推搡，搂抱，肘击，踩踏，铲伤对手的脚踝，跃起顶球的时候撞得对方血流满面，如此等等。对了，还有著名的假摔。那些声望如此之高的球星居然愿意装神弄鬼，的确不可思议。如果不是顾忌裁判口袋里的红牌和黄牌，估计他们还会弄出更多的花样。马拉多纳不惮于公开承认"上帝之手"，现场的队友假戏真做地上前握手祝贺，弹冠相庆。他们始终心安理得。我不明白的是，日后那些了解到真相的球迷为什么并没有弹劾马拉多纳，甚至呼吁撤销这一场比赛的战绩。瞒过了裁判就算真理在握了吗？

这多么切合世俗的气氛呵。成者为王，败者为寇。然而，围棋不屑于如此。棋盘的十九道纵横划出了一个纯粹的——你看，我又用了"纯粹"这个词——空间，棋手严格遵循游戏规则从事公平的智力搏杀。我们共同鄙视种种鸡鸣狗盗的把戏。这种空间的确与世俗生活拉开了距离，没有多少人进得来，"人气"不足。一场豪华版的围棋大赛，捧场的人仍然寥寥无几。新闻记者一则乏味的例行报道，网络上有几句不痛不痒的议论，基本上可以忽略不计。足球就不同了，举世瞩目的狂欢。不论是真心的痴迷还是伪装的热爱，所有的人都愿意跳出来表白自己的景仰之情。不过，我觉得这没有什么可羡慕的。人少也不是什么错。据说爱因斯坦曾经与一些学术同行发生了激烈的争论。对方联合了一百名教授签名反对他。闻讯之后，爱因斯坦仅仅耸了耸肩膀：要那么多人干吗？如果你是对的，一个人就够了。我喜欢这种特立独行的姿态。

尽管如此，我还是没有料到，足球可以在世俗生活之中调集那么大的能量。美艳的太太团来到了现场。她们不仅仅声援奔跑在球场上的先生，同时是自我显示。她们的容貌、装束无不立即成为时尚。还有一些所谓的"足球宝贝"活跃在大众传媒之中，互联网是她们尤为青睐的舞台。"足球宝贝"抢夺视线的基本策略就是裸体，亮出乳房是她们的"撒手锏"。呵呵，再说下去我就要脸红了。总之，足球场上弥漫着浓郁的荷尔蒙气息。当然，我一点儿也没有觉得奇怪。我们时常西装革履，女士们某些场合还必须穿起晚礼服，彬彬有礼，仪态万方，但是，七尺之躯的某个角落始终贮存了古老的原始激情。一种特殊气氛降临的时候，我们的体温骤增，热血沸腾，心中的唯一欲望就是脱掉所有的衣服，像野兽一般狂奔。

对了，我怎么能忘了"足球流氓"呢？这一次欧洲杯比赛，英国的"足球流氓"与俄罗斯的"足球流氓"进行了充分的表演。他们大打出手，互相扔椅子和啤酒瓶子。防暴警察的上街和外交部长的表态说明了事态的严重。我在互联网上看到一张俄罗斯"足球流氓"照片。一群上身赤裸的彪形大汉行走在法国街头，肌肉发达的胳膊上缀满了形形色色的刺青。我的想象之中，他们如同一些另类的乐师，用自己的方式为足球伴奏。

许多人觉得，围棋没什么可看的，太平静了，没有动作性。那一年一个摄影师负责拍摄棋盘面前的李昌镐。相片冲洗出来之后令人震惊：几个小时的时间，李昌镐纹丝不动，数十张相片犹如同一张相片。他的"石佛"之称就是如此流传起来的。足球场提供的是一个眼花缭乱的场面。22个人穿插包抄，围追堵截，看台上山呼海啸，有时还要扔一扔矿泉水瓶子什么的，气氛炽烈得好像划一根火柴就会燃烧起来。角球传中，头球攻门，全场都会情不自禁地叫出声。顺便插一句，头球攻门老是让我觉得滑稽。伸长脖子竭力跳起来，让自己像一发炮弹蹦出去，然后失控地重重摔在地上。多么不自然呵。我知道，足球不允许用手，人体之中最为灵巧的器官遭到了废弃，于是出现了头球攻门这种奇怪的招式。围棋多么优雅：沉思良久，食指和中指轻轻拈起一粒棋子搁在棋盘上，一剑封喉。有些棋手弈出得意的一手，他会将棋子啪的一声用力拍在棋盘之上。这就是双方对抗之中最大的动静了。千钧之力，两根手指也就够了。

请不要误会——温文尔雅的对弈不等于胜负没有重量。围棋史上记载了多盘吐血之局：棋盘上的殚精竭虑居然使棋手吐血而亡。当年吴清源与木谷实十番棋大战，木谷实突然鼻血喷涌，昏厥在棋盘旁边，聚精会神地坐在棋盘对面的吴清源竟然久久没有发现；另一件更为离奇的事情发生在桥本宇太郎和岩本薰之间。1945年夏天，他们在日本的广岛设局比赛，争夺本因坊头衔。对弈之际，突然灼亮的白光一闪，狂风挟带雨点卷进对局室，门窗玻璃完全震碎，桥本宇太郎被抛出室外，岩本薰趴在棋盘上——广岛原子弹爆炸。然而，两位棋手竟然不想知道外面发生了什么。他们很快重新摆好棋盘，收拾起地上的棋子，丝毫不苟地下完这一局——后人命名为"核爆之局"。的确，两眼盯住棋盘的时候，一些棋手甚至把生死置之度外。

我得公开承认，偶尔观看足球比赛，我不止一次在电视机面前可耻地睡着了。我觉得足球赛不够紧张，远不如围棋。慢一点反驳我——我所说的"紧张"指的是一种越拧越紧的连续性。一个戏剧家说过，如果第一幕在墙上挂了一支枪，最后一幕就要让枪打响。戏剧性的冲突就是一步一步地逼向那个图穷匕首见的时刻，不容人们喘息。可是，足球赛太松散了。盘球，传球，带球，渐渐临近球门，突然一个大脚解围，一切归零，重新开始。无效的空转，浪费能量。一场足球比赛可以分解为许多小战役，这些小战役仅仅是一些零散的无机堆积而无法形成积累。破门的那个片断精彩绝伦，可是高潮的形成不是来自之前一系列持续不懈的加温。这个片断是一次偶然的闪耀，也许发生在第一分钟，也许要等到最后一秒，也许什么也没有——一场平局。总之，取决于上帝如何投骰子。

相形之下，一局围棋构成了一个有机整体。整盘棋不存在多余动作，如同身体内部大大小小的器官各司其职。每一步棋的思想含量不等，但是，没有哪一步棋脱离了胜负结局的持续积累。马拉松长跑的每一步都无法省略，一局围棋也不能删除任何一步。彼此之间的攻防，刀刀不离后脑勺，一招一式必有回音。事后可以指出哪一步好手锁定胜局，哪一步隐含了轻微的失误或者致命的错误，然而，这一切无不悉数烙印在结局之上，决定胜负之间的对比度。一个又一个的棋子陆续落下，棋盘逐渐缩小；剩余的空间愈来愈少，最终的结局步步临近，这即是始终递进的紧张节奏。电视机时常反复播放足球的射门集锦，一些瞬间足以代表一场赛事的精髓；可是，一局围棋可不能简化为一个孤立的小局部。人们可以挑出一个巧妙的定型或者一次出其不意的奔袭作为示范；然而，所有的分析无不包含了这个主题：这个耀眼的局部是如何在全局之中承上启下的？

不知道我是否说清楚了。太深奥吗？我曾经与一个铁杆球迷深入地交换意见，至少他接受了我的观点。这个铁杆球迷始终自我标榜为一个理性的人，心甘情愿地服从逻辑的伟大力量。尽管如此，他的表情痛苦了许久，犹豫再三，直至他突然发现了另一个观点——他获胜似的喊了起来：对呀，足球赛是零散的，是无机的堆积，可是，我们的生活不就是这样的吗？一场杂乱无章的足球赛不就是生活的最好写照吗？

说得好，我不由得微微颔首。空转，生命的无谓消耗；即将登顶，一个偶然的事故功亏一篑，一切都是徒劳；西绪福斯神话，推上山的石头又一次滚下来了；长长的嗟叹，借酒浇愁，可怜白发生……还可以补充许多。我丝毫没有反驳这个铁杆球迷的愿望，我只有一个后续的问题：兄弟，经历了如此之多，思考得如此透彻，为什么你还想到足球场上重温一遍？当然，我没有把这个问题提出来，我还没有愚蠢到试图用这种问题改造一个铁杆球迷。我仅仅是为自己提供证明：的确，现在已经夜深人静，与其打开电视机接受一场疯狂的足球赛骚扰，不如打一盘吴清源的棋谱。

好了，我想说的就是这么几句话，不管有没有人愿意听。也许，周围空无一人？那么，我的听众就是我自己。

（原载 2016 年 5 月《新华日报》）

永远的田园

熊育群

这个阳光如金的下午，挥之不去的一个人物，在意念里生灭，有时清晰，清晰到他疲惫地停下脚步的某个时辰。有时模糊，不过是朗朗乾坤下无形无影的一个念头。深处的时空激起我的幻想，虚空中布下了形迹可疑的网，似可追踪，似可跟随。

乙未年冬天，再入粤北，我迷恋于山川地理，却更迷恋于那些消逝的事物。现实生活的司空见惯，一览无余，让人麻木。

无意间我走进了一座村庄。一棵大榕树，我在它巨大的阴影下停步。树干伸向了小河上空。河面极其狭小。这是浈水，江面到这里变窄。榕树后面是大片青砖青瓦和红砂岩的房屋，它们密密地拥挤在一起，有的墙体坍塌，残瓦散落一地，木檩戳向天空，有的墙体倾斜。蒿草在地坪里疯长。

古榕横卧，老去的时间触目惊心，裸露在它苍老的身姿与斑斑绿苔里，粗壮的枝干，坚硬却无韧劲的纤维裸露了千年。

我意念里生灭的这个人叫李耿，他便是村庄的创建者。我惊讶于弃世如此之久的人没被汪洋的时间湮没，他像一颗撒播在大地上的种子，儿孙们是一茬茬的庄稼，大地上的事物在消失又在轮回。环顾四野，稻田广阔，参差相依，河塘穿错，古木点缀，阡陌间并无特别之处，经历如此之多的朝代更替，风风雨雨，村庄却一直在绵延——李耿的子嗣不断地传递着他的血脉他的基因。这是如此稳固之地，安全、隐蔽，超然于世，它反过来证明了李耿当年的眼光，就在他停下脚步的那一刻，他感受到了这种稳固带来的安宁气息。

新田村，位于南雄乌迳镇，夹于南北两道山脉之中，北面的南岭山脉气势磅礴，绵延千里。狭长的平原在乌迳终结，土地开始凸凹起伏。新田村的荒芜不过是这一二十年的事。这荒芜呈示的是另一种历史的开端——李耿的子孙不再聚族而居了，开始四散开来。家族的信息将在未来的时空里失落。作为一个家族的标志——祠堂——隐于纵横交错的街巷，虽然还能感受到一种旧日气派，却在迅速衰败，昔日的繁荣只能怀想。

公元315年，有一天，李耿走到了浈水边，蓊郁的古木，踏响的脚步，浈水上有一条船，他犹豫徘徊，没有上船；也许并没有船，他到了江边，就不想再往前走了。他想在这片荒野上隐居，要与他周旋的世界决裂。这样的决定是一时的冲动还是思考了很久？在翻越南岭山脉或是更早的时候，他就在想了？

找到县志，这样的人物也许会有记载。那时岭南远在中原视野之外，乃南蛮荒僻之地。本土的历史何曾有过记载。南雄，走来了一个人，一个中原文明的代表，一个早到者，他有足够的资格走进这片荒野之地的历史。

《南雄市志》"人物"一栏里，李耿果然赫然在目，位列第二，在他前面只有秦代的梅鋗一人。

李耿字介卿，秣陵后街人。315年是西晋建兴三年，李耿官至太常卿，正三品官员。"因见朝政危乱，国事日非，乃叩陛出血，极言直谏。愍帝弗纳，而耿仍廷争不已，帝遂怒，左迁李耿为始兴郡曲江令"。直言上谏把头都叩破了，惹得皇帝不高兴，他耿直忠纯的禀性由此可见一斑。

建兴三年的秋天，李耿携家眷赴任，由虔入粤，经南雄新溪，"环睹川原幽异，宜卜筑安居"，于是萌生弃官隐居之念，想过肆志图书、寄情诗酒的生活。他叹息："晋室之乱始于朝士大夫崇尚虚浮，废弛职业，继由宗室弄权，自相鱼肉，以致渊、聪乘隙，毒流中土。吾既屏居远方，官居末职，何复能戮力王室耶！"不知这话出自何处，是否来自李氏族谱？他身居荒野心还在挂念朝廷。

隐居之事竟然也载入了市志"大事记"。翻读厚厚的方志，我想起了另一位隐居者——程旼。李耿虽方志有载，但他的影响只在南雄，甚至只在乌迳。他隐居岭南的时间比程旼早。程旼作为迁徙的客家人最早被记载，一千五百多年前，他带领族人到达了现今的平远县坝头镇官窝里。李耿的隐居距今整整一千七百年。他是我知道的最早隐居岭南的人。与官窝里"群莽密箐，轮蹄罕涉"相比，这里算得上平原。但都是荒僻的"寻得桃源好避秦"的地方。

程旼先辞官回原籍鄱阳湖湖口隐居。在他的不惑之年，帝室内争，揭竿起义者不断，他审时度势，毅然率领全家及部分族人，从鄱阳湖走水路，逆行赣江、贡水，走尽南岭山脉，翻越武夷山脉西端的项山甑进入岭南。

李耿隐居的缘由与程旼大体相似。在他隐居后的第二年，匈奴就攻下长安，西晋灭亡。他们都是具有先见之明的人。

程旼迁徙时已是一介布衣，他的影响在于他身体力行传播中原文明，特别是儒家文化。明末他被尊为岭南古七贤之一，与韩愈、张九龄、文天祥并列。清代葛洪的广东《通志》列出的古八贤，他排在第一。自宋以来，历代文人骚客来官窝里吊唁、瞻仰，写下大量诗词。地方官员也撰写了很多宅墓文、碑记、传记、簿序等。程旼渐渐作为岭南卓著的客家先祖被后人敬仰。李耿虽官至三品，留名于世，与程旼相比，却是寂寥得多了，犹如长河中的一朵浪花，他只在自己血脉的河床上波翻浪涌。

程旼迁徙岭南13年，皇帝以其姓氏给他的居地赐名程乡县。万古江山与姓俱。他开办私塾，把敦本崇教之风带到了岭南。他将儒家"泛爱众而亲仁"的"仁"发展为和邻睦族。他乐善好施，周济贫苦人家，又建凉亭、辟山道、筑桥、修水利，至今当地还有程源桥、程公陂。一个人的名声看来与他的作为是密切相关的。

南迁者的路线是我一直迷恋的，曾经走过程旼迁徙的路，入粤之前他与李耿走同样的水路，由鄱阳湖入赣江，程旼向东逆贡水至于都、会昌，过筠门岭，走现今的澄江、吉潭，或走水路石窟河、普滩，抵达平远。那年夏天，在筠门岭的江边，我眺望大山深处的古道，程旼远去的背影仿佛还在山坡下晃动。李耿从赣江、贡水、桃江到信丰九渡圩码头，上岸后，翻南岭山脉进入岭南，他走的是乌迳古道。

乌迳古道是一条隐秘的不为人知的路，比梅关古道还要古老，它水陆联运，贯通了南北。翻南岭山脉，古道走焦坑俚、梨木坵、老背塘、石迳圩、鸭子口、鹤子坑、松木塘到田心，从新田村下涟水再走水路。民国时期，乌迳古道还在发挥着作用，"日屯万担米，夜行百只船"，这样的历史离我们并不遥远。

在地图上寻觅乌迳古道的路线，眼里却跳出了西京古道的地名。我脑子里又有一个人影在晃动着，他从西京古道走来，也许正是他让我想起了那条古道。他是一位隐士。

于是，在西京古道的地理位置寻找自己熟悉的地名，不用闭眼它们独特的景色立马就浮现出来了。西京古道与乌迳古道大体平行，它在后者的西面，同样翻越了南岭山脉。古道修筑于东汉建武2年，北接湘粤古道，是一条骡马行走的陆路。秋冬交替之际，我专程寻觅它，石角、大桥、红云，这些人烟稀疏的石灰岩村落，周边山川地理怪异，常常孤峰耸立，难见树木，山间偶尔可见一段石铺的路，石板呈铁黑色。它由上腊岭过风门关，进入浮源，走龙溪、大桥、均丰、白牛坪，由乐昌出水岩、梅花、老坪石等地。

两千年的岁月眼看要将它湮没，那曾被脚印踏平的石板深陷枯槁的荒草，浸淫了遥远的信息。我的目光沿着它的方向往南北眺望，空茫一片的时光里，曾经的中原与南粤都在这同样的虚空里，闪着神秘的光芒。边地，隐藏于南方重重山脉间的边地，再不是现代的都市，而是湿潺瘴疠之地。一条道路曲折着，起伏着，慢悠悠延伸而来，什么人踏响了一块块石板？行路者是怎样荒凉的心情？

我想起了韩愈。我能想起的也只有他。当年被贬潮州，他走的就是这条古道。现在，我想的却是另一个人，一位青莲山上的隐士，他的悲壮人生留在了这条古道上。

那是一个风雨交加之夜，不知是秋雨还是冬雨。早晨醒来仍是风雨不止，天气格外地寒冷。向北驱车，我进入乳源大桥镇，从京广高速高架桥下穿过，一条新修的水泥路通向青莲山。窗外，山峰如笋如乳，不见树木，虽然连绵不绝，却全是孤峰耸立。青莲山是浮源与乐昌交界处的最高峰。上山的路窄得只容一车通行。

山上出现了一座荒寺，门边白墙黑字写着"野寺断人行明月过来佳客至，山僧无俗伴白云飞去法堂空"，横批"李秉中隐居"。隐者就是这位李秉中了，这是他三百多年前写的楹联。与程昄、李耿一样，他曾经在朝为官，官至明朝兵部左侍郎、南赣副都御史。不同的是，他没有家眷，更没有族人，这里找不到他的后人。他只身一人在此隐居。他没有像他们一样看到王朝将覆，匿迹荒野，他选择做了自己朝代的陪葬人，一个与王朝走到尽头的人。

穿过寺庙后的矮树林，我上山去墓地拜祭，一阵风把伞吹得反转，冷雨砸在脸上。青莲山顶一座孤零的坟茔，圆拱形的墓门被人嵌上了橙色、褐色的瓷砖，坟前竟然插了好几面红旗，还有一面党旗，风雨里哗啦啦翻响。

满人入关，李家兄弟带着一队人马沿西京古道来这里屯兵储粮，对抗清兵。在宜章与清军决战，因寡不敌众，全军覆没。李秉中只身脱险，隐于帽峰岭石室。他白天出山，了解当地民情，顺便找点吃食，晚上燃竹苦读。他的诗表露了他那时的心迹，"龙鳞参参虎斑斑，龙困深潭虎困山；有日龙虎睁开眼，惊破五湖奔破山"。

时局稍有变化，他就隐姓埋名，来到大岭脚李家排村打工。据说，他的胃口奇大，一顿能吃三斤米，吃一顿山芋，光剥下来的山芋皮就有三斤重。主人眼看粮食不够吃了，不得不把他解雇。尽管他力气大，一人能干几个人的活，但这么大的食量，谁家也不敢雇他了。他沿着京西古道走到了天门峰，寄身一间又破又小的荒庙，决意削发为僧。现在的寺庙便是他带头鸠工庀材扩建的。他仰慕李白，就以诗人的号改天门峰为青莲山，取山寺名为青莲山寺。

孤灯苦捱，一守便是二十余年，复国已经无望，他想着把自己的满腹诗文传于世人，于是下山还俗，帮村人代写对联和书信。村人见他为人厚道，又能吃苦耐劳，文武双全，聘请他为私塾先生。数年后，经他教育的门生，科场应试，大都取得了进士、举人、贡生、廪生不同的荣衔。

李秉中还懂得医术，梅辽四地的人都来找他看病。有一天，走在帽峰岭上，看到一位妇女抱尸痛哭，一打听，原来她无钱葬夫，李秉中当即脱下棉衣披到女人身上，又掏出了身上所有的钱。他做善事从不留名。人们只尊称他为"李大人"。

晚年，李秉中再次返回青莲山，他就死在这座野寺。人们把他葬于峰顶，至死也无人知道他的身世。

三百多年来，这个荒僻之地，前来烧香叩拜的人络绎不绝，人们来此求升学、排忧难、除病痛，青莲山公路就是信众集资刚刚修筑的。山上寺庙还雇有专人管理。有人为他写下："斯人何人？商之孤竹君，明之都御史；此地谁地？昔有首阳下，今有青莲山。"

我在李秉中的墓地远眺，石灰岩的山如列如阵，远处的山脉横亘天际，不见一处村落。突然想到自己每到一地，拜访的全是故人，几乎没有拜访过活着的人。每乡每地，人们说得最多的往往也是故人，行走山川，沉湎的是古村、山寺、古道、古木，它们唤起我时空的联想——虚空中布下的那张网。

由黛而蓝的群山，奔涌如涛，势若呐喊，天地却是喑哑一片，静默一片，大荒之野藏匿的秘密从无声息，隐蔽的、独自生存的人，乱世里的流民、难民，蛰伏的志士与枭雄，这片土地里的生与死，洪荒岁月，白云苍狗，都归于脚下蓬勃的野草，枯荣与共。

第二天走梅关古道，大雨如注。群山涌动如雾，两侧山崖树木老绿如翠似染。梅花一株株遍布山坡。十七年前我曾翻越大庾岭，记得宋代黑卵石铺的路面，寻找记忆中的路，路面却是不规整的块石，偶有大的卵石，与我记忆中黑色的小卵石完全不符。记忆如此之深却与梅关古道全然不符，这种错位令人真假莫辨，恍惚迷离，我竟然不肯认同。

梅关古道由唐代张九龄修通，"坦坦而方五轨，阗阗而走四通"。苏东坡两过此岭，写下"问翁大庾岭头住，曾见南迁几个回"。文天祥也写诗，同样是风雨天，他的心境最为凄凉。当年他带着八千客家子弟抗击蒙古兵，从梅关翻过南岭，回来时他已是元朝的囚徒，一路由南往北被押解去大都。他也是为自己的朝代而生为自己的朝代而死的人，从被俘之日开始，内心早已允诺了舍生取义——"烈士死如归"，任何劝降的许诺他都不为之动，其决绝常令后人浩叹。从《过零丁洋》开始，他一路写诗，五月到了南雄，他写"风雨羊肠道，飘零万死身"；梅岭南麓，"倦来聊歇马，随分此青山"；梅关，

"梅花南北路,风雨湿征衣。出岭谁同出,归乡如不归",他的归乡便是前面路途上的赣州,那里是他的故乡;到了章江,"闭篷绝粒始南州""江水为笼海做樊";赣江,"惶恐滩头说惶恐""故园水月应无恙",赣江水路上的黄金市、赣州、泰和都成了他的诗名。一条南北交通大动脉竟然写到了他的诗中。诗中的古道如此凄寂,古道上的诗却千古流传,一颗丹心照亮了生命与岁月的通途。

站在大庾岭关楼下,雨仍下个不停,听雨声四面哗哗啦啦彻响,我既无出关之心,就只是朝关外的山水凝望,恍然里,那个元代的囚徒独自走远了。雨中的山岭纷纷遁入时间深处,时空的界线倏然模糊,犹如山下赣南大余的连绵丘陵,全是雨水的迷离、湿漉、空濛……

(原载《南方日报》2016年3月31日)

张择端的春天之旅

祝 勇

一

张著没有经历过60年前的那场大雪,但是当他慢慢将手中的那幅长达5米的《清明上河图》画卷展开的时候,他的脑海里或许会闪现出那场把历史涂改得面目全非的大雪。《宋史》后来对它的描述是"天地晦冥","大雪,盈三尺不止"①。靖康元年闰十一月,浓重的雪幕,裹藏不住金国军团黑色的身影和密集的马蹄声。那时的汴河已经封冻,反射着迷离的辉光,金军的马蹄踏在上面,发出清脆而整齐的回响。这声响在空旷的冰面上传出很远,在

---

① [元]脱脱等:《宋史》,第908页,北京:中华书局,2000年版。

宋朝首都的宫殿里发出响亮的回音，让人恐惧到了骨髓。对于习惯了歌舞升平的宋朝皇帝来说，南下的金军比大雪来得更加突然和猛烈。在马蹄的节奏里，宋钦宗苍白瘦削的身体正瑟瑟发抖。

两路金军像两条浑身黏液液的蟒蛇，穿越荒原上一层层的雪幕，悄无声息地围拢而来，在汴京城下会合在一起，像止血钳的两只把柄，紧紧地咬合。城市的血液循环中止了，贫血的城市立刻出现了气喘、体虚、大脑肿胀等多种症状。20多天后，饥饿的市民们啃光了城里的水藻、树皮，死老鼠成为紧俏食品，价格上涨到好几百钱。

这个帝国的天气从来未曾像这一年这么糟糕，公元1127年、北宋靖康二年正月乙亥，平地上突然刮起了狂风，似乎要把汴京撕成碎片，人们抬头望天，却惊骇地发现，在西北方向的云层中，有一条长二丈、宽数尺的火光。① 大雪一场接着一场，丝毫没有减弱的迹象，"地冰如镜，行者不能定立"②。气象学家将这一时期称作"小冰期"（Little Ice Age），认为在中国近两千年的历史上，只有四个同样级别的"小冰期"，最后两个，分别在12世纪和17世纪，在这两个"小冰期"里，宋明两大王朝分别被来自北方的铁骑踏成了一地鸡毛。上天以自己的方式控制着朝代的轮回。此时，在青城，大雪掩埋了许多人的尸体，直到春天雪化，那些尸体才露出头脚。实在是打不下去了，绝望的宋钦宗自己走到了金军营地，束手就擒。此后，金军如同风中裹挟的渣滓，冲入汴京内城，在宽阔的廊柱间游走和冲撞，迅速而果断地洗劫了宫殿，抢走了各种礼器、乐器、图画、戏玩。这样的一场狂欢节，"凡四天，乃止"。大宋帝国一个半世纪积累的"府库蓄积，为之一空"。匆忙撤走的时候，心满意足的金军似乎还不知道，那幅名叫《清明上河图》的长卷，被他们与掠走的图画潦草地捆在一起，它的上面，沾满了血污和泥土。③

在他们身后，宋朝人记忆里的汴京已经永远地丢失了。在经历四天的烧

---

① 同上书，第995页。

② 同上书，第908页。

③ 关于《清明上河图》的创作时间，众说不一，没有定论。故宫博物院书画鉴定大师徐邦达先生曾说，"他画这幅清明上河图的时间，有在北宋时与南宋时二说"，刘渊临先生甚至认为张择端是金人（见徐邦达：《〈清明上河图〉的初步研究》、刘渊临：《〈清明上河图〉之综合研究》，原载辽宁博物馆编：《〈清明上河图〉研究文献汇编》，第149、257页，沈阳：万卷出版公司，2007年版）。然而，徐邦达先生认定，"清明上河图，却可以肯定是在宣、政年间画的"，见徐邦达：《〈清明上河图〉的初步研究》。故宫博物院前副院长杨新先生以及张安治先生、黄纯尧先生等也认为，张择端是北宋画家，在金军攻入汴京后窃夺的书画中，就包括《清明上河图》（见杨新：《〈清明上河图〉公案》、张安治：《张择端〈清明上河图〉研究》、黄纯尧：《张择端〈清明上河图〉研究》等文，原载辽宁博物馆编：《〈清明上河图〉研究文献汇编》，第78、171、354页）。

杀抢劫之后，这座"金翠耀目，罗绮飘香"①的香艳之城已经变成了一座废墟，只剩下零星的建筑，垂死挣扎。

在取得军事胜利之后，仍然要摧毁敌国的城市，这种做法，并非仅仅为了泄愤，它不是一种不理智的举动，相反，它非常理智，甚至，它本身就是一场战争，它打击的对象不是人的肉体，而是人的精神和记忆。罗伯特·贝文说，"摧毁一个人身处的环境，对一个人来说可能就意味着从熟悉的环境所唤起的记忆中被流放并迷失方向"②，把它称为"强制遗忘"③。

写到这里，我的眼前突然映出"9·11事件"恐怖分子飞机冲向纽约双子塔的场面，这是一场以建筑物，而不是军事目标为打击对象的战争，它毁灭了美国人对一个时代的记忆，甚至摧毁了许多中国人对西方世界的美好想象——那部深深印入我们记忆的电视连续剧《北京人在纽约》，当激越的片头音乐响起，出现在画面里的，正是象征欲望勃起的纽约双子塔。最近因为创作一部回顾电视剧历史的纪录片《我们的故事》，所以又重温了那段片头和刘欢深情嘹亮的歌声："千万里，我追寻着你……"但是当双子塔消失之后，追寻者也会突然失去了心中的坐标。一个时代结束了，城市突然失重——那是心理上，而不是物理上的重量，笑容从美国人的脸上销声匿迹，被一种深刻的敌意所取代，化作越来越严格和变态的安检措施，化作"阶级斗争要年年讲、月月讲、天天讲"的警惕，美国人变得比从前更加团结、紧张、严肃，却少了从前的活泼。他们的自信像双子塔一样坍塌了。很多年后，我来到纽约，站在双子塔遗迹的边上，看到它已经变成一个大坑，深不可测，像大地上一道无法愈合的伤疤。

美国人永远不可能把双子塔重建起来了，也永远无法回到"9·11"以前的岁月。

一座城的历史，与一个人的生命，竟然是那样息息相关。我又想起帕慕克，置身美国，内心却永远也走不出生育他的城市——伊斯坦布尔。那些留下他足迹的街巷，他永远无法从心头抹去，以至于他在15岁时开始着迷于绘制这座城市的景象。当他成为一个作家，他用《伊斯坦布尔——一座城市的记忆》这本书向他的城市致敬。他说："我的想象力要求我待在相同的城市，相同的街道，相同的房子，注视相同的景色。伊斯坦布尔的命运就是我的命

---

① ［南宋］孟元老撰、邓之诚注：《东京梦华录注》，第4页，北京：中华书局，1982年版。

② ［英］罗伯特·贝文：《记忆的毁灭——战争中的建筑》，第11页，北京：生活·读书·新知三联书店，2010年版。

③ 同上书，第5页。

运：我依附于这个城市，只因她造就了今天的我。"①

暴风雪停止之际，汴京已不再是帝国的首都——它在宋朝的地位，正被临安（杭州）所取代；在北京，金朝人正用从汴京拆卸而来的建筑构件，拼接组装成自己的崭新都城。汴河失去了航运上的意义，黄河带来的泥沙很快淤塞了河道，运河堤防也被毁坏，耕地和房屋蔓延过来，占据了从前的航道，《清明上河图》上那条波澜壮阔的大河，从此在地图上抹掉了。一座空前繁华的帝国首都，在几年之内就变成了黄土覆盖的荒僻之地。物质意义上的汴京消失了，意味属于北宋的时代，已经彻底终结。②

60 年后，《清明上河图》仿佛离乱中的孤儿，流落到了张著的面前。年轻的张著③一点一点地将它展开，从右至左，随着画面上扫墓回城的轿队，重返那座想象过无数遍的温暖之城。此时的他，内心一定经受着无法言说的煎熬，因为他是金朝政府里的汉族官员，唯有故国的都城，像一床厚厚的棉被，将他被封冻板结的心温柔而妥帖地包裹起来。他或许会流泪，在泪眼蒙眬中，用颤抖的手，在那幅长卷的后面写下了一段跋文，内容如下：

> 翰林张择端，字正道，东武人也。幼读书，游学于京师，后习绘事。本工其界画，尤嗜于舟车、市桥郭径，别成家数也。按《向氏评论图画记》云："《西湖争标图》《清明上河图》选入神品。"藏者宜宝之。大定丙午清明后一日，燕山张著跋。

这是我们今天能够看到的《清明上河图》后面的第一段跋文，写得工整仔细，字迹浓淡顿错之间，透露出心绪的起伏，时隔 800 多年，依然涟漪未平。

二

张择端在 12 世纪的阳光中画下《清明上河图》的第一笔的时候，他并不知道自己为这座光辉的城市留下了最后的遗像。他只是在完成一幅向往已久

---

① ［土耳其］奥尔罕·帕慕克：《伊斯坦布尔——一座城市的记忆》，第 5 页，上海：上海人民出版社，2007 年版。

② 1131 年，汴京成为金朝的"南京"，曾有过短暂的恢复，但已慢慢衰退，失去了昔日的中心地位；1642 年，李自成掘断了黄河大堤，使该城最终毁灭，周边附属地带也随之永久改变。

③ 张著的生卒年月不详。据史料记载，1205 年，张著得到金章宗完颜璟的宠遇，负责管理御府所藏书画，据此推断，他于 1186 年为《清明上河图》书写跋文时，年纪还轻。

的画作，他的身前是汴京的街景和丰饶的记忆，他身后的时间是零。除了笔尖在白绢上游走的陶醉，他在落笔之前，头脑里没有丝毫复杂的意念。一袭白绢，他在上面勾画了自己的时间和空间，而忘记了无论自己，还是那幅画，都不能挣脱时间的统治，都要在时间中经历着各自的挣扎。

那袭白绢恰似一屏银幕，留给张择端，放映出一部真正意义上的时代大片——大题材、大场面、大制作。在张择端之前的绘画长卷，有东晋顾恺之的《女史箴图》和《洛神赋图》，唐李昭道的《明皇幸蜀图》、五代顾闳中的《韩熙载夜宴图》、赵幹的《江行初雪图》、北宋燕文贵的《七夕夜市图》等。故宫武英殿，我站在《洛神赋图》和《韩熙载夜宴图》面前，突然感觉千年的时光被抽空了，那些线条像是刚刚画上去的，墨迹还没有干透，细腻的衣褶纹线，似乎会随着我们的呼吸颤动。那时，我一面屏住呼吸，一面在心里想，"吴带当风"对唐代吴道子的赞美绝不是妄言。但这些画都不如张择端《清明上河图》规模浩大、复杂迷离。

张择端有胆魂，他敢画一座城，而且是12世纪全世界的最大城市——今天的美国画家，有胆量把纽约城一笔一笔地画下来吗？当然会有人说他笨，说他只是一个老实的匠人，而不是一个有智慧的画家。一个真正的画家，不应该是靠规模取胜的，尤其中国画，讲的是巧，是韵，一钩斜月、一声新雁、一庭秋露，都能牵动一个人内心的敏感。艺术从来都不是靠规模来吓唬人的，但这要看是什么样的规模，如果规模大到了描画一座城市，那性质就变了。就像中国的长城，不过是石头的反复叠加而已，但它从西边的大漠一直铺展到了东边的大海，规模到了令人望而生畏的地步，那就是一部伟大作品了。张择端是一个有野心的画家，《清明上河图》证明了这一点，铁证如山。

时至今日，我们对张择端的认识，几乎没有超出张著跋文中为他写下的简历，"东武人也。幼读书，游学于京师，后习绘事"。他的全部经历，只有这寥寥16个字，除了东武和京师（汴京）这两处地名，除了"游学"和"习"这两个动词，我们再也查寻不到他的任何下落。"游学于京师"，说明他来到汴京的最初原因并不是画画，而是学习，顺便到这座大城市旅旅游。他游学研习的对象，主要是诗赋和策论，因为司马光曾经对宋朝的人事政策有过明确的指导性意见："国家用人之法，非进士及第者不得美官，非善为诗赋论策者不得及第，非游学京师者不善为诗赋论策。"也就是说，精通诗赋和策论，是成为国家公务员的基本条件，只有过了这一关，才谈得到个人前途。"后习绘事"，说明他改行从事艺术是后来的事——既然是后来的事，又怎能如此迅速地蹿升为美术大师？（北京故宫博物院余辉先生通过文献考证推测张择端画这幅画时应在 40 岁左右①，他的绝对年龄虽然比我大 900 多岁，但他当时的相对年龄，比我写作此文时的年龄还要小，40 岁完成这样的作品，仍然是不可想象的，试问今天美术学院里的教授们，谁人挑得起这样一幅作品？）既然是美术大师，又如何在宋代官方美术史里寂然无闻（何况徽宗皇帝还是大宋王朝"艺术总监"）？

关于他所供职的翰林画院，俞剑华先生在 1937 年由商务印书馆出版的两卷精装本《中国绘画史》中评价说："历代帝室奖励画艺，无有及宋朝者。唐以来已置待诏、祗候、供奉等画官。西蜀南唐亦设画院。及至宋朝，更扩张其规模，设翰林画院，集天下之画人，因其才艺之高低而授以待诏、祗候、艺学、画家正、学生、供奉等官秩。常命画纨扇进献，最良者，令画宫殿寺院。"② 这一传统被明代继承，同样是大画家的明宣宗朱瞻基依照宋徽宗的样子，设立了宫廷画院，地点就在武英殿以北的仁智殿（俗称白虎殿，我每次上班去研究所，都要从它的旁边经过）。不同的是，宋代进入画院的画家，都要经过严格考核，明代却无此制度，因此以书画待诏者，多为当时二流画师，像唐伯虎这样的一流画家反而无缘进入宫廷。明宪宗时，曾将当时的大画家吴伟召入阙下，吴伟放浪形骸，在皇帝面前也毫不收敛。有一次明宪宗到仁智殿，要看他作画，他喝得大醉，东倒西歪地画了一幅松泉图，画完后，宪宗惊叹："真神仙笔也。"

朱瞻基的作品，如《山水人物图》卷、《武侯高卧图》卷，吴伟的作品，如《长江万里图》卷、《灞桥风雪图》轴等，都留在了紫禁城，成为今天故宫博物院的藏品。将近六个世纪的时光，已经抹去了他们的君臣之别，使他们在艺术史里获得了平等的身份。

进入北宋翰林画院的，寂寂无闻的也是很多的，俞剑华先生说："宋朝之画院，虽为绘画史上之盛事美谈，然其中特出人才，反不若画院以外之多。例如两宋画家之见于记载者有 986 人之多，而画院不过 164 人，北宋仅有 76 人。"③

无论怎样，对我们来说，张择端的身世都是谜，无数的疑问，我们至今无法回答。我们只能想象，这座城市像一个巨大的磁场，吸引了他，怂恿着他，终于有一天，春花的喧哗让他感到莫名的惶惑，他拿起笔，开始了他漫长、曲折、深情的表达，语言终结的地方恰恰是艺术的开始。

他画"清明"，"清明"的意思，一般认为是清明时节，也有人解读为政

---

① 余辉：《张择端与〈清明上河图〉的来龙去脉》，见杨新等：《清明上河图的故事》，第 74 页，北京：故宫出版社，2012 年版。

② 俞剑华：《中国绘画史》，上册，第 166 页，上海：商务印书馆，1937 年版。

③ 俞剑华：《中国绘画史》，上册，第 166 页，上海：商务印书馆，1937 年版。

治清明的理想时代。这两种解释的内在关联是：清明的时节，是一个与过去发生联系的日子、一个回忆的日子，在这一天，所有人的目光都是反向的，不是向前，而是向后，张择端也不例外。在清明这一天，他看到的不仅仅是日常的景象，也是这座城市的深远背景；而张择端这个时代里的政治清明，又将成为后人们追怀的对象，以至于孟元老在北宋灭亡后对这个理想国有了这样的追述，"太平日久，人物繁阜；垂髫之童，但习鼓舞；班白之老，不识干戈"①。清明，这个约定俗成的日子，成为连接不同时代人们情感的导体，从未谋面的张择端和孟元老，在这一天灵犀相通，一幅《清明上河图》，一卷《东京梦华录》，是他们跨越时空的对白。

"上河"的意思，就是到汴河上去②，跨出深深的庭院，穿过重重的街巷，人们相携相依来到河边，才能目睹完整的春色。那一天刚好有柔和的天光，映照他眼前的每个事物，光影婆娑，一切仿佛都在风中颤动，包括银杏树稀疏的枝干、彩色招展的店铺旗幌、酒铺荡漾出的"新酒"的芳香、绸衣飘动的纹路，以及弥漫在他的身边的喧嚣的市声……所有这些事物都纠缠、搅拌在一起，变成记忆，一层一层地涂抹在张择端的心上，把他的心密密实实地封起来。这样的感觉，只能意会，不能言传。

有人说，宋代是一个柔媚的朝代，没有一点刚骨，在我看来，这样的判断未免草率，如果指宋朝皇帝，基本适用，但要找出反例，也不胜枚举，比如苏轼、辛弃疾，比如岳飞、文天祥，当然，还须加上张择端。没有内心的强大，支撑不起这一幅浩大的画面，零落之雨、缠绵之云，就会把他们的内心塞满了，唯有张择端不同，他要以自己的笔书写那个朝代的挺拔与浩荡，即使山河破碎，他也知道这个朝代的价值在哪里。宋朝的皇帝压不住自己的天下了，手无缚鸡之力的张择端，却凭他手里的一支笔，成为那个时代里的霸王。

纷乱的街景中，没有人知道他是谁，要做什么，更没有人知道在不久的将来，他们将全部被画进他的画中。他走得急迫，甚至还有人推搡他一把，骂他几句，典型的开封口音，但他一点也不生气。汴京是首都，汴京的地方话就是当年标准的普通话，在他听来即使骂人都那么悦耳。相反，他庆幸自己成为这城市的一分子。他产生一种无法言说的梦幻感，他因这梦境而陶醉。他铺开画纸，轻轻落笔，但在他笔下展开的，却是一幅浩荡的画卷，他要把城市的角角落落都画下来，而不是其中的一部分。

---

① ［南宋］孟元老撰、邓之诚注：《东京梦华录注》，第 4 页，北京：中华书局，1982 年版。

② "上"是宋朝人的习惯用语，即"到""去"的意思。"河"，就是汴河。

三

这不是鲁莽，更不是狂妄，而是一种成熟、稳定，是胸有成竹之后的从容不迫。他精心描绘的城市巨型景观，并非只是为了炫耀城市的壮观和绮丽，而是安顿自己心目中的主角——不是一个人，而是浩荡的人海。汴京，被视为"中国古代城市制度发生重大变革以后的第一个大城市"①，这种变革，体现在城市由王权政治的产物转变为商品经济的产物，平民和商人，开始成为城市的主语。他们是城市的魂，构筑了城市的神韵风骨。

这一次，画的主角是以复数的形式出现的。他们的身份，比以前各朝各代都复杂得多，有担轿的、骑马的、看相的、卖药的、驶船的、拉纤的、饮酒的、吃饭的、打铁的、当差的、取经的、抱孩子的……他们互不相识，但每个人都担负着自己的身世、自己的心境、自己的命运。他们拥挤在共同的空间和时间中，摩肩接踵，济济一堂。于是，这座城就不仅仅是一座物质意义上的城市，而是一座"命运交叉的城堡"。

在宋代，臣民不再像唐代以前那样被牢牢地绑定在土地上，臣民们可以从土地上解放出来，进入城市，形成真正的"游民"社会。王学泰先生说："我们从《清明上河图》就可以看到那些拉纤的、赶脚的、扛大包的、抬轿子的，甚至算命测字的，大多数是在土地流转中被排挤出来的农民，此时他们的身份是游民。"②而宋代城市，也就这样星星点点地发展起来，不像唐朝，虽然首都长安光芒四射，成为一个国际大都会，但除了长安城，广大的国土上却闭塞而沉寂。相比之下，宋代则"以汴京为中心，以原五代十国京都为基础的地方城市，在当时已构成了一个相当发达的国内商业、交通网"③。这些城市包括：西京洛阳、南京（今商丘）、宿州、泗州（今江苏盱眙）、江宁（今南京）、扬州、苏州、临安（今杭州）……就在宋代"市民社会"形成的同时，知识精英也开始在王权之外勇敢地构筑自己的思想王国，使宋朝出现了思想之都（洛阳）和政治之都（汴京）分庭抗礼的格局。经济和思想的双重自由，犹如两支船桨，将宋代这个"早期民族国家"推向近代。

在这里，我们找到了宋代小说、话本、笔记活跃的真正原因，即：在这座"命运交叉的城堡"里，潜伏着命运的种种意外和可能，而这些，正是故事需要的。英雄的故事千篇一律，而平民的故事却变幻无定。张择端把他们

---

① 李松：中国巨匠美术丛书——张择端》，原载辽宁博物馆编：《〈清明上河图〉研究文献汇编》，第478页，沈阳：万卷出版公司，2007年版。

② 韩福东：《唐少繁华宋缺尊严，数百年的治乱轮回》，原载《人物》，2013年第2期。

③ 李泽厚：《美的历程》，第191页，北京：生活·读书·新知三联书店，2009年版。

全部纳入到城市的空间中，是因为他意识到了这座城市的真正魅力在哪里。有论者说，张择端把镜头对准劳动人民，是出于朴素的阶级觉悟，这有点自作多情。关注普通人的灵魂，关注蕴含在他们命运中的戏剧性，这是一个叙事者的本能。他面对的是一个充满不确定性的世界、一个变化的空间，对于一个习惯将一切都定于一尊，到处充斥着帝王意志的死气沉沉的国度来说，这种变化是多么的可贵。

在这座城市里，没有人知道，在道路的每一个转角，会与谁相遇；没有人能够预测自己的下一段旅程；没有人知道，那些来路不同的传奇，会怎样混合在一起，糅合、爆发成一个更大的故事。他似乎要告诉我们，所有的故事都不是互不相干、独立存在的，相反，它们彼此对话、彼此交融、彼此存活，就像一副纸牌，每一张独立的牌都依赖着其他的牌，组合成千变万化的牌局；更像一部喋喋不休的长篇小说，人物多了，故事就繁密起来，那些枝繁叶茂的故事会互相交叠，生出新的故事，而新的故事，又会繁衍、传递下去，形成一个庞大、复杂、壮观的故事谱系。他画的不是城市，是命运，是命运的神秘与不可知——当我在北京故宫博物院面对张择端的原作，我最关心的也并非他对建筑、风物、河渠、食货的表达，而是人的命运——连他自己都无法预知自己的命运，而这，正是这座城市——也是他作品的活力所在。日本学者新藤武弘将此称为"价值观的多样化"，他在谈到这座城市的变化时说："古代城市在中央具有重心的左右对称的图形这种统制已去除了，带有各种各样价值观的人一起居住在城市之中。……奋发劳动的人们与耽于安乐的人们，有钱有势者与无产阶级大众，都在一个拥挤的城市中维持着各自的生活。这给我们产生了一种非常类似于现代都市特色的感觉。"[①]

在多变的城市空间里，每个人都在辨识、寻找、选择着自己的路。选择也是痛苦，但没有选择更加痛苦。张择端看到了来自每个平庸躯壳的微弱勇气，这些微弱勇气汇合在一起，就成了那个朝代里最为生动的部分。

四

画中的那条大河（汴河），正是对于命运神秘性的生动隐喻。汴河是当年隋炀帝开凿的大运河的一段，把黄河与淮河相连。它虽然是一条人工河流，但它至少或以牵动黄河三分之一的流量。它为九曲黄河系了一个美丽的绳扣，就是汴京城。即使在白天，张择端也会看到水鸟从河面上划过美丽的弧线，

---

① ［日］新藤武弘：《城市之绘画——以〈清明上河图〉为中心》，原载《复旦大学学报》社会科学版，1986 年第 6 期。

听到它拍打翅膀的声音。那微弱而又清晰的拍打声，介入了他对那条源远流长的大河的神秘想象。

那不仅仅是对空间的想象，也是对时间的想象，更是对命运的想象。人是一种水生的生物，母体子宫内部那个充盈着羊水的温暖空间，是一个人生命的源头，是他一生中最温暖的居所。科学分析表明，羊水的成分98%是水，另有少量无机盐类、有机物荷尔蒙和脱落的胎儿羊水细胞。古文字中，"羊"和"阳"是相通的，阳、羊二者同音，代表人类生命之始离不开阳，因此把人类生命起始之源命名为"羊水"，实际上应该为"阳水"。人的寿命从正阳开始，到正阴而结束，印度恒河上古老的水葬仪式，表明了只有通过水这个媒介，逝者才能回归到永恒中去。《圣经》中的伊甸园是一个有河流的花园，河水蜿蜒曲折，清澈见底，滋润着园里的生物，又从园里分四道流出去，分别成为比逊河、基训河、底格里斯河和幼发拉底河。伊甸之河，隐喻了河流与生命无法分割的关系。我们的生命、我们的文化，都是在水的滋润下成长起来的，敏感的人，都能从中嗅到水分子的气味。"关关雎鸠，在河之洲"，中国诗歌出现的第一个空间形象，就是河流，这并不是偶然的。很多年前，孔子曾经来到河边，发出了那句著名的感喟："逝者如斯夫！不舍昼夜。"面对河流，赫拉克利特也曾发表过看法："你不可能两次踏进同一条河流。"有形的河流为无形的时间代言，河水中于是贮满了对生命的训诫和启蒙。千回百转的河水，在我看来更像沟回宛转的大脑，贮存着智慧。在河流的启发下，东西方两位哲人取得了一致性意见，即：人生如同河流，变幻无常。他们各自用一句话概括了世界的真谛。

我曾经不止一次地打量过河水，起初，它的纹路是单调的，只有几种基本的形态，无论河水如何流动，它的变化是重复的，时间一久，才会发现那变化是无穷的，像一个古老的谜题，一层层地推演，永无止境。我们没有发现水纹的细微变化，是因为我们从来不曾认真地打量过河流，就像孔子或者赫拉克利特那样。我望着河水出神，它的变化无形令我深深沉迷。我知道，当它们从我眼前一一漂过，河已不是从前的河，自己也不再是从前的自己。

在《清明上河图》中，河流占据着中心的位置。汴河在漕运经济上对于汴京城的决定性作用，如宋太宗所说，"东京养甲兵数十万，居人百万家，天下转漕仰给，在此一渠水"[1]，又如宋人张方平所说，"有食则京师可立，汴河废则大众不可聚，汴河之于京城，乃是建国之本，非可与区区沟洫水利同言也"[2] ——可以说，没有汴河，就没有汴京的耀眼繁华，这一点就如同没有

---

① ［元］脱脱等：《宋史》，第1558页，北京：中华书局，2000年版。

② ［宋］张方平：《乐全集》，卷二十五 。

底格里斯河和幼发拉底河就没有古巴比伦，没有尼罗河就没有古代埃及，没有印度河就没有哈拉帕文化一样清晰无误。但这只是张择端把汴河作为构图核心的原因之一。对于张择端来说，这条河更重大的意义，来自它不言而喻的象征性——变幻无形的河水，正是时间和命运的赋形。如李书磊所说，"时间无情地离去恰像这河水；而时间正是人生的本质，人生实际上是一种时间现象，你可以战胜一切却不可能战胜时间。因而河流昭示着人们最关心也最恐惧的真理，流水的声音宣示着人们生命的密码"①。于是，河流以其强大的象征意义，无可辩驳地占据了《清明上河图》的中心位置，时间和命运，也被张择端强化为这幅图画的最大主题。

河道里的水之流，与街道里的人之流，就这样彼此呼应起来，使水上人与岸边人的命运紧密衔接、咬合和互动。没有人数得清，街市上的人群，有多少是赖水而生；没有人知道，饭铺里的食客、酒馆里的酒客、客栈里的过客，他们的下一站，将在哪里停泊。对他们来说，漂泊与停顿是他们生命中永远的主题，当一些身影从街市上消失，另一些同样的身影就会弥补进来。城市像海绵一样吸收着人群，但其中的人却是不固定的。我们从画中看到的并非一个定格的场景，铁打的城市流水的过客，它是一个流动的过程。它不是一瞬，是一个朝代。

水在中国文化里的强大意象，为整幅画陡然增加了浓厚的哲学意味。它不仅仅是对北宋现实的书写，而是一部深邃的哲学之书。如果记忆里缺少一条河流，那记忆也将是干枯的河流。老子说"上善若水"，"水善利万物而不争"②，这是自然赋予水的功德。江河之所以永远以最弯曲的形象出现，是因为它试图在最大的幅度上惠及大地。世俗认为，水生财，水是财富的象征，所以才有了"肥水不流外人田"的民谚，这也是对水的功德的一种印证。在现实世界中，汴京就是水生财的最好例证，宋人张洎写道：

> 汴水横亘中国，首承大河，漕引江湖，利尽南海，半天下之财赋，并山泽之百货，悉由此路而进。③

周邦彦在《汴都赋》里，把汴京水路的繁荣景象描绘得淋漓尽致：

> 舳舻相衔，千里不绝。越舲吴艚，官艘贾舶，闽讴楚语，风帆雨楫。

---

① 李书磊：《河边的爱情》，《重读古典》，第4页，北京：中国广播电视出版社，1997年版。
② 李存山注译：《老子》，第56页，郑州：中州古籍出版社，2008年版。
③ ［元］脱脱等：《宋史》，第1558页，北京：中华书局，2000年版。

联翩方载，钲鼓镗鞳，人安以舒，国赋应节。

这座因水而兴的城市没有辜负水的恩德，创造了那个时代最辉煌的文明。它的房屋，鳞次栉比；城市的黄金地段也寸土寸金，连达官贵人，也有"居在隘巷中，乘舆不能进"①，甚至大臣丁谓想在黄金地段搞一块地皮都办不到，后来当上宰相，权倾朝野，才在水柜街勉强得到一块偏僻又潮湿的地皮。汴京地皮之昂贵，由此可见一斑。这是一个华丽得令人魂魄飞荡的朝代，汴京以130万人口，成为当时世界上最大城市，成为东方物质文明、精神文明和商业文明的壮丽顶点。张洎在描绘汴京时，曾骄傲地说"比汉唐京邑，民庶十倍"②；北宋灭亡21年后，1147年，孟元老撰成《东京梦华录》，以华丽的文笔回忆这座华丽的城市：

> 时节相次，各有观赏。灯宵月夕，雪际花时，乞巧登高，教池游苑，举目则青楼画阁，绣户珠帘，雕车竞驻于天街，宝马争驰于御路；金翠耀目，罗绮飘香，新声巧笑于柳陌花衢，按管调弦于茶坊酒肆；八荒争凑，万国咸通，集四海之珍奇，皆归市易，会寰区之异味，悉在庖厨；花光满路，何限春游，箫鼓喧空几家夜宴，伎巧则惊人耳目……③

"京都学派"（以内藤湖南为代表）的学者们认为宋代是东亚近代的真正开端。也就是说，东亚的近代，不是迟至19世纪才被西方人打出来的，而是早在10~12世纪就由东亚的身体内部发育出来了，这一论点颠覆了欧洲中心主义的历史叙事，形成了与欧洲的近代化叙事平行的历史叙事，从而奠定了"在中国发现历史"的浪潮。

但另一方面，水也是凶险的化身。就像那艘在急流中很有可能撞到桥侧的大船，向人们提示着水的凶险。汴河的泛滥曾给这座城市带来过痛苦的记忆，它在空间上的漫溢正如同它在时间上的流逝一样冷酷无情。《红楼梦》里，秦可卿提醒"月满则亏，水满则溢"④，而"溢"，正是水的特征之一，如同"亏"是月的特征一样不可置疑。将黄河水导入汴河的一个重要结果是，河中的泥沙淤积严重，河床日益抬高，使这条河变得不稳定，而这种不稳定，

---

① ［明］王偁：《东都事略》，见《景印文渊阁四库全书》，总第三八二卷，史部，第一四〇卷，第245页，台北：台湾商务印书馆。
② 《续资治通鉴长编纪事本末》，卷七十七。
③ ［南宋］孟元老撰、邓之诚注：《东京梦华录注》，第4页，北京：中华书局，1982年版。
④ ［清］曹雪芹：《红楼梦》，上卷，第169页，北京：人民文学出版社，2008年版。

又使整座城市，以及城市里所有人的命运变得动荡起来。因此，朝廷每年都要在冬季枯水之时组织大规模的清淤工作。然而，又有谁为这个王朝"清淤"呢？

王安石曾经领导了汴河上的清淤运动，甚至尝试在封冻季节开辟航运，与此相平行，他信誓旦旦地对这个并不"清明"的王朝展开"清淤"工程，但这无疑是一场无比浩大、复杂、难以控制的工程。他发起了一场继商鞅变法之后规模最大的改革运动，终因触及了太多既得利益者而陷入彻底的孤立，1086 年，王安石在贫病交加中死去，死前还心有不甘地说："此法终不可罢！"①

他死那一年，张择端出生未久。

张择端或许并不知道，满眼华丽深邃的景象，都是那个刚刚作古的老者一手奠定的，甚至有美国学者 Johnson Linda Cooke（张琳德）推测，连汴河边的柳树，都是王安石于 1078 年栽种的，因为她根据树的形状，确认它们至少有 20 年的树龄。张择端把王安石最脍炙人口的诗句吟诵了一百篇，却未必知道这个句子里包含着王安石人生中最深刻的无奈与悲慨：

> 春风又绿江南岸，
> 明月何时照我还？

朝代与个人一样，都是一种时间现象，有着各自无法反悔的旅途。于是，张择端凝望着眼前的花棚柳市、雾阁云窗，他的自豪里，又掺进了一些难以言说的伤感与悲悯。埃米尔·路德信希在《尼罗河传》中早就发出过这样的喟叹："朝代来了，使用了它（尼罗河），又过去了。但是河，那土地之父却留了下来。"② 张择端一线一线地描画，不仅为了这座变幻不息的城市从此有了一份可供追忆的线索，更在思考日常生活中来不及生发的反省与体悟。

甚至连《清明上河图》自身，都不能逃脱命运的神秘性——即使近一千年过去了，这幅画被不同时代的人们仔细端详了千次万次，但每一次都会发现与前次看到的不同。比如，研究《清明上河图》的前辈学者，比如董作宾、那志良、郑振铎、徐邦达等，已经根据画面上清明上坟时所必需的祭物和仪式，判定画中所绘的时间是清明时分，Johnson Linda Cooke 也发现了画面上水牛亲子的场景，而水牛产子，恰是在春天。到了 20 世纪 80 年代，一些"新"

---

① ［南宋］朱熹：《三朝名臣言行录》，转引自邓广铭：《北宋政治改革家王安石》，第 337 页，石家庄：河北教育出版社，2000 年版。

② ［德］埃米尔·路德信希：《尼罗河传》，第 2 页，沈阳：辽宁教育出版社，1997 年版。

的细节却又浮出水面，比如"枯树寒柳，毫无柳添新叶树增花的春天气息，倒有'落叶柳枯秋意浓'的仲秋气象"①，有人发现驴子驮炭，认为这是为过冬做准备，也有人注意到桥下流水的顺畅湍急，推断这是在雨季，而不可能是旱季和冰冻季节……在空间方面，老一辈的研究者都确认这幅画画的是汴京，细心的观察者也看到了画里有一种"美禄"酒，而这种酒，正是汴京名店梁宅园子的独家产品②，这个细节也证实了故事的发生地就在汴京，但新的"发现"依旧层出不穷，比如有人发现《清明上河图》里店铺的名称几乎没有一个与《东京梦华录》里记录的汴京店铺名称一致，由此怀疑它描绘的对象根本不是汴京③……总而言之，这是一幅每次观看都不一样的图画，有如博尔赫斯笔下的"沙之书"，每当合上书，再打开时，里面的内容就发生了神奇的变化，以至于今天，每个观赏者对这幅画的描述都是不一样的，研究者更为画上的内容争吵不休。

直到此时我才明白，《清明上河图》并非只是画了一条河，它本身就是一条河，一条我们不可能两次踏入的河流。

五

由于一条河，这幅古老的绘画获取了两个维度——一个是横向展开的宽度，它就像一个横切面，囊括了北宋汴京各个阶层、各行各业的生活百态，让我们目睹了弥漫在空气里的芳香与繁华，这一点已成常识；另一个是纵向的维度，那就是被河流纵向拉开的时间，这一点则是本文需要特别指明的。画家把历史的横断面全部纳入纵向的时间之河，如是，所有近在眼前的事物，都将被推远——即使满目的丰盈，也都将被那条河带走，就像它当初把万物带来一样。

这幅画的第一位鉴赏者应该是宋徽宗。当时在京城翰林画院担任皇家画师的张择端把它进献给了皇帝。宋徽宗用他独一无二的瘦金体书法，在画上写下"清明上河图"几个字，并钤了双龙小印④。他的举止从容优雅，丝毫没有预感到，无论是他自己，还是这幅画，都从此开始了颠沛流离的旅途。

---

① 高木森：《落叶柳枯秋意浓——重视〈清明上河图〉的意象》，原载（台北）《故宫文物月刊》，1984 年第 9 期。

② 参见周宝珠：《〈清明上河图〉与清明上河学》，原载《河南大学学报》，1995 年第 5 期。

③ 韩森：《〈清明上河图〉所绘场景为开封质疑》，原载辽宁博物馆编：《〈清明上河图〉研究文献汇编》，第 464、465 页，沈阳：万卷出版公司，2007 年版。

④ 这一题签和印玺一直到明朝正德年间还在，后来不知出于什么原因，被人裁掉了。

北宋灭亡60年后，那个名叫张著的金朝官员在另一个金朝官员的府邸，看到了这幅《清明上河图》——至于这名官员如何将大金王朝的战利品据为己有，所有史料都守口如瓶，我们也就不得而知。那个时候，风流倜傥的宋徽宗已经于51年前（公元1135年）在大金帝国的五国城屈辱地被马蹄踏死，伟大的帝国都城汴京也早已一片狼藉。宫殿的朱漆大柱早已剥蚀殆尽，商铺的雕花门窗也已去向不明，只有污泥中的烂柱，像沉船露出水面的桅杆，倔强地守护着从前的神话。在那个年代出生的北宋遗民们，未曾目睹，也无法想象这座城当年的雍容华贵、端庄大气。但这幅《清明上河图》，却唤醒了一个在金国朝廷做事的汉人对故国的缅怀。尽管它所描绘的地理方位与文献中的故都不是一一对应的，但张著对故都的图像有着一种超常的敏感，就像一个人，一旦暗藏着一段幽隐浓挚而又刻骨铭心的深情，对往事的每个印记，都会怀有一种特殊的知觉。他发现了它，也发现了内心深处一段沉埋已久的情感。他像一个考古学家一样，把所有被掩埋的情感一寸一寸地牵扯出来，重见天日。北宋的黄金时代，不仅可以被看见，而且可以被触摸。他在自己的跋文中没有记录当时的心境，但在这幅画中，他一定找到了回家的路。他无法得到这幅画，于是在跋文中小心翼翼地写下"藏者宜宝之"几个字。至于藏者是谁，他没有透露，800多年后，我们无从得知。

金朝没能从胜利走向胜利，它灭掉北宋一百多年之后，这个不可一世的王朝就被元朝灭掉了。一个又一个王朝，通过自身的生与死，证明着"月满则亏，水满则溢"这一亘古常新的真理。《清明上河图》又作为战利品被席卷入元朝宫廷，后被一位装裱师以偷梁换柱的方式盗出，几经辗转，流落到学者杨准的手里。杨准是一个誓死不与蒙古人合作的汉人，当这幅画携带着关于故国的强大记忆向他扑来的时候，他终于抵挡不住了，决定不惜代价，买下这幅画。那座城市永远敞开的大门向他发出召唤。他决定和这座城在一起，只要这座城在，他的国就不会泯灭，哪怕那只是一座纸上的城。

但《清明上河图》只在杨准的手里停留了12年，就成了静山周氏的藏品。到了明朝，《清明上河图》的行程依旧没有终止。宣德年间，它被李贤收藏；弘治年间，它被朱文徵、徐文靖先后收藏；正统十年，李东阳收纳了它；到了嘉靖三年，它又漂流到了陆完的手里。

有一种说法是，权臣严嵩后来得到了梦寐以求的《清明上河图》，也有人说，严嵩得到的只是一幅赝品。这幅赝品，是明朝的兵部左侍郎王忬以八百两黄金买来，进献给严嵩的，严嵩知道实情之后，一怒之下，命人将王忬绑到西市，把他的头干脆利落地剁了下来，连买假画的王振斋，都被他抓到狱中，活活饿死。严嵩的凶狠，让王忬的儿子看傻了眼，这个年轻人，名叫王世贞。惊骇之余，王世贞决计为父报仇。他想出了一个颇富"创意"的办法，就是写一部色情小说，故意卖给严嵩，他知道严嵩读书喜欢一边将唾沫吐到手指上，一边翻动书页，就事先在每页上涂好毒药，这样，严嵩没等把书读完就断了气。他想起这个办法时，抬头看见插在瓶子里的一枝梅花，于是为这部惊世骇俗的小说起了一个诗意的名字——《金瓶梅》。①

《清明上河图》变成了一只船，在时光中漂流，直到1945年，慌不择路的伪满洲国皇帝溥仪把它遗失在长春机场，被一个共产党士兵在一个大木箱里发现，又几经辗转，于1953年底入藏北京故宫博物院，它才抵达永久的停泊之地，至今刚好一个甲子。

只是那船帮不是木质的，而是纸质的。纸是树木的产物，然而与木质的古代城市相比，纸上的城市反而更有恒久性，纸图画脱离了树木的生命轮回而缔造了另一种的生命，它也脱离了现实的时间而创造了另一种时间——艺术的时间。它宣示着河水的训诫，表达着万物流逝和变迁的主题，而自身却成为不可多得的例外，为它反复宣讲的教义提供了一个反例——它身世复杂，但死亡从未降临到它的头上。纸的脆弱性和这幅画的恒久性，形成一种巨大的反差，也构成一种强大的张力，拒绝着来自河流的训诫。一卷普通的纸，因为张择端而修改了命运，没有加入到物质世界的死生轮回中，因为它已经成为我们民族文化精神世界的一部分。没有一个艺术家不希望自己的作品永恒，但如果张择端能来到故宫博物院，看到他在近千年前描绘的图画依然清晰如初，定然大吃一惊。

张择端不会想到，命运的戏剧性，最终不折不扣地落到了自己的身上。

至于张择端的结局，没有人知道，他的结局被历史弄丢了。自从他把《清明上河图》进献给宋徽宗那一刻，就在命运的急流中隐身了，再也找不到关于他的记载。他就像一颗流星，在历史中昙花一现，继而消逝在无边的夜空。在各种可能性中，有一种可能是，汴京被攻下之前，张择端夹杂在人流中奔向长江以南，他和那些"清明上河"的人们一样，即使把自己的命运想了一千遍也不会想到自己有朝一日会流离失所；也有人说，他像宋徽宗一样，被粗糙的绳子捆绑着，连踢带搡、推推搡搡地押到金国，尘土蒙在他的脸上，被鲜血所污的眼睛几乎遮蔽了他的目光，乌灰的脸色消失在一大片不辨男女的面孔中。无论多么伟大的作品都是由人创造的，但伟大的作品一经产生，

---

① 对于前一半史实，即《清明上河图》成为王忬被严嵩杀害的诱因，许多史料都有记载，故宫博物院还收藏有一幅明人书信，对这一事件用隐语做了描述；而对故事的后半截，即《金瓶梅》一书成为王世贞谋杀严嵩的凶器，则很可能是后人的演绎，包括吴晗在内的许多历史学家都不认可。参见辰伯（吴晗）：《〈清明上河图〉与〈金瓶梅〉的故事及其衍变（附补记）——王世贞年谱附录之一》，原载辽宁博物馆编：《〈清明上河图〉研究文献汇编》，第3～16页，沈阳：万卷出版公司，2007年版。

创造它的那个人就显得无比渺小、无足轻重了。时代没收了张择端的画笔——所幸，是在他完成《清明上河图》之后。他的命，在那个时代里，如同风中草芥一样一钱不值。

但无论他死在哪里，他在弥留之际定然会看见他的梦中城市。他是那座城市的真正主人。那时城市里河水初涨，人头攒动，舟行如矢。他闭上眼睛的一刻，感到自己仿佛端坐到了一条船的船头，在河水中顺流而下，内心感到一种超越时空的自由，就像浸入一份永恒的幸福，永远不愿醒来。

（原载《读者》2016 年第 9 期）

庄子的逍遥游

刘小川

庄子的漫游加神游，大约举世无双。历史长河中几乎没人像庄子这么善变，总是能够生活在别处。"君子不器"，庄周先生为最。他是固化、异化的天敌。孔夫子固然博大精深，有时候却也忍不住要固化，梦见周公太甚，让大堆周礼缚住了手脚，"父母在，不远游""父死，（儿子）三年不改父之道""君君、臣臣、父父、子子"之类，对后世产生了不良影响，衍生了汉儒的三纲五常，宋儒的存天理灭人欲。孔子对女性有严重的偏见，对死亡的思考也成问题。此系本文的题外话，容后再谈。

在孔孟之道统摄社会之前，中国的个体还比较多。秦汉以降，群体渐成趋势，魏晋所谓人的自觉或曰人的多元远不能代表大多数。唐宋亦然。元明清且不论。中国式的集体主义看来是天命，是悠久的汉语和农耕文明的双重产物。

庄子的意义在于使固化的事物疏松。他构成了追求秩序的孔孟之道的反向运动。他自称老子的学生，经常梦见老子，猜想老子。一如孔夫子梦见周公。

《庄子》三十三篇，嘲笑挖苦孔夫子是一大主题。

在全球化背景下，注重集体的中国人想要修炼成个体，不妨多悟庄子。

庄子有个寓言，说一个人很不喜欢自己的影子，于是拼命地跑，要甩掉影子，摆脱影子的纠缠。可是他跑得越快，影子跟他越紧。他转弯，影子又跟他转弯。他跑呀跑呀，累得不行了，停下来喘口气，那影子也做出一副喘气的样子，分明是嘲笑他的无能。他怒而再跑，拼命往前冲，终于把自己累死在太阳下。其实路边就有树荫，这个疯跑的人到树荫下去歇息，影子不就消失了么？庄子讲的这个荒诞故事，颇似卡夫卡的小说。

荒诞对应世事。卡夫卡是西方现代小说之父，他的主题只有一个：工业文明带来的人的异化。他揭示了四重分裂：人与自然、人与他人、人与社会、人与自我的分裂。

人类自称万物之灵，也没有别的物种来反驳，人类（主要是西方人）自近代以来就一直自说自话，在这个星球上趾高气扬，为所欲为。西方式的"求意志的意志"常态化了，加速度消耗资源，大规模污染大地大河大气，掏空文化赋予人的潜能，把全面发展的人定位成消费者，钉死在技术主义消费主义的图景上。这种一根筋的狂奔，就像庄子笔下那个疯跑的人，一心要摆脱低碳的生活，冲向高消耗。

"世界之为意志之表象"，疯跑者走火入魔，早就看不见树荫了。而西方诸国受资本逻辑的蛊惑，对灵性的轨迹、生活的多元、诗意的栖居弃之如敝履。百年狂奔的西方人究竟要奔向何处呢？二十世纪中叶的海德格尔说：这叫绝望狂奔。

认真读过《道德经》的海氏，想必也会青睐庄子。

日常生活中的官员或商人，一根筋的屡见不鲜：奔仕途争官帽，累得精疲力竭了，活得人格分裂了，他还永向前，抢官帽像疯子一般张牙舞爪，丢官帽就跟掉了魂似的，退休落权杖，转眼他就病歪歪；许多商人的眼睛只知反射金银的光，失掉世界的五色斑斓，商战之余，除了烧钱赌钱无事可干，"穷得只剩钱"。

庄子讲的那个神经质的"疯跑跑"，对自己的脚印也是万分厌恶，决心以飞速的奔跑摆脱它，岂知他逃得越快，地上的脚印越多。

庄子总结疯跑跑："不知处阴以息影，处静以息迹，愚亦甚矣！"

严格说来，包括庄子在内的任何人都会有遮蔽。社会各色人等，各有各的遮蔽，生存的敞开只是相对而言。但是，境界的差异巨大。庄子式的智者与古今各类"疯跑跑"的差距，远远超过亿万富翁与街头乞儿，可惜迄今为止，人类未能做出有效的努力，庶几像标示商品价格一样，标示出精神境界的差异。换言之，人类只不过是进化中的人类，目前看来是智愚参半，要让老子庄子墨子的智慧普世化，去掉西方式的主客体分离、对象化思维一手遮天的愚蠢，恐怕还得花上数百年，而这个千疮万孔的星球可能已经等不起了。

庄子的内心无限丰富，生平不复杂。他是宋国蒙邑人，大约在城乡接合部做着漆园吏的营生，收入不菲，三十岁左右忽然失掉肥缺，回家编草鞋养家糊口，跟穷人打堆，自己也成了穷人，有时候吃了上顿愁下顿。钓鱼打鸟，担水劈柴。草鞋草帽草席草垫子……他是出色的手艺人，编得很精巧，但不收编织徒弟，不扩大经营规模，不理会妻子的唠叨，强于希腊的苏格拉底。

劳力以不妨碍脑力为界限。干活太累了，思维不敏感。

庄子干活走神，神游八荒。尺方的墙内万物纷呈。这是游的极致。

楚威王的使者携重金来陋巷聘请他，他不去。为何不去？去了就不能逍遥，被某种固定的社会角色所霸占。陋巷深处自有丰富的生活世界，百工杂处，菜农果农云集，提篮小贩们奔走吆喝，生得奇形怪状的残疾人各具谋生的高招。庄子的寓言故事中，畸人占的比例大，畸人远比身体健全的人优秀，并且充满了幽默感。"卑贱者最聪明"。

底层民众，素心人多。庄子就是底层的一员，不同的是，他的思维高蹈于所有阶层之上，宏观微观并进，游于万事万物之间，哲思泉涌。他滑如泥鳅，从每一只试图捉住他的手指间滑出去。他飘忽不定。明天吃啥他不知道，明天会想啥他更不知道——连一根折成两半的小木棍也能悟出永恒的科学真理："一尺之棰，日取其半，永无穷竭。"

这是物理学实验室所不能证明的，理论物理称作基本粒子。

现代常用的成语故事，出自《庄子》一书的最多，超过《论语》《孟子》。

某一天，破墙头飞来了一只蝴蝶，庄子盯上了，目光随它美丽的翅膀飞呀飞，停在叶脉上，翩翩掠过池塘。庄子盯蝴蝶盯了又盯，神思追过去了，灵魂出窍了，无限地融入到对象当中去，恨不得化作蝴蝶的轻盈，惊奇它的可能性，而不会想到制作蝴蝶标本。

海氏名言："很可能，在自然背向技术的另一面，恰好潜藏着自然的本质。"

笔者小时候有过类似的体验，盯着另一张脸使劲想：怪了，我离他如此之近，为什么我不能变成他呢？为此我闷头闷脑想了很久，使劲盯了好几张脸，包括大人的脸，小狗小猫的脸，费尽心思也盯不出一个所以然。不过，小学三年级的体验，至今印象鲜明。今天总算明白了，我盯上了一个无，试图从中盯出有来。

一个人想要变成另外一个人，或者变成一棵树一只鸟……也许大多数童真未泯的孩子有此体验。柏格森说：远古生物在获得视觉之前，一定有一种看的冲动。

中国的传统文化有着无穷无尽的审美冲动，源头主要在庄子。欣赏一朵花，欣赏而已，不会搞一个实验室去研究它。赞美一条弯弯拐拐的河流，但无意把它拉直、为我所用。这导致科学技术不够发达，却创造了极其丰富的生活世界。中国式的无中生有与西方不同。道德、风俗、审美，三位一体，覆盖了日常生活，融入了方方面面。谨慎使用技术，防范商人的强力意志大面积调动贪欲。孔子和老庄从不同的方向规定了人之为人，从出生到死亡，从个体到群体，形成了一套完整的体系，生也蓬勃，死也隆重。

二十世纪二十年代罗素来中国曾感慨：如果没有西方列强的入侵，中国人会过得很宁静。林语堂《吾国与吾民》列举中国民间几十种充满想象力的玩法，他长居美国批判美国。这使我想起我们的孩提时代，正处于工业文明与农耕文明的接点上，人造物有限，初尝工业产品的甜头，电灯电影收音机自行车水果糖……生活的局面尚能自主，动手的能力强，"鬼点子"层出不穷。儿童的日常游戏与生命兴奋度，十倍于今天可怜的孩子们，天上都是脚板印，天天玩到黑摸门，燃点低，兴趣广，永远耍不够，每一个体细胞都与自然裹成团，每一秒钟都像是悬挂树叶的晶莹剔透的露珠。今日之欧美儿童，哪能相提并论。哦，屈指十余年，三分之一的时间都交给户外玩耍，而消耗的物质与今天的小孩儿相比，几乎可以忽略不计。

笔者曾写过《放学路上的九种玩法》，那只是童年疯玩的九牛一毛。

庄子式的逍遥，游于物，活得天宽地阔，我们的孩提时代是知道的。——身体知道的事情比大脑更多。这才是严格意义上的身心自由。西方的对象化思维、算计型思维，正在破坏我们的自由，收缩我们丰富的、极具本土性的生活世界。

自近代以来的西方大哲、大师，几乎都是批判西方的，断然否定西方式的疯狂扩张。

想想伟大的马克思和《资本论》。想想斯宾格勒《西方的没落》。想想卡夫卡和卓别林。想想爱因斯坦在广岛原子弹爆炸后的那张照片。想想罗素针对人类的两种权能过度发出的警告。想想胡塞尔首创的，针对科技单一模式的生活世界现象学。想想著名的德国法兰克福学派。想想至今健在的哈贝马斯、乔姆斯基、米兰·昆德拉……

庄子可能是没落贵族，家里有大量藏书。他涉猎的书籍广泛，"无所不窥"。居家神游，离家漫游。活动的地域大约涉及今之河南、山东、河北、湖南、湖北。古代中国民风淳厚，十里不同俗，隔山不同音。靠着编草鞋的手艺他八方游走，游说过几个诸侯国的君主。六十岁以后长居他的小城陋巷，不再远足了。享年八十四岁，留下一部十万字的《庄子》，现存七万字，书中讲了近两百个寓言故事。

哲学家的生平，一般说来不重要。海德格尔在课堂上讲尼采，严格限于尼采的思想。严格限于是说：真正的大师有足够的能力瞄准思想。

庄子是一个没有年龄的人，一辈子拥有绵延起伏、密度有异的心理时间，而不是水平线单向度、均匀流动的物理时间；庄子能回流，"门前流水尚能西"。其生存也没有朝向，似乎同时朝着四面八方。除了老聃之外，中国几千年没人像他如此灵动，如此游刃有余。庖丁解牛，庄子便是庖丁，把握了事物的整体与局部。庄子重如山，又轻得像一根灯草。庄子疾如风，又能站成一根木桩。庄子的身影忽而深渊，忽而云端……他留下的生命谜团，乃是中国人的永久性谜团。庄子式的神秘拢集了天地万物的神秘。

万物不能被技术穷尽。庄子意味着永恒生发。

庄子的出神之思也会对应权力，既然权力无处不在，春秋战国尤甚。《道德经》："圣人不死，大盗不止。"礼崩乐坏催生了孔圣人。战乱频仍让思想家的脑袋高速运转。即便是尧的时代，许由洗耳的故事也到处流传。《庄子·让王》讲了一个善卷，舜帝把天下让给善卷，善卷以庄周的口吻说："余立于宇宙之中，冬衣皮毛，夏衣葛，春耕种，形足以劳动；秋收敛，身足以休食。日出而作，日入而息，逍遥于天地之间，而心意自得，吾何以天下为哉！"舜帝的天下如何比得了庄子的宇宙？天下苍生的福祉固然极重要，但以审美的目光洞察自然、以逍遥的姿态游于万物更重要，这是从源头上解决人世间的祸福循环。人欲汹汹，恰似病毒的肆虐，审美观照是一服解毒剂。

庄子从来不消极。庄子非常积极。文明进程中的负能量有多大，庄子的意义就有多大，无穷生发盖指此焉。道高一尺，魔高一丈。二者数千年角力，彼此相反而相成。魔鬼的力量，恶之花的永恒，庄子有足够的掂量。老实讲，古今研究庄子的书，大都无力思及这一层。北宋的黄庭坚曾对此发出感叹。闻一多先生喜欢谈论庄子，仅得皮毛。

对于创造性的人物，必然以创造性的思维，方能与之对接。

庄子骄傲地说："帝王之功，圣人之余事。"圣人的正事乃是悟道，文治武功，不过余力为之而已。"道法自然"，道的显形乃是相当漫长的、循序渐进的过程。道因异化、因对立面的强大而趋于显形。此曰倒逼。当初的"道可道，非常道"，现在已经易于言说了。西哲的言说要多一些，包括众多的自然科学家。

你以什么样的方式对待自然，自然就以相同的方式回敬你，而选项之一是消灭你。

老子和庄子的符号意义不在孔子之下。

庄子观鱼，乐游鱼之所乐。庄子登山弹大鸟，忽然停弓，化身为一飞冲天的鲲鹏。庄子闲坐陋室，冥思时光之飞逝，瞥见白驹过隙。庄子命名的蛮、触两个小国，位于蜗牛角上，长期恶斗不息，伏尸数万，"一微尘里斗精神"。庄子庄严宣布：道在瓦片下，道在屎尿中……孔子梦周公，庄生梦蝴蝶，前者追慕周礼三千，后者要将人生的樊笼彻底打破。大大小小的樊笼多得数不清，形形色色的生存之遮蔽，连圣人老子也辨别不完。

庄子式的神游漫游，深入事物的千姿百态，将低沸点的、朴素的欣悦发挥到极致。这与佛祖释迦牟尼的拈花微笑殊途同归。近代以来的人则类似"疯跑跑"，但愿是以远离庄子的方式接近庄子，触底反弹。东、西方文明的大碰撞正在发生，未来几十年或可见分晓。测不准的是：备受人类折腾的星球，她的承受底线在何处。同样测不准的是：自然反弹的规模、速度、方式。

据 2015 年 5 月 8 日《参考消息》：全球二氧化碳浓度达到一百多万年来的最高值。

另据央视新闻：2015 年，全球气温再创新高。

低沸点的欣悦完全可行，中华文明已经证明了数千年。在漫长的历史进程中，贪婪只是极少数人的专利。欲望从来没有大面积疯长，节俭的美德从来没有弱化。眼下并不罕见的物欲嚣张之辈，必定对大自然虎视眈眈。——这个且不谈，着眼于未来吧。

兴奋点迅速推高，强刺激恶性循环，制造了暮气沉沉的人，自我放纵的人，人格分裂的人，百无聊赖的人，炫富斗阔的人，不打牌就打瞌睡、不上网就上床闷卧的人，鬼头鬼脑的人，居心叵测的人，疯狂扫货的人，煽动浪费的人，沉迷投机的人，算计亲朋的人，聚集起来共同释放无聊之能量的人……所有这些人，都在庄子的视线之内。

如果一个人的目光能穿过一万年，那么，这个人就叫庄子。

庄子是各种动物和无数小虫子的好朋友，尽管他观鱼吃鱼，爱鸟射鸟。我估计庄子也会吃虫子，吃甲壳虫或毛毛虫，必要的时候尝尝屎尿。齐物，齐生死，超然物外，一切顺乎自然。"天地无情，以万物为刍狗。"庄子以老子的口吻到处提倡无情，帮新寡的妇人扇干亡夫的坟，让寡妇尽快改嫁。无情有何妙处？无情方能游于万事万物，不沾，不滞，不执。天地之道在于四季循环，生死交替，老天爷不会为鲜花的枯萎伤心。

"天若有情天亦老"，天不老，人要向天学道。情和欲总相连，情烈欲盛，难免执着于某一国，某一事，某一理念，于是要发动战争。庄子思想的土壤之一是战乱，他倒是不提倡战争，这一点，也许西方的哲学家思得更远。

庄子逍遥游的秘诀是免于执，这与佛说不谋而合。佛陀的方丈内，自有大千世界。

无论居家还是远游，庄周都能抵达游的本质和最佳状态。这就无所不游其极了。庄子逍遥，击中了古今绝大多数人的不逍遥，所以他合该流芳千古，矗立于东方文明的核心。"乘物以游心"，讲得多好。"得至美而游乎至乐"，可惜庄子享受的至美至乐，我们这些人享受不到。庄子能看见无，而拥有这般慧眼的人寥若晨星。

随着技术从各个方向对自然界大举进攻，庄子命中注定与现代文明越裹越紧，有朝一日来个中心开花，爆出两点普世智慧：一是审美主导生活，少伤物；二是拾起与简单事物打交道的能力。二者热聚变，摧毁那个把生命的欣悦与能源消耗直接挂钩的公式。

末了，引用鲁迅："我们虽然是孔子的挂牌门徒，却是庄子的私淑弟子。"

（选自《先贤与中国》，作家出版社，2016 年版）

子弹与小说

詹谷丰

子弹与小说是风马牛不相及的两种概念，物质和精神，在这个概念中构成了油与水的关系。然而，在1941年中华民族遭受深重苦难的时候，子弹与小说却在粤北相遇，那些充满了巧合和传奇的戏剧性情节，吸引了众多中外媒体的关注。

蒋光鼐来到韶关的时候，他早已卸却了国民革命军十九路军总指挥的职务，在经历过福建事变失败海外逃亡的痛苦转折之后，他成了第四战区参谋长，战区调整之后，又被任命为第七战区副司令长官，协助余汉谋将军指挥粤北抗日。

这个时候的蒋光鼐，人生最辉煌的一页已经沉重地翻过去了。"一·二八"淞沪抗战的威名让他的名字响遍了中华大地，然而，接下来的福建事变，十九路军全军覆灭，他也成了蒋介石通缉名单中的一个逃亡者。1937年日本侵华全面抗战开始之后，国共合作，民族团结，蒋光鼐又成了抗日的力量，但是，曾经的反蒋前嫌让他只能成为蒋介石抗日棋盘上一个华丽的装饰，战区副司令长官只是一个没有兵权的谋士。

蒋光鼐同韶关以及南雄的渊源，早在孙中山先生领导的北伐时期就开始了。作为北伐粤军第四军十师副师长兼二十八团团长，蒋光鼐率领部队取道韶关进入湖南，粤北的地形地貌如同手上的指纹，烂熟于他的胸中。

我从南雄最古老的梅关古道走过的时候，却没有找到一个抗日名将北伐的脚印。当我在唐朝名相张九龄开凿的古道上仔细寻找前人蛛丝马迹的时候，八十多年前的蒋光鼐将军已经从另一条路上挺进了，尖刀一般刺破了湖湘大地，利刃直抵武昌城下。

蒋光鼐与粤北的因缘没有因为南雄道路的错综复杂和险要而阻隔，他以另外一种文人的方式，让后人看到了子弹与小说的亲密相逢。

"一·二八"淞沪抗战之后，蒋光鼐因为抵抗蒋介石避战的命令而遭到严厉训斥。在万余十九路军士兵伤亡异乡的悲痛和不被蒋介石理解的委屈面前，愤怒的蒋光鼐脱下了军装，带着家人悄悄回到了故乡东莞虎门，疗养心灵的伤痛。

栽树养鱼，一双拿枪的手握起了锄头。家乡的父老乡亲们，看见将军亲手雕刻了"红荔黄蕉是吾乡"和"荔荫园藏书画"几枚闲章，书桌上，摆放着《陶渊明集》和《太阳照常升起》几部书。那些文字排成队列被一个热血军人一一检阅过去，却没有人窥破将军内心的情感。这个时候的蒋光鼐，除了桌子上摆着的一排冲锋枪子弹还染着几分战场的气息，他的装扮和方言彻底与乡土融为了一体，从外形和内心都完成了一个军人到平民的转变。那排冲锋枪子弹，是一个战士的魂。这个出生在东莞，追随他革命的年轻同乡，倒在了战场上，最后以一排子弹的形式回到了虎门。

《陶渊明集》中的文字，都化作隐士的高洁通向了蒋光鼐将军的内心，他心中仿佛挖了一口古井。只有读到《太阳照常升起》的时候，军人的热血又沸腾了。蒋光鼐免不了猜测小说家海明威的身世、性格、脾气和小说人物之间的精神关联。这些与接受美学关联的审美，悄无声息地让一个将军心情复杂。然而，我却无法读出一个军人与小说的宿命。美国作家海明威的小说，如何远渡重洋来到蒋光鼐的书房，书中的故事，如何走进他的情感世界，至今仍然是一个谜。

海明威小说中的坚硬文字让蒋光鼐产生了强烈共鸣和想象，他心中的海明威，站立成了一个铁塔般的硬汉，他的拳头，在搏击台上威风八面。一种知音般的情感，消弭了子弹至文学的距离。然而，战火中只有鲜血而没有先知，身上流淌着军人热血的蒋光鼐也不可能预测到，几年后，他会在广东战时的省会韶关，以官方的名义接待这个创作了《太阳照常升起》的美国著名作家，接受他的采访，并同他讨论中国抗战的走势和前景。

1941 年的南雄，在中国军队的败退中成了战时广东的省会，那些重叠的山岭和蜿蜒的河流，在蒋光鼐的军事地图上，构成了向日军冲锋的一只只犄角。由于误判了日军的进军意图，麻痹大意的十二集团军抽调了五个军的兵力增援上海南京等城市，兵力薄弱的广东守军，无法与强敌对抗，日军轻易攻占了广州，余汉谋因此被免去了第四战区副司令长官的职务。之后日军又兵分三路，进攻粤北，企图迅速打通粤汉通道，与长沙、武汉的日军会师。在极其险恶的环境下，十二集团军司令部撤退到始兴，继而又准备迁往南雄。

蒋光鼐的脚步，忙碌地在粤北大地上穿行，他的作战计划，在马背上酝酿。那个时候的公路，还在人工的轿子和轿夫的腿上想象。保定军校骑兵科出身的蒋光鼐不喜欢轿子，当他步行的时候，副官和随从们也只好从马上下来，在弯曲崎岖的小路上随着长官逶迤而行。

蒋光鼐从南雄回到韶关的那天，在司令部里见到了一个高大健壮的外国人。余汉谋向他介绍说，这是美国记者海明威。

握手的一刹那，蒋光鼐的手仿佛触到了坚硬的金属。蒋光鼐惊诧不已，一双拿笔的手，竟然比握枪的手更有力量。他突然想起了《太阳照常升起》那部长篇小说。海明威非常意外和高兴，一个中国将军读过他的小说，他对蒋光鼐说，他如今的身份不是小说家，而是一个受美国《太平洋邮报》派遣来中国采访的战地记者。

我在一帧黑白照片上看到了海明威同蒋光鼐握手交谈的场景。在 1941 年 2 月的时光里，蒋光鼐同海明威夫妇、余汉谋将军以及翻译等人站成一排，他们的表情，留下了让一个八十年后的写作者想象与追寻的广阔空间。

接下来的故事在生与死之间展开，完全证实了蒋光鼐将军在心情悲凉的境况下读海明威小说产生硬汉的判断和丰富联想。而海明威呢，则用手刃日军哨兵的惊险行动，让所有中国军人目瞪口呆，也为他十年之后创作著名的小说《老人与海》做了铺垫和演习。小说中虚构的情节是，老渔夫圣地亚哥的对手为一条体重一千五百磅的大马林鱼，而现实中的海明威面对的敌人则是全副武装的日军士兵。

第七战区司令部为海明威夫妇安排了一场实弹演习，演习地点离日军阵地只有4.8公里。这种介于演习与实战之间的军事行动由于离真正的敌人咫尺之遥而变得紧张刺激，海明威看见了中国军人在机关枪的掩护下向日军山头阵地冲锋的激烈场面，他胸中的热血在岭南初春的寒凉里慢慢沸腾起来。

几天之后的一个晚上，海明威最近距离地来到了前线。战场是一般读者陌生和恐惧的环境，生离死别，往往就在瞬间。为了避免虚构和想象，保持散文的真实和创作主体的在场，我在此引用李春发先生《海明威中国之行的秘密使命》中的一个片断。这篇发表在《党史文汇》上的文章写道：

"如何才能通过日军的封锁线？海明威仔细观察后像发现了什么，他迅速卧倒着向前爬行，那身手明显是受过专业训练的。他爬到一处铁丝网前，避开碉堡里探照灯照射的灯光，掏出腰间一把钳子，将铁丝网剪开几道口子，然后钻了进去。接着，他摸到哨兵身后，突然拔出匕首刺向哨兵，哨兵没有发出一点声响就倒了下去。他又迅速摘下哨兵腰上的手榴弹，捡起地上的那杆长枪，三蹦两跳跑了回来。这一幕，令随行的科恩紧张得说不出话来。然而，海明威却轻松地对他们说，日本人在中国的土地上烧杀抢掠，无恶不作，我早就恨得咬牙切齿。今晚正好遇上了，干掉他们一个哨兵，解了心头之恨。同行的人对海明威刮目相看，都夸这个美国战地记者胆大心细，有勇有谋，在海明威杀敌精神的鼓舞下，他们顺利地冲过了封锁线。"

这个如同小说情节的杀敌故事，1941年的中央社、《新华日报》、香港《大公报》、重庆《中央日报》、《史密斯日报》和《西书精华》期刊，都记录了记者海明威亲手制造的战地新闻，那些热情的报道和评论，让一个美国记者的胆量和勇敢站立在了刀锋上。

对于海明威超越作家和记者职业的军人行为，见过尸横遍野血流成河的战争场面的蒋光鼐将军也颇感惊异。在后来的一次交谈中，海明威提到了他刚刚完成不久的一部长篇。这部书名为《丧钟为谁而鸣》的长篇小说，用美国青年罗伯特·乔丹支援西班牙人民反抗法西斯战争为内容，凭借深沉的人道主义力量感染了一代又一代读者。可惜的是，海明威来到中国的时候，那部优秀的反战小说，还只是以英文的形式流传，它译成中文，还要等到中国的抗战胜利之后。蒋光鼐对罗伯特·乔丹的认识以及小说主人公与小说家之间关系的清晰判断，还相隔一段遥远的时光。在同海明威的交谈中，蒋光鼐知道了海明威的一个生活细节。海明威是一个喜欢猫的人，当罗伯特·乔丹在他的纸上活动的时候，一群猫也围在他的身边。许多年之后，读者在他的遗嘱中看到了他与猫的感情："猫是这所庭院的主人，它们可以享有这里的一切，可以随意地嬉戏，可以在床上休息做爱，可以在书房里沉思未来！"蒋光鼐则告诉他，他喜欢狗，他养了两只狗，一只叫"和平"，一只叫"胜利"。对动物的喜爱和慈悲瞬间拉近了记者和军人的身份距离。蒋光鼐兴致勃发，当即朗诵起他刚刚写完的《曲江十里亭》诗：甲帐云脚低，牙旌风浪齐；山松留人影，涧草乱马蹄；花垂孤亭外，日落断桥西；疏星淡月夜，晚梦绕双溪。

历史是一条江河，总会在时光中退潮。八十多年之后，海明威和诺贝尔文学奖一起雕刻在后人的脑海里，但是，却没有人记得起他在黑夜手刃日军哨兵穿越封锁线的英雄壮举和听蒋光鼐将军吟诗的温馨画面了。

我没有在脆黄的纸页中找到海明威在南雄梅关古道上的足迹，历史只是粗疏地记录了海明威夫妇冒雨在粤北崎岖的道路上前行，道路泥泞，古道湿滑，海明威夫妇或骑马，或步行，他们将前线的战火和岁月的艰辛化成了报纸上的新闻。

战争是苦难的根源。在极其艰难的条件下，蒋光鼐将军也无法给海明威夫妇物质和生活上提供更多的帮助，海明威夫妇每天只能吃到两顿简单的饭。晚上，他们住在军队搭建的大棚里，与卫兵之间，仅隔一张草席，半夜里，常常被山区的寒冷冻醒。蒋光鼐住的是一所木头搭建的小房子，有一回日机空袭，将军来不及往防空洞转移，一块弹片破窗而入，穿透了他的枕头。在另外一次日机的突袭中，蒋光鼐的妹夫一家11人遇难。那一天，海明威在寒风冷雨中看到士兵打着赤脚，穿着单衣，他有些生气，当即脱下自己的羊毛背心，披在一直陪同他的翻译夏普熊身上。蒋光鼐看到了这一幕，他有些难过，却沉默着没有说话。此时的将军，想起了1932年淞沪抗战时，他的士兵穿着单衣、草鞋在冰天雪地中同日军战斗的惨烈情景。他想，只有抗战胜利，才能改变这一切啊。

那一年，我从江西大余翻越梅岭，进入南雄。我在梅关古道和珠玑古巷盘桓了许多光阴，然后一路往南，直达韶关。那个时候粗心，忽略了那些残留在崖壁上的硝烟，更没有寻觅海明威和蒋光鼐从古道上走过的脚印。战争与人，子弹与小说，直到十年后才让我触摸到。

海明威一生中留在粤北的时光，只有短暂的九天。离开韶关之后，他去了中国战时的陪都重庆。蒋介石、周恩来等国共领袖，都成了一个战地记者的采访对象。在重庆的嘉陵宾馆，中国记者围着海明威，这个万里而来的美国人，颠倒了身份，成了被同行采访的对象。

1941年的中国之行，海明威写下了六篇报道，那些来自苦难中国的文字，至今仍记录在《午报》的白纸黑字中。对于那个在韶关接见他的小个子中国将军，他遗憾没有从美国带来自己的长篇小说《永别了，武器》相赠。对于与中共领袖周恩来的秘密会见，他有着在自己家里一样的愉快和轻松。

在写给美国政府的报告中，海明威说，这场战争之后，共产党人一定会接管中国，因为在那个国家里，最优秀的人都是共产党人。

一个作家和记者的洞察与远见，几年之后就得到了证实。与海明威分别之后的蒋光鼐将军，义无反顾地同国民党分道扬镳，他成了新中国的纺织工业部部长。

离开国民党阵营是蒋光鼐告别军队的开始。淞沪抗战之后隐居故乡虎门栽桑养鱼读书习字时排列在书桌上的那些子弹，被将军庄重地埋葬在故乡虎门的三台山上，那是一个战士灵魂的安息之地。抗战胜利之后，蒋光鼐再也没有回到过韶关，他的脚印，再也没有在梅岭的古道上出现。同海明威在粤北握手告别之后，蒋光鼐再也没有听到过这个作家和记者的消息。他最后一次同海明威的精神联系，是中华人民共和国成立之后，他在纺织工业部部长办公室里，读到那部风靡世界的小说《老人与海》。

海明威脚步远去的方向被大雾笼罩，这个历史的谜无意中被沈东子先生破译了。近日读到沈东子先生发表在《作品》杂志 2015 年第 10 期上的文章《海明威与桂林》，他用文字接上了海明威离开了粤北之后的行踪和计划，让后人看到了海明威作为大记者的另外一面，同时也为他前线孤身刺杀日军哨兵的英雄行为铺垫了必然逻辑。广西桂林，成了战地记者海明威进入中国大陆的第二站。

西班牙内战的枪林弹雨中，活跃过海明威战地采访的身影，离开中国之后，他又赶赴战火纷飞的欧洲大陆，成为第一批进入巴黎采访的记者。

第二次世界大战时期没有手机和微信，在家书抵万金的战火中，抗战前线的蒋光鼐将军无法知道海明威行踪的蛛丝马迹，在缓慢来临的时光中，蒋光鼐只是从《丧钟为谁而鸣》这部长篇小说中，读到了海明威夫妇的人生传奇。

南雄乃至韶关，远不是抗日英雄蒋光鼐和世界文豪海明威人生的封神之地。蒋光鼐在中华人民共和国成立之后当了纺织工业部部长，海明威则写出了《老人与海》这样不朽的杰作，荣获了诺贝尔文学奖。

南雄，虽然是一个阳刚的名字，但它却只是中国地图上的一个圆点，当它通过脐带与韶关呼吸的时候，就构成了一幅抗日的壮丽画卷，将军与记者，子弹与小说，成了这座城市历史的一个叹号。

我已经两次翻越梅岭，从梅关古道徒步而过。在如今远离了战火的和平中，我没有找到抗日战争创伤的任何蛛丝马迹。自然界的遗忘超过了阿尔茨海默病，人类肉体上的伤疤在整形之后也彻底消失了痛楚。我在粤北大地上寻找，昨日的英雄，终于以墓志铭的方式，重归于后人的视野。

（原载《文学港》2016 年第五期）

作家的品质

张　玮

这里讲两个小故事，一个是亲历的，一个是读书读来的。

二十世纪八十年代末，我接待了一位西方人士。他曾与中国人合作翻译了几部汉语作品，是当时在内地活动半径很大的人。他来到这里刚刚坐下，还没来得及寒暄，就一脸惊惧地告诉我：他刚刚由另一个地方来，是去访问一位作家的，要翻译那人的作品，想不到只谈了几句话那位作家就说，"我的作品主要是写给我的民族看的，我不需要你的翻译，请你快些离开吧！"他说这位作家你应该是认识的吧？我说是多年的老朋友了。他站起来，张开多毛的两手说："哎呀，太可怕了！太可怕了！"他突然就愤怒了。我安慰他，说可能有什么误解吧，请您不要介意。他根本不听，一直喊着："太可怕了！太可怕了！"

他来我这里也是谈翻译的事情。我们其实几年前就熟悉：八十年代在欧洲，是一个晚上，我与之第一次接触。我对那次见面的细节记忆犹新。依据那一次，我稍稍能够想象出他与我的那位朋友是怎么相处、怎么交谈的。那个欧洲的夜晚说心里话，我觉得有点坐不住，只想离开。记得当时旁边还有一位同行的中国作家，他不断地拉扯我的衣袖，小声说："见多了就习惯了，他们这些人就这样说话。"我是第一次与"这些人"接触，所以还不够习惯。

这位西方人士从我这里离开不久，我就见到了让他觉得"很可怕"的那位作家朋友。我问到底是怎么一回事？朋友告诉：那天他来到这里，说要翻译我的作品，我自然是高兴的，表示要好好合作。他反复强调他的"无比重要"：如果不翻译你们就永远不被接受、永无出头之日，写作也没什么意义和价值。他说自己这一类人对中国文学和中国作家而言是最重要、非常非常重要的。他说对文学而言，只有设法让西方承认才行，这对你、对你们来说是最重要的，我要告诉你怎样写他们才会认可和喜欢。

这位作家说当时他一直很礼貌地接待他，并长时间听着盛气凌人的讲话。

最后他只好如实地告诉对方：不同语言之间的翻译和交流很有意义，他也希望自己的作品介绍给异国读者；但他不相信西方的人就一定比身边的人更懂文学；获得西方的承认也有意义，但首先还是要让自己的母语读者理解和接受；说到底，写作不过是心灵之业，不是为了获得某些人的承认才要做的；为了满足他人的趣味而投机取巧，有悖于做人的原则，也违背写作伦理。这位西方人打断他的话，一次次喊叫，怒不可遏。我的朋友终于无法与之合作。

在中国，这位"上宾"哪里遇到过这样的事情。所以他认为整个过程"很可怕"。

这个故事给了我很深的印象，以至于过去这么多年了，我还是没有忘记其中的细节。

前几年读了一本南非作家库切的随笔集，其中有一篇谈到了英国诗人艾略特，写了他的一段往事。艾略特受邀到美国一所大学做欧洲诗人维吉尔的讲座，而就在两天前，刚刚爆发了第二次世界大战。整个世界马上陷入了深刻的动荡，冲击之强烈简直无以言表。很不巧，艾略特就是在这个时刻来到讲坛的，因为这是预先确定的一个学术项目。他当然要谈到这场大战，不过只用了一句话，"欧洲刚刚发生了一个事件"，接着就开始讲维吉尔。艾略特极专注极深入地阐述了维吉尔，特别是诗人之于欧洲文化传统的意义、其永恒性。

整个讲座再没有一字提到刚刚爆发的第二次世界大战。因为他所置身的这个场合与这个时段，需要认真讲析的只是关于欧洲文学文化的基石人物维吉尔。这次讲述必须倾力为之，凝心聚力。艾略特目无旁视地讲了诗人的永恒，连第二次世界大战的爆发都没能稍稍转移他此刻注意的重心、才能的重心，更有智慧的重心。

第二次世界大战终会过去，也是一个必要过去的事件。而维吉尔是永恒的。他在讲座的整个过程中，只沉浸于关于永恒的意义和认知当中。

一场世界大战剥夺了多少人的生命和幸福，而且将永远改变这个世界。一个诗人不可能无视这样的惨烈和巨变。诗人柔软无比的心肠、对苦难的敏感，强烈的现实责任，正是他这一类人的生命特质。但是这一次、这个讲坛上，他讲的是维吉尔。他必须专注于此，甚至需要暂时忘却周边这个剧烈旋转的世界。他要沉浸于诗的文化的诠释，进入"欧洲的永恒"。

诗人如此专注于永恒、专注于诗，对现实而言恰恰不是傲慢，而是最大的谦卑。诚实，认真，理性，使他没有慌乱如丧家之犬，没有汲汲于时下。他疏离了近在眼前的震耳欲聋的那个话题，只说好说透自己要说的。这样的人其实是更可信和更有力的。面对任何时候都是纷攘喧哗的现实，一个人必须蓄养气度，才能有良好清晰的投入，无论是现实生活还是永恒的诗性，大概无不如此。

如果艾略特那一次讲座将第二次世界大战的呼号和维吉尔搅到了一起，搅成了一团，会是多么糟糕。

他没有慌乱，气定神闲。他当时要做的事情的性质，决定了他必须如此。

在我们这儿，女尤掉了一颗牙或一位富翁感冒了，主持人都恨不得让人取消讲座，或使主讲人一席话变得疙疙瘩瘩再也不会流畅。这时候诗人的尊严是谈不到的，有人认为在钱权名色之下尊严是不必谈的。这差不多已经化为习以为常的惯性。

如上就是这两个故事了。现在看它们一点惊人之处都没有。可奇怪的是，无论是当时还是现在，谁要当这两个故事的主角，哪怕有那么一点点意思，都是很难的。这个试一下就能知道。现在大的环境如何且不说，比如思想环境、艺术环境、语言环境、自然环境，到底如何，每个人的认识会是不同的，但它们的确深刻地影响着我们的生存和创造。我们极其需要注意这些环境，从而让自己的"小环境"能够多少有所不同。当然这是很难的，不过想一想可能也有好处。

这两个小故事我可能会记很长时间。因为这里面有明显或微微隐蔽的一些意义，让人怦然心动。在我看来，这两个故事中其实不乏训诫和提示的意味：一个写作者怎么回避恶俗，坚持真理。庸俗是时而发生的，恶俗却是令人后怕和羞惭的。持守自己的职业道德、本分和常识也并不容易。再看一下，这两个故事不过是在讲作家和诗人的品质，是最老的那一类话题，或许已经老到让人生厌了。

（原载《长江文艺》2016 年第三期）